유림외사

(상)

유림외사

儒林外史

(상)

오경재 지음 · 홍상훈 외 옮김

❂ 을유문화사

옮긴이

홍상훈

전남 광양에서 태어나 서울대학교 및 동 대학원에서 중국 문학을 공부하고 박사 학위를 취득한 후, 현재 인제대학교 조교수로 있다. 지은 책으로 『전통 시기 중국의 서사론』, 『하늘의 나는 수레』, 『한시 읽기의 즐거움』, 『그래서 그들은 서천으로 갔다: 서유기 다시 읽기』 등이 있고, 옮긴 책으로 『서유기』(공역), 『두보율시』(공역), 『시귀의 노래: 완역 이하 시집』, 『중국소설비평사략』, 『별과 우주의 문화사』, 『베이징』, 『손오공의 여행』 등이 있다.

신주리

서울에서 태어나 이화여자대학교와 서울대학교 대학원에서 중국 문학을 공부했다. 대만 국립정치대학교와 중국 남경사범대학교에서 유학했으며, 현재 서울대학교 등에서 강의하고 있다. 옮긴 책으로 『장자평전』, 『서유기』(공역), 『단백질 소녀』, 『단백질 소녀, 두 번째 이야기』 등이 있다.

이소영

서울에서 태어나 서울대학교 및 동 대학원에서 중국 문학을 공부하고 박사 학위를 취득한 후, 서울대학교 연구교수를 거쳐 현재 서울대학교 등에서 강의하고 있다. 옮긴 책으로 『만화 맹자』, 『만화 노자』, 『서유기』(공역) 등이 있다.

이영섭

충북 영동에서 태어나 서울대학교 및 동 대학원에서 중국 문학을 공부하고, 현재 한국방송통신대학교 등에서 강의하고 있다. 옮긴 책으로 『맹자평전』이 있다.

홍주연

경남 울산에서 태어나 서울대학교 및 동 대학원에서 중국 문학을 공부하고, 현재 서울대학교 등에서 강의하고 있다. 옮긴 책으로 『서유기』(공역)가 있다.

을유세계문학전집 27
유림외사(상)

발행일 · 2009년 12월 30일 초판 1쇄 | 2020년 12월 25일 초판 4쇄
지은이 · 오경재 | 옮긴이 · 홍상훈 외
펴낸이 · 정무영 | 펴낸곳 · (주)을유문화사
창립일 · 1945년 12월 1일 | 주소 · 서울시 마포구 서교동 469-48
전화 · 02-733-8153 | FAX · 02-732-9154 | 홈페이지 · www.eulyoo.co.kr
ISBN 978-89-324-0357-1 04820 978-89-324-0330-4(세트)

차례

제1회
설자(楔子)로써 큰 뜻을 설명하고,
명류(名流)를 빌려 내용을 개괄하다

인생살이 곳곳 수많은 갈림길에서
왕후장상, 신선놀음이야
범인이라면 바랄 터.
왕조의 흥망도 무상한 법
강바람 불어와 전 왕조의 나무 쓰러뜨리네.
부귀나 공명이란 믿을 바 못 되니
아무리 애써도
세월만 그르치게 마련.
탁주 석 잔에 얼큰히 취하니
흐르는 물에 떨어진 꽃잎 어디로 가나?

人生南北多歧路, 將相神仙, 也要凡人做.
百代興亡朝復暮, 江風吹倒前朝樹.
功名富貴無憑據, 費盡心情, 總把流光誤.
濁酒三杯沉醉去, 水流花謝知何處.

이 노래는 노인들이 흔히 하는 이야기를 담고 있다. 인생살이에서 부귀나 공명은 일신의 바깥에 있는 것일 뿐이라는 얘기이다.

세상 사람들은 공명을 보면 자기 목숨도 팽개치고 그것을 얻으려한다. 하지만 막상 그걸 손에 넣고 나면 그 맛이란 밀랍을 씹는 것과 같다. 자고이래로 누가 이런 이치를 간파할 수 있었던가!

그건 그렇고, 원나라 말년에 한 특출한 인물이 태어났다. 이 사람은 왕면(王冕)*이라고 하는데, 제기현(諸暨縣)*의 한 시골 마을에 살고 있었다. 일곱 살에 부친을 여의자, 그의 모친은 삯바느질을 하여 그를 마을 학당에 보내 공부시켰다. 3년이 지나 왕면이열 살이 되자, 어머니는 그를 불러다 놓고 말했다.

"애야, 내가 너를 잘못되게 하려는 게 아니란다. 네 아버지께서돌아가시고 내가 과부가 된 뒤로는, 나가는 것만 있고 들어오는건 없구나. 해마다 사정은 더 안 좋아지는데, 땔감과 쌀도 점점 비싸지는구나. 얼마 안 되는 낡은 옷들과 가구들도 다 저당 잡히고팔았단다. 내가 삯바느질로 번 돈만으로 어떻게 네 학비를 댈 수있겠니? 이제 어쩔 수 없이 너를 이웃집 소몰이꾼으로 보내야겠구나. 그러면 달마다 은자 몇 전이라도 벌고, 너 역시 끼니를 해결할 수 있지 않겠니? 내일 가 보자꾸나."

왕면이 대답했다.

"맞아요. 학당에 앉아 속으로 근심만 하느니 차라리 그 집에 가서 소나 치는 편이 더 즐겁겠어요. 공부하고 싶으면 전처럼 책을몇 권 들고 가서 읽으면 되지요 뭐."

두 모자는 그날 밤 그렇게 의논을 했다.

이튿날, 어머니는 그를 데리고 이웃집 진(秦)씨네로 찾아갔다.진씨는 두 모자에게 아침을 주고 나서 물소 한 마리를 끌고 나와왕면에게 넘겨주었다. 그리고 문밖을 가리키며 말했다.

"저 대문에서 2, 3백 걸음 떨어진 거리에 있는 곳이 바로 칠묘호(七泖湖)란다. 호숫가 둘레는 온통 풀밭인지라 각 집마다 모두 그곳에서 소를 치지. 게다가 아름드리 수양버들이 수십 그루 있어 정말 시원하단다. 소가 목이 마르면 호숫가로 데려가 물을 먹이도록 해라. 애야, 너는 그 부근에서만 놀아야지, 멀리 가서는 안 돼. 내가 매일 두 끼는 먹여 줄 테고, 매일 아침 동전 두 닢을 줄 테니 점심을 사 먹도록 해라. 뭐든 열심히 해야지, 게으름을 피우면 안 된다."

그의 어머니는 작별 인사를 하고 집으로 돌아가려 했다. 왕면이 배웅하러 나오자 어머니는 아들의 옷을 여며 주며 말했다.

"여기서는 아무쪼록 조심해서 남들에게 책잡히지 않도록 해라. 아침 일찍 나가고 저녁 늦게 돌아오되, 너무 늦지는 말 거라."

왕면이 그러겠다고 대답하자, 어머니는 두 눈에 눈물을 글썽이며 돌아갔다.

왕면은 이날부터 진씨 집에서 소를 쳤다. 해가 지면 집으로 돌아와 어머니와 함께 쉬고 잠을 잤다. 어쩌다 진씨 집에서 그에게 절인 생선이나 고기를 주기라도 하면, 왕면은 바로 그것을 연잎에 싸서 집으로 돌아와 어머니에게 드리곤 하였다. 날마다 주는 점심 값도 음식을 사 먹지 않고 한두 달 모아 두었다가, 틈이 나면 마을 학당으로 가서 가끔 찾아오는 책장수에게서 헌 책을 몇 권 사곤 하였다. 그리고 날마다 소를 매어 놓고 버드나무 그늘 아래 앉아 책을 읽었다. 그렇게 어느새 서너 해가 지나갔다. 왕면은 책을 보면 내용을 잘 이해할 수 있게 되었다.

어느 초봄이었다. 그날은 날씨가 건조하였다. 왕면은 소를 치다 피곤하여 풀밭에 앉아 있었다. 곧 짙은 구름이 밀려들더니 한차례 소낙비가 지나갔다. 그 먹구름 주위로 흰 구름이 피어오르더니 점점 흩어지면서 한 줄기 햇볕이 새어 나와 호수 주위를 온통 붉게 비추었다. 호주 주변의 산에는 여기저기 푸른 숲과 붉은 꽃들이 알록달록 섞여 있었다. 가지 위 잎사귀들도 모두 물로 씻어 낸 듯 초록빛이 더 선명하였다. 호수에는 10여 송이의 연꽃이 피어 있었는데, 꽃봉오리에서는 맑은 물방울이 똑똑 흘러내려 연잎 위로 구르고 있었다. 그 모습을 보자 왕면은 이런 생각이 들었다.

'옛말에 그림 속에 사람이 들어 있다더니 정말 그렇구나. 헌데 애석하게도 여긴 화공이 없구나. 이 연꽃을 몇 포기 그린다면 운치가 있을 텐데.'

또 이렇게 생각했다.

'세상에 배워서 못할 일이 어디 있겠어? 내가 직접 그려 보지 뭐.'

한참 생각에 잠겨 있는데 멀리서 장정 한 사람이 오는 것이 보였다. 그는 어깨에 밥 광주리를 메고 손에는 술병 하나를 들고 왔는데, 광주리 위에는 돗자리가 걸쳐져 있었다. 그는 버드나무 그늘 밑으로 오더니 자리를 깔고 광주리를 열었다. 그때 저편에서 세 사람이 건너오는데 그들은 모두 수재(秀才)인 듯 머리에 방건을 쓰고 있었다. 그 중의 한 사람은 남색으로 된 비단 도포를 입었고, 두 사람은 검은색 도포를 입었는데 모두 4, 50세 정도 되어 보였다. 그들은 손에 든 종이부채〔白紙扇〕를 흔들며 천천히 걸어왔다. 남색 도포 차림의 사내는 뚱보였다. 그는 나무 밑에 이르자 검은색 도포의 수염 난 사내를 윗자리에 앉히고, 다른 마른 사내는 맞은편 자리에 앉도록 하였다. 이 자리를 마련한 듯한 그 뚱보는 아래 자리에서 두 사람에게 술을 따라 주었다. 한차례 마시고 나서, 뚱보가 입을 열었다.

"위소(危素)* 선생이 돌아오셨답니다. 새로 집을 샀는데, 남경(南京)* 종루가(鐘樓街)의 집보다 좀 더 크고 집값도 2천 냥이나 된다고 하네요. 선생이 사시겠다고 하니까 집주인이 몇 십 냥을 양보해서 팔았답니다. 그분의 명망과 체면을 고려한 것일 테지요.

지난달 초열흘에 이사했는데, 지부(知府)와 지현(知縣)께서 모두 몸소 찾아와 축하하고 밤늦도록 남아서 술을 드셨답니다. 그 거리에 사는 사람들 가운데 누가 그분을 공경하지 않겠습니까?"

마른 사내가 말했다.

"지현께서는 임오년(壬午, 1342)에 거인(擧人)이 되셨으니 곧 위소 선생의 문하생이지요. 그러니 그분이 축하하러 가신 게 당연하지요."

뚱뚱한 사내가 말했다.

"제 사돈께서도 위소 선생의 문하생이신데, 지금은 하남(河南)에서 지현으로 계시지요. 지난번 사위가 집에 찾아오면서 마른 사슴고기 두 근을 들고 왔습니다. 지금 드시는 게 바로 그겁니다. 이번에 사위가 하남으로 돌아가면 사돈께 편지를 한 통 써 달라고 부탁해서 위소 선생께 찾아뵐 작정입니다. 그분이 저희 마을로 답방을 오시게 되면, 마을 사람들이 우리 밭에 나귀며 돼지를 풀어 놓고 먹이는 것은 못하게 되겠지요."

마른 사람이 물었다.

"위소 선생은 학자이시지 않습니까?"

수염 난 사내가 말했다.

"듣자 하니, 예전에 경사를 나설 때 황상께서 친히 성 밖까지 배웅하시면서 손을 잡고 열 걸음도 넘게 걸으셨다 합니다. 위 선생이 재삼 정중히 인사를 올리고 나자 황상께서도 겨우 교자에 올라 돌아가셨답니다. 이런 걸 보면 조만간 그분도 벼슬살이를 하시지 않겠습니까?"

세 사람은 주거니 받거니 말이 끊이지 않았다.

왕면은 날이 저무는 걸 보고 소를 끌고 돌아갔다.

그 후로 그는 모은 돈으로 책을 사지 않고, 성안으로 가는 이에게 부탁하여 물감 따위를 사서 연꽃 그리는 법을 배우기 시작했다. 처음에는 잘 그리지 못하였지만 두세 달 그리고 나니 꽃의 자태나 색깔 어느 하나 닮지 않은 것이 없게 되었다. 한 장씩 그림이 늘어날 때마다 그것들은 정말 호수 속에서 자라는 것 같거나 혹은 호수에서 막 따다가 종이 위에 붙여 놓은 것 같았다. 그러자 마을 사람들 가운데 그림이 훌륭하다며 돈을 가져와 사 가는 이들도 생겨났다. 왕면은 돈이 생기면 좋은 물건을 사다가 어머니를 잘 봉양하였다. 왕면의 그림 솜씨가 입에서 입으로 전해져 제기현 일대에서 그는 몰골화훼(沒骨花卉)*의 대가로 알려졌고, 사람들이 다투어 그림을 사러 오게 되었다. 열일곱 살 남짓 되자, 왕면은 진씨 집의 일을 그만두고 날마다 그림을 그리거나 고인의 시문을 읽었다. 점차 먹고사는 것에 대한 걱정을 덜게 되자 어머니도 기뻐했다.

왕면은 천성이 총명하여 스무 살이 안 되어 천문, 지리, 경사(經史) 같은 큰 학문에 두루 통달하게 되었다. 하지만 그는 성정(性情)이 비범하여 관직을 구하지 않았고 또한 친구를 사귀지도 않았다. 그저 종일 문을 닫은 채 글을 읽었다. 또한 그는 『초사도(楚辭圖)』에 그려진 굴원(屈原)*의 의관을 보고 고상한 은사들의 모자나 헐렁한 옷을 직접 만들기도 했다. 꽃 피고 버들가지가 고운 시절이 오면 그는 소가 끄는 수레에 어머니를 태우고, 자신은 모자를 쓰고 옷을 입은 채 채찍을 손에 들고 노래를 부르면서 마을과 호수 주변을 느긋하게 노닐었다. 마을의 어린아이들이 삼삼오오 떼를 지어 따라다니며 놀려 대도 마음에 두지 않았다. 그래도 이웃집 진씨는 농사꾼이지만 생각이 깊은 사람이었다. 그는 왕면이 어려서부터 성장하는 과정을 지켜본 탓에 이렇게 탈속한 생활을 하는 그를 아껴 주었다. 그리고 가끔 그를 집으로 불러다가 이야기를 나누기도 하였다.

　하루는 왕면이 진씨와 앉아 있는데 밖에서 누군가 걸어 들어왔다. 그는 머리에는 와릉모(瓦楞帽)*를 썼고, 몸에는 푸른 무명옷을 입고 있었다. 진씨가 그를 맞아 인사를 나누고 자리에 앉았다. 이 사람은 성이 적(翟)씨로서, 제기현의 아전이자 매판(買辦)*이기도 했다. 진씨의 아들 진대한(秦大漢)이 그의 밑에서 일을 배우면서 그를 의부[干爺]라고 불렀기 때문에, 적씨도 자주 마을로 내려와 친척집처럼 드나들곤 했던 것이다. 진씨는 황급히 아들더러 차를 끓이도록 하고, 닭을 잡고 고기를 삶게 했다. 그리고 왕면과 함께 그와 자리를 잡고 앉았다. 양쪽이 서로 통성명을 하고 나서 적씨가 말했다.

　"이분이 바로 몰골화를 잘 그리는 왕 상공이시군요?"

　진씨가 대답했다.

　"맞습니다. 친척께선 어찌 아십니까?"

　"이 마을에서 이분을 모르는 사람이 누가 있겠습니까! 일전에 우리 현의 지현께서 상사에게 보낼 스물네 폭짜리 화훼 화첩을 구할 것을 분부하셨는데, 이 일이 제게 떨어졌습니다. 저는 왕 상공의 고명을 듣고 곧장 이리로 찾아온 것입니다. 오늘 이렇게 인연이 닿아 왕 상공을 뵈었으니 꼭 좀 신경 써서 그려 주십시오. 보름 뒤에 여기로 찾으러 오겠습니다. 지현 나리께서도 틀림없이 그림 값으로 은자 몇 냥은 내려 주실 테니, 그것도 받아 전해 드리겠습니다."

　진씨도 옆에서 거듭 잘 그려 드리라고 권하였다. 왕면은 진씨의 성의를 봐서 마지못해 승낙했다.

　그는 집으로 돌아와서 정성을 다해 스물네 폭의 화훼도를 그리고, 그림마다 위쪽에 모두 제시(題詩)를 달았다. 아전 적씨가 현의 관리에게 보고하자 지현 시인(時仁)은 은자 스물네 냥을 내주었다. 적씨는 그 가운데 열두 냥은 자기가 갖고, 나머지 열두 냥만을 왕면에게 전해 주고 화첩을 찾아갔다. 시 지현은 또 몇 가지 예물을 준비해서 위소에게 보내 문안 인사를 하였다. 위소는 선물들 가운데 이 화첩만을 보고 또 보면서 손에서 놓지 못했다.

이튿날 위소는 술자리를 마련해서 시 지현을 초청하여 답례하였다. 안부 인사가 끝나고 술이 몇 순배 돌고 나자, 위소가 물었다.

"일전에 보내 주신 화훼 화첩은 옛 사람이 그린 것입니까, 아니면 지금 사람이 그린 것입니까?"

시 지현은 감히 숨기지 못하고 바로 대답하였다.

"이것은 바로 소생이 관할하는 고을의 농민이 그린 것입니다. 그는 이름이 왕면이라 하옵고, 나이도 얼마 되지 않았습니다. 아마도 막 그림을 배우기 시작했으니 선생님의 눈에는 들지 못할 것이옵니다."

위소가 탄식하며 말했다.

"이 몸이 집을 오래 떠나 있어 우리 고향에 이런 뛰어난 선비가 있는 줄 여태 몰랐으니 참으로 부끄럽소이다. 이 사람은 재주만 훌륭한 것이 아니라 품고 있는 식견도 남달라서 장차 명망이 우리 못지않을 것이오. 지현께서 그와 한번 만날 기회를 마련해 주시겠소?"

"그게 뭐 어렵겠습니까? 소생이 돌아가자마자 사람을 보내 약속을 잡겠습니다. 그 사람도 선생님께서 아낀다는 말을 들으면 틀림없이 무척 기뻐할 것입니다."

지현은 위소에게 하직 인사를 하고 현청으로 돌아와, 적씨를 시켜 정중한 서신을 지니고 왕면을 찾아가도록 했다. 적씨는 나는 듯이 마을로 달려갔다. 그는 진씨 집으로 가서 왕면을 건너오게 하여 자세한 사정을 말해 주었다. 그러자 왕면이 웃으며 말했다.

"뜻밖에 폐를 끼치게 되었군요. 하지만 지현 나리께 이렇게 고해 주십시오. 저는 일개 농부인지라 감히 찾아뵙지 못하겠고, 이런 정중한 초청장도 감히 받지 못하겠습니다."

적씨가 낯빛을 바꾸며 말하였다.

"나리께서 초청장을 보내 부르시는데 감히 가지 않겠다니! 게다가 이번 일은 본래 내가 자네를 생각해 준 것일세. 그렇지 않았다면 나리께서 어찌 자네가 꽃 그림을 잘 그린다는 것을 아셨겠나? 이치대로 하자면, 나리를 뵙고 나서 내게도 톡톡히 사례해야 옳은 법일세! 이곳까지 왔는데 차 한 잔도 대접하지 않고 이런저런 핑계로 나리를 찾아뵙지 않으려 하니, 이게 무슨 도리인가? 날더러 돌아가 나리께 어떻게 말씀드리라는 건가! 현의 제일 큰 어른이신 나리께서 백성 하나 못 움직인다는 게 말이 되나?"

"영감님, 제 말씀을 들어 보십시오. 만약 제가 잘못을 저질러 지현 나리께서 소환장〔票子〕을 보냈다면 제가 어찌 가지 않겠습니까? 하지만 이렇게 초청장을 들고 왔으니 강제로 저를 데려가려는 건 아니시겠지요? 제가 가고 싶지 않다면 지현 나리도 이해하실 것입니다."

적씨가 말했다.

"그게 도대체 무슨 말인가! 소환장을 가져오면 가고 초청장으로 부르면 안 가겠다니! 이게 자네를 천거하는 것인 줄 모르겠는가?"

진씨가 권했다.

"왕 상공, 그만 하시게나. 지현 나리께서 초청장으로 자넬 부르시는 것은 분명 호의로 하는 것일 테니 이 사람과 함께 한번 가 보시게. '가문도 멸하는 지현'이란 말이 있지 않던가? 왜 그분에게 그리 뻣뻣하게 구는 건가?"

"어르신! 적 나리께서는 모르시겠지만, 어르신은 제 말씀을 들으신 적이 있지요. 저 단간목(段干木)과 설류(泄柳)의 이야기*를 아시잖아요? 저는 가고 싶지 않습니다."

적씨가 말했다.

"이런 힘든 숙제를 주다니! 돌아가 지현 나리께 뭐라고 여쭈란 말인가?"

진씨가 말했다.

"이거 정말 진퇴양난이군요. 가라고 권해도 왕 상공은 원치 않고, 가지 말라고 하자니 적 형께서 보고하기 난처하실 테고. 이렇게 하면 어떻겠소? 적 형께서는 현으로 돌아가시되, 왕 상공이 오려 하지 않는다는 말은 하지 마십시오. 대신 병중인지라 당장은 올 수 없지만, 하루 이틀 후 몸이 좋아지면 오겠다 하더라고 하십시오."

적씨가 말했다.

"병을 앓는다고? 그럼 이웃들의 확인서라도 들고 가야겠구먼!"

그렇게 서로 한바탕 입씨름이 오갔다.

진씨는 저녁상을 잘 차려 대접하고, 살짝 왕면을 불러내 모친에게 은자 몇 푼을 가져다 적씨에게 심부름 값으로 주게 했다. 그제야 적씨는 그러마 하고 돌아가 지현에게 보고하였다.

지현이 속으로 이렇게 생각했다.

'병은 무슨 병! 적가 이놈이 마을에 가서 호가호위(狐假虎威)하면서 된통 겁을 준 모양이군. 그자는 여태 관아 사람을 만나 본 적이 없을 테니, 겁이 나서 감히 오겠다고는 못했을 테지. 선생님께서 부탁하셨는데, 이 사람을 데려가지 못하면 선생님께서는 내 일처리 솜씨가 형편없다고 비웃으시겠지. 차라리 내가 직접 마을로 그를 찾아가는 게 낫겠군. 괴롭히려는 만나자는 게 아니라는 걸

알면 기꺼이 만나려고 할 테지. 그럼 바로 그자를 선생님께 데려가 일을 깔끔하게 끝내는 거야!'

그러다가 또 이런 생각이 들었다.

'당당한 현령이 몸을 굽히고 일개 촌민을 찾아가면 아전들이 비웃지나 않을까?'

그러나 그는 다시 생각했다.

'지난번 스승님 말씀하시는 투로 보건대, 그를 아주 높이 사고 계시는 것 같았어. 그러니 나는 열 배는 존중해 줘야 마땅하지. 하물며 자신을 낮추어 현명한 선비를 높이면 훗날 역사서에 틀림없이 칭찬하는 글 한 줄쯤은 들어가겠지. 만고불후(萬古不朽)의 훌륭한 일로 남을 테니 못할 이유가 어디 있겠어!'

그는 즉시 이렇게 생각을 정하였다.

다음 날 아침, 지현은 가마꾼을 대령하게 했다. 그리고 정식 의장 행렬[全副執事]*도 차리지 않고 여덟 명의 군졸만 거느린 채, 적씨에게 가마를 안내하도록 하여 곧장 마을로 내려왔다. 마을 사람들은 행차를 알리는 징 소리를 듣고는 어른아이 할 것 없이 몰려 나와 다투어 구경하였다. 가마가 왕면의 집 어귀에 이르렀다. 그 집은 일곱 칸 남짓한 오두막이었는데, 초라한 사립문은 굳게 닫혀 있었다. 적씨가 먼저 달려가 다급히 문을 두드렸다. 잠깐 두드리자 안에서 한 노파가 지팡이를 짚고 나와 말했다.

"지금은 집에 없소. 새벽에 소 치러 나가 아직 돌아오지 않았소."

"지현 나리께서 몸소 댁의 아드님에게 말씀을 전하러 오셨는데 어찌 이리 꾸물거린단 말이오! 어서 아드님이 있는 곳을 말해 보시오. 내가 바로 전하러 갈 테니!"

"정말 집에 없고 어디 있는지도 모른답니다."

말을 마치자, 노파는 문을 닫고 안으로 들어가 버렸다. 그 사이에 지현의 가마가 도착했다. 적씨가 가마 앞에 무릎을 꿇고 고하였다.

"소인이 왕면에게 말을 전하려 했지만, 그는 집에 없더군요. 나리께서는 공관으로 가셔서 조금만 계십시오. 소인이 다시 가 보겠습니다."

적씨는 가마를 안내해서 왕면의 집 뒤로 돌아 나갔다. 그곳에는 여기저기 좁다란 밭둑이 나 있고, 멀리 큰 못이 하나 있었는데 못가에는 온통 느릅나무, 뽕나무가 심어져 있었다. 못 주위에 전답이 끝없이 펼쳐져 있고 산도 하나 있었는데, 그리 크지는 않아도 울창한 수목들이 산을 가득 메우고 있었다. 거기에는 대략 1리 남짓한 길이 나 있는데, 양쪽에서 소리쳐 부르면 들을 수 있을 정도였다.

지현이 길을 가는데, 멀리서 물소를 비껴 탄 목동 하나가 고갯마루를 돌아 이쪽 편으로 내려오고 있었다. 적씨가 달려 올라가서 물었다.

"진씨 집 둘째 녀석[小二]이로구나. 이웃집 왕씨가 어디서 소먹이는지 봤니?"

"왕씨 아저씨요? 20리 밖 왕씨 마을에 친척들과 술 마시러 갔어요. 이 소는 그분 것인데, 저더러 집에 몰아다 주라고 하셨어요."

적씨는 이런 사정을 지현에게 아뢰었다. 지현은 안색이 확 바뀌며 말했다.

"이렇게 된 이상 공관으로 갈 것도 없다! 본청으로 돌아가자!"

지현은 이때 무척 화가 나서 당장 왕면을 잡아다 벌을 주고 싶었으나, 위소 선생에게 너무 거칠고 조급하다는 질책을 들을까 걱정되었다. 그래서 화를 참고 돌아가 위소 선생에게 이 사람은 천거하기에 적당하지 않다고 설명한 후에 다시 처리해야겠다고 생각했다.

지현이 돌아가 버리자, 왕면은 멀리 나간 것이 아닌지라 바로 집으로 돌아왔다. 진씨가 찾아와 그를 책망했다.

"방금 일은 자네가 너무 고집을 부린 걸세. 그분은 한 고을의 큰 어른이신데 어찌 이토록 함부로 군다는 말인가?"

"좀 앉으세요, 제가 말씀드릴 테니. 시 지현은 위소의 세력에 기대 이곳 백성들에게 잔혹하게 굴며 못하는 짓이 없지요. 제가 왜 이런 사람과 친교를 맺는단 말입니까? 하지만 그가 이번에 돌아가면 반드시 위소에게 고할 것이고, 위소는 모욕감에 화가 나서 반드시 제게 본때를 보이려 할 테지요. 그러니 저는 이제 아저씨께 인사드리고, 짐을 챙겨 다른 곳으로 잠시 몸을 숨기려 합니다. 다만 어머님이 집에 계시니 마음을 못 놓겠군요."

왕면의 모친이 말했다.

"얘야, 네가 요 몇 년 동안 시와 그림을 판 덕분에 내게도 은자가 쉰 냥쯤 있으니 땔감이나 쌀 걱정은 없겠구나. 내 비록 늙긴 했어도 아무 병이 없으니 너는 안심하고 얼마간 숨어 있어라. 네가 무슨 죄를 지은 것도 아니거늘, 설마 관부에서 이 어미를 잡아가기야 하겠느냐?"

진씨가 말했다.

"그 말씀도 일리가 있군요. 게다가 자네도 이런 시골에만 묻혀 살면 재주나 학문이 있어도 누가 알아보겠는가? 이번에 대처로 나가면 혹 무슨 좋은 만남이라도 생길지 모르지. 자네 어머님 일일랑 모두 이 늙은이에게 맡겨 두게나. 내가 대신 잘 보살펴 드리겠네."

왕면이 진씨에게 감사의 절을 올리자, 진씨는 다시 집으로 돌아가 약간의 술과 안주를 가져와서 송별의 술자리를 마련하여 밤늦도록 술을 마시고 돌아갔다.

다음 날 새벽, 왕면은 자리에서 일어나 짐을 꾸리고 아침을 먹었다. 마침 진씨도 찾아왔다. 왕면은 어머니에게 작별 인사를 드리고 진씨에게도 재배(再拜)하였다. 어머니와 아들은 눈물을 흘리며 이별했다. 왕면은 마로 삼은 신[麻鞋]을 신고, 등에는 짐을 졌다. 진씨는 손에 작은 흰색 등롱(燈籠)을 들고 마을 어귀까지 배웅해 주었다. 둘은 눈물을 뿌리며 작별하였다. 진씨는 등롱을 들고서서 왕면이 보이지 않을 때까지 바라보다가 비로소 집으로 돌아갔다.

왕면은 줄곧 풍찬노숙을 해 가면서 크고 작은 마을을 지나 산동(山東) 제남부(濟南府)에 도착했다. 산동은 북쪽에 가까운 성(省)이지만 이 제남 땅은 사람과 물자가 풍부하고 집들이 빽빽하게 들어서 있었다. 왕면이 이곳에 도착했을 때는 여비를 다 써 버렸기 때문에 별 수 없이 어느 작은 암자의 문간방을 세내어 점을 치며 먹고 살아야만 했다. 다른 한편으로는 몰골화훼 그림 두 장을 그곳에 붙여 놓고 지나가는 사람들에게 팔았다. 그렇게 날마다 점을 치고 그림을 팔다 보니 제법 사람이 모여들게 되었다.

눈 깜짝할 사이에 반년의 시간이 지나갔다.

당시 제남부의 졸부 몇 명이 왕면의 그림을 좋아했는데, 직접 오지 않고 멍청한 하인들을 보냈다. 그 하인들의 시끄럽게 떠드는 소리에 왕면은 정신이 없었다. 왕면은 더 이상 참을 수 없게 되자 큰 소 한 마리를 그려 붙여 놓고 그 위에 풍자적 내용의 시를 몇 구절 써 놓았다. 그리고 이 일로 구설수에 오를까 싶어 다른 곳으로 옮길 생각을 하고 있었다.

어느 날 아침, 왕면이 그곳에 앉아 있는데, 남녀노소가 뒤섞인 많은 사람들이 슬피 울면서 거리를 지나가는 모습이 보였다. 솥을

든 사람도 있고, 광주리에 어린아이를 담아 든 이도 있었다. 하나 같이 얼굴은 누렇게 뜨고 몸은 비쩍 말랐으며 옷차림은 남루하였다. 그들은 무리에 무리를 지어 가며 거리를 가득 메웠고, 땅바닥에 앉아 구걸하는 사람도 있었다. 연유를 물어보니 그들은 모두 황하 주변에 살던 사람들인데, 황하의 물이 범람하면서 농경지와 살던 집이 모두 떠내려갔다고 했다. 하지만 관아에서도 그들을 돌보지 않아 하는 수 없이 사방으로 흩어져 먹을 것을 찾아다니는 중이라는 것이었다. 왕면은 이런 광경을 보고 안쓰러운 마음에 탄식했다.

"황하의 물이 북쪽으로 흐르니 이제 장차 천하가 큰 혼란을 겪겠구나. 내가 이곳에 머물러 있어 봤자 무엇 하겠는가!"

왕면은 남은 은전을 모두 챙기고 짐을 싸서 다시 집으로 돌아가기로 했다. 절강 지역으로 접어들어서야 그는 위소가 벌써 조정으로 돌아갔고, 시 지현도 승진하여 떠났다는 소식을 들을 수 있었다. 그래서 마음 놓고 집으로 돌아가 모친을 만났다. 왕면은 어머니가 여전히 건강한 모습을 보고 기뻐했다. 어머니 또한 그에게 진씨가 얼마나 잘 대해 주었는지 이야기해 주었다. 그는 서둘러 짐을 풀고 비단 한 필과 곶감 한 꾸러미를 챙겨서 진씨를 찾아가 사례했다. 진씨 역시 술을 마련하여 그를 위로해 주었다. 그 후로 왕면은 예전처럼 시를 읊고 그림을 그리면서 모친을 봉양하였다.

다시 6년이 지나, 어머니가 노환으로 병석에 눕게 되었다. 왕면은 백방으로 의원을 구해다가 병구완을 하였지만 끝내 효과가 없었다. 하루는 어머니가 이렇게 당부하였다.

"나는 이미 틀렸구나. 그런데 요 몇 해 동안 사람들이 모두 내 귓전에 대고, 네 학문이 깊으니 꼭 벼슬살이를 권하라고 하더구나. 벼슬살이가 집안을 빛내는 일일지도 모르지만, 내가 보기에 벼슬아치들은 모두 끝이 그다지 좋지 않은 것 같더구나. 게다가 너는 본래 자존심이 강해서 화를 불러일으키기라도 한다면 오히려 불미스러운 일이 될 테지. 얘야, 내 유언을 좀 들어다오. 앞으로 아내를 얻고 아이를 낳더라도 내 무덤 곁을 지키고, 벼슬길에는 나가지 말거라. 그럼 내가 죽어도 편히 눈을 감을 게야."

왕면은 통곡하며 그러마고 했다. 그의 모친은 마지막 숨을 가늘게 내쉬고는 세상을 뜨고 말았다. 왕면이 가슴을 치고 땅을 구르며 애통해하니, 그의 곡소리에 이웃들도 모두 눈물을 흘렸다. 그는 다시 진씨의 도움을 받아 수의와 관을 마련했다. 왕면이 흙을 져다가 무덤을 만들고, 삼년상을 지냄[三年苫塊]*은 말할 나위도 없다.

삼년상을 마치고 한 해 남짓 지났을 때 천하가 크게 어지러워졌다. 방국진(方國珍)*이 절강을 점거하고, 장사성(張士誠)*이 소주(蘇州)를 점거하였으며, 진우량(陳友諒)*은 호광(湖廣) 지역을 점령하였는데 이들은 모두 비적(匪賊)들의 영웅에 지나지 않았다. 태조 황제만이 저양(滁陽)에서 기병하여 금릉(金陵)을 손에 넣고 스스로 오왕(吳王)이 되니, 바로 왕자(王者)*의 군대였다. 오왕이 군대를 거느리고 방국진을 격파하고 절강을 모두 호령하자 향촌과 소도시들에서는 소요가 모두 사라져 버렸다.

어느 날 한낮에 왕면은 막 모친의 묘소에 성묘하고 돌아오다 열 명이 넘는 기병들이 마을로 들어오는 것을 보았다. 맨 앞의 기병 하나는 무사의 두건을 쓰고, 둥근 자수 무늬를 새긴 전투복[團花戰袍]을 입고 있었다. 그는 하얀 얼굴에 세 갈래로 난 수염을 갖춘, 참으로 고귀한 자태를 지니고 있었다. 그가 대문 앞에서 말에서 내리더니 왕면을 향해 예를 올리며 말했다.

"저, 왕면 선생 댁이 어디입니까?"

"제가 왕면이고, 여기는 제 집입니다만."

그 사람이 기뻐하면서 말했다.

"이것 참 운이 좋군요. 특별히 찾아뵙고자 왔습니다."

그리고 그는 수하들을 모두 말에서 내리게 하고, 바깥에 머물되 말은 호수가 버드나무에 매어 두도록 지시하였다. 그는 혼자 왕면과 손을 잡고 집 안으로 들어갔다. 서로 인사를 나누고 주인과 손님의 자리를 정해 앉고 나서 왕면이 말했다.

"선생의 성함은 어찌 되십니까? 무슨 일로 이런 궁벽한 곳까지 찾아오셨는지요?"

"저는 성이 주(朱)가입니다. 전에 강남(江南)에서 기병하여 저양왕(滁陽王)이라고들 부릅니다. 지금은 금릉에 머물고 있는데, 오왕이라 불리는 사람이 바로 접니다. 방국진을 평정하고 나서 특별히 선생님을 찾아뵙고자 이곳에 왔습니다."

"촌민의 안목으로 몰라 뵈었는데, 알고 보니 대왕이셨군요. 하지만 일개 어리석은 촌민에게 어찌 대왕께서 걸음을 하셨는지요?"

"저는 일개 보잘것없는 사내이온데, 이제 선생에게서 선비의 기상을 뵈니 저도 모르게 공명을 좇겠다는 생각이 사라지는군요. 강남에 있을 때부터 선생의 명성을 흠모하다가 이제야 찾아뵙고 가르침을 청하고자 합니다. 절강의 백성들이 반역한 지 오래되었는데 어찌 해야 그들의 마음을 얻겠습니까?"

"대왕께서는 높고 원대한 식견을 갖추고 계시니, 저 같은 촌민이 여러 말 할 필요가 없습니다. 인의(仁義)로써 복종시킨다면야 누군들 따르지 않으며, 어찌 절강 사람뿐이겠습니까? 무력으로 복종시킨다면 절강 사람들이 약하다 해도 역시 모욕을 참지 않고 의기(義氣)를 일으킬 테지요. 방국진의 경우도 그렇지 않습니까?"

오왕은 감탄하고, 머리를 끄덕이며 칭찬하였다. 두 사람은 무릎을 맞대고 해가 지도록 대화를 나누었다. 따르던 기병들은 모두 마른 식량을 갖고 있었다. 왕면이 직접 부엌으로 가서 밀가루 떡을 한 근 굽고, 부추를 한 접시 볶아서 직접 들고 나와 오왕에게 대접했다. 오왕은 음식을 먹고, 가르침에 감사의 인사를 하고는 말에 올라 그곳을 떠나갔다. 이날 진씨가 성에 들어갔다가 돌아와서 이 일에 대해 물었다. 왕면은 그가 오왕이라는 사실을 숨기고 그저 예전에 산동에서 알았던 어느 장수가 잠깐 만나러 왔다 갔다고 둘러댔다. 그러고 나서 그 일에 대해서는 더 이상 얘기하지 않았다.

몇 년 지나지 않아 오왕이 난리를 평정하고 응천(應天)*에 도읍을 정하니, 천하는 통일되었다. 나라 이름은 대명(大明), 연호는 홍무(洪武)라고 하였다. 향촌의 백성들은 각자 편히 생업에 종사하게 되었다. 홍무 4년(1371), 어느 날 진씨가 성(城)안에 들어갔다가 돌아와 왕면에게 말했다.

"위소 나리는 죄를 자초하여 화주(和州)*로 떠났다네. 내가 관보〔邸抄〕* 하나를 들고 왔는데, 좀 보게나."

왕면이 관보를 받아 보니 위소가 투항한 뒤로 방자하게 굴며 태조의 면전에서 '노신(老臣)'이라고 자칭하자, 태조가 크게 노하여 그를 화주에 있는 여궐(余闕)의 묘지기로 보냈다*는 것이었다. 그 기사 다음에는 예부에서 인재를 뽑는 방법을 의결했다는 소식이 있었다. 즉, 3년에 한 번 시험을 치르는데, '오경(五經)'이나 '사서(四書)'를 다룬 팔고문(八股文)으로 본다는 것이었다. 왕면은 진씨에게 말했다.

"이건 좋지 않은 방법이에요! 이런 출셋길이 생긴 이상 앞으로 공부하는 사람들은 모두 문장과 품행을 가벼이 여기게 될 것입

니다."

이야기를 나누는데 날이 어두워졌다. 이때는 바로 초여름이라 날이 좀 더웠다. 진씨가 보리타작 마당에 탁자 하나를 내다 놓고 왕면과 함께 가볍게 술을 마시기 시작했다. 잠시 후, 동쪽에서 달이 떠올라 온 사방을 유리처럼 밝게 비추었다. 기러기, 백로들도 잠들어 사방이 고요했다. 왕면은 왼손으로 잔을 들고 오른손으로는 하늘의 별을 가리키면서 말했다.

"보세요. 관색성(貫索星)이 문창성(文昌星)을 침범하고 있으니,* 많은 문인들에게 화가 미칠 겁니다!"

말이 끝나기도 전에 갑자기 한 줄기 수상한 바람이 불어왔다. 그러자 나무들은 모두 쉭쉭 소리를 내고, 물 위에서는 무수한 새들이 꽥꽥 소리를 지르며 놀라 날갯짓을 했다. 왕면과 진씨도 놀라 옷소매로 얼굴을 가릴 정도였다. 잠시 후, 바람 소리가 좀 잦아들어 눈을 뜨고 바라보니, 하늘 가득 떠 있던 백 수십 개의 작은 별들이 일제히 동남쪽으로 떨어지기 시작했다. 왕면이 말했다.

"하늘도 동정을 하는구나, 이 많은 별들을 내려 주어 문운(文運)을 지켜 주시다니. 그러나 우리는 그것을 볼 수 없을 테지요!"

그날 밤은 자리를 정리하고 각자 쉬러 돌아갔다.

그날 이후로 종종 조정에 말을 전하는 이가 있어서, 조정에서는 절강 포정사(布政司)*에게 문서를 보내 왕면을 관리로 초빙하도록 하였다. 왕면은 애초에 벼슬살이를 마음에 두지 않았는데, 나중에 점점 말이 많아지자 진씨에게도 알리지 않고 몰래 짐을 꾸려 밤중에 회계산(會稽山)*으로 피신해 버렸다.

반년 후, 조정에서는 마침내 관원 한 사람을 보내 조서를 받들도록 하였다. 그는 많은 수행원을 거느리고 채단(采緞)을 들고 진씨 집 대문 앞에 도착했다. 여든이 넘은 노인이 된 진씨는 허연 수염을 날리며 손에는 지팡이를 짚고 있었다. 관원이 인사를 하자 진씨는 그를 집 안으로 데려다 앉혔다. 그 관원이 물었다.

"왕면 선생께서는 이 마을에 계십니까? 이제 황상께서 그분을 자의참군(咨議參軍)*에 제수하려 하셔서, 제가 조서를 받들어 왔습니다."

"그분이 이곳 사람이긴 해도, 오래전에 이곳을 떠났답니다."

진씨가 차를 대접한 후, 그 관원과 함께 왕면의 집으로 찾아갔다. 대문을 열고 보니 방에는 온통 거미줄뿐이요 뜰에는 쑥대만 무성하여, 과연 떠난 지 오래되었음을 알 수 있었다. 관원은 한숨을 내쉬더니, 그대로 조서를 들고 돌아가 버렸다.

왕면은 회계산에 숨어 살면서 결코 자신의 이름을 드러내지 않았다. 훗날 그가 병으로 세상을 뜨자 산에 사는 이웃들이 돈을 모아 그를 회계산 밑에 장사 지내 주었다. 그해, 진씨 역시 집에서 삶을 마감하였다. 우습구나, 요즘 문인이나 선비들이 왕면을 거론할 때면 늘 왕 참군(參軍)이라 부르니 말이다! 왕면이 언제 하루라도 관직을 지낸 적이 있던가? 그러므로 이렇게 밝혀 두는 것이다. 여기까지는 설자(楔子)에 불과하니, 다음부터가 본문(正文)이다.

와평(臥評)*

원대 사람들의 잡극 첫머리에는 대개 '설자'가 들어 있다. 설자란 다른 사건을 빌려 서술하려는 사건을 끌어내는 것이다. 하지만 본 사건과 조금도 상관이 없는 경우는 범속한 글이 돼 버린다. 그렇다고 멋대로 써넣는다면 어떻게 글의 묘미를 보여 주겠는가? 작자는 역사가의 재능을 갖춘 훌륭한 소설가[稗官]라서, 설자만 봐도 글 전체의 맥락이 잘 파악되게 해 놓았다. 참으로 필묵을 낭비하지 않는 솜씨다.

부귀공명. 이 네 글자는 이 글 전체의 착안점이기 때문에 시작하자마자 밝혀 놓았으되, 다만 가볍게 단서만 제시해 놓았다. 이후로 펼쳐지는 온갖 변화들은 모두 이 네 글자로부터 변형되어 나타난 지옥의 형상들이니, 진정 한 줄기 가는 풀이 한 길이 넘는 금불상[金身]으로 변모한 것이라 할 수 있겠다.

헐렁한 옷을 입고 높은 모자를 쓰는 것, 황하가 북쪽으로 흐르는 것에 탄식하는 것 등은 모두 왕면의 본전(本傳)에 들어 있는 일인데, 아주 자연스럽게 가져다 쓰고 있다.

부귀공명이란 사람들이 서로 다투기 마련인 것이나, 왕면만은 이를 추구하지 않았을 뿐만 아니라 그것을 피하기까지 하였다. 왕면뿐만 아니라 그의 모친 역시 부귀공명을 두려워했다. 아! 참으로 그 성정이 남달랐던 것일까? 이 넓은 천지에 무엇인들 없겠는가만, 본래 속세의 익힌 음식[火食]은 먹지 않는 사람들이 있는데, 이들은 속세인과 입맛을 같이하기 곤란할 뿐이다.

매판 적씨가 시 지현을 위해 일하고, 시 지현이 위소 선생을 위해 일하여 각자가 자기 일을 한 셈이 되는데, 왕면은 절대 이런 데 신경을 쓰지 않았다. 지현과 교유를 맺으면 죽어도 한이 없을 지기(知己)를 얻었다고 자부하는 세상의 가난한 서생들이야 어찌 왕면이 위소 선생 때문에 온 것은 아니라는 것을 이해하리오!

이름을 모르는 세 사람은 글 전체에 묘사된 여러 사람들의 그림자이고, 그들의 담론 또한 글 전체에 담긴 언사(言辭)의 법식이다. 자잘한 대목 하나의 내용도 전체와 큰 관계를 맺고 있다.

연꽃 그리는 법을 공부하는 부분 앞에 비 갠 후의 호수 풍경을 묘사했고, 별들이 떨어지는 장면 앞에 이슬이 내린 고요한 밤 경경을 그려냈으니, 문사가 참으로 빼어나다.

진씨는 참으로 인정이 많은 인물이다. 그는 비록 글을 읽지도 벼슬을 살지도 않았으나 참으로 훌륭한 사람[正人君子]이라 해도 무방하다. 작가가 이 인물을 통해 나타내고자 한 개탄이 적지 않다.

제2회
왕혜는 시골 학당에서 같이 급제할 이를 알아보고, 주진은 만년에야 과거에 급제하다

산동 연주부(兗州府) 문상현(汶上縣)에 설가집(薛家集)이라는 마을이 있다. 이 마을에는 백여 가구가 사는데 모두 농사를 생업으로 삼았다. 마을 입구에 관음암(觀音庵)이라는 암자가 있다. 이곳엔 세 칸짜리 전각 외에 10여 개의 빈 방이 있는 건물이 있고, 그후문은 물가에 인접해 있었다. 이 암자는 사방에서 향을 올리러 오는 곳이지만, 승려 하나만이 암자를 꾸려가고 있었다. 마을 사람들은 공적인 일이 있으면 이 암자에 모여서 의논했다.

때는 성화(成化 : 1465~1487) 말년으로, 온 세상이 풍요롭던 때였다. 새해 정월 초파일에 마을 사람들이 모두 암자에 모여 용등(龍燈) 행사를 치르는 것에 대해 떠들썩하게 논의했다. 아침밥을 먹을 때가 되자 촌장인 신상보(申祥甫)가 칠팔 명을 데리고 암자로 들어와 대웅전에서 예불을 올렸다. 승려가 와서 모두에게 새해 인사를 하자 모두 답례를 했다. 그런데 신상보가 갑자기 승려에게 쏘아붙였다.

"스님, 새해도 됐으니 관음보살님께 올리는 향촉(香燭)도 좀 더 신경을 써야 하지 않겠소! 아미타불은 사방의 돈을 받고 계시는데, 관음보살님께서도 그런 대접을 누려야 하오."

그리고 소리쳤다.

"모두들 와서 보시오. 이 유리등 안에는 기름도 반밖에 없지 않소!"

이어서 그는 모인 사람들 가운데 제법 옷차림이 단정한 늙은이를 가리키며 말했다.

"다른 사람은 말할 것도 없이 여기 이 순(荀) 어르신께서는 30일 저녁에 기름 50근을 보내셨는데, 당신은 쓸데없이 요리하는 데에만 써 버리고 부처님은 모시지 않는구려!"

승려는 조심스럽게 그의 화가 가라앉기를 기다렸다. 그리고 놋쇠 주전자를 들더니 고정차(苦丁茶) 잎을 한 줌 집어넣고 물을 가득 부은 후, 불에 팔팔 끓여 모두에게 따라 주었다.

순 노인이 먼저 입을 열었다.

"금년 용등 행사에 우리 마을에서는 집마다 은자를 얼마씩 내야 하겠는가?"

신상보가 대답했다.

"잠시만 기다리십시오. 제 사돈이 오면 함께 상의하지요."

그렇게 말하는 동안 밖에서 한 사람이 들어왔다. 그 사람은 두 눈 주위가 불그레했고, 쇠솥처럼 거무튀튀하고 넓적한 얼굴에는 누리끼리하게 센 수염이 몇 가닥 나 있었다. 그는 와릉모를 비스듬히 쓰고, 푸른 베옷을 걸치고 있었는데 그 모습이 꼭 기름 바구니(油簍)* 같았다. 그는 나귀 모는 채찍을 손에 든 채 문 안으로 들어와 승려와 사람들에게 간단히 공수(拱手) 인사를 하고는 털썩 상석(上席)에 앉았다. 이 사람은 성이 하(夏)씨인데, 작년에 새로 임명된 설가집의 총갑(總甲)*이었다. 하 총갑은 상석에 앉아서 승려에게 분부했다.

"스님, 내 노새를 뒤뜰의 구유로 끌고 가 안장을 풀고, 풀을 좀

34

넉넉히 먹여 주게. 논의를 끝내면 또 현문(縣門) 어귀의 황(黃) 나리 댁으로 새해 인사를 가야 하네!"

그러고 나서 그는 한쪽 무릎을 세우고 손을 허리께로 들어 채찍으로 자기 종아리를 탁탁 치며 말했다.

"난 요즘은 농사일하는 자네들보다 못한 신세라네. 이번 설에 나리 관아의 삼반육방(三班六房)*에서 모두 초청장을 보내왔으니 내 어찌 인사드리러 가지 않을 수 있겠는가? 매일 이 나귀를 타고서 현청으로 마을로 정신없이 바쁘게 뛰어다니지. 바빠 죽겠는데 또 이놈의 눈깔 뻰 망할 놈의 나귀가 길에서 자빠지는 바람에 내가 떨어져서 허리를 삐끗했지 뭔가!"

신상보가 말했다.

"초사흘에 제가 두부 밥〔豆腐飯〕을 마련해서 사돈을 모시려 했는데, 아마 일이 있어서 못 오신 모양이군요?"

"또 그 소린가! 새해 들어 칠팔 일 동안 내내 어디 한가한 날이 있었는 줄 아는가? 입이 두 개라도 먹을 틈이 없다네. 오늘 나를 초청하신 황 나리는 바로 현감 나리의 면전에 서 있을 수 있는 우두머리 아전이라네. 그분이 나를 천거해 주셨는데 내가 인사하러 가지 않는다면 역정을 내시지 않겠는가?"

"듣자 하니 서반(西班)* 황 나리는 작년에 현감 나리께서 외부로 파견을 내보내셨다지요? 그런데 그 댁에는 형제나 아들도 없는데 누가 주인 노릇을 한답니까?"

"모르는 소리! 오늘의 술자리는 쾌반(快班) 이(李) 나리께서 초청하신 것일세. 그분 집이 좁아서 황 나리 댁의 대청에 술자리를 마련하신 거지."

한참 떠들고 나서야 용등 행사 이야기가 나왔는데 하 총갑이 말했다.

"그런 일은 난 이제 상관하고 싶지 않아. 이전까지는 해마다 내가 일을 주관했는데, 사람들이 적어 낸 시줏돈 액수(功德)*대로 은자를 내놓지 않는 바람에 내가 얼마나 많이 배상해야 했는지 모르네. 게다가 올해는 현감 나리의 아문에서도 두반(頭班)과 이반(二班), 서반, 쾌반 나리들이 모두 집집마다 용등 행사를 연다고 하니, 내 아마 그것들도 다 못 볼 걸세. 그러니 마을에서 하는 이런 행사를 보러 올 틈이 어디 있겠나? 하지만 자네들이 이야기를 하니 나도 몇 푼 보태지 않을 수는 없지. 그건 자네들 중 누구라도 일을 주관할 사람에게 맡기겠네. 이 순 어른 같은 분은 전답도 넓고 양식도 많으니 좀 많이 내시라 하고, 자네들 각자 좀 나눠 낸다면 이번 일도 잘 풀리겠지."

모두들 감히 반대하지 못했다. 즉석에서 순 노인이 반을 내고, 그 나머지는 여러 집이 분담하여 다들 두세 냥의 은자를 내겠다는 내용을 종이에 적었다. 승려가 차반(茶盤)을 들고 나와 운편고(雲片糕), 대추, 과즈(瓜子),* 마른 두부, 밤, 알록달록한 사탕 등을 두 개의 탁자에 늘어놓았다. 그리고 하 총갑을 상석에 앉히고 차를 따라 올렸다.

신상보가 또 말했다.

"아이들이 자랐으니 올해는 선생 한 분을 모셔 와야겠네. 바로 이 관음암 안에 학당을 하나 여는 거지."

그러자 모두들 대답했다.

"저희도 학교 보낼 아이가 있는 집이 꽤 됩니다. 여기 신 영감님의 아드님, 그러니까 하 나리의 사위 분만 하더라도 그렇지요. 하 나리께서는 늘 현감 나리에게서 공문을 받으시니 옆에 글을 아는 사람이 필요합니다. 다만 그 선생은 성안으로 가서 모셔 오는 게 좋겠습니다."

하 총갑이 말했다.

"선생이 하나 있긴 하네. 누구냐 하면 바로 우리 아문의 호총과 제공(戶總科提控)*으로 계신 고(顧) 상공(相公) 댁에서 모시던 주진(周進)이라는 분일세. 연세는 예순 남짓 되셨지. 그분은 전임 현감 나리가 계실 때 동시(童試)에서 1등을 하셨는데, 수재(秀才) 시험에는 합격하지 못하셨네.* 고 상공께서는 그분을 3년 동안 집에 모셨는데, 그 댁의 소사인(小舍人)*께서 작년에 우리 진(鎭)의 매삼상(梅三相)*과 함께 수재에 합격하셨네. 학리사야(學里師爺)* 댁에서 돌아오실 때 소사인께서는 방건을 쓰시고 수놓은 붉은 비단옷을 입으신 채, 현감 나리의 마구간에 있던 말을 타시고 위풍당당하게 대문 앞까지 오셨다네. 우리 아문의 사람들은 모두 거리로 몰려가 술을 올렸다네. 그 후 주 선생을 모시고 나오자 고 상공께서 친히 그분에게 석 잔을 올리고 상석으로 모셨다네. 그리고 주 선생이 극단이 공연할 연극 한 편을 고르셨는데, 바로 양호(梁灏)가 여든두 살에 장원 급제한 이야기*였다네. 고 상공께서는 이 연극이 공연되자 그다지 좋아하지 않으시더군. 그러다가 공연 도중에 양호의 학생이 열일고여덟 살에 장원 급제했다는 내용을 노래하게 되었네. 그러자 고 상공께서는 그것이 아드님을 위한 예언임을 아시고 비로소 기뻐하셨지. 자네들이 선생을 구한다면 내가 주 선생을 모셔다 주겠네."

그러자 모두들 좋다고 했다. 차를 다 마시자 승려가 또 우육면(牛肉麵)을 내와서, 모두들 그것을 먹고 자리를 파했다.

이튿날 하 총갑은 주진의 답변을 전해 주었다. 1년 학비는 은자 열두 냥이고, 절에서 먹는 밥값으로 하루에 은자 2푼[分]씩 내기로 하며, 용등 행사가 끝나면 마을로 와서 정월 스무날에 학당 문을 열자는 것이었다.

16일이 되자 사람들은 신상보의 집에 돈을 보내 술자리를 마련하게 하고, 마을에서 새로 수재에 합격한 매구(梅玖)를 손님으로 초대했다. 매구는 새 방건을 쓰고 일찌감치 도착했다. 사시(巳時 : 오전 9시)가 되자 주진이 도착했다. 대문 밖에 개 짖는 소리가 들리자 신상보가 달려 나가 맞이했다. 사람들이 주진의 행색을 보니 이러했다. 낡은 펠트 모자[氈帽]를 쓰고 낡은 검은색 비단 도포를 걸쳤는데, 오른쪽 소매와 뒤쪽 엉덩이 부분은 모두 해져 있었다. 발에는 붉은 비단으로 만든 낡은 신을 신고 있었다. 얼굴은 까무잡잡하고 비쩍 말랐으며, 하얀 수염이 나 있었다. 신상보가 공손하게 모시고 방 안으로 들어가니, 매구는 그제야 느릿하게 일어나 인사를 나누었다. 주진이 물었다.

"이분은 누구신지요?"

사람들이 대답했다.

"이분은 우리 마을 수재이신 매 상공이십니다."

주진이 그 말을 듣고 겸양하며 매구에게 먼저 자리에 앉으라고 하자, 매구가 말했다.

"오늘은 학위를 따지실 필요 없습니다."

주진이 재삼 사양하자 사람들이 말했다.

"나이를 따져도 주 선생께서 윗줄이시니 그냥 받으십시오."

매구가 고개를 돌려 사람들을 바라보며 말했다.

"여러분이 우리 학교의 규칙을 모르시는 모양인데, '노우(老友)'는 본래 '소우(小友)'와 나이 서열을 따지지 않습니다. 다만 오늘은 자리가 자리이니만큼 주 형님께서 먼저 앉으시지요."

원래 명나라 때의 사대부들은 유학을 공부하는 학생들끼리 '붕우(朋友)'라고 불렀고, 동생(童生)을 '소우(小友)'라고 불렀다. 만약 동생이 수재에 합격하면 나이가 열 살 남짓밖에 되지 않더라도

'노우'라고 불렀고, 수재에 합격하지 못하면 나이가 여든 살이라도 '소우'라고 불렀다. 이것은 마치 여자가 시집가는 것과 마찬가지이다. 시집갔을 때에는 '신부〔新娘〕'라고 불리다가 나중에는 '아주머니〔奶奶〕'나 '부인〔太太〕'이라고 불리지 '신부'라고 불리지 못하지만, 만약 첩으로 갔다면 흰머리가 되어도 '신부'라고 불러야 한다. 쓸데없는 소리는 이제 그만 하겠다.

주진은 그가 이렇게 말하자 더 이상 양보하지 않고 결국 자기가 먼저 자리에 앉았다. 사람들도 모두 읍(揖)하여 예를 올리며 각자 자리에 앉았다. 주진과 매구의 찻잔에는 생대추가 한 알씩 띄워져 있었고, 나머지는 모두 그냥 찻물만 담겨 있었다. 차를 마시고 나자 탁자 두 개에 술자리를 마련했다. 그리고 주 선생을 상석에, 매구를 다음 자리에 앉히고, 나머지 사람들도 모두 나이 서열에 따라 자리에 앉아 술을 마셨다. 주진은 술잔을 받아 손에 들고 사람들을 향해 잔을 흔들어 사례한 후, 단번에 잔을 비웠다. 이어서 탁자마다 여덟, 아홉 개의 음식 그릇이 놓였으니 돼지 머리 고기와 수탉, 잉어, 돼지 뱃살, 폐, 간, 내장 따위였다. 그리고 "듭시다!" 하는 소리와 함께 일제히 젓가락을 드니, 바람에 구름이 휩쓸리듯 순식간에 음식이 반쯤 사라졌다.

그런데 주 선생은 음식에 전혀 손을 대지 않았다. 신상보가 말했다.

"선생께선 왜 드시지 않습니까? 설마 집주인인 제가 무슨 잘못을 한 것은 아니겠지요?"

그러면서 맛난 것을 골라 담아 주진에게 건네주었다. 주진이 그를 말리며 말했다.

"사실 저는 채소만 먹습니다."

사람들이 말했다.

"이거 요리 선택을 잘못했군요. 그런데 선생께선 왜 채소만 잡수십니까?"

"돌아가신 모친께서 예전에 병환 중이실 때, 관음보살상 아래에서 채식만 하기로 맹세했습니다. 그 뒤로 지금까지 10년 이상 지났습니다."

매구가 말했다.

"선생께서 채식을 하신다니 재미있는 이야기 하나가 생각나는군요. 예전에 성안에 있을 때 제 동년(同年)의 부친[案伯]*이신 고상공 댁에서 들은 얘기입니다. 어떤 선생이 한 자로 시작해서 일곱 자까지 이어지는 시를 지었다는데……"

사람들은 모두 젓가락질을 멈추고 그가 읊는 시를 들었다.

어리석은
수재
1년 내내 채소만 먹는데,
볼에는 수염이 가득하고
경서는 펼쳐 보지도 않네.
종이와 붓 제 알아서 준비하더니
내년에는 초청하지 않아도 알아서 오겠다고 하네.
獃, 秀才, 吃長齋,
鬍鬚滿腮, 經書不揭開,
紙筆自己安排, 明年不請我自來.

이렇게 읊고 나서 그가 말했다.

"여기 주 형님께선 이렇게 큰 재능이 있으시니 어리석진 않습니다."

그러더니 또 입을 가리고 말했다.

"'수재'는 때를 기다리면 되는 것이겠고, '1년 내내 채소만 먹는데, 볼에는 수염이 가득하'다는 것은 그야말로 정곡을 찌른 말입니다그려!"

말을 마치고 그가 하하 큰 웃음을 터뜨리자, 다른 사람들도 일제히 웃기 시작했다. 주진은 기분이 언짢았다. 그러자 신상보가 얼른 한 잔을 따르며 말했다.

"매삼상께서는 한 잔 올리셔야 마땅합니다. 고 상공 댁의 서석(西席)*으로 계시던 분이 바로 주 선생이십니다."

매구가 말했다.

"그건 제가 몰랐군요. 벌을 받아야 한다면 마땅히 받아야지요! 하지만 이 이야기는 주 형님을 두고 한 것이 아닙니다. 그분 말씀이 어느 수재의 이야기라고 하시더군요. 하지만 채소만 먹는 것도 좋은 일입니다. 예전에 제 외숙께서는 오로지 채소만 잡수셨습니다. 나중에 수재에 급제하여 선생님께서 정제(丁祭)*에 바쳐진 생고기를 보내오시자, 외조모께서 이렇게 말씀하시더군요.

'정제에 바쳐진 고기를 먹지 않으면 성인께서 나무라실 것이니, 크게는 재앙이 내릴 것이고 작게는 병을 앓게 될 게야.'

해서 어쩔 수 없이 채식만 잡수시는 걸 그만둘 수밖에 없었지요. 여기 주 형님께서도 금년 가을 제사에 틀림없이 보내온 생고기를 받게 되실 텐데, 설마 그때도 채식을 고집하시진 않겠지요?"

사람들은 그 말이 매우 길한 예언이라고 칭송하며 모두 한 잔을 따라 주 선생에게 미리 축하했다. 주 선생은 얼굴이 벌게졌다가 하얘졌다 하면서도 어쩔 수 없이 모두에게 감사하며 술잔을 받았다. 주방에서 탕과 요깃거리(點心)를 내왔는데, 큰 쟁반에 담은 속을 채운 만두와 기름에 지진 밀가루 떡(扛子火燒) 한 접시였다. 사람들이 말했다.

"이 요깃거리는 정갈한 것이니 선생께서도 조금 잡숴 보십시오."

주진은 탕 안에도 정갈하지 못한 것이 들어 있을까 걱정하여 차를 따라 달라고 해서 요깃거리를 먹었다.

좌중에서 한 사람이 신상보에게 물었다.

"댁의 사돈께서는 오늘 어디 계십니까? 오셔서 선생님과 자리를 함께하시지 않고?"

"쾌반 이 나리 댁에 술자리가 있어서 가셨습니다."

또 다른 사람이 물었다.

"이 나리께선 요 몇 년 동안 신임 현감 나리 밑에서 정말 열심히 뛰셨으니 아마 1년도 못 돼서 엄청난 은자를 벌었을 겁니다. 다만 사돈 영감이 도박을 좋아하는지라 서반의 황 나리만큼은 못하지요. 황 나리도 처음엔 도박판을 기웃거리더니 몇 년 전부터 마음을 잡고 딱 끊으셨지요. 집도 하늘 궁전처럼 대단하게 지어 놓았다니까요!"

순 노인이 신상보에게 말했다.

"자네 사돈이 아전이 된 후 그래도 시운(時運)이 순조로웠다고 할수 있지. 2년만 더 지나면 아마도 황 나리같이 뜻을 이루겠구면."

"사돈 영감도 능력이 있는 편입니다만, 황 나리 수준이 되려면 한참 멀었지요."

매구가 밀가루 떡을 먹다가 말을 받았다.

"꿈도 조금은 맞는 데가 있는 법이지요."

그리고 주진을 향해 물었다.

"형님께선 근래 과거에 응시하실 때 무슨 꿈을 꾸신 적이 있습니까?"

"그런 건 없었소이다."

"올해는 운이 좋을 겁니다. 정월 초하루에 제가 꿈에 아주 높은 산에 올라갔는데, 하늘의 해가 정확하게 제 머리 위로 떨어졌습니다. 깜짝 놀라 온 몸이 땀에 젖은 채 깨어나 머리를 만져 보니 아직 열기가 조금 남아 있는 듯했지요. 그때는 그게 무슨 이유 때문인지 몰랐는데, 지금 생각해 보니 정말 딱 들어맞는군요!"

요깃거리를 다 먹고 나자 또 술을 한 순배 돌려 마셨다. 날이 어두워져 불을 켤 즈음이 되자 매구가 사람들과 작별하고 돌아갔다. 신상보는 남색 베로 만든 이불을 꺼내 와 주진에게 주며 관음암에 가서 쉬도록 했다. 승려에게 미리 얘기해 놓아서 학당은 후문에 있는 두 칸짜리 건물로 정했다.

학당이 문을 열던 날, 신상보가 사람들과 함께 학생들을 데리고 왔다. 크고 작은 학생 몇 명이 선생님께 인사를 하고 나자 사람들은 각기 흩어졌다. 주진은 자리로 나아가 공부를 가르쳤다. 저녁이 되어 학생들이 돌아가자 주진은 학생들 집에서 보내온 사례금 봉투를 뜯어보았다. 순 노인네 집에서 은자 한 냥과 찻값 여덟 푼을 보내왔을 뿐 나머지 집은 서너 푼만 넣었고, 동전 열 닢 정도만 보내온 집도 있어 모두 모아도 한 달 밥값도 되지 않았다. 주진은 한데 모아 승려에게 주고, 모자라는 것은 나중에 주기로 했다. 아이들은 멍청한 소처럼 잠시라도 주의를 기울이지 않으면 밖으로 몰려가 기왓장 치기 놀이를 하거나 축구를 하며 매일 말썽을 피워 댔다. 그래도 주진은 성질을 꾹 누르고 앉아 공부를 가르치고 훈도할 수밖에 없었다.

어느새 두 달 남짓 시간이 흘러 날씨가 점점 따뜻해지고 있었다. 주진은 점심을 먹은 후, 뒷문을 열고 나가 강가에서 경치를 구경했다. 시골 마을이지만 강가에는 복숭아나무와 버드나무 몇 그루가 푸른 녹음 사이에 울긋불긋 어울려 보기 좋은 경치를 연출하

고 있었다. 한 바퀴 둘러보고 나자 부슬부슬 가랑비가 내리기 시
작했다. 주진은 다시 안으로 들어와 비 내리는 강을 바라보았다.
먼 숲을 감싼 안개로 경치는 더욱 그윽했다. 빗발은 점점 거세졌
는데, 문득 상류 쪽에서 배 한 척이 비를 뚫고 내려오고 있었다.
그 배는 그다지 크지 않은데다 부들로 뜸을 얹은 것이었기 때문에
비를 견디기 어려워 보였다. 배가 강가로 다가오면서 선창에 한
남자가 앉아 있고, 뱃고물에 두 명의 하인이 앉아 있는 모습이 보
였다. 뱃머리에는 밥 광주리 하나가 놓여 있었다. 거의 물가에 닿
게 되자 그 사람은 연신 사공을 불러 배를 정박시키라 소리치더
니, 하인들을 거느리고 뭍으로 올라왔다.

주진이 보니 그 사람은 방건을 쓰고 멋들어진 남색 비단 도포를
입고 바닥이 하얀 검은 가죽 장화를 신고 있었다. 세 가닥 콧수염
과 턱수염을 기른 그 남자는 대략 서른 살 남짓 돼 보였다. 그는
후문 입구로 걸어오더니 주진에게 손을 들어 인사하고 곧장 안으
로 들어오면서 혼자 중얼거렸다.

"알고 보니 학당이었군."

주진이 따라 들어와 공손히 읍하며 인사하자 그 사람은 고개만
까딱하며 말했다.

"당신이 선생이신가 보군요."

"그렇습니다."

그러자 그가 하인에게 물었다.

"스님은 왜 보이지 않지?"

그렇게 말하는 사이에 승려가 바삐 걸어 나오며 말했다.

"왕 나리셨군요. 앉으시지요! 저는 가서 차를 내오겠습니다."

그리고 주진에게 말했다.

"왕 나리는 바로 지난해에 향시에 급제하신 분입니다. 선생께서

44

잠시 모시고 계십시오. 저는 가서 차를 내오겠습니다."

거인〔擧人〕 왕혜(王惠)*도 사양하지 않고, 하인이 걸상을 하나 펴자 바로 상석에 앉았다. 주진은 아랫자리에 배석했다. 왕혜가 말했다.

"선생께선 성씨가 어떻게 되십니까?"

주진은 그가 거인임을 감안하여 이렇게 대답했다.

"후배〔晚生〕는 주가입니다."

"작년엔 어느 집에서 선생으로 계셨소?"

"현문 어귀의 고 상공 댁에 있었습니다."

"귀하가 바로 우리 백(白) 선생님이 주재한 시험에서 1등으로 동생에 합격한 분이구려? 요 몇 년 동안 둘째 형님 댁에서 글 선생을 하고 계시다더니, 틀림없구려!"

"선배께서도 고 상공과 아는 사이신가 보군요?"

"둘째 형님은 저희 집에서 책서(冊書)*로 계신 적이 있고, 또 저와는 의형제를 맺은 사이지요."

잠시 후, 승려가 차를 올렸다. 주진이 차를 마시고 말했다.

"선배님의 주권(朱卷)*을 이 후배도 열심히 읽어 본 적이 있습니다. 뒷부분의 두 단락은 특히 훌륭하더군요."

"그 두 단락은 내가 지은 것이 아닙니다."

"선배님께서 지나치게 겸손하시는군요. 그럼 그게 누가 지은 것이겠습니까?"

"내가 지은 것도 아니지만, 남이 지은 것도 아닙니다. 당시 두장(頭場)*은 초아흐렛날에 열렸는데, 날이 저물도록 첫 번째 문장도 다 쓰지 못하자 마음에 의혹이 일더군요. '평상시에는 아주 빨리 썼는데 오늘은 왜 이리 느리지?' 하고 말입니다. 도무지 이유가 생각나지 않던 차에 저도 모르게 깜박 졸음이 쏟아져서 호판(號

板)*에 엎드려 잠깐 선잠이 들었습니다. 그런데 갑자기 얼굴이 푸르스름한 사람 다섯 명이 소리치며 달려 들어왔습니다. 그 가운데 한 사람은 손에 큰 붓 한 자루를 들었는데, 그걸로 제 머리에 점을 하나 찍고는 바로 달려 나가 버렸습니다. 바로 뒤이어 비단 모자를 쓰고 붉은 도포에 금색 허리띠를 맨 사람이 주렴을 걷고 들어오더니 저를 툭 치며, '왕공, 일어나시오' 하고 말했습니다. 저는 깜짝 놀라 온 몸에 땀을 흘리며 잠에서 깨어나, 손에 붓을 들고는 저도 모르는 사이에 글을 써냈습니다. 정말 시험장 안에 귀신이 있다는 것을 알 수 있었지요. 이 이야기를 당시 감독관으로 계셨던 좌사(座師)*께 해드린 적이 있는데, 그분께서는 제가 분명 장원급제[鼎元]*할 운수라고 말씀하시더군요."

그가 한참 열을 올리며 얘기하고 있는데, 학생 하나가 글자 쓰기 연습한 것을 들고 와서 봐달라고 했다. 주진이 두고 가라고 하자 왕혜가 말했다.

"괜찮습니다. 가서 봐주십시오. 저도 다른 일이 있습니다."

주진은 어쩔 수 없이 자리로 나아가 학생이 글자 쓰기 연습한 것을 봐주어야 했다. 왕혜가 하인에게 분부했다.

"날도 이미 저물고 비도 그치지 않으니, 배에 있는 음식 광주리를 가져오너라. 그리고 스님더러 쌀을 좀 가져가서 밥을 지어 달라고 하고. 사공에게는 기다렸다가 내일 일찍 떠나자고 전해라."

그리고 주진에게 말했다.

"방금 성묘하고 돌아오던 길인데 갑자기 비를 만나서 하룻밤 묵어가야겠습니다."

그렇게 말하다가 그는 갑자기 고개를 홱 돌려 학생의 습자지(習字紙)를 바라보았다. 그리고 거기에 적힌 순매(荀玫)라는 이름을 발견하고는 자기도 모르게 깜짝 놀라 잠시 혀를 차며 뭐라고 중얼거렸다. 그런 그의 얼굴에는 온갖 괴상한 표정이 나타났다. 주진은 이유를 물어보기도 뭐해서, 검사를 마치자, 그냥 그의 옆에 앉아 있었다. 그러자 왕혜가 물었다.

"조금 전의 그 학생은 몇 살입니까?"

"이제 일곱 살이 되었습니다."

"올해부터 글을 배우기 시작한 것입니까? 그 이름은 선생께서 지어 준 겁니까?"

"아닙니다. 글을 배우기 시작할 때 그 애의 부친이 새로 수재가 된 매 붕우에게 부탁하여 지은 것입니다. 매 붕우는 자기 이름이 '구(玖)'라서 그 애에게도 임금 왕(王) 변*의 글자로 이름을 지어 주며, 장차 자기처럼 되라는 뜻이라고 말했답니다."

왕혜가 웃으며 말했다.

"이거 참 재미있는 얘기로군요! 제가 올해 정월 초하루에 꿈에서 회시의 급제자 명단을 보았는데, 거기에 제 이름이 들어 있는 것은 말할 필요도 없겠지요. 그런데 세 번째 이름이 역시 문상현 사람 순매라고 적혀 있더군요. 저는 우리 현에 이렇게 순씨 성을 가진 효렴(孝廉)*은 없어서 이상하다고 생각했는데, 이 어린 학생의 이름이 그것과 같을 줄은 전혀 몰랐습니다. 설마 제가 그 아이와 함께 급제하는 것은 아니겠지요!"

이렇게 말하고 그는 "하하!" 하고 큰 소리로 웃으며 말했다.

"꿈이란 게 꼭 맞지는 않는 게야! 게다가 공명을 이루는 것과 같은 큰일은 결국 문장이 중요한 법. 어디 무슨 귀신 따위가 있다는 거야!"

"선배님, 꿈도 맞는 경우가 있습니다. 제가 처음 이곳에 왔을 때, 마을의 매 붕우를 만난 적이 있습니다. 그분 역시 정월 초하루에 꿈에서 크고 붉은 해가 자기 머리에 떨어지는 꿈을 꾸었다는데, 정말 올해에 벼락출세를 했습니다."

"그건 더 맞지 않는 얘깁니다. 그 사람이 수재에 급제한 게 해가 머리 위에 떨어진 꿈 때문이었다면, 저처럼 출세한 사람의 머리에는 하늘이라도 떨어졌어야 마땅하지 않겠습니까?"

그들은 그렇게 한가한 대화를 나누다 등불을 밝혔다. 집사가 술과 밥, 닭고기, 생선, 오리고기, 돼지고기 등을 가져와 네모난 식탁에 가득 늘어놓았다. 왕혜는 주진에게 권하지도 않고 혼자 앉아 먹고는 그릇을 치워 버렸다. 그런 다음 승려가 주진의 식사를 보내왔는데, 시든 채소 잎 한 접시와 뜨거운 물 한 병이 전부였다. 주진도 먹고 나자 잠자리를 준비시켜서 각자 잠을 잤다.

다음 날 아침에는 날이 이미 개어 있었다. 왕혜는 일어나 세수를 하고 옷을 입은 다음, 두 손을 맞잡아 공수 인사를 하고서 배를 타고 떠났다. 땅바닥에 온통 널린 닭 뼈다귀며 오리 날개, 생선 가시, 수박씨 껍질들 때문에 주진은 머리가 어지러울 지경이었다. 그는 아침 내내 그것들을 치워야 했다.

이 일이 있고 나서 설가집 사람들은 모두 순씨 집안의 아이가 왕혜와 같은 해에 진사에 급제할 거라는 소문을 알게 되어 우스갯소리로 퍼뜨렸다. 같이 공부하는 학생들도 순매의 이름을 부르지 않고 '순 진사'라고 불렀다. 각 집안의 어른들은 이 이야기를 듣고 기분이 상해 순 노인에게 일부러 축하 인사를 올리며 봉옹(封翁)* 나리라고 불러 대니, 순 노인은 화가 났지만 뭐라고 대꾸할 말이 없었다. 신상보가 뒤에서 사람들에게 말했다.

"왕 거인이 직접 이런 말을 했을 리가 있겠소? 주 선생이 보기에 우리 마을에서 순씨 집안에만 돈이 좀 있는 것 같으니까 그런 말을 날조해서 아부한 것이겠지. 명절이면 그 집에서 음식이라도 넉넉히 보내 주길 바라는 걸 테지요. 내가 전에 듣기로는 순씨 집

안에서 국수하고 두부 따위를 삶아 암자로 보냈고, 또 만두하고 밀가루 떡도 몇 차례 보냈답니다. 바로 이런 이유 때문인 게지요."

사람들이 모두 달가워하지 않자, 이 일로 주진은 처신이 곤란해 졌다. 그렇지만 하 총갑의 체면 때문에 학당 일을 그만두지도 못한 채 1년이 지나갔다. 나중에는 하 총갑도 그가 고지식하기 그지없어서 찾아와 사례할 줄도 모른다며 그를 못마땅하게 생각하게 되어, 마을 사람들이 주진을 해고해도 아무 말도 하지 않았다.

학당 일을 그만두게 되자 주진은 먹고 살기가 힘들어졌다. 하루는 그의 자형인 김유여(金有餘)가 찾아와 권했다.

"처남, 이런 말 한다고 이상하게 생각하지 말게. 공부하여 공명을 구하는 일은 아무래도 어려워진 것 같네. 사람이 태어나 힘 안들이고 이익을 얻기는 어려운 법일세. 이렇게 죽도 밥도 아닌 꼴로 얼마나 가겠나? 내 지금 큰 자본을 가진 사람 몇 명과 함께 물건을 사러 성안에 들어가려고 하는데, 마침 장부를 기록할 사람 하나가 부족하네. 차라리 우리와 같이 가세. 우리 일행과 같이 다니면 자네 한 사람 먹고 입는 것은 해결할 수 있지 않겠나?"

주진은 이 말을 듣고 혼자 생각했다.

'앉은뱅이가 우물에 빠진들 앉은뱅이밖에 더 되겠어(癱子掉在井裏, 撈起來也是坐)?'*

그는 즉석에서 그러마고 대답했다.

김유여는 좋은 날을 골라 일단의 행상들과 함께 출발하여 성안의 잡화행(雜貨行)에 자리를 잡았다. 주진은 별로 할 일이 없어 한가롭게 거리를 돌아다니다가, 과거 시험장[貢院] 수리를 맡았다고 떠들어 대는 장인들을 보게 되었다. 그들을 따라 시험장 입구까지 간 주진은 슬쩍 들어가 보려 했지만, 문지기에게 채찍을 맞고 쫓겨나고 말았다. 저녁에 그가 자형더러 한번 가 보고 싶다고 하자, 김유여는 별 수 없이 약간의 돈을 써야만 했다. 또 행주(行主)에게 안내를 부탁하고, 나머지 행상들도 모두 함께 구경하러 갔다. 행주가 문으로 들어가 돈을 쓰자 아무도 막지 않았다. 용문(龍門)* 밑에 이르자 행주가 문을 가리키며 말했다.

"이보시게, 여기가 바로 상공들이 들어가는 문이라오."

그리고 양쪽으로 늘어선 호방(號房)의 문을 들어서자 행주가 말했다.

"여기는 천자호(天字號)*인데, 들어가 구경해 보시구려."

주진이 안으로 들어가 보니 두 개의 호판이 가지런히 놓여 있었다. 그는 자신도 모르게 눈시울이 뜨거워져서 긴 탄식을 터뜨리더니, 갑자기 호판에 머리를 들이받고는 그대로 몸이 굳으면서 정신을 잃었다. 그런데 이 한 번의 죽음으로 다음과 같은 새로운 이야기가 생겨난다.

여러 해 실패하다
어느 날 갑자기 풍운을 만났네.
평생 처량히 지내다
끝내 드높은 명성 날리게 되었네.*
累年蹭蹬, 忽然際會風雲.
終世淒涼, 竟得高懸月旦.

주진의 목숨이 어떻게 될까? 이에 대해서는 다음 회를 들어 보시라.

와평

 '부귀공명' 이야말로 이 책의 큰 주제이며, 작자가 기꺼이 천변만화(千變萬化)의 필치로 묘사하고 있는 것이다. 처음에는 왕후장상에 대해 묘사하지 않고 한낱 하 총갑 한 사람을 묘사한다. 총갑이 어찌 부귀공명에 들어맞는 신분이겠는가? 그러나 저 의기양양하며 스스로 기꺼워하는 모습은 "벼슬 사는 사람은 상서를 바라고, 아전은 우두머리를 바란다(官到尚書, 吏到都)"는 것과 꽤 비슷하다. 석가모니가 말한 '삼천대천세계(三千大千世界)'나 장자(莊子)가 말한 "하루살이는 그믐과 보름을 모르고, 쓰르라미는 봄가을을 모른다(朝菌不知晦朔, 蟪蛄不知春秋)"는 것과 같은 뜻이다. 문장의 오묘함이 이런 경지에 이르렀다.

 매구가 스스로에 대해 기꺼워하며 득의양양해하지만, 세상에는 또한 그보다 더한 왕혜 같은 이도 있음은 모르고 있다. 심하도다! 부귀공명에도 등급의 차이가 있단 말인가!

 왕혜의 시험장에 귀신이 뛰어든 것은 거짓 꿈이지만, 순매가 왕혜와 같은 해에 진사에 급제한다는 것은 진짜 꿈이다. 가짜 꿈에 대해서는 억지로 믿을 만하다 하고 진짜 꿈에 대해서는 믿을 수 없다고 여긴다. 이로써 망령되고 어리석은 이들의 마음 씀씀이와 성정(性情)을 생생하게 묘사했다.

 주진은 진부하고 고지식한 선비이다. 그 속내를 보면 아는 거라곤 관음보살에게 맹세한 대로 채식을 고집하는 일, 왕혜의 답안지를 열심히 읽는 일뿐이다. 이것 말고는 아무것도 없음을 알겠다.

 채식에서 꿈 이야기를 이끌어 내고, 또 매구의 꿈을 통해 왕혜의 꿈을 예시했다. 문장이 그물처럼 꽉 짜인 구성 속에 형형색색의 오묘함이 담겨 있다.

서술문에서는 황 나리나 이 나리, 고 상공 같은 사람은 등장하지 않는다. 하지만 사람들의 입을 통해 흥미진진하게 언급되니, 마치 실제로 그런 사람이 있는 듯하다. 『사기(史記)』의 필법(筆法)에 정통하지 않으면 이렇게 써내기 힘들 것이다.

김유여는 "사람이 태어나 힘 안 들이고 이익을 얻기는 어려운 법"이라고 했다. 이 말은 천고의 영웅호걸들을 모두 통곡하게 만들 만하다! 통소 부는 대부(大夫)나 낚싯대 드리운 왕손(王孫)만이 처량하고 외로운 건 아니리라. 성안에 가서 장사하는 것은 극히 일상적인 일이지만, 그 와중에 과거 시험장을 수리하는 모습을 보게 되었으니, 그 상황이 이처럼 사실에 가깝게 묘사되어 있는 것이다.

제3회
주진은 학정*이 되어 인재를 발탁하고,
백정 호씨는 주먹을 휘둘러 합격을 알리다

주진이 성안의 과거 시험장을 보고 싶어 하자, 그 바람이 얼마나 간절한지 아는 김유여는 어쩔 수 없이 돈 몇 푼을 쓰고 함께 구경을 갔던 것이다. 그런데 주진이 천자호에 이르자마자 머리를 들이박고 땅바닥에 뻗을 줄 누가 짐작이나 했겠는가? 사람들은 모두 황당해하면서 급살을 맞았나 보다고 할 뿐이었다. 행주가 말했다.

"이곳 시험장 안은 한동안 사람이 온 적이 없어, 충천해 있던 음기에 주씨가 급살을 맞았나 보오."

"제가 부축하고 있을 테니, 일꾼들에게 가서 뜨거운 물을 얻어다가 먹여 주십시오."

김유여의 말에 행주가 그러마 하고 물을 가지고 왔다. 그리고 서너 명의 행상들이 함께 부축하여 물을 먹이자 주진의 목구멍에서 컥컥 소리가 나더니 가래침을 뱉어 냈다. 모두들 "살았네!"라고 외치며 그를 부축해 일으켰다. 주진은 천자호판(天字號板)을 보더니 다시 머리를 들이박았다. 그러나 이번에는 숨은 넘어가지 않았지만, 목 놓아 울기 시작했다. 여러 사람들이 계속 말려도 소용이 없었다. 김유여는 이렇게 말했다.

"여보게, 미쳤나? 시험장 구경도 잘 했고 처남 집에 초상이 난 것도 아닌데 왜 이렇게 목 놓아 통곡하는가?"

주진은 들은 체도 않고 호판에 엎어져 울기만 했다. 첫째 호방을 지나 다시 둘째, 셋째 호방에 이르기까지 통곡하면서 땅바닥을 데굴데굴 구르며 울고 또 울었다. 그 울음에 사람들은 모두 가슴이 찢어지는 것 같았다. 김유여는 보다 못해 행주와 함께 좌우에서 주진의 두 팔을 꽉 붙잡고 일으키려 했지만, 그는 꿈쩍도 하지 않고 한참을 울었다. 그렇게 또 한참을 울더니 결국 붉은 피까지 토해 냈다.

사람들이 달려들어 주진의 팔다리를 잡아 떠메고 나와 과거 시험장 앞의 찻집으로 가서 자리에 앉힌 다음 차를 권했다. 그러나 주진은 코를 훌쩍거리고 눈물을 뚝뚝 흘리면서 넋을 놓고 있었다. 일행 중 한 행상이 물었다.

"주씨에게 무슨 사연이 있소? 여기에 오자마자 이렇듯 통곡을 하는 이유가 뭐요? 너무 슬피 우는구려."

"여러분은 잘 모르시겠지만, 제 처남은 원래 장사를 하던 사람이 아닙니다. 수십 년간 힘들게 공부를 했지만 수재 한 번 되지 못했어요. 그러다 오늘 이렇게 과거 시험장을 보자 불현듯 슬픔이 복받친 것이겠지요."

김유여의 말에 정곡을 찔린 주진은 다른 사람들이 쳐다보거나 말거나 또 목 놓아 울기 시작했다.

"그렇다면 김 형 잘못이 큽니다. 주 상공같이 공부하는 양반을 무엇 때문에 데리고 나와 이런 일을 시킵니까?"

"찢어지게 가난한 선비 처지에다 훈장 노릇도 할 수 없으니 이 길밖에 없지 않겠습니까?"

"자네 처남이 이러는 걸 보니 필경 품은 재주와 학식은 남다르나 알아주는 사람이 없어서 이 지경에 이른 모양이네."

"재주와 학식이 있어도 시운(時運)이 따르지 않는 걸 어쩝니까?"

"감생(監生)*이라면 향시를 치를 자격이 되지. 주 상공에게 재주와 학식이 있다면 돈을 주고 감생이 되어 시험을 보면 되지 않나? 합격만 하면 오늘의 설움이야 다 풀릴 테니."

"저도 그 생각을 해 보았지만 어디서 그 큰돈을 구합니까!"

이때 주진은 울음을 그쳤고, 그 행상은 이렇게 말했다.

"그야 어렵지 않지. 지금 여기 있는 우리가 은자 몇 십 냥씩 추렴해서 주 상공에게 빌려 주어 감생으로 시험을 치르도록 해 줌세. 만일 합격해서 관직을 얻으면 그건 우리의 은자 덕분인 게지. 설사 그 돈을 주 상공이 갚지 않더라도, 강호를 떠도는 우리가 은자 몇 냥 손해 보는 건 별 일도 아니지 않은가? 하물며 이건 좋은 일이 아닌가. 여러분 의견은 어떠신가?"

행상들이 입을 모아 말했다.

"'군자는 다른 사람의 훌륭함을 완성시켜 준다'*고 했습니다. 또 '의를 보고도 행하지 않으면 용기가 없는 것'*이라는 말도 있습니다. 우리가 어찌 마다하겠습니까! 다만 주 상공이 따라 주실지 모르겠군요."

"그렇게만 해 주신다면 저를 다시 태어나게 해 주시는 겁니다. 저 주진이 나귀나 말이 되어서라도 반드시 보답하겠습니다!"

주진이 땅바닥에 엎드려 몇 번이나 머리를 조아리자 행상들도 답례하였다. 김유여 역시 행상들에게 감사 인사를 했다. 다시 차를 몇 잔 마시고 나서 주진은 울음을 그쳤고, 행상들과 함께 담소를 나누다 잡화행으로 돌아왔다.

그 다음 날 행상 네 사람이 과연 은자 2백 냥을 준비해 와서 김유여에게 건네주었고, 그 밖의 비용은 모두 김유여가 도맡았다. 주진은 행상들과 김유여에게 다시 한 번 감사 인사를 했다. 행주가 주진을 대신해 여러 사람을 초대해 잔치를 벌였다. 김유여는 은자를 가지고 성(省)의 수납 기관인 번고(藩庫)로 가서 돈을 내고 영수증[庫收]을 받아 왔다. 마침 학정이 녹유(錄遺)*를 주관하러 오자 주진은 바로 시험을 치를 감생 명단에 첫 번째로 이름을 올렸다. 8월 8일, 과거 시험장에 들어간 주진은 자신이 통곡하던 자리를 보자 기쁜 마음을 주체할 수 없었다. 자고로 '좋은 일이 생기면 정신도 맑아진다(人逢喜事精神爽)'더니 과연 그는 멋들어지게 답안을 작성해 냈다. 시험을 치르고 나서 주진은 전처럼 잡화행에 머물렀다. 김유여와 그 행상들은 아직 물건을 다 사지 못하고 있었다.

합격자를 발표하는 날이 되었다. 주진은 좋은 성적으로 합격했다. 모두 너 나 할 것 없이 기뻐하며 나란히 문상현으로 돌아왔다. 주진은 현령과 학사(學師)를 찾아가 인사를 드렸고, 지현의 보좌관인 전사(典史)*는 후배[晚生]를 자청하며 찾아와 축하했다. 문상현의 사람들은 친척 아닌 이들도 친척이라며 인사를 왔고, 왕래가 없던 사람들도 찾아와 알은체를 했다. 이렇듯 금방 한 달이 지났다. 신상보가 이 소식을 듣고 설가집 사람들에게 한두 푼씩을 추렴해 닭 네 마리와 달걀 쉰 개, 볶은 쌀과 환단(歡團)* 등을 사 들고 직접 축하하러 왔다. 주진은 그를 잘 대접해서 보냈다. 순 노인이 축하 인사를 온 것은 말할 필요도 없다. 주진이 회시(會試)를 치르러 경사에 가게 되자, 노잣돈이며 옷가지는 모두 김유여가 마련해 주었다. 경사에서 회시를 치른 주진은 다시 진사에 합격하고, 전시(殿試)에서 삼갑(三甲) 안에 들어서 부속(部屬)*으로 임명되었다. 눈 깜짝하는 사이에 3년이 흘러, 주진은 어사(御史)*로 승진해 광동(廣東) 지역의 학정으로 발령을 받았다.

주진도 문장을 살펴볼 보좌관 몇 명을 채용하긴 했지만 속으로는 이런 생각을 했다.

'내가 이것 때문에 오랫동안 고생했지. 이제 내게 권한이 생겼으니 시험 답안을 하나하나 꼼꼼히 살펴볼 것이야. 막객(幕客)*말만 듣고 제대로 된 인재를 억울하게 만들어서는 안 되지.'

이렇게 마음을 다잡은 주진이 부임지인 광주(廣州)에 도착하였다. 다음 날 문묘(文廟)에 분향을 하고, 시험에 대한 방을 내걸었다. 그리고 우선 생원들을 대상으로 한 시험을 두 차례 주관한 후, 남해현(南海縣)과 번우현(番禺縣)의 동생들을 대상으로 한 시험을 거행하였다. 주진이 관아의 대청에 앉아 있자니 동생들이 연이어 들어왔다. 젊은 사람, 나이 든 사람, 단아하게 생긴 사람, 노루 머리에 쥐 눈을 한 사람, 의관이 가지런한 사람, 남루하고 다 떨어진 옷을 입은 사람 등 그야말로 각양각색이었다.

한참 후 한 동생이 들어오는데 그는 비쩍 마른 몸에, 누렇게 뜬 얼굴에는 희끗희끗한 수염을 기르고 다 해진 펠트 모자를 쓰고 있었다. 광동 지방 날씨가 따뜻하다고는 하지만 때는 이미 12월 상순이었다. 그러나 그 동생은 아직도 삼베 도포를 입고 추위에 몸을 잔뜩 웅크린 채 시험지를 받아 들고 자신의 호방으로 갔다. 주진은 그를 마음에 잘 담아 둔 채 문을 닫고 들어갔다. 답안지를 제출하고 나가도 좋다고 알리는 첫 번째 팻말이 걸리는 정오 무렵, 주진이 나와 앉아 있으려니 그 삼베 도포를 입은 동생이 답안지를 제출하러 왔다. 그가 걸친 옷은 몹시 낡아 호방 안에 있는 동안 몇 군데가 더 찢겨 나간 상태였다. 주진이 자신의 모양새를 보니 붉은 비단 도포에 황금색 허리띠를 맨 것이 얼마나 휘황찬란하던지! 주진은 명부를 뒤적이고 나서 그 동생에게 물었다.

"자네가 범진(范進)인가?"

"예, 그렇습니다."

범진이 무릎을 꿇은 채 대답하였다.

"올해 나이가 몇인가?"

"명부에는 서른 살이라고 적혀 있으나, 실은 쉰네 살이옵니다."

"과거는 몇 번이나 보았는고?"

"제가 스무 살 되던 해에 처음 응시하여 올해까지 스무 차례 남짓 보았습니다."

"어째서 여태 합격을 못 했는고?"

"제 글이 엉터리라서 채점하시는 나리들께서 안 뽑아 주신 거겠지요."

"반드시 그렇지만은 않을 게야. 나가 보게, 답안지는 내가 좀 꼼꼼히 볼 테니."

범진은 고개를 조아리며 물러났다.

시간이 아직 일러서 답안지를 제출하는 동생이 없었기에 주진은 열과 성을 다해 그의 답안지를 한 번 읽어 보았지만 실망스러웠다.

'도대체 무슨 소리를 하고 있는 게야! 이러니 합격을 못 하지!'

주진은 그의 답안지를 한쪽에다 밀어 놓고 더는 보지 않았다. 다시 한참을 앉아 있었으나 답안지를 내려 오는 자가 하나도 없었다.

'범진의 답안지를 한 번 더 봐야겠어. 명석한 구석이 털끝만큼이라도 있다면, 그 의지를 가상히 여겨 좀 봐줄 수도 있겠지.'

그러고는 처음부터 끝까지 다시 한 번 읽어 보았다. 그랬더니 좀 마음을 끄는 데가 있었다. 다시 한 번 보려고 하는데, 한 동생이 와서 답안지를 내고는 꿇어앉은 채 말했다.

"나리께 구술시험을 받고 싶습니다."

주진은 온화한 얼굴로 말했다.

"네 답안지는 여기 있는데 또 무슨 구술시험이냐?"

"저는 시(詩), 사(詞), 가(歌), 부(賦)에 두루 능통합니다. 나리께서 직접 시험해 보십시오."

주진의 낯빛이 바뀌었다.

"지금의 천자께서는 문장(文章)을 중시하시거늘, 그대는 왜 하필 한(漢), 당(唐)의 일을 들먹이는가(當今天子重文章, 足下何須講漢唐)!* 동생이 되었으면 문장을 짓는 데에 전심전력을 쏟을 일이지 그런 잡다한 것들을 배워 무엇 한단 말이냐! 게다가 나는 어명을 받들어 시험을 주관하러 온 몸이다. 그런데 여기까지 와서 너와 함께 잡학(雜學)이나 들먹이고 있으란 말이냐! 너처럼 이렇게 명성만 좇고 실질을 등한시하는 자라면, 정작 힘써야 할 것들은 내팽개쳤을 것이다. 말하는 것도 모두 겉멋이나 들었을 터. 더볼 것도 없다. 얘들아 어서 쫓아내라!"

불호령이 떨어지자 양편에 늘어서 있던 사나운 공인(公人)들이 그 동생의 팔을 잡아채 끌고 가서 대문 밖에 내동댕이쳤다.

주진은 그를 내쫓긴 했어도 답안지를 집어 들고 살펴보았다. 그는 위호고(魏好古)라는 자로 문장도 꽤 막힘이 없었다.

'꼴찌로 붙여 줘야겠군.'

주진은 붓을 들어 답안지 말미에 점을 찍어 표시를 했다. 그러고는 다시 범진의 답안지를 펼쳐 들었는데, 다 읽고 나자 절로 탄식이 나왔다.

'이런 글은 나 같은 사람도 한두 번 읽어 보고는 이해가 안 되더니, 세 번째가 되어서야 비로소 세상에 둘도 없는 글인 걸 알아보겠구나. 정말 한 자 한 자가 주옥같군! 세상의 어리석은 시험관들이 얼마나 많은 인재들을 좌절시켰을까!'

그러고는 서둘러 붓을 들어 하나하나 권점(圈點)*을 찍고 겉장에 동그라미 세 개를 그린 다음, 1등이라고 적어 넣었다. 또 위호고의 답안을 집어 들고 20등이라고 적어 넣었다. 주진은 답안지를 모아 가지고 들어갔다. 합격자 명단이 나오자 범진이 1등이었다. 합격자들이 인사를 하러 오자 주진은 범진을 진심으로 칭찬해 주었다. 스무 번째 합격자 이름을 부르자 위호고가 올라왔다. 주진은 그에게 "과거 준비에 힘쓰고 잡학을 끊어라" 하고 당부했다. 그리고는 풍악을 울리며 그들을 돌려보냈다. 다음 날 주진이 그곳을 떠나게 되자, 범진은 홀로 30리 밖까지 배웅을 나가 가마 앞에서 허리를 굽혀 인사를 올렸다. 주진이 그를 가까이 불러 말했다.

"큰 그릇은 늦게 만들어지는 법이지. 자네 글을 보니 실력이 경지에 이르렀더군. 이번 시험에서는 반드시 이름을 날릴 걸세. 나는 보고를 올린 후 경사에서 좋은 소식을 기다리겠네."

범진은 다시 고개를 조아려 감사를 표하고 몸을 일으켜 바로 섰다. 주진을 태운 가마가 호위를 받으며 떠났다. 범진은 선 채로 깃대에 달린 의장의 그림자가 앞산 모퉁이를 돌 때까지 바라보며 서 있었다. 그는 가마가 보이지 않게 되자 비로소 숙소로 돌아가 여관 주인에게 작별을 고했다. 범진의 집은 현성(縣城)에서 45리 떨어진 곳에 있었다. 그는 밤새 집으로 돌아와 어머니를 뵈었다. 그의 집은 초가 단칸에 사랑채 한 칸, 그리고 문 밖에는 띠 풀을 엮어 만든 움막이 딸려 있었다. 어머니는 안채를, 아내는 사랑채를 썼다. 그의 아내는 그 마을의 백정 호(胡)씨의 딸이었다.

범진이 수재가 되어 집으로 돌아오자 어머니와 아내 모두 기뻐하였다. 그들이 막 솥을 데워 밥을 지으려 하는데, 장인 호씨가 곱창과 술 한 병을 손에 들고 들어왔다. 범진은 두 손을 맞잡아 읍을 하고 자리에 앉았다. 호씨가 말했다.

"내가 지지리 운이 없어 자네처럼 아무짝에도 쓸모없는 가난한 놈에게 딸을 준 덕에 그간 얼마나 힘들었는지 모르네. 내 무슨 음덕을 쌓았는지 모르나, 그 덕분에 자네가 덜컥 시험에 붙어 무슨 상공이 되었다더군. 그래서 술을 들고 축하하러 왔네."

범진은 연신 "네, 네" 하면서 아내더러 곱창을 삶고 술을 데워오게 해서 움막에 앉았다. 범진의 모친과 아내는 부엌에서 밥을 지었다. 호씨가 또 사위에게 분부했다.

"이제 자네가 이렇게 상공이 되었으니, 무릇 모든 일에 체통을 세워야 하네. 우리 같은 일을 하는 사람들은 모두 점잖고 체면을 지키는 사람들일세. 게다가 나는 자네의 장인이기도 하니 감히 내 앞에서 거들먹거리지는 않을 테지? 동네에서 밭을 가는 자들이나 인분을 모으는 자들은 평범한 백성에 지나지 않아. 그런데 만일 자네가 손을 맞잡고 그들에게 인사를 한다거나 그들을 동등하게 대한다면 이는 모두 학교의 법도를 깨는 일이고, 내 얼굴에까지 먹칠하는 게 되지. 자네는 고지식하고 요령 없는 사람인지라 남들에게 웃음거리가 될까 봐 내 이렇게 부득불 충고 좀 하네."

"지당하신 말씀입니다."

"사돈 마님도 이리 와서 함께 드시지요. 노인네가 매일 풀만 잡수셨을 텐데, 생각만 해도 안됐네요. 얘야, 너도 이리 오너라. 시집온 지 10년이 넘도록 돼지기름이라도 먹어 본 게 고작 두세 번이라도 되는지 원! 쯧쯧, 불쌍하기도 하지!"

호씨의 말이 끝나자 두 사람이 건너와서 자리에 앉아 밥을 먹었다. 해가 서쪽으로 넘어가도록 먹고 호씨는 술이 거나하게 취했다. 범진과 그의 어머니는 몇 번이고 고맙다는 인사를 했고, 호씨는 옷을 풀어 헤쳐 남산만 한 배를 드러낸 채 돌아갔다.

다음 날 범진은 이웃 사람들에게 인사를 가지 않을 수 없었다. 또 위호고가 합격 동기생들 모임을 만들어 서로 왕래하게 되었다.

그리고 그 해는 향시가 열리는 해였기 때문에 몇 번의 시험 준비 모임을 가졌다. 어느새 6월 말이 되어 합격 동기생들은 범진에게 함께 향시를 보러 가자고 했다. 범진은 여비 때문에 장인인 호씨를 찾아갔으나, 호씨는 얼굴에 퉤 하고 침을 뱉고 상욕을 잔뜩 퍼부었다.

"분수도 모르고 날뛰는군! 상공이 되고 나더니 '문둥병 걸린 두꺼비 주제에 백조 고기 생각이 간절한(癩蝦蟆想吃起天鵝肉)' 모양이지! 듣자 하니 자네가 시험에 붙은 것도 문장 탓이 아니라 종사(宗師) 어른이 자네 나이를 생각해서 마지못해 붙여 준 거라며? 이제 내친김에 또 '나리〔老爺〕'라도 되어 볼 셈인가 보지! 나리가 되는 이들은 모두 하늘의 문곡성(文曲星)이 점지해 준 사람들이야! 성안의 장(張)씨 댁 나리들 좀 봐. 그 양반들은 모두 재산도 많고 생긴 게 귀티가 줄줄 흐르잖아? 너처럼 툭 튀어나온 주둥이에 원숭이 볼때기를 한 놈은 싸 놓은 오줌 물에라도 제 꼬락서니를 비춰 봐야지! 되지도 않은 놈이 무슨 백조 고기에 침을 질질 흘려! 일찌감치 그런 생각은 집어치우고, 내년에 우리 업자들이 학관이나 하나 차려 주면 매년 은자 몇 냥은 나올 게야. 그 돈으로 자빠져 죽지도 않는 늙은 네놈 어미와 마누라를 먹여 살릴 생각을 해야지. 나한테 여비를 내놓으라고? 하루에 돼지 한 마리 죽여 몇 푼이나 번다고 너한테 줘? 다 밑 빠진 독에 물 붓기지. 우리 식구더러 애 어른 할 것 없이 찬바람만 씹어 먹고 살라는 게야!"

된통 욕을 해 대는 통에 범진은 문고리도 만져 보지 못했다. 범진은 장인에게 인사를 하고 돌아 나오며 이렇게 생각했다.

'종사 어른 말씀이 내 실력이 경지에 이르렀다 하셨어. 자고로 과거장 밖의 거인은 없다 했으니, 그래도 시험장 안에는 들어가 봐야 마음이라도 편하지 않겠어?'

그래서 범진은 합격 동기생 몇에게 여비를 부탁하여 장인 몰래 향시를 보러 성으로 갔다. 시험을 끝내고 곧장 집으로 돌아와 보니 식구들은 벌써 이삼 일째 배를 곯고 있었고, 이 사실이 호씨에게 알려져 그는 또 한바탕 호되게 욕을 먹었다.

합격자 방이 나붙던 날, 아침밥을 지을 쌀이 없자 어머니는 범진에게 말했다.

"씨암탉이 한 마리 있으니 시장에 내다 팔고, 죽이라도 끓이게 쌀 좀 사 오너라. 하도 굶었더니 두 눈이 다 침침하구나."

범진이 급히 닭을 안고 문을 나선 뒤 두 시간도 못 되어, 딸랑딸랑 방울 소리가 나더니 말 세 마리가 불쑥 대문 안으로 들어섰다. 그리고 세 사람이 말에서 내리더니 말을 움막에 묶어 두고 이렇게 외쳤다.

"범 나리, 어서 나오십시오. 합격을 축하드립니다!"

무슨 영문인지 모르는 범진의 어머니는 놀라 방 안에 몸을 숨기고 있다가 '합격'이니 하는 말이 들리자 겨우 고개만 내밀고 말했다.

"여러분, 좀 앉으세요. 우리 아들은 막 나갔답니다."

"아, 노마님이시군요."

보록인(報錄人)*들은 죽 둘러서서 희소식 값을 달라고 하였다. 이렇게 막 떠들고 있는데 다시 말 몇 마리가 들어오는 소리가 나더니 보록인들이 또 한 무리 두 무리 몰려들었다. 이렇게 온 집이 사람들로 들어차서 움막에는 발 디딜 틈도 없었다. 이웃들도 모두 나와 모여서 구경을 하였다. 범진의 어머니는 어쩔 줄 몰라 하며 어느 이웃 사람에게 아들을 찾아 달라고 부탁했다.

그 사람은 나는 듯이 시장으로 가 샅샅이 찾아보았으나 어디에서도 범진의 모습을 찾을 수 없었다. 그러다 그는 시장 동쪽에서 겨우 범진을 발견했다. 범진은 닭을 품에 안고, 팔 물건이라는 표시인 풀을 손에 든 채, 느릿느릿 걸음을 떼며 사 갈 사람이 없나 여기저기 두리번거리고 있었다. 그 이웃 사람이 소리쳤다.

"범 상공, 어서 갑시다! 당신이 거인이 됐답니다. 그 소식을 전하러 온 사람들로 집이 온통 난리라오."

범진은 그가 자기를 놀리는 줄 알고 못 들은 척 고개를 푹 숙이고 앞을 향해 걸었다. 이웃 사람은 범진이 자기를 상대조차 않자 뒤를 쫓아가 그의 손에 든 닭을 빼앗으려고 했다.

"닭은 왜 뺏으려는 게요? 살 것도 아니잖소."

"당신이 향시에 붙었소. 합격을 알리러 집에 사람들이 와 있다니까요."

"고(高)씨, 오늘은 집에 쌀이라곤 한 톨도 없어 이 닭이라도 팔아야 입에 풀칠을 한단 말이오. 왜 그런 말로 나를 못살게 해요? 당신과 장난칠 생각 없으니 돌아가시오. 괜히 남 닭 파는 데 훼방이나 놓지 말고."

그가 믿지 않자 이웃 사람은 닭을 휙 낚아채 바닥에 내동댕이치고, 그를 질질 잡아끌고 집으로 돌아왔다.

"오셨다! 새 거인 나리께서 돌아오셨다!"

보록인이 범진을 발견하고 이렇게 외쳤다. 사람들은 범진을 에워싸고 축하의 인사를 건네려 하였다. 그가 몇 걸음 들어서며 보니 이미 "귀댁의 범자 진자 어른께서 광동 지역 향시에서 7등으로 합격하였음을 알려드립니다. 경사(京師)에서 열리는 회시에도 꼭 합격하시길 기원합니다"*라고 쓰인 통지서가 집안 한가운데 걸려 있었다.

범진은 방문을 눈으로 보고 다시 또 소리 내어 읽고 하더니, 손뼉을 치며 웃어 대기 시작했다.

"허! 붙었어! 내가 합격했어!"

이렇게 말하면서 뒤로 넘어지더니, 이를 꽉 깨문 채 정신을 잃었다.

범진의 어머니는 너무 놀라서 황급히 뜨거운 물을 먹였다. 범진은 기다시피 일어나 다시 또 박수를 치며 웃어 댔다.

"허! 붙었어! 내가 합격했어!"

그러면서 다짜고짜 문밖으로 뛰쳐나가 버리니, 보록인과 이웃 사람들이 모두 깜짝 놀랐다. 범진은 집에서 멀지 않은 데 있는 못에 첨벙 뛰어들어 몸부림을 쳤다. 머리는 산발에 양손은 진흙투성이가 되어, 온 몸에서 물이 뚝뚝 떨어졌다. 사람들이 붙잡아도 소용없이 그는 박수를 치다가 웃다가 하면서 읍내 쪽으로 걸어갔다. 사람들은 눈만 멀뚱멀뚱 뜬 채 지켜보다 입을 모아 말했다.

"거인이 되더니 너무 기뻐 돌아 버렸어."

"지지리도 박복한 놈! 거인인가 뭔가 되자마자 이런 몹쓸 병을 얻었구나! 이렇게 돌아 버렸으니 언제 제정신이 돌아온단 말이냐!"

범진의 어머니가 통곡하자, 아내 호씨가 말했다.

"아침만 해도 멀쩡히 집을 나서더니 어쩌다 이런 병을 얻었을까! 이를 어쩌면 좋아요!"

"마님, 걱정 마세요. 당장 몇 사람을 보내 범 나리를 따라붙게 할 테니. 그리고 여기 있는 사람들이 집에서 닭이나 달걀, 술과 쌀을 좀 가져다가 우선 희소식을 전하러 온 분들을 대접한 다음 다시 상의해 보지요."

이렇게 이웃들은 범진의 어머니와 아내를 달랬다. 누구는 달걀을, 누구는 백주(白酒)를, 또 누구는 쌀 몇 말을 지고 왔고, 닭 두 마리를 붙잡아 온 이도 있었다. 범진의 아내는 훌쩍거리면서도 부엌에서 음식을 장만해 움막으로 내왔다. 이웃들은 탁자와 의자를 옮겨다 놓고 보록인들에게 음식을 대접하며 대책을 상의했다.

"저렇게 미쳐 버렸으니 어쩌지요?"

"제게 괜찮은 생각이 하나 있는데 어떨지 모르겠네요."

보록인 중 하나가 말했다.

"뭔데요?"

"범 거인께서 평소 가장 무서워하는 사람이 있을 테지요? 나리는 너무 기뻐서 미친 겁니다. 담이 치받쳐 올라와 심규(心竅)를 막은 거지요. 그러니 지금은 그분이 가장 무서워하는 사람만 있으면 됩니다. 그 사람이 따귀를 한 대 때리면서, '합격했단 말은 다 너를 놀려 먹으려는 소리야. 네가 붙긴 뭘 붙어!' 라고 호통을 치게 하십시오. 그럼 그분은 깜짝 놀라 가래를 토한 다음 바로 정신을 차리실 겁니다."

이 말에 이웃 사람들은 모두 옳거니 하면서 손뼉을 쳤다.

"아주 좋은 생각일세. 정말 기막히군! 범 나리가 무서워하는 사람이야 푸줏간을 하는 호 어른을 따라갈 자가 없지. 좋아! 얼른 호 어른을 모셔 오세. 아마 그분은 아직 이 소식도 모르고 시장에서 고기를 팔고 계실 거야."

"시장에서 고기를 팔고 있다면 벌써 알았게? 새벽 4, 5시쯤 시장 동쪽으로 돼지를 잡으러 갔는데 아직 돌아오지 않은 게지. 어서 찾아 데려오자고."

한 사람이 나는 듯이 호씨를 데리러 가다 도중에 축하 인사를 하러 오는 그를 만났다. 그의 뒤에는 물 끓이는 일을 하는 일꾼이 예닐곱 근의 고기와 4, 5천 전(錢)의 돈을 들고 따라오고 있었다. 호씨가 문 안에 들어서자마자 범진의 어머니는 그를 붙잡고 울면서 한바탕 하소연을 늘어놓았다. 호씨는 "이렇게 박복할 수가!" 하면서 깜짝 놀랐다. 밖에 있던 사람들이 호씨에게 이야기해 보라고 아우성이었다. 호씨는 고기와 돈을 딸에게 주고 밖으로 나왔다. 사람들은 사정이 이러저러하다면서 그와 상의하였다. 호씨는 난처해하면서 말했다.

"비록 내 사위라고는 하나, 이제 나리가 되었으니 하늘의 별이란 말일세. 하늘의 별을 때릴 수는 없지! 묘당의 재공(齋公)*들 말씀이, 하늘의 별을 때리면 염라대왕이 즉각 잡아다 쇠몽둥이로 백 대를 때리고 18층 지옥에 던져 두어 영원히 옴짝달싹 못하게 만든다더군. 그런데 내 감히 그런 일을 할 수 있겠나!"

그 말을 듣고 입바른 소리 잘하는 이웃 하나가 말했다.

"관두쇼! 호 어른은 날마다 돼지 잡는 게 생업이잖소. 하얀 칼날이 들어갔다가도 시뻘겋게 되어 나오니, 염라대왕께서 판관을 시켜 살생부에 당신 몫으로 쇠몽둥이 몇 천 대를 달아 놓았는지 모르죠. 거기에 백 대쯤 더하는 일이 뭐 대수롭다고? 곤장을 다 맞아도 이승에서의 죗값을 다 못 치를까 걱정이지. 혹시 아오, 사위의 병을 구해 주면 염라대왕님이 공로를 인정해서 17층 지옥으로 한 단계 올려 주실지?"

"자자, 싱거운 소리는 그만들 하시오. 호 어른, 이번 일은 이 방법밖에 없는 것 같소. 어쩔 수 없으니 한번 시도나 해 봅시다."

보록인이 말했다. 호씨는 사람들이 하도 부추기는 바람에 연거푸 술 두 잔을 들이켜고 담을 좀 키웠다. 그랬더니 조금 전의 소심함은 사라져 버리고 평상시의 험악한 모습이 되살아났다. 그는 기름이 번들번들한 소매를 둥둥 걷어 올리고 읍내로 갔다. 이웃 사람 대여섯 명이 그 뒤를 따랐다. 범진의 어머니가 얼른 쫓아 나와 소리쳤다.

"사돈어른, 놀라게만 하고 심하게 때리지는 마소!"

"당연하지요, 그런 걱정은 마십시오!"

이웃 사람들은 이렇게 말하며 따라갔다.

시장에 도착해 보니 범진은 산발을 하고 진흙이 덕지덕지 붙은 얼굴로, 신 한 짝은 어디다 내팽개친 채 묘당 앞에 서서 여전히 박수를 치며 소리를 지르고 있었다.

"붙었어! 붙었다고!"

호씨는 악귀처럼 그 앞으로 달려가 말했다.

"뒈질 놈! 붙긴 뭐가 붙어?"

그러고는 따귀를 한 대 갈겼다. 그걸 본 이웃 사람들은 터져 나오는 웃음을 참을 수가 없었다. 호씨는 대담하게 한 대 때리기는 했지만 속으로는 여전히 겁이 났고, 때린 손이 벌써부터 부들부들 떨려 오자 한 대 더 때릴 엄두를 내지 못했다. 범진은 이 한 방에 나가떨어져 정신을 잃었다. 이웃 사람들이 일제히 달려가 가슴을 쓸어 주고 등을 두드려 주고 하면서 한동안 난리를 쳤다. 그랬더니 범진은 조금씩 숨을 몰아쉬며 눈빛이 되살아나고 제정신을 차렸다. 사람들이 그를 부축해 일으켜 묘당 앞에 있는 '뛰는 낙타〔跳駝子〕'*라는 별명을 가진 돌팔이 외과 의원의 집 걸상에 앉혔다. 호씨는 한쪽에 서 있었는데 갑자기 때린 손이 슬며시 아파 왔다. 손바닥을 들어 보니 더 이상 손가락이 굽혀지지 않았다. 그는 더럭 겁이 났다.

'정말 하늘의 문곡성은 때리는 게 아니었어. 이제 보살님이 벌을 내리기 시작하는구나.'

이런 생각을 하고 있으려니 통증이 더 심해졌다. 그는 허겁지겁 돌팔이에게 부탁해 고약을 얻어 붙였다.

범진은 둘러선 사람들을 보더니 이렇게 말했다.

"내가 왜 여기 있지?"

그리고 또 이렇게 말했다.

"한나절 내내 가물가물하고 몽롱한 것이 꿈만 같네."

"나리, 합격을 축하드립니다. 아까는 기쁨에 겨운 나머지 담이 막히셨지요. 이제 그걸 뱉어 내셨으니 됐습니다. 얼른 집으로 돌아가 보록인들을 대접하시지요."

"그렇군, 그러고 보니 7등으로 붙었다는 사실이 기억나네."

범진은 머리를 다시 틀어 올려 묶는 한편, 돌팔이에게 세숫물 한 대야를 청했다. 이웃 사람 하나가 어느새 그의 잃어버린 신 한 짝을 찾아 놓았다가 신겨 주었다. 범진은 앞에 있는 장인 호씨를 보자 또 욕을 먹을까 봐 겁이 났다. 호씨가 앞에 나서며 말했다.

"사위 나리, 방금 내가 무례했던 것은 사돈 마님의 뜻이었다네. 자네 정신을 돌려놓아 달라고 해서 말이야."

"호 어른이 좀 전에 올려붙인 따귀는 정답기 그지없었지만, 이제 범 나리가 얼굴을 씻으면 돼지기름 반 대야는 씻어 내야 할 것 같네!"

"호 어른, 내일은 그 손으로 돼지를 잡으면 안 되겠소이다."

저마다 한마디씩 하자 호씨가 대꾸했다.

"내가 아직도 돼지나 잡아야겠어! 이렇게 든든한 사위 나리가 있으니 남은 평생을 기대도 다 못할까 봐 걱정이구먼. 내가 늘 그랬지, 우리 사위는 재주와 학식이 높고 생긴 것도 훌륭하니, 성안의 장(張) 나리나 주(周) 나리조차 우리 사위같이 번듯한 인상은 아니라고 말이야. 자네들은 몰랐겠지. 미안한 말이지만 이 몸은 사람 보는 눈이 좀 있거든. 생각해 보면 예전에 우리 딸아이가 서른 살이 넘을 때까지 얼마나 많은 부잣집에서 사돈을 맺자고 했는지 몰라. 그렇지만 난 우리 애가 복을 타고 나서 결국 높으신 나리에게 시집을 가게 될 줄 알았어. 이제 보니 정말 틀림없지 뭐야!"

말을 마치고는 하하 소리 내어 웃자 사람들도 모두 웃음을 터뜨렸다. 범진이 세수를 마치자 돌팔이가 차를 내와 마시고 모두 함께 집으로 돌아왔다. 범진이 앞장서고, 호씨와 이웃 사람들이 그 뒤를 따랐다. 호씨는 사위의 옷 뒷자락이 많이 구겨진 걸 보고, 가는 동안 고개를 숙이고 수십 번이나 반듯하게 펴 주었다.

집에 도착하자 호씨가 목청을 높였다.

"나리께서 돌아오셨다!"

범진의 어머니는 밖으로 나와 맞으며 정신이 돌아온 아들을 보고는 날아오를 듯 기뻐했다. 사람들이 보록인들을 찾았으나 이미 호씨가 가져온 돈으로 사례를 하고 돌려보낸 뒤였다. 범진은 어머니에게 절을 하고 장인 호씨에게도 인사를 했다. 호씨는 계속 안절부절못하면서 말했다.

"몇 푼 되지도 않는 돈이니 사례금으로 충분치 않았을 텐데 뭘."

범진은 또 이웃 사람들에게도 인사를 했다. 그리고 막 자리에 앉았는데, 잘 차려 입은 집사 한 명이 붉은 종이로 만든 열 폭 넓이의 전첩〔大紅全帖〕*을 들고 나는 듯이 달려 들어와 말했다.

"장 나리께서 범 나리의 합격을 축하하러 오셨습니다."

말이 끝나자 가마가 벌써 집 앞에 당도했다. 호씨는 황급히 딸의 방으로 숨어 나올 엄두를 내지 못했고, 이웃 사람들은 모두 흩어졌다.

범진이 손님을 맞으러 나가 보니 향신 장사륙(張師陸)*이 가마에서 내려 들어오고 있었다. 장씨는 비단 모자를 쓰고, 황회색 빛깔의 깃이 둥근 예복〔圓領〕*을 입고, 황금색 띠를 두르고, 바닥이 하얀 검은 가죽 장화를 신고 있었다. 그는 거인 출신으로 지현을 한 번 지냈으며, 정재(靜齋)라는 별호를 가지고 있었다. 그는 범진에게 먼저 들어가라며 양보를 하다가, 안으로 들어와 서로 맞절을 하고 주인과 손님으로 자리를 정해 앉았다. 장사륙이 먼저 말문을 열었다.

"세선생(世先生)*과 한 동네에 살면서도 줄곧 인사를 드리지 못했습니다."

"저야말로 선생의 명성은 익히 듣고 있었습니다만, 인연이 없어 찾아뵙지 못했습니다."

"방금 제명록(題名錄)*을 보니, 선생의 스승이 고요현(高要縣)의 탕공(湯公)*이라고 되어 있더군요. 그분은 저희 조부님의 문하생이시니, 선생과 저야말로 가까운 세형제(世兄弟) 사이가 되지요."

"저는 운이 좋았을 뿐, 정말 부끄럽기 짝이 없습니다. 선생의 문하에 들어가게 되었으니 영광일 뿐이지요."

장사륙이 사방을 한번 둘러보더니 말하였다.

"선생은 과연 청빈하십니다그려."

그러고는 따라온 하인에게 은자를 담은 주머니 하나를 가져오게 하였다.

"제가 달리 축하드릴 것이 없어 그냥 쉰 냥을 가져왔으니 받아두시지요. 그리고 이 집은 사시기에 마땅치 않고 앞으로 이 지방 관리들이 드나들기에도 불편할 겁니다. 제게 동문 큰길가에 빈 집이 하나 있습니다. 세 칸씩 세 채로 이루어져 있는데, 널찍하지는 않지만 그런대로 깨끗합니다. 선생께 내드릴 테니, 그리로 옮겨와 조석으로 가르침을 주시면 좋겠습니다."

범진이 거듭 사양하자 장사륙은 조바심이 났다.

"선생과 나는 같은 해에 급제한데다 세형제이기도 하니 친형제나 마찬가집니다. 자꾸 이러시면 섭섭합니다."

범진은 그제야 은자를 받아들고 인사를 올렸다. 장사륙은 한참 얘기를 나누다 몸을 숙여 인사를 하고 돌아갔다. 호씨는 장사륙이 가마에 오른 다음 비로소 방에서 나왔다.

범진이 아내에게 은자를 주고 열어 보게 하자, 가는 줄무늬가 있는 새하얀 은 덩어리가 들어 있었다. 그는 두 덩어리를 싸서 호씨에게 주었다.

"조금 전엔 장인어른께 폐를 끼쳤습니다. 5천 전을 갖다 주셨지요. 여기 은자 여섯 냥 정도가 있으니 가져가시지요."

호씨는 은자를 손에 꼭 쥐었다가 주먹을 풀면서 말했다.

"이건 자네가 가지고 있게. 나야 축하금으로 준 건데 어떻게 또 이걸 가져가겠나?"

"보시다시피 제게는 아직도 은자 몇 냥이 남아 있으니, 다 쓰고 나면 다시 장인어른께 도움을 청하겠습니다."

호씨는 돈을 쥐고 있던 손을 거둬들여 허리춤에 집어넣으며 말했다.

"그럼, 그럼. 이제 장 나리와 안면을 트고 지내게 되었으니 돈 걱정할 일이 뭐 있겠는가? 그 양반네는 나라님보다도 돈이 많을 거야! 그분은 우리 집 단골손님일세. 별일이 없는 때도 1년에 고기를 4, 5천 근씩 사 가시는데, 은자 따위야 아무것도 아니지!"

그러고는 고개를 돌려 딸을 쳐다보며 말했다.

"오늘 아침에 돈을 들고 나오려니 염병할 네 오라비가 안 된다는 게야. 그래서 내가 그랬지.

'네 매형 나리는 이제 옛날과 달라. 틀림없이 은자를 싸들고 와서 쓰라고 주는 사람들이 있을 게다. 오히려 이 정도로 매형 나리의 눈에 차지 않을까 걱정이다.'

오늘 보니 정말 내 말대로 되지 않았느냐! 이제 이 은자를 들고 가서 제 명에 못 죽을 못난 놈이나 혼 좀 내줘야겠다!"

호씨는 이렇게 한바탕 늘어놓더니 거듭 감사 인사를 한 뒤, 고개를 숙인 채 실실 웃으면서 돌아갔다.

그날 이후 과연 많은 사람들이 선물을 보내왔다. 밭을 주는 사람이 있었고, 가게를 주는 사람도 있었으며, 가산을 몽땅 말아먹은 한 부부는 기댈 언덕 삼아 노비가 되겠다고 자처해 오기도 했다. 두세 달 만에 범진의 집에는 하인이며 심부름하는 계집종이 다 생겼으니, 돈이며 쌀은 두말할 필요도 없었다.

　　장사륙이 거듭 이사를 재촉해서, 범진은 새 집으로 거처를 옮겼다. 그리고 연극판을 벌이고, 술자리를 차려 놓고 손님을 대접했다. 그것이 사흘 동안 계속되었다. 나흘째 되던 날, 범진의 어머니는 일어나 간단히 요기를 한 후, 셋째 채로 건너갔다. 범진의 아내 호씨는 집 안에서도 은사를 넣어 만든 장식머리〔鬈髻〕를 하고 있었다. 이때는 마침 10월 중순이라 아직 날이 따뜻한데도 하늘색 비단 마고자에 담청색 비단 치마를 입은 채로, 남녀 하인들과 어린 계집종들을 시켜 여러 가지 식기들을 씻게 하고 있었다. 범진의 어머니가 그 모습을 보고 말했다.

　　"아주머니들, 아가씨들, 조심조심 다뤄요. 이게 모두 남의 물건이니까 깨거나 망가뜨리면 안 돼요."

　　"노마님, 남의 거라니요! 모두 마님네 건데요."

　　한 하녀의 말에 범진의 어머니가 웃으며 물었다.

　　"우리 집에 그런 게 있을 리가 있나?"

　　계집종과 하녀들이 입을 모아 말했다.

　　"왜 아니겠어요! 어디 이것뿐이겠어요? 저희들과 이 집도 모두 노마님네 것인데요."

　　이 말을 들은 범진의 어머니는 고급 자기 주발과 잔, 은을 상감한 잔과 쟁반 등을 하나하나 둘러보고는 큰 소리로 웃었다.

　　"하하하, 이게 모두 우리 거야!"

　　이렇게 크게 웃고는 뒤로 쓰러지더니 갑자기 담이 치솟아 숨이

막혀 인사불성이 되고 말았다. 그런데 이 일로 인해 다음과 같은
새로운 이야기가 생겨난다.

회시를 치를 거인은
어떻게든 돈을 뜯어내려고만 하고*
참견 잘하는 공생(貢生)은
소송을 일으키는 데 능하구나.
會試擧人, 變作秋風之客.
多事貢生, 長爲興訟之人.

노마님의 목숨이 어떻게 될까? 이에 대해서는 다음 회를 들어
보시라.

와평

주진이 호관을 보자 통곡하면서 피까지 토하는 지경이 된 것은
가난하고 보잘것없는 유생이 평생 온갖 고생을 했기 때문이다. 주
진이 매구나 왕혜 같은 여러 사람들을 만났지만 여기에 이르러 한
꺼번에 마음을 드러냈으니, 그의 식견이 그것밖에는 안 되었던 것
이다. 이는 완적(阮籍)*이나 심형(沈炯)*같이 뛰어난 사람들이 다
른 일로 상심했던 것에 견주면 격이 떨어진다.

김유여 및 여러 행상들은 얼마나 감동적인가! 천하에서 참으로
호쾌하고 정의로운 일을 뜻밖에도 글을 읽지도, 벼슬살이도 하지
않은 이런 사람들이 해 낼 수 있었던 것이다. 이것이 작자의 숨은
뜻이요, 세상에서 실제로 벌어지고 있는 일이기도 하다.

주진의 사람됨은 볼 만한 데가 없고, 마음에 담아 두고 있는 것이라곤 팔고문 답안지밖에는 없다. 글을 보는 눈이 이처럼 모자라니 글을 짓는 솜씨도 고리타분할 것임은 빤한 일이다. 그러나 작자는 주진이 늘그막에 출세하게 된 까닭을 직접 언급하지 않고 깔끔하게 묘사해 내었으니, 그 필치가 머리카락처럼 섬세하다.

주진이 범진의 답안지를 읽는 장면에서 위호고를 자연스럽게 등장시켰으니, 문장에 비로소 변화가 생겼다. 옛사람들이 서예를 할 때 획 하나하나에 운치를 담으려고 노력하지, 마늘종처럼 획이 일률적이고 반듯하게 되지 않도록 했던 것에 비유할 수 있다.

"과거 공부〔擧業〕"와 "잡학〔雜覽〕." 이 주제는 이후의 문장에서는 무한히 나타나지만 여기에서는 슬쩍 숨겨 놓으니, 글의 기세가 천리 넘게 뻗은 용처럼 구불구불 중단 없이 이어지고 있다.

가볍게 백정 호씨를 그려 냈는데, 인물과 행적을 이 정도로 표현한 솜씨는 참으로 독자들의 감탄을 자아낸다. 그래서 나의 벗은 이렇게 말했다.

"『유림외사』를 읽지 마라. 읽고 나면 결국 평소 살아가며 겪는 일들이 『유림외사』에 묘사된 것과 조금도 다를 바 없음을 깨닫게 된다."

이는 주조한 솥에 새겨 넣은 무늬에 심지어 도깨비들의 터럭까지 생생하게 드러낸 것과 마찬가지다.

범진이 생원 시험에 합격하자 장인 호씨는 자진해서 곱창과 술을 들고 왔지만, 돌아갈 때는 옷을 풀어 헤치고 남산만 한 배를 두드렸다. 그런데 범진이 거인 시험에 합격하자 예닐곱 근의 고기와 4, 5천 전의 돈을 물 끓이는 일을 하는 일꾼에게 들려 가져왔지만, 돌아갈 때는 고개를 숙이고 실실 웃으면서 갔다. 앞뒤 내용이 잘 들어맞고 글이 빈틈없이 잘 짜여 있다.

호씨의 말이 아주 틀린 건 아니니, 그가 범진을 욕할 때는 바로 범진을 아낄 때이다. 다만 그의 기질 탓에 말만 그렇게 심할 뿐이다. 자세히 보면 본디 그리 나쁜 사람은 아니다.

주 나리, 장 나리 얘기는 마침 모두 호씨의 입을 통해 하나하나 거론된 데에 묘미가 있으니, 참으로 드러나지 않는 복선이다.

장사륙은 범진을 만나자마자 은자며 집을 내주니, 호방하고 교유를 즐기는 듯하나 실은 천박하기 이를 데 없는 자이다. 작자의 붓에서 나온 문장은 흰 눈과 같아서 네모난 데에 넣으면 네모난 옥[珪]이 되고, 둥근 데에 넣으면 둥근 옥[璧]이 된다. 또한 물과도 같아서 그릇이 둥글면 둥글게, 그릇이 네모나면 네모나게 되는 것이다.

제4회
망재를 올리려는 승려는 관아에서 곤욕을 치르고, 돈을 뜯으러 간 장사륙은 봉변을 당하다

범진의 어머니는 이 그릇과 세간들이 모두 자기네 것이라는 말을 듣자 기쁨에 못 이겨 발작을 일으키며 땅바닥에 기절해 쓰러졌다. 남녀 하인들과 계집종들은 모두 당황해서 서둘러 범진을 모셔 왔다. 범진이 허둥지둥 한달음에 달려와 연방 '어머니, 어머니!' 하고 불러도 대답이 없었다. 그래서 어머니를 침상으로 옮기게 하고 의사를 불렀다. 의사는 이렇게 말했다.

"노마님의 병은 장기가 상해서 온 것이니 고칠 수가 없습니다."

연달아 의사를 몇 명이나 불러 댔지만 모두 이렇게 말하니, 범진은 더욱 어찌할 바를 몰랐다. 부부는 눈물을 흘리며 간호를 하는 한편, 장사 지낼 준비를 했다. 노마님은 해질녘이 되자 가쁜 숨을 내쉬더니 저세상으로 가 버렸고, 온 집안사람들은 밤새도록 바쁘게 움직였다.

다음 날 음양사 서(徐) 선생을 청해 칠단(七單)*을 썼다. 노마님은 삼칠일(三七日)을 치르기로 했기 때문에, 삼칠일이 되면 스님들을 모셔와 추도 의식을 해야 했다. 대문 위에 흰 천으로 만든 공을 매달고, 대청의 새로 붙인 대련들에는 모두 하얀 종이를 발라 놓았다. 성안의 향신들이 빠짐없이 조문하러 왔다. 범진은 동기인 위호고에게 옷을 차려 입고 바깥 대청에서 손님들을 모셔달라고 부탁했다. 호씨는 손님들이 있는 자리에는 감히 얼굴을 못 내밀고 그저 주방이나 딸 방에서 흰 천을 마르거나 고기 무게를 다는 등 이리저리 바쁘게 쫓아다녔다.

이칠일(二七日)이 되자 범진은 은자 몇 냥을 호씨에게 주면서 읍내 암자에 다녀오라고 했다. 그는 옛정을 잊지 않고 평소 왕래하던 스님에게 일을 맡기려고 한 것이었다. 큰절의 승려 여덟 명이 와서 독경을 하고 양황참(梁皇懺)을 올려* 망령을 제도하고, 어머니가 천상계로 올라가실 수 있도록 추도 의식을 해 달라는 것이었다. 호씨는 은자를 가지고 곧장 읍내 암자의 등(謄) 스님 처소로 갔는데, 큰절의 승관(僧官)*인 혜민(慧敏)도 그곳에 와 있었다. 승관은 이 부근에 소작지가 있는 터라 곧잘 이 암자에서 지내곤 했다. 등 스님이 호씨에게 앉으라고 하고는 이렇게 말했다.

"얼마 전 새로 급제하신 범 나리께서 저희 암자 부근에서 병이 나셨는데, 그날은 제가 없었던지라 보살펴 드리지 못했습니다. 다행히도 문 앞에서 약을 팔던 진(陳) 선생이 찻물을 끓여 주며 저 대신 주인 노릇을 했지요."

호씨가 말했다.

"그럼요. 저도 그분의 고약 덕을 톡톡히 봤죠. 오늘은 여기 안 계시나?"

"오늘은 아직 안 왔습니다. 범 나리의 병은 바로 나았지만 뜻밖에도 노마님께 또 이런 변고가 생겼군요. 호 영감님께선 근자에 범 나리 댁 일로 바쁘셨나 보군요. 시장에 장사하러 나오시지도 않고요."

"암요! 사돈댁 마님이 불행히 세상을 떠나시고 난 뒤, 성안의 향신들 중 다녀가지 않은 사람이 어디 하나라도 있나요? 우리 단

78

골인 장 나리, 주 나리께서 손님 접대를 맡으셨는데, 종일 앉아 있으려니 무료한지라 그저 저를 끌어다 앉혀 놓고 함께 이 얘기 저 얘기를 하며 술과 음식을 드신답니다. 그러다 손님이 왔다 하면 또 절을 올리고 인사를 나누어야 하니, 고생이 이만저만이 아니지요. 전 늘 한가하게 지내다 보니 그런 일은 도저히 못 견뎌요! 제가 피한 거지 설마 사위가 싫어할까 봐 그랬겠습니까? 그런데도 향신 나리들이 오해하시고는 '아니 장인 되는 사람은 뭐 하고 있나?' 하고 책망하시곤 하지요."

그리고 또 이러저러해서 승려들을 청해 재를 올리기로 했다는 말을 전했다. 등 스님은 그 말을 듣자 오줌을 질질 흘릴 정도로 혼비백산하여, 서둘러 차를 끓이고 국수를 삶았다. 그리고 바로 그 자리에서 승관에게 승려들을 불러 달라고 부탁하고 향촉과 지마(紙馬),* 기도문(疏)* 등을 준비했다. 호씨는 국수를 먹고 돌아갔다.

승관 혜민은 은자를 받고 나서 슬슬 성으로 들어가려 했다. 1리를 채 못 갔는데, 뒤에서 누군가 부르는 소리가 들렸다.

"혜 나리, 요즘에는 왜 장원에 통 안 나오시나요?"

혜민이 얼른 뒤돌아보니 전호(佃戶)*인 하미지(何美之)였다. 하미지가 물었다.

"나리, 요즘엔 일이 바쁘셨나 보군요. 무슨 일로 통 들르질 않으셨어요?"

"아니네, 나도 오고 싶었지. 그런데 성안의 장씨네 큰댁(張大房)에서 우리 집 뒤의 장원 땅을 사고 싶다면서 값도 제대로 쳐 주려 하지 않으니, 내가 몇 번이나 거절했지. 장원에 나오면 그 집 전호도 와서 떠들어 대는 통에 아주 성가시다고. 절에 있어도 그 집에서 사람을 보내오니 그냥 내가 외출했다고 하고 돌려보낼 수밖에."

"그러면 어떻습니까. 그 사람이 사고 싶건 말건, 파느냐 마느냐
는 나리 뜻이지요. 오늘 별일 없으시면 장원에 들렀다 가시지요.
게다가 나리께서 전에 삶아 놓으셨던 돼지 뒷다리를 부엌에 매달
아 놓았더니 벌써 기름이 다 빠졌고, 빚어 놓은 술도 다 익었으니
먹어 치워 버리시지요. 오늘은 장원에서 쉬고 가십시오. 안 될 게
뭐 있습니까?"

혜민은 그 말에 입 안에 침이 고였고, 두 다리는 어느새 그를 따
라 장원으로 가고 있었다. 하미지는 마누라에게 암탉을 한 마리
삶은 다음, 돼지 뒷다리를 썰고 술을 퍼내어 데워 오게 했다. 걸어
오느라 더워진 혜민은 마당에 앉아 웃옷 하나를 벗고 가슴을 풀어
헤치고 배를 쑥 내민 채, 시커먼 얼굴 가득 땀을 질펀히 흘리고 있
었다.

잠시 후 그럭저럭 준비가 끝나 하미지는 쟁반을 받쳐 들고, 그
마누라는 술을 들고 와서 탁자 위에 차려 놓았다. 중은 상석에 앉
고, 마누라는 그 맞은편에 앉았으며, 하미지는 가장자리에 자리를
잡고 앉아 술을 따랐다. 먹고 마시면서 사나흘 안에 범씨 댁에 가
서 노마님의 재를 올려야 한다는 이야기를 했다. 하미지의 마누라
가 말했다.

"범씨 댁 노마님은 제가 어릴 적부터 봐 왔지만 온화하기 이를
데 없는 어른이었지요. 그런데 그 집 며느리는 마을 남쪽 호 백정
의 딸인데, 눈자위는 뻘겋고 머리카락은 누리끼리하지요. 여기 살
때는 제대로 된 신 한 짝이 없어서 여름이면 짚신을 질질 끌면서
다녔는데, 지금은 썩어빠진 가죽 껍데기로 옷을 만들어 입고, 마
님 소리를 들으며 위세가 대단하지요! 아, 그러니 눈에 뵈는 게 없
을 수밖에요."

한참 신나게 먹고 있는데, 밖에서 사납게 문 두드리는 소리가 났다. 하미지가 물었다.

"누구요?"

혜민이 옆에서 말했다.

"미지, 자네가 나가 보게."

하미지가 문을 열기가 무섭게 칠팔 명의 사내들이 한꺼번에 몰려 들어와 여자랑 승려가 한 탁자에 앉아 있는 것을 보고는 이렇게 말했다.

"재미 좋구먼! 중놈이랑 여편네랑 백주 대낮에 희롱질이라니! 알 만하신 승관 나리께서 이런 짓을 하다니 그래!"

하미지가 소리쳤다.

"헛소리 마! 이분은 우리 밭의 주인님이시라고."

"밭의 주인님? 네 마누라한테도 주인님이 생긴 게 아니고?"

그리고 다짜고짜 새끼줄로 알몸뚱이인 혜민과 여자를 한데 묶은 다음 막대기에 꿰어 둘러메고, 하미지까지 함께 끌고 갔다. 그렇게 남해현(南海縣) 현청 맞은편 관제묘(關帝廟) 앞에 있는 희대(戲臺) 밑으로 끌고 와서 혜민과 여자를 같이 묶어 놓고, 지현이 현청으로 나오면 고발하려고 기다렸다. 하미지는 풀려났는데, 혜민은 그더러 범씨 댁에 알리라고 몰래 당부했다.

범진은 어머니의 불사를 해야 하는데 승관 혜민이 잡혀 가자, 다급한 마음에 즉시 명첩(帖子)을 들고 지현을 찾아갔다. 지현은 아랫사람을 시켜 혜민을 풀어 주게 하고, 여자는 하미지에게 데려가라고 했다. 그리고 이들을 고발한 부랑배들을 잡아다가 다음 날 아침에 처벌하기로 했다. 그 부랑배들은 깜짝 놀라서 향신(鄕紳) 장씨에게 달려가 지현에게 사정을 말해 달라고 부탁했다. 이 이야기를 들은 지현은 아침 조회에 이들을 불러들여 몇 마디 호통과 함께 되는대로 훈계를 하고는 그냥 내보내 버렸다. 하지만 혜민과 부랑배들은 아문에서 은자 수십 냥을 써야만 했다. 혜민은 먼저 범씨 댁에 가서 감사 인사를 하고, 다음 날 다시 승려들을 데리고 와서 단장(壇場)을 설치했다. 단장 중앙에는 부처의 초상을, 양쪽에는 저승의 시왕〔十王〕 그림을 걸어 놓았다. 개경면(開經麵)을 먹고 바라〔鐃鈸〕*와 방울〔叮噹〕을 울리면서 경을 한 번 암송하고 나니 아침상이 차려졌다. 여덟 명의 승려와 손님을 접대하던 위호고까지 모두 아홉 명이 두 자리로 나눠 앉았다. 막 식사를 하고 있는데 장반(長班)*이 "손님이 오셨다!"고 알려 왔다. 위호고가 밥그릇을 내팽개치고 손님을 맞으러 나갔더니 다름 아닌 장사륙과 향신 주씨가 오사모(烏紗帽)에 엷은 색 예복을 입고, 바닥이 하얀 검은 색 가죽 장화를 신고 와 있었다. 위호고는 영전까지 그들을 모시고 갔다.

같이 있던 스님 하나가 혜민에게 말했다.

"방금 들어간 분이 바로 장씨 집안 큰댁의 장정재 나리십니다. 승관 어른과는 밭을 이웃하고 있으니 가서 인사라도 드리셔야지요."

혜민이 대답했다.

"됐소. 장씨 집안이 뭐 대단하다고! 생각해 보면 요전에 내가 시비에 휘말린 것도 무슨 부랑배들 짓이겠소? 바로 그 집 전호 놈들이 짜고서 술수를 써 나를 모함한 게지. 내 은자를 좀 털어 내서 돈이 떨어지면 우리 집 뒤의 그 밭뙈기를 팔 줄 알았겠지. 그런데 도리어 제 꾀에 제가 넘어가서 외려 된통 걸렸지요! 결국 지현 나리께서 그 집 전호들 곤장을 치니까, 저도 놀라서 낯짝을 내밀고 편지를 들고 찾아갔답니다. 지현 나리께서 얼마나 언짢아 하셨는지 몰라요."

그리고 이어서 이야기했다.

"저자는 말도 안 되는 짓을 많이도 했지요! 소현(巢縣)에서 관리로 계시던 주씨 집안 셋째 댁[周三房] 큰따님이 장씨한테는 외질녀가 되지요. 주씨 댁에서 나한테 중매를 서 달라고 하기에 서쪽 마을[西鄕]의 대부호인 봉(封)씨 얘기를 했지요. 그 집이 돈이 얼마나 많다고요! 그런데 장씨가 방금 여기 있던 저 꾀죄죄한 위호고에게 시집보내야 한다고 우겼어요. 그가 학교에 들어갔고, 또 무슨 시사(詩詞)를 지을 줄 안다나? 지난번 그가 여기서 망자를 애도하는 소(疏)를 썼는데, 다른 사람에게 보여 줬더니 세 글자나 틀렸다고 하더라고요. 이런 게 다 돼먹지 못한 일이지요! 얼마 안 있으면 둘째 따님도 시집보내야 할 텐데 또 어떤 인간에게 보내려고 할는지!"

이렇게 흉을 보고 있던 차에 저벅저벅 가죽 장화 소리가 들리자 여러 승려들이 눈짓을 했다. 혜민은 즉시 입을 다물었다. 두 향신은 나와서 승려들에게 두 손을 마주 잡고 공수 인사를 했고, 위호고가 이들을 배웅했다. 승려들은 식사를 마치자 얼굴과 손을 깨끗이 씻고 다시 의식을 시작했다. 악기를 연주하며 배참 의식을 행하고, 향을 사르고 등을 내걸었다. 그리고 아귀(餓鬼)에게 음식을 나누어 주는 시식(施食) 의식*을 올리고, 꽃잎을 뿌리면서 부처님께 정성을 드렸다. 이어서 귀신 분장을 한 사람들이 사방으로 뛰어다니는 포오방(跑五方)* 놀이까지 하며 사흘 밤낮 동안 요란법석을 치른 후에야 의식이 끝났다.

시간은 금세 흘러 49재도 지나고, 범진은 답례 인사를 하러 다녔다. 하루는 장사륙이 문안차 왔다가 더 할 얘기가 있다고 했다. 범진은 그를 우선 영전 앞의 작은 서재에 앉아 있으라 하고, 자신은 안에 들어가 갈옷에 머리를 동여맨 상복 차림으로 갈아입고 나왔다. 그는 먼저 상사를 치르는 동안 여러 가지로 도와준 것에 감사 인사를 했다.

장사륙이 말했다.

"어머님의 일인데 조카뻘 되는 제가 마땅히 해야지요. 어머님은 천수를 누리고 가신 것이니 그래도 괜찮습니다만, 선생께서는 이번 회시를 놓치게 되겠군요. 이제 선산에 안장을 하셔야 할 텐데, 날짜는 정하셨습니까?"

"올해는 풍수가 안 좋으니 내년 가을에 모실 수밖에 없지요. 다만 그 비용을 아직 마련하지 못했습니다."

장사륙이 손가락을 꼽아 보며 말했다.

"명정(銘旌)*은 주(周) 학대(學臺)의 이름으로 하고, 묘지(墓志)*는 위호고에게 대충 한 편 써 달라고 부탁하면 될 테지만, 이름은 누구 것으로 해야 할까요? 나머지 장의 물품, 탁자와 의자, 집사, 악공들, 기타 잡비, 음식, 파토(破土),* 지관에게 줄 사례비 등만 해도 은자가 3백 냥 넘게 들겠군요."

이렇게 셈을 하고 있는데, 상이 들어와서 식사를 했다. 장사륙이 다시 말을 꺼냈다.

"3년 동안 시묘살이 하는 것이 마땅한 일입니다만, 선생께서는 안장(安葬)이라는 큰일을 처리하셔야 합니다. 그 비용을 마련하려면 밖으로도 다니셔야 하니 너무 작은 규범에 얽매이실 건 없습니다. 과거에 급제하신 뒤, 아직 은사님께 문안도 드리지 않으셨지요? 고요(高要) 땅은 풍요로운 고장이니 돈을 좀 얻어 낼 수 있을 겁니다. 저도 세숙(世叔)*을 찾아뵐 참이었으니 함께 가시지요. 여비는 제가 책임질 테니, 선생께서는 신경 쓰지 않으셔도 됩니다."

"선생께서 그렇게 생각해 주시니 정말 감사합니다만, 대례(大禮)의 법도에서 그래도 될지 모르겠습니다."

"예법에는 원칙〔經〕도 있지만 임시방편〔權〕도 있는 것이니까 안 될 것도 없겠지요."

날짜가 정해지자 장사륙은 마부와 말을 준비했다. 그리고 하인을 데리고 범진과 함께 고요현으로 출발했다. 가는 길에 두 사람은 이런 말을 나누었다.

"이번 여행의 목적은 첫째 은사님을 뵙는 것이고, 둘째 노마님 묘지에 바로 탕공(湯公)의 관직과 존함을 빌리려는 것입니다."

그들은 하루도 안 되어 고요성으로 들어섰다. 그날 지현 탕봉(湯奉)은 향(鄕)*에 감찰을 나가고 없어서, 두 사람은 아문으로 들어가지 못하고 관제묘 안에서 기다리기로 했다. 그 관제묘는 대전을 수리하고 있던 참이라 현의 공방(工房)*이 안에서 공사를 감독하고 있었다. 공방은 지현의 손님이 왔다는 말을 듣고는 황망히 묘 안의 객실로 모셔 앉게 하고, 풍성한 다과상을 내왔다. 그리고 자신은 말석에 앉아서 손수 찻주전자를 들고 차를 따랐다.

차를 한 잔 마시고 나자 바깥에서 누군가 걸어 들어왔다. 그는 방건을 쓰고 헐렁한 두루마기를 입은 채 바닥이 하얀 검은색 가죽 장화를 신고 있었으며, 눈은 툭 튀어나온 데다 코는 높고, 구레나룻도 기르고 있었다. 그 사람은 들어오자마자 찻상을 치우도록 하고는 두 사람에게 예를 올리고 자리에 앉더니, 누가 장 선생이고 누가 범 선생인지 물었다. 두 사람이 각자 자기소개를 하자, 그 사람이 말했다.

"제 성은 엄(嚴)가이고,* 바로 이 근처에 살고 있습니다. 작년 종사께서 친히 감찰을 나오셨을 때 제가 운 좋게도 세천(歲薦)*을 받아 세공생(歲貢生)이 되었지요. 저와 여기 탕 지현 나리는 몹시 가까운 사이입니다. 두 분 선생께서는 모두 같은 해에 급제한 친구 사이시죠?"

두 사람이 각자 같이 합격한 동료와 사제 관계를 말하자, 엄대위(嚴大位)는 감탄과 존경을 금치 못했다. 공방은 물러가겠다고 인사를 하고 다른 쪽으로 가 버렸다.

엄대위의 하인이 찬합과 술 한 병을 들고 와서 탁자 위에 놓았다. 찬합 뚜껑을 여니 온갖 요리가 나왔는데 모두 닭, 오리, 물고기 식혜[糟魚], 돼지 뒷다리 같은 것들이었다. 엄대위는 두 사람을 상석에 모시고 술을 따라 올리며 말했다.

"두 분 선생님을 저희 집에 모셔야 하지만, 누추한 오두막이라 누가 될까 싶어 그러지 못하겠습니다. 또 두 분은 바로 아문에 들어가셔야 되는데, 늦어서 번거롭게 되실까 봐 이렇게 변변치 않은 음식을 좀 준비했습니다. 이거라도 드시며 예서 말씀을 나누시지요. 대접이 소홀하다고 책망하지 마시기 바랍니다."

두 사람은 술을 받고 이렇게 답례했다.

"먼저 찾아뵙지도 못하고 이렇게 폐만 끼치는군요."

"아이고, 당치 않은 말씀이십니다."

엄대위는 이렇게 대답하고 선 채로 잔이 비기를 기다렸다. 두 사람은 얼굴이 붉어질까 봐 많이 마시지 못하고 반잔만 마시고 잔을 내려놓았다.

엄대위가 말했다.

"탕 나리께서는 청렴하고 자애로우시니 정말 우리 현의 큰 복입니다."

장사륙이 물었다.

"그렇군요. 저희 세숙께서 무슨 선정을 베푸셨습니까?"

"선생님, 인생 만사는 모두 인연의 결과이니, 억지로 되는 게 아니지요. 탕 나리께서 부임하시던 날, 저희 현의 모든 신사(紳士)들이 함께 천막을 설치하고 10리 밖까지 마중을 나갔습니다. 저는 천막 입구에 서 있었지요. 잠시 후 징, 깃발, 양산, 부채, 악사, 순

라군 무리들이 차례차례 지나가고 가마가 다가오는데, 멀리서 나리의 툭 튀어나온 미간과 큰 코, 네모난 얼굴에 큰 귀가 보이더군요. 저는 그때 어르신께서 온화한 군자라는 걸 알아보았습니다. 그런데 수십 명이 함께 맞으러 나갔는데 이상하게도 가마 안에서 나리의 두 눈은 저만 바라보고 계셨지요. 그때 저와 나란히 서 있던 한 친구가 나리와 저를 번갈아 쳐다보더니 소곤소곤 이렇게 물었습니다.

'이 지현 나리랑 전에 알던 사이인가?'

저는 사실대로 대답했지요.

'그렇지 않네.'

그러자 그는 멍청하게도 나리께서 바라보신 게 자기라고 생각하고는 급히 앞으로 몇 걸음 다가섰습니다. 나리께서 자기에게 뭘 물으시려는 거라 생각한 것이지요. 그런데 나리께서는 가마에서 내리시더니 사람들에게 몸을 숙여 인사를 하시고는 다른 곳으로 시선을 돌려 버리셨습니다. 그제야 그 친구는 나리께서 자기를 본 게 아니라는 것을 알고 부끄러워 어쩔 줄 몰라 했지요. 다음 날 제가 인사를 드리러 아문으로 갔는데, 나리께서는 현학에서 막 돌아오셔서* 갖가지 일로 정신이 없으셨습니다. 그런데도 그 일들을 제쳐 놓고 절 들어오게 하시더니, 차를 두 잔이나 주시며 마치 수십 년 동안 알고 지낸 친구처럼 대해 주셨습니다."

장사륙이 말했다.

"선생께서 인품과 명망이 있으시니 세숙께서도 공경하는 것이겠지. 그럼 요즘에도 가끔 만나 뵙겠군요."

"그 뒤로는 별로 찾아뵙지 않았습니다. 사실 제가 진솔한 사람이라 이 시골에서 털끝만큼도 다른 사람의 이익을 탐한 적이 없어, 역대 지현 나리들께서 모두 아껴 주셨지요. 탕 나리는 손님 만나는 것을 별로 좋아하지 않으시는 듯하지만, 그래도 마음속으로 다 헤아리고 계시지요. 지난달 현에서 치른 시험 같은 경우도 마찬가지입니다. 제 둘째 놈이 거기서 10등을 했는데, 어르신께서 들라 하시고는 어느 선생 밑에서 공부했는지, 혼사는 정했는지 등을 정말 친절하게도 자세히 물으셨다고 합니다."

범진이 말했다.

"우리 스승님은 문장 보는 눈이 정확하신데, 영랑의 글을 높이 보셨다니 틀림없이 영재이시겠군요. 축하드립니다."

"당치 않습니다."

엄대위는 이야기를 계속했다.

"우리 고요현은 광동에서도 유명한 고장이지요. 한 해의 부(富)가 호선(耗羨)*과 꽃, 포목, 소, 나귀, 물고기, 배, 전답, 집에 대한 세금을 합하면 적어도 만 금은 되지요."

그리고 탁자 위에 손으로 계산을 해 가며 작은 소리로 말했다.

"탕 나리처럼 해서야 8천 금밖에 안 됩니다만, 전에 계시던 반(潘) 나리 시절에는 정말 만 금을 걸었습니다. 그분은 또 자질구레한 일들은 저희 몇 사람에게 맡기셨지요."

이렇게 말하면서 그는 행여 누가 들을까 봐 고개를 돌려 문밖을 바라보았다. 그런데 봉두난발을 한 맨발의 하인 하나가 들어와 그에게 말했다.

"나리, 집에서 어서 오시랍니다."

"무슨 일이라더냐?"

"아침에 가둬 둔 그 돼지 말인데요, 그 사람이 와서 내놓으라고 난리입니다."

"돼지를 끌고 가려면 돈을 가져오라고 해!"

"그 사람은 자기네 돼지라는데요?"

"알았으니까 먼저 가 봐. 내 곧 가마."

그 하인은 그래도 가려 하지 않았다. 장사륙과 범진이 옆에서 말했다.

"댁에 일이 있으시다니 돌아가 보시지요."

"두 분은 모르시겠지만, 이 돼지는 원래 저희 겁니다."

이렇게 말을 꺼내려는 차에 징 소리가 들려오자 모두 일어서서 외쳤다.

"돌아오셨군!"

두 사람은 의관을 바르게 하고 하인에게 명첩을 챙기게 했다. 그리고 엄대위에게 감사 인사를 한 후, 바로 관아로 가서 명첩을 넣었다. 지현 탕봉이 명첩을 받아 보니, 하나는 '세질(世侄) 장사륙(張師陸)'이라 적혀 있고, 또 하나는 '문생(門生) 범진(范進)'이라고 적혀 있었다. 그는 속으로 이렇게 생각했다.

'장 세형(世兄)*은 돈을 뜯으러 온 게 몇 번짼지, 정말 꼴도 보기 싫군! 하지만 이번엔 새로 급제한 제자와 함께 왔으니 그냥 돌려 보내기는 좀 그렇겠군.'

이윽고 어서 모시라는 분부가 내려지자 두 사람이 들어왔다. 장사륙이 먼저 인사를 드리고, 범진도 스승과 제자 사이의 예를 올렸다. 탕봉은 거듭 사양하며 둘을 자리에 앉히고 차를 권하면서 장사륙에게는 꽤나 오랜만이라는 인사를 하고, 또 범진의 문장을 한바탕 칭찬하고 나서 물었다.

"왜 회시(會試)를 보러 가지 않았나?"

범진이 그제야 사정 이야기를 했다.

"모친께서 세상을 뜨셔서 법도대로 상을 치르고 있습니다."

탕봉은 깜짝 놀라 급히 예복으로 갈아입고, 두 사람을 후당(後堂)으로 안내하여 술상을 내오게 했다. 상에는 제비집, 닭, 오리 외에도 광동에서 난 오징어, 여주〔苦瓜〕가 한 접시씩 올라왔다. 탕봉은 손님들에게 자리를 권하고 자신도 앉았는데, 잔과 젓가락은 모두 은으로 장식한 것들이었다. 범진이 멈칫하며 잔도 젓가락도 들지 않자 탕봉은 영문을 몰라 어리둥절해졌다. 그러자 장사륙이 웃으며 말했다.

"선생께서는 상중이라 이런 잔과 젓가락을 안 쓰나 봅니다."

탕봉은 황급히 자기로 된 술잔과 상아 젓가락으로 바꿔 오게 했다. 그래도 범진은 여전히 손을 대지 않았다. 장사륙이 말했다.

"이 젓가락도 안 쓰는군요."

다시 흰색 대나무로 된 것을 가져오니, 범진은 그제야 젓가락을 들었다. 탕봉은 그가 이렇게 상중의 예법을 철저하게 지키자 조금 걱정이 되었다. 음식을 따로 준비해 놓지도 않았는데 혹시 고기와 술도 안 먹으면 어쩌나 싶었던 것이다. 하지만 조금 뒤 범진이 제비집 요리 사발에서 커다란 새우완자를 집어 입에 넣는 걸 보고는 안심하며 말했다.

"정말 미안하네만, 우리 회교도의 술상에는 별로 먹을 게 없고 그저 반찬 몇 가지로 대충 때운다네. 우리가 먹는 것은 소고기와 양고기뿐인데, 두 분은 안 드실까 봐 상에 올리지 못했소. 지금은 밭 가는 소 잡는 것을 금지하라는 명이 내려졌는데, 상부에서 온 공문도 여간 엄격하지 않다네. 그래서 여기 아문에서도 먹을 수가 없지."

그리고 초를 손에 들고 공문을 꺼내 보여 주었다.

그런데 곁의 시종 하나가 탕봉에게 소곤소곤 몇 마디 귓속말을 하자, 그는 자리에서 일어나면서 두 사람에게 말했다.

"보고할 게 있다고 밖에 서판(書辦)이 와 있으니, 잠시 나갔다 오겠소."

잠시 후, 이렇게 분부하는 소리가 들렸다.

"일단 거기 놔두어라."

그리고 돌아와 다시 자리에 앉더니 실례했다면서 장사륙에게 물었다.

"장 형은 관직에 있었던 분이니, 이 일은 장 형에게 상의해야겠소이다. 바로 쇠고기를 금지시킨 일 때문이오. 몇몇 회교도들이 쇠고기 50근을 함께 마련해서, 나이 든 어르신〔老師父〕한 분을 대표로 보내 내게 청을 올리러 왔소. 쇠고기 먹는 것을 완전히 금지시킨다면 먹고 살 길이 없으니, 규제를 좀 풀어 달라는 것이지. '윗사람은 속여도 아랫사람은 속일 수 없다〔瞞上不瞞下〕'면서 말이오. 쇠고기 50근을 여기로 보냈는데 이걸 받아야 하나, 받지 말아야 하나?"

"세숙님, 그건 절대 안 될 말씀입니다. 관리 된 사람에게는 황제 폐하만 계실 뿐, 교도 분들이니 뭐니 알 게 뭡니까? 홍무 연간에 유(劉) 선생께서……"

이렇게 장사륙이 말을 시작하려는데 탕봉이 물었다.

"어느 유 선생 말인가?"

"함자가 기(基)인 분 말입니다. 홍무 3년 첫 번째 과거의 진사로서 '천하유도(天下有道)'로 시작되는 세 구절*로 5등이 되셨지요."*

범진이 끼어들었다.

"아마 3등이었지요?"

"5등이 맞습니다. 그 답안지를 제가 읽어 봤으니까요. 그 뒤 그분은 한림원(翰林院)*에 들어갔지요. 그런데 '눈 오는 밤에 조보를 찾아간 것〔雪夜訪普〕'*처럼, 홍무 황제께서 미복으로 그분 댁을 찾아가셨지요. 마침 강남에서 장왕(張王)*이 장아찌를 한 단지 보냈는데, 그 자리에서 열어 보니 그 안에 든 건 모두 작은 금덩이〔瓜子

金)였습니다. 홍무 황제께서는 화가 나서서 이렇게 말씀하셨지요.

'그자는 천하를 자네들 서생이 주무르는 줄 아나 보군!'

그리고 다음 날 유 선생을 청전현(青田縣) 지현으로 폄적시키고, 또 나중에 독살해 버렸지요.* 그러니 고기를 받는 건 말도 안 됩니다!"

탕봉은 그의 말이 청산유수 같고 또 확실히 지금의 명나라 때에 있었던 일을 바탕으로 한 전고(典故)인지라 믿지 않을 수가 없었다.

"그럼 이 일을 어떻게 처리하면 되겠소?"

"제 소견으로는 바로 이 일 때문에 세숙께서 이름을 날릴 수 있을 겁니다. 저 노인을 오늘 밤 여기서 지내게 하고, 내일 아침 조회 때 데려다가 곤장을 몇 십 대 치고 큰 칼을 채운 뒤, 쇠고기를 그 위에 올려놓으십시오. 그리고 그 옆에 노인의 대담한 짓거리를 적은 포고문을 붙여 놓는 것이지요. 세숙께서 조금의 빈틈도 없이 일 처리하신 게 상부에 알려지면, 승진은 시간문제이지요!"

탕봉은 고개를 끄떡이며 대답했다.

"정말 일리 있는 말씀이네."

곧 자리가 끝나자 탕봉은 두 사람을 서재에서 쉬도록 했다.

다음 날 아침 조회에 첫 번째로 끌려온 것은 닭을 훔친 상습범이었다. 탕봉은 크게 화를 내며 말했다.

"이 몹쓸 놈, 내가 온 뒤로만 벌써 몇 번째냐? 아무리 때려도 버릇을 고치려 하지 않으니, 오늘은 어찌해야 좋겠느냐?"

탕봉은 주필(朱筆)을 가져다가 도둑의 얼굴에 '닭 도둑놈〔偸鷄賊〕'이라 쓰고 칼을 가져다 씌웠다. 그리고 그가 훔친 닭을 머리가 뒤로 가고 꽁무니가 앞을 향하도록 하여 그의 머리 위에 묶은 다음, 그를 끌어냈다. 현청 문을 막 나서자 그 닭이 꽁무니로 '찌직' 하고 물똥을 쌌다. 그 물똥은 도둑의 이마에서 코, 수염까지 흘러내려 범벅이 되었고, 칼까지 더러워졌다. 주위에 있던 사람들이 모두 폭소를 터뜨렸다.

두 번째는 바로 어제의 노인이 불려 나왔다. 탕봉은 '간이 부은 개자식 놈'이니 뭐니 한바탕 호통을 친 후, 곧장 30대를 때리게 하고 큰 칼을 씌운 뒤, 그 위에 쇠고기 50근을 쌓아 놓았다. 노인은 얼굴과 목에 빈틈없이 쇠고기가 쌓여 두 눈만 남은 모습으로 현청 앞에서 조리돌림〔示衆〕을 당했다. 날씨도 더워서 이틀째가 되자 쇠고기에는 구더기가 생겼고, 사흘째에 노인은 그만 저세상으로 가고 말았다.

회교도들은 반발하여 순식간에 수백 명이나 모여 동맹 파업을 하고, 징을 울려 대며 현청 앞까지 몰려가서 소리쳤다.

"우리가 쇠고기를 보내지 말았어야 했지만, 죽을죄를 지은 것도 아니다. 이건 모두 남해현의 악당 장사륙 놈의 생각에서 나온 짓이다. 모두 함께 아문으로 몰려가 그놈을 끌어내 때려죽이고, 우리 가운데 한 사람의 목숨으로 갚도록 하자."

그런데 이 소동 때문은 아니지만 다음과 같은 새로운 이야기가 생겨난다.

공생은 소송을 일으키고
몰래 성성(省城)으로 숨어들어 갔네.
향신과 인척을 맺고
귀인을 만나 뵈며 경사에서 노니네.
貢生興訟, 潛踪私來省城.
鄉紳結親, 謁貴竟遊京國.

회교도들의 소란이 어떻게 되었을까? 이에 대해서는 다음 회를 들어 보시라.

와평

이번 회는 전체 이야기에서 전환점에 해당하므로 사건을 서술하는 대목이 가장 많다. 그 사건의 서술을 보면 문장의 기복이 잘 어우러지고 앞뒤가 적당히 호응하니, 그 안에 무수한 작문의 법도가 들어 있다. 경솔히 붓을 쥐었다 가볍게 붓을 던지는 자라면 꿈에도 이런 경지에 이를 수 없다.

승려가 장원에 가서 술을 마신 것은 사실 특별한 일은 아니지만, 전호들이 일제히 들이닥치면서 참으로 뜻밖의 사건이 벌어졌다. 한창 하미지가 술을 따르고 그의 마누라가 승려 혜민의 옆자리에 앉아 있던 상황은 거의 외설에 가깝다 하겠다. 하미지의 마누라가 내뱉은 말들은 범진의 부인을 시샘하는 것에 불과하다. 하지만 그 문장은 대단히 전아(典雅)하니, 바로 '부귀공명'이란 네 글자를 어리석은 부인의 가슴에 적어 넣고 있다. 이걸 보면 작자의 뛰어난 구성력과 훌륭한 표현력의 끝이 어디인지 알 수가 없다.

재당(齋堂)에서 위호고가 손님을 접대하고 승려들이 이를 놀리는 대목에서 또 슬쩍 주씨 집안 둘째 딸[周二娘] 혼사 이야기를 끌어내니, 이야기를 엮는 솜씨가 그지없이 뛰어나다.

관제묘에서 간단히 술을 마시는 장면은 화공은 도저히 그려 낼 수 없고, 조물주라야 겨우 그려 낼 수 있을 정도로 빼어나다. 도입부의 몇 마디는 더욱 기가 막히다. 독자들은 책을 덮고 찬찬히 생각해 보라. 설령 당신이 직접 쓴다 해도 이 도입부 부분을 써낼 수 있겠는가? 옛사람들은 두보(杜甫)의 시구 '강한에서 고향 생각하는 나그네(江漢思歸客)'를 읽고 아무리 생각해도 다음 구절을 얻지 못하다가, '천지간의 한 썩은 선비라(乾坤一腐儒)'는 다음 시구를 읽고 비로소 탄성을 질렀던 것이다.

엄대위가 "털끝만큼도 다른 사람의 이익을 탐한 적이 없다"고 말하기가 무섭게 집 안에 이미 남의 집 돼지 한 마리를 가둬 둔 게 드러나니, 괜한 설명을 않고도 독자들은 벌써 다 알게 된다. 만약 졸필의 작가가 썼다면 틀림없이 "여러분, 들어 보세요. 알고 보니 엄대위의 됨됨이가 이러저러했답니다." 운운했을 테니, 문장은 아무런 묘미도 남기지 않았으리라.

범진이 자리에 앉아 은을 상감한 잔과 젓가락을 쓰지 않겠다고 고집한 부분은 작자가 심혈을 기울여 써낸 것이다. 천하에 충효와 청렴이란 큰 원칙은 제쳐 두고 지엽적이고 사소한 것을 끝까지 따지는 것보다 꼴사나운 짓도 없을 것이다. 온 세상 사람이 이렇게 행동하고 누구도 이를 나무라지 않으니 잘못을 그대로 본뜨는 사람들이 넘쳐 난다. 그래서 작자는 너무 엄중한 말로 나무라지 않고 해학적인 말로 꾸짖은 것이다.

장사륙이 쇠고기를 쌓아 놓으라고 탕봉에게 권한 대목에서는 굳이 유기(劉基) 선생의 이야기를 꺼내고 있다. 자리에 앉은 손님과 주인 세 사람이 모두 전고가 틀린 줄도 모르고 당당하게 이야기하며 조금도 부끄러워하지 않으니, 독자들은 이들이 얼마나 무식하고 꽉 막힌 자들인지 저절로 알게 된다. 이것이 바로 작자가 풍경처럼 그려 내는 수법이니, 이른바 사건을 그대로 기록할 뿐 평어(評語)를 덧붙이지 않는데도 그 시비가 저절로 드러나는 것이다.

제5회
왕덕 형제는 첩을 본처로 맞아들이는 것을 의논하고, 엄대육은 병들어 끝내 죽음에 이르다

회교도들은 탕봉이 노인에게 칼을 씌워 죽인 일 때문에 들고 일어나 현의 아문을 물샐틈없이 에워싸고, 이구동성으로 장사륙을 묶어다가 때려죽이겠다고 했다. 탕봉이 깜짝 놀라 관청의 아전들을 추궁해 보니, 그제야 심부름꾼 하나가 비밀을 누설했음을 알았다.

탕봉이 말했다.

"내가 못나긴 했어도 한 고을의 우두머리이니 저들이 날 어쩌겠나? 혹시라도 그들이 몰려들어 와 세형을 보게 되면 어쩔 도리가 없어. 지금 필요한 것은 먼저 장 세형을 이곳에서 내보낼 방법이오. 이곳만 벗어나면 괜찮을 것이네."

탕봉은 서둘러 몇몇 심복 아전을 불러들여 상의했다. 다행히 관청 뒤편은 북쪽 성곽에 가까이 붙어 있어, 아전들이 먼저 성 바깥으로 몰래 빠져나가 새끼줄로 장사륙과 범진 두 사람을 묶어 내보낼 수 있었다. 두 사람은 푸른 도포와 밀짚모자, 짚신으로 차림을 바꾸고 샛길을 따라 상갓집의 개처럼, 터진 그물을 빠져나온 물고기처럼 서둘러 밤새 길을 찾아 성성(省城)으로 돌아갔다.

한편, 고요현에서는 학사(學師)와 전사(典史)가 모두 나와 백성들을 위로하고 좋은 말로 구슬리자 회교도들은 조금씩 흩어졌다. 탕봉은 이런 사정을 낱낱이 품첩(稟帖)에 적어 안찰사(按察使)*에게 올렸다. 안찰사는 공문을 보내 그를 불러들였다. 탕봉은 안찰사를 보자 사모(紗帽)를 벗고 머리를 조아릴 뿐이었다. 안찰사가 말했다.

"따져 보면 이번 일은 탕 지현께서 참으로 맹랑하게 처리했다 하겠소. 칼만 씌웠으면 그만이지 어쩌자고 쇠고기를 칼 위에 올려 두었소! 이게 무슨 형법이란 말이오! 하지만 이런 난동이 오래가게 할 수는 없소. 우리로서는 몇몇 우두머리를 잡아다 법대로 처리해야 하겠소. 당신은 관청으로 돌아가 일을 보되, 모든 일을 좀 더 심사숙고하고 멋대로 해서는 안 될 것이오."

탕봉이 머리를 조아리며 말했다.

"이번 일은 소관이 잘못 처리한 것입니다. 나리의 도움으로 자리를 보전하였으니 참으로 천지신명의 은혜라 할 것입니다. 다음부터는 허물을 깨닫고 반드시 고치겠습니다. 다만 나리께서 명백히 가려 주셨으니, 우두머리들을 처리하는 일은 제 체면을 봐서라도 부디 소관에게 맡겨 주셨으면 합니다."

안찰사도 그렇게 하라고 승낙했다. 탕봉은 감사 인사를 하고 물러나와 고요현으로 돌아갔다. 얼마 후 우두머리 회교도 다섯 명을 처리하는 건에 대한 공문이 왔다. 간사한 백성들이 관청을 위협하는 죄를 저질렀으니 고요현에서 법에 따라 처리하라는 것이었다. 탕봉은 성에서 온 공문을 보고 방을 내걸었다. 그리고 다음 날 아침 의기양양하게 관청으로 나가 회교도들을 처벌하였다.

탕봉이 막 퇴청하려는데 두 사람이 억울함을 호소하며 들어왔다. 탕봉은 그들을 데려오게 하여 사정을 물었다. 한 사람은 왕소이(王小二)라는 자로, 엄대위의 가까운 이웃이었다. 작년 3월, 엄대위 집에서 갓 낳은 새끼돼지 한 마리가 왕씨 집으로 달아나자 왕씨는 급히 엄대위 집으로 되돌려 주려 하였다. 그러자 엄대위가 "돼지가 남의 집으로 갔다가 돌아오면 재수가 없다"고 하면서 은자 여덟 전을 받고 새끼돼지를 그에게 팔았다. 이 돼지는 왕씨 집에서 키워 어느새 백 근이 넘게 자랐다. 그런데 어느 날 갑자기 그 돼지가 엄씨 집으로 달아났고, 엄씨 집에서는 그 돼지를 가둬 버렸다. 왕소이의 형 왕대(王大)가 엄씨 집으로 가서 돼지를 돌려달라고 했다. 그러자 엄대위는 그 돼지가 본래 자기네 것이라며, "너희가 찾아가려면 시세대로 은 몇 냥을 가져와야 한다"고 억지를 부렸다. 가난한 왕대에게 그런 돈이 어디 있겠는가? 그래서 엄씨 집안과 몇 마디 말다툼을 하다가 엄대위의 아들들에게 문을 닫아거는 빗장[門]과 밀가루 반죽을 만드는 방망이로 죽도록 얻어맞고, 다리가 모두 부러져 집에 누워 있다고 했다. 그래서 왕소이가 억울함을 호소하러 온 것이었다.

탕봉은 그를 한쪽으로 물러나 있게 하고 또 다른 사람을 불러 물었다.

"자네는 이름이 뭔가?"

그 사람은 쉰 살이나 예순 살쯤 된 노인이었는데, 다음과 같이 고했다.

"소인은 황몽통(黃夢統)이라 하옵고, 시골에서 살고 있습니다. 작년 9월 현에 세금[錢糧]을 내야 하는데 잠깐 돈이 모자라서, 중개인을 통해 엄 향신에게 은자 스무 냥을 빌렸습니다. 매달 세 푼의 이자를 주기로 하고 차용증을 적어 엄씨 집으로 보내 주었습니다. 하지만 은자는 아직 받지 않았습니다. 그리고 길을 가다가 우연히 마을에 사는 한 친척을 만났습니다. 그런데 그 사람 말이 자기가 가진 은자를 몇 냥 빌려 줄 테니 먼저 일부를 내고, 나머지는 다시 시골로 가서 구할 방도를 마련하라더군요. 그러면서 엄씨 집에서는 돈을 빌리지 말라고 권했습니다. 소인은 세금을 다 내고 나서 친척과 함께 집으로 돌아왔습니다.

이제 벌써 반년 남짓한 시간이 지났는데, 이 일이 생각났습니다. 저는 엄씨 집으로 찾아가 차용증을 돌려달라고 했습니다. 그러자 엄 향신은 제게 그 동안 몇 달치의 이자를 요구하였습니다. 제가 말했지요.

'원금을 빌린 적이 없는데 무슨 이자가 있다는 말씀입니까?'

그런데 엄 향신의 말이, 제가 당시에 차용증을 돌려받아 갔으면 바로 그 돈을 다른 사람에게 빌려 주어 이자가 생겼을 것이다. 그런데 계약을 취소하지 않았기 때문에 그 돈 스무 냥을 다른 데로 돌릴 수 없게 되었다. 이 때문에 반년 치 이자가 날아갔으니, 제가 그 이자를 물어내야 마땅하다는 겁니다.

소인은 일이 잘못 돌아간다 싶어, 중개인을 통해 술과 안주를 대접할 테니 차용증을 돌려달라고 부탁했습니다. 하지만 엄 향신은 고집을 피우며 들어주지 않더니, 소인의 나귀와 쌀자루를 압류하여 자기 집으로 가져갔습니다. 게다가 그 일에 대해 어떤 증빙 문서도 만들어 주지 않고 있습니다. 이 억울하고 잘못된 일을 나리께서 해결해 주십시오!"

탕봉이 그 말을 듣고 나서 말했다.

"공생이라는 자가 그 신분으로 고을에서 좋은 일은 하지 않고 이처럼 사람을 기만하다니, 참으로 악질이구나!"

탕봉은 즉시 두 개의 상소장을 비준하고, 원고들더러 밖에서 기다리도록 하였다. 누군가 이 소식을 재빨리 엄대위에게 알려 주었다. 엄대위는 당황하여 속으로 생각하였다.

'이 두 사건 모두 사실이니, 만약 판결이 내려지면 내 체면이

말이 아니겠구나. 이럴 때는 무엇보다 삼십육계 줄행랑이 상책이지!'

그는 짐을 꾸려 꽁무니 빠지게 성성으로 달아났다. 탕봉이 상소장을 비준하고 파견한 차인(差人)*들이 엄씨 집에 도착해 보니, 엄대위는 벌써 집에 없었다. 차인들은 어쩔 수 없이 그의 동생인 둘째 나리 집으로 가야 했다. 그는 이름이 엄대육(嚴大育)이고 자는 치화(致和)요, 형인 엄대위는 자가 치중(致中)이었다. 두 사람은 친형제이지만 따로 분가해서 살고 있었다. 이 엄대육은 감생으로, 집에는 은자가 10만 냥이 넘었다. 차인이 와서 이 일을 알려 주자, 돈은 많아도 담이 작은 엄대육은 무척 난처했다. 하지만 형까지 집에 없는 마당에 차인들을 홀대할 수는 없는지라, 그는 그들에게 술과 식사를 대접하고 2천 전을 주어 돌려보냈다. 그리고 일을 상의하기 위해 서둘러 하인을 보내 두 처남을 불러오게 하였다.

그의 두 처남은 성이 왕씨였다. 한 사람은 왕덕(王德)으로 부학(府學)의 늠선생원(廩膳生員)*이었고, 다른 하나는 왕인(王仁)*으로 현학(縣學)의 늠선생원이었다. 두 사람 모두 인기 있는 학관을 운영하고 있어 명성이 자자했다. 그들이 매제의 부탁을 듣고 일제히 달려오자, 엄대육은 이번 일을 처음부터 남김없이 이야기해 주었다.

"지금 이곳에 차인들이 나와 있는데 어찌해야 하겠습니까?"

왕인이 웃으며 말했다.

"매제의 형님께서는 평소 탕 지현과 잘 알고 지낸다고 말씀하셨는데 어째서 이만한 일로 놀라 달아나셨을까요?"

"그런 얘기는 길게 해 봤자 소용없습니다. 형님은 지금 자리를 피해 계시는데, 차인들이 우리 집에서 사람을 내놓으라고 들볶고 있는 게 문제예요. 내가 집안일을 내버려 두고 그 양반을 찾으러 나서겠습니까? 형님도 돌아오지 않으려 하실 게고요."

왕인이 말했다.

"각자 집안을 이루고 사니까 이번 일은 결국 형님과 상관없는 셈입니다."

왕덕이 말했다.

"모르는 소리! 관아에서 차인들이 나온 것은 매제가 먹고살 만하기 때문이지. 그자들 일이라는 것이 고작 뜯어낼 건더기가 있는 이를 고르는 것이라네. 만약 나 몰라라 해 버리면 그자들은 사람을 내놓으라고 더 들볶을 것이네. 지금 방법이 있다면 그건 '끓는 솥 밑에서 땔감을 빼내듯' 화근을 없애는 것뿐이야. 그저 중개인을 보내 고발장을 낸 사람을 달래서 당사자들이 합의서를 제출해 일을 끝내 버리는 게 최선이지. 생각해 보면 이 역시 그렇게 어려운 일도 아니야."

왕인이 말했다.

"중개인도 찾을 필요도 없어요. 우리 두 형제가 왕소이와 황몽통을 찾아가 대신 차근차근 설득하면 됩니다. 돼지도 왕씨에게 돌려주고, 돈을 좀 내서 부러진 왕대의 다리를 치료해 주고, 황씨네의 그 차용증은 찾아서 돌려주면 됩니다. 하루거리 일도 못 되지요."

엄대육이 말했다.

"작은 처남 말이 맞을 겁니다. 하지만 우리 형수도 고집불통이고 조카들도 고약한 놈들인지라 절대 남의 말을 듣지 않아요. 그들이 돼지와 차용증을 내놓을 리 있겠습니까?"

왕덕이 말했다.

"매제, 그런 말도 필요 없어. 만약 자네 형수와 조카들이 고집을 부린다면, 재수 없는 셈 치고 은자 몇 냥을 가져다 왕씨에게 돼지 값을 쳐주게. 또한 황씨네 차용증은 제3자인 우리가 찾아서 없애겠다는 각서를 써 주세. 그럼 이 일은 마무리되고 뒤탈도 없을 걸세."

그 자리에서 상의를 마친 다음 모든 일은 적절히 처리되었다. 엄대육은 관아에 쓴 것까지 합쳐 열 냥이 넘는 은자를 썼고, 소송은 마무리되었다. 그리고 며칠 후 술자리를 마련해 두 처남을 불러 사례하고자 했다. 두 수재는 거드름을 피우며 학관에 있으면서도 오지 않으려 했다. 엄대육이 하인더러 가서 이렇게 말하도록 했다.

"마님께서 요즘 심기가 다소 불편하셔서 오늘은 술도 대접하고 마님께서 처남들과 담소나 나누고자 하십니다."

두 사람은 이 말을 듣고서야 찾아왔다. 엄대육은 즉시 두 사람을 맞아 대청으로 올라가 차를 마시면서, 하인더러 안에 들어가 알리라고 했다. 계집종이 나와 두 처남을 모셨다. 두 사람이 방 안으로 들어가 보니 여동생 왕씨는 얼굴이 누렇게 뜨고 비쩍 말라 보였다. 그녀는 제대로 걷지도 못할 정도로 허약한 몸인데도 방 안에서 몸소 과즈[瓜子]를 담고 밤을 까아 접시에 담고 있었다. 오라버니들이 들어오는 것을 보자 그녀는 손을 놓고 나와 인사를 하였다. 유모가 첩실인 조(趙)씨가 낳은 아이를 안고 있었다. 아이는 갓 세 살이 되었는데, 은 목걸이를 채우고 붉은 옷을 입혀서 외삼촌들에게 인사를 시켰다. 두 사람이 차를 마시자 계집종 하나가 와서 말했다.

"새아씨께서 인사드리시겠답니다."

두 사람이 서둘러 말했다.

"그러실 것 없네."

그들은 자리에 앉아 집안의 일상사를 이야기하면서 누이동생의 건강을 챙겼다.

"늘 이렇게 몸이 허약하니 보약을 더 먹어야겠구나."

대화가 끝나고 앞 대청에 술자리가 마련되자, 두 사람을 나오게 하여 자리에 앉혔다.

잠시 한담을 나누다 보니 다시 엄대위의 일을 화제에 올리게 되었다. 왕인이 웃으면서 왕덕에게 물었다.

"형님, 저는 도대체 이 집 큰 양반처럼 글도 못 쓰는 사람이 어떻게 생원이 될 수 있었는지 모르겠습니다."

왕덕이 말했다.

"그게 벌써 30년 전 일이지. 당시에는 본래 이원(吏員)* 출신인 어사(御史)들이 종사가 되었으니 무슨 문장을 알았겠는가?"

"그 양반은 이제 점점 이상해지고 있어요. 우리 친척들은 한 해에도 몇 번씩이나 그 양반을 초대하곤 하지만, 정작 그분 집에서는 술 한 잔 대접받은 적이 없지요. 생각나는 것이라고는 재작년 공생이 된 기념으로 깃대를 세울 때 그 양반 댁에서 식사 한 번 대접받은 것뿐이지요."

왕덕이 미간을 찌푸리며 말했다.

"그때 나는 안 갔었지. 그 양반이 공생이 된 일로 사람들에게 축하금을 뜯어낼 때 총갑이나 지방(地方)*까지 축의금을 보내왔으니, 현의 앞잡이들은 말할 것도 없지. 1, 2백 전 정도의 축하금을 받고도 요리사나 백정에게 줄 돈은 지금껏 떼먹고 갚지 않아, 한두 달에 한 번은 집으로 찾아와 난리를 친다네. 이게 무슨 꼴인가?"

엄대육이 말했다.

"그러게 말입니다. 저도 말하기 민망합니다. 솔직히 우리 집 같은 경우는 아직 보잘것없는 전답이라도 몇 마지기가 남아 있지요. 그래도 우리 네 식구 살림에 돼지고기 한 근 사는 것도 아까워서,

아이가 먹고 싶어 할 때마다 고깃간[熟切店]*에서 4전어치씩 사다 먹이고 말지요. 형님네는 땅 한 뼘 없고 식구까지 많은데도 사흘에 한 번씩은 고기를 사고, 그때마다 다섯 근씩은 삽니다. 그것도 푹 삶아 부드러운 고기로요. 그걸 한 끼에 다 먹어 치우고 바로 또 생선을 외상으로 삽니다. 애초에 분가할 적에는 똑같은 크기의 전답이 있었지만 죄다 먹어 없앴지요. 그리고 이제는 집 안에 있는 화리목(花梨木) 의자까지 뒷문으로 몰래 빼내 가서 고기만두와 바꾸어 먹지요. 이 일을 어찌하면 좋단 말입니까!"

두 사람은 하하 크게 웃고 나서 말했다.

"이런 쓸데없는 얘기를 하느라 술도 못 마셨군. 어서 주사위[骰子]* 그릇이나 내오시게."

엄대육은 즉시 그릇을 가져다가 큰처남에게 건네주었다.

"우리 장원놀이[壯元令]*나 합시다."

두 처남이 한 사람씩 돌아가며 주사위를 던졌는데, 둘 다 장원 점수가 나와서 큰 잔으로 하나씩 마셨다. 두 사람은 그렇게 몇 번이나 장원이 되어 수십 잔의 술을 마셨다. 그런데 정말 기이하게도 그 주사위가 필경 사람의 일을 헤아리는 듯, 엄대육에게는 한 번도 장원 점수가 나오지 않았다. 두 처남은 박장대소하였다. 그들은 새벽 2시가 훨씬 넘을 때까지 마시고, 비틀비틀 서로 부축하면서 집으로 돌아갔다.

그날 이후로 엄대육의 아내 왕씨의 병은 점점 심해졌다. 날마다 네다섯 명의 의원이 약을 썼는데, 모두 인삼이나 부자(附子) 같은 것이었다. 그런데도 전혀 효험을 보지 못하였다. 왕씨가 병상에서 일어나지 못하자 아들을 낳은 첩 조씨가 온 정성을 다해 곁에서 탕약 시중을 들었다. 병세가 호전되지 않자, 조씨는 밤중에 아들을 안고 침상 발치에 앉아 슬피 울었다. 그러기를 여러 번이었다.

어느 날 밤 조씨가 말했다.

"저는 그저 부처님께 빌 뿐입니다. 저를 데려가시고 마님을 보살펴 달라고요."

왕씨가 말했다.

"어리석은 소리! 사람마다 수명이 다른데 누가 대신할 수 있단 말인가?"

"그런 말씀일랑 마십시오. 제가 죽는 게 뭐 대수겠습니까? 마님께 변고라도 생기면 나리께서는 분명 또 새 마님을 들이실 겁니다. 나리께서는 마흔이 넘은 나이에 겨우 한 점 혈육밖에 없으니, 다시 새 마님을 들이면 그분은 자기가 낳은 아이만 예뻐할 테지요. 예로부터 이런 말이 있지요. '계모의 주먹은 남이 안 보는 데서 날아온다!' 나리 아이는 아마 제대로 크지도 못할 테고 저 역시 죽은 목숨입니다. 차라리 일찌감치 마님 대신 제가 죽어 이 아이의 목숨 하나라도 지키는 게 낫지요."

왕씨도 이 말을 듣고는 대답을 하지 못하였다. 조씨는 눈물을 머금고 날마다 약을 달이고 죽을 쑤며 왕씨의 곁에서 한 걸음도 떠나지 않았다.

어느 날 저녁, 조씨가 나가서 한참이 지나도 돌아오지 않았다. 왕씨가 계집종에게 물었다.

"아씨께서는 어디 가셨느냐?"

"아씨께서는 매일 밤마다 마당에 향탁(香桌)을 마련하여 천지신명께 눈물로 빌고 계십니다. 마님 대신 죽을 테니 마님을 보살펴 달라고요. 오늘 밤에는 마님의 병이 위중하신 걸 보고 좀 더 일찍 나가 빌고 계십니다."

왕씨는 이 말을 듣고 반신반의하는 표정을 지었다.

다음 날 저녁, 조씨는 또 울면서 자기가 대신 죽겠다는 둥의 말을 했다. 왕씨가 말했다.

"내일이라도 내가 죽거들랑 자네를 계실(繼室)로 삼아 달라고 나리께 말씀드려 줄까?"

조씨는 서둘러 엄대육을 불러오게 하여 부인의 말을 전했다. 엄대육은 이 말을 기다렸다는 듯 거듭 말했다.

"그렇다면 내일 아침 일찍 두 처남을 불러다 이 일을 정하도록 합시다. 그래야 증거가 남을 테니까."

왕씨는 손을 내저으며 말했다.

"그것도 알아서 하세요."

엄대육은 사람을 시켜 새벽같이 처남들을 모셔 오게 하여 약 처방을 보고 다른 명의를 부르는 일을 의논했다. 그리고 두 사람을 방 안으로 불러들여 왕씨의 뜻을 전달하고 이렇게 말했다.

"처남들이 직접 동생에게 물어보세요."

두 사람이 침상 앞으로 다가갔으나 왕씨는 이미 말을 할 수가 없었다. 그녀는 손으로 아이를 가리키며 고개를 끄덕거렸다. 두 처남은 이것을 보고 얼굴을 찌푸리며 한마디도 하지 않았다. 잠시 후 서재에 마련된 식사를 하면서도 서로 그 얘기는 꺼내지 않았다. 식사를 마친 뒤 엄대육은 조용한 방으로 처남들을 불렀다. 그리고 왕씨의 위중한 병세에 대해 이야기하면서 눈물을 흘리며 말했다.

"누이동생이 우리 집으로 시집온 지 20년, 그 동안 저 사람은 저의 진정한 내조자였습니다. 이제 저를 두고 가 버리려 하니 어쩜 좋단 말입니까! 일전에 제게 말하기를, 장인 장모님의 무덤을 손봐야 한다고 합디다. 자기가 모은 얼마 안 되는 걸 모두 두 처남에게 기념으로 남기겠다고 했지요."

엄대육은 하인들을 모두 나가 있게 하고, 궤짝을 열어 은자 두 꾸러미를 꺼내 두 사람에게 각각 백 냥씩 건네주었다.

"약소합니다."

두 사람은 두 손으로 그것을 받았다. 엄대육이 또 말했다.

"너무 마음 쓰지 마세요. 제사상을 준비하려면 비용이 좀 들겠지만, 모두 제가 준비할 테니 두 분은 와서 예식만 주관해 주십시오. 내일은 또 가마를 보내 부인들을 모셔 오겠습니다. 누이동생이 머리 장식 몇 개를 기념으로 주겠다고 합니다."

그들은 말을 마치고 다시 밖으로 나와 앉았다.

그때 밖에 손님이 찾아와 엄대육은 접대하러 나갔다. 돌아와 보니 두 처남은 울어서 두 눈이 빨개져 있었다. 왕인이 말했다.

"방금 형님과도 말했지만, 우리 누이동생은 진짜 여장부일세. 왕씨 가문의 행운이라 할 만하지. 방금 했던 그 말은 아마도 매제가 생각해 낸 게 아닐 걸세. 그런데도 의혹을 품고 머뭇거린다면 사내대장부가 아니지."

왕덕이 말했다.

"자네는 모르겠지만, 자네 작은 부인 문제는 자네 집안의 3대와 관련 있다네. 우리 누이동생이 죽고 나서 자네가 새로 사람을 들였다 치세. 그런데 그 사람이 우리 외조카를 들볶아 죽이기라도 한다면 자네 부모님들도 하늘에서 편치 못하실 테고, 돌아가신 우리 부모님도 편치 않으실 걸세."

왕인이 탁자를 두드리면서 말했다.

"우리같이 공부하는 사람들은 늘 삼강오륜의 바탕 위에서 애쓰는 법이지. 문장을 지어 공자님 대신 말하는 것 역시 이런 이치에 불과하지. 만일 자네가 이 말을 따르지 않는다면 자네 집에 발도 들여놓지 않을 걸세!"

엄대육이 말했다.

"저희 집안에서 말이 나올까 걱정입니다."

두 사람이 말했다.

"우리 둘이 주관하도록 하지. 하지만 이 일은 대대적으로 치러야 하네. 매제, 자네가 은자를 좀 더 내놓도록 하게. 내일 우리 두 사람이 내는 걸로 하고 자리를 10여 개 마련해서 삼당친(三黨親)*을 불러 모으겠네. 그리고 누이가 보는 앞에서 자네와 조씨 두 사람이 함께 천지와 조상님께 절하고 조씨를 정실로 세우는 걸세. 그럼 누가 또 감히 뒷말을 하겠는가!"

엄대육이 다시 은자 쉰 냥을 들고 나와 두 사람에게 건네주자, 둘은 엄숙하고 의기에 찬 표정으로 돌아갔다.

사흘 뒤 왕덕, 왕인 형제는 과연 엄씨네로 와서 길일을 고르고 명첩 수십 장을 써서 친지들을 두루 초대했다. 친지들이 모두 왔지만, 이웃에 사는 형님 엄대위 집안의 다섯 조카만은 하나도 오지 않았다. 사람들은 아침 식사를 마치자 먼저 왕씨 침상으로 가서 왕씨의 유언을 글로 썼다. 두 처남 왕덕과 왕인*이 서명을 했다. 엄대육은 방건을 쓰고 푸른 장삼을 입고 붉은 주단을 걸쳤으며, 조씨는 진홍색 옷을 입고 적금관(赤金冠)을 썼다. 두 사람이 나란히 천지신명에 절하고, 다시 조상님들에게 절하였다. 왕인은 재주와 학문이 뛰어나 그들 대신 조상께 고하는 글을 한 편 지었는데 내용이 대단히 간절했다. 조상님께 고하는 의식이 끝나자 두 사람은 사당에서 나왔다. 왕덕과 왕인은 계집종에게 방 안에 있던 아내들을 모시고 나오게 하고, 넷이 함께 엄대육과 조씨를 왼편의 상석으로 청했다. 그리고 머리를 조아리며 자매의 예를 갖추었다. 여러 친지들도 모두 서열을 나누어 인사를 했다. 집안일을 하는 집사, 남자 하인, 어멈, 계집종, 시녀 등 수십 명이 새까맣게 몰려

나와 일제히 주인 부부에게 인사를 올렸다. 조씨는 혼자 방 안으로 들어가 왕씨에게 언니로 모시겠다는 인사를 올렸다. 그 무렵 왕씨는 이미 정신을 잃은 상태였다.

예식이 다 끝나자 큰 채와 작은 채, 서재, 내당 등에 남녀 친지들이 20석이 넘는 술자리에 모여 앉았다. 자정이 넘도록 마시는 동안 엄대육이 대청에서 한창 손님을 접대하고 있는데, 유모가 황망히 달려 나와 말했다.

"마님께서 돌아가셨습니다!"

엄대육이 곡을 하며 안으로 들어가 보니, 조씨가 침상 곁을 지키고 있었다. 조씨는 머리를 찧으며 울다 까무러쳤다. 사람들이 조씨를 부축하여 물을 삼키게 했다. 그들은 조씨의 어금니를 억지로 벌리고 물을 흘려 넣었다. 물이 들어가면서 정신이 들자 조씨는 머리를 쥐어뜯고 바닥을 뒹굴며 하늘이 무너진 듯 통곡을 하였다. 엄대육조차 어쩔 도리가 없을 정도였다. 집사들은 모두 대청에 있고, 여자 손님들은 모두 본채에서 염이 끝나기를 기다리고 있었다. 그런데 왕씨 형제의 두 부인들만이 방 안에서 어수선한 틈을 타서 의복, 보석, 머리장식 등을 남김없이 쓸어 갔고, 심지어 조씨가 방금 쓰고 있다 바닥에 떨어져 뒹구는 적금관까지 챙겨서 품속에 감추었다.

엄대육은 황망히 유모를 불러 아들을 안고 오게 하고, 삼베로 만든 상복을 입혀 주도록 하였다. 수의와 관은 이미 만들어져 있었다. 염을 마치고 나서야 날이 밝았다. 영구는 두 번째 중당(中堂) 안에 안치해 놓았는데, 사람들이 모두 들어와 참배하고 나서 제각기 흩어졌다. 다음 날 모든 친척 집에 상복 지을 옷감[孝布]을 두 필씩 보내 주었다.

셋째 날은 상복을 입게 되었다. 그런데 조씨가 삼베 상복을 입으려 하자 두 처남은 단호하게 반대하며 말했다.

"'명분이 올바르지 않으면 하는 말도 순조롭지 않다'*고 하였네. 두 사람은 이제 자매지간이 되었으니, 동생은 언니를 위해 1년상만 치르면 되네. 그러니 가는 베로 짠 상복을 입고 흰 천으로 머리띠를 둘러야 하네."

예법이 정해지자 출상을 알렸다. 그날 이후 재를 지내고 49재를 올리고, 장례 일정을 알리고 상여가 나갈 때까지 4, 5천 냥의 은자를 쓰고 여러 달 법석을 떨었음은 말할 것도 없다. 조씨는 두 처남이 뼈에 사무치게 고마워, 햅쌀을 수확하자마자 두 섬씩 보내 주었다. 또 절인 채소류[腌冬菜] 두 섬씩에 구운 돼지다리도 네 개씩 보냈으며, 그 밖에 닭고기와 오리고기, 소소한 반찬 같은 것을 챙겨서 보낸 것은 더 말할 것도 없다.

어느새 섣달그믐이 되었고, 엄대육은 천지신명과 조상님들께 인사를 올린 다음 한바탕 잔치를 벌였다. 그는 조씨와 마주 앉고, 유모가 아들을 데리고 아래쪽에 앉아 있었다. 술 몇 잔을 마신 엄대육은 눈물을 흘리더니 궤짝 하나를 가리키며 조씨에게 말했다.

"어제 전당포에서 3백 냥의 이자를 보내왔는데, 그건 바로 당신 언니 왕씨의 개인 재산이라오. 해마다 섣달 27일이나 28일에 보내오면 나는 그 사람에게 건네주고 그 사람이 어디에 쓰는지도 상관하지 않았소. 올해 또 이 돈을 보내왔는데, 가엾게도 그걸 받을 사람이 없구려!"

"마님의 돈을 쓸 곳이 없다는 말씀은 마십시오. 제가 다 보고 기억하고 있으니까요. 무슨 날이면 암자에서는 여승이 음식 상자를 보내왔고, 꽃 파는 노파가 장신구를 선물했으며, 비파를 타는 여자 맹인 악사는 문 앞을 떠나지 않고 연주를 했습니다. 그러니 어느 누가 마님의 은혜를 받지 않았겠습니까? 게다가 또 마님은 인

자하서서 가난한 친척들이라도 보게 되면 당신은 못 먹어도 남들은 먹이려 했고, 당신은 못 입어도 남들은 입히려 하셨지요. 이 정도 돈이 없어지는 건 금방이지요! 더 있었더라도 다 쓰셨을 테고요. 그런데 정작 두 분 처남은 언니 덕을 조금도 보지 못했어요. 제 생각에는 이 은자라도 다 써 버리지 말고 내년 초 마님 대신 좋은 일을 몇 차례 크게 벌이도록 하지요. 그리고 남는 돈이 많지는 않겠지만 내년은 과거가 치러지는 해니 두 분 처남께 여비로 드리는 게 좋겠습니다."

엄대육이 조씨의 말을 듣고 있는데, 탁자 밑에서 고양이 한 마리가 그의 정강이 위로 기어올라 왔다. 엄대육이 단화로 탁 걷어차 버리자 고양이가 놀라 방 안으로 달아나더니 침상 머리로 뛰어올랐다. 그러자 쨍그랑! 하는 소리와 함께 침상 머리에서 물건이 하나 떨어져 바닥의 술 단지를 깨 버렸다. 촛불을 들고 가서 살펴보니 그 망할 놈의 고양이가 침상 머리맡의 널판 한쪽을 발로 차서 떨어뜨리는 바람에 그 위에 있던 큰 대바구니가 떨어졌던 것이다. 가까이 가서 살펴보니 까만 대추가 온통 술과 섞여 있고, 대바구니는 모로 누워 있었다. 두 사람이 대바구니를 뒤집어 보니 대추 밑에는 하나하나 상피지(桑皮紙)로 싼 봉지가 보였다. 그것을 열어보니 모두 5백 냥의 은자가 들어 있었다. 엄대육이 탄식했다.

"내가 그랬지, 그 사람이 은자를 다 썼을 리 없다고! 이 정도면 몇 년을 모은 것일 텐데 아마도 내게 급한 일이라도 생기면 꺼내 쓸 요량이었나 보군. 하지만 이제 그 사람은 어디로 갔단 말인가!"

한바탕 통곡을 하고 나서 사람을 시켜 그곳을 치우도록 하고, 그 마른 대추를 접시에 담아 조씨와 함께 영정 앞 탁자에 올려놓고 영상(靈床)*에 엎드려 다시 한 번 통곡했다. 이 일로 인해 엄대육은 새해인데도 밖으로 인사를 다니지 않고 집에 있으면서 목이

메도록 오열했다. 시도 때도 없이 곡을 하거나 흐느낀 탓에 정신이 오락가락하고 멍하니 얼이 빠져 있었다.

정월 보름이 지난 이후로 엄대육은 가슴의 통증을 호소했다. 처음에는 참고 버티면서 매일 밤 자정이 될 때까지 장부 정리를 했다. 하지만 나중에는 점점 음식물을 먹지 못하고 장작개비처럼 비쩍 말랐다. 그런데도 그는 돈이 아까워 인삼도 복용하지 않았다. 조씨가 그에게 권하였다.

"당신 마음이 편치 못하니 이런 집안일들은 손을 놓으시지요."

"아들이 아직 어린데 누구에게 맡기란 말이오? 목숨이 붙어 있는 한, 하루라도 직접 처리하지 않을 수 없소."

어느덧 봄기운이 깊어지면서 간장(肝臟)의 목기(木氣)가 비장(脾臟)의 토기(土氣)를 눌러 엄대육은 날마다 미음 몇 그릇만 겨우 넘길 뿐, 병상에서 일어나지 못하였다. 날씨가 화창해지자 그는 억지로 음식을 조금 먹고 겨우겨우 일어나 집 주변을 좀 걷기도 했다. 긴 여름을 겨우 났으나 입추가 지난 뒤로 다시 병이 심해졌다. 그는 침상에 누워 있다가 논에서 올벼를 수확할 때가 됐다는 생각에 장원을 관리하는 하인을 시골로 내려 보냈다. 하지만 역시 마음을 놓지 못하고 속으로 조바심만 태우고 있었다.

어느 날 아침 엄대육이 약을 마시고 나니 낙엽이 창가를 스치는 소리가 쓸쓸히 들려왔다. 그는 흠칫한 느낌이 들어서 한바탕 긴 한숨을 내쉬고 벽 쪽으로 돌아누워 잠이 들었다. 밖에서 아내 조씨가 문병을 온 두 처남과 함께 들어왔는데, 두 사람은 성성(省城)에 향시를 보러 가면서 인사차 들른 것이었다. 엄대육은 계집종의 부축을 받아 억지로 일어나 앉았다. 왕덕, 왕인 두 사람이 말했다.

"한동안 매제를 못 보았는데, 이제 보니 좀 더 말랐지만 다행히도 정신은 괜찮네그려."

엄대육은 두 사람을 앉히고 몇 마디 합격을 기원하는 말을 하였다. 방 안에서 간식을 들도록 하고, 지난 섣달그믐에 있었던 일을 이야기해 주면서 조씨더러 은자 몇 꾸러미를 들고 오도록 하였다. 엄대육이 조씨를 가리키며 말했다.

"이건 바로 저 사람의 생각입니다. 언니가 남긴 것을 두 처남에게 여비로 쓰도록 드리자고 하더군요. 제 병세는 점점 심해지고 있으니, 두 분이 돌아오실 때면 다시 만날 수 있을지 모르겠군요. 제가 죽고 나면 두 처남께서 외조카를 잘 돌봐 주십시오. 그 아이에게 공부를 시켜 어떻게든 수재가 되게 하여, 저처럼 평생 형님한테 무시당하고 살지 않도록 해 주십시오."

두 사람은 은자를 받아 각자 품 안에 두 꾸러미씩 지니고 연방 감사 인사를 했다. 또 이런저런 말로 위로를 하고는 작별하고 떠나갔다.

그 후 엄대육의 병은 날로 위중해져 다시는 돌이킬 수 없게 되었다. 많은 친척들이 모두 문병을 왔다. 이웃에 사는 다섯 명의 조카는 뻔질나게 건너와 의원을 모셔 오고 약을 구한다며 야단이었다. 하지만 추석이 지난 뒤로는 의원들은 모두 약을 쓰지 않았다. 장원을 돌보는 하인들도 모두 시골에서 올라오도록 했다. 병은 더 깊어져 사흘 내내 말을 못 하는 지경이 되었다. 어느 날 밤 방 안 가득 사람들이 모여 있고, 탁자 위에는 등잔불 하나를 밝혀 놓았다. 엄대육은 목구멍에서 그륵그륵 연신 가래 끓는 소리를 내면서도 끝내 숨을 놓지 못했다. 그리고 손을 이불에서 빼내 두 손가락을 폈다. 큰조카가 앞으로 다가가 물었다.

"숙부님, 아직 친척 두 사람을 못 보았다는 말씀이신가요?"

엄대육이 머리를 두세 번 흔들었다. 둘째 조카가 앞으로 다가가 물었다.

"숙부님, 어딘가 두 몫의 은자가 있는데, 어디 있는지 제대로 알려 주지 않았다는 건가요?"

엄대육은 두 눈을 크게 뜨고 머리를 사납게 몇 번 흔들고, 손가락을 더 힘주어 폈다. 아들을 안고 있던 유모가 끼어들었다.

"나리께서는 아마 두 분 외숙께서 안 계시는 것이 마음에 걸리시나 봅니다."

엄대육은 이 말에 눈을 감고 머리를 흔들었지만 손가락은 움직이지 않았다. 조씨가 서둘러 눈물을 닦으면서 앞으로 다가가 말했다.

"영감, 다른 이들의 한 말은 모두 틀렸지요? 저만이 당신 뜻을 알 수 있지요!"

그런데 이 한마디 말로 인해 다음과 같은 새로운 이야기가 생겨난다.

전답을 빼앗으려다
골육 간에 큰 싸움이 일고,
후사를 이으려다가
관가로 달려가 소송을 벌이네.
爭田奪産, 又從骨肉起戈矛
繼嗣延宗, 齊向官司進詞訟.

조씨가 무슨 말을 꺼낼까? 이에 대해서는 다음 회를 들어 보시라.

와평

본편에서는 '富貴功名(부귀공명)' 네 글자에서 '富' 자 하나를 뽑아 비천한 소인배들이 살아가는 모습을 묘사하고 있다. 수전노의 인색함, 속된 수재들의 교활함을 하나하나 그려 내고 있는데, 머리카락 한 올 한 올처럼 생생하다. 설령 과거에 급제한 이들이 쓴다 해도 이보다 월등히 나을 수는 없을 것이다.

엄대위의 됨됨이는 모두 동생 엄대육의 입을 통해 그려지고 있다. 그 집안은 온통 탐욕스럽기만 하고 집안의 가르침이라고는 전혀 없어서 잘 될 가능성이 전혀 없음을 갖가지로 묘사해 냈다. 정말 동생의 사람됨과는 정반대이다. 하지만 엄대위는 평생 사람들을 속이고 거짓말을 일삼으면서도 그럭저럭 잘 지냈으며, 어렵고 힘든 날이 하루도 없었다. 그러나 동생 엄대육은 부질없이 10만 금이 넘는 재산을 가지고도 노상 가난을 걱정하고 날마다 무슨 일이 생길까 두려워하면서 맘 편히 즐긴 날이 하루도 없었다. 이러한 조물주의 오묘한 안배를 작자가 어떻게 엿보고 천기를 누설할 수 있었는지 알 수가 없다.

조씨는 본처의 자리에 오르기를 남편 엄대육과 함께 오랫동안 꿈꿔 왔다. 조씨가 침상 발치에서 울며 한 말들은 목석같은 사람도 감동시킬 수 있었지만, 왕씨의 마음이나 하는 말로 봐서 조씨의 말을 곧이곧대로 여긴 것 같지는 않다. 그런데 이 미묘한 상황을 구곡주(九曲珠)에 실을 꿴 개미의 솜씨로 써낸 것이다.*

왕씨 형제는 성정과 마음 씀씀이가 같지만, 자세히 살펴보면 왕인의 재능이 왕덕보다 낫다는 것을 알게 된다. 이른바 때에 따라 할 일을 아는 자를 준걸(俊傑)이라 부른다. 유품을 못 보았을 때는 "얼굴을 찌푸리며 한마디도 하지 않"다가, 유품을 보고 나서는

"울어서 두 눈이 빨개져 있었다." 때에 맞게 행동하는 것이 조금도 어긋남이 없다. 이런 무리들은 필시 자신의 재주와 성정으로 모든 것을 마음대로 움직일 수 있다고 생각할 것이다. 그렇게 자꾸 하다 보면 습관이 본래 그런 것으로 변하여 부끄러워하지 않게 된다.

섣달그믐 가족 모임에서 갑자기 고양이가 뛰어오르는 바람에 대바구니가 뒤집어져 은자가 쏟아지고, 이 일로 죽은 이를 추념하던 마음이 점차 병이 되고 마니, 이 또한 어려운 시절 동고동락한 부부의 진실한 정이리라. 부인 왕씨가 죽어 안채는 썰렁해졌는데 그가 쓰던 물건은 아직 남아 있으니, 이처럼 마음 아픈 일이 어디 있으랴? 문장의 묘처는 참으로 언어의 바깥에 있는 것이다.

제6회
엄대위는 병이 난 김에 선주를 닦달하고,
조씨 부인은 억울하여 시숙 엄대위를 고소하다

　임종이 가까웠으나 엄대육은 손가락 두 개를 쭉 편 채 마지막 숨을 종내 놓지 못하고 있었다. 조카들과 식구들은 너나없이 엄대육의 의중을 알아보느라 여간 소란스럽지 않았다. 두 사람을 가리키는 거냐고 묻는 이가 있는가 하면, 두 가지 일이냐는 이, 전답 두 곳을 말하는 거냐는 이, 그야말로 의견이 분분했으나 엄대육은 시종 아니라고 머리를 가로저을 뿐이었다. 그때 조씨 부인이 사람들을 헤치고 나와 말했다.

　"영감, 당신 마음을 제가 아니면 누가 알겠어요? 등잔 심지를 두 가닥이나 태우고 있으니 심기가 편치 않으신 게지요? 기름 낭비할까 봐서 말이에요. 제가 이제 한 가닥을 뽑을 테니 걱정 마세요."

　조씨 부인은 얼른 심지 한 가닥을 뽑아 버렸다. 사람들이 엄대육의 반응을 지켜보았다. 엄대육은 고개를 끄덕이고 손을 축 늘어뜨리더니, 그 길로 숨을 거뒀다. 온 집안이 대성통곡을 하기 시작했고, 염할 준비를 했다. 영구는 세 번째 중당(中堂)에 안치해 두었다.

　이튿날 아침, 하인 몇 사람이 읍내 구석구석을 다니며 엄대육의 상을 알렸다. 엄씨 문중의 제일 큰 어른인 엄진선(嚴振先)은 일족 한 무리를 이끌고 조문을 와서 술이며 밥을 먹다가 상복 지을 옷 감[孝布]을 받아서 돌아갔다. 조씨 부인에겐 쌀집을 하는 조노이 (趙老二)라는 오라비와 은세공 가게에서 풀무질을 하는 조카 조노한(趙老漢)*이 있었다. 이들도 때맞춰 장례 예물을 마련해 찾아왔다. 승려와 도사들은 상가(喪家)임을 알리는 긴 깃발을 내걸고 경을 외며 추도식을 했다. 조씨 부인은 어린 아들을 데리고 밤낮없이 영구 앞에서 곡을 했다. 집안의 남녀종들도 모두 상복을 입었고, 대문은 온통 흰색 천지였다.

정신없이 이레가 지날 무렵, 왕덕과 왕인 형제가 과거 시험을 치르고 돌아와 함께 조문을 하러 와서 하루를 머물고 갔다. 그로부터 사나흘이 지난 뒤 엄대위 역시 성(省)에서 과거 시험을 치르고 돌아왔다. 그의 아들들은 모두 엄대육의 상가에 가 있었다. 엄대위가 짐을 푼 뒤 아내와 막 자리에 앉아 떠 온 물로 세수를 하려는 참이었다. 아우 엄대육의 집에서 유모 하나가 하인을 데리고 찾아왔다. 하인은 작은 상자 하나와 보따리 하나를 손에 받쳐 들고 있었다. 유모가 말했다.

"마님께서 큰 나리께 인사 여쭙십니다. 큰 나리께서 돌아오신 줄 알지만 상중이라 와서 뵙기가 어렵습니다. 이 옷 두 벌과 은자는 돌아가신 저희 나리께서 임종하실 때 큰 나리께 유품으로 남기신 것입니다. 마님께서는 큰 나리께서 어서 건너와 주셨으면 하십니다."

엄대위가 열어 보니 최신식으로 새로 지은 비단옷 두 벌과 가지런히 담은 은자 2백 냥이 들어 있었다. 엄대위는 기뻐 어쩔 줄 모르며 얼른 아내더러 수고비로 은자 여덟 푼을 담아 유모에게 주도록 하고, 이렇게 말했다.

"둘째 마님께 감사하다고 아뢰어라. 내 즉시 건너가마."

엄대위는 유모와 하인을 보낸 뒤, 옷과 은자를 챙겨 넣고 아내에게 그간의 사정을 자세히 물었다. 아들들도 모두 따로 엄대육의 유품을 받았고, 지금 받은 이것은 자기 몫으로 남겨 진 것임을 알았다. 그는 효건(孝巾)을 쓰고 흰 베로 허리를 동인 뒤 상가로 건너갔다. 그는 영구 앞에서 "아우야!" 하고 부르며 건성으로 몇 번 곡을 하고, 두 번 절을 했다. 조씨 부인이 상복을 입고 나와 답례를 했다. 또 아들을 불러다가 백부께 인사를 올리게 하고 나서 흐느끼며 말했다.

"저희 모자 팔자가 참으로 기구합니다! 나리께서 한창 나이에 저희를 버리고 떠나셨으니 이제 큰 나리께 모든 걸 맡길 수밖에요!"

"제수씨, 사람 목숨은 하늘에 달린 것이지요. 아우가 세상을 떴으나 지금 제수씨한테는 훌륭한 아들이 있지 않습니까? 그 애나 잘 키우며 살아가면 될 텐데 뭐가 그리 걱정이시오?"

조씨 부인은 다시 한 번 고맙다고 인사를 하고 그를 서재로 모셨다. 그곳에 상을 차리고 외숙 두 분을 청해 자리를 함께하도록 했다.

잠시 후 외숙들이 도착하자 서로 인사를 나누고 자리에 앉았다. 왕덕이 말했다.

"아우님께서 평소 건강했는데 어떻게 갑자기 병에 덜컥 걸려 그만 못 일어나고 말았을까요? 가까운 친지인 우리조차 임종을 못 지켰으니 너무나 참담합니다!"

"어디 두 분만 그렇겠습니까? 형제지간인 저도 임종 전에 얼굴 한번 못 보았습니다. 허나 예로부터 '공무를 위해선 사사로운 일을 잊고 나라를 위해선 집안을 잊는다(公而忘私, 國而忘家)'고 했습니다. 우리가 치른 과거 시험은 조정의 대사이니, 두 분이나 저나 조정을 위해 일한 것이지요. 그러니 설령 가족을 돌보지 못했어도 부끄럽게 여기실 것 없습니다."

"성에 계신 지 반년이 넘었지요?"

"그렇습니다. 전임 학대이신 주 선생님*께서 저의 품행을 높이 사서 공생으로 뽑아 주셨습니다. 주 선생님의 일가친척이 이 성(省)에 계신데, 응천부(應天府) 소현(巢縣)의 지현을 지낸 분입니다. 그래서 그분을 한번 찾아뵈러 성에 갔었지요. 그런데 뜻밖에도 만나자마자 오랜 친구처럼 환대해 주시며 붙드는 바람에 그만 몇 개월을 내리 머물게 되었습니다. 또 저랑 사돈을 맺자며 당신 둘째 따님을 저희 둘째 아들놈에게 주시겠다고 몇 번이나 말씀하셨지요."

왕인이 말했다.

"성에 계실 땐 그 댁에 머무셨습니까?"

"아니오, 장정재 선생 댁에 머물렀답니다. 그분 역시 현령을 지내셨고, 탕 지현의 세질(世姪) 되는 분이지요. 탕 지현의 관아에서 술자리에 동석하면서 알게 되어 친해졌지요. 주씨 댁과 혼사를 맺게 된 것도 바로 장정재 선생이 중매를 서신 거랍니다."

"그때 범씨 성의 효렴과 함께 왔던 그 사람 말입니까?"

"맞습니다."

왕인이 형에게 눈짓을 보내며 말했다.

"형님, 지난번에 회교도들의 소란을 불러온 그 사건 생각나세요?"

그 말에 왕덕은 픽 하고 코웃음을 쳤다.

잠시 후 술상이 차려지자 그들은 술을 마시며 계속 이야기를 나누었다. 왕덕이 말했다.

"올해엔 탕 지현께서 시험관이 되지 못하셨죠?"

왕인이 말했다.

"형님, 모르셨소? 탕 지현이 지난번 시험관이 되었을 때 '늙은 고양이와 쥐를 묘사한 것〔陳猫古老鼠〕' 같은 고리타분한 문장을 뽑는 바람에 이번에는 임관이 되지 못한 게지요. 이번 시험의 시험관이신 10여 분은 모두 젊은 진사들로, 재기발랄한 문장만 취한답니다."

그러자 엄대위가 말했다.

"그게 그런 게 아니지요. 재기발랄할지라도 모름지기 법도가 있어야 하는 법입니다. 시제(試題)에 맞지도 않게 제멋대로 번지르르한 말 몇 마디 쓴다고 어디 재기발랄하다 할 수 있답니까? 우리 주 선생님 같은 분은 감식안이 탁월하여, 1등으로 내세운 건 하나같이 법도 있는 문장을 능숙하게 쓰는 이들의 답안이었습니다. 이번 시험에서도 그런 사람들 가운데 합격자가 나올 겁니다."

엄대위가 이렇게 말한 것은 왕씨 형제가 모두 주진에게 모두 2등의 성적을 받았기 때문이다. 두 사람은 이 말의 속뜻을 눈치 채고 시험에 관한 얘기는 더 이상 꺼내지 않았다. 술자리가 끝나 갈 무렵, 두 사람은 다시 지난번 엄대위 때문에 일어난 소송 사건으로 화제를 돌렸다.

"탕 지현께서 단단히 화가 나셨죠. 다행히 동생 분이 상황을 간파하고 잘 처리한 덕분에 무마될 수 있었어요."

엄대위가 말했다.

"그건 죽은 아우가 잘못한 겁니다. 제가 집에 있어 탕 지현에게 한마디만 했어도 왕소이와 황몽통 이 두 못된 놈들의 다리몽둥이를 작신 분질러 버릴 수 있었을 텐데요! 향신에게 백성이 어찌 그리 방자히 군단 말입니까!"

왕인이 말했다.

"그래도 매사에 좀 관대하시면 좋을 겁니다."

엄대위는 순간 얼굴이 붉어졌다. 계속해서 세 사람이 술 몇 잔을 더 권하고 있는데, 유모가 아이를 안고 나와 말했다.

"마님께서 큰 나리께 여쭈라 하십니다. 언제 조문을 받는 게 좋을지요? 또 올해 무덤을 쓰는 게 길할지, 선영에 묻힐 수 있을지 아니면 다른 곳을 찾아봐야 할지도 궁금해하십니다. 번거로우시겠지만 두 분 외숙과 상의해 주셨으면 하십니다."

"마님께 아뢰게. 내가 집에 오래 있을 수가 없네. 곧 우리 둘째를 데리고 성에 가서 주 선생 댁과 혼사를 치러야 하니까. 나리의 장례 문제는 여기 두 분 외숙께 부탁드리면 될 것이야. 허나 선산에는 묻힐 수 없고 다른 자리를 물색해야 할 텐데, 그 일은 내가 돌아온 다음 생각해 보지."

이렇게 말하고 엄대위는 잘 먹었다는 인사를 하고 자리에서 일어나 집으로 돌아갔다. 왕씨 형제도 자리를 떴다.

며칠이 지나 엄대위는 정말로 둘째 아들을 데리고 성으로 갔다. 조씨 부인은 집안일을 도맡게 되었는데, 그야말로 돈은 산처럼 쌓여 있고, 쌀은 창고 가득 썩어나고, 노복이 떼를 이루고, 소와 말이 줄을 잇는지라, 하루하루가 안락하고 복에 겨운 나날이었다. 그런데 어찌 알았으랴? 하늘은 무심하게도 착한 이를 돌보지 아니하니, 조씨의 어린 아들이 천연두에 걸려 하루 종일 열이 펄펄 끓었다. 의원이 와서 보더니 몹시 위독한 상태라며 서각(犀角)과 황련(黃連), 인아(人牙)를 약으로 썼으나 고름집이 생기지 않았다.* 애타는 마음에 몸이 단 조씨는 천지사방으로 치성을 드리고 다녔으나 아무런 효험이 없었다. 결국 이레째 되던 날, 그 새하얗고 토실토실했던 아이를 그만 저세상으로 보내고 말았다. 조씨 부인의 이번 통곡은 왕씨 부인을 보낼 때에 비할 바 아니었거니와, 남편을 보낼 때에 비할 바도 아니었다. 통곡에 통곡을 이으니 눈물마저 모두 말라붙어 버렸다. 그렇게 꼬박 사흘 밤낮을 울고 나서 아이를 무덤으로 떠나보냈다. 그리고 외숙 두 분을 모셔다 상의하기를, 큰집의 다섯째 조카로 후사를 잇게 했으면 좋겠다고 했다. 두 외숙은 어물어물 주저하며 말했다.

"그런 일은 우리가 나설 수 없는 것일세. 게다가 엄 선생도 집에 없는 데다 아들이야 그 양반 아들이 아닌가? 그런 일은 당사자가 원해야 되지, 우리가 어떻게 나선단 말인가?"

"오라버니들, 죽은 매제에게 약간의 재산이 남았는데 이제 진짜 주인인 제 아들이 죽었으니 이 집안 식구들 모두 어디에도 기댈 곳이 없습니다. 허니 후사를 잇는 일은 잠시도 미룰 수 없는 문제입니다. 아이 큰아버지가 언제 돌아올지 안답니까? 큰댁 다섯째 조카가 이제 겨우 열한 살 남짓이니, 아들로 들이면 설마 제가 잘 아껴 주고 제대로 가르치지 못하겠습니까? 큰댁 형님께서 이 얘길 들으면 당장 보내지 못해 안달일 텐데요. 큰아버지께서 돌아온대도 뭐라 하실 말씀이 없을 텐데, 외숙이라는 분들이 왜 못 나선다는 말씀입니까?"

그러자 왕덕이 말했다.

"그럼 할 수 없지. 우리가 건너가서 한번 얘기해 보겠네."

왕인이 말했다.

"형님, 그게 무슨 말씀이시오? 후사를 잇는 그런 중대사를 우리 외가에서 어떻게 주관할 수 있겠습니까? 지금 누이 마음이 정 그리 급하다면, 우리 형제가 함께 몇 자 적어서 그 집 하인을 시켜 당장 성에 가서 엄 선생을 모셔 오게 하여 의논하는 수밖에 없습니다."

왕덕이 말했다.

"그게 가장 좋겠네. 내 생각엔 엄 선생이 돌아와도 별다른 말씀이 없을 것 같네만."

왕인이 고개를 저으며 웃었다.

"형님, 그건 두고 봐야 할 겁니다. 허나 지금으로선 이 수밖에 없습니다."

조씨 부인은 두 사람의 말을 듣고도 도통 무슨 뜻인지 어리둥절 했으나 그저 그 말에 따를 수밖에 없었다. 왕씨 형제는 편지 한 통을 쓴 뒤, 하인 내부(來富)를 보내 한달음에 성에 가서 엄대위를 모셔 오게 하였다.

내부는 성성(省城)에 도착한 뒤 수소문하여 엄대위가 고저가(高底街)에 머물고 있다는 것을 알았다. 그러나 숙소 문 앞에 도착해 보니 붉고 검은 빛깔의 모자를 쓴 네 사람이 채찍을 들고 입구에 서 있는지라 기겁하여 감히 들어갈 엄두를 내지 못했다. 그렇게 한참 서 있다가 엄대위를 따라갔던 사두자(四斗子)가 밖으로 나오는 걸 보고, 그를 불러 앞장세우고 따라 들어갈 수 있었다. 앞뒤가 트인 넓은 대청 한가운데에 꽃가마 한 대가 놓여 있고, 가마 옆에는 햇빛을 가리는 차양이 하나 세워져 있었다. 그 차양에는 "즉보현정당(即補縣正堂)"이라는 글귀가 적혀 있었다. 사두자가 들어가 엄대위를 모시고 나왔다. 그는 비단 모자를 쓰고 관원들의 대례복을 입었으며, 바닥이 하얀 검은색 가죽 장화를 신고 있었다. 내부는 앞으로 가 머리를 조아리고 편지를 전했다. 엄대위는 그것을 받아 읽더니 말했다.

"알았다. 둘째 도련님 혼사가 있으니 너는 잠시 여기서 기다려라."

내부가 물러나 부엌으로 가 보니 그곳에서는 요리사가 잔칫상을 차리고 있었다. 신부의 방은 건물 위층에 있었다. 둘러보니 울긋불긋 형형색색으로 장식되어 있었으나 감히 올라갈 엄두는 내지 못했다. 그런데 해가 서쪽으로 기울도록 악사가 하나도 보이지 않았다. 둘째 아들은 새 방건을 쓰고 어깨에서 허리까지 비스듬히 붉은 띠를 걸쳤고, 머리엔 꽃을 꽂은 채 속이 타서 이리저리 서성대며 악사가 어째서 안 오냐고 연신 물었다. 엄대위가 대청에서 버럭 소리를 질러 사두자를 부르더니 어서 악사를 데려오라고 했다. 사두자가 말했다.

"오늘이 길일인지라 악대 하나에 은자 여덟 전을 불러도 꼼짝을 안 합니다. 그런데 나리께선 질 나쁜 은자로 두 전 네 푼을 주시면서, 거기다 우수리 두 푼을 또 떼지 않으셨습니까? 게다가 장씨 댁 위세를 써서 억지로 데려오라고 하셨지만, 오늘 몇 집에 가기로 했을지 모르는데 이 시간에 무슨 수로 데려옵니까?"

엄대위가 발끈해서 말했다.

"헛소리 집어치워라! 얼른 가지 못하겠느냐! 늦게 오면 네놈도 따귀를 맞을 줄 알아라!"

사두자는 주둥이가 한 발은 나와서 내내 투덜거리며 집을 나섰다.

"아침부터 이때까지 밥 한 그릇 안 주더니 이런 지랄 맞은 꼴이 다 생기는구나!"

그러고는 어디론가 가 버렸다.

등을 켤 시간이 될 때까지 사두자마저 그림자도 보이지 않았다. 신부를 태울 가마꾼과 붉고 검은 빛깔의 모자를 쓴 자들이 또 어서 가자며 불같이 성화를 부리자, 대청에 있던 손님들이 말했다.

"악사를 기다릴 것 없겠소. 길한 시간이 되었으니 신부를 맞으러 갑시다."

자루가 긴 부채를 어깨에 걸쳐 메고 붉고 검은 빛깔의 모자를 쓴 네 사람이 길을 열었다. 내부는 가마를 따라 주씨 집까지 갔다. 주씨 집 대청은 대단히 넓어서 등촉을 몇 개나 켜 놓았으나 안뜰은 여전히 침침했다. 여기에다 악사 하나 없이 달랑 붉고 검은 빛깔의 모자를 쓴 네 사람만 와서 주거니 받거니 컴컴한 뜰 안에서 연신 소리를 쳐대고 있었다. 내부는 보기가 민망하여 그들더러 그만 외치도록 했다. 주씨 집에서 누군가가 나와 말했다.

"엄 나리께 아뢰오. 악사가 있으면 가마를 보낼 것이나, 악사가 없으면 가마를 보내지 않을 것이오."

한창 옥신각신하는 참에 사두자가 악사 둘을 데리고 숨 가쁘게 달려왔는데, 하나는 퉁소를 불고 하나는 북을 치는 이였다. 둘이 대청에서 삑삑 쿵작쿵작하는데 도무지 곡조가 맞지 않았다. 양편에서 듣고 있던 이들은 웃음을 참지 못했다. 주씨 집에선 한바탕 소란이 일어났으나 이미 엎질러진 물이라 신부를 가마에 태워 보내는 수밖에 없었다. 신부가 신랑의 집에 들어온 일은 더 이상 자세히 말하지 않겠다.

열흘이 지나자 엄대위는 내부에게 사두자와 함께 가서 고요현으로 가는 배 두 척을 빌리도록 했다. 그 배의 선주는 고요현 사람이었다. 큰 배 두 척에 은 열두 냥이었는데, 고요현에 도착하면 돈을 지불하기로 계약했다. 한 척에는 신랑과 신부를 태우고, 다른 한 척에는 엄대위가 탔다. 길일을 택하여 일가친척에게 작별을 고하고, 금색으로 '소현정당(巢縣正堂)'이라고 쓴 패(牌)와 흰색으로 '숙정(肅靜)', '회피(回避)'라고 쓴 패, 그리고 문창(門槍)* 네 개를 빌려 와 배 위에 세웠다. 또 악대를 고용해 징을 울리고, 일산을 들고, 풍악을 울리는 가운데 배에 올랐다. 선주는 벌벌 떨며 조심스레 모셨고, 가는 길 내내 별일이 없었다.

고요현을 불과 2, 30리 앞두고 거의 다 왔을 무렵, 엄대위는 배에 앉아 있다가 갑자기 머리가 어질어질하고 눈앞이 희미해지면서 구역질이 나더니 묽은 가래를 울컥울컥 쏟아 냈다. 내부와 사두자가 양쪽에서 팔을 부축했지만 자꾸 쓰러지려 했다. 엄대위는 "아이고! 아이고!" 소리를 지르며, 사두자더러 자기는 내버려 두고 얼른 물 한 주전자를 끓여 오도록 했다. 사두자가 그를 눕히자 연신 끙끙 앓는 소리를 냈다. 사두자가 황급히 선주와 같이 물을 끓여 선실로 들고 갔다. 엄대위는 열쇠로 상자를 열어 운편고(雲片糕) 한 덩이를 꺼냈는데, 대략 열 조각이 넘는 분량이었다. 그것을 한 조각씩 잘라 내 몇 조각을 먹고 나서 배를 살살 문질렀다. 그러자 방귀를 크게 두 번 뀌더니 금세 상태가 좋아졌다. 남은 운편고 몇 조각은 뱃고물의 선반에 올려놓고 반나절이 지나도록 찾지 않았다. 그런데 조타수가 배를 오래 몰다 보니 허기가 졌는지 왼손으로 키를 잡고 오른손으로 운편고를 집어 한 조각씩 입에 털어 넣는 것이었다. 엄대위는 이를 못 본 척 내버려 두었다.

잠시 후 배가 부두에 닿았다. 엄대위는 내부를 시켜 가마 두 대를 속히 불러오게 하고, 의장이 다 갖춰지자 둘째 아들과 신부를 먼저 집으로 보냈다. 또 부둣가의 사람들을 불러다가 상자며 궤짝들을 모두 뭍에 부리게 하고, 자기의 짐도 옮겨놓았다. 선주며 선원들이 수고비를 달라고 모여들자 엄대위는 몸을 돌려 선실로 들어가 뭔가 잃어버린 것을 찾는 듯 사방을 두루 살피더니, 사두자에게 물었다.

"내 약은 어디 갔느냐?"

"무슨 약이 있었다고 그러세요?"

"아까 내가 먹었던 게 약이 아니고 무엇이더냐? 내 분명 갑판 위에 놓아두었는데."

그러자 그 조타수가 말했다.

"아까 갑판 위에 있던 운편고 몇 조각을 말씀하시는가 보군요. 나리께서 남기고 안 드시기에 소인이 주제넘게 먹어 버렸는뎁쇼."

"별것 아닌 운편고를 잡수셨다! 그 운편고에 뭐가 들었는지 네 놈이 알기나 하느냐?"

"운편고라는 게 호박씨와 호두, 설탕, 쌀가루로 만드는 거지 뭐 별다른 게 있답니까?"

엄대위가 노발대발하며 말했다.

"헛소리 집어치워라! 내 평소 어지럼증이 있어 수백 냥의 은자를 써서 그 약을 만들었거늘. 그 약에는 성의 장 나리께서 임지인 산동성 상당(上黨)에서 가져오신 인삼, 그리고 주 나리께서 임지인 사천에서 가져오신 황련이 들어갔단 말이다! 이런 천한 놈 같으니! '저팔계가 인삼과를 먹고도 전혀 그 맛을 모른다(豬八戒吃人蔘果, 全不知滋味)'고 하더니, 제대로 알지도 못하는 걸 주제넘게 처먹어! 그래, 말은 잘도 내뱉는구나! 그냥 운편고라고? 방금 그 몇 조각이면 은자 몇 십 냥 어치는 충분히 될 텐데. '한밤중에 사라진 창날이 도둑놈 배에 꽂혀 있었다(半夜裏不見了槍頭子攘到賊肚裏)'고 하더니, 쥐도 새도 모르게 몽땅 네놈 뱃속으로 들어갔구나. 그 나저나 내가 나중에 다시 어지럼증이 도지기라도 하면 무슨 약으로 고친단 말이냐? 이런 죽일 놈! 이런 못된 해코지를 하다니!"

그는 사두자를 시켜 문서 상자를 가져다가 열고 명첩을 쓰며 말했다

"이놈을 탕 지현 관아로 끌고 가 일단 곤장 수십 대를 치고 다시 따져 보자."

그러자 겁을 먹은 조타수가 비실비실 웃으며 말했다.

"이놈이 아까 먹었을 땐 달짝지근하기만 해서 약인 줄은 꿈에도

몰랐습니다. 그냥 운편고인 줄 알았습죠."

"아직도 운편고란 소리를 해! 운편고라고 한 번만 더 지껄였단 봐라, 네놈 주둥이를 먼저 손봐 주마!"

이렇게 말하며 명첩을 다 쓴 다음 사두자에게 건네주었다. 사두자가 황급히 뭍으로 올라가자, 짐을 부리던 사람들이 선주 편을 들어 그를 가로막았다. 두 배의 선원들이 모두 당황하여 일제히 말했다.

"엄 나리, 이번 일은 저치가 잘못한 것입니다. 엄 나리의 약을 멋모르고 집어먹지 말았어야 했습죠. 하지만 저치는 가난뱅이인지라, 배까지 팔아 치운다 해도 나리께 수십 냥이나 되는 은자를 배상해 드릴 수 없을 겁니다. 관아에 끌려가면 어떻게 견뎌 낼 수 있겠습니까? 이번 한 번만 엄 나리께서 은혜를 베푸시어 너그러이 용서해 주십시오."

그러나 엄대위는 그럴수록 더 불같이 화를 냈다. 짐을 나르던 지게꾼 몇 사람이 배 위로 올라와 말했다.

"이게 모두 자네 선원들이 자초한 일 아닌가. 아까 엄 나리께 수고비네 술값이네 달라고 들러붙지만 않았어도 엄 나리께선 벌써 가마를 타고 여길 뜨셨을 거야. 그러니까 자네들이 엄 나리를 붙드는 바람에 그 약을 찾게 된 거란 말일세. 이제 잘못했다는 걸 알았으면 얼른 엄 나리 앞에 머리를 조아려 용서를 구하지 않고 뭘 하는 겐가? 설마 자네들이 엄 나리의 약값을 물어내지 않고, 도리어 나리께서 자네들에게 뭘 보태 줘야 한단 말인가?"

사람들이 일제히 조타수에게 달려들더니 몇 번이나 바닥에 머리를 조아리게 했다. 그러자 엄대위는 화가 좀 누그러져 말했다.

"네놈들이 그렇게 말하고 나도 혼사 일로 바쁘고 하니, 일단은 저놈을 놓아주고 나중에 천천히 따져 보기로 하마! 저놈이 어디 하늘로 날아갈 것도 아니고!"

엄대위는 이렇게 한바탕 을러댄 후 의기양양하게 가마에 올라 짐꾼과 하인들을 거느리고 요란하게 자리를 떴다. 선주는 두 눈을 멀뚱멀뚱 뜬 채 그가 떠나는 것을 보고만 있었다.

엄대위는 집에 돌아오자 서둘러 아들과 며느리를 데리고 사당에 가서 예를 올리고, 아내더러 나오라고 해 함께 절을 받았다. 그의 아내는 방에서 이리저리 물건을 옮기느라 여간 분주한 게 아니었다. 엄대위가 다가가 물었다.

"뭐가 그리 바쁜가?"

"당신은 우리 집 방이란 게 죄다 콧구멍만 하다는 걸 모르시는 모양이구려? 있는 거라곤 이 안채 한 칸뿐인데, 며느리는 새 식구인데다 대가 댁 규수니 이리로 옮겨 줄 수밖에 없지 않겠어요?"

"쳇! 내가 벌써 다 생각해 둔 게 있는데 누가 임자더러 부산을 떨라 했소? 아우에게 크고 번듯한 집이 있으니 거기서 살면 되지 않소?"

"서방님 집에 어째서 당신 아들을 살게 한단 말이에요?"

"아우에게 아들이 없는데 후사를 세우지 않겠어?"

"그래도 그건 안 돼요. 우리 다섯째로 후사를 이을 거랍디다."

"그런 일을 조씨 마음대로 한다고? 제깟 게 뭐라고! 내가 아우의 후사를 세워 주는데 자기가 무슨 상관이 있다고 나서?"

엄대위의 아내는 이 말을 듣고도 영문을 몰라 어리둥절해 있는데, 조씨가 사람을 통해 전갈을 보내왔다.

"둘째 마님이 나리께서 돌아오셨단 얘길 듣고 모셔서 말씀을 나누셨으면 합니다. 외숙 두 분께서도 와 계십니다."

엄대위는 바로 동생 집으로 건너갔다. 그는 왕덕과 왕인 형제를 만나 점잖을 빼며 으레 하는 인사를 나눈 뒤, 하인 몇 명을 불러 분부했다.

"안채를 깨끗이 청소해 둬라. 내일 둘째 서방님이 아씨와 함께 와서 사실 게다."

조씨가 이 말을 듣고 그가 둘째 아들로 후사를 이으려 한다는 걸 알고, 외숙들에게 물었다.

"오라버니들, 큰 나리께서 방금 뭐라고 하셨습니까? 며느리가 들어오면 뒤채에 살게 하고 제가 앞채에 그대로 있는 게 당연하지요. 그래야 밤낮으로 돌봐 주기에도 좋고요. 그런데 어째서 저더러 뒤채로 옮기라 한답니까? 세상천지에 며느리가 안채를 떡하니 차지하고 시어미는 곁채에 사는 법이 어디 있답니까?"

왕인이 말했다.

"일단 진정하시게. 뭐라고 하는지 두고 보면 자네에게도 무슨 상의를 해 오겠지."

이렇게 말하고 나가 버렸다. 왕씨 형제와 엄대위가 몇 마디를 나누고 다시 차를 한 잔 마셨을 때, 왕씨 집 하인이 와서 말했다.

"동기 분들이 글 짓는 모임(文會)에 오시길 기다리고 계십니다."

두 사람은 작별 인사를 하고 자리를 떴다.

엄대위는 그들을 전송하고 돌아와 의자를 끌어당겨 앉더니, 하인들 10여 명을 불러 모아 분부했다.

"우리 집 둘째 서방님께서 내일 이리로 와 후사를 이을 것이다. 그분이 너희들의 새 주인이시니 잘 받들어 모셔야 하느니라. 조씨는 자식도 없고, 둘째 서방님께서도 부친의 첩으로만 대우할 것이니, 조씨도 계속 안채를 차지하고 있을 수는 없다. 너희 어멈들은 작은 채 두 칸을 치워 조씨의 세간을 옮기고, 안채를 비워 둘째 서방님께서 편히 쉬실 수 있게 준비해라. 피차간에 서열을 분명히 하는 게 필요하니 둘째 서방님께선 조씨를 '조씨'라고 부르고, 조씨는 서방님과 새아씨를 '둘째 나리,' '둘째 마님'이라 불러야 할 것이다. 며칠 있다가 새아씨께서 오시면 조씨가 먼저 찾아와 정중히 예를 올리고, 그 후에 서방님이 건너가 간단히 인사를 할 것이다. 우리 향신 집안에서 이런 대례(大禮)의 절차를 하나라도 어겨서는 안 된다. 너희들은 각자 맡은 바 전답과 가옥, 이자 장부를 죄다 모아 오늘 밤 안으로 정리해 오도록 해라. 먼저 내가 꼼꼼히 살펴보고, 서방님께 드려 쉽게 점검하시도록 하겠다. 지금은 둘째 나리가 살아 있을 적과는 다르다. 조씨가 살림을 맡은 동안은 네 놈들은 멋대로 얼렁뚱땅 온갖 짓을 했을 테지. 하지만 차후로 털 끝만치라도 속이는 게 있으면 한 건당 서른 대씩 곤장을 칠 것이다. 그뿐 아니라 탕 지현의 관아로 보내 새경이며 밥값까지 죄다 토해 내게 할 것이니라."

모두들 그러겠노라고 대답했고, 엄대위는 자기 집으로 건너갔다.

엄대육 집의 네 하인과 어멈들은 엄대위의 명을 받아 조씨에게 방을 옮기라고 재촉했다. 그러나 조씨에게 한바탕 욕을 먹고 감히 짐을 옮기지 못했다. 평소 조씨가 귀한 몸이나 되는 척 위세를 부리던 꼴을 미워하던 이들은 이때다 싶었는지 떼로 몰려와서 말했다.

"큰 나리의 말씀을 저희 따위가 어찌 거스르겠습니까? 어쨌건 그분이 저희의 진짜 주인님이신데요. 나리께서 진짜 화라도 내시면 저희는 어떡합니까?"

조씨는 하늘도 무심타 울부짖으며 울다가 욕하고, 욕하다 울고, 그렇게 밤새 난리를 피웠다. 다음 날 조씨는 바로 가마를 타고 현의 관아로 갔다. 마침 탕봉이 아침 공무를 보는 시간이어서 조씨는 자신의 억울한 사연을 고했다. 탕봉은 그녀를 불러 고소장을 쓰게 한 후, 다음 날 "일가친족들이 상의해서 결과를 관아에 보고하라"는 명령을 내렸다.

조씨는 술자리를 마련하여 집으로 친지들을 청했다. 족장인 엄진선은 성의 제12도(都)의 향약(鄕約)*을 맡고 있었다. 그런데 그가 평소 가장 두려워하는 사람이 바로 엄대위였는지라, 이 자리에서도 이런 말뿐이었다.

"내 비록 족장이긴 하나, 이 일은 가까운 친지들이 주관해야 할 문제이네. 지현께 올릴 회답에도 난 이 말씀밖에 드릴 수 없겠네."

두 외숙 왕덕과 왕인은 깎아 놓은 나무 인형인 양 앉아서 종내 가타부타 입 한 번 벙긋하지 않았다. 쌀집을 하는 오라비 조노이와 풀무장이 조카 조노한은 본디 이런 자리에 낄 주제가 못 되는 위인들이었다. 어떻게 한번 입을 떼려다가도 엄대위가 눈을 부라리며 호통 한 번 내지르면 대번에 꿀 먹은 벙어리가 되었다. 두 사람 역시 속으로 이런 계산을 하고 있었다.

'고모는 노상 왕씨 집 두 오라비만 떠받들고 우리는 거들떠보지도 않았는데, 우리가 오늘 엄 나리께 미움을 살 이유가 어디 있담? '호랑이 머리에 앉은 파리를 잡는 일(老虎頭上撲蒼蠅)'처럼 위험천만한 짓이지. 아무려나, 그저 무골호인 노릇이 최고일세.'

한편 병풍 뒤에 있던 조씨는 뜨거운 솥에 갇힌 개미처럼 안절부절못하고 있었다. 좌중의 누구도 입을 열지 않자 조씨는 병풍 뒤에서 직접 엄대위에게 말을 하겠다며, 그간 일이 어떻게 된 것인지 이야기하기 시작했다. 원망을 늘어놓다가 울고, 울다가 또 원망을 늘어놓고, 가슴을 치고 발을 구르며 한바탕 소란을 피웠다. 엄대위는 그것을 듣다못해 벌컥 화를 내며 말했다.

"이런 버르장머리 없는 년! 천한 출신은 못 속인다니까. 향신 집안에 어디 이런 법도가 있다더냐? 내 성질을 더 건드렸다간 머리채를 잡아 흠씬 두들겨 패 준 다음, 당장 매파를 불러다 다른 집에 팔아 버릴 테다!"

조씨는 이 말에 더욱 악에 받쳐 울부짖었고, 그 소리는 하늘까지 들릴 정도였다. 조씨가 달려 나와 엄대위를 붙잡고 늘어지며 쥐어뜯으려 하자, 어멈 몇이 달려들어 떼어 놓았다. 좌중의 사람들도 일이 꼴사납게 돌아가자 엄대위를 끌고 나가 집으로 돌아가게 했다. 그리고 다들 각자 흩어졌다.

다음 날 탕봉에게 올릴 보고서를 쓰기 위해 다시 사람들이 모이자, 왕씨 형제는 "수재 신분으로 이런 문서를 관청에 낼 수는 없소"라고 하면서 자신들의 이름을 올리려 하지 않았다. 족장 엄진선은 알 듯 말 듯 아리송하게 다음과 같이 몇 마디를 적어 넣었다.

조씨가 본래 첩이었다가 절차를 밟아 계실이 되었던 것도 사실입니다. 그러나 엄 공생의 말처럼 법률에 맞지 않아 도저히 자기 아들에게 조씨를 어머니라고 인정하게 할 수 없다는 것 역시 옳은 일입니다. 어찌 되었든 지현 나리의 현명한 판결을 기다리겠나이다.

그런데 탕봉 또한 첩의 소생이었던지라 보고서를 보자 이런 생각이 들었다.

'법률이란 인정에 따르는 법(律設大法, 理順人情)이라 했거늘, 엄 공생도 너무하는군.'

곧 그는 대단히 긴 판결문을 써내려갔다.

조씨가 정식 절차를 밟아 계실이 된 이상 첩이라고만 해서는 안 된다. 엄 공생이 자기 아들로 후사를 잇기를 원치 않는다면 조씨 마음대로 마땅한 후계자를 고르도록 하라.

엄대위는 이 판결문을 보자 머리에서 몇 길이나 불길이 치솟을 정도로 화가 나 곧장 탄원서를 써서 부(府)로 달려갔다. 그러나 지부 역시 첩을 두었고, 보아하니 귀찮은 일이다 싶어 "고요현에서 안건을 조사해 올리라"고 지시했다. 지현 탕봉이 사건을 조사해 보고를 올리자, 지부는 "지난번과 같이 처리하라"는 판결을 내렸다. 엄대위는 더욱 조급해져 성으로 가서 안찰사에게 탄원서를 냈으나, 안찰사는 "사소한 일은 부현(府縣)에 가서 따지라"고 판결했다. 엄대위는 더 이상 뾰족한 수가 없었지만 승복하지 못하고 이렇게 생각했다.

'주 학대가 우리 일족이잖아! 얼른 경사에 가서 그분께 부탁해서 부(部)에서 소송장을 내달라 하여 반드시 명분을 바로잡아야지!'

그런데 엄대위가 경사로 떠나게 되자, 다음과 같은 새로운 이야기가 생겨난다.

오랫동안 공부한 학자가
이번 과거에 또 좋은 성과를 거두고
총명하고 준수한 젊은이는
단번에 우수한 성적으로 급제하다.*
多年名宿, 今番又掇高科,
英俊少年, 一擧便登上第.

엄대위의 고소는 어떻게 될까? 이에 대해서는 다음 회를 들어 보시라.

와평

　이 회는 엄대위의 가증스런 모습을 그리고 있다. 그런데 글을 쓰는데 두서가 있고 앞뒤가 분명하니, 마치 샘물이 웅덩이를 가득 채우고 넘쳐 바다로 흘러가는 것과 같다. 여러 지류로 갈라져도 큰 흐름은 분명하다. 그 솜씨는 저속한 소설가와 다르다. 저속한 소설가[稗官]는 가증스런 인물을 그릴 때마다 그를 때리고, 욕하고, 죽이고, 찌르려 덤비면서 독자들이 그를 미워하지 않을 것만 걱정한다. 그래서 결국 적어 넣은 일들이 인정과 세상 이치에서 벗어날 뿐 아니라 이 세상에서는 도저히 일어날 수 없는 일들이 되고 만다. 이는 바로 옛사람들이 말했던 "보이지 않는 귀신이나 괴물을 그리기는 쉬워도 보이는 사람이나 사물을 그리기란 어렵다(畵鬼怪易, 畵人物難)"는 이치다. 세상에서 가장 평범하고 누구든 볼 수 있는 것이야말로 '본질까지 생생히 그려 내기[神似]'가 가장 힘든 법이다.

　성에서 향시를 치르고 돌아와 옷 두 벌과 은자 2백 냥을 보았을 때 엄대위는 기뻐 어쩔 줄 모르며, 말끝마다 "제수씨[二奶奶]"라고 불렀다. 아마도 이때는 그가 바라는 것이 그 정도에 불과했을 것이다. 마음이 흡족한 마당에 또 무엇을 구하겠는가? 이런 장면으로 요즘 사람들의 인정세태를 그려 냈는데, 고생스럽게 공들인 솜씨라 할 수 있다. 만약 이때 벌써 엄대위의 흉중에 제수씨의 재산을 가로채려는 계산이 서 있었다는 식으로 말했다면 그런 일은 세상에 있지도 않을 뿐더러 정리(情理)에도 맞지 않는다. 엄대위가 한낱 막돼먹은 사람임을 이야기하려 할 뿐인데 굳이 그를 독사나 맹수로 묘사할 필요가 있겠는가?

　엄대위를 묘사하는 어조는 무미건조해야 하고, 왕씨 형제를 묘사하는 어조는 두서없고 난잡해야 한다. 세 사람이 한자리에서 이야기를 나눌 때면 서로에게 날을 세우고 한마디도 그냥 흘리는 법이 없으니, 참으로 볼 만하다.

엄대위가 평생 자기 입으로 내뱉은 말은 거의 거짓말이나, 그래도 그 중 한두 마디는 진짜였다. 예를 들어 장사륙이 중매를 섰다는 말은 믿을 수 없어도 주씨 집과 맺은 혼사는 사실이다. 배에서 병이 났던 사건의 경우, 지금껏 그 진위를 가릴 수 있는 사람은 아무도 없다. 그러나 운편고가 약이 아니란 사실에 대해선 선주나 짐꾼, 사두자뿐 아니라 독자들도 잘 알고 있으니, 왜 그런가? 운편고 속에는 인삼이나 황련이 절대 들어갈 리 없기 때문이다.

조씨 부인은 만사를 왕씨 형제에게 맡기고 태산 같은 의지처로 여겼으나, 정말 중요한 순간에는 전혀 기댈 수 없음을 뉘라서 알았으랴? 천하에는 이런 인간이 가장 많고 또 이런 인간은 스스로 그런 행동을 교묘하고 수완 있는 것이라 여긴다. 그러므로 나는 엄대위보다 왕인이 훨씬 싫다.

엄대위는 평생 사리에 어긋나는 짓을 저지르지만 그래도 제법 명사(名士)의 분위기가 난다. 시도 때도 없이 자신이 향신임을 들먹이지만 결국 세공생(歲貢生)이 뭐 대단할 게 있겠는가? 시도 때도 없이 탕봉과 친한 사이라고 떠벌리지만 결국 탕봉은 그를 나 몰라라 하지 않는가! 이런 두꺼운 낯가죽은 역시 그만이 갈고 닦아 선보일 수 있는 것이다.

웃음이 나오거나 욕이 나오는 사건이 정말 많다. 가령 악사를 부르는 장면, 붉고 검은 빛깔의 모자를 쓴 자들을 세워 놓은 장면, "즉보현정당(卽補縣正堂)"이란 패를 내건 장면 등을 떠올려 보라. 뜻밖에도 이것을 사두자의 입을 통해 "지랄 맞은 꼴[臭排場]" 단

한마디로 갈무리하고 있으니, 참으로 문장 가운데 어디 하나 중요하지 않은 구석이 없다.

제7회
범진은 학정이 되어 스승의 은혜에 보답하고, 왕혜는 관리가 되어 순매와 우의를 다지다

　엄대위는 후사를 세우는 일로 소송을 벌였으나 부와 현에서 모두 졌고, 안찰사 또한 거들떠보지 않았다. 그래서 그는 어쩔 수 없이 경사로 달려가 주진의 친척이라고 사칭하여 해당 부서에 고소장을 제출하려고 생각했다. 경사에 도착해 보니 주진은 이미 국자감사업(國子監司業)*으로 승진해 있었다. 그는 대담하게도 '사돈 후배〔眷姻晩生〕'라는 명첩을 써서 그 집을 찾아갔다. 장반에게서 명첩을 전해 받은 주진은 의아한 생각이 들었다. 아무래도 그에게는 이런 친척이 없었기 때문이다. 그가 말없이 고민에 빠져 있을 때, 장반이 또 수본(手本)*을 전해 올렸는데, 다른 칭호는 없이 그저 '범진(范進)'이라는 이름만 적혀 있었다. 주진은 이 사람이 바로 자신이 광동(廣東) 향시에서 발탁한 사람임을 알았다. 범진이 이제 거인이 되어 회시를 치르러 경사에 왔음을 알고, 주진은 어서 안으로 모시라고 지시했다. 범진은 들어오더니 '은사님!' 하면서 연신 머리를 조아려 인사했다. 주진이 두 손으로 그를 부축해 일으켜 자리에 앉히고 나서 물었다.

　"고향의 현계(賢契)* 가운데 엄씨 성을 가진 공생이 있는가? 조금 전 그가 '사돈'이라고 쓴 명첩을 가지고 날 찾아왔던데, 장반이 물으니 광동 사람이라 했다더군. 내겐 이런 친척이 없는데 말이야."

"방금 저도 봤습니다만, 그 사람은 고요현 사람입니다. 저희 마을 주 선생과 친척이온데, 스승님과 한 집안이던가요?"

"성은 같지만 친척 관계는 아닐세. 보아하니 상대해서는 안 되겠군."

그는 즉시 장반을 불러 분부했다.

"가서 그 엄 공생에게 전하거라. 아문(衙門)에 일이 있어 만날 수가 없으니, 명첩도 가지고 돌아가라고 해라."

장반은 "예!" 하고 물러났다.

주진은 범진과 옛일을 가지고 이야기를 나누었다.

"내 전에 광동의 합격자 명단을 보고 자네가 좋은 성적으로 합격한 것을 알았네. 경사에서 만나게 될 날만 기다리고 있었는데 왜 이렇게 늦게야 시험을 보러 왔는가?"

범진이 모친상을 당한 일을 들려주자, 주진은 탄식을 금치 못했다.

"자네는 그간 쌓아 놓은 학업이 있으니 비록 몇 년 늦어지긴 했지만 이번에 남궁(南宮)에서 틀림없이 뽑힐 걸세.* 게다가 내 이미 자네의 고명(高名)을 조정의 고관들에게 널리 칭송해 놓았으니 모두들 자네를 문하에 들이고 싶어 할 걸세. 자넨 그저 차분히 공부에만 전념하시게. 만약 경비가 부족하거든 내가 도와주겠네."

"제자는 평생 스승님의 높고 두터운 보살핌에 감사할 것입니다."

다시 한참 동안 많은 이야기를 나눈 후, 주진은 그에게 식사를 대접하고 헤어졌다.

회시가 끝나자 범진은 과연 진사에 급제했다. 직책과 부서가 정해지고, 다시 시험을 봐서 어사로 뽑혔다. 몇 년 후에는 산동 학정에 임명되었는데, 임명을 받던 날 범진은 즉시 주진에게 찾아와 인사를 올렸다. 주진이 말했다.

"산동이 비록 내 고향이지만 특별히 부탁할 만한 일은 없네. 다만 아이들을 가르치던 때를 떠올리니, 마을에 순매(荀玫)라는 학생이 있었다네. 당시 겨우 일곱 살이었는데 이제 또 10여 년이 흘렀으니 다 장성했겠지. 농사꾼 집안 아이인데 공부를 제대로 할 수 있었는지 모르겠네. 만약 아직까지 시험을 보고 있거든 자네가 유의해서 살펴보게. 조금이라도 기특한 구석이 있으면, 사정을 보아서 그 아이를 뽑아 내 바람을 이뤄 주시게."

범진은 그 말을 마음에 새기고 산동으로 부임했다. 그곳에서 반년 남짓 시험을 주관하고 막 연주부(兗州府)의 일을 맡았는데, 그때까지 동생을 모두 세 차례 뽑았다. 그러는 동안 주진이 부탁한 일은 잊고 있었다. 그러다 이튿날 동생을 뽑는 문제를 처리하려다 저녁 무렵에야 이 일이 생각났다.

'내가 무슨 짓을 하고 있는 거야! 스승님께서 내게 문상현(汶上縣) 순매의 일을 부탁하셨는데 어쩌자고 전혀 살피지 않았을까? 너무 소홀했구나!'

급히 생원에 급제한 이들의 답안지를 살펴보았으나 순매의 이름은 어디에도 없었다. 그는 즉시 채점관들의 방에서 동생 가운데 급제 못한 이들의 답안지를 가져와서 이름과 좌석 번호를 하나하나 자세히 검사했다. 6백 권이 넘는 답안지를 검사했으나 순매의 답안지는 전혀 보이지 않았다. 그는 고민에 잠겨 속으로 중얼거렸다.

'설마 응시하지 않은 건가?'

또 이런 생각도 들었다.

'안에 있는데 내가 찾지 못했다면 장차 어떻게 스승님을 뵙겠는가? 다시 자세히 살펴보자. 내일 합격자 발표를 하지 않으면 그만

이지.'

그는 잠시 막객(幕客)들과 술을 마시면서도 마음속으로는 이 일을 결정하지 못하고 있었다. 여러 막객들도 눈치를 못 채고 있었다.

그런데 막객 가운데 거경옥(遽景玉)이라는 젊은이가 말했다.

"선생님, 이 일을 보니 옛날이야기가 하나 생각나는군요. 몇 년 전에 어느 노선생께서 사천 지역 학정으로 임명되어 하경명(何景明)* 선생의 거처에서 술을 마시는데, 하경명 선생이 취하자 큰 소리로 이렇게 말씀하셨답니다.

'사천 땅에서는 소식(蘇軾)* 같은 문장력이 있어도 시험을 치면 6등*밖에 못 해.'

이 노선생은 그 말을 가슴에 새겨 두었는데, 나중에 3년 동안의 학정 일을 마치고 돌아와 하경명 선생을 다시 뵙고 이렇게 말했답니다.

'제가 사천에 3년 동안 있으면서 가는 곳마다 자세히 살폈지만, 소식이 와서 시험을 치르는 것은 보지 못했습니다. 아마 시험장 규칙 때문에 피한 모양입니다.'"

이렇게 말하고 거경옥은 소매로 입을 가리고 웃더니 또 이렇게 말했다.

"이 순매라는 이에 대해 선생님의 스승님께서는 뭐라고 말씀하셨습니까?"

범진은 고지식한 사람이라 그의 말이 우스갯소리임을 모른 채 그저 근심 어린 표정으로 말했다.

"소식이야 문장이 안 좋아서 못 찾았으니 그래도 그만이겠지만, 이 순매는 스승님이 뽑고자 하신 인물일세. 못 찾는다면 면목 없는 일이지."

그러자 나이 지긋한 막객인 우포의(牛布衣)*가 말했다.

"문상현 사람이라고요? 이미 합격하여 현학의 학생이 된 이들의 답안지를 한번 살펴보면 어떻겠습니까? 혹시 문장이 뛰어나다면 예전에 벌써 합격했는지도 모르지요."

범진이 말했다.

"그 말도 일리가 있소!"

서둘러 이미 합격한 이들의 답안지 10여 권을 찾아 명부와 대조해 보니, 맨 처음 것이 바로 순매의 것이었다. 범진은 답안지를 다 읽어 보고 자기도 모르게 기뻐서 얼굴이 환해졌다. 종일 가슴을 짓누르던 걱정이 모두 사라졌기 때문이다.

이튿날 아침 그는 제생, 동생의 시험 결과를 처리했다. 먼저 생원의 경우 1등, 2등, 3등을 모두 처리하고, 이어서 4등을 처리했다. 문상현 현학의 4등 가운데 첫 번째로 올라온 것이 매구(梅玖)의 답안지였다. 매구가 무릎을 꿇은 채 답안지를 읽자 범진은 화를 내며 말했다.

"수재는 문장 짓는 것이 본업이거늘, 어찌 이리 엉터리로 쓸 수 있단 말인가! 평소 본분을 지키지 않고 다른 일에 몰두했음을 알겠다! 이번 시험에서 이런 성적을 받은 것도 내가 관용을 베푼 것이다. 그러나 회초리(戒飭)*를 가져다 법에 따라 처벌할 것이다!"

매구가 말했다.

"제가 그날 병이 들어서 이처럼 문장이 엉망이오니 부디 은혜를 베풀어 주십시오!"

"조정의 법령은 본관도 마음대로 처리할 수 없다. 여봐라! 이자를 끌어다 형틀에 올려라. 법에 따라 처벌하리라!"

현학 안의 문두(門斗)*가 그를 끌어다 형틀에 올리자 매구는 다급히 애걸했다.

"나리! 제 스승님의 얼굴을 봐서라도 은혜를 베풀어 주십시오!"

"네 스승이 누구더냐?"

"지금 국자감사업으로 계신 주궤헌(周䕫軒) 선생이십니다. 휘(諱)는 '진(進)' 자를 쓰십니다. 바로 소생의 은사십니다."

"알고 보니 우리 주 선생님의 제자로구나. 됐다, 잠시 매질을 면하게 해 주마."

문두가 그를 일으켜 세워 주자, 매구가 다가와 무릎을 꿇었다. 범진이 분부했다.

"네가 주 선생님의 제자라면 더욱 열심히 공부해야 한다. 너처럼 이따위 문장이나 써내면 다른 제자들도 오명을 뒤집어쓰지 않겠느냐? 차후로 뼈를 깎는 반성이 필요할 것이다. 본관이 시험을 주관하러 왔을 때도 다시금 이렇게 한다면 결단코 용서치 않을 것이다!"

그리고 소리쳤다.

"당장 나가거라!"

다음으로 동생들을 들여보내게 했다. 문상현 차례가 되어 1등으로 순매를 지명하자, 사람들 속에서 맑고 준수하게 생긴 한 소년이 나와서 답안지를 받았다. 범진이 물었다.

"조금 전의 저 매구라는 동문을 아느냐?"

순매가 무슨 소리인지 몰라서 대답을 못하자, 범진이 다시 물었다.

"너는 주궤헌 선생의 제자 아니냐?"

"그분은 어릴 적 제게 글을 깨우쳐 주신 스승이십니다."

"그래, 본관도 그분의 제자니라. 경사를 떠나올 때 스승님께서 네 답안지를 잘 살펴보라 분부하시기에 남몰래 찾아보고 있었는데, 네가 이미 1등으로 합격했더구나. 이처럼 어린 나이에도 재능이 뛰어나니 스승님의 가르침을 헛되게 하지 않았구나. 차후에도 열심히 공부하면 진사에 급제할 수 있을 게다."

순매는 무릎을 꿇고 감사 인사를 했다. 범진은 사람들이 답안지 읽는 것을 다 듣고 북을 울려 학생들을 돌려보낸 후, 청사에서 물러나 문을 닫았다.

순매는 밖으로 나오다가 마침 아직도 관청의 원문(轅門)* 밖에 서 있던 매구와 만났다. 순매가 궁금함을 못 참고 물었다.

"매 선생, 언제 우리 주 선생님 밑에서 공부하셨는지요?"

"어린 자네가 어찌 알겠는가? 내가 선생님 밑에서 공부할 때 자네는 아직 태어나지도 않았을 걸세! 선생님께선 그때 성안에서 글을 가르치셨는데, 현문 어귀의 지체 있는 집[房科]*에 마련된 학관에서 가르치셨지. 나중에 시골로 내려가서 자네들을 가르치셨는데, 그때 나는 이미 수재가 되었기 때문에 자네가 모르는 걸세. 선생께서는 나를 가장 아끼시면서, 내 문장이 재기(才氣)는 있는데 조금 법도에 안 맞는 데가 있다고 하셨네. 조금 전 학대께서 내 답안지에서 지적하신 것도 이런 점일세. 그러니 문장을 볼 줄 아는 이들이 모두 이걸 추구한다는 것을 알 수 있지. 털끝만큼도 차이가 있을 수 없어. 자네도 알 걸세, 학대께서 나를 3등 중간에 넣는 게 뭐 어렵겠는가? 다만 그렇게 처리할 수도 없고 따로 만날 수도 없었기 때문에 특별히 내게 이런 성적을 주셔서 청사에서 처리하기 편하게 하신 걸세. 주 선생님의 이야기를 꺼내신 것은 분명 사정을 봐주겠다는 뜻일세. 자네를 첫머리에 올리신 것도 이런 이유 때문이지. 우리처럼 문장을 짓는 이들은 모든 일에 사람들의 세밀한 마음 씀씀이를 간파해야 하네. 이를 소홀히 지나쳐서는 안 되네."

두 사람은 이런저런 얘기를 나누며 숙소에 도착했다. 다음 날

학정 범진을 전송한 뒤, 수레를 빌려 함께 문상현 설가집으로 돌아갔다.

이때 순 노인은 이미 죽고 모친만 집에 있었다. 순매가 모친을 뵙자 모친이 기뻐하며 말했다.

"네 부친이 돌아가시고 해마다 집안 사정도 안 좋아 전답도 점점 줄고 있었단다. 하지만 이제 네가 수재가 되었으니 앞으로는 글을 가르쳐 생활할 수 있겠구나."

신상보도 늙어서 지팡이를 짚고 축하하러 왔다. 그는 매구와 상의해서 마을 사람들을 모아 순매에게 축하 잔치를 열어 주기로 하고 2, 30냥을 모았다. 순씨 집안에서는 사람들을 접대하기 위해 관음암을 빌려 술자리를 마련하기로 했다.

그날 아침 매구와 순매가 먼저 도착하니 승려가 맞이했다. 두 사람은 먼저 예불을 올리고 나서 승려와 인사를 나누었다. 승려가 말했다.

"순 상공, 축하드립니다. 이제 수재가 되셨으니 순 어른께서 평생 돈독한 신심으로 많은 불사를 지으시고 널리 음덕을 쌓은 게 헛되지 않게 됐군요. 여기서 공부를 시작하실 때만 해도 아직 어리셨는데, 머리에 각건(角巾)을 쓴 어른이 되셨네요."

그리고 두 사람에게 무엇인가를 가리키며 말했다.

"여기 있는 것이 바로 주 나리의 장생패(長生牌) 아닙니까?"

두 사람이 보니 공물 올리는 탁자〔供桌〕 위에 향로와 촛대가 놓였고, 금물로 글자를 쓴 위패를 세워 놓았다. 위패에는 '진사 출신으로 광동제학어사(廣東提學御史)를 지내시고, 지금은 국자감사업으로 승진하신 주 나리의 장생녹위(長生祿位)'라고 적혀 있었다. 그 왼쪽에는 '공(公)의 휘는 진(進)이요 자는 궤헌이며, 이 마을 사람이다'라는 내용이 작은 글씨로 한 줄 적혀 있었다. 또 오른쪽에도 '설가집 사람들과 관음암 승려가 함께 받들어 모신다'는 내용의 작은 글씨 한 줄이 적혀 있었다. 두 사람은 이것이 스승의 위패임을 알고 함께 공손하게 몇 번의 절을 올렸다. 그리고 승려와 함께 뒤채로 갔는데, 거기는 바로 주진이 예전에 학관을 열었던〔設帳〕* 곳이다. 건물의 양쪽 여닫이문은 열려 있었고, 나루터에 인접해 있었다. 양쪽 나루터는 둑이 몇 자 정도 무너져 있었는데, 이쪽 편이 그래도 조금 길었다. 그 세 칸짜리 건물은 부들방석으로 칸이 나뉘어 있었는데, 지금은 더 이상 학당으로 쓰지 않고 있었다. 왼쪽 한 칸에는 강서(江西)에서 온 어떤 점쟁이가 살고 있었는데, 문 위에는 '강서 사람 진화보(陳和甫), 신선 점으로 신묘한 운수를 점치다(江右陳和甫仙乩神數)'라고 쓴 종이가 붙어 있었다. 강서에서 온 그 점쟁이는 집에 없었고 방문은 잠겨 있었다. 다만 건물 사이 벽 위에는 아직도 주진이 쓴 대련이 붙어 있었는데, 붉은 종이는 한참 전에 이미 색이 바랜 상태였다. 그 위에는 이렇게 적혀 있었다.

몸가짐을 바로하며 때를 기다리고
자기를 보존하며 외물을 조율한다.
正身以俟時, 守己而律物.

매구가 그것을 가리키며 승려에게 말했다.
"그래도 주 나리의 친필인데 여기 붙여 두면 안 되지요. 물 좀 가져오시오. 물을 뿌려 떼어 낸 다음, 표구를 해서 보관해야 마땅합니다."
승려는 그러마 하고 급히 물을 가져다 떼어 냈다. 이윽고 신상보가 사람들을 이끌고 그곳에 도착했고, 그들은 종일 술을 마신 뒤에야 흩어졌다.

순씨 집안에서는 사람들이 모아 준 몇 십 냥으로 전당포에 맡긴 물건들을 되찾고 쌀을 몇 섬 샀다. 나머지는 순매에게 향시 치르러 갈 때 여비로 쓰라고 주었다. 순매는 이듬해에 향시 응시 자격 시험인 녹과(錄科)에 다시 1등으로 합격했다. 과연 영웅은 젊은이들 가운데 나오는 법이라, 그는 성시(省試)에서도 좋은 성적으로 합격했다. 그는 포정사의 아문으로 가서 술잔과 쟁반, 옷과 모자, 깃발과 편액, 여비를 수령했다. 그리고 서둘러 경사로 가서 회시에 응시하여 또 3등으로 진사에 급제했다.

명나라 때의 법에 따르면 거인이 진사에 합격했다는 통지를 받으면 즉시 상좌[公座]를 만들어 자리에 오르고, 장반이 참석한 가운데 인사를 받게 되어 있었다. 이날 순매가 막 인사를 받는데, 밖에서 명첩이 전해지고 이렇게 아뢰는 것이었다.

"동년(同年)이신 동향의 왕(王) 나리께서 찾아오셨습니다."

순매는 장반에게 상좌를 치우라고 하고 몸소 마중하러 나갔다. 새하얀 수염과 머리를 한 왕혜가 대문 안으로 걸어 들어오더니, 그의 손을 덥석 잡고 말했다.

"이보게, 자네와 난 하늘이 맺어 준 사이니, 보통의 동년들과는 다르다네."

두 사람은 가볍게 고개를 숙여 인사를 주고받은 후 자리에 앉았다. 왕혜가 지난날 자기가 꾸었던 꿈에 대해 얘기했다.

"정말 자네와 내가 모두 급제자 명단에 들어 있더군. 장차 '같은 동료로 조정 일을 하면서[同寅協恭]'* 많은 일을 함께할 걸세."

순매도 어려서부터 이런 말을 들은 게 희미하게 기억나지만 뚜렷하지는 않았다. 그런데 오늘 그의 말을 들으니 비로소 기억이 분명해졌다. 그래서 이렇게 대답했다.

"나이 어린 제가 운 좋게 노선생과 같이 급제했습니다. 또 고향도 같으니 모든 일에 가르침을 구할 따름입니다."

"여기는 자네가 직접 세낸 곳인가?"

"예."

"여긴 너무 좁고 조정이 있는 곳과도 거리가 멀어서 지내기 불편하겠군. 사실 내가 그래도 좀 먹고살 만해서 경사의 집도 직접 샀다네. 자네가 내 거처로 옮긴다면 장차 전시(殿試) 치르는 일부터 모든 게 다소 편해질 걸세."

그렇게 말하고 왕혜는 잠시 앉아 있다 돌아갔다. 이튿날 그가 사람을 보내 순매의 짐을 강미항(江米巷)에 있는 자기 거처로 옮겨, 둘은 함께 지내게 되었다. 전시가 끝나고 성적을 발표하는 전려(傳臚) 행사가 치러지던 날, 순매는 이갑(二甲)의 성적을, 왕혜는 삼갑(三甲)의 성적을 받아 모두 공부주사(工部主事)에 제수되었다. 그리고 근무 기간을 채운 다음 모두 원외랑(員外郞)으로 자리를 옮겼다.

하루는 두 사람이 숙소에서 한가롭게 앉아 있는데, 장반이 붉은색 전첩(全帖) 하나를 전해 올렸다. 첩자 겉면에는 '후배 진예가 인사 올립니다(晚生陳禮頓首拜)'라고 적혀 있고, 그 안쪽에 끼워진 단첩(單帖)에는 이렇게 적혀 있었다.

강서 남창현(南昌縣) 출신의 진예. 자는 화보(和甫).
평소에 점을 잘 치며, 문상현 설가집 관음암에서 도를 행한 바 있음.

그것을 본 왕혜가 말했다.

"자네가 아는 사람인가?"

"그런 사람이 있지요. 점을 아주 잘 치는 사람이니 들어오게 해서 우리의 공명(功名)이 어떨지 점을 부탁해 보면 어떻겠습니까?"

그리고 얼른 "모셔라!" 하고 소리쳤다.

진예가 들어오는데, 그 모습은 이러했다. 머리에는 와릉모를 쓰고, 몸에는 비단 도포를 둘렀으며, 허리에는 실로 얽은 끈을 맸다. 허연 수염을 휘날리는 모습이 대충 쉰 살은 넘어 보였다. 그는 두 사람을 보자 허리 숙여 인사하며 공손히 말했다.

"두 분께서는 자리에 오르시지요. 산인(山人)*이 인사 올리겠습니다."

두 사람이 재삼 사양하며 그에게 예를 행하고, 그를 윗자리에 앉게 했다. 순매가 말했다.

"전에 도사께서 제 고향의 관음암에 계실 때는 제가 인연이 없어 만나 뵙지 못했지요."

진예가 허리를 숙이며 말했다.

"그날 제가 선생께서 암자에 오실 것을 알았는데, 사흘 전 순양조사(純陽祖師)*께서 제단에 내려오셔서 이날 오전 11시 45분에 귀한 분이 오실 거라는 점괘를 써 주셨기 때문입니다. 그때 선생께서는 아직 과거에 급제하지 않으셨을 때인데, 천기를 누설할 수는 없으므로 제가 미리 몸을 피한 것입니다."

왕혜가 말했다.

"도사께서는 어느 분께 신선을 불러 점치는 법을 전수 받으셨습니까? 순양조사만 모실 수 있는 겁니까, 아니면 모든 신선들을 다 불러 모실 수 있는 것입니까?"

"모든 신선들을 다 모실 수 있습니다. 제왕이며 사상(師相), 성현, 호걸 모두 가능하지요. 솔직히 저는 지난 수십 년간 강호에서 도를 행하지 않고 항상 왕야(王爺)*의 저택과 중앙 고관님들의 관청만 왕래해 왔습니다. 제 기억에 홍치 13년(1500)에 공부상서(工部尙書)였던 유(劉) 나리 댁에서 부계(扶乩)* 점을 친 일이 있습니다. 유 나리는 이몽양(李夢陽)* 나리가 국구(國舅 : 황제의 장인) 장(張) 나리의 일에 연루되어 옥에 갇히자, 제게 신선을 모셔 와 길흉을 여쭤 보게 했습니다. 그런데 뜻밖에도 주공노조(周公老祖)께서 강림하셔서 '칠일래복(七日來復)'이라는 네 글자를 주셨습니다. 그리고 7일이 되자 과연 이 나리께서는 황제의 칙지(勅旨)를 받아 옥에서 나오셨고, 단지 석 달 녹봉을 삭탈당하는 벌만 받으셨습니다. 나중에 이 나리께서 또 저를 불러 부계 점을 치게 하셨는데, 이상하게도 한나절이 지나도록 점괘가 나오지 않았습니다. 그러더니 갑자기 막대가 크게 움직이면서 시 한 수가 씌어졌습니다. 그 마지막 두 구절이 이러했습니다.

> 꿈속에 강남에 이르러 종묘를 참배하나니
> 지난날 경사에 있던 이는 누구인가?
> 夢到江南省宗廟, 不知誰是舊京人.

그걸 본 다른 나리들 모두 그게 누구를 말하는 것인지 몰랐습니다. 이 나리만이 그 뜻을 알아채시고 급히 향을 사르고 땅에 엎드려, 어느 군왕께서 강림하셨느냐고 공손히 여쭈셨지요. 그러자 다시 막대기가 나는 듯 움직이더니 이렇게 썼습니다.

'짐은 바로 건문제(建文帝)*니라.'

모두들 깜짝 놀라 바닥에 무릎을 꿇고 절을 올렸습니다. 그래서 제가 제왕과 성현도 모두 불러 모실 수 있다고 말씀드린 것입니다."

"도사님, 이렇듯 고명하시니 우리가 평생 지낼 벼슬에 대해 말쏨해 주실 수 있겠습니까?"

"못 할 게 어디 있겠습니까? 무릇 사람의 부귀와 빈천, 장수와 요절은 모두 부계 점으로 판명할 수 있으니, 신기하게 들어맞지 않는 것이 없습니다."

두 사람은 그가 이렇게 요란을 떠는 걸 보고, 바로 물었다.

"저희 둘에게도 가르침을 주십시오. 벼슬이 어디까지 올라가겠습니까?"

"나리님들, 향을 좀 피워 주십시오."

"잠시만. 간식이라도 먹고 하십시다."

그들은 즉시 그와 함께 밥을 먹고, 쟁반을 불러 그의 거처에 가서 모래를 담은 쟁반과 부계 점을 칠 때 쓰는 막대를 가져오게 했다. 진예가 그것들을 펼쳐 놓고 말했다.

"두 분 나리께서도 각자 속으로 축원하시기 바랍니다."

두 사람이 축원을 마치자 진예는 점치는 막대기를 잘 설치해 놓았다. 그는 직접 절을 올리고 신선의 강림을 기원하는 부적을 태운 후, 두 사람에게 양쪽에서 점치는 막대기를 잡고 있도록 했다. 그리고 다시 주문을 한 번 외고, 점괘를 보여 달라고 기원하는 부적을 태웠다. 그러자 점치는 막대기가 점점 움직이기 시작했다. 진예는 쟁반에게 차를 한 잔 따르게 한 후, 두 손으로 받쳐 들고 무릎을 꿇은 채 제단에 바쳤다. 그러자 점치는 막대기가 먼저 몇 개의 작은 동그라미를 그리더니 곧 멈춰 버렸다. 진예가 또 부적 하나를 태우며 모두에게 조용히 하라고 했다. 쟁반과 하인들은 밖으로 나가 서 있었다.

다시 한 끼니를 해결할 만큼 시간이 지나자, 점치는 막대기가 움직이면서 "왕공은 결과를 들으라(王公聽判)"라는 글자가 써졌다. 왕혜가 급히 막대기를 놓고 네 차례 절을 올리고 물었다.

"신선님의 존귀한 성명은 무엇입니까?"

그렇게 묻고 다시 막대기를 잡았다. 그러자 그 막대기가 나는 듯이 빙빙 돌더니 이런 글자를 썼다.

나는 복마대제(伏魔大帝)인 관성제군(關聖帝君)*이니라.

진예가 깜짝 놀라 마치 마늘을 찧듯 땅에 머리를 박으며 말했다.

"오늘 두 분 나리의 진실한 마음이 통하여 신령님께서 강림해주셨으니, 이는 허술히 처리할 일이 아닙니다! 나리들의 큰 복이니, 정성되고 공경스런 마음으로 대하십시오. 조금이라도 태만하셨다가는 이 몸이 결과를 감당할 수가 없습니다."

두 사람은 두려운 마음에 머리카락이 모두 곤두설 지경이라, 점치는 막대기를 놓고 다시 네 번 절을 올리고 나서 재차 막대기를 잡았다. 진예가 말했다.

"잠깐! 모래 쟁반이 작으니, 만약 신령님께서 지시하는 말씀이 많으면 다 쓸 수 없을지 모릅니다. 종이와 붓을 가져오시면 제가 옆에서 기록해서 함께 보도록 하겠습니다."

그래서 옆에서 적을 수 있도록 진예에게 종이와 붓을 가져다주고, 두 사람은 여전히 점치는 막대기를 쥐고 있었다. 그러자 막대기가 나는 듯 움직이더니 이렇게 썼다.

드넓어라, 하후씨(夏后氏) 같은 공명이여!
가지 하나가 높이 꺾여 붉게 빛나네.
큰 강에 안개 일렁여 아득하니 종적도 없는데
두 개의 해 뜬 곳 황당*에 앉아 있으리라.
美爾功名夏后, 一枝高折鮮紅.

大江烟浪杳無踪, 兩日黃堂坐擁.

천리마가 길을 연 줄 알았는데
알고 보니 하늘나라의 기룡일세.*
금슬 비파와 길에서 만나니
한 잔 술에 마음이 아프리라.
只道驊騮開道, 原來天府夔龍.
琴瑟琵琶路上逢, 一盞醇醪心痛.

두 가지 점괘를 다 쓰고 나자, 또 「서강월(西江月)」의 가락에 부친다(調寄西江月)'라는 글자가 적혔다. 세 사람은 모두 그 뜻을 알수가 못했다. 왕혜가 말했다.

"처음 한 구절만 알겠군. '하후씨 같은 공명'이라는 말은 바로하후씨처럼 쉰 살이 되어서야 천거를 받는다는 뜻이지. 내가 쉰살에 과거에 급제했으니 이 구절은 맞네. 하지만 그 다음 말들은전혀 모르겠군."

진예가 말했다.

"신령님께서는 잘못된 말씀을 해 주신 적이 없으니, 나리께서는이 글귀를 잘 보관해 두십시오. 훗날 반드시 신기하게 들어맞을것입니다. 게다가 이 시에서 '하늘나라의 기룡'이라고 했으니, 아마도 나리께서는 재상의 자리까지 오르실 겁니다."

왕혜는 그의 설명을 듣고 속으로 기뻐했다. 이야기가 끝나자 순매가 단에서 내려와 절하고 신령님께 점괘를 내려주십사 청했다. 그러나 점치는 막대기는 한참 동안 꼼짝도 하지 않았다. 다시 다급히 청하자, 막대기가 움직이더니 '服(복)' 자 하나를 썼다. 진예가 모래를 고르게 펴고 다시 기원하자 또 '복' 자 하나가 나타났다. 계속해서 세 번이나 모래를 고르고 기원했지만 모두 '복' 자한 글자만 나타나더니, 막대기는 더 이상 움직이지 않았다. 진예가 말했다.

"신령님께서는 이미 용이 모는 수레를 타고 하늘로 돌아가셨나본데, 다시금 번거롭게 해 드릴 수는 없습니다."

그러더니 그는 신선을 전송하는 부적을 태우고 나서 점치는 막대기와 향로, 모래 쟁반을 수습하고 다시 자리에 앉았다. 두 사람은 은자 다섯 전을 봉투에 담아 주고, 새로 통정사(通政司)*로 승진한 범진에게 전하는 추천서도 한 통 써 주었다. 진예는 인사를하고 물러갔다.

저녁 무렵, 장반이 들어와 말했다.

"순 나리 댁에서 사람이 왔습니다."

나가 보니 순씨 집안의 하인이 상복 차림으로 나는 듯이 달려들어오더니, 머리를 조아리고 나서 무릎을 꿇은 채 아뢰었다.

"나리 댁 노부인 마님께서 지난달 21일에 돌아가셨습니다."

순매는 이 말을 듣고 통곡하며 땅에 쓰러졌다. 그는 왕혜가 한참 동안 부축하고 보살핀 뒤에야 정신을 차리더니, 곧장 청사로가서 모친상을 당했다는 보고서를 올리려 했다. 왕혜가 말했다.

"여보시게, 이 일은 잠시 다시 상의해 보세. 지금 곧 과도(科道)*가 정해질 참인데, 자네와 나는 모두 상당히 유망한 자격을 갖추었네. 만약 모친상을 알리고 집으로 돌아간다면 또 3년이 늦어질터인데, 그럼 어쩔 참인가? 차라리 이 일을 잠시 숨기고 있다가직책이 정해진 다음 처리하는 게 좋겠네."

"저를 아껴 주시는 마음 지극하시지만 이 일은 속일 수 없을 듯합니다."

"온 집안 하인들더러 속히 상복을 평복으로 갈아입도록 분부하시게. 이 일이 외부 사람들에게 알려져서는 안 되니 말일세. 내일 내가 알아서 처리함세."

그렇게 하룻밤을 지났음은 말할 필요가 없겠다.

이튿날 이른 아침, 그들은 이부(吏部)에서 일을 맡아보고 있는 김동애(金東崖)를 불러다 상의했다. 김동애가 말했다.

"관직에 있는 사람이 상을 당한 사실을 숨기는 것은 안 될 일입니다. 다만 뛰어난 사람일 경우, 부서에 남겨 계속 일을 맡도록 하는 것은 괜찮습니다. 하지만 여러 나리들께서 보증하여 천거해 주셔야 합니다. 저희로서는 힘이 닿지 않습니다. 만약 부서의 논의에 부쳐진다면 저도 당연히 힘을 보태겠습니다. 이건 말씀드릴 필요도 없지만요."

둘은 김동애에게 거듭 부탁을 해 두었다. 그날 저녁, 순매는 평복으로 갈아입고 조용히 주진과 범진 두 스승께 가서 보증과 천거를 부탁했다. 두 사람은 모두 "알아보겠네만, 될 것 같네"라는 대답을 주었다.

다시 2, 3일이 지나서 모두 이런 답변을 보내왔다.

"관직이 낮아서 탈정(奪情)*이 필요한 경우가 아니다. 탈정이란 재상이나 구경(九卿)* 정도의 높은 관직이거나 아니면 변방 요지에 나가 있는 외직(外職)일 경우에나 가능하다. 공부 원외랑 같은 경우는 한관(閑官)이므로 탈정을 보증하여 추천하기 어렵다."

순매는 어쩔 수 없이 모친상을 당했다고 보고할 수밖에 없었다. 왕혜가 말했다.

"여보게, 이번 장례에 비용이 제법 들 텐데 자네 같은 가난한 선비가 어찌 감당하겠는가? 게다가 보아하니 자네는 이런 번거로운 일처리를 좋아하지 않을 듯싶은데 어쩌면 좋겠는가? 그럼 이렇게 하세. 나도 휴가를 청해서 자네와 함께 돌아가겠네. 또 장례비용이 얼마가 들던 우리 집에서 대신 내주겠네. 그러면 괜찮겠지."

"저야 마땅히 할 일이지만 어찌 저 때문에 당신의 임용까지 망칠 수 있겠습니까?"

"임용이야 또 내년에도 있을 테지만, 자네는 상복 벗을 때까지 기다려야 하니 일이 틀어진 셈이지. 이번 내 휴가는 길어야 반년이고 짧으면 석 달일 테니 아직 여유가 있다네."

순매는 바로 거절할 수 없어서 그저 그 말에 따를 수밖에 없었다. 순매는 그와 함께 집으로 돌아가 모친상을 치렀다. 7일 동안 조문을 받는데 사(司), 도(道), 부, 현의 장관들이 모두 향촉과 지전을 들고 와서 조문했다. 이때 설가집 마을은 온통 시끌벅적해져서 백 리 밖 사람들도 남녀를 막론하고 모두 와서 순 나리 댁에서 상을 치르는 것을 구경했다. 마을의 신상보는 이미 죽었고, 그의 아들 신문경(申文卿)이 장인 하 총갑의 자리를 이어받아 수본(手本)을 들고 찾아와 절을 하고, 대문을 지키며 힘을 보탰다. 꼬박 두 달 동안 시끌벅적하고 나서야 장례가 끝이 났다. 그 동안 왕혜는 천 냥이 넘는 은자를 순씨 집안에 빌려 주었다. 그가 작별하고 경사로 돌아갈 때 순매는 마을 어귀까지 나가 전송하면서 거듭 감사 인사를 했다. 왕혜가 무사히 경사에 도착해서 돌아왔다고 보고를 한 지 얼마 지나지도 않아 장반이 보록인 한 사람을 데리고 들어와 기쁜 소식을 전했다.

그런데 이 소식 때문은 아니지만, 다음과 같은 새로운 이야기가 생겨난다.

올곧은 신하 뛰어난 관리
갑자기 패역을 저지르고
군수와 부서의 관리는

결국 도망 다니는 나그네가 되네.

貞臣良佐, 忽爲悖逆之人.

郡守部曹, 竟作遭逃之客.

왕혜에게 어떤 기쁜 소식이 전해졌을까? 이에 대해서는 다음 회를 들어 보시라.

와평

이 회의 이야기는 세 부분으로 나뉜다. 첫 번째는 매구가 시험에서 4등이 된 일로, 독자들은 통쾌한 마음으로 큰 술잔을 단번에 비우게 된다. 그런데 매구는 4등 성적을 받고도 전에 '노우(老友)'*라며 거들먹거릴 때의 잘난체하는 말투와 태도로 거침없이 말을 하며 부끄러운 줄도 모르니, 세상에는 본래 이렇게 낯짝이 두꺼운 사람이 적지 않다. 나는 매구와 엄대위가 동일한 부류의 인물이라고 생각한다. 가령 엄대위는 세공(歲貢)*에 뽑힌 몸으로 늘 향신을 자처하며 지현과 가깝게 지내려 했다면, 매구는 4등 성적을 얻고도 여전히 오랜 벗임[老友]을 자랑하며 학정 범진에게 애써 선심을 부탁했던 것이다.

두 번째는 진예가 신선을 불러 점을 치는 장면이다. 점쟁이[山人]를 묘사하면서 그의 말투나 분위기를 생생하게 묘사해 냈다. 황당하기 그지없지만 그럴싸하면서도 기괴한 말들을 주절주절 늘어놓는다. 제일 우스운 것은 관제(關帝)도 「서강월」 가락의 사를 지을 줄 안다는 것이니, 조금이라도 식견이 있는 사람이라면 절대 믿으려 하지 않을 것이다. 그런데도 왕혜와 순매는 두려워 머리카락이 모두 곤두설 지경에 이르렀다. 식견 없는 사람을 묘사할 경우, 그 사람의 골수(骨髓)까지 그려 내는 것이다.

세 번째는 순매가 모친상을 보고하는 장면이다. 아! 모친상을 보고하면서 '잠시 다시 상의해 볼' 수 있는 자가 세상에 어찌 있을 수 있단 말인가? 이부의 관리에게 일을 의논하자, 그는 따로 방도가 있을 것이라 했고, 스승들께 의논드리자 그들이 '알아보겠네만 될 것 같네' 라는 답을 주었으나, 결국 아무 방도도 못 내자 별수 없이 보고하게 되는 데에 이 장면의 묘미가 있다. 당시에 세상 누구도 이런 행태를 잘못으로 여기지 않았으며 본 회의 제목에서도 '우의를 돈독히 했다' 는 표현으로 모친상을 숨기라고 한 왕혜의 행동을 용납했다. 그렇다면 작자 또한 생각이 어리석어 이런 무리는 성왕의 치세에서는 용납되지 않으리라는 것을 끝내 몰랐던 것일까? 아니다. 어찌 모를 수 있겠는가! 이것이 바로 옛사람들이 말했던 바, 주어진 사실을 있는 그대로 서술하고 거기에 논단(論斷)을 덧대지 않더라도 잘잘못이 즉시 드러난다는 것이다.

설가집에서의 사건을 다룬 대목을 읽다 보면 책을 덮고 탄식하지 않을 수가 없다. 아! 초라한 선비가 머리 숙이고 글을 가르치며 평생 애만 쓰다가 향시에도 합격하지 못하고, 발걸음이 시골 마을을 못 벗어나면 많은 이들이 조롱하고 비방한다. 그러다 어느 날 청운의 날개를 펴고 출세를 하게 되면 고향 사람들은 시체 앞에서도 축하를 하지만, 정작 그는 보지도 듣지도 못하는 것이다. 일생의 정력을 다해 부귀공명을 추구하여 결국 그 안에 들어서게 되더라도 세상인심은 각박하고 벼슬길에는 풍파가 사나운지라 잠시도 편할 날이 없다. 백거이(白居易)의 시 「느낀 바 있어 쓰고 혼자 즐거워하다(自感一作自歡)」에서는 이렇게 노래했다.

손님들은 즐거워하고 하인들은 배부르니
비로소 알겠네, 벼슬살이가 남을 위한 것임을!
賓客歡娛童僕飽, 始知官職爲他人.

결국 부귀공명이란 무엇을 위한 것이란 말인가!

제8회

왕혜는 곤란한 처지에서 아는 집안의 후손을 만나고, 누봉 형제는 고향에서 가난한 벗과 사귀다

왕혜가 경사에 도착해서 휴가를 마쳤다고 보고하자, 벌써부터 장반이 보록인을 데리고 들어와 기쁜 소식을 알렸다. 왕혜가 기쁜 소식이 뭐냐고 묻자 보록인이 머리를 조아리며 통지서를 바쳤다. 거기에는 이렇게 적혀 있었다.

〈강서순무(江西巡撫) 왕수인(王守仁)*의 상소문〉
중요한 지역에 인재가 필요함 : 남창부(南昌府) 지부 자리에 결원(缺員)이 생겼사온데, 이곳은 장강을 끼고 있는 중요한 지역인지라 재능 있고 쓸모 있는 관원이 필요합니다. 이에 특별히 상주하오니, 황상께서 조서를 내리시어 부(部) 소속의 관원 가운데 한 명을 뽑아 주시기 바라옵니다.
조서 : 남창부 지부 자리가 비었으니, 공부 원외랑 왕혜를 그 자리에 제수하노라. 이대로 시행하라!

왕혜는 보록인에게 술과 음식을 대접하고, 황상의 은혜에 감사하는 절을 올린 후, 행장을 꾸려 강서 지역의 부임지로 떠났다. 그리고 며칠 후에 강서 성성(省城)인 남창에 도착했다.

전임 지부인 거(鐻) 태수*는 절강 가흥부(嘉興府) 사람으로, 진사 출신이다. 그는 나이와 병을 이유로 사직하고 벌써 아문을 떠난 상태였고, 그 직무는 지부의 보좌관인 통판(通判)이 대신하고 있었다. 왕혜가 부임지에 도착하여 자리에 오르자 소속 관원들이 모두 인사를 올렸고, 뒤이어 전임 태수 거우(鐻祐)가 찾아와 인사를 했다. 왕혜도 답례를 했다. 그런데 업무의 인수인계 과정에서 계산이 안 맞는 부분이 생기자 왕혜는 그대로 인계받지 않으려 했다.

하루는 거우가 사람을 보내 알려 왔다.

"나리께서는 연로하신데다 병환도 많으시고, 남의 말을 잘 못 알아들으십니다. 인수인계의 일은 본래 당신이 직접 오셔서 왕 나리의 가르침을 좇아야 옳지만, 이런 이유로 내일 작은 나리를 보내 보살핌을 받고자 하십니다. 모든 일은 왕 나리의 처분에 맡기시겠답니다."

왕혜는 그러마 하고 아문에 술과 음식을 차려 놓게 하고 거우의 아들을 기다렸다.

아침을 먹고 났을 무렵 작은 가마 한 대가 도착했다. 안으로 전달된 붉은 전첩(全帖)에는 "친척뻘 후배〔眷晚生〕 거경옥(鐻景玉)이 인사 올립니다"라고 적혀 있었다. 왕혜는 관사의 문을 열고 그를 안으로 모시도록 했다. 왕혜가 보아하니 거경옥은 깔끔하게 잘생겼으며 행동거지도 남다른 데가 있었다. 그들은 서로 인사를 나누고 자리를 양보하다가 앉았다. 왕혜가 말했다.

"전에 뵈었을 때는 춘부장의 풍채가 참 좋으셨는데, 오늘 듣자하니 뜻밖에도 병환이 좀 있으시다고요?"

"엄친께선 연로하신데다 평소 폐병을 앓으셔서 몹시 힘들어 하십니다. 또 두 귀마저 어두우시지요. 걱정해 주셔서 감사합니다."

"무슨 말씀을. 선생께서는 올해 춘추가 어떻게 되시는지요?"

"후배는 서른일곱 살입니다."

"줄곧 춘부장의 임지를 따라다니셨습니까?"

"엄친께서 현령이 되셨을 때 저는 아직 어려서, 산동 독학(督學)으로 계시던 저희 사문(師門)의 어른이신 범(范) 선생님의 막하(幕下)에서 공부하면서 답안지 채점을 도와드렸습니다. 그런데 엄친께서 남창에 부임하시고 관아에 일을 돌볼 사람이 없어 요 몇 년 줄곧 이곳에 있었습니다."

"춘부장께선 아직 정정하신데 어찌 이렇게 서둘러 물러나신 겁니까?"

"엄친께선 늘 '벼슬길에는 풍파가 많으니 오래 연연할 게 못 된다(宦海風波, 實難久戀)'고 말씀하곤 하셨습니다. 게다가 수재일 때에도 애초 갖고 있던 약간의 땅뙈기로 생활을 꾸리시고, 선조들에게 물려받은 집으로 비바람은 겨우 면할 수 있으셨지요. 또 거문고며 술통, 화로, 책상, 약초밭, 누대 위에 지은 온실 같은 것도 좀 있어 소일하며 지내실 만합니다. 그래서 세상사가 힘드실 때마다 초야에 은거할 뜻을 품었다가 이제야 겨우 「수초부(遂初賦)」를 지을 수 있게 되신 거지요."*

"예로부터 '벼슬살이 그만두는 것은 자식에게 묻지 않는다(休官莫問子)'고 했습니다. 선생께서 이렇듯 기개가 높고 활달하니 춘부장께서도 마음 놓고 관직을 버리실 수 있었던 게지요. 하하하! 머잖아 좋은 성적으로 과거에 급제하면 춘부장께서도 정말 봉옹(封翁)의 복을 누리실 겁니다."

"선생님, 사람이 현명하고 못남이 과거 급제에 달린 건 아닐 테지요. 후배는 그저 엄친께서 어서 전원으로 돌아가셔서, 제가 효도를 다할 수 있기만 바랄 뿐입니다. 이것이 인생에서 누릴 수 있는 지극한 즐거움일 테니까요."

"그렇게 말씀하시니 더욱 존경스럽습니다."

둘은 이야기를 나누며 차를 세 차례나 바꿔 가며 마신 다음, 외투를 벗고 앉았다. 인수인계 이야기가 나오자 왕혜는 몹시 난처해했다. 그러자 거경옥이 말했다.

"선생님, 너무 신경 쓰실 것 없습니다. 엄친께서는 이곳에 몇 해 계시는 동안 예전에 선비의 길을 갈 때처럼 베옷에 소찬을 먹으며 검소하게 생활하셨고, 그간 남은 녹봉을 모아둔 게 2천 금(金) 남짓 됩니다. 이곳 창고에 있는 곡식이며 말이며, 기타 잡다한 물품 목록에서 빠진 게 있다면 해당 금액을 보내 드릴 테니 마음대로 채워 넣으십시오. 엄친께서는 선생님이 경사에서 수년 간 벼슬살이를 했어도 모아 둔 재물은 별로 없다는 걸 잘 알고 계십니다. 그러니 누를 끼칠 순 없지요."

왕혜는 그가 이렇듯 시원시원하게 말하자 무척 기뻤다.

잠시 후 술자리가 마련되자 그들은 자리를 옮겨 앉았다. 왕혜가 은근히 물었다.

"이 지역 인심은 어떤가요, 무슨 특별한 점이 있나요? 또 송사(訟事)에서 쓰는 편법은 대개 어떤 것들인가요?"

"남창 백성들은 속되고 거칠지만, 교묘한 속임수는 많지 않습니다. 특별한 점이나 송사 얘기라면, 엄친께서 이곳에 계시는 동안 처리한 송사는 아주 적습니다. 윤리강상(倫理綱常) 같은 큰일이 아니면, 그 밖의 호역(戶役)과 혼인(婚姻), 전지(田地) 등에 관한 일은 모두 현청(縣廳)에 맡기고, 안정에 역점을 두어 백성들과 더불어 편안히 지내려 하셨지요. 도처에 이익 되는 일이 있더라도 번거롭게 찾고자 하지 않으셨는데, 혹시 그런 게 있었더라도 저로서는 알 수 없지요! 그러니까 제게 그런 걸 물으신다면 '장님에게 길을 묻는(問道於盲)' 격이 될 겁니다."

"하하하, 지금 보니 '3년간 청렴하게 지부 노릇을 해도 좋은 은자 10만 냥은 모은다(三年淸知府, 十萬雪花銀)'는 말도 썩 맞지는 않는 듯하군요."

술이 몇 순배 돌고 나자, 거경옥은 왕혜가 묻는 것이 모두 천박한 것에 불과함을 알고, 또 이렇게 말을 꺼냈다.

"엄친께서는 여기서 달리 잘하신 건 없지만, 송사를 간명히 하고 형벌을 투명하게 처리했기 때문에 막객 분들도 아문에서는 모두 느긋하게 지내셨지요. 전임 안찰사께서 엄친께, '듣자 하니 남창부 아문에서는 세 가지 소리가 들린다 하더군요'라고 말씀하신 게 아직도 생각납니다."

"그게 뭡니까?"

"시를 읊고, 바둑 두고, 노래 부르는 소리지요."

"하하, 그 세 가지 소리라는 게 퍽 재미있는 것들이군요."

"앞으로 선생님께서 분발하신다면 아마 다른 세 가지로 바뀔 겁니다."

"어떤 소리 말씀입니까?"

"저울 다는 소리, 주판 놓는 소리, 곤장 치는 소리지요."

왕혜는 그게 자신을 놀리는 말인 줄도 모르고 정색을 하며 말했다.

"지금 우린 조정을 대신하여 일을 처리하는 것이니 그처럼 진지하지 않으면 안 될 테지요."

거경옥은 주량이 대단했고 왕혜도 술을 아주 좋아했다. 둘은 서로 주거니 받거니 하며 해질 무렵까지 마셨다. 인수인계 건에 대한 입장이 서로 분명해지자 왕혜는 인수인계 확인서를 쓰겠다고 약속했고, 두 사람은 작별 인사를 하고 헤어졌다.

며칠이 지나자 과연 거우가 은자를 보내왔고, 왕혜는 그에게 인수인계 확인서를 써 주었다. 거우는 아들 및 식솔들을 데리고, 배에 그림과 글씨를 가득 싣고서 가흥으로 돌아갔다.

왕혜는 성 밖까지 전송하고 돌아왔다. 그리고 거경옥의 말처럼 창고에 큰 저울 하나를 설치하고, 육방(六房)의 서리(胥吏)를 모두 들어오게 하여 각 항목별로 남은 물품들을 꼼꼼히 따졌다. 그리고 조금도 속이거나 숨기는 것 없이 모두 나누어 관아에 들이도록 하고 사나흘마다 점검하여 추징했다. 또 이제 커다란 곤장이 종종 쓰이게 되었다. 곤장 두 개를 관서(官署) 안에 갖다 놓고 비교해 보니 하나는 가볍고 하나는 무거웠다. 그는 곤장마다 표면에 은밀한 표식을 해 두었다. 관아에 나와 공무를 처리할 때 큰 곤장으로 치라고 지시했는데 형을 집행하는 관노(官奴)가 만약 가벼운 걸 집어 들면 바로 그가 돈을 챙겼음을 알아채고 즉시 무거운 곤장을 가져다 관노를 때리도록 했다. 이런 경우 관노들과 백성들 모두 혼비백산할 정도로 곤장을 맞았다. 성안에서는 태수가 무시무시하다는 걸 모르는 백성들이 하나도 없었고, 꿈속에서조차 그를 두려워했다. 이 때문에 상부의 포정사와 안찰사들 모두가 그를 강서 지역에서 첫째가는 능력 있는 관리라고 칭찬했고, 2년 남짓 후에는 각처에서 그를 상부에 추천하게 되었다.

마침 강서에서 영왕(寧王)의 반란이 일어나 길마다 경계가 삼엄해지자, 조정에서는 즉시 그를 남공도(南贛道)*의 도대(道臺)*로 승진시켜 군수품 조달을 책임지게 했다. 왕혜는 긴급한 군사 문서인 우격문서(羽檄文書)를 받자마자 신속히 남공도로 가서 부임했다. 부임하고 얼마 되지 않아 그는 성문을 나서서 대참(臺站)*들을 시찰했는데, 네 마리 말이 끄는 큰 수레를 타고 새벽에 출발하여 밤이 되어야 쉬면서 길을 서둘렀다.

하루는 어느 지역에 도착하여 공관에 묵었다. 공관은 옛날 민가였던 큰 건물이었다. 왕혜가 들어가 고개를 들어 한번 살펴보니 정청(正廳) 위에 편액이 걸려 있고, 편액 위에 붉은 종이 한 장이 붙어 있었는데 거기에는 '천리마가 길을 열다(驊騮開道)'라고 큰 글씨로 적혀 있었다. 그걸 본 왕혜가 깜짝 놀랐다. 청사에 이르러 자리에 오르자 공관에 소속된 관리들과 아전들이 인사를 올렸다. 그런 다음 문을 닫고 밥을 먹는데 문득 한 줄기 거센 바람이 불더니 그 붉은 종이가 바닥으로 떨어졌다. 그러자 종이가 떨어진 자리에 초록 바탕에 금물로 커다랗게 쓴 '하늘나라의 기룡(天府夔龍)'이라는 글자가 나타났다. 왕혜는 속으로 너무도 놀랍고 기이하게 여기다가, 비로소 관성제군의 점괘가 오늘에야 징험(徵驗)되었음을 깨달았다. 그 점에서 말한 '두 개의 해 뜬 곳 황당(兩日黃堂)'은 바로 남창부의 '창(昌)'자를 가리키는 것이었으니, 모든 일은 미리 정해진 것임을 알 수 있었다. 그날 밤은 별일 없이 지나갔고, 그는 시찰을 마치고 남공도의 아문으로 돌아갔다.

이듬해에 영왕이 병사를 이끌고 남공도의 관군을 격파하자 백성들은 성문을 열고 살 곳을 찾아 온통 사방으로 흩어졌다. 왕혜도 더는 버티지 못하고 작은 배를 불러 한밤중에 도주했다. 장강 한가운데에 이르렀을 때 영왕 휘하의 전함 백여 척과 맞닥쳤다. 전함 위에는 번쩍이는 투구와 갑옷을 입은 병사들이 수만 개의 횃불을 밝히고 왕혜가 탄 작은 배를 비추었다. 그리고 "잡아라!"하는 명령과 함께 수십 명의 병사가 뛰어내려 선창으로 달려들더니, 왕혜의 손을 뒤로 묶고 큰 배로 끌고 올라갔다. 하인과 선원들 가운데는 살해당한 이들도 있고 또 살해당할까 무서워 물로 뛰어들었다가 죽은 이들도 있었다. 왕혜는 온몸을 덜덜 떨며 촛불 그림자 속에서 위쪽에 앉은 영왕을 힐끔거리면서도 감히 고개를 들지는 못했다. 영왕은 그를 발견하자 급히 걸어 내려와 직접 결박을 풀어주고, 옷을 가져다 갈아입혀 주고 나서 이렇게 말했다.

"짐은 태후마마의 밀지를 받고 병사를 일으켜 황상 측근의 간신들을 주살하고자 하오. 그대는 강서의 유능한 관리이니 짐에게 투항하여 따른다면 반드시 벼슬을 올려 주겠소."

왕혜는 부들부들 떨며 머리를 조아리고 말했다.

"진심으로 투항하여 따르겠나이다."

"그렇다면 짐이 술을 한 잔 내리겠노라."

이때 왕혜는 밧줄에 묶여 있어서 가슴이 많이 아팠는데, 무릎을 꿇은 채 손으로 잔을 받아 단번에 비웠더니 가슴이 금방 편안해졌다. 그가 또 머리를 조아려 사례하자 영왕은 즉시 강서안찰사의 직책을 내렸다. 이때부터 왕혜는 영왕의 군중에 있게 되었다. 그러다 주위에서 영왕이 황제의 여덟째 왕자라는 말을 들었다. 그리고 비로소 관성제군의 점괘에 나온 '금슬 비파(琴瑟琵琶)'라는 글자의 윗부분에 여덟 개의 '왕(王)' 자가 있었음을 깨달았으니, 이제 모든 점괘가 징험이 된 셈이다.

영왕은 두 해 동안 기세를 올리다가 뜻밖에도 신건백(新建伯) 왕수인의 군대에 패하고 체포되었다. 영왕 휘하에서 관리 노릇을 했던 이들은 처형당하거나 도망쳤다. 왕혜는 청사에서 무엇 하나 챙기지 못하고 베개로도 쓸 수 있는 작은 상자 하나만 달랑 들고 나왔다. 그 안에는 낡은 책 몇 권과 은자 몇 냥이 들어 있었다. 그는 평상복으로 바꿔 입고 한밤중에 도망쳤다. 너무 다급해서 되는 대로 길을 잡았다. 며칠 동안 육로로 가다가 다시 배를 잡아탔는데, 눈앞이 캄캄해서 정신이 없었다. 그는 그 길로 곧장 절강 오진(烏鎭) 땅에 도착했다.

그날 배가 멈추자 손님들은 요기를 하러 갔다. 왕혜도 돈을 조금 들고 뭍으로 올라갔다. 요깃거리를 파는 식당은 만원이었는데 젊은이 하나가 혼자 탁자 하나를 차지하고 있었다. 왕혜는 그 젊은이를 보자 어딘가 낯이 익은 듯했지만 정확히 기억해 낼 수가 없었다. 식당 주인이 말했다.

"손님, 오셔서 이분과 합석하시지요."

왕혜는 젊은이의 맞은편 자리로 갔다. 젊은이는 자리에서 일어났다가 그와 함께 앉았다. 왕혜가 궁금증을 이기지 못하고 물었다.

"댁은 고향이 어디십니까?"

"가흥입니다."

"성씨가 어떻게 되십니까?"

"거(邁)가라 합니다."

"예전에 남창태수를 지낸 어르신 한 분도 성이 거씨였는데, 혹시 그분과 일가입니까?"

거내순(邁來旬)*이 깜짝 놀라며 말했다.

"그분은 바로 제 엄조부이시온데, 손님께서 어찌 그분에 대해 물으시는지요?"

"알고 보니 거 선생님의 손자 분이셨구려. 미처 몰라 뵈었소이다!"

"그런데 제가 미처 선생님의 존함과 고향을 여쭙지 못했군요."

"여긴 그런 얘기를 하기가 마땅치 않소이다. 타고 오신 배는 어디 있는지요?"

"지금 나루터에 정박해 있습니다."

그들은 즉시 계산을 한 후, 서로 부축하며 배에 올라 자리를 잡고 앉았다. 왕혜가 물었다.

"전에 남창에서 뵈었던 아드님은 존명(尊名)이 경옥이었는데, 아마 숙부이신 모양이지요?"

"그분이 바로 제 선친이십니다."

왕혜가 깜짝 놀라 물었다.

"아, 그분이 춘부장이셨구려. 어쩐지 외모가 비슷하더라니. 그런데 왜 선친이라고 부르시는 게요? 설마 벌써 돌아가셨다는 말씀이오?"

"조부께서 남창에서 사직하시고 나서, 그 이듬해에 불행히도 선친께서는 세상을 뜨셨습니다."

왕혜가 눈물을 흘리며 말했다.

"그때 남창에서 형제 같은 우의로 대해 주셨는데 뜻밖에 벌써 고인이 되셨구려. 세형은 올해 나이가 어떻게 되시나?"

"하릴없이 열일곱 살이나 먹었습니다. 그런데 아직까지 선생님의 존함과 고향을 여쭙지 못했습니다."

"하인들과 선원들은 모두 여기 없는가?"

"모두 뭍에 올라갔습니다."

그러자 왕혜가 그의 귀에 대고 낮은 소리로 말했다.

"내가 바로 자네 조부님의 뒤를 이어 남창지부에 부임했던 왕혜일세."

거내순이 깜짝 놀라며 물었다.

"듣자 하니 선생님께서는 이미 남공도로 승진하셨다고 하던데 무슨 일로 옷차림을 바꾸고 홀로 이곳까지 오셨습니까?"

"영왕이 반란을 일으켜서 벼슬을 그만두고 도망치게 되었다네. 그런데 성이 포위된 와중이라 여비를 챙겨 오지 못했네."

"이제 어디로 가실 참입니까?"

"궁지에 빠져 타향을 떠도는데, 정해진 곳이 있겠는가?"

그러면서 그는 영왕에게 투항한 이야기는 하지 않았다. 거내순이 말했다.

"선생님께서 변방을 지키지 못하셨으니, 지금은 조정에 들어가

자수하기도 그렇겠습니다. 그저 망망대해 같은 천하를 떠도셔야 할 텐데 여비마저 없으니 어쩜 좋겠습니까? 저는 이번에 엄조부의 말씀에 따라 항주의 친척집에서 은자를 받아 오는 길입니다. 지금은 여행길이니 우선 이 돈을 선생님께 드리겠습니다. 어디 외지고 조용한 곳을 찾아 몸을 의탁하고 계시는 것이 좋겠습니다."

그렇게 말하고 은자 네 꾸러미를 꺼내 왕혜에게 건네주었는데 모두 2백 냥이었다. 왕혜는 몹시 고마워하며 말했다.

"양쪽 배가 모두 곧 출발하려는 지라 오래 지체할 수 없겠으니 이만 작별하세나. 도와주신 은혜는 살아 있는 한 반드시 보답하겠네."

그렇게 말하며 무릎을 꿇자, 거내순도 다급히 무릎을 꿇고 나란히 몇 차례 답배를 했다. 왕혜가 또 말했다.

"봇짐과 이불 말고는 베개 상자밖에 없는데, 그 안에 낡은 책이 몇 권 있네. 지금은 행적을 숨기며 밖으로 떠도는 중이라서 이런 것들도 남들이 알아보게 되면 문제를 일으킬 수 있겠지. 이제 자네에게 주겠네. 그럼 나도 단출해서 도피하기에 더 낫겠지."

거내순이 그러마 하자 그는 즉시 타고 온 배로 건너가 베개 상자를 가져다 건네주었다. 그리고 두 사람은 눈물을 뿌리며 헤어졌다. 왕혜가 말했다.

"조부님께 안부 전해 주시게. 이생에서 못 뵙는다면 내생에서라도 견마지로(犬馬之勞)를 다해 보답하겠다고."

그렇게 작별하고 나서 왕혜는 다른 배를 구해 타고 태호(太湖)로 들어갔고, 그 후로 성과 이름을 바꾸고 삭발해서 승려가 되었다.

거내순이 가흥으로 돌아가 조부를 뵙고 도중에 왕혜를 만난 일을 얘기하자, 거우가 깜짝 놀라며 말했다.

"그는 영왕에게 투항한 자다."

"그런 얘기는 없었고 그저 잠시 벼슬을 그만두고 도피 생활 중인데 여비를 들고 나오지 않았다고만 했습니다."

"그가 비록 조정에 죄를 지었지만 그래도 나와는 오래전 교류하던 사이이니, 받아 온 은자라도 여비로 주지 그랬느냐?"

"벌써 드렸습니다."

"얼마나 주었느냐?"

"받아온 2백 냥을 모두 주었습니다."

거우는 무척 기뻐하며 말했다.

"과연 네 아비에게 부끄럽지 않은 아들이구나."

그런 다음 옛날 거경옥이 인수인계했던 일을 죽 들려주었다. 거내순은 조부를 뵙고 나서 방으로 들어가 어머니 유(劉)씨를 뵈었다. 어머니는 여행 도중 일어난 일들을 묻고 고생했다며 방에 들어가 쉬도록 했다.

이튿날 거내순이 다시 조부에게 가서 말했다.

"왕 태수의 베개 상자 안에 책이 몇 권 들어 있습니다."

그리고 그것들을 꺼내 조부에게 건네주었다. 거우가 보니 모두 필사본이었고, 그 밖에는 중요한 것이 없었다. 다만 그 안에 『고청구집시화(高靑邱集詩話)』*라는 백 장 남짓한 책이 한 권 있었는데 그것은 바로 고계(高啓)가 친필로 쓴 것으로, 매우 정성스럽게 만들어진 책이었다. 거우가 말했다.

"이 책은 오랫동안 황실에서 보관해 오던 것이라서, 근래 수십 년간 많은 문인들이 한 번만 보려 해도 불가능했던 것이다. 세상에 하나밖에 없는 책이지. 네가 이것을 얼결에 얻게 되었으니 정말 천행(天幸)이로구나. 잘 간수하고, 함부로 남에게 보여 주지 말거라!"

거내순은 그 말을 듣고 속으로 생각했다.

'이 책이 세상에 둘도 없는 거라면 잘 필사해서 책으로 만들고, 거기에 내 이름을 넣어 출간하자. 그럼 크게 명성을 날릴 수 있지 않을까?'

이렇게 마음을 굳히고 그는 마침내 그 책을 판각했다. 표지 위쪽에는 고계의 이름을 쓰고, 아래쪽에는 '가흥 땅의 신부 거내순이 보충하여 편찬하다(嘉興蓮來旬虢夫氏補輯)'라고 썼다. 판각이 끝나자 몇 백 부를 인쇄하여 친척과 벗들에게 두루 돌리니, 모두들 읽고 감상하며 손에서 놓지 못했다. 이때부터 절서(浙西) 땅 각 고을에서는 모두 거우의 손자 거내순을 소년 명사라며 흠모했다. 거우도 이 일을 알게 되었으나 이미 벌어진 일이라 더 이상 거론하지 않았다. 그는 거내순에게 시사(詩詞) 짓는 법을 가르치고, 지은 글들을 두방(斗方)*에 적어 여러 명사들과 주고받게 했다.

하루는 문지기가 와서 이렇게 아뢰었다.

"누(婁)씨 댁 작은 나리 두 분께서 오셨습니다."

거우가 손자를 불렀다.

"누씨 집에서 네 아비의 외사촌들이 왔으니, 어서 가서 모시고 들어오너라."

이에 거내순이 급히 마중하러 나갔다. 이 두 사람은 바로 누 중당(中堂)*의 자제들이었다. 누 중당은 20년 넘게 조정에 있었고, 죽은 후 문각(文恪)이라는 시호(諡號)를 받았는데, 호주(湖州) 사람이었다. 그의 큰아들은 지금 통정사(通政司)의 관리로 있고, 지금 찾아온 이들은 셋째와 넷째 아들이었다. 셋째는 이름이 봉(琫)이고 자는 옥정(玉亭)으로, 효렴(孝廉)이었고, 넷째는 이름이 찬(瓚)이고 자는 슬정(瑟亭)으로, 감생(監生)이었다. 이들은 모두 거우의 처조카였다.

거내순이 두 사람을 모시고 들어오자, 거우는 기뻐하며 몸소 대청 밖으로 나와 맞이했다. 두 사람은 들어와 고모부를 윗자리에 모시고 절을 올렸다. 거우가 직접 두 사람을 일으켜 세우고 손자에게 인사하게 한 다음, 자리를 권해 함께 앉아 차를 마셨다. 두 사람이 말했다.

"고모부님을 마지막으로 뵌 지 벌써 12년이나 되었습니다. 저희들이 경사에 있을 때 고모부님께서 사직하고 귀향하셨다는 소식을 들었는데, 모두들 현명하신 처사라고 탄복해 마지않더군요. 오늘 고모부님을 뵈니 벌써 수염이 하얗게 변하셨군요. 정말 벼슬살이가 힘들긴 힘든가 봅니다."

"나는 본래 벼슬살이에 뜻이 없었다네. 못난 재주로 남창부에 몇 년 있을 때도 별다른 업적도 쌓지 못하고 부질없이 작위와 봉록만 축냈으니, 물러나느니만 못했지. 그런데 뜻밖에 집에 돌아온 지 1년 만에 아들 녀석이 죽어 버려 마음이 더욱 쓸쓸하더구먼. 가만히 생각해 보면 그게 아마 벼슬살이 한 죗값이 아닐까 싶네."

누봉이 말했다.

"형님께선 천부적인 재능을 타고난 데다 영민하셨는데, 이렇게 빨리 가실 줄 누가 알았겠습니까? 다행히 조카가 장성해서 고모부님을 곁에서 모시고 있으니 그래도 위안으로 삼을 만합니다."

누찬이 말했다.

"저희도 형님의 부음을 듣고 어릴 적 친하게 지냈던 일들이 떠올랐지요. 뜻밖에 한창 나이에 세상을 뜨셨는데 임종도 못 지켜서, 셋째 형님과 저는 너무 비통했습니다. 거의 넋이 나갈 지경이었지요. 큰형님도 그분을 추념하며 종일 눈물을 흘리셨습니다."

거우가 말했다.

"자네들 형님은 벼슬살이가 그래도 할 만하다 그러던가?"

"통정사는 한산한 부서인지라, 형님께서는 거기서 그럭저럭 지내고 계십니다. 절대 무슨 자기주장을 내세우신 적도 없는데다 원래 그곳은 일도 많지 않습니다. 그래서 저희도 경사 생활이 점차 무료해져서, 상의 끝에 차라리 고향으로 돌아오는 게 낫겠다고 판단했습니다."

두 사람은 잠시 앉아 있다가 옷을 갈아입고 거내순의 모친을 뵙고 인사를 올렸다. 거내순도 함께 어머니를 뵌 후, 두 사람을 서재로 모셨다. 서재 앞에는 작은 화단이 있고 서재 안에는 거문고와 술잔, 향로와 탁자가 놓여 있었다. 또 창밖으로 대나무며 정원석, 새들과 연못의 물고기가 보이는데, 아담하고 한적한 정취를 풍겼다. 거우도 평상복으로 갈아입고 갈건(葛巾)을 쓴 채, 등나무 지팡이를 짚고 나와 자리를 함께했다. 상이 차려지자 밥을 먹고, 차를 마시며 한담을 나누었다. 그러다가 이야기가 강서 땅에서 영왕이 반란을 일으켰으나, "다행히 신건백께서 귀신같은 명석함으로 홀로 이런 큰 공을 세우시고, 이번 난리를 해결했다"는 데 이르렀다.

누봉이 말했다.

"신건백께서는 이번에 세운 공을 내세우지 않으셨으니 더욱 존경스러운 일입니다."

누찬이 말했다.

"제가 보기엔 이번 영왕의 거사도 성조[成祖 : 영락제(永樂帝)]께서 하신 것과 별 차이가 없는 것 같습니다. 다만 성조께서는 운이 좋으셔서 지금까지 신성한 황제로 불리시지만, 영왕은 운이 나빠 역적으로 낙인 찍혀 포로가 되셨으니 그 또한 불공평한 일이라 하겠습니다."

거우가 말했다.

"성패를 가지고 사람을 평가하는 것은 못난이들의 소견이지. 하지만 우리는 신하의 몸이니 우리 왕조의 큰일에 대해 말할 때는 신중해야 하네."

누찬은 더 이상 그 얘기를 꺼낼 수가 없었다. 그런데 이 두 사람의 과거 길은 순탄치 않아 일치감치 진사가 되지도 못했고, 그러니 한림원에도 들어가지 못했다. 그래서 종종 뱃속 가득한 불평불만을 터뜨리며 이렇게 말하곤 했다.

"영락제가 황위(皇位)를 찬탈한 뒤로 명 왕조는 말이 아니게 됐어!"

그들은 술이 불콰해져 귀까지 붉어지면 이런 말을 내뱉곤 했다. 그래서 통정사에 있는 큰형도 더 이상 들어 넘기지 못하고, 무슨 일이라도 생길까 싶어 그들에게 절강으로 돌아가라고 권했던 것이다.

또 잠시 한담을 나누다가 두 사람이 물었다.

"조카의 공부는 요즘 좀 어떻습니까? 아직 혼사는 치르지 않은 겁니까?"

거우가 말했다.

"사실 내겐 손자가 이 아이 하나뿐이라 늘 응석받이로 자랐다네. 보아하니 가르치는 선생들이라는 게 별다른 학문도 없고 그저 그럴듯하게 거드름이나 피우면서 걸핏하면 때리고 욕이나 퍼붓더군. 남들은 선생을 모셔 올 때 입만 열면 엄해야 한다고 하지만, 내가 마음이 약해서 여태껏 저 아이에게 그런 선생을 붙여 준 적이 없다네. 자네들 사촌형이 살아 있을 때에는 직접 경전과 역사서를 조금 가르쳤는데, 제 아비가 죽은 뒤로는 저 아이가 더 안쓰러워 이미 감생 자격을 사 놓았네. 그리고 과거 공부도 그다지 다그쳐 본 적이 없지. 요즘은 초야에 묻혀 살면서 그 아이에게 시를 지어 성정을 읊조리는 법을 가르치고 있네. 천명에 순응하여 처지에 만족하며 사는 도리를 깨닫고, 곁에서 날 봉양해 주면 그만일세."

두 사람이 말했다.

"그것 참 현명한 생각이십니다. 고모부님. 이런 말도 있지 않습니까? '몰인정한 진사를 배출하느니 음덕을 쌓은 통달한 학자를 기르는 편이 더 낫다(與其出一個削元氣的進士, 不如出一個培養陰騭的通儒)'* 아주 잘하신 일입니다!"

거우는 손자를 불러 평소 지은 시 가운데 몇 수를 골라 두 사람에게 보여 주게 했다. 둘은 그걸 보더니 칭찬해 마지않았다.

그렇게 네댓새를 더 머물다가 두 사람은 작별하고 떠나려 했다. 거우가 술자리를 마련하여 전별(餞別)하였는데, 그 자리에서 손자의 결혼 문제에 대한 말을 꺼냈다.

"이곳의 대부호 가운데도 매파를 보내오는 이들이 있었네. 나는 가난한 관리인지라 그들이 다투어 재물을 뿌려 가며 예식을 치르자고 할까 봐 미루고 있네. 조카들도 호주(湖州)에 적당한 친구나 친척들이 있으면 우릴 생각해 주시게. 좀 가난해도 상관없네."

두 사람은 그리 하겠다고 했다.

그날 전별 잔치를 마치고, 이튿날 아침 배를 불러 먼저 짐들을 실었다. 거우는 손자더러 배 타는 곳까지 전송하라 하고, 자신도 대청으로 나와 작별 인사를 했다.

"내가 가까운 친척이랍시고 며칠 동안 자네들을 그저 가족 대하듯 대접했는데, 소홀했다고 서운해하지 마시게. 집에 돌아가거든 태보(太保)* 어른과 자네들 부친의 무덤에 가서 내 이름을 말씀드려 주시게. 그리고 이 거우가 늙어 몸이 불편한 까닭에 더 이상 직접 성묘하러 오지 못하게 되었노라고 설명해 주시게."

두 사람은 그 말을 듣자 황송한 표정으로 공경을 표하고 고모부와 작별했다. 거우는 그들의 손을 잡고 대문까지 전송했다.

거내순은 미리 배에 가서 기다리고 있다가, 두 사람이 도착하자 작별 인사를 올렸다. 그리고 배가 출발한 후에야 집으로 돌아갔다.

두 공자는 작은 배를 탔고 짐도 적어서 조촐한 여행길이 되었다. 강 양쪽의 빽빽한 뽕나무 숲과 이리저리 날며 울어 대는 새들을 바라보며 반 리 남짓 가다 보니 어느새 작은 나루에 도착했다. 그때 안쪽에서 배 한 척이 노를 저어 나오더니, 마름이며 연뿌리 따위를 팔았다. 두 형제는 배 안에서 말했다.

"몇 년을 화려하지만 속된 경사에서 지내느라 이처럼 그윽하고 아름다운 경치를 보지 못했었지? 송나라 때 누군가의 사(詞)에 '생각해 보니 그저 고향으로 돌아온 것만이 잘한 일일 뿐(算計只有歸來是)'이라고 하더니, 과연 그렇군! 과연!"

날이 저물어 배는 어느 마을에 도착했다. 뽕나무 그늘 사이로 등불이 새어 나와 강물까지 비치고 있었다.

"선장을 불러 배를 정박하라고 하세. 여기 인가가 있으니 올라가 술을 사 와 멋진 밤을 여기서 즐기며 하룻밤 묵어가도록 하세."

두 형제는 선장에게 부탁해 배를 정박시키고, 뱃전에 기대어 맘껏 술을 마시며 고금의 일을 가지고 이야기를 나누었다. 다음 날 아침 선원들이 배 안에서 밥을 짓는 동안, 형제는 뭍에 올라가 산책을 했다. 그런데 어느 집 모퉁이에서 누군가 걸어오다가 두 사람을 보더니, 머리 숙여 절하고 나서 말했다.

"작은 나리들, 절 기억하십니까?"

그런데 이 사람을 만남으로써 다음과 같은 새로운 이야기가 생겨난다.

도련님들 빈객(賓客) 모시길 좋아하여
수많은 명유, 석학들과 교유를 맺네.
재상집에서 잔치를 열고
항상 초야에 묻힌 선비들을 불러 모으네.

公子好客, 結多少碩彦名儒.
相府開筵, 常聚些布衣韋帶.

　도대체 이 사람은 누구일까? 이에 대해서는 다음 회를 들어 보시라.

와평

　이 회에서는 왕혜의 이야기를 매듭짓고 누씨 형제 이야기로 넘어가는데, 문장이 점점 우아해지고 있다. 마치 산에 유람 가서 기이한 봉우리와 괴상한 암석, 험한 바위와 깎아지른 벼랑을 모두 지나자 갑자기 짙푸른 숲이 사람을 맞으며 또 다른 경치가 펼쳐지듯, 잠시도 눈을 쉴 수 없게 만든다.
　누씨 형제는 젊은 날 일이 뜻대로 풀리지 않자 그에 대한 반발로 불만을 품게 되는데, 이것은 그야말로 소식(蘇軾)이 말한 것처럼 "온통 세태에 들어맞지 않는다(一肚皮不合時宜)"*라는 것이다. 비록 이것이 명사들의 나쁜 습성이라 할지라도 시나 짓고 그림이나 그리면서 풍류가(風流家)인 체하는 '두방명사(斗方名士)'들과는 본래 다른 것이다.

제9회
누봉 형제는 돈을 내어 양윤을 풀려나게 해 주고,
유 수비의 하인은 누씨 댁을 사칭하여 선장을 을러대다

누봉과 누찬이 강가에서 산보하고 있을 때, 갑자기 어느 집 모퉁이에서 누군가 걸어와 머리 숙여 절을 하자, 둘은 황망히 그를 잡아 일으키며 물었다.

"뉘신지요? 저희가 모르는 분 같습니다만."

"두 분 작은 나리들께선 절 못 알아보시겠습니까?"

"낯은 익은데, 얼른 생각이 안 나는군요."

"저는 돌아가신 태보 나리의 묘지기인 추길보(鄒吉甫)의 아들 추삼(鄒三)입니다."

두 사람은 깜짝 놀랐다.

"자네가 어떻게 여기에 있나?"

"작은 나리들께서 경사로 가신 뒤, 제 아버지께서는 묘를 돌보고 계셨는데, 일이 아주 잘 풀려서 집 앞에 밭뙈기도 좀 샀습니다. 살던 집이 좁아서 새로 집을 사서 동쪽 마을로 이사하고, 원래 집은 저희 숙부더러 살라고 했습니다. 그러다 저희 집 형제들 몇몇이 또 장가를 들게 되니까, 동쪽 마을 집도 비좁아져 큰형님 내외와 둘째 형님 내외 정도밖에 살 수 없게 됐습니다. 소인에게는 신시진(新市鎭)으로 시집간 누님이 있는데, 매부가 죽자 누님이 저희 아버지와 어머니를 모두 이리로 모셔 왔고, 소인도 같이 따라 왔습니다."

"그렇게 된 거로구만. 우리 선산에 몹쓸 짓 한 사람은 없었나?"

"아이고, 감히 누가요? 보통 부나 현의 나리들도 그곳을 지나가시면 모두 들어와서 절을 하고 가시는데요. 풀 한 포기도 못 건드립죠."

"부모님은 지금 어디 계신가?"

"시장 끄트머리에 있는 누님 집에 계시는데, 멀지 않습니다. 아버님은 늘 두 분 작은 나리의 은덕을 그리워하곤 하셨는데, 통 만나 뵐 수가 있어야지요."

누봉이 누찬에게 말했다.

"추길보 노인은 우리도 몹시 보고 싶었지. 여기서 멀지도 않다는데, 좀 만나고 가면 어떨까?"

"좋은 생각이네요."

그리고 추삼을 데리고 다시 강가로 가서 하인더러 뱃사공에게 말을 해 두라고 일렀다.

추삼이 길을 안내해서 곧장 시장 끄트머리로 가자, 예닐곱 칸짜리 작은 집이 보였는데, 대나무로 만든 두 개의 문짝은 반쯤 열려 있었다. 추삼이 들어서서 이렇게 소리쳤다.

"아버지, 셋째와 넷째 작은 나리가 오셨어요."

집 안에서 추길보가 물었다.

"누구라고?"

그러면서 그는 지팡이를 짚고 나오다가 두 사람을 보고는 뜻밖의 반가운 손님인지라 기뻐 어쩔 줄 몰랐다. 그는 두 사람을 큰방으로 모신 후, 지팡이를 내던지고 엎드려 절을 하려 했다. 두 형제가 급히 그를 붙들어 세우며 말했다.

"노인장, 뭐 이런 예를 올리시오?"

두 사람은 노인을 끌어당겨 나란히 자리에 앉았다. 추삼이 차를 내오자 추길보는 자기가 직접 찻잔을 받아 들고 두 사람에게 올렸다. 누봉이 말했다.

"우리가 경사에서 떠나올 때, 집에 도착하면 바로 돌아가신 조부님 무덤에 성묘를 가려 했고, 거기서 노인장을 뵈려니 했소. 그런데 길을 둘러 고모부님을 뵈러 가흥에 들렀다가 아무 생각 없이 이쪽 길로 걸어오는데, 뜻밖에도 노인장 아들과 마주쳤지요. 그런데 노인장이 여기에 사니 만날 수 있다고 하더군요. 10여 년 만에 만나는데, 노인장은 더 건강해졌구려. 방금 듣기론 아드님 두 분이 부인을 들였다고 하니, 손자도 몇 생겼겠소? 그리고 안주인도 여기 같이 계시오?"

그때 머리카락과 눈썹이 모두 새하얀 노파가 나와서 두 사람에게 공손히 인사를 올렸고, 그들도 노파에게 답례를 했다. 추길보가 노파에게 말했다.

"얼른 가서 딸애한테 상을 좀 차리라고 해. 두 분 도련님께서 드시고 가시게."

노파는 안채로 들어갔고, 추길보가 이어서 말했다.

"우리 부부는 나리 댁의 은혜를 한시도 잊을 수가 없습니다. 마누라는 매일 이 집 처마 밑에다 향을 피워 놓고 도련님들께서도 조상님들처럼 높은 관직에 오르시길 축원하고 있습죠. 지금 첫째 도련님도 아마 높은 벼슬을 하고 계시죠?"

누찬이 대꾸했다.

"우리 형제들이 모두 집에 없어서 노인장에게 뭐 잘해 준 일도 없는데, 무슨 그런 말씀을 하시오? 자꾸 그럴수록 우리 마음이 편치 않소."

누봉도 말했다.

"게다가 선산을 몇 년씩이나 노인장이 봐주고 있으니, 오히려 우리가 감사해야지요. 어째 그런 말씀을 하시오?"

"고모부님이신 거 태수님께선 퇴임하시고 고향으로 돌아오셨는데, 애석하게도 아드님께서 세상을 뜨셨지요. 손자 분도 장성하셨겠지요?"

누봉이 대답했다.

"올해 열일곱 살인데, 꽤 총명한 자질을 타고났소."

추삼이 상을 올렸는데, 닭, 생선, 돼지고기, 오리 고기를 가지런히 차려 놓았고, 몇 가지 채소 요리도 올라와 있었다. 두 형제에게 자리를 권하고, 추길보는 감히 겸상을 하지 못했다. 두 형제는 누차 사양하는 그를 끌고 와 같이 앉았다. 추길보가 술을 따라 올리면서 말했다.

"시골의 박주(薄酒)라 나리들 입에 맞을지 모르겠습니다."

누찬이 말했다.

"이 술이 꽤 좋은 술 같은데요."

"그런 말씀 마십시오! 지금은 인정이 야박해져서 쌀로 만든 술이 다 물처럼 밍밍합니다. 지금은 벌써 귀신이 된 제 아버님이 그러시더군요.

'홍무(洪武) 황제 나리 밑에서 살 때가 뭐든 좋았지. 쌀 두 말로 술을 담그면 술〔酒娘子〕*이 스무 근은 족히 나왔으니까. 뒤에 영락 황제 나리가 천하를 손아귀에 쥐자 어찌 된 영문인지 모든 게 다 바뀌어, 쌀 두 말에 겨우 열대여섯 근밖에 안 나오더군.'

우리 집의 이 술만 해도 물을 최소한으로 넣고 담근 건데도, 이렇게 맹탕으로 아무 맛도 없습니다요."

누봉이 말했다.

"우리는 술은 많이 마시 않으니까 이 정도면 아주 훌륭하오."

추길보가 술을 마시며 말했다.

"솔직히 저는 쓸모없는 늙은이가 됐습니다. 하지만 하늘이 어여삐 여기사, 저 아이들이 몇 해만이라도 다시 홍무 황제 나리 시절을 보내게 해 주신다면 뭘 더 바라겠습니까!"

누찬은 이 말을 듣고 누봉을 쳐다보며 웃었다. 추길보가 또 말을 이었다.

"누가 그러던데, 우리 왕조가 공자님의 주나라만큼 좋은 세상이될 수 있었는데, 영락 황제 나리가 나오는 바람에 틀어졌다고 하더군요. 정말 그렇습니까?"

누봉이 껄껄 웃으며 물었다.

"노인장같이 순박한 시골 사람이 어디서 그런 얘길 들었소? 대체 누가 노인장한테 그런 얘기를 하던가요?"

"말씀대로 저는 원래 그런 말은 몰랐지요. 이 마을에 소금 가게가 하나 있는데, 그곳을 관리하는 분이 평소 일이 없으면 우리 탈곡장이나 버드나무 그늘로 와서 하는 얘기가 이런 겁니다. 그래서제가 그 사람 말을 많이 들었지요."

두 사람은 깜짝 놀랐다.

"그분은 성이 어떻게 됩니까?"

"성은 양(楊)씨인데, 사람이 아주 충직한데다 책 보기를 좋아해서, 소매 안에 한 권씩 넣고 다니면서 가는 곳마다 앉아서 꺼내 봅니다. 전에 그 양반이 여기 살 때는 밥 먹고 나서 별일 없으면 곧잘 나와 돌아다니곤 했죠. 하지만 지금은 이분을 만나려 해도 더는 뵐 수가 없습지요."

"그분이 어디로 갔소?"

"아이고, 말씀도 마십시오! 양 선생이 장사꾼 출신이긴 하지만,

가게의 장부 일은 전혀 신경 쓰려 하지 않았지요. 가게 밖으로 나와 유유자적하지 않으면, 가게 안에서 발을 내리고 책만 보면서 점원 놈이 멋대로 하게 내버려 둔 겁니다. 그래서 가게 사람들은 전부 양 선생을 '머저리 영감[老阿呆]'라고 불렀지요. 원래 가게 주인은 양 선생의 사람됨이 반듯하다고 해서 그에게 모든 일을 맡긴 건데, 나중에 이런 어이없는 상황을 전해 듣고 직접 가게로 가서 장부를 조사해 보니 은자가 7백 냥도 넘게 빈 겁니다. 주인이 따져 물었더니, 양 선생은 그 돈이 나간 곳을 대지도 못하면서 말 끝마다 문자를 써 가며 둘러대고, 손발을 휘휘 내저으며 잘못을 인정하지 않았습니다. 주인이 화가 나서 덕청현(德清縣) 현청에 고소장[訴狀]을 내 버렸지요. 지현 나리가 보니 소금 사업에 관련된 일이라 무조건 '예, 예!' 하며 소송을 받아들이고, 양 선생을 감옥에 가둬 놓고 모자란 금액을 채워 놓도록 다그쳤지요. 벌써 감옥에 갇힌 지도 1년 반이 되었군요."

누봉이 물었다.

"그 사람 집에 배상할 만한 무슨 재산이라도 있소?"

"있으면 좋았게요. 그 양반네 집은 마을 어귀에서 4리 넘게 떨어진 곳에 있는데, 두 아들이 모두 등신 같아서 밥벌이도 안 하고 공부도 안 해서, 늙은 아비가 먹여 살렸죠. 그러니 뭘로 배상하겠습니까?"

누찬이 누봉에게 말했다.

"궁벽 진 시골에도 이런 교양 있고 훌륭한 사람이 있었군요. 그런데 수전노에게 이처럼 능욕을 당하다니, 정말 머리끝까지 화가 치밉니다! 우리가 방법을 상의하면 이 사람을 구할 수도 있지 않을까요?"

"양 선생은 부채가 있을 뿐, 법을 어긴 것은 아니야. 이제 성(城)

에 가서 일의 전말을 분명히 알아보고 그 부채 몇 냥만 깨끗이 갚아 주면 그만이지. 그게 뭐 어렵겠느냐?"

"참으로 옳은 말씀이십니다. 내일 집에 당도하면, 바로 이 일을 처리하지요."

그러자 추길보가 말했다.

"아미타불! 두 분 도련님께선 기꺼이 좋은 일에 나서시는군요. 예전에도 얼마나 많은 사람을 구제해 주셨을까요. 지금 양 선생을 감옥에서 구해 주신다면 이 마을 사람들이 모두 감격하고 우러러 볼 겁니다!"

누봉이 말했다.

"이보게 길보, 이 말은 마을 사람들에게는 꺼내지 말게나. 우리도 상황을 봐서 손을 써야 하니."

누찬도 거들었다.

"그럼요. 일이 잘 될지 안 될지 아직 모르는데, 말이 새나 가면 곤란해질 테니까요."

그리하여 두 사람은 술은 마시지 않고 밥만 먹고 서둘러 배로 돌아갔다. 추길보는 지팡이를 짚고 배까지 전송을 가서 이렇게 말했다.

"도련님들, 집에 돌아오신 것 축하드립니다. 소인이 며칠 뒤 성에 가면 문안드리지요."

그리고 또 추삼을 불러 두 사람이 밤참으로 먹도록 술 한 병과 간단한 안주 몇 가지를 배에 실어 주게 했다. 그는 배가 떠나는 것을 보고서야 돌아갔다.

두 사람은 집에 도착하자, 집안일을 좀 처리하고 며칠 손님 접대를 한 후, 집사 진작(晉爵)을 불렀다. 그리고 그에게 현으로 가서 신시진의 소금 가게에서 붙잡아다 가둔 사람의 이름이 뭔지,

무슨 돈이 비고 그게 얼마나 되는지, 그 사람이 학위가 있는지 여부를 모두 정확히 조사해 오도록 했다. 진작이 분부에 따라 현청으로 와 보니, 재무를 맡아보는 호방(戶房)의 서판은 그와 의형제를 맺은 사이였다. 서판은 그가 조사차 온 것을 알고, 재빨리 서류를 찾아 내 한 통을 베껴서 건네주었다. 진작은 그걸 갖고 돌아와서 누씨 형제에게 보고했다. 그 서류에는 이렇게 쓰여 있었다.

〈신시진 공유기(公裕旗)* 소금 가게의 소송 문건〉
상인 양집중〔楊執中, 즉 양윤(楊允)〕은 여러 해 동안 가게에 있으면서 본분을 지키지 않고, 기생질이며 도박이며, 먹고 입는 일에 가게 돈 7백여 냥을 유용하여 국세 납부에 해를 끼쳤으니, 추징해 주실 것을 간절히 바란다고 함. 다만 이 사람은 천거를 기다리는 늠생〔廩生挨貢〕*인지라 추징이 곤란하니, 그 자격을 박탈해서 엄격하게 추징할 수 있도록 상부에 공문을 올리려 함. 지금 본 범인을 잠시 감옥에 가두어 두고 상부의 비준이 내려온 뒤에 기한을 정해 처리할 것 등등.

이것을 본 누찬이 말했다.
"이것도 참 가소로운 일이군요. 늠생이라 해도 향신이거늘, 이제 염상의 은자 몇 푼 쓴 정도의 일로 자격을 박탈하고 세금을 추징하려 하다니, 이런 법이 어디 있습니까!"
그리고 누봉이 진작에게 물었다.
"자세히 물어보았느냐? 다른 사정이 있는 건 아니고?"
"소인이 똑똑히 물어봤습니다만, 다른 사정은 없었습니다."
"그렇다면 너는 전에 황가우(黃家圩)에 사는 사람이 저당 잡힌 밭을 찾아가면서 지불한 은자에서 750냥을 꺼내 대신 현청에 내

줘라. 그리고 우리 두 사람의 이름을 적은 명첩을 써서 덕청현 현
청에 가서 '양 공생은 우리 나리들과 잘 아는 사이입니다'라고 하
면서 감옥에서 내보내라고 해라. 그리고 보증서에는 네 이름을 올
리도록 해라. 서둘러 처리해라!"

누찬도 채근했다.

"자네, 이 일은 바로 가서 처리해야지, 늑장 부려서는 안 돼! 양
공생이 감옥에서 나와도, 그에게 쓸데없는 말은 할 필요 없어. 자
연히 그가 우리를 찾아와 만나게 될 테니."

진작은 알아들었노라 대답하고 떠났다.

진작은 은자 스무 냥만 가지고 곧장 서판의 집으로 가서 그 돈
을 주며 말했다.

"양 공생 일은 자네와 내가 방법을 의논해 보십시다."

"태사(太師) 나리 댁에서 보내 온 명첩이 있으니 뭐 어렵겠소?"

그리고 즉시 다음과 같은 청원서를 썼다.

이 양 공생은 누씨 댁 사람입니다. 두 나리가 명첩을 보내셨
고, 누씨 댁 하인이 서명한 보증서도 여기 있습니다. 게다가 누
씨 댁에서는 '이 돈은 훔친 것도 아니고 국가의 재산도 아닌데,
어찌하여 덜컥 감금했는가?'라고 말씀하고 계십니다. 나리께서
이 일을 헤아려 주시기 바라옵니다.

지현은 누씨 댁에서 이런 글이 올라오자 당황했지만, 또 염상에
게 뭐라 답변해야 할지 곤란했다. 서판을 불러들여 이리저리 상의
해 보았지만, 염상이 별도로 낸 금액[鹽規銀子]*에서 돈을 끌어다
염세를 채워 넣는 수밖에 없었다. 지현은 진작의 보증서를 비준하
고 바로 양윤을 감옥에서 내보냈다. 다른 어떤 처벌도 없이 바로

석방해 버린 것이다. 그리하여 진작은 7백 냥이 넘는 은자를 고스란히 챙겼고, 누씨 형제에게는 양윤이 풀려난 일을 빠짐없이 고했다. 형제는 그가 감옥에서 나왔으니 마땅히 감사 인사를 하러 오려니 생각했지만, 양윤은 일이 어떻게 된 것인지 전혀 모르고 있었다. 그래서 현청 사람들에게 물어보니, 진작이라는 사람이 보증을 서서 그를 빼내 주었다고 했다. 양윤이 아무리 생각해도 진씨 성을 가진 사람은 평생 만나 본 적이 없기에, 잠깐 갸웃하다가 이렇게 생각했다.

'무슨 상관이람. 깨끗한 몸이 되었으니 고향으로 내려가 예전처럼 책이나 보자.'

집에 돌아오니 아내가 그를 맞으며 뛸 듯이 기뻐했다. 멍청이 두 아들은 매일 읍〔鎭〕에서 도박을 하고 한밤중이 넘도록 집에 돌아오지 않았고, 귀가 어둡고 얼빠진 노파인 그의 아내만이 밥을 해 주며 집을 돌보고 있었다. 양윤은 다음 날 읍에 나가 아는 사람들 집에 인사를 다녔지만, 그때 추길보는 둘째 아들네가 손자를 낳아 동쪽 마을로 가 있었기 때문에 만나지 못했다. 그래서 양윤은 누씨 형제의 이번 의거에 대해서는 꿈에도 모르고 있었다.

한 달 남짓 지나도록 집에서 기다렸으나 양윤이 오지 않자, 누씨 형제는 정말 이상한 일이라고 생각했다. 그러다가 월석보(越石甫) 이야기*에 생각이 미치자, 양윤이 고매한 학덕을 지니고 있을 거라 짐작하고 더욱 공경하게 되었다. 하루는 누봉이 누찬에게 말했다.

"지금껏 감사 인사를 하러 오지 않은 걸 보니 이 사람의 인품이 남다른가 보네."

"따지고 보면, 우리 형제가 그를 앙모하는 것이니, 먼저 그의 집으로 찾아가 친교를 맺어야지요. 굳이 그 사람이 인사하러 오길 바라는 것도 속된 것이 아니겠습니까?"

"나도 그렇게 생각하네. 하지만 '공자, 남에게 덕을 베풀었더라도 부디 그걸 잊어 버리십시오'*라는 말도 있지 않은가? 우리가 먼저 그 집에 찾아간다면 우리가 일부러 그 일을 드러내려 하는 것 같지 않나?"

"만나서 그 이야기를 꺼내면 안 되지요. 명성을 듣고 그리워하다 직접 찾아가는 건 흔한 일입니다. 그런데 이런 일 때문에 오히려 관계가 끊어져서 교유할 수 없게 되어서야 되겠습니까?"

"정말 옳은 말이네."

당장 그렇게 하기로 정하고, 누봉은 또 이렇게 말했다.

"하루 전날 배에 올라 다음 날 아침 그의 집에 도착하도록 해야 한다. 그래야 하루 종일 얘기를 나눌 수 있지."

그리하여 작은 배 하나를 불러 하인도 거느리지 않은 채, 오후에 배에 올라 몇 십 리를 갔다. 이때는 바로 가을이 끝나고 겨울이 시작되는 때라, 낮은 짧고 밤은 길어 강물 위에는 어스름 달빛이 비치고 있었다. 이 작은 배는 달빛에 의지해 노를 저으며 나아갔다. 강에는 조세미를 운반하는 배들이 혼잡하게 얽혀 있었는데, 이 배는 작은지라 큰 배들 옆을 스쳐서 빠져나갈 수 있었다.

어느덧 밤이 깊어 두 형제가 잠자리에 들려 하는데, 갑자기 한바탕 시끄러운 소리가 물길에서 울려 왔다. 이 작은 배에는 등불도 없었고 선실 문도 잠겨 있어서 누찬은 갑판 틈새로 무슨 일인지 잠시 살펴보았다. 상류 쪽의 큰 배 한 척이 휘황찬란하게 등불 두 쌍을 높이 밝혀 놓고 있었는데, 등 한 쌍에는 '상부(相府)'라고 쓰여 있고 또 한 쌍에는 '통정사대당(通政司大堂)'이라고 쓰여 있었다. 배 위에는 승냥이나 범처럼 험악하게 생긴 하인들이 손에 채찍을 들고 휘두르며 얽혀 있는 배들을 쳐서 길을 트고 있었다.

누찬은 소스라치게 놀라 나지막하게 형을 불렀다.

"형님, 이리 좀 와 보세요. 저게 뭐지요?"

누봉이 와서 보더니 말했다.

"저자는 우리 집 하인이 아닌데!"

이렇게 말하는 사이, 그 배는 이미 바로 앞까지 다가와 채찍으로 이들이 탄 작은 배의 선장을 때렸다. 선장이 말했다.

"이 좋은 물길을 그냥 지나가면 되지 어쩌자고 그렇게 흉악하게 구시오?"

그 배 위에 있던 사람들이 소리 질렀다.

"이런 개자식! 썩은 눈깔을 똑바로 뜨고 등롱(燈籠)에 뭐라 쓰였는지 좀 보란 말이다! 이 배가 어느 집 배인지!"

"'상부'라고 걸려 있긴 한데, 어느 재상 댁인지 모르겠군!"

"이런 뒈질 놈, 눈이 삐었느냐! 호주에서 누씨 댁 말고 또 무슨 재상 댁이 있더냐?"

"누씨 댁이라고? 그래! 그럼 어느 나리신데?"

"이게 누씨 댁 셋째 나리의 조세미를 싣고 가는 배라는 걸 모르는 놈이 어디 있어? 이 개자식, 한번만 더 주둥이를 놀려 봐라. 밧줄로 뱃머리에 꽁꽁 묶어 놓았다가 내일 셋째 나리께 아뢰어 명첩을 써서 현청으로 보내 버리겠다. 일단 곤장 몇 십 대를 맞고 보는 게지!"

"그 셋째 나리시라면 지금 우리 배에 계시는데, 네놈들 배에 또 무슨 셋째 나리가 계신다는 게냐?"

두 형제는 이 소리를 듣고 슬며시 웃었다. 선장은 갑판을 열고, 누봉에게 나와서 저들에게 얼굴을 보여 주십사 부탁했다. 누봉이 뱃머리로 나갔다. 이때는 달이 아직 지지 않았고, 저쪽 배의 등불도 물에 비치고 있어 사방이 환했다. 누봉이 물었다.

"네놈들은 우리 집안 누구의 하인들이냐?"

그자들이 누봉을 알아보고 모두 당황해서 일제히 무릎을 꿇으며 말했다.

"소인들 주인은 나리의 일가가 아니옵고, 수부(守府)* 벼슬을 지낸 유(劉) 나리십니다. 장원에서 조세미를 좀 운반해 오는데, 물길이 혼잡할 듯하여 감히 나리 댁의 관함(官銜)*을 빌렸습니다. 셋째 나리의 배와 부딪치게 될 거라고는 생각도 못 했습니다! 죽여주십시오!"

"네 주인은 우리 일가는 아니나, 같은 마을에 사니 관함 새긴 등롱을 빌려 주는 거야 뭐 어떻겠느냐? 허나 너희가 강에서 행패를 부리는 건 아니 될 일이지. 그러면서 네놈들이 우리 집 사람이라 말하면, 우리 집안의 이름을 더럽히게 되는 게 아니겠느냐? 게다가 너희도 알다시피, 우리 집에선 지금껏 감히 이런 짓을 한 사람이 없었느니라. 일어나라. 그리고 돌아가서 너희 주인을 뵈도 강에서 날 만난 이야기는 할 것 없다. 다만 다음번에는 상황이 달라질지 모르지. 설마 내가 또 네놈들과 입씨름해야 하는 건 아니겠지?"

그 사람들은 "예 예" 하며, 셋째 나리의 은덕에 감사하며 머리를 조아리다 일어났다. 그리고 얼른 등불을 끄더니, 슬그머니 배를 강가에 댄 다음 쉬러 갔다.

누봉은 선실로 들어와 누찬과 함께 한바탕 웃음을 터트렸다. 누찬이 말했다.

"선장, 자네도 끝까지 이 배에 셋째 나리가 있다는 걸 말하지 말았어야 했는데. 그뿐인가, 나가서 그놈들에게 모습을 보여 주길 부탁했으니 말이야. 그자들의 흥을 완전히 깨 버렸으니 재미없게 되지 않았나?"

"말씀도 마십시오, 그놈들이 우리 배의 갑판까지 뚫으려 했다니까요! 아이고, 얼마나 흉악하던지! 이번에야 그 본색을 드러낸 겁니다!"

대화가 끝나자, 두 형제는 옷을 벗고 잠자리에 들었다.

작은 배는 밤새 노를 저으면서 나아가, 새벽녘에는 이미 신시진의 나룻가에 도착했다. 두 형제는 물을 떠다 얼굴을 씻고 차와 간단한 요기를 먹은 다음, 선장에게 지시했다.

"배를 잘 지키면서 예서 기다려 주게."

두 사람이 배에서 내려 시장 끄트머리의 추길보 딸네 집으로 가보니, 대문이 닫혀 있었다. 문을 두드려 물어본 뒤에야 비로소 추길보 부부가 마침 동쪽 마을에 가 있다는 것을 알았다. 추길보의 딸이 차를 권했지만 두 사람은 그냥 그 집을 나왔다. 두 사람은 시장을 빠져나와 큰길을 따라 4리 넘게 걷다가 나뭇짐을 등에 진 나무꾼을 만나자 이렇게 물었다.

"이곳에 양집중이라는 분이 계시다던데, 댁이 어디요?"

나무꾼은 손으로 가리키며 대답했다.

"저기 빨갛게 보이는 게 바로 그 집 뒤편입니다. 여기 샛길을 따라 질러가시면 됩니다."

둘은 나무꾼에게 고맙다고 인사하고는, 덤불을 헤치며 험한 길을 걸어 어느 마을에 도착했다. 그 마을에는 네다섯 가구밖에 없었고, 집들도 다 몇 칸짜리 초가였다. 그 중 한 초가집 뒤편에 서리 맞아 잎이 새빨갛게 물든 큰 단풍나무 두 그루가 서 있어서, 이곳이 양씨네 집 뒤편임을 알 수 있었다. 다시 작은 길을 따라 앞으로 돌아가니 대문이 보였다. 문 앞에는 작은 개울이 흐르고, 그 위로 조그만 널다리가 놓여 있었다. 두 사람이 다리를 건너가서 보니, 양씨집의 양쪽 판자문은 닫혀 있고, 사람이 온 것을 보고 개가 짖기 시작했다. 누봉이 다가가 문을 두드렸다. 한참 두드리자 안에서 한 노파가 나왔는데, 해진 누더기를 입고 있었다. 두 형제는 노파에게 다가가 물었다.

"여기가 양집중 나리 댁입니까?"

이렇게 두 번을 물어본 뒤에야 노파는 고개를 끄덕이며 대답했다.

"그렇수. 어디서 오신 분들이오?"

"저희 형제는 성이 누가고, 성안에서 삽니다. 양집중 나리를 뵈려고 일부러 찾아왔습니다."

노파는 또 잘못 알아듣고, 이렇게 물었다.

"유(劉)씨라고요?"

"누가입니다. 나리께 그냥 대학사 누씨 집안이라고 말씀드리면 아실 겁니다."

"나리는 집에 안 계시우. 어제 고기 잡는 거 구경 간다고 나가 아직 안 돌아왔소. 할 말이 있으면, 다른 날 다시 오시우."

노파는 이렇게 말하고 들어오라느니 앉아 차라도 마시라느니 하는 말도 없이 혼자 문을 닫고 들어가 버렸다. 두 사람은 몹시 낙담하여 한동안 서 있다가, 어쩔 수 없이 아까처럼 다리를 건너왔던 길을 따라 되돌아가 배를 타고 성으로 돌아갔다.

양윤 이 머저리 영감은 저녁이 되어서야 집에 돌아왔다. 노파가 말했다.

"아침나절 성에서 무슨 '유(柳)'씨 성을 가진 두 사람이 당신을 찾아왔는데, 무슨 '대각사(大覺寺)'인가 하는 곳에 산다고 합디다."

"그래 뭐라고 했는가?"

"나리께서 집에 안 계시니 다른 날 다시 오라고 했죠 뭐."

양윤은 속으로 생각했다.

'성이 유씨라고? 누굴까?'

그러다 문득 애초 염상이 그를 고발하고 소송을 걸었을 때, 현청에서 나온 포졸이 유씨였다는 게 퍼뜩 떠올리고, 그 포졸이 돈을 뜯으러 온 게 틀림없다고 생각했다. 그래서 그는 귀머거리 노파에게 욕을 퍼부었다.

"이 늙어 뒈지지도 않는 버러지 같으니! 그런 사람이 날 찾으면 그냥 내가 집에 없다고 하면 되지, 어쩌자고 다른 날 다시 오라고 한 게야? 아무짝에도 쓸모없는 것 같으니!"

귀머거리 노파가 그 말에 가만 있지 않고 다시 말대꾸를 했다. 양윤은 화가 머리끝까지 나서 노파에게 따귀를 몇 대 올려붙이고 발길질까지 해 댔다. 그날 이후 그는 그 포졸이 찾아올까 싶어 새벽같이 집을 나가 빈둥거리다가 날이 저물어서야 돌아오곤 했다.

한편, 누씨 형제는 그래도 단념하지 않고, 4, 5일 후 다시 배를 불러 그 마을로 가서 지난번처럼 양윤의 집 대문 앞까지 걸어가 문을 두드렸다. 노파가 문을 열고 나와 보니 또 그 두 사람인지라, 울컥 화가 치밀어 이렇게 쏘아붙였다.

"나리는 집에 안 계신다는데, 당신들은 어쩌자고 계속 찾아오는 거요?"

"지난번 저희가 대학사 누씨 댁 사람들이라고 전해 드렸습니까?"

"또 무슨 얘길 하라고? 당신들 때문에 괜히 나만 얻어맞고 걷어차였잖아! 오늘은 또 무슨 일로 왔소? 나리는 집에 안 계시오! 며칠 지나도 안 오실 거요! 난 댁들이랑 노닥거릴 시간이 없수! 밥하러 가야 한다고!"

이렇게 말하고는 두 사람이 다시 물어볼 틈도 안 주고 문을 쾅 닫고 안으로 들어가 버리더니, 다시는 문을 두드려도 나와 보지 않았다. 두 형제는 영문을 모른 채, 속으로 화가 나기도 하고 우습기도 했다. 한동안 그 자리에 서 있다가 아무리 불러도 나올 것 같지 않자, 다시 배로 돌아갈 수밖에 없었다.

배를 저어 몇 리쯤 갔을 때, 마름 파는 배 한 척이 가까이 다가왔는데, 배에는 한 아이가 타고 있었다. 그 아이는 손으로 선창을 붙든 채 소리쳤다.

"마름 사세요! 마름 사세요!"

선장은 밧줄로 그 배를 비끄러매고, 마름을 저울에 올려놓았다. 두 형제는 선창 안에 엎드린 채 아이에게 물었다.

"넌 어느 마을에 사느냐?"

"여기 신시진에 살아요."

누찬이 물었다.

"이 마을에 양집중이라는 분이 산다는데, 그분을 아느냐?"

"모를 리가 있나요! 참 좋은 분이시죠. 얼마 전 우리 배를 타고 앞마을로 연극 구경을 가시다가 소매에서 무슨 글자가 적힌 종이 두루마리 한 장을 떨어뜨리셨죠."

"그게 어디 있느냐?"

"배 밑바닥에 있던가?"

"가져와 좀 보여 주렴."

아이는 종이를 가져와 건네주고, 선장에게 마름 값을 받고는 노를 저어 가 버렸다. 두 형제가 두루마리를 펼쳐 보니 흰 종이 위에 칠언절구(七言絶句)가 한 수 적혀 있었다.

사소한 일도 함부로 못 하는 것은
다만 글 몇 줄이라도 읽었기 때문일세.
혹독한 서리, 뜨거운 햇빛 모두 지나니
이제 초가집에도 봄바람이 불어오겠지.

不敢妄爲些子事, 祇因曾讀數行書.

嚴霜烈日皆經過, 次第春風到草廬.*

그리고 뒤에는 '단풍나무 숲의 못난 늙은이 양윤 적음(楓林拙叟 楊允草)'이라고 적혀 있었다. 두 형제는 시를 읽고 나니 탄식이 절로 나왔다.

"마음에 품은 뜻이 이토록 고결하니, 정말 존경스럽구나! 그런데 우리 두 사람은 어쩌면 이리도 뵙기 힘들단 말이냐?"

이날 비록 서리와 바람이 차가왔으나 날씨는 맑고 깨끗했다. 누찬이 뱃머리에서 산과 강의 아름다운 경치를 구경하며 이리저리 둘러보는데, 뒤쪽에서 큰 배 한 척이 따라붙고 있었다. 그 배의 뱃머리에서 누군가가 소리쳤다.

"넷째 나리, 배를 멈추십시오. 집안 어른께서 여기 계십니다."

선장이 급히 한쪽에 배를 대자, 그 사람은 이쪽 배로 건너와서 머리를 조아리더니 선실 안을 들여다보고 말했다.

"이제 보니 셋째 나리도 계셨군요."

그런데 이 배를 만남으로 인해 다음과 같은 새로운 이야기가 생겨난다.

소년 명사는
높은 가문과 경사스런 혼인을 맺고,
재상 댁 유생은
명승지에서 널리 인재를 모으네.
少年名士, 豪門喜結絲蘿.

相府儒生, 勝地廣招俊傑.

도대체 이 배에 어떤 귀인이 타고 있을까? 이에 대해서는 다음 회를 들어 보시라.

와평

누씨네 두 형제는 젊을 때 일찍 진사에 급제해 한림원에 들어가지 못했기 때문에, 뱃속 가득 불평불만이 생겼는데, 이것이 그들이 근본부터 병이 든 까닭이다. 그들이 거우(遽祐) 앞에서 주제넘는 소리를 하자, 거우는 정색을 하고 그 말을 막았다. 그런데 뜻밖에도 궁벽한 시골의 까막눈 촌부인 추길보의 견해가 자기들과 똑같았으니, 그를 두고 식견 있는 말이라고 보지 않을 수 있었겠는가? 하지만 자세히 물어보고 나서야 그런 생각을 밝힌 사람이 따로 있었음을 알게 되었다. 이때 아무리 많은 사람이 양윤을 꽉 막힌 머저리 영감이라 이야기한들, 친교를 맺으려는 두 형제의 은근한 마음을 덜지는 못했으리라. 그러므로 양윤이 오지 않을수록, 형제가 그를 흠모하는 마음은 더욱 깊어지고 굳어지는 것이다. 그런 와중에서 집을 보는 노파나 마름 파는 아이의 이야기 같은 것들은 무심히 적어 내려가 맥락에 맞는 듯 맞지 않는 듯 행간에서 빼어난 운치가 한껏 생겨난다.

누씨 가문을 사칭하여 선장을 을러대는 이야기와 진작을 시켜 양윤을 석방시키는 앞부분의 이야기를 서로 대조해 볼 경우, 비로소 진정한 향신의 면모가 드러나게 된다. 이것은 엄대위가 수시로 명첩을 써도 탕봉의 얼굴조차 못 본 것과는 다르다. 그리고 문장에서 가장 삼가야 할 것이 평이한 서술이니, 가령 두 형제가 일엽편주를 타고 신시진으로 가서 바로 양윤을 만나고, 오가는 길에서도 아무 사건이 생기지 않았다면, 그건 바로 요즘 소설들의 범속하기 짝이 없는 솜씨가 아니고 무엇이겠는가? 그럼 무슨 재미가 있겠는가!

제10회
노 편수는 거내순의 재주를 아껴 사위로 택하고,
거내순은 부잣집의 데릴사위가 되다

누씨 형제가 배를 타고 돌아오는데, 뒤에서 큰 관선(官船) 한 척이 쫓아와 배를 멈추라고 했다. 그리고 한 사람이 이쪽 배로 올라와 뵙기를 청했다. 두 형제는 그가 같은 고을 사람인 노(魯) 편수(編修)*의 집사임을 알아보고 물었다.

"주인 나리께서 언제 돌아오셨느냐?"

"휴가를 청하여 돌아오시는 중인데, 아직 댁에 도착하진 않으셨습니다."

누봉이 물었다.

"그럼 지금 어디 계시느냐?"

"배에 계시는데, 두 분께서 와 주실 것을 청하셨습니다."

두 형제가 그 배로 건너가 보니 '한림원'이라고 쓰인 종이[封條]*가 붙어 있었다. 노 편수는 벌써 방건에 평상복 차림으로 선실 입구에 나와 서서 기다리고 있었다. 노 편수는 본래 두 형제의 조부인 누 태보의 문하생이었다. 그는 두 형제를 보자마자 웃으며 말했다.

"방금 멀리서 뱃머리에 넷째 공자께서 서 있는 걸 보고, 어째서 저런 작은 배를 타고 있나 의아해하고 있었다네. 뜻밖에 셋째 공자까지 함께 계시니 정말 잘 됐구먼. 선실로 들어가세!"

선실 안으로 들어가 서로 인사를 나눈 뒤 자리에 앉았다. 누봉이 말했다.

"경사에서 헤어진 뒤 어느새 또 반년이나 흘렀군요. 그런데 선생님께서는 무슨 일로 휴가를 청하여 귀향하시는 겁니까?"

"이보게, 가난한 한림원 관리야 차사(差使)*로 몇 번 나가는 일만 바랄 뿐이지. 그런데 요즘 돈 되는 차사 자리는 모두 딴 놈들이 꿰차고 있으니, 나는 일없이 경사에 앉아 돈이나 축내며 세월을 보내고 있었지. 게다가 내 나이 곧 쉰인데도, 외동딸 하나 있는 걸 아직 출가도 못 시켰네. 차라리 휴가를 청해 돌아가서 집안일을 좀 처리하고 나서 다른 대책을 강구하는 게 낫겠다 싶더군. 그런데 두 분께선 무슨 일로 저런 작은 배를 타고 계신가? 하인 하나 거느리지 않았으니, 무슨 일이신가?"

누찬이 대답했다.

"저야 늘 한가하게 지내는 사람 아닙니까? 날씨가 따뜻해서 형님과 유람을 나온 거지 다른 별일은 없습니다."

"오늘 아침 저쪽 읍내에서 옛 친구를 만났네. 그 친구가 식사 대접을 하겠다는 걸 내가 집에 돌아가는 길이 바빠 한사코 사양했더니, 이 배로 술과 안주를 한 상 보내왔네. 오늘 반갑게도 두 분을 만났으니 마침 잘 됐구먼. 술을 마시며 지난 이야기나 나누세."

노 편수가 하인에게 물었다.

"다른 배는 도착했느냐?"

선장이 대답했다.

"안 왔습니다. 아직 한참 멀리 있는뎁쇼."

그러자 노 편수는 "그럼 됐다" 하더니, 하인을 불러 지시했다.

"두 분의 짐을 이 배로 옮기고, 저 배는 돌려보내거라."

이어서 술상을 보라고 분부하여, 다 함께 술잔을 기울이며 경사의 각 아문에서 일어난 자질구레한 일들을 이야기했다. 노 편수는 또 고향의 작황이 어떤지, 요새 명망 있는 사람이 몇이나 되는지를 물었다. 누봉은 곧 양윤이란 자가 인품과 행실이 대단히 뛰어나 보인다고 대답하고, 그의 시가 적힌 종이 두루마기를 보여 주었다. 노 편수는 그 시를 읽고는 눈살을 찌푸리며 말했다.

"이보게, 자네들의 이런 행동은 예로부터 현명한 공자가 하던 게 아닌가! 신릉군(信陵君)이나 춘신군(春申君)*도 자네들보단 못할 걸세. 하지만 그런 자들은 대개 헛된 명성을 노리는 자들이 많지, 착실히 공부한 사람은 드문 법이네. 솔직히 말해 그자가 정말 학문이 뛰어나다면 왜 과거에 합격을 못 했겠나? 이런 시 한 편 짓는 일이 뭐 대수라고! 자네들이 이렇게 몸을 낮추어 선비를 아낀 일도 그 양씨의 일생에서는 일생 처음의 호재일 텐데, 두 번이나 몸을 숨기고 만나려 들지 않았으니 그 속이 뻔히 짐작이 되네. 내 생각엔 이런 사람은 공들여 사귈 필요가 없으니, 이쯤에서 그만두시게나."

두 형제는 이런 말을 듣고 묵묵부답이었다. 다시 한참 동안 술을 마시며 한담을 나누다 보니 어느덧 성(城)에 도착했다. 노 편수는 두 사람을 굳이 집까지 바래다 준 뒤 집으로 돌아갔다.

두 사람이 대문을 들어서자 문지기가 아뢰었다.

"거씨 댁 작은 나리께서 오셔서 마님 방에 계십니다."

둘이 내당(內堂)으로 들어가니 거내순이 누봉의 아내와 이야기를 나누고 있었다. 거내순은 외숙부를 보자 황급히 예를 갖추었다. 두 사람이 그를 부축해 일으켜 서재로 안내했다. 거내순은 할아버지 거우의 서신과 가져온 예물, 그리고 자신이 판각한 시화(詩話) 한 권씩을 그들에게 바쳤다. 두 사람은 시화를 몇 장 넘겨

보더니 칭찬을 해 주었다.

"조카가 어린 나이에 이처럼 재주가 뛰어나니, 우리는 백 리쯤 도망가 숨어 있어야겠군."

"제가 아무것도 모르면서 주제넘게 한 짓이니, 외숙부들께서 잘 가르쳐 주십시오."

두 형제는 몹시 기뻐하며 그날 저녁 그를 환영하는 잔치를 베풀고 서재에서 쉬도록 했다. 다음 날 아침 누씨 형제는 일어나서 거내순을 만나고 옷을 갈아입은 다음, 하인에게 명첩을 들려 가마를 타고 답례 인사를 겸해 노 편수 집으로 찾아갔다. 그들은 인사를 끝내고 집에 돌아오자, 곧 부엌 하인들에게 연회 준비를 하라고 분부하고, 노 편수에게 내일 환영회에 모시겠다는 명첩을 보냈다. 그리고 서재에 가서 거내순에게 웃으며 말했다.

"내일 손님을 한 분 청할 텐데, 번거롭더라도 동석해 주었으면 하는데."

거내순이 어떤 분이냐고 묻자, 누봉이 대답했다.

"다름 아니라 우리 동향인 노 편수지. 돌아가신 조부께서 회시의 시험관이셨을 때 뽑힌 분이지."

그러자 누찬이 말했다.

"어쨌거나 그 양반도 속기 짝이 없는 사람이야. 하지만 지난번 우연히 배에서 만나 대접을 받았기 때문에 내일 초대하는 거지."

그때 문지기가 들어와 아뢰었다.

"소흥(紹興)의 우포의(牛布衣)라는 나리께서 찾아와 밖에서 두 분을 기다리고 계십니다."

누봉이 말했다.

"얼른 대청으로 모셔라."

거내순이 물었다.

"우포의 선생이라면 산동 학대 범진 선생의 막료를 지냈던 분 아닌가요?"

누봉이 말했다.

"맞다. 네가 어찌 아느냐?"

"선친과 함께 일을 하신 적이 있어 알게 되었습니다."

누찬이 말했다.

"형님께서 거기 계셨던 걸 우리가 깜빡했네그려."

둘은 즉시 나가서 우포의를 맞아 한참 이야기를 나누다 함께 서재로 들어왔다. 거내순이 앞으로 나가 인사를 올리자, 우포의가 말했다.

"방금 자네 외숙부를 뵙고 비로소 춘부장께서 작고하신 걸 알았네. 얼마나 가슴 아픈지 모르겠구먼. 다행히 이처럼 수려하고 늠름한 자네를 보니 진정 대를 이을 만한 재목인지라, 그래도 비통한 마음이 기쁨으로 바뀌는구먼."

그리고 다시 이렇게 물었다.

"조부님 건강은 어떠하신가?"

"덕분에 그만하십니다. 할아버지께서도 종종 어르신 생각을 하곤 하셨습니다."

"범진 선생이 산동 청사에서 동생들의 답안지를 점검하실 때 춘부장께서 하경명의 일화를 말씀하셨는데, 그야말로 '완곡한 말로 정곡을 찌르는 명사의 기풍(談言微中, 名士風流)'이 넘쳤지."

우포의가 그때의 일을 다시 한 번 들려주자, 누씨 형제와 거내순 모두 웃음을 터뜨렸다. 누봉이 말했다.

"우 선생님, 선생님과 저희는 수십 년 지기로 허물없는 사이입니다. 오늘은 이렇게 조카가 큰 가르침을 받게 되었으니 기쁠 따름입니다. 아예 저녁까지 머물다 가시지요."

잠시 후 술상이 차려졌다. 네 사람은 술을 마시며 문장을 논했다. 그렇게 날이 저물 때까지 마시다가 우포의는 작별을 고했고, 형제는 숙소가 어딘지 묻고 문밖까지 배웅했다.

다음 날 아침 누씨 형제는 하인을 보내 노 편수를 모셔 오게 했다. 노 편수는 해가 중천에 떴을 무렵에야 도착했는데, 오사모를 쓰고 망포(蟒袍)*를 입고 있었다. 그는 대청으로 들어가 곧바로 누 재상의 위패에 예를 올리려 했다. 누씨 형제가 거듭 사양하여 만류하자 노 편수는 망포를 벗고 자리에 앉았다. 내온 차를 마시고 나자 거내순이 나와 인사를 올렸다. 누봉이 말했다.

"제 조카입니다. 남창 태수를 지낸 고모부님의 손자이지요."

노 편수가 말했다.

"전부터 뵙고 싶었습니다."

서로 자리를 사양하며 예의를 차리다 자리를 정해 앉고, 안부 인사가 끝나자 술자리가 두 상으로 나눠 차려졌다. 노 편수가 말했다.

"이보게, 이건 아닐세. 자네들과 나는 대대로 교분이 있고 서로 잘 아는 사이인데, 이런 격식을 차릴 게 뭐 있나? 내가 보기엔 이 대청도 너무 넓으이. 그냥 자네 서재에다 술상 하나를 두고 넷이 무릎을 맞대고 흉금을 털어놓는다면, 그야말로 즐겁지 않겠나?"

두 형제는 노 편수의 이런 말을 무시할 수 없어 당장 서재로 자리를 옮기도록 했다. 노 편수는 꽃병과 화분, 향로, 책상이 정갈하게 배치된 것을 보자 절로 기분이 좋아졌다. 각자 자리를 정해 앉은 뒤 누봉이 "향을 사르라" 하고 분부하자, 머리를 눈썹까지 내려오게 가지런히 자른 동자 하나가 작은 상에 오래된 청동 향로 하나를 받쳐 들고 나갔다. 뒤이어 집사 두 사람이 들어와 두꺼운 휘장을 쳐놓고 나갔다. 족히 두 시간, 술이 세 순배 돌았을 무렵,

아까 그 두 집사가 다시 들어와 휘장을 말아 올렸다. 그러자 서재의 양쪽 벽의 판자 틈에서 모두 향이 뿜어져 나와 방 안 가득 진귀한 향기가 스며들었다. 노 편수는 둥실둥실 구름을 타고 있는 기분이었다. 누봉이 노 편수에게 말했다.

"향은 모름지기 이렇게 피워야 연기가 나지 않습니다."

노 편수는 한바탕 감탄하고 나서, 거내순과 강서성에서 일어난 일에 대해 이야기했다. 그가 물었다.

"조부님의 남창 태수직을 승계한 이가 왕혜라는 사람이지?"

"그렇습니다."

"그 사람 큰일 났더군. 지금 조정에서 눈에 불을 켜고 그 사람을 잡으려 하고 있네."

그러자 누봉이 말했다.

"그야 그가 영왕에게 항복했으니까요."

"강서성에서 가장 유능한 관리로 천거된 인물인데, 반란이 일어나자 투항해 버렸지."

누찬이 말했다.

"어찌 되었든 항복한 것은 잘못입니다."

노 편수가 대답했다.

"'병사도 없고 식량도 없으니 어찌 항복하지 않으리(無兵無糧, 因甚不降)?'라는 옛말이 그른 게 없네. 반란군 밑에서 관리 노릇을 한 이들은 대부분 도망갔네. 하지만 그 중에서도 왕혜는 남공도 관할의 강서 남부 군현들을 거느리고 투항했기 때문에, 조정에서는 그의 죄가 특히 크다고 보고 현상금을 걸고 체포하려는 걸세."

거내순은 이 말을 듣고 전에 왕혜를 도와준 일에 대해서 한마디도 꺼내지 못했다. 노 편수는 또 왕혜가 신선 점을 쳤던 일을 이야기하기 시작했는데, 그건 누씨 형제가 모르던 것이었다. 노 편수가 그 일을 자세히 이야기하고 「서강월」을 한 번 읊조린 뒤, 훗날 일어난 일들로 점괘의 시구를 구절구절 해석한 다음, 또 이렇게 말했다.

"그 점괘도 참 이상하지. 그가 투항한다고만 하고 이후의 일에 대해선 더 이상 점괘가 없었으니, 아직 길흉이 정해지지 않았단 말이야."

그러자 누찬이 말했다.

"'조짐이란 그 움직임이 미묘하니, 길한 것이 먼저 나타난다'* 고 했습니다. 그건 다 막대기를 쥔 자가 그 순간의 분위기에 따라 움직이기 때문이지요. 신선이 있다느니, 영혼이 있다느니 하는 말은 모두 그것과는 상관이 없지요."

술상이 새로 들어왔다. 형제는 거내순의 시와 그가 판각한 시화를 노 편수에게 보여 가르침을 부탁하면서, 젊은 나이에 재주가 대단하다고 극찬했다. 노 편수 역시 한참 칭찬을 아끼지 않더니 두 사람에게 물었다.

"조카 분의 나이가 어찌 되시는지?"

누봉이 대답했다.

"열일곱입니다."

"생일은 언제신가?"

누봉이 묻자 거내순이 대답했다.

"삼월 열엿새 해시(亥時)* 생입니다."

노 편수는 고개를 끄덕이고는 마음에 새겨 두었다. 밤이 되어 자리를 파하자, 형제는 손님을 배웅하고 각자 돌아가 쉬었다.

며칠 뒤 거내순이 가흥으로 돌아가겠다며 작별 인사를 했다. 두 형제는 그를 붙들어 하루 더 머물게 했다. 이날 누봉은 서재에서 거 태수에게 보내는 답신을 쓰고 있었다. 한창 써내려가고 있는데 서동(書童)이 들어와 말했다.

"문지기가 아뢸 일이 있답니다."

"들어오라고 해라."

문지기가 말했다.

"밖에 어떤 분이 오셔서 두 분 나리를 뵙고자 하십니다."

"집에 없다고 하고 명첩을 남기시라고 해라."

"명첩도 없다고 하고, 이름을 여쭤도 대답을 않습니다. 두 분을 직접 뵙고 말하겠다고만 합니다."

"어떻게 생긴 사람이더냐?"

"나이는 5, 60세가량 되고 머리에 방건을 쓰고, 명주 도포를 걸친 게 점잖은 선비양반 같았습니다."

누봉이 깜짝 놀라 말했다.

"양집중이 왔나 보군."

그는 황급히 쓰고 있던 서신을 팽개쳐 두고 누찬을 나오라고 해서, 여차저차한 사람이 왔는데 아무래도 양윤인 것 같다고 말했다. 그리고 문지기에게 일렀다.

"우리가 곧 나갈 테니 대청으로 모셔라."

문지기는 그러겠다고 대답하고 나가서 그를 대청으로 안내했다. 형제가 나와 그를 맞고 인사를 나눈 뒤 자리를 정해 앉았다. 그가 말했다.

"우뢰와 같이 높은 명성을 오래전부터 흠모해 왔습니다만, 인연이 닿질 않아 인사를 여쭙지 못했습니다."

누봉이 말했다.

"존함이 어떻게 되십니까?"

"후배[晩生]는 성이 진(陳)가요, 자는 화보(和甫)라 합니다. 그간 줄곧 경사에서 도를 행했습니다. 어제 한림원의 노 선생님과 함께 이곳에 유람을 왔는데, 오늘에야 두 분 나리의 존안을 뵐 수 있게 되었습니다. 셋째 나리께서는 '얼굴보다 귀가 희니 천하에 이름을 떨칠 것(耳白于面, 名滿天下)'이요, 넷째 나리께서는 코가 밝게 빛나니 조만간 관직이 높아지는 경사가 있을 것입니다."

두 사람은 이 말을 듣고 비로소 그가 양윤이 아니란 걸 알고 물었다.

"선생께서는 관상을 잘 보시는 모양이지요?"

"주역점, 별점, 관상, 사주팔자와 내과(內科), 외과(外科), 내단(內丹), 외단(外丹),* 그리고 신선을 불러 막대기로 점괘를 쓰는 부계(扶乩) 점 등 모두 조금씩 할 줄 압니다. 전에 경사에 있을 때 각 부의 대관들과 사아문(四衙門)*의 나리들께서 절 끊임없이 찾아주셨는데, 제가 뽑은 승진이나 전근의 점괘가 모두 신통하게 들어맞았답니다. 솔직히 저는 직언만 할 줄 알지 아부라고는 도통 모르기 때문에, 내로라하는 고관들께서 다들 아껴 주셨던 거지요. 지난번 노 선생님과 담소를 나누다 꼽아 보니, 강서 땅을 떠나 올해 여기에 오기까지 20년 동안 아홉 개의 성을 다녔더군요!"

진예는 이렇게 말하며 껄껄 웃었다. 그때 하인이 차를 내와서 마셨다. 누찬이 물었다.

"이번에 노 선생님과 같은 배로 오셨습니까? 저희 형제가 그날 뱃길에서 노 선생님을 우연히 만나 그분 배에서 하루를 지냈는데, 선생은 못 뵌 것 같습니다."

"그날 저는 다른 배에 있었고, 저녁이 되어서야 두 분께서 그쪽에 계시다는 걸 알았습니다. 그것도 제가 인연이 없던 탓이니, 며칠을 보내고서야 만나 뵙는군요."

누봉이 말했다.

"선생께서 이렇게 시원시원하게 말씀하시는 걸 들으니, 저희도 이제야 뵙는 것이 안타깝습니다."

"노 선생님께서 두 분을 직접 뵙고 말씀드리라 부탁하신 일이 있으니 잠시 서재에 가서 말씀드려도 되겠습니까?"

"좋습니다."

그들은 진예를 곧바로 서재로 안내했다. 사방을 한 바퀴 둘러본 진예는 아늑하게 들어선 건물이며 깔끔하게 진열된 거문고와 책들을 보고 감탄했다.

"'하늘엔 신선의 집, 땅에는 재상의 집(天上神仙府, 人間宰相家)'이라더니 정말 그렇군요!"

진예는 의자를 가까이 당겨 앉더니 말했다.

"노 선생님께 따님이 한 분 있는데 이제 막 성년이 되었습니다. 제가 그 댁에 있어 봐서 아는데, 아가씨께선 덕이 높고 성정이 온화하며 재주와 미모 모두 출중하신 분이지요. 노 선생님과 마님께 다른 자식이 없어 두 분이 이 따님을 금이야 옥이야 애지중지하십니다. 많은 집에서 구혼을 했으나 허락하지 않으셨지요. 그런데 어제 댁에서 남창 거 태수 어른의 손자 분을 보시고 재주가 뛰어나다면서 무척이나 칭찬하시더니, 그분에게 정해 둔 혼처가 있는지 여쭤 봐달라고 부탁하셨습니다."

누찬이 말했다.

"제 조카 말씀이로군요. 조카는 아직 혼인을 하지 않았습니다. 노 선생님께서 그처럼 아껴 주시다니요! 그런데 그분 따님께서는 올해 나이가 어떻게 되시는지요? 궁합은 서로 잘 맞을는지요?"

진예가 웃으며 말했다.

"그건 걱정하실 필요 없습니다. 여기서 술자리가 있던 날, 노 선생님께서 조카 분의 사주를 물어 기억해 두셨다가 집에 돌아오셔서 제게 두 분의 궁합을 보라고 하셨습니다. 아가씨께서 도련님보다 한 살이 적고 올해 열여섯 살이 되었으니, 하늘이 내린 좋은 배필입니다. 연, 월, 일, 시 어느 하나 맞지 않는 게 없습니다. 장차 만복을 누리고 장수할 것이요, 자손이 번성할 것이니 무엇 하나 맞지 않는 게 없습니다."

그러자 누찬이 누봉에게 말했다.

"어쩐지 노 편수 어른께서 지난번 술자리에서 조카의 생년월일을 꼼꼼히 물으시더라니. 무슨 일인가 했더니 그때 이미 혼사를 염두에 두셨던 모양입니다."

누봉이 말했다.

"정말 잘 됐어. 노 편수 어른께서 조카를 어여삐 보시고, 또 진 선생께서 중매를 해 주시니 당장 고모부님께 서신을 띄워 길일을 택해 댁으로 매파를 보내도록 하겠습니다."

그러자 진예가 작별 인사를 했다.

"조만간 다시 찾아뵙겠습니다. 오늘은 이만 물러가 노 선생님께 말씀을 전하겠습니다."

형제는 진예를 전송하고 돌아와 오간 이야기를 거내순에게 들려주었다.

"조카, 이런 일도 있고 하니 잠시 가흥으로 돌아가지 말고 있어 보게. 우리가 할아버님께 편지를 써서 하인 편에 보낸 뒤 회답이 오면, 그때 다시 어찌할지 생각해 보세."

거내순은 두 외숙부의 명을 좇아 계속 머물기로 했다.

하인은 가흥으로 떠난 지 열흘이 지나 거우의 회신을 가지고 돌아왔다.

"나리께서는 그 말씀을 듣고 대단히 기뻐하셨습니다. 소인에게 분부하시길, 당신께서는 먼 길을 오실 수 없으니, 이 일은 번거롭지만 두 분 나리께서 모두 주관해 달라고 하셨습니다. 매파를 보

내는 것도 전부 두 분께서 알아서 하시랍니다. 데릴사위로 들어갈
지 신부를 데려올지 여부도 두 분께서 판단해 달라고 하셨습니다.
답신과 함께 혼례 비용으로 백은(白銀) 5백 냥을 보내셨습니다.
도련님께서도 집에 돌아오실 것 없이 여기서 혼사를 치르시랍니
다. 당신께선 건강하시니 마음 놓으라고 하셨습니다."

형제는 답신과 은자를 받고, 길일을 택했다. 그리고 진예에게
중매인이 되어 달라 청하고, 이쪽에서 또 한 사람을 중매인으로
세웠으니, 바로 우포의였다.

청혼 당일 두 중매인이 함께 누씨 집에 오자, 잔치를 열어 후히
대접했다. 중매인 두 사람은 가마에 탄 채 명첩을 든 하인을 거느
리고 노 편수의 집으로 가 청혼을 했다. 노 편수 집에서도 잔치를
열어 그들을 대접하고, 청혼을 수락하는 첩자와 신부의 사주단자
를 건네주었다. 사흘 째 되던 날, 누씨 집에서 금은과 진주, 비취로
만든 머리 장식과 이무기 무늬가 수놓인 비단 능라 의복, 양고기와
술, 과일 등 모두 수십 짐을 마련하여 결혼 예물로 보냈다. 또 중매
인인 진예와 우포의에게는 각각 의복과 모자 값으로 은 열두 냥,
과일과 술값으로 은 넉 냥씩을 주어 사례하니 둘 다 기뻐하였다.
형제는 진예에게 화촉 밝힐 날을 골라 달라고 부탁했다. 진예는 길
일로 섣달 초여드레를 골라 주었다. 노 편수는 자신이 딸자식 하나
밖에 없어 차마 내보내기가 아쉽다며, 거내순에게 데릴사위가 되
어 줄 것을 부탁했다. 누씨 집에서도 그러마고 응낙했다.

섣달 초여드렛날이 되어 누씨 집은 등을 내걸어 아름답게 장식
하고, 먼저 중매인 둘을 청해 종일 대접했다. 황혼 무렵 풍악 소리
가 요란하게 울리기 시작했다. 누씨 문중의 관직명이 적힌 등롱이
여든 쌍 남짓, 거기에 태수였던 거우 집안의 것까지 더하니 길거
리 서너 곳은 꽉 채우고도 남을 지경이었다. 모든 집사들과 관현

악을 연주하는 악사 한 무리, 그리고 비단 등롱 여덟 쌍을 든 하인들이 사인교를 인도하였다. 이때는 날이 막 개인 참이라 하늘엔 구름이 아직 남아 있었고, 등롱에는 모두 얇은 초록색 비단으로 만든 등피를 덮어 씌웠다. 사인교 안에는 거내순이 단정하게 앉아 있었다. 그 뒤에는 누씨 형제와 진예, 우포의가 가마 네 대에 나누어 타고 데릴사위로 가는 거내순을 전송했다. 노 편수의 집 앞에 도착하여 개문전(開門錢)* 몇 꾸러미를 보내자, 겹겹의 문들이 일제히 열리며 음악 소리와 함께 사람들이 맞으러 나왔다. 누씨 형제와 진예, 우포의가 먼저 가마에서 내려 들어갔다. 형제는 관복을 입고 두 중매인 역시 예복을 갖춰 입었다. 노 편수는 오사모에 망포를 입고, 비단 장화에 금빛 허리띠를 두른 채 일행을 영접하러 나와 공손히 인사하고 계단으로 안내했다. 뒤이어 관현악을 연주하는 악대와 비단 등롱 여덟 쌍을 앞세우고 거내순이 들어왔다. 그는 오사모에 궁포(宮袍)를 입었으며, 머리에 꽃을 꽂고 가슴에 붉은 띠를 비스듬히 두른 채 고개를 약간 숙이고 안으로 들어왔다. 대청에 이르자 먼저 기러기를 바친 다음 노 편수에게 절을 했다. 노 편수는 새신랑을 정중앙에 앉히고, 누씨 형제와 두 중매인 그리고 자신은 그 양편으로 벌여 앉았다. 차를 세 번 마신 뒤 술상이 차려졌는데, 한 사람 앞에 한 상씩 모두 여섯 개가 놓였다. 노 편수가 먼저 거내순에게 술을 권하니, 거내순 역시 그에게 답례로 술을 올렸다. 아래쪽에서는 관현악이 연주되고 있었다. 노 편수는 자리에 앉은 사람들에게 술을 권했다. 거내순이 슬쩍 훔쳐보니 세 칸 대청이 있는 아주 오래된 집이었는데, 이날은 커다란 초를 수십 자루나 밝혀 놓아 휘황찬란하기 이를 데 없었다.

잠시 후 술을 권하는 의식이 끝나자 음악 소리가 멈췄다. 거내순이 자리에서 일어나 장인과 두 외숙부 자리에 가서 정중히 인사

를 하고, 두 중매인과도 서로 가볍게 인사를 나눈 뒤 자기 자리에
앉았다. 배우가 올라와 대청의 윗분들께 머리를 조아리며 인사를
올리자, 징과 북이 요란하게 울리면서 공연 개시를 알리는 '가관
(加官)'*이 한바탕 벌어졌다. 뒤이어 「장선송자(張仙送子)」*와 「봉
증(封贈)」*이 한 막(齣)씩 공연되었다. 이때는 이틀 간 내리던 비
가 막 그치고 땅이 채 마르지 않았던 터라, 새 장화를 신은 배우들
은 모두 회랑 복도로 빙 돌아서 올라왔다. 세 편의 공연이 끝나자
부말(副末)*은 다음 극을 골라 달라며 연극 목록을 들고 올라와 거
내순의 자리 앞에 와서 무릎을 꿇었다. 그때 마침 술상 시중을 들
던 집사가 첫 번째로 끓여 내온 제비집 요리 한 그릇을 두 손으로
높이 받쳐 들고 나와 탁자에 내려놓았다. 집사가 부말에게 "그만
일어서게"라고 말하자, 그는 일어나서 연극 목록을 바쳤다. 그 순
간 투둑 하면서 대들보에서 뭔가가 떨어졌는데 왼쪽도 오른쪽도
아니요, 위도 아래도 아니요, 하필이면 바로 그 제비집 요리 그릇
속으로 떨어져 그릇이 뒤집혀 버렸다. 뜨거운 국물이 부말의 온
얼굴에 튀고, 요리는 상 위로 가득 흩어졌다. 떨어진 게 뭔가 살펴
보니, 쥐 한 마리가 대들보에서 발이 미끄러져 떨어진 것이었다.
그 쥐는 펄펄 끓는 탕에 빠져 깜짝 놀란 나머지 펄쩍 뛰어올라 그
릇을 뒤집어엎더니, 버둥거리며 기어서 일어나 새신랑의 몸을 지
나 뛰어 달아났다. 그 바람에 거내순의 새로 지은 진홍색 비단 예
복이 온통 기름투성이가 되고 말았다. 사람들은 대경실색하여 얼
른 그릇을 치우고, 상을 깨끗이 닦아 내고, 깃이 둥근 예복 한 벌
을 가져다가 거내순에게 갈아입혀 주었다. 그는 거듭 사양하며 극
목을 고르려 하지 않다가, 한참 상의한 뒤 「삼대영(三代榮)」*으로
정했다. 부말이 목록을 가지고 밑으로 내려갔다.

잠시 후, 술이 몇 순배 돌고 음식도 두 차례 정도 내온 뒤, 주방

에서 탕을 올렸다. 주방 하인은 시골에서 올라온 심부름꾼이었다. 그는 비 올 때 신는 징이 박힌 신을 질질 끌면서 당면에 채를 썬 돼지고기를 넣어 끓인 분탕(粉湯) 여섯 그릇을 쟁반에 얹어 받쳐 든 채, 뜰에 서서 극단의 공연을 힐끗거리고 있었다. 집사가 그 가운데 네 그릇만 들고 가고 아직 두 그릇은 아직 나르지 않은지라, 그는 계속 그릇을 든 채 공연을 보고 있었다. 그는 무대에 소단(小旦)*이 기녀로 분장하고 나와 몸을 살랑살랑 흔들며 노래하는 모습을 보다 넋이 나가, 자신이 뭘 하고 있는지도 잊어 버렸다. 그는 분탕 그릇을 이미 다 날랐거니 생각하고 무심코 쟁반을 아래로 젖혔다. 그러자 쟁반에 남아 있던 탕이 뒤집히면서 쨍그랑 하는 소리와 함께 그릇이 깨지고 분탕이 엎질러졌다. 그가 순간 당황하여 허리를 굽혀 깨진 그릇과 분탕을 긁어모으고 있는데, 거기에 개두 마리가 달려들어 분탕을 정신없이 핥아먹는 것이었다. 주방 하인은 짜증이 치밀자 있는 힘을 다해 한 발로 개를 걷어찼다. 그런데 그만 개는 제대로 걷어차지 못하고, 힘만 주는 바람에 징이 박힌 신이 한 짝 벗겨지더니 한 길이나 되게 높이 날아올랐다. 그때 진예는 왼쪽 첫 번째 자리에 앉아 있었고, 상에는 후식으로 돼지고기 소를 넣은 피가 얇은 만두[燒賣]와 흰 설탕을 치고 거위 기름을 발라 찐 교자[餃兒]가 한 접시씩 뜨끈뜨끈하게 올라와 있었다. 또 바닥이 깊은 큰 그릇에는 당면을 넣은 팔보모듬탕[八寶攢湯]도 놓여 있었다. 진예가 막 젓가락을 들어 당면을 입에 넣으려는데, 갑자기 연회석 입구에서 뭔가 시커먼 것이 빙글빙글 날아오더니 우당탕 소리와 함께 떨어져 후식이 담긴 두 개의 접시를 묵사발로 만들어 버렸다. 깜짝 놀란 진예가 자리에서 벌떡 일어났다. 그러는 바람에 그만 옷소매가 국그릇에 걸려 그릇이 뒤집혀 버렸고, 탁자는 순식간에 국물 바다가 되어 버렸다. 좌중의 모든 사람이 깜짝 놀라 정말 괴이한 일이라고 여겼다. 노 편수는 이 일련의 일들이 불길하게 느껴져 한참 마음이 언짢았지만, 그렇다고 입에 담아 발설하기도 곤란했다. 그는 조용히 집사를 앞으로 불러 욕을 퍼부었다.

"네놈들은 도대체 뭘 하고 있는 거냐? 어떻게 저따위 놈에게 쟁반을 들게 했단 말이냐? 괘씸한 것들! 잔치만 끝나면 모두 따끔하게 혼을 내주겠다!"

이렇게 소란스러운 가운데 배우들은 공연을 마쳤고, 하인들이 모두 화촉을 들고 거내순을 신방까지 모셔 갔다. 대청에 남은 하객들은 음식상을 새로 받고 공연을 구경하다가 날이 밝아서야 흩어졌다.

다음 날 거내순이 대청에 올라와 신부 가족에게 인사를 올리고, 자리를 준비하여 술을 마셨다. 술자리가 끝나고 신방으로 돌아가 다시 술상을 차리고 부부가 서로 공경의 예를 갖추어 대하였다. 이때 노씨 아가씨는 혼례용의 화려한 치장을 벗고, 곱고 옅은 빛깔의 옷으로 갈아입고 있었다. 거내순이 자세히 살펴보니 실로 물고기가 숨고 기러기가 내려앉을 아름다운 미모〔沈魚落雁〕요, 달도 숨고 꽃도 부끄러워할 고운 자태〔閉月羞花〕였다. 서너 명의 하녀가 주인아씨를 돌보며 교대로 시중을 들었고 또한 늘 곁에서 수발을 드는 시녀가 둘이 있었다. 한 명은 채빈(彩蘋), 또 한 명은 쌍홍(雙紅)이라고 했는데, 둘 다 나긋나긋한 몸매에 얼굴도 아름다웠다. 이에 거내순은 봉래산 선경(仙境)에서 노니는 듯, 무산(巫山)과 낙포(洛浦)*에서 여신과 노니는 듯 황홀하기만 했다. 그런데 이 일로 인해 다음과 같은 새로운 이야기가 생겨난다.

규방 아가씨 가문의 명성을 이어받아

뛰어난 스승의 가르침을 받은 듯하고
초야에는 현사(賢士)가 숨어 있어
훌륭한 손님의 발길을 불러들이네.
閭閻繼家聲, 有若名師之敎,
草茅隱賢士, 又招好客之踪.

대체 이후의 일이 어떻게 되었을까? 이에 대해서는 다음 회를
들어 보시라.

와평

이 회의 이야기를 엄대위의 둘째 아들의 혼례식과 대조해 보면,
한쪽은 비단 이불이 화려하게 펼쳐진 듯하고, 한쪽은 궁상맞기가
이를 데 없다.

현사를 구하고 도인을 찾으려는 누씨 형제의 간절한 마음에 노
편수가 찬물 한 바가지를 끼얹는 장면은 실로 예리한 맛이 있다.
하지만 또 노 편수가 사회적인 지위만을 가지고 사람을 평가하면
서 입만 열면 "우리 관아(敝衙門)" 운운하며 상투적 말을 늘어놓
으니, 누씨 형제와 노 편수 양쪽의 천박함을 동시에 보여 준 묘사
라고 하겠다. 그러므로 "어쨌거나 그 양반도 속되기 짝이 없는 사
람이야"라는 누찬의 한마디는 정곡을 찌른 셈이다.

혼례식 연회에서 갑자기 일어난 두 가지 기이한 사건은 다음 이
야기에서 노 편수가 곧 병들어 죽게 된다는 것을 미리 암시하고
있다. 그래서 "노 편수는 이 일련의 일들이 불길하게 느껴졌다"고
밝혀 두고 있는 것이다. 그러나 독자가 이 부분을 읽을 때는 줄지

어 일어나는 기상천외한 일들에 쉴 틈도 없이 포복절도하느라, 그 속에 감춰진 복선의 묘미를 음미하기란 힘들 것이다.

제11회
노씨 아가씨는 팔고문으로 거내순을 난처하게 하고,
양윤은 누씨 형제에게 어진 선비를 추천하다

거내순은 노씨 집안의 데릴사위가 되었는데, 노씨 아가씨의 빼어난 외모에 취해서 재주가 많은 여자임을 아직 모르고 있었다. 게다가 이 아가씨는 여느 보통의 재주 많은 아가씨들과는 달랐다. 노 편수는 아들이 없던 탓에 딸자식을 아들 삼아 길렀으니, 그녀 나이 대여섯 살 무렵 선생을 모셔다 글을 가르치고 '사서(四書)', '오경(五經)'을 읽혔다. 열한두 살 무렵에는 경서를 강론하고 문장을 읽혔는데, 먼저 왕오(王鏊)*의 원고를 익숙해질 때까지 읽도록 했다. 그리고 '파제(破題)', '파승(破承)', '기강(起講)', '제비(題比)', '중비(中比)'의 순서로 팔고문을 완성하는 법을 가르쳤다.* 선생에게 주는 학비나 그 선생의 수업 운영도 모두 남자애들에게 하는 것과 똑같았다. 이 아가씨는 타고난 자질이 뛰어난데다 기억력도 비상해서 이 무렵에는 왕오, 당순지(唐順之),* 구경순(瞿景淳),* 설응기(薛應旂)*를 비롯한 여러 대가들의 문장들, 역대 과거 시험에서 나온 모범 답안, 각 성(省)의 학정들이 채점한 시험 답안지[考卷] 등 3천 편이 넘는 문장을 외우고 있었다. 그녀가 직접 지은 문장도 조리 있고 법도에 들어맞으면서도 화려한 수사를 갖추고 있었다. 노 편수는 늘 이렇게 탄식하곤 했다.

"저 아이가 사내였다면 진사며 장원을 수십 번도 더 했을 텐데!"

그는 한가할 때마다 딸에게 이렇게 말하곤 했다.

"팔고문을 잘 지으면 네가 뭘 짓든 잘 지을 수 있으니 시면 시, 부면 부, 무슨 문장이든 일단 썼다 하면 바로 훌륭한 작품이 나오는 법이니라. 만약 팔고문을 열심히 짓지 않으면 네가 뭘 짓는다 해도 야호선(野狐禪) 같은 공허한 문장이나 사마외도(邪魔外道)*에 빠진 이단의 문장이 될 것이다!"

노씨 아가씨는 부친의 가르침을 듣고는 이른 아침 화장대 곁이나 수를 놓는 자수틀 앞에 팔고문을 가득 펼쳐 놓고 날마다 알록달록하게 붉은색과 노란색의 깨알 같은 글씨로 평어(評語)와 주해(註解)를 달곤 하였다. 사람들이 보내온 시문이나 사부(詞賦)는 쳐다보지도 않았다. 집 안에 무슨 『천가시(千家詩)』*니, 『해학사시(解學士詩)』*니, 소식(蘇軾) 남매의 시화(詩話)* 따위의 책들이 있었으나 그녀는 함께 공부하는[伴讀]* 시녀들인 채빈, 쌍홍에게 줘 버리거나, 한가할 때 장난삼아 시녀들에게 마음대로 몇 구절 지어 보게 할 정도였다. 이번에 데릴사위로 온 거내순은 집안도 서로 엇비슷한데다 외모도 서로 어울리니 참으로 '잘 어울리는 한 쌍의 재자가인(才子佳人, 一雙兩好)'이었다. 그녀는 남편인 거내순의 시험 준비가 이미 되어 있어서 조만간 '소년 진사(少年進士)'가 되리라고 생각했다. 하지만 거내순은 사위로 들어온 지 열흘이 넘도록 신방 안의 서가에 가득한 팔고문에는 전혀 마음을 두지 않았다. 노씨 아가씨는 속으로 '이런 것들은 당연히 이미 알고 계실 테지' 하고 되뇌다가도 이런 생각이 들곤 했다.

'혹시 신혼 재미에 빠져 이런 일은 생각도 못 하시는 건 아닐까?'

며칠 후 거내순이 연회에 갔다가 소매 속에 시집 한 권을 넣고 돌아와 등불 밑에서 읊다가, 아내 노씨를 옆에 끌어다 앉히고 함께 읽었다. 노씨는 아직 부끄러움을 타는 터라 남편에게 뭐라 말도 못하고 억지로 두 시간 정도 함께 읽다가 함께 잠자리에 들었다. 다음 날 노씨는 더 이상 참을 수 없어, 거내순이 바깥 서재에 있음을 알고는 바로 붉은 종이 한 장을 꺼내 '제 몸을 바로 닦고 나서 집안을 바르게 한다(身修而後家齊)'라는 제목 한 줄을 썼다. 그리고 하녀 채빈을 불러다 이렇게 말했다.

"이것을 서방님께 갖다드리고, 아버님께서 글을 한 편 써 달라고 하신다고 말씀드려라."

거내순은 그 종이를 받아 들더니 픽 웃으며 대답했다.

"나는 이런 일은 잘 못 하오. 하물며 이곳에 온 지 채 한 달도 안 되었소. 고상한 일은 하고 싶어도 이런 속된 일은 차마 하고 싶지 않소."

거내순은 이런 대답이야말로 재녀(才女)에게 가장 어울리는 것이라고만 생각했지, 절대 해서는 안 되는 말이라는 것을 꿈에도 몰랐다.

그날 저녁, 유모가 노씨를 만나러 방으로 들어왔다가 노씨가 근심 어린 얼굴로 눈물을 흘리며 길게 탄식하는 것을 보고 이렇게 물었다.

"아씨, 이제 막 혼인하여 저렇듯 훌륭한 서방님을 맞으셨거늘, 무슨 걱정이 있다고 이러고 계시나요?"

노씨는 낮에 있었던 일을 죽 이야기하고 나서 말했다.

"나는 그분이 과거 공부가 다 끝나서 조만간 거인이 되고 진사가 될 줄 알았지, 이런 꼴일 줄 상상이나 했겠어? 이제 내 인생은 다 틀렸어!"

유모가 그녀를 위로했다. 거내순이 방으로 들어왔는데 자신을 대하는 아내의 말투와 안색이 뭔가 좋지 않은 것을 보고 미안한 마음이 들었다. 하지만 두 사람 다 그 일에 대해 분명히 말하기도 어색했다. 그 뒤로 노씨는 부글부글 속을 끓이며 답답해하였다. 그러나 과거 얘기만 꺼내면 거내순은 들은 척도 하지 않았고, 억지로 다그치면 도리어 속되다며 노씨를 나무랐다. 노씨는 갈수록 근심이 더해져 종일 찌푸린 눈살을 펴지 못했다. 노 편수의 부인이 이 사실을 알고 딸을 찾아와 달랬다.

"애야, 이렇게 어리석게 굴면 안 돼. 내 보기에도 네 신랑은 인물이 훌륭하구나. 하물며 아버님도 '소년 명사'라고 총애하시잖니?"

"어머니, 예로부터 진사에도 합격하지 못한 사람이 명사로 불린 걸 보신 적이 있어요?"

그렇게 말하고 있노라니 더 화가 치밀었다. 어머니와 유모가 말했다.

"이건 네 평생이 걸린 일이니 이래서는 안 된다. 하물며 지금은 두 집안이 흥성하고 있으니, 네 신랑이 진사에 붙거나 벼슬을 살지는 못 하더라도 네 평생 사는 데 부족함이야 있겠느냐?"

"'훌륭한 사내는 물려받은 재산으로 살지 않고, 훌륭한 여자는 혼수만으로 살지 않는다(好男不吃分家飯, 好女不穿嫁時衣)'는 말도 있지요. 어쨌든 스스로 노력해서 공명을 얻어야지, 조부나 부친에 기대서는 쓸모 있는 인물이 될 수 없다고 전 생각해요."

"그렇긴 하다만, 그래도 시간을 두고 권하는 게 좋겠구나. 이건 서둘러서 될 일이 아니야."

유모가 말했다.

"정말 서방님께서 시험에 붙지 못하신다면, 나중에 아드님을 낳아 어려서부터 아가씨 생각대로 가르치시고 부친을 본받지 않도록 하면 됩니다. 집안에 아가씨처럼 훌륭한 선생님이 계신데, 아씨의 원을 풀어 줄 장원 하나 키워 내지 못하겠습니까? 아씨께선 당연히 봉고부인(封誥夫人)*의 직위를 받으실 겁니다."

이렇게 말하면서 어머니와 함께 웃음을 터뜨렸다. 노씨도 한숨을 내쉬더니 더 이상 언급하지 않았다. 노 편수가 이런 말들을 전해 듣고 두 가지 제목으로 사위에게 글을 지으라 하니, 거내순은 마지못해 써냈다. 노 편수가 그 글들을 보니 모두 시나 사에 나오는 말뿐이었으니, 두 줄 건너 『이소(離騷)』의 문장이요, 제자백가의 글귀였는지라 제대로 된 팔고문[正經文字]은 아니었다. 이 때문에 그도 걱정이 되기도 했으나 말은 하지 않았다. 부인이 이 사위를 끔찍이 아껴 눈에 넣어도 아프지 않을 사람으로 여겼기 때문이다.

묵은해가 가고 새해 정월이 되자 거내순은 조부와 모친께 새해 인사를 드리러 본가로 갔다가 돌아왔다. 정월 12일에 누씨 형제가 신년 축하주를 마시자고 불렀다. 거내순이 도착하자 형제는 그를 서재로 맞아들였다. 그들은 고모부님께서 잘 지내시는지를 묻고 이렇게 말했다.

"오늘은 외부 손님도 없는데다 명절이고 해서 자네를 불러 집에서 한잔하려 했네."

막 자리에 앉는데 문지기가 들어와 아뢰었다.

"묘지기 추길보가 왔습니다."

형제는 지난 연말부터 거내순의 혼사를 치르느라 한 달 남짓 바빴고, 또 설을 쇠느라 정신이 없어 양윤의 일은 어느새 까맣게 잊고 있었다. 이제 추길보가 찾아온 걸 보자 다시 그 일이 떠올라 그를 안으로 들어오게 했다. 형제는 거내순과 함께 대청으로 나갔다. 추길보는 머리에 새로 만든 펠트 모자를 쓰고 두툼하게 솜을 넣은 푸른색 도포를 입었으며, 두꺼운 겨울용 헝겊신[暖鞋]을 신고 있었다. 그의 아들 소이(小二)는 볶은 쌀과 말린 두부로 가득 채운 자루 하나를 들고 와서 내려놓았다. 형제는 추길보와 인사를 나누고 나서 말했다.

"여보게, 그냥 빈손으로 오면 되지, 선물은 뭐 하러 들고 왔는가? 어쨌든 가져온 걸 안 받을 수도 없고……"

"두 분 나리께서 이런 농담을 다 하시니 정말 부끄러워 죽겠습니다. 시골 물건이지만 아랫사람들에게 주시라고 가져왔습니다."

두 형제는 선물을 받아두라 이르고는 소이는 바깥채에 앉아 있으라 하고 추길보를 서재 안으로 들어오도록 하였다. 추길보는 인사를 하고 나서, 거내순을 알아보고 다시 거우의 안부를 물었다. 그리고는 말했다.

"태보 나리의 장례를 치르던 그 해에 태수 어른을 뵈었으니, 꼬박 27년이 지났군요. 그새 세월이 참 많이도 흘렀습니다. 태수 어른께서도 이젠 백발이 성성하실 테지요."

"벌써 서너 해 전에 그리 되셨습니다."

추길보가 거내순의 윗자리에 앉으려 하지 않자, 누봉이 말했다.

"이 사람은 우리 조카고 자네는 나이도 있으니 그냥 앉으시게."

추길보가 그 말대로 자리에 앉았다. 그들은 먼저 식사를 하고 다시 상을 차려 술을 마셨다. 형제는 두 번이나 양윤을 찾아간 일을 처음부터 끝까지 죽 이야기해 주었다. 추길보가 말했다.

"그분은 당연히 모르고 계실 겁니다. 이번에 제가 동쪽 마을에서 몇 달 지내면서 신시진에는 가지 않았으니, 양 선생에게 이런 말을 전해 준 사람이 없을 겁니다. 양 선생은 충직하고 후덕하기 그지없는 분인데 설마 잰 체하며 일부러 몸을 숨기고 안 나타나야 하겠습니까? 그분은 또한 사람들과 사귀기를 아주 좋아하십니다. 두 분 나리가 찾는다는 말을 들으면 밤새워 달려오실 분입니다! 내일 제가 돌아가 말씀드리고 그분과 함께 두 분을 뵈러 오겠습니다."

누찬이 추길보에게 말했다.

"자네는 보름을 지낼 때까지 여기 있도록 하게. 보름날 우리 조카와 함께 거리로 나가 등 구경 좀 하고, 차라리 17일과 18일 사이에 배 한 척을 불러 함께 양 선생 댁을 방문하도록 하세. 그래도 우리가 먼저 찾아가 뵙는 게 옳지."

"그게 더 좋겠군요."

그날 밤 술을 다 마신 다음 노 편수네로 돌아가는 거내순을 전송하고, 추길보는 서재에서 쉬도록 했다. 다음 날은 시등(試燈)*을 켜는 날이라, 누씨 집 안에는 본채의 대청 위로 커다란 주등(珠燈) 한 쌍을 내걸었다. 그것은 바로 무영전(武英殿)*에 있던 것으로, 헌종(憲宗 : 1465~1487 재위) 황제께서 내려 주신 것이었는데, 궁중에서 만든 것이라 대단히 정교했다. 추길보는 바깥채에 있는 아들 소이를 불러 이런 장관을 보여 주었다. 14일이 되자 먼저 아들을 시골로 돌려보내며 이렇게 말했다.

"나는 정월 보름을 쇠고 나리들과 함께 신시진으로 갈 게다. 가는 김에 네 누이의 집에 들러 보고, 20일이 지나 집으로 돌아갈 게야. 그러니 너는 먼저 가 있어라."

추소이는 그러겠다고 하고 길을 떠났다.

15일 저녁 거내순은 노씨 집안에서 노 편수의 부인, 노씨와 더불어 가족 연회를 열었다. 연회가 끝나자 누씨 집으로 불려가 술을 마시고 함께 거리로 나가 등 구경을 했다. 호주부(湖州府)의 태수가 있는 아문 앞에는 오산등(鰲山燈)* 하나가 내걸렸다. 그 밖에도 각 사당에서는 극단들의 온갖 악기 소리가 하늘을 울리고, 남녀노소 할 것 없이 모두 등 구경, 달 구경을 하러 나왔다. 금오(金

폼)도 통행금지를 해제하여* 밤새 소란스러웠다. 다음 날 아침, 추길보는 누씨 형제더러 자신은 우선 신시진의 딸네 집에 들렀다가 18일에 형제가 내려오면 양윤의 집으로 함께 가겠다고 했다. 형제는 그러기로 하고 추길보를 보냈다. 추길보는 빠른 배편으로 신시진에 도착했다. 그의 딸이 마중을 나와 부친께 새해 인사를 올리고 술과 음식을 마련해서 대접했다.

18일이 되자 추길보는 먼저 양윤의 집으로 가서 누씨 형제를 기다리기로 마음먹고, 이렇게 생각했다.

'양 선생은 몹시 가난한 분이니, 두 분이 오면 뭘로 대접하겠는가?'

그래서 딸에게 닭 한 마리를 잡아 달라고 하고, 돈 몇 전을 들고 읍내로 가서 돼지고기 세 근과 술 한 병, 그리고 야채를 조금 샀다. 그리고 이웃집에서 작은 배 한 척을 빌려 그 술과 닭, 돼지고기를 모두 선창에 싣고 직접 노를 저어 양씨네 문 앞에 도착했다. 배를 물가에 대고 올라가 문을 두드렸다. 양윤이 안에서 나왔는데, 손에 화로를 들고 수건으로 열심히 닦고 있었다. 그는 추길보를 보더니 화로를 바닥에 내려놓고 인사를 했다. 서로 새해 인사를 나눈 다음, 추길보는 가져온 물건을 집 안으로 날랐다. 양윤이 그걸 보더니 깜짝 놀라며 말했다.

"아이고! 어르신, 어쩌자고 이런 술과 고기를 들고 오셨습니까? 여태 어르신 돈을 축낸 게 얼마나 되는데! 어쩜 이렇게 또 신경을 써 주시는 겁니까?"

"선생, 받아 두시지요. 오늘 보잘것없는 것을 좀 가져오긴 했지만 선생께 드리는 게 아닙니다. 곧 이곳으로 귀인 두 분이 오실 겁니다. 이 닭과 돼지고기는 부인더러 잘 요리하라 하십시오. 제가 선생께 이 두 분에 대해 말씀드리겠습니다."

양윤이 두 손을 소매에 집어넣으며 웃으며 말했다.

"어르신, 아무래도 이 말씀을 드려야겠네요. 작년에 현청에 잡혀 갔다 나온 후로 집안에는 아무것도 남은 게 없어 매일 죽 한 끼만 먹고 지내야 했지요. 섣달 그믐날 저녁에는 이곳 읍내에서 작은 전당포를 하는 왕(汪)씨네에서 내가 아끼는 이 화로를 탐내 은자 스물네 냥을 내놓겠다고 하더군요. 분명 우리 집에 명절에도 땔감과 쌀이 없다는 걸 알고 이런 수작을 부렸을 게요. 그래서 나는 이렇게 말해 주었지요.

'이 화로를 가지려면 은자 3백 냥이 필요해. 한 푼이라도 빠지면 안 돼. 거기에 반년만 맡긴다고 해도 백 냥은 받아야 하지. 이런 은자 몇 냥으로는 우리 집 화로에 넣을 숯을 사기도 부족하지!'

그 사람은 은자를 들고 돌아가 버리더군요. 그날 저녁에는 결국 땔감과 쌀이 하나도 없어서, 우리 내외는 촛불 하나를 켜고 밤새 이 화로를 닦으면서 새해를 맞아야 했답니다."

그러고는 화로를 손에 집어 들고 가리키며 추길보에게 말했다.

"보시구려, 여기 표면의 광택을. 빛깔이 얼마나 멋집니까! 오늘 또 마침 조반거리가 떨어져 이렇게 화로를 닦으면서 하루를 보내려는데 뜻밖에 어르신께서 찾아오셨네요. 이제 술과 요리는 마련되었는데, 먹을 밥만 없구려."

"그랬군요. 그럼 이렇게 하는 게 어떻습니까?"

추길보는 허리춤의 전대를 더듬어 2전 남짓한 은자를 꺼내 양윤에게 주며 말했다.

"선생, 얼른 사람을 시켜 쌀 몇 되만 사 오게 하시오. 우리는 자리에 앉아 이야기나 나눕시다."

양윤은 귀머거리 노파를 불러 은자를 주고 그릇을 들고 가서 쌀을 사 오게 했다. 얼마 지나지 않아 노파가 쌀을 사 가지고 돌아와 부엌으로 밥을 지으러 갔다.

양윤은 문을 닫고 오더니 자리에 앉으며 물었다.

"오늘 귀인 두 분이 오신다구요?"

"선생, 전에 소금 가게 일로 현청에서 곤욕을 치를 때, 어떻게 해서 풀려나신 겁니까?"

"그러게요. 그건 저도 모릅니다. 그날 현령께서는 갑자기 저를 풀어 주셨지요. 현청 사람들에게 물어보니, 진씨 성을 가진 사람이 보증을 서 주어 제가 풀려나온 것이라 말해 주더군요. 곰곰이 생각해 봐도 제가 아는 사람 중에 진씨 성을 가진 이는 없더군요. 어르신, 어디 좀 짚이는 데가 있습니까?"

"진씨는 무슨 진씨! 그 사람은 진작인데, 바로 누 태수 댁 셋째 나리의 집사요. 두 분 형제 나리께서 우리 집에서 선생의 높은 명성을 듣고, 집으로 돌아가서 바로 은자 7백 냥을 꺼내 돈을 내주시고 진작더러 보증서를 쓰도록 하셨소. 선생이 집으로 돌아온 후 두 분 나리께서는 몸소 선생 집을 두 번이나 방문하셨소. 그런데 설마 그런 사정을 모르고 계셨던 게요?"

양윤이 문득 크게 깨달으며 말했다.

"그래, 그랬었군. 이번 일은 저놈의 할망구가 망쳐 놓은 게로 군! 처음에는 내가 고기 잡는 것을 구경하러 갔다 오자, 저 할망구는 '성안에서 유(柳)씨 성을 가진 사람이 찾아왔습디다'고 하더군요. 저는 전에 만난 그 유씨 성을 가진 차인(差人)이 아닐까 싶어 만나는 게 좀 겁이 났지요. 나중에 또 한 번은 저녁 때 집에 돌아왔는데 할망구가 '그 유씨 성을 가진 이가 오늘 또 왔길래 내가 돌려보냈수'라고 하더군요. 그러고는 그만이었지요. 이제 와 생각해 보니 '유(柳)'는 '누(婁)'를 말하는 거였군요. 어디 그게 누씨

228

댁임을 짐작이나 했겠습니까? 그저 성안의 그 차인이 아닐까 의심할 따름이었지요."

"선생께서 근래 소송을 당한 탓일 텐데, 속담의 말이 딱 맞소. '3년 전 독사에게 물리고 나니, 오늘 밤 꿈에 새끼줄만 봐도 겁난다(三年前被毒蛇咬了, 如今夢見一條繩子也是害怕)'고 말이오. 그러니 그저 차인이 아닐까 생각했을 테지요. 그건 그렇다 치고, 지난 12일 제가 누씨 댁에 새해 인사를 올리러 가니, 두 분 나리께서 그 일을 말씀하시며 나와 함께 오늘 이 댁에 오자고 하셨습니다. 그런데 선생이 갑자기 대접할 게 없을까 싶어 이런 물건을 들고 주인 노릇을 대신해 주러 왔는데, 괜찮겠소?"

"두 분께 분에 넘치는 사랑을 받았으니 응당 제가 먼저 성안으로 찾아가 뵈어야 마땅하지, 어찌 수고롭게 그분들을 또 오시게 한단 말이오?"

"이미 오시기로 되어 있으니 먼저 가실 필요는 없습니다. 그분들이 오시면 만나면 되지요."

잠시 앉았다가 양윤이 차를 내와 마시는데 문 두드리는 소리가 들렸다. 추길보가 말했다.

"나리들께서 오신 것 같으니 어서 가서 문을 열어 주시오."

그런데 막 문을 열자마자 갑자기 고주망태가 되도록 취한 술꾼 하나가 뛰어 들어왔다. 그는 들어오자마자 우당탕 거꾸러지더니 비틀비틀 일어나 머리를 만지며 곧장 안으로 달려 들어갔다. 양윤이 누군가 살펴보니 둘째 아들 양노육(楊老六)이었다. 그는 읍내에서 도박을 하다 돈을 잃고는 술을 마구 퍼마시고 고주망태가 되어 집으로 돌아온 것이다. 그리고 어머니에게 돈을 뜯어내 다시 도박판으로 갈 요량으로 곧장 안으로 달려든 참이었다. 양윤이 버럭 소리를 질렀다.

"짐승 같은 놈! 어딜 가려고? 추씨 아저씨가 오셨는데 인사도 없어?"

양노육은 비틀거리며 인사를 하고는 곧장 부엌으로 내려갔다. 가서 보니 삶은 닭과 돼지고기가 솥 안에서 냄새를 풍기고, 하얀 쌀밥에 뜸이 들고 있었다. 또 어디서 났는지 술이 한 병 놓여 있었다. 그는 다짜고짜 솥을 열고 고기를 건져 먹으려 했다.

그의 어머니가 재빨리 솥뚜껑을 덮었다. 양윤이 욕을 퍼부었다.

"이 아귀 같은 놈! 그건 다른 사람이 가져온 것이고, 좀 있다 손님께 드릴 것이야!"

그가 어디 그런 말을 들으려 하겠는가? 취해서 이리 비틀 저리 비틀 하면서도 어떻게 하든 음식을 뺏어먹으려 했다. 양윤이 욕을 퍼부었으나 그는 취한 눈을 부라리며 멋대로 입을 나불거렸다. 다급해진 양윤은 부지깽이를 집어 들고 쫓아가 때린 다음 문밖으로 내몰았다. 추길보가 말리며 말했다.

"이 술과 요리는 누씨 댁의 두 나리가 오셔서 드실 거라네."

양노육이 멍청하고 술까지 마신 뒤였으나, '누씨 댁'이란 말을 듣더니 더 이상은 함부로 소란을 피우지 못했다. 그의 어머니는 아들이 술이 좀 깬 걸 보더니 닭다리 한 쪽을 찢고, 큰 그릇에 밥을 가득 담아 국물을 약간 끼얹어 영감 몰래 먹으라고 주었다. 양노육은 그걸 다 먹고 나서 침상으로 올라가더니 그대로 널브러져 잠이 들어 버렸다.

두 형제는 해가 저물어서야 도착했는데, 거내순도 함께 왔다. 추길보와 양윤이 그들을 맞으러 나갔다. 형제가 거내순과 함께 들어가 보니 거실에는 낡은 대나무 의자 여섯 개가 있고, 그 중간에 책상이 하나 놓여 있었다. 벽 위에는 해서로 쓴 『주자치가격언(朱子治家格言)』*이 걸려 있었다. 그 곁에 전지(箋紙)에 쓴 대련(對聯)

이 한 장 붙어 있는데, 거기에는 이렇게 적혀 있었다.

이리저리 기운 작은 오두막에
풍류를 아는 촌 늙은이 하나.
三間東倒西歪屋
一個南腔北調人

또한 그 위쪽에 통지서가 한 장 붙어 있는데 이렇게 씌어 있었다.

급보! 귀댁의 양윤(楊允) 선생은 황제 폐하의 명으로 응천(應天)* 회안부(淮安府) 술양현(沭陽縣)의 유학정당(儒學正堂)*으로 선발되셨습니다. 경사에서 알려 드리오니……

채 다 읽기도 전에 양윤이 올라와 인사를 하고 자리를 권했다. 그는 직접 부엌으로 들어가 쟁반에 찻잔을 들고 나와 손님들에게 올렸다. 차를 마시고 나자, 명성을 듣고 그리워했다는 등 서로 의례적인 인사말들을 나누었다. 누봉이 첩지를 가리키며 물었다.

"이 영광스런 선발 소식은 근자의 것인가요?"

양윤이 대답했다.

"그러니까 3년 전 제가 아직 화를 당하지 않았을 무렵 있던 일이지요. 처음에는 생각지도 않게 늠생 후보로 뽑혔는데, 향시를 예닐곱 번이나 치르고도 합격자 명단에 이름을 올리지 못했습니다. 늘그막에 저 교관 자리 하나를 얻었지만, 가서 수본(手本)을 건네고 정참(庭參)*의 예를 행하는 일은 허리가 뻣뻣해져 못할 것 같았습니다. 결국 병을 핑계 대고 가지 않았는데, 그러기 위해 또 지방관에게 병을 확인하고 보증서를 제출하는 등 우여곡절을 겪어야 했지요. 그런데 벼슬을 사직하고 얼마 되지 않아 이런 횡액을 당하고, 소인배 장사꾼에게 수모를 당할 줄 어찌 알았겠습니까! 차라리 그때 술양현으로 갔던들 옥에 갇히는 치욕은 면했을 텐데 하는 후회도 많았지요. 만약 셋째 나리와 넷째 나리께서 속된 무리들과 달리 절 알아주고 애써 손을 써서 구해 주지 않으셨다면 이 늙은 몸뚱이는 감옥 안에서 말라 죽어야 했을 겁니다. 이 은덕을 언제나 갚을 수 있을지!"

누봉이 말했다.

"그런 사소한 일을 뭐 그리 마음에 두고 계십니까! 오늘 선생께서 관직을 마다한 이야기를 들으니, 선생의 고매한 인품과 진중한 인덕을 더 흠모하게 되는군요."

누찬이 말했다.

"친구 사이는 본래 재물을 공유하는 의리가 있는 법이니, 이런 일쯤이야 언급할 가치가 있겠습니까? 유감스럽게도 저희들이 그 일을 뒤늦게 알게 되어 좀 더 일찍 선생을 빼내 드리지 못한 게 안타까울 뿐입니다."

양윤은 이런 말을 듣자 두 형제를 더 존경하게 되었고, 거내순과도 몇 마디 안부 인사를 나누었다. 추길보가 말했다.

"두 분 나리와 작은 나리께서는 먼 길을 오시느라 시장하시겠습니다."

양윤이 말했다.

"소찬이나마 마련되어 있사오니 뒤쪽으로 자리를 옮기시지요."

즉시 작은 초막 안으로 손님들을 청하니, 그곳은 양윤이 직접 떠로 지붕을 얹어 만든 작은 서재였다. 앞에는 작은 우물이 있고 매화나무 몇 그루가 서 있는데, 그즈음 날씨가 따뜻하여 두세 가지에 꽃이 피어 있었다. 서재 안은 벽마다 온통 시화가 가득하고,

벽 한가운데는 전지에 쓴 대련 하나가 걸려 있었다. 거기에는 이렇게 쓰여 있었다.

창문 앞 매화 몇 송이 향기 풍겨
잠시 바라보며 즐기고
달 속 계수나무 가지 손에 잡힐 듯
한참 빙빙 돌며 춤추네.
嗅窓前寒梅數點, 且任我俯仰以嬉.
攀月中仙桂一枝, 久讓人婆娑而舞.

형제는 이를 보고 감탄을 금하지 못했다. 몸은 신선 세계에서 훨훨 노니는 것만 같았다. 양윤이 닭고기와 돼지고기, 술과 음식을 들고 나와서 바로 술 몇 잔을 마시고 식사를 했다. 대충 먹은 다음 상을 물리고는 차를 마시며 담소를 나누었다. 이야기가 누씨 형제가 두 번이나 방문했으나 귀머거리 노파 탓에 와전된 일에 이르자 모두들 박장대소하였다. 형제가 집으로 와 며칠 머물라고 청하자 양윤이 대답했다.

"신년이라 일이 좀 있으니, 사나흘 뒤 댁으로 찾아뵙고 며칠 머물도록 하지요."

대화가 오후 8시 무렵까지 이어져서 뜰 안 가득한 달빛이 서재의 창을 비추자 매화 가지들이 그림처럼 그 위에 어렸다. 누씨 형제가 아쉬워하며 차마 작별하지 못하자, 양윤이 말했다.

"두 분 잠자리를 마련함이 마땅하지만, 누추한 저희 시골집이 두 분께 그다지 편치 않을 겁니다."

그리고 양윤은 누씨 형제의 손을 잡고 달그림자를 밟으면서 배까지 전송하고, 자신은 추길보와 함께 되돌아왔다.

누씨 형제와 거내순이 집에 도착하자 문지기가 아뢰었다.

"노 나리께 급한 일이 생겨 작은 나리를 부르러 사람이 세 번이 나 왔었습니다."

거내순은 서둘러 집으로 돌아가 장모를 만나 뵈었다. 장모 말에 따르면, 노 편수는 사위가 과거 시험 준비를 하려 들지 않자 화가 나서, 첩을 하나 들여 얼른 아들 하나를 낳아 공부시켜 진사로 만들자고 했다는 것이다. 그래서 나이도 많은데 그럴 필요까지 있겠냐고 하자, 그가 버럭 성질을 내더니 어제 저녁에 쓰러져서는 몸의 반쪽이 굳어지고 안면이 마비되는 증세가 나타났다고 하였다. 아내 노씨는 옆에서 눈물이 그렁그렁한 채로 탄식만 하고 있었다. 거내순도 어쩔 줄 몰라 하다가 서둘러 서재로 달려가 문병을 했다. 그 자리에는 진예가 진맥을 하고 있었는데, 진맥을 끝내고 이렇게 말했다.

"이분의 맥박을 보면 오른쪽에 약간 현맥(弦脈)*과 활맥(滑脈)* 이 나타납니다. 폐는 기(氣)를 주관하는 곳인데, 활맥이 보인다는 것은 곧 담이 있다는 징후입니다. 나리께서는 늘 몸은 강호에 계시지만 마음은 조정에 가 있는 탓에 근심 걱정이 쌓여 이런 증세가 나타난 것입니다. 치료는 먼저 기를 순하게 하고 담을 제거하는 것이 중요합니다. 소인은 최근 의원들이 반하(半夏)*의 마른 성질을 싫어하여, 담증을 만나면 바로 반하 대신 패모(貝母)*를 쓰는 것을 자주 봅니다. 그들은 패모를 써서 습한 담증을 치료하면 오히려 병이 나빠질 수도 있음을 모르고 있습니다. 나리의 이 병은 사군자탕 (四君子湯)*을 쓰고, 거기에 이진탕(二陳湯)*을 더해 식전에 따뜻하게 복용하면 됩니다. 두세 제(劑)만 쓰면 신장의 기가 부드러워지고 허화(虛火)가 날뛰지 않게 되어 병이 곧 나을 겁니다."

그리고 처방전을 써 주었다. 너덧 제를 복용하고 나니 노 편수는 입은 제대로 돌아왔지만, 혀가 여전히 풀리지 않아 말을 제대로 하지 못했다. 진예가 다시 병세를 살피고 나서 환약처방을 좀 바꾸어 풍을 제거하는 약을 몇 가지 더했더니 조금씩 효과가 나타났다.

거내순은 열흘이 넘게 계속 노 편수를 모시느라 쉴 틈이 없었다. 하루는 노 편수가 낮잠이 든 틈을 타 누씨 댁으로 달려가 서재로 들어갔다. 그는 양윤이 방 안에서 두런두런 이야기를 나누는 소리를 듣고 그가 벌써 와 있는 것을 알고, 안으로 들어가 인사를 나누고 함께 자리에 앉았다. 양윤이 하던 말을 이어갔다.

"방금 말씀드렸듯이 두 분께서는 이토록 어진 선비를 호의로 대해 주시는데, 저 같은 사람이야 어찌 말할 가치나 있겠습니까! 제게 친구가 하나 있는데, 소산현(蕭山縣)의 산 속에서 지내고 있지요. 이 사람은 참으로 천하를 다스릴 재능과 빼어난 학식을 갖추고 있습니다. '숨어 지낼 때는 참된 선비의 풍모를 잃지 않고, 출사하면 임금을 보필할(處則不失爲眞儒, 出則可以爲王佐)' 진정한 인재지요. 셋째 나리와 넷째 나리께서는 그분과 사귀어 보지 않으시겠습니까?"

두 형제가 놀라서 물었다.

"어디에 그런 고상한 분이 계시다는 겁니까?"

양윤이 손가락을 꼽아 가면서 그 사람에 대해 이야기했다. 그런데 이 일로 인해 다음과 같은 새로운 이야기가 생겨난다.

재상 댁에서 빈객을 청하니
수많은 영웅호걸들 모여들고,
명승지에서 멋진 모임을 가지니
무한한 사나이의 뜻을 풀어 주도다.
相府延賓, 又聚幾多英傑.

名邦勝會, 能消無限壯心.

양윤이 어떤 사람에 대해 얘기할까? 이에 대해서는 다음 회를 들어 보시라.

와평

시문에 재능을 가진 여성이야 예전에도 있었지만, 팔고문 짓기에 뛰어난 여성은 아직 없었다. 여자이면서도 팔고문 짓는 데 뛰어났으니, 그녀의 속됨을 알 수 있겠다. 아마도 작가는 노 편수의 속됨을 애써 묘사하고 싶었던 듯한데, 하지만 직접적인 표현〔正筆〕 대신 곳곳에서 역설적 표현〔反筆〕이나 간접적 표현〔側筆〕을 써서 은근히 일깨우는, 이른바 '형격(形擊)'의 수법을 사용하고 있다. 노씨 아가씨의 속됨을 그리는 것이 바로 노 편수의 속됨을 그리는 것이다.

이 책에는 팔고문 짓기에 대해 언급한 대목이 많다. 가령 광형(匡迥)과 마정(馬靜)의 선집 작업,* 위체선(衛體善)과 수잠암(隨岑庵)의 문풍(文風) 바로잡기,* 그리고 고(高) 시독(侍讀)*의 장원 비결에 대한 언급 같은 것들이 그것이다. 그들은 제각기 스스로를 뛰어난 인재라고 여기지만, 팔고문의 진정한 전문가는 노씨 아가씨 하나뿐임을 모른다. 육구연(陸九淵)*의 문인*은 '영웅의 위대한 자질은 남자에게 있는 것이 아니라 여자에게 많이 존재한다(英雄之俊偉不鍾于男子, 而鍾于婦人)'라고 했다. 작가가 암시하려는 의도가 참으로 심원하다.

양윤은 영락없는 멍청이〔活呆子〕이다. 그의 멍청한 모습과 멍청

236

한 말을 속된 글 솜씨를 가진 이에게 그려 내라고 했다면 과연 어디에서부터 묘사해 내었을까? 이 글에서는 향로를 닦는 장면, 누씨 성을 유(柳)씨로 오인하는 장면, 술에 취한 아들이 들이닥치는 장면을 묘사함으로써 한 머저리 영감의 목소리와 우스꽝스러운 모습을 생생하게 드러낸다. 이를 일러 '뺨 위에 터럭 세 갈래를 덧그린 격〔頰上三毫〕'*이라 하니, 절세의 문인이 아니라면 이렇게 해내기란 쉽지 않은 법이다.

갑자기 밖에서 문을 두드리면 분명 두 형제가 나타난 것으로 보게 마련이다. 그런데 뜻밖에도 고주망태가 되도록 취한 술꾼이 문틈으로 들어오는 장면은 독자들의 눈을 번쩍 뜨게 하기에 충분하니 참으로 뜻밖의 상황이 벌어졌기 때문이다. 지극히 평범한 문장이지만 곳곳에 기발한 대목들이 도드라진다. 이 대목에서 글의 전개가 가장 속도감 있게 이루어지니, 결코 아무렇게나 붓을 놀린 게 아님을 짐작할 수가 있다.

멍청한 영감 양윤이 재상집에 들어가서는 고상한 선비 하나를 추천한다. 독자들은 이 장면에서 이 멍청이의 사람됨을 익히 알고 있기에 그가 추천한 사람도 용렬할 것임을 헤아릴 수 있지만, 그 인물이 양윤보다 더 한층 가소로울지 모를 일이다. 비유컨대 오도자(吳道子)*가 귀신을 그릴 경우 소의 머리 모습으로 그리면 지극히 추악한 쇠머리 그림이 되고, 말의 얼굴로 그리면 또한 지극히 추악한 말 얼굴 그림이 되는 것과도 같다. 나로서는 작가의 흉중에 도대체 얼마나 많은 괴물이 들어 있는지 알 도리가 없다!

제12회
명사는 앵두호에서 큰 잔치를 열고,
협객 장철비 때문에 헛되이 인두회를 열다

양윤은 두 형제에게 이렇게 말했다.

"두 분 선생께서 이렇듯 훌륭한 선비이시니, 저처럼 평범하기 그지없는 사람이 어디 내세울 게 있겠습니까? 제게 권물용(權勿用)이라는 친구가 있는데, 자는 잠재(潛齋)이고 소산현(蕭山縣) 사람인데, 지금은 산속에 살고 있습니다. 이 사람을 불러서 얘기를 나눠 보시면, 그가 관중(管仲)이나 악의(樂毅)의 경륜과 이정(二程)*이나 주희(朱熹)의 학문을 지닌 으뜸가는 인물임을 아시게 될 것입니다."

누봉이 깜짝 놀라며 말했다.

"이런 훌륭한 현인이 계시다면 저희가 어찌 찾아가 뵙지 않겠습니까?"

누찬도 말했다.

"양 선생과 약속해서, 내일 배를 구해 함께 가 보는 게 어떻겠습니까?"

이런 말을 나누는데, 문지기가 붉은 명첩을 들고 나는 듯이 달려 들어와 말했다.

"신임 가도청(街道廳)*으로 부임한 위(魏) 나리께서 두 분 나리께 문안 인사를 오셨습니다. 경사에서 큰 나리의 서신을 들고 오셨는데, 두 분을 직접 뵙고 드릴 말씀이 있답니다."

두 형제가 거내순에게 말했다.

"조카가 양 선생을 좀 모시고 있게. 우리는 나가서 좀 만나 보고 오겠네."

그리고 안으로 들어가 옷을 갈아입고 대청으로 나갔다. 그 가도청 관리가 관복 차림으로 들어오자 서로 인사를 하고, 각자 주인과 손님의 자리에 앉았다. 누씨 형제가 물었다.

"부대(父臺)*께선 언제 경사를 나와 부임하셨는지요? 미처 축하도 드리지 못했는데, 수고스럽게 먼저 찾아 주셨습니다그려."

"무슨 말씀을! 후배는 지난달 초사흘 경사에서 발령장을 받고 바로 큰 나리를 찾아뵈었습니다. 그분의 서신을 가져오는 김에 겸사겸사 두 분 나리께 문안 인사차 온 것입니다."

그리고 서신을 두 손으로 바쳤다. 누봉이 받아 열어 보고 누찬에게 건네주며 가도청에게 물었다.

"알고 보니 땅을 측량하는 일 때문이었군요. 부대께서는 이제막 부임하셨는데, 바로 이 일을 처리하실 참입니까?"

"그렇습니다. 오늘 아침 상부의 훈령[諭票]을 받았는데, 밤을 새워서라도 빨리 처리하라는 독촉이었습니다. 그래서 오늘 먼저 두 분께 말씀드리는 겁니다만, 돌아가신 태보 나리의 묘도(墓道) 부지를 정확히 알려 주십시오. 제가 며칠 안에 그곳에 가서 인사를 올리고 지보(地保)를 시켜서 자세히 조사할 텐데, 혹시 무지한 백성이 근처에서 나무를 하거나 하면서 묘도를 어지럽힌다면 제가 주의를 줘야지요."

누찬이 말했다.

"부대께서 직접 가 보시겠단 말씀입니까?"

"사나흘 안에 상부에 보고하고, 측량을 하러 가야지요."

누봉이 말했다.

"그렇다면 내일 저희 집에서 밥 한 끼 대접하겠습니다. 저희 선산으로 측량하러 가실 때도 마땅히 모시고 가야지요."

이렇게 말을 나누며 차를 세 차례 바꿔 마시고 나자, 그 가도청 관리는 연신 인사를 하고 작별했다.

형제는 그를 전송하고, 예복을 벗고 서재로 돌아와 머뭇거리며 말했다.

"하필 이렇게 일이 꼬일 줄이야! 권 선생을 찾아뵈려고 했더니, 가도청 관리가 와서 측량을 해야 한다고 하는군요. 내일은 그 양반에게 밥을 한 끼 대접해야 되겠습니다. 돌아가신 할아버님의 묘도를 측량한다고 하니, 저희 형제도 직접 한번 가 봐야 할 것 같습니다. 시간이 좀 걸릴 테니 소산에는 갈 수 없겠습니다. 어쩌지요?"

양윤이 말했다.

"두 분께선 정말 현자를 애타게 구하시는군요! 권 선생을 만나는 것이 급하다 해도 굳이 몸소 가실 필요는 없을 것 같습니다. 두 분께서 서신을 한 통 써 주시면 저도 한 통을 첨부해서 심부름꾼 하나를 보내 그를 이곳으로 한번 부르지요. 그럼 분명 흔쾌히 달려올 것입니다."

누찬이 말했다.

"권 선생이 저희를 오만하다고 나무라시지 않을까 걱정입니다."

"이런 게 아니라도 댁에는 공사(公事)가 많을 터. 이 일이 지나면 또 다른 일이 생길 테니, 몸을 뺄 날이 어디 있겠습니까? 항상 그리워만 하다 끝내 염원을 못 이루는 일은 없어야지요!"

그러자 거내순이 말했다.

"그렇게 하시지요. 외숙부님들께서 권 선생을 뵙고 싶어 해도,

한가한 날이 있으리라 보장할 순 없으니까요. 편지를 써서 사람을 보내고, 게다가 양 선생의 서찰까지 있으면 그 권 선생이라는 분도 굳이 외면하지는 않을 겁니다."

그 자리에서 논의를 마치고, 몇 가지 예물을 준비해서 하인 진작의 아들 진환성(晉宦成)에게 봇짐을 꾸려서 서찰과 예물을 가지고 소산으로 가게 했다.

진환성은 주인의 명을 받고 항주(杭州)로 향하는 배를 탔다. 선장은 그의 봇짐이 잘 꾸려져 있고 인물도 점잖아 보이는지라, 그를 가운데 선창에 타게 해 주었다. 가운데 선창에는 방건을 쓴 사람 둘이 먼저 타고 있었다. 그는 두 손을 모아 가볍게 인사하고 동석을 했다. 저녁이 되자 밥을 먹고 각자 봇짐에서 이부자리를 꺼내 펴고 잠을 잤다. 이튿날도 뱃길에 별탈이 없어서 서로 한담을 나누었다. 진환성이 방건을 쓴 두 사람의 이야기를 들으니, 모두 소산현에 관한 이야기였다. 배 안에서는 누구를 막론하고 서로 '손님'이라고 불렀다. 그래서 그도 말문을 열었다.

"손님, 사시는 곳이 소산인 모양이지요?"

그러자 수염을 기른 손님이 대답했다.

"예."

"소산에 권 나리라는 분이 계시다던데, 혹시 아십니까?"

그러자 나이가 좀 젊어 보이는 손님이 대답했다.

"우리 고을에서 무슨 권 나리라는 사람은 들어 보지 못했는데요."

"듣자 하니 호가 잠재라고 하더이다."

"잠재라구요? 우리 고을에서 그런 사람은 보지 못했습니다."

그러자 수염 난 이가 말했다.

"혹시 그 사람인가? 정말 웃기는군!"

그리고 그 젊어 보이는 이에게 말했다.

"그 사람 얘기를 모르나 보군? 들어 보라고. 그자는 산에 사는데, 조상이 모두 농부였다더군. 그 사람 부친 때에 이르러 돈을 좀 벌자, 그자를 마을 학당에 보내 공부를 시켰다네. 그러다가 열여덟 살이 되자 그 시골 학당의 훈장이 양심도 없이 그자를 보내 과거에 응시하게 했다네. 그 뒤에 부친이 죽었는데, 그 쓸모없는 인간은 농사도 지을 줄 모르고 생계를 꾸릴 줄도 몰라서 그저 앉아서 살림만 까먹고 있다가, 결국 밭뙈기를 모조리 말아먹고 말았다네. 족히 30년이 넘게 현에서 치르는 생원 선발 시험에 달려들었지만 합격하지 못하고, 줄곧 목구멍에 풀칠하기도 어려워서 토지묘(土地廟)를 빌려 아이들을 몇 명 가르치고 있지. 매년 시험에 응시하며 되는대로 살아간다면야 그렇다고 할 수 있지. 그런데 그자는 운수도 나빠서, 몇 년 전에 호주 신시진의 소금 가게의 점원으로 있던 양 아무개라는 자를 만났지. 그 양 늙은이가 외상값을 받으러 와서는 토지묘에 멍청하게 앉아 무슨 천문 지리(天文地理)니 경륜광제(經綸匡濟)니 하는 헛소리만 중얼중얼 늘어놓는 거야. 그런데 그자가 그 소리를 듣고 꼭 귀신 들린 것처럼 미쳐 버려서, 그 뒤로는 과거 시험에도 응시하지 않고 무슨 은사(隱士) 노릇을 하려 했지. 은사 노릇을 하기 시작한 뒤로는 그나마 오던 학생 몇 명도 오지 않게 되었지. 집은 찢어지게 가난한데, 그저 시골에서 사람들이나 속이며 세월을 보내고 있지. 입으로야 걸핏하면, '나하고 자네는 서로 교유하며 아끼는데 따지고 가릴 게 뭐 있겠는가? 자네 것이 내 것이고, 내 것이 자네 것이지' 하고 떠벌이는데, 그게 그자의 노래가 되었네."

젊은 손님이 말했다.

"그렇게 계속 남들 등쳐먹으며 살 수가 있나요?"

"모르는 소리! 그 사람 가진 건 다 그렇게 얻은 거라고. 같은 고을 사람이니 나도 자세히 말하지는 않겠네."

그리고 진환성을 향해 말했다.

"이보시오, 손님. 설마 이 사람이 어떠냐고 물은 것이오?"

"별거 아닙니다. 그냥 한번 여쭤 본 것이지요."

그렇게 대답하며 진환성은 속으로 생각했다.

'우리 집 나리들도 웃기는군. 높은 벼슬아치들과 대단한 집안의 사람들이 그렇게 찾아와 뵈도 상대하기에 부족하다고 여기시더니, 뜬금없이 이 먼 길을 와서 이렇게 뻔뻔한 자식을 찾아가 보라 하시니. 대체 어쩌라는 거야?'

그렇게 생각에 잠겨 있을 때, 문득 앞쪽에서 배가 한 척 다가왔다. 배 위에는 두 명의 아가씨가 타고 있었는데, 노 나리 댁의 시녀인 채빈 자매인 듯했다. 진환성이 깜짝 놀라 얼른 고개를 내밀고 쳐다보았으나 그녀들은 상대도 하지 않았다. 그 두 사람도 더 이상은 그와 말을 나누지 않았다.

며칠 후 진환성은 배를 바꿔 타고 소산에 도착했다. 한나절이나 찾아 헤맨 끝에 어느 산골짝에 도착했다. 거기에는 다 무너져 가는 몇 칸짜리 초가집이 있었는데, 문에는 하얀 회칠이 되어 있었다. 문을 두드리고 들어가 보니, 권물용이 흰옷을 입고 머리에는 얇은 천으로 만든 높고 흰 효모(孝帽)*를 쓰고 있었다. 그는 무슨 일로 찾아왔느냐고 묻더니, 진환성을 뒤편에 있는 방으로 데리고 갔다. 그리고 돗자리를 펴고, 밤이 되자 쇠고기와 백주(白酒)를 좀 가져와서 함께 먹었다. 그리고 이튿날 아침 답신 한 통을 쓰더니, 진환성에게 말했다.

"자네 댁 나리들의 후의에 감사하네. 하지만 나는 상을 치르는 중이라 대문 밖으로 나서기가 곤란하네. 돌아가서 두 분 나리와 양 나리께 깊이 감사한다고 전해 주시게. 보내 주신 예물은 우선 받아 두겠네. 20일 정도 뒤에 안사람 백일상(百日喪)이 다 채워지면 반드시 나리 댁으로 찾아뵙겠네. 여보게, 자네에게 폐가 많네. 여기 은자를 두 푼 줄 테니 우선 술값이나 하게나."

그리고 작은 봉투를 건네주었다. 진환성이 그걸 받고 말했다.

"감사합니다, 권 나리. 그날이 되면 제 주인들의 바람을 저버리지 마시고 꼭 우리 나리 댁으로 와 주십시오."

"그야 이를 말인가!"

그리고 권물용은 진환성을 대문까지 전송해 주었다.

진환성은 이전처럼 배를 타고 서신을 들고 호주로 돌아와서 누씨 형제에게 보고했다. 형제는 실망을 금치 못했다. 그들은 서재 뒤편의 크고 널찍한 정자의 편액을 떼어 내고 '잠정(潛亭)'이라고 적힌 것으로 바꿔 달아 그를 기다리는 마음을 나타냈다. 그리고 양윤을 정자 뒤쪽의 방에 머물게 했다. 양윤은 늙어 천식을 앓고 있어서 밤이면 함께 지낼 사람이 필요했으므로 멍청한 둘째 아들 양노육을 불러다 함께 지냈는데, 그가 매일 밤 취해 있었음은 말할 필요도 없다.

그렇게 한 달이 지날 무렵, 양윤이 또 편지 한 통을 보내 권물용을 재촉했다. 권물용은 이번 편지를 보자 배편을 구해 호주로 왔다. 그는 성 밖에서 뭍에 내렸는데, 옷도 갈아입지 않은 채 왼손에는 이불을 둘러메고, 오른손으로는 커다란 옷소매를 휘적휘적 내저으며 거리를 뒤뚱뒤뚱 걸었다. 성문 밖의 조교(弔橋)를 지나자, 길에는 사람들이 바글바글했다. 그는 성을 나갈 때는 오른편으로, 들어올 때는 왼편으로 걸어야 사람들과 부딪치지 않는다는 걸 몰랐다. 그가 어깨를 요란하게 흔들며 걷고 있는데 마침 어떤 시골 사람이 성안에서 땔나무를 다 팔고 나오는 참이었다. 그는 어깨에 뾰족한 멜대 하나를 걸치고 있었는데, 맞은편에서 그저 앞만 보고 걷고 있던 권물용의 효모가 그만 멜대 끝에 걸려 벗겨져 버렸다. 그 시골 사람은 머리를 숙인 채 걷고 있던 참이라, 역시 그 사실을 모른 채 그대로 짐을 메고 걸어갔다. 권물용이 깜짝 놀라 머리를 더듬어 보니 효모가 보이지 않았다. 그러다가 멀리 그 시골 사람의 멜대 끝에 걸린 효모를 발견하고 정신없이 손을 흔들며 소리쳤다.

"그거 내 모자야!"

그 시골 사람은 빠른 걸음으로 걷고 있었기 때문에 역시 그 소리를 듣지 못했다. 권물용은 본래 성안에서 길을 걷는 법을 몰랐고 또 지금은 마음이 다급한지라, 정신없이 치달리면서 앞을 살피지도 않았다. 결국 몇 걸음 뛰지 못하고 어떤 가마와 꽝 부딪쳐서, 가마에 타고 있던 관리가 하마터면 굴러 떨어질 뻔했다.

그 관리가 버럭 화를 내며 대체 웬 놈이냐고 호통을 치고, 앞쪽에 있던 두 순찰병[夜役]을 시켜서 쇠사슬을 채우게 했다. 그래도 그는 굴하지 않고 관리를 향해 손발을 내저으며 소란을 피웠다. 관리가 가마에서 내려 심문을 하려 하자 순찰병들이 그에게 호통을 쳐서 무릎을 꿇게 했지만, 그는 두 눈을 부라리며 무릎을 꿇으려 하지 않았다. 거리에서는 6, 70명의 사람들이 둘러싸고 구경을 하고 있었다. 그런데 무사건(武士巾)을 쓰고 검정색 비단 전의(箭衣)*을 입은 사람 하나가 걸어 나왔다. 그는 얼굴에 누런 수염을 기르고 있었고, 두 눈이 부리부리했다. 그 무사가 관리에게 다가가서 말했다.

"나리, 잠시 노여움을 거두시지요. 이 사람은 누씨 댁에서 초청한 손님입니다. 나리에게 달려들긴 했지만, 그를 처벌했다가 누씨 댁에서 알게 되는 날에는 모양새가 좋지 않을 겁니다."

그 관리는 바로 가도청 위씨였다. 그는 이 말을 듣자 뭐라고 투덜투덜하더니 가마에 올라 그 자리를 떠났다.

권물용이 보니, 그는 바로 예전에 알고 지냈던 장철비(張鐵臂)라는 협객(俠客)이었다. 장철비는 그를 찻집으로 데려가 앉히고 숨을 고르게 했다. 그리고 차를 마시고 나서 물었다.

"전에 댁으로 조문을 갔더니, 집안사람들이 누씨 댁에서 초청을 받아 갔다고 하더군요. 그런데 오늘 어째서 혼자 성문 근처에서 소동을 벌인 겁니까?"

"누 공자께서 오래전에 날 부르셨지만, 오늘에야 그 댁에 가던 길이네. 뜻밖에 관리와 부딪쳐 한바탕 난리가 벌어졌지. 다행히 자네 덕분에 이렇게 해결이 됐네. 이참에 나랑 같이 누씨 댁으로 가세나."

둘은 함께 누씨 댁을 찾아갔다. 문지기가 보니 그가 흰 상복을 입고 모자도 쓰지 않은 채, 뒤에 덩치 좋은 사람 하나를 거느리고 와서는 막무가내로 셋째 나리와 넷째 나리를 만나겠다고 하는 것이었다. 성명을 물어도 죽어도 대답하지 않고 그저 "너희 댁 나리가 벌써 알고 계신다"고만 하는 것이었다. 문지기가 알리려 하지 않자, 권물용은 대문 앞에서 고래고래 소리를 질렀다. 한참 소란을 피운 뒤에 그가 말했다.

"가서 양집중 나리를 모셔 오너라!"

문지기는 어쩔 수 없이 양윤을 불러왔다. 양윤이 그의 이런 꼬락서니를 보고 깜짝 놀라더니 근심스런 표정을 지으며 말했다.

"어쩌다가 모자까지 흘리셨소?"

그리고 우선 그를 대문 안의 걸상에 앉혀 놓고 황급히 달려 들어가 낡은 방건 하나를 가져와 씌워 주며 물었다.

"이 장사는 누구시오?"

"제가 늘 말씀드리던 그 유명한 장철비입니다."

"존함은 익히 들었습니다!"

세 사람은 함께 집 안으로 들어왔다. 권물용이 조금 전 성문 근처에서 일어난 소란에 대해 얘기하자, 양윤이 손을 내저으며 말했다.

"잠시 후 나리들을 만나면, 이 얘기는 꺼낼 필요가 없겠소."

이날 누씨 형제는 모두 집에 없었다. 두 사람은 양윤과 함께 서재로 가서 세수를 하고 밥을 먹었는데, 제각기 하인들의 시중을 받았다.

저녁에 누씨 형제는 연회에 참석했다가 돌아와서, 서재로 찾아와 권물용을 만났다. 서로가 이제야 만나게 된 것을 안타까워하며 인사를 나누었다. 두 형제는 그에게 서재 뒤편의 잠정을 보여 주며 흠모의 마음을 밝혔다. 그리고 그가 데려온 협객을 보니 행동거지가 남달라 보였다. 그래서 다시 술상을 차렸다. 권물용이 상석에 앉고, 양윤과 장철비가 맞은편에, 누씨 형제는 주인 자리에 앉았다. 사람들이 그 '철비'라는 호가 생겨난 까닭을 물어보니, 장철비가 대답했다.

"제가 젊었을 때 힘을 좀 썼습니다. 당시 친구들과 내기를 했는데, 절더러 거리 한가운데 누워 팔을 활짝 펴고 있다가 수레가 오면 지나가지 못하게 하라고 했습니다. 소가 끄는 수레가 덜그럭덜그럭 힘차게 굴러오는데 족히 4, 5천 근은 되더군요. 그런데 수레바퀴가 제 팔 위로 지나면서 내리누를 때, 제가 팔에 힘을 꽉 주었지요. 그러자 덜컥 하는 소리가 들리는가 싶더니, 그 수레가 벌써 수십 걸음이나 멀리 지나가 있더군요. 팔을 살펴보니 하얀 흔적조차 남아 있지 않아, 사람들이 제게 이런 별명을 붙여 준 겁니다."

누봉이 손뼉을 치며 말했다.

"이런 통쾌한 얘기를 들었으니 술 한 말을 마실 만하군요! 여러분, 모두 큰 잔으로 마십시다."

그러자 권물용이 사양했다.

"상중이라 술은 안 됩니다."

이에 양윤이 말했다.

"옛말에, '늙거나 병들면 예의에 얽매이지 말라(老不拘禮, 病不拘禮)'고 했소. 조금 전에 보니 안주도 조금 잡수시던데, 취하지 않을 정도로 한두 잔 마시는 것은 괜찮을 거요."

"선생, 그 말씀은 좀 따져 봐야겠습니다. 옛사람이 말한 다섯 가지 훈채(葷菜)란 파, 부추, 고수(芫荽) 따위인데, 제가 어찌 계(戒)를 어겼단 말씀이오? 술은 절대 마실 수 없습니다."

누찬이 말했다.

"그야 물론 억지로 권할 수 없는 일이지요."

그리고 얼른 차를 가져와 따르게 했다.

장철비가 말했다.

"저는 온갖 무예를 다 익혀서 말 위에서 하는 열여덟 가지 기예와 말 아래에서 하는 열여덟 가지 기예, 그리고 채찍과 창(鋼), 낫(鏟), 추(錘), 칼(刀), 창(槍), 검(劍), 극(戟)을 모두 조금씩 다룰 줄 압니다. 다만 제가 모가 난 성격이라 길을 가다가도 불공평한 일을 보면 칼을 뽑아 들고 달려가 도와주고, 천하에 재주 있는 멋진 사나이들과 대결하기를 무척 좋아합니다. 또 수중에 돈이 생기면 가난한 사람들을 도와주기 좋아합니다. 그래서 집도 절도 없이 천하를 떠돌다가 오늘 여기까지 오게 된 것입니다."

누찬이 말했다.

"이야말로 영웅의 본모습이로군요."

권물용이 말했다.

"장 형께서 방금 말씀하신 무예 가운데 검무(劍舞)가 더욱 볼 만합니다. 여러분, 이 자리에서 한번 청해 보는 게 어떻습니까?"

형제는 무척 기뻐하며 즉시 사람을 불러 집 안에 있던 송문고검(松文古劍)* 한 자루를 가져오게 해서 장철비에게 건네주었다. 장철비가 등불 아래서 검을 뽑으니 검신이 찬란하게 반짝였다. 그는 즉시 전의를 벗고 허리띠를 조여 맨 다음, 보검을 들고 마당으로 걸어 나갔다. 모두들 밖으로 몰려나오자 형제가 소리쳤다.

"잠시만! 얼른 촛불을 켜라 이르겠소."

분부를 내리자 즉시 10여 명의 집사와 머슴들이 모두 손에 촉노(燭奴)*를 들고 나와 환하게 촛불을 밝히고 마당 양쪽에 줄지어 섰다. 장철비는 위로 아래로, 좌로 우로 검을 휘두르며 수많은 모습을 연출했다. 검무가 한창 무르익어 갈 무렵, 갑자기 은빛 뱀 같은 싸늘한 빛이 여기저기 어지러이 번쩍이더니 사람은 보이지 않고 그저 음산한 바람만 휘몰아쳐, 보는 사람들은 모두 털이 곤두설 지경이었다. 권물용이 또 책상 위에서 구리 쟁반 하나를 가져와 하인들에게 물을 가득 채우게 한 후 쟁반 안의 물을 장철비에게 뿌렸지만, 검막(劍幕) 안으로 한 방울의 물도 들어가지 않았다. 잠시 후, 큰 기합 소리와 함께 싸늘한 빛이 갑자기 사라졌는데, 여전히 검은 그의 손에 쥐어져 있었다. 그는 얼굴도 붉어지지 않고 숨을 헐떡이지도 않았다. 사람들은 칭찬해 마지않았고, 그대로 새벽 늦게까지 술을 마시고 나서 모두 서재에서 쉬었다. 이때부터 권물용과 장철비는 모두 재상 댁의 큰 손님[上客]이 되었다.

하루는 누봉이 사람들에게 말했다.

"조만간 큰 모임을 열어 손님들을 두루 모시고 앵두호로 나들이를 갈까 합니다."

이때는 날이 점차 따뜻해져서, 권물용이 입고 있는 두터운 흰 겉옷은 걸치자니 너무 더웠다. 그는 그 옷을 저당 잡혀 은자 몇 푼을 구해 남색 천을 사서 홑 도포(直綴) 한 벌을 만들어, 잘 차려 입고 나들이에서 큰 손님 노릇을 제대로 해 보려고 생각했다. 이렇게 정하고 누씨 형제 몰래 장철비에게 부탁해서 전당포에서 5백 문(文)을 받아다가 침대 머리맡에 놓아두었다. 그런데 낮에 잠정에서 주변 경치를 구경하다가 저녁에 방으로 돌아와 머리맡을 더듬어 보니, 놓아둔 돈 5백 문이 한 푼도 보이지 않았다. 아무리 생각해 봐도 돈을 가져갈 사람은 양윤의 그 멍청이 아들뿐이었다. 그래서 곧장 대문 옆 문간방으로 가 보니 마침 그가 거기 앉아 머저리 같은 소리를 해 대고 있었다.

"노육, 나하고 말 좀 하자."

양노육은 이미 거나하게 취한 상태였다.

"아저씨, 무슨 일인데유?"

"내 베갯머리에 있던 돈 5백 문을 본 적 있지?"

"예."

"그게 어디 갔지?"

"오늘 오후 제가 가져가 노름하다가 날려 버렸지유. 호주머니에 10문 남짓 남아, 조금 전 술을 사 마셨죠."

"이놈, 그 무슨 해괴한 소리냐! 내 돈을 왜 네가 가져다 노름을 한단 말이냐?"

"아저씨, 우린 원래 한 식구잖아요. 아저씨 게 제 것이고 제 것이 아저씨 것인데, 무슨 네 것 내 것을 따져요?"

그리고 고개를 홱 돌리더니 줄행랑을 쳤다. 권물용은 화가 나서 그 뒷모습만 쏘아 볼 뿐, 뭐라고 한마디도 하지 못했다. 그야말로 말할 수 없는 괴로움이었던 것이다. 그날 이후로 권물용은 양윤과 사이가 틀어졌다. 권물용은 양윤을 멍청이라 불렀고, 양윤은 그를 미친놈이라고 불렀다. 누봉은 권물용에게 옷이 없는 걸 알고 연한 푸른색 비단으로 된 도포 하나를 내주었다.

누씨 형제는 손님들을 두루 초청하고, 큰 배 두 척을 불렀다. 술자리를 준비하는 요리사들과 차 시중 및 술시중 드는 사람들은 다른 배에 탔다. 노래를 부르고 「조세십번(粗細十番)」*을 연주할 악단이 또 한 척의 배에 탔다. 때는 바로 4월 중순이라 날씨가 맑고 따뜻해서, 모두 짧은 홑옷으로 갈아입고 손에는 부채를 들었다. 비록 거창한 모임은 아니지만 그래도 많은 사람들이 모였다. 모인 사람들은 다음과 같다. 누봉, 누찬, 거내순, 우포의, 양윤, 권물용, 장철비, 진예. 노 편수는 초청을 했으나 오지 않았다. 배 안에는 여덟 명의 명사(名士)와 양윤을 따라온 그의 멍청한 아들 양노육까지 모두 아홉 명이 타고 있었다.

잠시 후 우포의가 시를 읊고, 장철비가 검무를 추고, 진예가 우스갯소리를 했다. 누씨 형제는 침착하고 우아한 태도로 지켜보고 있었고, 거내순은 잘생긴 풍류 공자의 모습으로, 양윤은 예스러운 분위기를 풀풀 풍겼고, 권물용은 괴이한 모습으로 함께 했으니 정말 훌륭한 모임이었다! 양쪽 창문은 사방으로 열려 있었고, 작은 배는 나직하게 음악을 연주하며 느긋하게 앵두호를 유람했다. 술자리 준비가 끝나자, 헐렁한 옷에 높다란 모자를 쓴 10여 명의 집사들이 배 위에서 번갈아 가며 술을 따르고 요리를 날랐다. 그 음식의 정갈함이며 차와 술의 맑고 향기로움에 대해서는 구구절절 말할 필요가 없을 것이다. 술을 마시다가 달이 떠오르자 두 척의 배 위로 5, 60개의 양각등(羊角燈)*이 켜져 달빛 가득한 호수를 비추니, 사방이 대낮처럼 환했다. 한 자락 풍악 소리가 크게 울리니 사방이 탁 트인 곳이라 그 울림이 더욱 또렷이 들렸고, 음악 소리는 10리도 넘게 퍼져 나갔다. 양쪽 강변의 사람들은 신선을 바라

보듯 했으니 뉘라서 부러워하지 않았으랴? 그렇게 밤새 나들이를 즐겼다.

이튿날 아침 돌아와서 거내순이 노 편수를 뵈러 가자, 노 편수가 말했다.

"자네 외숙들은 집에서 오로지 문을 걸어 닫고 과거 공부에 힘써서 집안의 명성을 이어 가야 마땅하거늘 어째서 계속 그저 그런 자들과 어울리는 겐가? 이렇게 허장성세를 부리며 지내는 건 역시 옳지 않네."

다음 날 거내순이 두 외숙에게 대충 그 말을 전하자, 누봉이 크게 웃으며 말했다.

"나도 네 장인을 이해할 수 없구나. 이렇게 속될 수가!"

말이 끝나기도 전에 문지기가 들어와 아뢰었다.

"노 나리께서 시독(侍讀)으로 승진하셨습니다. 이미 조정에서 명이 내려졌고 경보(京報)*가 방금 도착했으니, 나리들께서도 축하 인사를 가셔야겠습니다."

거내순은 그 말을 듣고 황급히 먼저 돌아가 축하 인사를 드렸다.

저녁 무렵 거내순이 하인을 보내 말을 전했다.

"큰일 났습니다! 노 나리께서 조정의 명을 받고 온 가족이 모여 기뻐하며 술자리를 마련해 축하 잔치를 하고 있는데, 갑자기 담이 재발하여 순식간에 내장이 상하고 이미 인사불성이 되셨습니다. 얼른 두 분 나리들을 모셔 오랍니다!"

누씨 형제는 그 말을 듣고 가마도 기다리지 못하고 황급히 달려갔다. 그런데 노씨 집에 도착하여 문을 들어서는데 한 자락 곡소리가 들려오는지라, 그들은 노 편수가 이미 세상을 떠났음을 알았다. 여러 친척들이 벌써 도착해서 일가친척 가운데 아들 하나를 후사로 세우고 장례 치를 일을 의논했다. 거내순은 슬픔에 겨워

피골이 상접할 정도가 되어 사위로서의 도리를 다했다.

다시 정신없이 며칠이 지나고 누 통정사에게서 편지가 왔다. 형제는 서재에서 경사로 써 보낼 편지에 대해 상의를 했다. 이때는 24, 25일 무렵이라 달빛이 밝지 않아서, 두 형제는 촛불 하나를 밝히고 마주 앉아 상의했다. 저녁 9시가 지나서 갑자기 지붕 위의 기와에서 무슨 소리가 들리더니, 사람 하나가 처마에서 뛰어내렸다. 그는 온 몸이 피에 젖어 있었고, 손에는 가죽 부대 하나를 들고 있었다. 형제가 촛불 아래에서 살펴보니, 그는 바로 장철비였다. 형제가 깜짝 놀라며 물었다.

"장 형, 무슨 일로 한밤중에 내실까지 들어오셨소? 이 가죽 부대 안에 든 게 뭡니까?"

"두 분 나리, 앉으십시오. 자세히 아뢰겠습니다. 제게는 평생 은인 한 분과 원수 하나가 있습니다. 이 원수에게 벌써 10년 동안 원한을 품고 있었으나 손을 쓰지 못하고 있다가 오늘에야 해치웠으니, 그놈의 수급(首級)은 이미 제 손 안에 있습니다. 이 가죽 부대 안에 피가 흥건한 사람의 머리가 들어 있는 것이지요. 하지만 제 은인은 10리 밖에 있는데, 은혜를 갚으려면 은자 5백 냥이 필요합니다. 저는 이미 마음의 결정을 했습니다. 이제부터는 저를 알아주는 이를 위해 몸을 바치기로요. 그런데 이 일을 처리해 주실 분은 오직 두 분 나리뿐입니다. 두 분 말고 누가 그런 아량을 갖고 있겠습니까? 그래서 어둔 밤길을 무릅쓰고 찾아와 간구하는 것입니다. 도움을 받지 못한다면 이 길로 몸을 숨길 것이니, 다시는 뵐 수 없을 겁니다!"

그리고는 가죽 부대를 들고 떠나려 했다.

형제는 간이 떨어질 정도로 놀라 급히 만류하며 말했다.

"장 형, 잠시만요! 그깟 5백 냥쯤은 마음에 둘 것도 없지만, 이 물건은 어떻게 하실 참이오?"

"뭐 어려울 게 있겠습니까? 제가 칼을 좀 휘두르면 당장 흔적을 없애 버릴 수 있지만, 경황이 없어 그럴 수가 없었습니다. 이 길로 가서 5백 냥을 드리고 네 시간 안에 돌아오겠습니다. 자루 안에 든 물건은 꺼내서 제가 가진 약을 뿌리면 금방 물로 변해 터럭 하나 남지 않을 것입니다. 두 분 나리께서는 잔치를 준비해서 손님들을 두루 초빙하시고, 제가 이 일을 처리하는 걸 지켜보십시오."

누씨 형제는 그 말을 듣고 무척 놀랐다. 그들은 서둘러 안으로 들어가 5백 냥을 가져다가 건네주었다. 장철비는 가죽 부대를 계단 아래에 두고 은자를 몸에 묶더니, 큰 소리로 "감사합니다!" 하고 인사했다. 그러더니 몸을 솟구쳐 처마 위로 뛰어올라 나는 듯이 움직였다. 그저 기왓장 울리는 소리가 한번 들리는가 싶더니 어느새 흔적도 없이 사라졌다. 그날 밤은 사방이 고요했고, 막 떠오른 달빛이 계단 아래 가죽 부대 속의 피에 젖은 사람 머리를 비추고 있었다. 그런데 이 일로 인해 다음과 같은 새로운 이야기가 생겨난다.

부귀한 공자는
문을 걸어 닫은 채 세상사를 묻지 않고
이름 날리던 문인은
행실을 고치고 과거 공부를 하려 하네.
豪華公子, 閉門休問世情.
名士文人, 改行訪求學業.

대체 이 사람 머리가 어떻게 될까? 이에 대해서는 다음 회를 들어 보시라.

와평

누씨 형제는 친구를 목숨처럼 여겨 예를 다해 대접하곤 하니, 어찌 혼탁한 세상의 어진 공자들이 아니겠는가? 하지만 상대를 너무 쉽게 믿고 함부로 사귀며, 게다가 그 사람의 평소 행실을 알아보지도 않고 소문만 듣고 친교를 맺곤 하니, 이것은 섭공(葉公)이 용을 좋아했으나 그것들이 모두 잉어라는 것을 몰랐던 것과 같다.* 양윤은 누씨 집에 온 후 자신에게 힘이 돼 줄 것이라 생각하여 서둘러 권물용을 끌어들여 도움을 구했다. 하지만 권물용이 온지 며칠 되지도 않아 5백 문의 돈 때문에 갑자기 서로 사이가 틀어지게 된다. 이걸 보면 인과응보를 행하는 귀신이 왜 귀신인지 알 만하다.

제13회
거내순은 마정을 찾아가 팔고문에 대해 묻고,
마정은 의리를 지키려 재물을 쓰다

　누씨 형제는 은자 5백 냥을 장철비에게 주면서 은인에게 사례하라고 했고, 사람의 머리가 들어 있는 가죽 부대는 집 안에 그대로 놓여 있었다. 형제가 재상 집안의 자제인지라 어지간한 일에는 놀라지 않지만, 피가 뚝뚝 흐르는 사람의 머리가 내실 계단 아래에 놓여 있으니 조금은 속이 타지 않을 수 없었다. 누찬이 누봉에게 말했다.

　"장철비는 명색이 협객이니 절대 믿음을 저버리지 않을 겁니다. 그러니 우리도 속인처럼 굴어서는 안 됩니다. 그냥 술자리를 마련해서 가까운 친구를 몇 명 부릅시다. 그러다 그가 와서 가죽 부대를 열고 약을 뿌려 물로 만든다면, 이 또한 보기 드문 구경거리가 될 것입니다. 그러니까 친구들과 일명 '인두회(人頭會)'를 여는 게지요. 못 할 이유가 뭐 있겠습니까?"

　누봉은 이 말에 따라 날이 밝자 술자리를 준비하라 이르고는, 우포의와 진예, 거내순을 초대했다. 집에 머물고 있던 식객 세 명이 포함된 것은 말할 것도 없다. 누봉 형제는 술이나 한잔하자고 하였을 뿐 구체적 이유는 말하지 않았으니, 장철비가 오고 난 후 일을 벌여서 모두를 깜짝 놀라게 해 줄 작정이었던 것이다.

손님들은 모두 모여서 이런저런 이야기를 나누고 있었다. 그런데 예닐곱 시간이 지나도록 장철비는 오지 않았고, 해가 중천에 뜨도록 그는 그림자조차 보이지 않았다. 누봉이 슬며시 누찬에게 말했다.

"일이 좀 이상하게 되어가는걸?"

"다른 데를 들렀다 오느라 늦어지는 거겠지요. 가죽 부대가 여기 있으니 오지 않을 리가 없습니다."

　그러나 저녁 무렵이 되도록 장철비는 나타나지 않았다. 그렇지만 부엌에서는 이미 술상을 다 차려 놓은 터라, 손님들을 자리로 모실 수밖에 없었다. 그날은 날이 무척 따뜻했기 때문에 두 형제의 속은 더 타들어 갔다.

　'이 사람이 결국 오지 않으면 이 머리는 대체 어떻게 처리하지?'

　저녁이 되자 가죽 부대에서 고약한 냄새가 새나 왔고, 부인들은 그 냄새를 맡고 걱정스러워 누씨 형제 쪽에 사람을 보내 좀 가서 살펴보라고 했다. 형제는 어쩔 수 없이 맘을 단단히 먹고 가죽 부대를 열었다. 안을 들여다보자, 사람의 머리 따위는 어디에도 없고 그저 예닐곱 근쯤 되는 돼지머리가 들어 있을 뿐이었다! 형제는 말문이 막혀 서로 얼굴만 쳐다보았다. 그리고 즉시 돼지머리를 주방으로 내가 하인들에게 줘 버리라고 했다. 두 사람은 조용히 상의해서 이 일을 비밀에 부치기로 하고, 나가서 아무 일 없는 듯 손님들과 술을 마셨지만 마음이 갑갑했다.

　문지기가 들어와 아뢰었다.

"오정현(烏程縣)에서 차인이 현령 어른의 명첩을 가지고 왔습니다. 소산현에서 온 두 차인도 함께 와 있는데, 나리를 뵙고 드릴 말씀이 있다고 합니다."

"참 이상한 일이구먼. 무슨 할 말이 있다는 거지?"

누봉은 누찬에게 손님 대접을 하라 이르고 대청으로 가 그들을 들이라고 했다. 차인이 들어와 머리를 조아리며 말했다.

"현령 나리께서 안부를 여쭙십니다."

그리고는 소환장과 공문〔關文〕*을 올렸다. 누봉이 촛불을 가져오게 해서 읽어 보니 다음과 같은 내용이었다.

　　소산현 현령 오(吳) 아무개가 본 지역에서 발생한 흉악한 범죄 사건에 대해 알림.

　　난약암(蘭若庵)의 중 혜원(慧遠)이 고소한 바에 따르면, 본 지역의 무뢰배 권물용이 그의 제자인 비구니 심원(心遠)을 유인하여 집에 가두었다고 함. 조사해 보니 범인은 범죄 행각이 발각되기 전에 이미 스스로 잠적하여 귀현으로 도망가 있었음. 이에 공문을 보내니, 귀현에서는 번거롭더라도 보내 드린 공문의 사건을 조사해 주기 바람. 사람을 파견해 저희가 보낸 차인과 협조하여 범인의 은신처를 찾아내고 범인을 체포한 후 저희 현으로 압송하여 처리할 수 있도록 해 주길.

　　부디 조속한 조처를 부탁드림.

누봉이 공문을 보고 나자 차인이 아뢰었다.

"저희 나리께서 셋째 나리께 알려드리라고 하셨습니다. 그 사람이 나리 댁에 있으며, 나리께서는 그가 이런 일을 저질렀는지 모르고 집에 들인 거라고 말입니다. 그러니 이제 그를 제게 넘겨주십시오. 그가 살던 소산현에서 온 차인이 지금 대기하고 있으니, 넘겨주어 데려가게 해야 합니다. 혹시라도 그자가 이 사실을 알고 도망이라도 친다면 소산현에 회답하기가 곤란해집니다."

"알았네. 밖에서 좀 기다리게."

차인은 예! 하고 나가 문간방에 앉아 기다렸다.

누봉은 참담한 심정으로 누찬과 양윤을 불렀다. 두 사람은 와서 소산현에서 보내온 공문과 죄인을 잡아 오라는 오정현의 소환장을 보았다. 누찬도 겸연쩍기는 마찬가지였다. 양윤이 말했다.

"셋째 선생, 넷째 선생, 자고로 '벌이나 전갈이 품 안에 들어오면 옷을 벗어 털어 내야 한다(蜂蠆入懷, 解衣去趕)'는 말이 있습니다. 그자가 그런 일을 저지른 이상, 두 선생께서 감싸 주어서는 안 됩니다. 제가 가서 권물용에게 이야기를 하고 차인에게 데려다 주면, 그 다음에는 자기가 알아서 처신하겠지요."

두 형제도 어찌할 방법이 없었다. 양윤이 서재 안의 술자리로 돌아가 상황을 낱낱이 얘기하자, 권물용은 얼굴을 붉히며 말했다.

"진실은 진실이고 거짓은 거짓이오! 내 곧 그와 함께 가리다, 무서울 게 뭐요!"

형제가 들어와 평상시와 다름없는 태도로 몇 마디 위로의 말을 해 주었다. 그리고는 이별주를 두 잔 주고, 은자 두 봉지를 가져다 여비로 주었다. 형제는 대문까지 배웅을 나와 하인에게 그의 짐을 들게 하고 허리를 굽혀 작별 인사를 나누었다. 소산현에서 온 두 차인은 누씨 댁에서 나오는 권물용을 보고, 누씨 형제가 집 안으로 들어가자 바로 사슬로 묶어 데려갔다.

누씨 형제는 이 두 가지 일을 겪은 후 의기소침해져서 문지기에게 이렇게 분부했다.

"낯선 사람이 찾아오면 경사로 돌아갔다고 해라."

그러고는 문을 닫아걸고 이후로는 집안일에만 신경을 썼다. 며칠 후 거내순이 작별 인사를 하러 왔다. 그는 조부인 거 태수가 병이 나 가흥으로 돌아가 수발을 들어야 한다고 했다. 이 말을 들은 누씨 형제는 거내순과 함께 고모부를 뵈러 가흥으로 갔으나, 거우는 이미 병이 깊어 회복될 가망이 없어 보였다. 거내순은 거우의 명이라며 자기 대신 아내를 데려와 달라고 두 사람에게 부탁했다. 누씨 형제는 집에 돌아와 편지를 써서 하녀를 통해 말을 전하게 했으나, 노 편수의 부인이 딸을 보내려 하지 않았다. 노 아가씨는 대의에 밝은지라 간병을 하러 가겠다고 어머니를 설득했다. 그때 채빈은 이미 시집을 갔고, 쌍홍이라는 계집종만이 남아서 노 아가씨의 몸종으로 따라가게 되었다. 노씨는 큰 배 두 척을 빌려 혼수를 모두 배에 싣고 가흥에 도착했다. 그러나 거우는 이미 세상을 떠난 뒤였고, 거내순이 돌아가신 부친을 대신해 조부상을 치르고 있었다. 노씨는 위로는 홀로 된 시어머니를 모시고 아래로는 집안 일을 돌보았는데, 매사를 사리에 맞게 처리하였기에 친척들이 모두 칭찬해 마지않았다. 누봉과 누찬은 상을 다 치르고 나자 호주로 돌아갔다.

거내순은 3년상을 치렀다. 그는 한동안 호기롭던 두 외숙의 생활이 하루아침에 맥없이 무너지는 것을 보고, 스스로 이름을 날리겠다는 마음도 시들해져서 시화(詩話)를 찍어 사람들에게 보내는 일도 더 이상 하지 않았다. 상을 마치고 났더니 노 아가씨가 낳은 첫 아들도 벌써 네 살이 되었다. 노씨는 매일 아들을 붙잡아 앉혀 놓고 집에서 '사서(四書)'를 가르치고, 팔고문을 읽혔다. 거내순도 그 곁에서 거들었다. 거내순은 학교에서 높은 성적을 거둔 친구들과 과거 공부에 대해 상의하고 싶은 마음도 있었다. 그렇지만 안타깝게도 가흥에 있는 친구들은 모두 거내순을 시나 짓는 명사로 여길 뿐 그와 가까이 지내려 하지 않았으므로, 그 역시 마음을 접게 되었다. 하루는 그가 거리를 지나다 새로 생긴 서점에서 붉은 종이에 써 붙인 광고를 보게 되었는데, 거기에는 다음과 같이 적혀 있었다.

본 서방(書房)에서는 처주(處州)*의 마순상(馬純上) 선생님을 특별히 모셔 향시, 회시의 우수 답안 문장을 정선합니다. 여러 동문록(同文錄)*이나 주권(朱卷)을 주실 애독자 여러분은 가흥부 큰 거리에 있는 문해루(文海樓) 서방으로 연락 주시기 바랍니다. 착오 없으시길.

그것을 보고 거내순이 생각했다.

'문장을 선별하는 사람이 있었군. 한번 만나 봐야 되겠는걸……'

그러고는 급히 집으로 가 옷을 갈아입고 '후배〔同學敎弟〕'라는 명첩을 써서 서방으로 갔다.

"여기가 마 선생님이 머무는 곳입니까?"

"마 선생님은 위층에 계십니다."

서방에 있던 사람이 이렇게 말하며 소리를 쳤다.

"마이(馬二) 선생님, 손님이 찾아오셨습니다."

"갑니다."

위층에서 이런 소리가 들리더니 마정(馬靜)이 아래층으로 내려왔다. 거내순이 보니 그는 8척 키에 위엄 있는 모습으로, 방건을 쓰고 남색 도포를 걸치고 바닥이 흰 검은색 가죽 장화를 신고 있었다. 얼굴은 아주 시커멓고, 성긴 수염을 기르고 있었다. 둘은 서로 인사를 나눈 후 자리를 잡고 앉았다. 마정이 명첩을 보더니 이렇게 말했다.

"시에서 존함을 본 적이 있습니다. 만나 뵙게 되어 영광입니다, 영광입니다!"

"선생님이야말로 문장을 엄선하기 위해 오셨으니 태산북두(泰山北斗)와 같은 분이십니다. 제가 흠모해 마지않았는데 너무 늦게 찾아뵈었습니다."

서방에서 내온 차를 마시고, 거내순이 말했다.

"선생님께서는 처주에서 수재가 되셨으니 과거에 급제하셨겠네요."

"제가 24년간 늠생(廩生)으로 있으면서, 여러 종사들께서 좋게 봐주신 덕에 향시 응시 자격시험에서는 예닐곱 차례 수석을 했습니다. 하지만 과거 시험장에서는 운이 없었으니 부끄러울 따름입니다!"

"운이라는 것도 때가 있는 것이니, 다음번에는 꼭 장원 급제하실 것입니다. 틀림없습니다."

한바탕 이야기를 나눈 후 거내순이 작별을 고했다. 마정은 그가 사는 곳을 묻고 내일 방문하겠다고 했다. 거내순이 집으로 돌아와 부인에게 알렸다.

"마이 선생께서 내일 찾아오실 거요. 그는 팔고문 짓기에 정통한 분인데, 식사라도 대접해야겠소."

노씨가 기꺼이 준비하겠다고 했다.

다음 날 마정은 외출복을 입고 회답 명첩을 써서 거내순의 집으로 왔다. 거내순은 그를 맞아들이고 말했다.

"우리 두 사람은 평범한 친구가 아니라 마음이 통하는 오랜 벗인 듯합니다. 오늘 이렇게 특별히 찾아주셨으니 편히 앉으시지요. 제가 변변치 않은 식사나마 대접하고자 하니 너무 흉은 보지 마십시오."

마정은 듣고 흔쾌히 그러자고 했다.

"선생님께서는 팔고문을 선정할 때, 어떤 글을 높게 평가하십니까?"

"팔고문이란 결국 이법(理法)이 골간(骨幹)이 되는 것이지요. 팔고문의 기풍은 변할 수 있지만, 이법은 결코 변하지 않습니다. 그 래서 기풍은 명 왕조의 홍무(洪武), 영락(永樂) 연간에 한 번 변하 였고, 성화(成和), 홍치(弘治) 연간에 또 한 번 변하였습니다. 그러 나 자세히 보면 이법은 언제나 한결같았습니다. 대개 팔고문이란 주소(注疏)의 기풍이 있어선 아니 되고, 사부(詞賦)의 기풍은 더욱 안 됩니다. 주소의 기풍이 있으면 팔고문의 아름다움이 떨어지는 결함이 생길 뿐이지만, 사부의 기풍이 있으면 성현의 말씀을 전하 는 데에 방해가 되기 때문에 사부의 기풍은 더욱 조심해야 하는 것입니다."

"그렇군요. 팔고문은 그렇게 써야 하는 것이군요. 그러면 팔고 문의 비평은 어떻게 해야 하는지 여쭈어도 될까요?"

"그것도 역시 사부의 기풍이 없어야 됩니다. 제가 늘 선배들의 비평을 보면 음풍농월하는 것 같은 구절들이 있는데, 후배들이 그 것을 보면 시사가부(詩詞歌賦)와 같은 길로 들어서고 싶은 생각을 갖게 만드니 곧 마음가짐을 망치게 합니다. 옛사람이 적절히 말했 듯이 '글을 짓는 마음은 사람의 눈과 같아야(作文之心如目)' 하지 요. 무릇 사람의 눈 속에 티끌이나 먼지 부스러기가 있어서는 안 되는데, 금이나 옥의 부스러기가 있을 수 있겠습니까? 그래서 제가 팔고문을 비평할 때는 모두 『주자어류(朱子語類)』나 『사서혹문(四 書或問)』에 있는 정제된 말들만 가려 씁니다. 때로 하나의 평어를 찾느라고 밤새 고민하곤 하는데, 함부로 붓을 놀릴 수 없기 때문입 니다. 제 글 한 편을 읽으면 바로 10여 편의 팔고문을 써낼 수 있는 이치를 깨달을 수 있어야지만 유익하다 할 수 있겠지요. 나중에 말 했듯이 선정하면 보내 드릴 터이니 자세한 가르침을 주십시오."

이렇게 이야기를 나누고 있자니 집에서 만든 푸짐한 음식으로 한 상을 내왔다. 오리곰탕 한 그릇, 닭백숙 한 그릇, 생선 한 마리,

살이 흐물흐물해지도록 고아 낸 돼지고기가 큰 사발로 하나였다.
마정은 식사량이 상당해서, 젓가락을 들고는 이렇게 말했다.

"우리는 피차 지기(知己)로 만난 것이니 사양하지 않겠습니다.
생선은 됐고, 고기는 아주 좋아합니다!"

그러고는 밥을 네 공기나 먹어 치우고 큰 사발에 담아 낸 고기
도 깨끗이 비웠다. 안에서 듣고 있던 노씨가 다시 한 그릇을 내오
자 국물까지 남김없이 다 먹었다. 식사가 끝나자 식탁을 치우고,
둘은 차를 마시며 이야기를 나누었다.

마정이 물었다.

"선생은 명문가의 자제이고 이렇게 재주도 비상하니, 진즉에 급
제하여 높은 벼슬을 하고 있어야 마땅합니다. 그런데 왜 이런 데
서 이렇게 지내십니까?"

"저희 선친께서 일찍 세상을 뜨시고, 조부님 슬하에서 집안을
돌보다 보니 과거 공부에는 힘을 쓰지 못했습니다."

"그건 잘못된 생각입니다. 과거 공부라는 것은 예로부터 지금까
지 누구나 반드시 해야 하는 것입니다. 예를 들어 공자님이 살아
계시던 춘추 시대에는 '언행으로 천거되어[言揚行擧]'* 벼슬을 하
였기에, 공자께서는 '말에 허물이 적고 행동에 민첩함이 적으면,
녹이 그 안에 있다'*는 것만 가르치셨습니다. 이것이 바로 공자의
과거 공부였지요. 전국 시대에 이르면 유세로 벼슬을 하였기에 맹
자께서 제(齊)나라와 양(梁)나라에서 두루 유세하셨습니다. 이것
이 바로 맹자의 과거 공부였지요. 한나라 때에는 '현량방정과(賢
良方正科)'*를 열어 인재를 등용하였기에, 공손홍(公孫弘)과* 동중
서(董仲舒)가* 현량방정함으로 천거를 받았습니다. 이것이 바로
한나라 사람들의 과거 공부였습니다. 당나라 때에는 시부(詩賦)로
인재를 선발하였기에, 당나라 사람들은 공자와 맹자의 가르침을

공부한다 하더라도 관직에는 나갈 수 없었을 것입니다. 그러므로 그들은 모두 시 몇 구절은 잘 지을 수 있었으니, 이는 바로 당나라 사람들의 과거 공부였습니다. 송나라 때 이르면 조금 나아져서 성리학을 좀 공부한 사람들이 관직에 나아갔기 때문에 정자(程子), 주자(朱子)가 성리학을 가르친 것입니다. 이것이 바로 송나라 사람들의 벼슬살이 준비입니다. 오늘날에는 팔고문으로 인재를 선발하고 있으니, 이야말로 가장 합당한 과거 공부입니다. 그렇기에 공자께서 지금 살아 계신다 하더라도 역시 팔고문을 외우고 과거시험을 치러야 했을 것입니다. '말에 허물이 적고 행동에 민첩함이 적으면' 어쩌고저쩌고 하는 식의 말씀은 결코 하지 않을 겁니다. 왜냐? 날이면 날마다 '말에 허물이 적고 행동에 민첩함이 적으면……' 하는 가르침에 힘쓴다 하더라도 누가 벼슬자리를 주겠습니까? 공자님의 도도 이제는 쓸모가 없어진 겁니다."

마정의 말에 거내순은 꿈속에서 번쩍 깨어난 것 같았다. 그는 마정을 붙들어 저녁까지 먹은 후, 생사지교[性命之交]를 맺고 헤어졌다. 그날 이후로 날마다 서로 왕래하였다.

하루는 문해루에서 그를 만났는데 책상에는 판각된 선집 목록이 펼쳐져 있었다. 위쪽에는 '역과묵권지운(歷科墨卷持運),' 아래쪽에는 '처주 순상 마씨 평선(處州馬靜純上氏評選)'이라고 적혀 있었다. 거내순이 웃으며 말했다.

"선생, 여쭐 게 있는데, 아래쪽에 선생께서 평선 하셨다고 한 부분에 제 이름도 넣어 주면 어떻겠습니까? 제가 선생과 공동으로 선집 했다고 해서 준마의 꼬리에 붙어 가면 안 될까요?"

이 말을 들은 마정이 정색을 하고 말했다.

"여기에도 나름의 원칙이 있습니다. 표지에 이름을 넣는다는 것이 쉬운 일이 아닙니다. 저 같은 사람은 수십 년 동안 좋은 성적을 얻은 덕분에 허명(虛名)이라도 좀 있어서 사람들이 청탁하러 오는 게지요. 선생처럼 명성이 높은 분이 표지에 이름 올리기가 어려울 리 있겠습니까? 다만 선생과 내가 각자 이름을 올릴 수는 있어도, 함께 이름을 올릴 수는 없습니다. 거기에는 그럴 만한 이유가 있어요."

"무슨 이유가 있습니까?"

"그거야 명예와 이익 때문이지요. 저는 절대로 내 명예를 망쳐서 이익을 좇는 사람이 되고 싶지는 않습니다. 만일 선생의 이름을 제 이름 뒤에 쓴다면 세상 사람들은 선생이 출판 자금을 댔을 것으로 볼 테니, 제가 이익이나 좇는 사람이 되지 않겠습니까? 또 만일 선생 이름을 제 이름 앞에 쓴다면, 제가 쌓은 수십 년 동안의 허명이 그야말로 모두 허명이 되는 것 아니겠습니까? 하물며 장난스런 글이라도 그럴 것입니다. 선생도 생각해 보면 아실 겁니다."

이야기를 나누고 있자니 서방에서 마정의 밥을 가져왔는데, 청경채국 한 그릇과 간단한 밑반찬 두 가지가 전부였다. 마정이 말했다.

"찬이 신통치 않아서 같이 들자고 하기가 뭐합니다만, 좀 드시겠소?"

"그야 괜찮습니다만, 제 보기에는 선생도 채식을 즐기는 것 같지는 않던데요. 제게 은자가 좀 있습니다."

거내순은 이렇게 말하고 급히 돈을 꺼내 서방 주인의 둘째 아들에게 익힌 고기를 한 그릇 사다 달라고 했다. 둘이 같이 밥을 먹고 나서 거내순은 집으로 돌아갔다.

그는 집에서는 매일 저녁 노씨와 함께 새벽 3, 4시까지 아들을 가르쳤다. 하루라도 아들이 배운 것을 제대로 외우지 못하면 노씨는 아들을 다그쳐 날이 밝을 때까지 공부를 시켰고, 거내순에게는 서재로 가서 먼저 잠자리에 들도록 하였다. 계집종 쌍홍이 거내순의 곁에서 차를 올리고 물을 내오며 세심하게 시중을 들었다. 쌍홍은 시를 볼 줄 알아서 종종 시를 들고 와 거내순에게 가르침을 청했고, 그도 그녀에게 시를 조금씩 가르쳐 주었다. 그는 쌍홍의 성실함이 맘에 들어 왕혜에게 받은 낡은 베개 상자를 주면서 수를 놓으라고 했다. 그러면서 무심결에 왕혜를 만났던 일에 대해서도 이야기해 주었다.

한편, 누봉 집의 하인 진환성은 어릴 적에 쌍홍과 혼약을 한 일이 있었는데, 대담하게 가흥으로 도망쳐와 그녀를 꾀어 달아나 버렸다. 이 일을 알게 된 거내순은 대노하여 수수현(秀水縣)에 신고하였고, 관아에서는 체포 영장을 발부해 그들을 잡아 왔다. 두 사람은 차인의 집에 갇혀 감시를 받았고, 진환성은 사람을 보내 은자 수십 냥을 쌍홍의 몸값으로 지불할 테니 아내로 삼게 해 달라고 거내순에게 청을 넣었다. 거내순은 단호히 거절하였다. 차인이 이들을 관가로 데리고 가면 진환성은 곤장을 늘씬 맞을 테고 쌍홍은 돌려보내질 터인지라, 진환성은 몇 번이나 차인의 요구대로 은자를 내줄 수밖에 없었다. 진환성은 은자를 다 쓰고 옷가지도 모조리 저당 잡히게 되었다.

그날 밤 환성과 쌍홍은 차인의 집에서 낡은 베개 상자를 몇 십전에 팔아서 먹을 걸 사기로 했다. 쌍홍은 몸종이었기에 세상사를 잘 몰랐다. 그녀가 진환성에게 말했다.

"이 베개 상자는 고관을 지낸 나리의 것이니 값이 꽤 나갈지도 모르는데, 몇 십 전에 팔아 치우기에는 아깝지 않을까?"

"거 나리 거야? 아니면 노 나리 거야?"

"둘 다 아니야. 듣자 하니 돌아가신 거 태수 나리보다도 높으신 나리의 것이래. 나도 거 나리에게 들었는데, 그분은 거 태수 나리의 뒤를 이어 남창에 부임한 왕 태수 나리라고 했어. 나중에는 그 왕 태수 나리가 얼마나 높은 벼슬을 지냈던지 영왕과 서로 알고 지냈대. 영왕은 밤낮으로 황제를 죽일 생각만 했기 때문에 황제가 먼저 영왕을 죽이고, 또 왕 태수 나리를 죽이려고 했다. 왕 태수 나리가 절강으로 도망치자, 어찌 된 영문인지 황제도 이 베개 상자를 찾았대. 왕 태수 나리는 발각될까 봐 그걸 몸에 갖고 다닐 수 없어서 거 나리께 주었대. 거 나리는 이걸 그냥 집에 두고 있다가 날더러 꽃을 수놓아 장식하라고 주었는데, 내가 이걸 들고 나왔는지는 모르셔. 내 생각엔 황제도 탐을 냈던 거니까 무지 무지 값나가는 물건일 거야! 상자 속에는 왕 태수 나리가 쓴 글자도 있는걸!"

"황제가 꼭 이 베개 상자를 탐냈던 건 아닐 거야. 분명히 다른 이유가 있어. 이깟 베개 상자가 몇 푼이나 되겠어!"

이때 차인이 문을 뻥 차고 들어오면서 욕을 퍼부었다.

"이런 머저리 같은 놈! 이렇게 큰 돈벌이를 놔두고 이런 데서 지랄 맞은 꼴을 당하고 있냐!"

"나리, 돈벌이라굽쇼?"

"이 멍청한 놈! 내가 알려 주면 너무 선심 쓰는 건데? 어쨌든 이제 넌 공짜로 쌍홍이를 얻고, 게다가 은자도 수백 냥 벌어들일 수 있어. 우선 나한테 크게 한 턱 내고, 나중에 은자를 나랑 반반씩 나누겠다고 하면 알려 주지."

"은자만 있다면야 반으로 나눠도 그만이지요. 한 턱 내라고 하시지만 지금은 돈이 없어요. 내일 이 베개 상자를 팔지 않으면 나리께 한 턱 낼 수도 없다고요."

"그걸 팔아? 그랬단 봐라! 그날로 끝장이지! 돈이 없다면 빌려 주마. 오늘 밤 술값뿐 아니라 내일부터 필요한 게 있으면 내게 말해라. 내가 알아서 해 줄 테니, 나중에 배로 갚아야 해. 결국 너희가 받을 돈에서 공제하면 되니까 돈 떼일 일이야 없지!"

차인은 즉시 2백 문을 꺼내 술과 고기를 사서 두 사람과 함께 먹고, 진환성이 빌린 것으로 계산해서 장부에 달아 두었다. 진환성이 물었다.

"나리께서 무슨 돈벌이가 있다고 하지 않으셨나요?"

"오늘은 술이나 마셔라, 내일 다시 얘기하자."

그날 밤은 가위 바위 보로 벌주 마시기를 하면서 밤늦도록 술을 마시느라 2백 문을 다 써 버렸다.

진환성 이놈이 곤드레만드레가 되어 곯아떨어져서, 두 사람은 다음 날 해가 중천에 뜨도록 일어나지 못했다. 차인은 날이 밝기가 무섭게 집을 나섰다. 그는 이 일을 상의할 노련한 차인을 찾아가 여차저차 사정을 말했다.

"우리 모두가 돈 몇 푼이라도 쥐려면 이 일을 까발리는 게 좋을까요, 아니면 '시위는 당기되 쏘지 말고(開弓不放箭)' 있어야 할까요?"

이 말을 들은 나이 많은 차인이 욕을 한바탕 퍼부었다.

"이 일을 까발린다고? 까발리면 무슨 큰 이익이 있나? 지금 같은 경우는 다른 데로 새나 가지 않게 하고 그 나리와 얘기만 잘 하면, 돈은 걱정할 것도 없이 가져오게 돼 있어. 수십 년 동안 이 바닥에 몸담고 있었으면서 약인지 독인지도 구별 못 해! 이런 일을 까발린다고? 네 어미 대가리나 까발려라, 이 썩을 놈아!"

욕을 얻어먹은 차인은 창피하면서도 기뻤다. 그는 나는 듯이 집으로 돌아와 아직 일어나지 않은 진환성을 깨웠다.

"아주 상팔자로군! 아직까지 개처럼 들러붙어 있는 꼴이라니! 어서 일어나, 할 말이 있으니까!"

진환성이 황급히 일어나 방에서 나오자 차인이 말했다.

"밖에서 얘기 좀 하지."

차인은 진환성을 잡아끌고 길거리에 있는 조용하고 외진 찻집으로 가 앉았다.

"이 천치 같은 놈, 술 처마시고 밥 처먹을 줄 만 알고, 계집 끼고 잘 생각이나 하지! 이런 큰 건수를 놔두고 돈을 못 번다면, '보물 산에 들어갔다 빈손으로 나오는 격(如入寶山空手回)'이 아니겠냐고?"

"나리께서 가르쳐 주시면 되겠네요!"

"내가 한 수 알려 주지. 하지만 '제사를 지냈는데도 비가 안 온다(過了廟不下雨)'는 둥 하면서 오리발 내밀면 안 된다."

이렇게 이야기를 하고 있는데, 누군가 문 앞에서 차인을 보고 "나리" 하고 알은체를 하고 지나갔다. 차인은 그 사람의 넋 나간 모습을 보더니, 진환성에게 앉아 있으라 하고 살금살금 그 사람의 뒤를 따라갔다. 그러자 그 사람의 푸념 섞인 목소리가 들려왔다.

"쓸데없이 한 대 맞기만 했는데, 다친 데가 없어 고소할 수도 없군. 자해를 하자니 관청에서 조사하면 금방 들통이 날 테고."

차인이 슬그머니 벽돌 하나를 집어 들고 저승사자처럼 따라가서 그의 머리를 내리치자, 머리가 터지며 붉은 피가 주르르 흘러내렸다. 그 사람이 기겁을 하며 물었다.

"왜 이래요?"

"방금 다친 데가 없다며. 그런데 이건 다친 거 아냐? 또 네가 자해해서 생긴 것도 아니니 현령 나리가 조사한대도 꺼릴 게 없지. 얼른 가서 고소하지 않고 뭘 하나!"

그 사람은 진심으로 감격해서 고맙다는 인사를 하고, 손으로 피를 문질러 얼굴을 피범벅으로 만든 다음 현청으로 고소하러 갔다.

환성은 찻집 문 앞에 서서 이걸 보고 또 한 수 배운 바가 있었다. 차인이 돌아와 앉으며 말했다.

"어젯밤 네 마누라 될 아이의 얘기를 듣자 하니, 베개 상자는 왕 태수의 것이라며? 왕 태수는 영왕에게 투항한데다 또 도주까지 했으니 대역 죄인이고, 그 베개 상자야말로 결정적인 증거란 말이다. 그런데 그 집에서는 죄인과 교분을 맺고 증거를 숨겼으니, 만일 고발이라도 한다면 그야말로 죽거나 군대 끌려갈 죄가 될 테지. 그러니 너를 감히 어쩌겠느냐!"

진환성은 차인이 쏟아 놓는 말을 듣자 꿈에서 번쩍 깨어나는 듯했다.

"나리, 지금 당장 고소장을 써서 고발하러 가겠습니다."

"이런 멍청한 친구야, 또 이렇게 생각이 없어서야! 네가 고발하면 그 집안은 모조리 뼈도 못 추리게 될 것이고, 네게도 아무 이익이 없어. 그에게서 돈 한 푼 챙기지 못할 것이고, 하물며 자네는 또 그자와 원수진 일도 없지 않은가? 지금은 조용히 사람을 보내 좀 놀래 주면, 기겁을 하고 은자 몇 백 냥쯤 내놓을 거야. 그리고 몸값 한 푼 받지 않고 그 아이를 네 아내로 내어 줄 테니, 그럼 이 일도 끝이지."

"이렇게 마음을 써 주시다니, 나리, 정말 감사합니다. 이제 저는 나리께서 알아서 해 주시기만 바랄 뿐입니다."

"서둘지 마라."

그리고는 찻값을 내고 함께 걸어 나왔다. 차인이 진환성에게 당부했다.

"집에 가더라도 그 아이 앞에서 이 얘기는 입도 뻥끗 말아라."

진환성이 그러겠다고 했다. 이때부터 차인은 진환성에게 은자를 빌려 주었고, 진환성은 술이며 고기를 실컷 먹으며 잠시 즐겁게 지냈다.

거내순은 쌍홍을 빨리 잡아들이라고 관아에 재촉하였으나, 차인은 말을 자꾸 바꾸며 그를 속였다. 오늘은 내일 보낸다고 했다가, 내일이 되면 모레라고 하고, 모레가 되면 또 며칠 있다가라는 식이었다. 거내순이 화가 나서 고소장을 써서 차인을 고발하려 하자, 차인이 진환성에게 말했다.

"손을 쓸 때가 왔어!"

그러고는 물었다.

"평상시 거 공자와 친한 사람이 누구냐?"

"잘 모르겠는뎁쇼."

진환성이 이렇게 말하고 쌍홍에게 가서 물었다.

"나리가 호주에 계실 때는 친구 분이 많으셨는데, 여기서는 친구 분이라곤 도통 뵌 적이 없어. 서점의 마 아무개와 몇 번 왕래한다는 걸 들었을 뿐이야."

진환성은 쌍홍의 이 말을 차인에게 들려주었다.

"일이 쉽게 되었군."

차인은 이렇게 말하고 대서소를 찾아가 대역죄를 고발하는 고소장을 하나 썼다. 그리고 그걸 몸에 잘 지니고 큰길가에 있는 서점에서 문해루가 어디냐고 물었다.

문해루에 이르자 곧장 안으로 들어가 마 선생과 이야기를 나누고 싶다고 청했다. 마정은 현청의 사람이 온 걸 보고 영문도 모른 채 차인을 2층으로 맞아들였다.

"선생님께서는 남창부 태수를 지낸 거씨 댁 공자와 친한 사이라면서요?"

"그 사람은 내가 아끼는 후배요. 그런데 무슨 일로 그 사람에 대해 묻소?"

차인은 사방을 한번 쭉 둘러보고는 말을 꺼냈다.

"여기 엿들을 만한 사람은 없겠지요?"

"그렇소."

차인이 의자를 앞쪽으로 바짝 끌어당기고 고소장을 꺼내 마정에게 보이며 말했다.

"알고 보니 그 댁에 이런 일이 있더군요. 우리는 관아에서도 덕을 쌓고 베푸는 걸 좋아하는 사람입니다. 그분께 알려 드려야 일찌감치 조처를 취하실 테지요. 양심상 제가 가만히 있을 수 없어서요."

마정은 고소장을 보고 나서 얼굴이 흙빛이 되어 상세한 사정을 물었다.

"이 일은 절대 알려져서는 안 되오. 이미 좋은 마음을 먹었으니 제발 이 고소장은 잘 덮어 두시구려. 그 사람은 지금 집에 없소. 묘소를 돌보러 갔으니 그가 돌아온 후 다시 상의합시다."

"그놈이 오늘 당장 고소장을 보낸답니다. 더구나 이건 아주 중요한 사건이니, 누가 보류하려 하겠습니까?"

마정이 당황해하며 말했다.

"이를 어떻게 한다!"

"선생님께서는 이른바 '선생질 하는(子曰行)* 분이신데, 어찌 그리 생각이 없으십니까? 자고로 '돈이 들어오면 공사가 해결되고, 불에 닿으면 돼지머리도 익는다(錢到公事辨, 火到猪頭爛)'고 했습니다. 은자를 좀 쓰기만 하면 그 베개 상자도 돌려받고, 이 일도 끝이지요."

마정이 손뼉을 치며 옳거니 했다.

"좋은 생각이군!"

그러고는 문을 잠그고 차인을 술집으로 데려가 술과 안주를 푸짐하게 대접하며 일을 의논했다.

그런데 이 일로 인해 다음과 같은 이야기가 생겨나게 된다.

사통팔달한 큰 도시에
선문가 몇 사람 모여들었고
궁벽하고 외진 농촌에
명사(名士) 한 분 나타났네.
通都大邑, 來了幾位選家.
僻壤窮鄉, 出了一尊名士.

대체 차인이 이 베개 상자의 값으로 얼마를 요구할까? 이에 대해서는 다음 회를 들어 보시라.

와평

가죽 부대를 여는 장면은 독자들을 실소하게 만들지만, 그런 사람들은 이 책에서 심심찮게 나온다. 대개 세도를 따지고 권력을 중시하는 이들은 모두가 가면을 쓰고 귀신을 놀래 주려는 자들이다. 작자는 장철비라는 한 인물을 빌려 무수한 가짜 협객 장철비들을 같이 얘기하고 있다.

장철비가 하는 많은 일들을 보면 영락없이 묘수공공(妙手空空)*이다. 이는 헛되이 명사의 어조는 익혔지만 그 안에 아무 내용이 없다는 것을 모르는 것과 어찌 다르겠는가? 작자는 이런 무리들에게 일침을 가하고 있는 것 같다.

제14회
거내순은 서방에서 마정을 전송하고,
마정은 산속 동굴에서 홍감선을 만나다

마정은 술집에서 차인과 함께 거내순의 베개 상자를 되찾는 일에 대해 상의했다. 차인이 말했다.

"그놈은 한손에 고소장을 들고서 무슨 대단한 수표라도 주운 것처럼 굴고 있습니다. 은자가 적으면 그놈이 수배령이 내린 그 물건을 내놓으려 하겠습니까? 아무리 적어도 2, 3백 냥은 요구할 겁니다. 그나마도 제가 이런 말로 겁을 줘서 수락한 것입니다.

'이 일이 틀어지면 첫째 네게 이익이 될 게 없고, 둘째 고소를 하면 위아래로 여러 관청을 거쳐야 하니 너도 일일이 따라 올라가야 하지. 그래 이렇게 고약한 소송을 치를 만큼 네게 돈이 남아난다는 게냐?'

제가 이렇게 을러대고, 또 그놈이 보기에도 섭섭하지 않은 돈이 들어올 거 같으니까 이 일이 성사된 것이지요. 저는 오직 순수한 마음으로 특별히 이렇게 알려 드리러 온 겁니다. 저도 괜한 일을 만들지 않고 남의 일처럼 나 몰라라 하고 싶지만, 일을 하려면 '제대로 해야지요(打蛇打七寸)' 그러니 선생께서도 잘 처리해 주십시오."

마정은 고개를 가로저으며 대답했다.

"2, 3백 냥은 안 되네. 거 공자가 지금 부재중이니 내가 대신 처리해야 되기 때문만은 아니야. 설사 그가 집에 있다고 해도 마찬가지일세. 그의 조부께서 몇 차례 관직을 역임했다고는 하나, 지금은 가세가 기울었으니 어디서 갑자기 그 많은 돈을 갖다 내놓을 수 있겠나?"

"돈도 없다 하고 본인도 만날 수 없으니 더 이상 놈을 말릴 필요도 없겠군요. 고소장을 돌려주고 멋대로 하라고 하지요."

"그런 말 마시게. 자네와 그놈은 별로 친하지 않지만, 나와 거공자는 진정한 친구 사이네. 거 공자에게 일이 생길 것을 뻔히 알면서도 막아 주지 않는다면 그건 친구가 아니지. 무조건 되게 해야지."

"누가 아니랍니까! 선생님께서 되게 해 주신다면 저도 꼭 일이되게끔 하지요!"

"자자, 우리 천천히 상의해 보세. 솔직히 말해 서방의 주인이 날더러 몇 달 동안 여기서 문장을 골라 달라며 수고비를 얼마간 주었지만, 내가 쓸 돈을 좀 남겨 두어야 하네. 그러니 이렇게 합세. 영감이 환성이에게 말해 주게. 내가 어떻게 은자 2, 30냥이라도 마련해 줄 테니, 그 사람도 그냥 길 가다 주은 셈 치고 그걸로 이 싸움은 끝내 버리자고."

차인이 이 말을 듣더니 화를 내며 말했다.

"'하늘만큼 값을 불러도 바닥으로 깎는다(瞞天討價, 就地還錢)'더니, 정말 옛말 그대로군. 은자 2, 3백을 불렀더니 고작 2, 30냥이라고?' 모자를 쓴 채 입을 맞추려 해도 입술이 닿지 않는(戴着帽子親嘴—差着一帽子)' 것처럼, 전혀 말이 안 통하는구면. 그래서 당신네들 '공자님 가라사대(詩云子曰)' 타령하는 사람들하고는 말이 안 된다니까! 정말 선생님은 '쥐꼬리에 난 종기에는 고름도 얼마 없다(老鼠尾巴上害瘤子—出膿也不多)'는 말이 딱 어울리는군요. 나도 참 일도 없지. 남의 일에 쓸데없이 뭐 하러 여기까지 와서 이렇게 여편네처럼 떠들어 댔는지 모르겠네!"

그는 이렇게 말하고 벌떡 일어나, 실례했다며 인사를 하고 나가려 했다. 마정은 그를 붙잡으며 말했다.

"일단 앉고, 얘기를 좀 더 해 보게. 뭐가 그리 급한가? 내가 방금 한 말이 거짓이란 말인가? 거 공자는 정말로 집에 없네. 내가 미리 소문을 듣고 그를 숨겨 놓고 자네와 값을 흥정하는 게 아니야. 게다가 당신들은 같은 동네 사람이니 피차 아시겠지. 거 공자가 무슨 호방한 사람은 아니지 않은가! 내가 내준 돈을 거 공자가 돌려주겠는가? 돌려준다면 언제 돌려주겠나? 다만 환성이 놈이 일 벌이는 대로 놔뒀다가는 나중에 후회해도 늦으니까 이러는 거네. 결국 이 일에 관해서는 나도 제3자고 자네도 제3자네. 나는 운이 나빴던 셈 치고 손해를 감수할 테니, 자네도 힘껏 좀 도와주게나. 한 명은 힘을 쓰고, 한 명은 돈을 쓰는 것이니 이 역시 커다란 음덕을 쌓는 셈이야. 그런데 우리 두 사람부터 의견이 맞지 않는다면 같이 일을 하는 도리가 아니지."

"마 선생, 돈을 당신이 내건 거 공자가 내건 그건 내 알 바 아니오. '가재는 게 편(氈襪裹脚靴)'*이라고, 당신들은 원래 한통속이 아니오? 하지만 일은 내가 힘을 써야 되는 것이지요. 솔직히 툭 까놓고 말해서 이번 일은 고작 은자 몇 십 냥으로는 도무지 해결이 안 됩니다. 3백 냥이 없으면 2백 냥이라도 내놓아야지 상의해 볼 만하지요. 저는 당신 돈 다섯 냥, 열 냥은 필요 없습니다. 내가 이유 없이 당신을 난처하게 만들어 뭐 하겠습니까?"

마정은 그가 이렇듯 정색을 하고 말하자, 마음이 다급해져서 말했다.

"이보게, 내가 받은 수고비는 정말 백 냥밖에 안 되네. 그 중 몇 냥은 써 버렸고, 항주로 갈 여비로 또 몇 냥은 남겨 두어야 하네. 아무리 쥐어짜 내고 주머니를 탈탈 털어도 은자 92냥이 전부고, 더는 한 푼도 없다네. 못 믿겠다면 내 숙소로 함께 가서 보여 주지. 그리고 자네가 짐 상자 안을 뒤져 은자 한 푼이라도 나온다면 나를 사람 취급하지 않아도 좋네. 내 사정은 이렇다네. 그러니 자네가 내 대신 처리해 주시게. 만약 그래도 절대 안 되겠다면 나로서도 더 이상 어쩔 수가 없네. 그저 거 공자도 자기 팔자를 탓할 수밖에."

"선생, 당신이 이렇듯 진심으로 친구를 위하는데, 우리 차인들의 심장은 뭐 쇠로 만들어졌겠습니까? 자고로 산과 바다도 만날 날이 있다고 했으니 사람이면 당연히 서로의 처지를 생각해 줘야지요. 그런데 이 염병할 종놈이 바람이 잔뜩 들어가 있으니 설득할 수 있을지가 문제요."

그리고 잠시 생각해 보더니 말했다.

"제게 또 생각이 있는데, '수재는 종이 반장으로 인심 쓴다(秀才人情紙半張)'는 옛말과도 꼭 들어맞지요. 지금 계집은 이미 그놈 손에 있고 또 이런 일도 있으니 그놈이 아마 돌려보내려 하지 않을 겁니다. 차라리 이참에 혼인 증명서에 몸값으로 은 백 냥을 받았다고 써 주면, 선생의 그 90여 냥과 합쳐 얼추 2백 냥이 되지 않겠습니까? 이건 분명 유명무실한 것이지만, 그놈의 입을 막기엔 충분할 겁니다. 이 계획이 어떻습니까?"

"그것도 괜찮네. 자네가 그렇게만 해 줄 수 있다면 종이 한 장 쓰는 게 뭐 어렵겠나? 내가 알아서 쓰지 뭐."

둘은 그 자리에서 그렇게 결정했다. 마정은 가게의 음식 값을 치르고 방으로 돌아가 차인이 기별을 주기를 기다렸다. 차인은 진환성에게 다녀온 것처럼 한나절 동안 나갔다가 문해루로 돌아왔다. 마정이 위층으로 맞이하자, 차인이 말했다.

"이 일 때문에 입이 다 닳을 지경입니다. 그놈은 제가 자기한테 부탁하는 걸로 아는지, 아무튼 1,800냥을 받아야겠다고 하더군요. 그 집 재산을 다 달라는 겁니다. 나중엔 제가 속이 타서, 관아로 보내 버리겠다면서 이렇게 말했지요.

'먼저 네 유괴와 간통의 죄를 현령 나리께 아뢰고 네놈을 감옥에 처넣으면, 네놈이 어디에다가 고소를 하겠어!'

놈은 그제야 놀라서 제 말을 따랐습니다. 제가 우선 그 베개 상자를 가져와서 지금 아래층 가게에 놓아두었습니다. 선생님께선 어서 혼인 증명서를 쓰고 은자를 주십시오. 그러면 제가 청원서를 써서 소송을 철회시켜 그놈이 떳떳하게 돌아다니도록 처리하겠습니다. 그래야 또 다른 말썽이 생기지 않을 테니까요."

"참 수단이 좋구면. 혼인 증명서는 벌써 써 났네."

그리고 은자와 함께 증명서를 차인에게 주었다.

차인이 열어 보니 정확히 92냥이었다. 그는 베개 상자를 위층으로 가져와 마정에게 주고, 혼인 증명서와 은자를 가지고 돌아갔다. 집으로 돌아와 혼인 증명서는 숨겨 놓고, 따로 명세서를 써서 빌려 준 돈과 숙식비, 관아에서 뇌물로 쓴 돈으로 모두 일흔 몇 냥을 적어 넣고, 10여 냥만 남겨 진환성에게 주었다. 진환성은 돈이 적다고 불평했다가 차인에게 한바탕 욕을 얻어먹었다.

"네놈이 남의 집 하녀를 꾀어 내 법을 어겼으니, 만약 내가 막아 주지 않았다면 네놈은 현령 나리한테 다리몽둥이가 부러지도록 맞았을 게다. 내가 네놈에게 공짜로 마누라에다가 또 그 많은 은자도 얻어다 주면서 어디 고맙다는 말 한마디라도 하라더냐? 그런데 도리어 나한테 은자를 내놓으라고? 좋다! 내가 지금이라도 네놈을 나리께 끌고 가, 먼저 네놈을 간통죄로 곤장 몇 십 대 때리고, 계집은 거씨 집에서 데려가게 하마. 어디 끝까지 한번 당해 봐라!"

진환성은 차인의 호통에 말문이 막혀 아무 말도 못하고 급히 은자를 챙겼다. 그리고 거듭 감사하다고 인사한 후, 쌍홍을 데리고 먹고살 길을 찾아 다른 고장으로 떠났다.

거내순이 산소에서 돌아와 진환성을 어서 관아로 보내라고 막 차인을 재촉하려던 참이었는데, 마정이 찾아왔기에 서재로 모셨다. 마정은 산소에 갔던 일을 물어보더니 이윽고 이번 일에 대해 이야기를 꺼냈다. 거내순이 대충 얼버무리자, 마정이 이렇게 말했다.

"거 형, 나한테 계속 그 일을 숨길 셈이오? 당신의 베개 상자는 지금 내 숙소에 있소이다."

거내순은 베개 상자라는 말을 듣고 얼굴이 확 붉어졌다. 이에 마정은 차인이 와서 어떻게 얘길 하고 또 자기가 또 어떻게 협상을 했으며, 나중엔 일이 어찌어찌 되었다는 이야기를 해 주었다.

"내가 문장을 뽑아 주기로 하고 받은 돈 아흔 몇 냥을 그에게 주고서야 이 물건을 사 올 수 있었소. 이젠 아무 일 없을 거요. 그 돈이야 내가 마음에서 우러나 내놓은 것인데 설마 거 형께 갚으라고 하겠소이까? 하지만 이 말씀은 드리지 않을 수 없겠소. 내일 사람을 보내 상자를 가져가서 다시는 말썽이 나지 않도록 부숴 버리던지 아니면 아예 태워 버리시오!"

거내순은 이 말을 듣고 깜짝 놀라서 급히 의자를 가져다가 방 한가운데에 놓고 마정을 붙들어 앉힌 후, 엎드려 네 번 절을 올렸다. 그리고 서재에 앉아 계시라 하고 자기는 안으로 들어가 노 아가씨에게 방금 들은 말을 자세히 전해 주며 이렇게 말했다.

"이런 사람이야말로 고상하고 친형제 같은 친구요. 의리도 있고 배짱도 있고! 이런 정인군자(正人君子)와 사귀게 되었으니, 정말 그간의 노력이 헛되지 않았소! 우리 누씨 댁 외숙들은 많은 사람들과 교제했으나 모두들 추한 꼴을 보이고 말았으니, 이런 이야기를 들으면 외숙들께선 얼굴을 들지 못할 거요!"

노씨도 정말 감격해하면서 식사를 준비해 마정에게 대접했고, 사람을 딸려 보내서 베개 상자를 가져오게 한 다음 부숴 버렸다.

이튿날, 마정이 항주로 간다며 작별 인사를 하러 왔다. 거내순이 말했다.

"마 선생, 어째서 만나자마자 떠나시려는 겁니까?"

"나는 원래 항주에서 문장을 선정하는 일을 했는데, 이번에 문해루에서 선집을 만들어 달라는 의뢰를 해 왔지요. 이제 일이 다 끝났으니 더 이상 여기 머물 이유가 없습니다."

"그 일이 다 끝났으면 저희 집에서 머물며 아침저녁으로 가르침을 주시면 어떻습니까?"

"거 형은 아직 식객을 둘 만한 때가 아닙니다. 그리고 항주의 서점들에서 내가 답안지를 선별해 주기를 기다리고 있고, 아직 끝내지 못한 일도 있으니 어쩔 수 없이 가야만 합니다. 시간이 나면 서호(西湖)로 놀러 오시지요. 서호는 산수가 뛰어나니 시상(詩想)을 풍부하게 해 줄 겁니다."

거내순은 더 이상 권하지 못하고, 대신에 술자리를 마련해서 송별연을 해 주겠다고 했다.

"다른 친구 집에도 인사를 하러 가야 합니다."

마정은 이렇게 말하고 돌아갔고, 거내순은 그를 배웅했다. 다음 날 거내순은 은자 두 냥을 봉투에 넣고 고기와 다른 반찬 몇 가지를 준비해서 직접 문해루로 찾아가 마정과 작별 인사를 했다. 그리고 새로 선정한 시험 답안지[墨卷]를 얻어서 집으로 돌아왔다.

마정은 배를 타고 곧장 단하두(斷河頭)까지 와서 문한루(文瀚樓) 서방으로 가는 길을 물었는데, 그곳 주인은 문해루 주인과 일가 사람이었다. 그는 그곳에 짐을 풀었다. 그리고 며칠 후 특별히 문장을 선정할 일도 없어 허리춤에 돈 몇 푼을 챙겨 넣고 서호로 나갔다.

이 서호는 산수의 풍경이 정말 천하제일이었다! 영은사(靈隱寺)의 그윽함과 천축사(天竺寺)의 청아함이야 말할 필요도 없고, 전당문(錢塘門)을 나와 성인사(聖因寺)를 지나서 소제(蘇堤)에 오르면 중간에 금사항(金沙港)이 있고, 그곳을 돌아가면 멀리 뇌봉탑(雷峰塔)이 보인다. 정자사(淨慈寺)까지의 10리 남짓한 길은 정말로 다섯 걸음에 누대가 하나, 열 걸음에 전각이 하나씩 나온다. 한곳이 금가루로 장식한 화려한 누대라면 또 한 곳은 대나무 울타리에 둘러싸인 초가집이고, 복사꽃과 버들이 아름다움을 다투는 곳이 있는가 하면 온 들판에 뽕나무와 삼대가 무성한 곳도 있다. 술집에는 푸른 깃발이 높이 휘날리고 찻집에는 붉게 달궈진 숯이 화로에 가득하며, 남녀 유람객이 끊이지 않으니 '화주점(花酒店)*이 36곳, 관현루(管弦樓)*가 72곳'이라는 표현이 참으로 무색하지 않았다.

마정은 혼자 돈 몇 푼을 지니고 걸어서 전당문을 나와 찻집에서 차 몇 잔을 마시고 나서 서호 가의 패루(牌樓) 앞에 앉았다. 배를 타고 불공드리러 온 아낙네들은 모두 머리를 곱게 빗고* 푸른색이나 청록색 의상을 차려입었고, 젊은 여인들은 모두 빨간 명주로 된 홑치마를 입고 있었다. 또 달덩이 같은 하얀 얼굴에 광대뼈가 높이 솟은 잘생긴 여자들도 있었고, 흉터에 얼굴이 얽었거나, 곰보이거나, 버짐이 피었거나, 옴이 오른 여자들도 있었다. 밥 한 그릇 먹을 정도의 시간 동안 대여섯 척의 배가 들어왔다. 그 여인들 뒤에는 남편들이 양산을 어깨에 걸치고 손에는 옷 꾸러미를 들고 따라갔다. 그들은 뭍에 내려서 제각기 여기저기 절을 향해 흩어졌다. 마정은 죽 둘러보았으나 별 흥미로운 게 없자, 자리에서 일어나 또 1리 남짓 걸어갔다. 호숫가 쪽으로 술집이 몇 개 이어져 있는데, 기름지고 두툼한 양고기가 걸려 있었다. 상 위에 놓인 접시에는 김이 펄펄 나는 돼지 족발, 해삼, 술지게미에 절인 오리, 생선이 가득 담겨 있었다. 그리고 냄비 안에는 만두가 끓고 있고, 찜통에서는 커다란 찐빵을 찌고 있었다. 마정은 그것들을 사 먹을 돈이 없어 꿀꺽 침만 삼키고, 그저 한 국수집으로 들어가 16전짜리 국수를 한 그릇 사 먹었다. 그래도 배가 차지 않자 그 옆의 찻집으로 가서 차를 마시면서 처주(處州)에서 난 말린 죽순을 2전어치 사서 우적우적 씹어 먹었는데, 그게 또 그런대로 맛이 괜찮았다.

다 먹은 후 나와 보니 서호가 버드나무 그늘 아래 두 척의 배가 매어져 있었는데, 배 안에서 여자 손님들이 옷을 갈아입는 게 보였다. 그중 한 명은 검은색 외투를 벗고 알록달록 여러 가지 천 조각을 잇대어 만든 망토를 걸쳤고, 또 한 명은 감색(紺色) 외투를 벗고 옥색 실로 둥글게 똬리를 튼 용을 수놓은 검은 옷으로 갈아입었으며, 중년의 한 여인은 밝은 남색 비단으로 된 웃옷을 벗고 남색에 금실로 수놓은 웃옷으로 갈아입었다. 이 여인들의 시중을 드는 10여 명의 시녀들도 모두 옷을 갈아입었다. 이 세 여자 손님은 각기 둥근 검은색 비단 부채를 들고 햇빛을 가리는 시녀를 한 명씩 거느리고 천천히 걸어 뭍에 올랐다. 머리에 꽂은 진주의 하얀 빛은 저 멀리까지 비쳤고, 치마의 구슬 장식은 딸랑딸랑 소리를 냈다. 마정은 그들을 쳐다보지도 않고 고개를 푹 숙인 채 지나갔다. 앞으로 쭉 가다 육교(六橋)를 지나서 방향을 틀자 시골 마을 같은 곳이 나왔다. 그곳에는 관들을 잠시 놓아둔 임시 무덤이 있었는데, 그 관들 사이를 1, 2리 남짓 지나도록 계속 이런 풍경이 이어져서 기분이 좋지 않았다.

마정은 집으로 돌아가려다가 길 가던 사람을 보고 물었다.

"이 앞에는 볼 만한 데가 좀 있습니까?"

"여기서 돌아가면 바로 정자사이고 뇌봉탑인데, 볼 만한 데가 없을 리 있습니까?"

이 대답에 마정은 다시 앞쪽으로 걸어갔다. 반(半) 리쯤 가자 호수 가운데에 지어진 누대 하나가 보였는데, 널다리로 연결되어 있었다. 마정은 그 다리를 건너가 누대 앞 찻집에서 차를 한 잔 마셨다. 누대 안쪽의 문은 잠겨 있었는데, 마정이 들어가 보려고 하자 문지기가 그에게 1전을 달라고 하더니 문을 열고 들여보내 주었다. 안쪽은 세 칸짜리 건물로 위층에는 인종(仁宗) 황제*가 쓴 글씨가 모셔져 있었다. 마정은 깜짝 놀라 황망히 두건을 바로 쓰고 남색 도포를 여미고, 홀 대신 장화의 목에서 부채 한 자루를 꺼내 들고, 옷자락을 털고 예를 갖추어 위층을 향해 공손하게 다섯 번 절을 올렸다. 절을 올리고 나서 그는 정신을 가다듬고 아까처럼 찻상 앞에 앉았다. 그 곁에는 화원이 하나 있었는데, 차 파는 사람은 포정사(布政司) 사람들이 그곳에서 손님 접대를 하기 때문에 들어갈 수 없다고 했다. 그런데 주방이 바깥쪽에 있어서 김이 모락모락 나는 제비집과 해삼 요리를 담은 접시들을 바로 코앞에서 줄줄이 날라 갔고, 마정은 또 다시 부러워할 뿐이었다.

찻집을 나와 뇌봉탑을 지나자 멀리 수많은 높고 낮은 집들이 보였다. 그 집들은 지붕이 칠보 유리 기와로 되어 있었고, 구불구불 무수한 주홍색 난간이 둘러싸고 있었다. 마정이 가까이 다가가자 굉장히 높은 산문(山門)*이 하나 보였는데, 금색 글자로 '칙사정자선사(敕賜淨慈禪寺)'라고 쓰인 편액이 세로로 걸려 있고, 그 옆에는 작은 문이 하나 나 있었다. 마정이 안으로 들어가자 탁 트인 넓은 정원이 나왔는데, 바닥엔 매끄러운 벽돌이 깔려 있었다. 두 번째 산문으로 들어가자 양쪽으로 수십 층의 계단이 이어진 회랑이 있었다. 무리를 지어 드나드는 귀한 집 여자 손님들의 발길이 끊이지 않았다. 그들은 모두 화려하게 수놓은 비단 옷을 입고 있었고, 바람이 불 때마다 몸에서 나는 향기가 코를 찔렀다. 마정은 키도 큰데다 높은 방건을 쓴 채 시커먼 얼굴에 배를 쑥 내밀고, 바닥이 두꺼운 낡은 장화를 신고 휘적휘적 몸을 마구 흔들며 사람들 틈바구니를 헤집고 빠른 걸음으로 걸어갔다. 여자들도 그를 쳐다보지 않았고, 마정도 여자들을 쳐다보지 않은 채 인파 속을 걸어갔다. 그는 다시 절 밖으로 나와 찻집으로 들어가 앉아 차를 마셨다. 그 찻집에는 금색 글씨로 '남병(南屛)'이라고 쓴 편액이 가로로 걸려 있었다. 탁자 위에는 귤 절임, 깨강정, 댓잎에 싼 찹쌀밥〔粽子〕, 호떡, 말린 죽순, 고욤, 삶은 밤 등을 담은 접시들이 즐비하게 놓여 있었다. 마정은 종류별로 몇 전어치씩 사서 맛이야 어떻든 무조건 배가 찰 때까지 먹었다. 그도 피곤해져서 뻣뻣해진 다리를 끌며 청파문(淸波門)으로 들어가 숙소에 도착하자 문을 닫아걸고 곯아떨어졌다. 이날 너무 많이 걸어 다녔기 때문에 다음 날도 숙소에서 하루 종일 잤다.

사흘째 되는 날, 그는 자리에서 일어나 성황산(城隍山) 쪽으로 나가 보려고 했다. 성황산은 바로 오산(吳山)으로, 성안에 있었는지라 얼마 걷지 않아 산 아래에 도착했다. 수십 개의 계단을 올라가 옆으로 좀 가다 보니 또 수십 개의 계단이 나왔다. 마정은 단숨에 계단을 올라갔지만 숨도 차지 않았다. 커다란 사당 문 앞에서 차를 팔고 있어서 한잔 마시고 들어가 보니 바로 오자서(伍子胥)*

의 사당이었다. 그는 읍을 하고 편액들을 하나하나 살펴보았다. 조금 더 올라가자 길은 더 이상 없는 것 같고 왼쪽으로 문이 하나 나 있는데, 문 위에는 '편석거(片石居)'라고 적힌 편액이 걸려 있었다. 안쪽은 화원인 듯하고, 누각이 몇 채 있었다. 마정이 안으로 들어가 보니 누각의 격자창은 닫혀 있었다. 밖에서 안을 들여다보니 몇 사람이 탁자 주위에 모여 있었다. 향로 하나를 놓고 여러 사람이 둘러싸고 있는 것이 신선점을 치고 있는 것 같았다. 마정은 속으로 생각했다.

'저 사람들은 신선을 불러내 공명(功名)을 점치려는가 보군. 나도 한번 들어가 물어보자.'

마정이 잠시 서 있는데 안쪽의 어떤 사람이 머리가 땅에 닿도록 절을 했고, 그 옆에 있던 사람은 이렇게 말했다.

"재녀(才女) 한 분을 모셨습니다."

마정은 이 말을 듣고 속으로 웃었다. 또 잠시 후 사람들이 물었다.

"이청조(李淸照)*인가요?"

"아니면 소약란(蘇若蘭)*입니까?"

또 한 사람이 손뼉을 치며 말했다.

"알고 보니 주숙진(朱淑眞)*이구먼."

마정은 이렇게 생각했다.

'뭐 하는 사람들일까? 공명에 뜻을 둔 이들은 아닌 것 같으니 그냥 가야겠군.'

또 모퉁이를 두 번 돌아 계단을 몇 개 오르자 평탄한 큰길이 펼쳐졌다. 길 왼쪽은 산을 끼고 있는데 길을 따라 사당 몇 개가 서 있고, 오른쪽에는 집들이 들어서 있는데 집집마다 앞뒤로 마당이 나 있었다. 그 집들의 뒤편에는 크게 창이 나 있고, 넓고 탁 트여서 저 멀리 전당강(錢塘江)의 모습이 한눈에 아련히 들어왔다. 그 집들 중에는 술집도 있고 노리개를 파는 곳, 만두가게, 국수가게, 찻집과 점집도 있었다. 사당 문 앞에도 온통 찻집 탁자들이 늘어서 있었다. 이 길은 찻집만 해도 서른 곳이 넘을 정도로 매우 번화했다. 마정이 지나가는데 찻집 안에서 짙은 화장을 한 여자가 차 한 잔 마시고 가라며 그에게 손짓을 했다. 그는 고개를 돌려 외면하고 다른 찻집으로 가서 차 한 잔을 시켰다. 삘기에 싸서 찐 떡을 파는 사람이 있기에 불러서 12전어치를 사 먹었는데 그런대로 맛이 좋았다. 위쪽으로 걸어 올라가니 아주 크고 장엄한 사당이 나왔는데 바로 성황묘였다. 그는 곧바로 안으로 들어가서 절을 올렸다.

성황묘를 지나 모퉁이를 돌아가니 또 작은 골목이 나왔다. 그 골목에는 술집과 국수집도 있었고, 새로 문을 연 듯한 서점도 몇 개 있었다. 가게 안에는 '처주의 마순상 선생이 정선한『삼과정묵지운(三科程墨持運)』판매 중'이라고 쓴 종이가 붙어 있었다. 마정은 이것을 보고 기뻐하며 서점 안으로 들어갔다. 앉아서 책 한 권을 집어 들고 가격을 물어보면서 넌지시 물었다.

"이 책은 좀 팔립니까?"

그러자 서점 주인이 대답했다.

"시험 답안지는 그저 한때뿐이지요. 어디 고서에 견줄 수 있겠습니까?"

마정은 일어나 나와서 잠깐 쉬었다가 다시 올라가기 시작했다. 이 골목을 지나자 그 위로는 더 이상 건물이 없고, 굉장히 높은 구릉이 보였다. 그는 한 걸음 한 걸음 구릉으로 올라갔는데, 왼쪽으로 전당강이 훤히 바라다보였다. 그날 강에는 바람 한 점 없어 강물이 거울처럼 고요했고 강을 건너는 배, 그리고 그 배 위의 가마까지 뚜렷이 보일 정도였다. 좀 더 올라가자 오른쪽으로 서호와 뇌봉탑 일대, 그리고 호심정(湖心亭)까지 눈에 들어왔다. 서호의 낚싯배들 하나하나가 마치 물 위에 떠 있는 오리처럼 보였다. 가슴이 탁 트이고 상쾌해진 그는 계속 위로 올라갔다. 가다 보니 또 커다란 사당 문 앞에 차를 파는 탁자가 놓여 있었다. 그는 다리가 뻐근하던 터라 잠시 거기에 앉아 차를 마셨다. 차를 마시면서 양쪽을 바라보니 한쪽은 강이요 한쪽은 호수이며, 또 이 강과 호수를 산들이 빙 둘러싸고 있고 강 건너편에는 높고 낮은 산봉우리들이 아련했다. 그는 감탄했다.

"참으로 '화산을 싣고 있으면서도 무겁게 여기지 않고, 하해를 거두면서도 흘리지 않으며, 만물을 싣고 있는'* 모습이로다!"

차 몇 잔을 마시자 배가 고파져서 돌아가는 길에 밥을 먹어야겠다고 생각하는 참에 마침 시골 사람 하나가 국수와 밀전병, 그리고 푹 삶은 쇠고기 한 광주리를 들고 다니며 팔고 있는 게 보였다. 마정은 매우 기뻐하며 국수와 밀전병, 쇠고기를 몇 십 문어치 사서 탁자 위에 벌여 놓고 신나게 먹었다. 배 불리 먹고 나자 든든한 김에 더 올라가 보기로 했다.

길을 좀 더 올라가자, 왼쪽에 작은 오솔길이 보였는데, 덩굴 풀과 잡목이 길 양쪽에 빽빽이 우거져 길이 아주 좁았다. 마정이 그 길을 따라 걸어가자 천태만상의 아름다운 기암괴석이 펼쳐졌고, 바위틈으로 들어가자 암벽 위에 수많은 명인들이 쓴 시구들이 새겨져 있었지만 그는 그것들은 쳐다보지도 않았다. 작은 돌다리를 지나 아주 좁은 돌계단을 따라 올라가니 또 커다란 사당이 하나 나왔다. 또 돌다리가 하나 있었는데, 건너가기가 매우 어려웠다. 그가 칡덩굴을 붙잡고 어렵사리 돌다리를 건너자 아주 조그만 사당 건물이 나왔는데, 편액에는 '정선지사(丁仙之祠)'*라고 쓰여 있었다. 안으로 들어가자 가운데에 신선상이 하나 서 있고, 왼쪽에는 선학(仙鶴)이, 오른쪽에는 스무 개의 글자가 적힌 비석이 서 있었다. 그는 첨통(簽筒)*이 있는 걸 보고 이렇게 생각했다.

'힘들게 여기까지 왔으니 점대를 뽑아서 길흉을 알아봐야겠지?'

그가 막 나아가 절을 올리려고 하는데 뒤에서 누군가가 말했다.

"돈을 벌고 싶으면 나한테 물어봐야지!"

마정이 뒤를 돌아보니 사당 문 앞에 키는 8척에 머리에 방건을 쓰고 명주 도포를 입은 사람이 서 있었다. 그는 왼손으로 명주 허리띠를 매만지고 있고 오른손에는 용머리가 새겨진 지팡이를 짚고 있었는데, 풍성한 흰 수염이 배꼽 밑까지 내려와 속세를 벗어난 신선의 모습이었다. 그런데 이 사람을 만났기 때문에 다음과 같은 새로운 이야기가 생겨난다.

기개 높아 정의를 행하니
돈이 나갔다가 다시 돌아오네.
널리 교유를 맺으니
사람은 오래 사귈수록 정이 두터워지네.
慷慨仗義, 銀錢去而復來.
廣結交遊, 人物久而愈盛.

도대체 이 사람은 누구일까? 이에 대해서는 다음 회를 들어 보시라.

와평

마정이 풍경을 보고 찬탄하면서 할 수 있는 말이라곤 고작 『중용(中庸)』 몇 구절뿐이니, 그의 머릿속에는 그저 사서오경 해설서 한 권만이 들어 있음을 알 수 있다.

제15회
신선 홍감선을 장사 지낸 마정은 그의 영구를 보내고,
부모를 그리던 광형은 효성을 다하다

마정이 정선사에서 무릎을 꿇고 점대를 뽑아 길흉을 점치려는데, 뒤에서 누군가가 "마 선생" 하고 불러 돌아보니 마치 신선처럼 보이는 사람이 있었다. 그는 얼른 앞으로 나가 절을 올리고 물었다.

"선생님, 오신 줄 몰라 송구하게도 영접하지 못했습니다. 그런데 제가 선생님을 뵌 적이 없는 것 같은데 어찌 제 성을 알고 계십니까?"

"'천하의 누가 그대를 모르리오(天下何人不識君)?'*라 하지 않던가요? 선생께서 이 늙은이를 만났으니 따로 점을 치실 필요가 없을 것 같소. 누추하나마 우리 집에 함께 가서 이야기나 나눕시다."

"댁이 어디십니까?"

그 사람이 손가락으로 가리키며 말했다.

"바로 여기 있소. 그다지 멀지 않다오."

노인은 당장에 마정의 손을 잡고 사당을 나왔는데, 그 길은 돌하나 없는 평탄한 대로였다. 둘은 15분도 채 안 되어 벌써 오자서 사당 입구에 도착했다. 마정은 참으로 이상하다는 생각이 들었다.

'이렇게 가까운 길이 있을 줄이야! 내가 방금 길을 잘못 들었

었나?'

그리고 다시 이런 생각이 떠올랐다.

'어쩌면 신선이 축지법 같은 것을 썼는지도 모르지.'

오자서 사당 입구에 도착하자 그 사람이 말했다.

"여기가 우리 집이오. 안으로 들어갑시다."

뜻밖에도 오자서 사당의 대전 뒤편에 아주 널찍한 터가 있었다. 또 거기에 화원이 있었는데, 화원에는 사면의 창이 강과 호수를 향해 나 있는 다섯 칸짜리 큰 집이 있었다. 노인은 바로 그곳 2층에 살고 있었다. 노인은 마정을 올라오라고 청하여 인사를 나누고 자리에 앉았다. 노인 곁에서는 장수(長隨) 넷이 단정하고 절도 있게 시중을 들었다. 모두들 비단 옷에 새 장화를 신고 있었으며 공손하게 차를 내왔다. 노인이 식사를 준비하라 분부하자 일제히 "알겠습니다" 하고 물러갔다. 마정이 휙 한번 둘러보자 벽 한가운데에 걸려 있는 족자가 눈에 띄었다. 거기에는 쟁반만큼 큰 글씨로 스물여덟 자의 칠언절구가 쓰여 있었다.

남쪽으로 건너온 이래 이 땅에서 노닐었는데
지금은 옛 풍류만 못하네.
호수와 산의 풍광 의지할 만한 데 하나 없어
떠나와 맑은 노래 부르며 천하를 떠돌았네.
南渡年來此地遊, 而今不比舊風流.
湖光山色渾無賴, 揮手淸吟過十洲.

뒤에는 "천태 홍감선이 쓰다(天台洪憨仙題)"라고 적혀 있었다. 마정은 『강감(綱鑒)』*을 읽었기 때문에 "남쪽으로 건너왔다"는 것이 송나라 고종(高宗) 때의 일이란 걸 알고 있었다. 손가락을 꼽아 계산해 보니 벌써 3백 년도 넘게 지난 일인데 아직 살아 있는 걸 보면 분명 신선임에 틀림없었다. 그래서 마정이 물었다.

"이 작품은 선생님 것입니까?"

그러자 그 신선이 대답했다.

"감선이 제 호입니다. 기분 내키는 대로 우연히 지은 것이라 그다지 볼 만한 게 못 됩니다. 선생께서 시를 즐겨 보신다면, 예전에 여기 있을 때 순무(巡撫)와 번대(藩臺), 그리고 여러 관리들과 함께 호숫가에서 서로 화답한 시를 모은 시집이 있으니 한번 보시고 가르침을 주십시오."

그러고는 곧 필사본 한 권을 들고 나왔다. 마정이 들춰 보니 모두 여러 관리들의 친필이었으며, 한 수 한 수가 전부 칠언율시로 서호 풍광을 읊은 것이었다. 책에 찍힌 도장도 선명했다. 마정은 한바탕 칭찬을 늘어놓고 책을 돌려주었다. 이어 음식상이 나왔는데 부드럽게 잘 삶은 양고기가 큰 쟁반에 하나, 술지게미에 절인 오리 한 접시, 소금에 절여 말린 돼지고기와 새우 완자를 함께 볶은 요리가 큰 접시로 하나, 그리고 또 맑은 탕 한 그릇이 나왔다. 모두 늘 해먹는 평범한 음식이었지만 굉장히 풍성하게 차려져 있었다. 마정은 시장기가 전혀 없었지만 홍감선의 성의를 저버릴 수 없어 나온 음식을 열심히 다 먹었다. 하인들이 상을 치우자, 홍감선이 말했다.

"선생께서는 오랫동안 명성을 떨치시어 서방에서 일을 부탁하는 것이 끊이지 않을 텐데, 오늘은 무슨 일로 짬을 내어 이 사당까지 와서 점을 치려 하셨습니까?"

"사실 제가 올해 가흥에서 문장을 선별하여 책을 한 권 만들고 몇 십 냥을 받았습니다. 그런데 한 친구에게 일이 생기는 바람에 제가 그 친구 대신 돈을 내주었습니다. 이제 여기에 오고 보니 서

방에 머물기는 합니다만 선별할 만한 문장도 별로 없더군요. 여비도 다 떨어져 가니 마음이 답답해 밖에 나와 그냥 여기저기 돌아다니고 있었지요. 그러다 그 사당에서 점이나 쳐서 돈을 벌 기회가 있을까 알아보려고 하던 차에 뜻밖에 선생님을 뵙게 된 것입니다. 선생께서 벌써 제 속사정을 꿰뚫어 보고 말씀하시니 이젠 점도 칠 필요가 없게 되었습니다."

"돈을 버는 건 어려운 일이 아니오. 허나 큰돈을 버는 것은 조금 천천히 해야 할 것이니, 지금은 우선 소소하게 벌어 보는 게 어떻겠소?"

"돈을 벌기만 한다면야 어찌 많고 적음을 따지겠습니까? 무슨 방법이 있으신지요."

홍감선은 한참 생각하더니 이렇게 말했다.

"그럼 이렇게 합시다! 내가 오늘 선생께 뭘 좀 드릴 테니 숙소로 가져가서 한번 시험해 보시구려. 만약 효험이 있으면 더 달라고 하시고, 효험이 없으면 다른 방법을 상의해 봅시다."

홍감선은 방 안으로 들어가 침상 머리맡에서 봉지를 하나 꺼내와 열었는데, 그 안에는 석탄 몇 덩이가 있었다. 홍감선은 그것을 마정에게 건네면서 말했다.

"이것을 가지고 가서 화롯불을 피운 다음 항아리에 이걸 넣고 데우면 뭔가 다른 물건으로 변할 테니, 그 후에 다시 내게 와서 얘기하십시오."

마정은 그 물건을 받아들고 작별 인사를 한 뒤 숙소로 돌아갔다. 저녁에 홍감선의 말대로 화로에 불을 지펴 항아리를 올리고 데웠더니 한바탕 지지직하는 소리가 났다. 항아리를 기울여 그것을 꺼내 보니 뜻밖에도 질 좋은 은[紋銀]이 한 덩이 있었다. 마정은 기뻐 어쩔 줄 모르며 계속해서 예닐곱 번 구워 내자 커다란 순

294

은 예닐곱 덩이가 굴러 나왔다. 그는 그것이 정말 쓸 수 있는 은인지 의심스러워하며 그날 밤은 그렇게 잠자리에 들었다. 다음 날 이른 아침 그는 거리로 나가 은 가게에 가서 그 은을 보여 주었다. 은 가게에서는 하나같이 순도가 높은 최상급의 은이라며 그 자리에서 몇 천 전으로 바꿔 주었다. 그는 그 돈을 가지고 숙소로 돌아와 잘 챙겨 두고, 감사 인사를 하러 홍감선의 집으로 달려갔다. 홍감선은 벌써 그를 맞이하러 문 밖에 나와 있다가 말했다.

"어젯밤의 일은 어떻게 되었습니까?"

"과연 신선들의 묘방이더군요!"

마정은 여차저차 했다며 홍감선에게 순은이 나온 이야기를 했다. 그러자 홍감선이 말했다.

"아직 그게 다가 아닙니다! 여기에 좀 더 있으니 다시 가져다 시험해 보시지요."

홍감선은 또 봉지 하나를 꺼냈는데 지난번의 서너 배는 되는 것이었다. 그는 그것을 마정에게 주고 또 식사를 대접했다. 홍감선과 작별하고 숙소로 돌아온 마정은 6, 7일 동안 숙소에 틀어박혀 매일 불을 지펴 은을 만들어 냈다. 받아 온 석탄을 모두 구워 내 저울에 달아 보니 은이 8, 90냥은 족히 되었다. 그는 더할 나위 없이 기뻐하며 하나씩 싸서 숙소에 보관해 두었다.

하루는 홍감선이 이야기를 나누자며 찾아왔다. 마정이 나가니 그가 말했다.

"선생, 선생은 처주 사람이고, 나는 대주(臺州) 사람이오. 두 지역이 서로 가까우니 원래는 한 마을이라 해도 될 게요. 오늘 손님 하나가 날 찾아올 텐데, 내가 선생을 사촌 형제라고 소개하려고 하오. 조만간 분명 거래 하나가 있을 텐데, 절대로 그르쳐선 안 되오."

"그 손님이란 분이 누구신가요?"

"이 성(城)에 사는 호(胡) 상서(尙書) 댁 셋째 아들인데 이름은 진(縝)이고, 자는 밀지(密之)라는 사람이오. 상서께서 재직 중에 모은 돈을 적잖이 남겨 주셨는데도 이 아드님은 돈에 대한 집착이 대단하지요. 그분은 돈은 많으면 많을수록 좋다고 생각하고, 내게 그 '은을 구워 내는' 방법을 배우려 하고 있어요. 화로에 넣을 재료비용으로 당장에 만 금을 낼 수 있다더군요. 하지만 이 일에는 반드시 중개인이 있어야 합니다. 선생의 높은 명성은 그 사람도 알고 있지요. 게다가 선생은 서방에서 선문(選文)을 하시어 언제든 거처를 찾을 수 있는 분이시니 그 사람도 더욱 안심할 수 있을 겁니다. 이제 같이 만나 계약이 성사되면 49일 후에는 '은을 낳는 모체[銀母]'가 완성됩니다. 청동과 주석으로 된 모든 물건에 대기만 하면 곧 황금으로 변할 테니, 어디 수백만 냥뿐이겠습니까? 나는 그런 돈이 필요 없으니, 그때가 되면 여기를 떠나 산으로 돌아갈 것이오. 선생께서 그 '모체'를 얻으시면 차후로 먹고살 걱정은 없을 것이외다."

그의 신비한 술수를 보았던 마정은 아무 의심 없이 숙소에서 호진*이 오기를 기다렸다. 호진은 홍감선과 인사를 하고 곧 마정에게 물었다.

"고향은 어디십니까? 존함은 어떻게 되시는지요?"

그러자 홍감선이 말했다.

"여기는 집안 아우입니다. 어느 서방이건 '처주 마순상 선생이 선정한 『삼과정묵』'이라고 붙여 놓았는데, 그게 바로 이 사람입니다."

이 말에 호진은 낯빛을 달리하여 대했고, 서로 인사를 나누고 자리에 앉았다. 호진이 한번 죽 둘러보니 홍감선은 위풍당당한 풍모에 행장이 화려했으며, 장수 넷이 번갈아가며 차를 내왔다. 문장 선정가인 마정 같은 이가 가까운 친척이라 하니 호진은 이루 말할 수 없이 기쁘고 마음이 놓였다. 그는 한참을 함께 앉아 있다가 자리를 떴다.

다음 날 홍감선은 마정과 함께 가마를 타고 호진의 집으로 답례차 방문했다. 마정은 새로 선정하여 묶은 과거 답안지[墨卷] 한 권을 선사했고, 호진의 집에서 한참 동안 머물며 이야기를 나누다숙소로 돌아갔다. 잠시 후 호진의 집 집사가 초대장 두 장을 가져왔다. 하나는 홍 나리[洪太爺], 또 하나는 마 나리[馬老爺] 앞으로되어 있었고, 그 내용은 이러했다.

내일 호수 정자에서 약소한 술자리를 마련하고자 하오니 왕림하여 가르침을 주십시오.

호진이 삼가 청합니다.

초대장을 가지고 온 이가 말했다.

"주인어른께서 나리께 청하시길, 서호 화항(花港)의 어서루(御書樓) 옆 화원에 자리를 마련하였사오니 마 나리와 함께 내일 좀일찍 와 주십사 하십니다."

홍감선이 초청장을 받아 두었다. 다음 날 두 사람이 가마를 타고 화항에 도착해 보니 화원의 대문이 활짝 열려 있고, 호진이 먼저 와서 기다리고 있었다. 술상이 두 번 차려지고 연극 한 편을 보면서 하루 종일 즐겼다. 마정은 그 자리에 앉자 지난번 일이 떠올랐다. 그때는 여기서 자기 혼자 남들 술잔치를 구경만 하고 있었는데, 공교롭게도 오늘은 초대를 받아 다시 이 자리에 있게 되었구나 싶었다. 마정은 상다리가 휘게 잘 차려진 술과 음식, 후식까지 배부르게 먹었다. 호진은 사나흘 후에 다시 집으로 모셔 계약서를 쓰자고 약조하며, 마정에게 중개인 역할을 해 달라고 부탁했다. 또 계약한 후에 자기 집 화원을 깨끗이 치워 연단실(煉丹室)*로 만들고, 우선 은자 1만 냥을 내놓겠다며 홍감선에게 연단실에 와서 기거하면서 약을 제조해 달라고 했다. 세 사람은 이렇게 약속을 정하고, 저녁이 되어 자리를 파했다. 마정은 가마를 타고 문한루로 돌아왔다.

그런데 그로부터 나흘이 지나도록 홍감선 쪽에서 아무 소식이 오질 않자 마정은 그를 만나러 갔다. 그가 문에 들어서자 장수들이 당황한 기색을 감추지 못했다. 이유를 묻자 홍감선이 병으로 쓰러졌는데 아주 위중하며, 의사가 맥이 좋지 않아서 이미 약조차 쓸 수 없는 지경이라고 했다는 것이었다. 마정이 깜짝 놀라 황급히 집으로 올라가 방에 들어가 보니, 그는 벌써 금방이라도 숨이 끊어질 것처럼 머리조차 들지 못했다. 마정은 심성이 선량한 사람인지라 그대로 병상을 지키며 밤에도 돌아가지 않았다. 그렇게 이틀 남짓 보낸 뒤, 홍감선은 명을 다해 저세상으로 떠났다. 장수 넷은 갈팡질팡 허둥대며 집 안을 뒤졌는데, 은자 몇 냥이라도 될 만한 물건은 고작해야 비단 옷 네다섯 벌뿐, 그 외에는 아무것도 없었다. 몇 개의 상자들도 모두 텅 비어 있었다. 이때가 되자 그들은 자신들이 장수가 아니라 하나는 아들이고 두 명은 조카, 또 하나는 사위라고 털어놓았다. 마정은 숨겨진 내막을 듣고 나자 마음이 다급해졌다. 당장 관을 살 돈조차 없었기 때문이었다. 선량한 마정은 얼른 자기 숙소로 달려가 은자 열 냥을 가져와 장사를 치르라고 가족들에게 주었다. 아들은 시신을 지키며 곡을 하고 조카는 관을 사러 시장에 간 사이, 사위는 별다른 일이 없어 마정과 함께 근처 찻집으로 가서 이야기를 나누었다.

마정이 물었다.

"자네 장인어른께선 살아 있는 신선이 아닌가? 올해로 3백 살이 넘으셨는데 어떻게 이리 갑자기 돌아가실 수 있는가?"

"웃기는 소리지요! 그 노인네는 올해 겨우 예순여섯 살입니다. 3백 살이라니요! 어림 반 푼어치도 없는 소리죠! 생각해 보면 그 노인네도 본분을 지키지 않고 허황된 일 벌이는 데에 이골이 난 사람입니다. 돈을 벌어도 엉뚱하게 다 써 버리더니 결국 이런 꼴이 되었습니다. 솔직히 말씀드리면, 우린 모두 장사치들인데 장사도 때려치우고 이 노인네와 같이 속임수를 꾸미고 있었습니다. 이제 그 양반이 죽는 바람에 우리까지 동냥질하며 고향으로 돌아가게 생겼는데, 신선은 무슨 신선이란 말씀이십니까?"

"노인장의 침상 머리맡에 한 봉지씩 싸 놓은 '석탄'이 있지 않소? 그걸 화로에 넣고 태우다 꺼내면 질 좋은 은이 되던데요."

"그런 게 어디 있습니까? 그건 진짜 은인데 석탄 칠을 해 검게 만든 거라고요! 화로에 넣으면 은의 본모습이 드러나는 거죠. 원래 사람을 꾀어 들이려고 만든 건데, 그것도 다 써 버리고 남은 게 하나도 없습니다."

"그렇다면 이건 어찌 된 일이오? 노인장이 신선이 아니라면 어떻게 정선사에서 날 처음 보았을 때, 만난 적도 없는 내 성을 바로 알 수 있단 말이오?"

"또 속으신 겁니다. 그날 장인 영감이 편석거에서 신선점을 치고 나오다가 선생이 서점에 앉아 책을 보는 걸 보았지요. 그때 서점 주인이 선생의 성함을 묻자 선생께서 책 표지에 쓰인 마 아무개라고 답하는 소리를 들었던 거지요. 세상에 신선이 어디 있답니까?"

이 말에 마정은 번뜩하며 깨닫게 되었다.

'아하, 그랬구나! 그 노인장이 나와 친분을 맺은 뒤 날 이용해 호진을 속이려 했던 거였어. 다행히 호씨가 운이 좋아 속임수에 걸려들지 않은 게고.'

그리고 또 이렇게 생각했다.

'하지만 노인장이 내게 손해를 끼친 건 없지 않은가? 오히려 내가 고마워해야 마땅하지.'

마정은 그날 집으로 돌아와 입관이 끝나길 기다렸다가 오자서 사당 안에 있는 홍감선의 방값을 내고, 짐꾼을 불러 관을 들고 청파문 밖에 가서 가매장을 했다. 그는 제물과 감주, 지전을 마련해 가묘에 보내고, 벽돌로 묘소를 다 쌓을 때까지 지켜보았다. 그리고 남은 은자는 홍감선의 식구 넷에게 여비로 주니, 그들은 감사의 인사를 하고 떠났다.

마정이 영구를 보내고 돌아와 전처럼 성황산에서 차를 마시는데, 문득 한 젊은이가 눈에 띄었다. 그는 찻집 옆에 작은 탁자를 하나 붙여 놓고 앉아서 글자 점[拆字]*을 치고 있었다. 젊은이는 깡마르고 키도 작았지만 활기차 보였다. 그런데 특이하게도 자기 앞에는 글자판과 붓, 벼루를 벌여 놓고 손에는 책을 들고 보고 있었다. 마정은 참 이상하다 싶어 점을 치려는 척하면서 다가가 보니, 그 책은 다름 아닌 자신이 새로 펴낸 『삼과정묵지운』이었다. 그러다가 마정이 탁자 옆에 있는 나무 걸상에 앉자, 그 젊은이가 책을 내려놓으며 물었다.

"글자 점을 치시려고요?"

"걷다가 힘이 들어서 그런데, 잠깐 좀 앉읍시다."

"그러시죠. 제가 차를 갖다 드리겠습니다."

젊은이는 즉시 찻집에 들어가 차를 한 잔 받아 와 마정 앞에 놓고는 그와 마주 앉았다. 마정은 그가 총명해 보여 이렇게 물었다.

"이보게, 자네 이름이 뭔가? 여기 사람인가 보지?"

젊은이는 그가 방건을 쓴 걸 보고 수재라는 걸 알아차리고 이렇게 대답했다.

"제 성은 광(匡)씨인데, 여기 사람이 아닙니다. 저는 온주부(溫州府) 낙청현(樂淸縣)에 삽니다."

마정은 그가 다 떨어진 모자에 남루하기 짝이 없는 얇은 옷을 걸치고 있는 것을 보고 말했다.

"집에서 수백 리 떨어진 이곳까지 이런 일을 하려고 온 것인가? 이런 일로는 큰돈을 벌 수 없네. 입에 풀칠하기에도 부족하지. 올해 나이가 어떻게 되는가? 집에 부모와 처자는 있는가? 이렇게 열심히 공부하는 걸 보니 자네도 아마 글 읽는 선비인 것 같구먼."

"저는 올해 스물두 살인데 아직 장가는 못 갔고 집에 부모님이 다 살아 계십니다. 어려서 몇 년 학교에 다니기도 했었는데 집이 가난해서 학업을 마칠 수가 없었습니다. 그러다 작년에 땔감 장수를 따라 여기에 와 장부를 기재하는 일을 했습니다. 그런데 가게 주인이 본전을 다 날리는 바람에 집에 돌아가지도 못하고 여기서 떠돌게 되었죠. 얼마 전에 고향 사람 하나가 아버님이 편찮으시다고 전해 주었는데, 아직까지 살아 계신지 어떤지도 모르니 정말 괴롭습니다."

젊은이는 이렇게 말하며 닭똥 같은 눈물을 뚝뚝 흘렸다. 마정은 그 모습이 너무나 측은해 보였다.

"너무 속상해하지 말게나. 자네 함자는 어떻게 되는가?"

젊은이가 눈물을 훔치며 대답했다.

"저는 이름이 광형(匡逈)이고, 호는 초인(超人)입니다. 그러고 보니 아직 선생님의 고향과 존함을 여쭙지 못했군요!"

"따로 물을 것 없이, 자네가 방금 보던 책표지에 적혀 있는 그

'마순상'이 바로 나일세."

광형은 이 말을 듣자 황급히 일어나 머리를 조아리며 말했다.

"제가 실로 '눈이 있으나 태산을 알아보지 못하는(有眼不識泰
山)' 우를 범했습니다!"

마정은 얼른 답례를 하고 말했다.

"너무 그러지 말게. 나나 자네나 떠돌다 우연히 만난 사이요, 또
학문을 함께하는 형제가 아닌가? 날이 저물어 글자 점 보러 오는
손님도 없을 테니, 그만 접고 함께 내 거처에 가서 얘기나 좀 하는
게 어떻겠나?"

"좋습니다. 제가 물건을 챙길 동안 좀 앉아 계십시오."

광형은 그 자리에서 붓과 벼루, 종이판을 챙겨 보따리에 싸서
등에 메고, 탁자와 걸상은 맞은편 사당에 맡긴 뒤, 마정을 따라 문
한루로 갔다.

마정은 문한루에 도착해 방문을 열고 들어갔다. 마정이 물었다.

"이보게, 지금 자네는 공부를 계속해서 공명을 이루고 싶은가?
아니면 집에 가서 아버님을 뵙고 싶은가?"

광형은 이 말을 듣더니 또 눈물을 흘리며 말했다.

"선생님, 제가 지금 입고 먹을 것도 없는데 무슨 돈으로 공부를
해서 공명을 이룰 생각을 하겠습니까? 그건 불가능한 일입니다.
그저 아버님께서 병환으로 누우셨다는데, 자식 된 몸으로 돌아가
모시지도 못하니 금수만도 못할 뿐입니다. 마음에 얼마나 한이 맺
혔는지 차라리 그냥 죽어 버리는 게 나을 것 같습니다!"

마정이 그를 달랬다.

"절대 그래선 안 되네. 자네의 그 효심에는 천지신명도 감동하
실 걸세. 잠깐 기다려 보게, 내가 밥을 좀 차려 줌세."

마정은 광형에게 저녁을 먹이고 나서 또 물었다.

"자네가 지금 집에 돌아간다면 여비가 얼마나 들겠나?"

"선생님, 제가 얼마라고 말씀드릴 거나 있겠습니까? 처음 며칠은 물길에서 배를 타야겠지요. 그리고 육로에 들어서면 제가 설마 가마를 탈 생각을 하겠습니까? 짐을 지고 걸으면 그만이고, 하루한 끼만 먹어도 좋습니다. 그저 아버님 앞에 갈 수만 있다면 죽어도 여한이 없습니다!"

"그 정도면 되겠네. 오늘 밤은 일단 여기서 보내고 천천히 상의해 보세."

밤이 되자 마정이 다시 물었다.

"예전에 몇 년이나 공부를 했었나? 팔고문을 한 편 다 완성해서 써 본 적이 있는가?"

"예."

그러자 마정이 웃으며 말했다.

"외람되나 내가 지금 제목을 줄 테니 한 편 지어 보게. 자네의 필력이 수재에 합격하여 부학(府學)에 입학할 수 있을는지, 내가 한번 봐줌세. 괜찮겠나?"

"안 그래도 선생님께 가르침을 청하려고 하던 차였습니다. 다만 글재주가 신통치 않다고 너무 흉잡지 마십시오."

"별말을 다 하네. 제목 하나를 줄 테니 내일까지 지어 보게."

마정은 이렇게 말하고 문제를 하나 낸 뒤, 한편에 잠자리를 마련해 주었다. 다음 날 마정이 막 일어났을 때 광형은 벌써 깔끔하게 문장을 완성해서 가져왔다. 마정이 기뻐하며 말했다.

"공부에도 열심이고 민첩하기도 하니 정말 대단하네!"

마정은 광형의 문장을 한번 훑어보더니 말했다.

"문장에 확실히 재기가 있구먼. 다만 의리(義理)와 장법(章法)이 좀 부족하네."

광형의 문장을 책상에 놓고 처음부터 끝까지 붓으로 권점을 찍어 가며 '허실반정(虛實反正)'이나 '탄토함축(吞吐含蓄)'과 같은 문장의 법도를 자세히 이야기해 주었다. 광형이 절을 하며 감사를 표하고 떠나려 하자, 마정이 말했다.

"서두르지 말게. 자네가 여기 항주에 머무는 것이 결코 좋은 생각이 못 되니, 내가 돌아갈 여비를 주겠네."

"도와주실 생각이라면 그저 은자 한두 냥만 빌려 주시면 충분합니다."

"그게 그렇지 않네. 이번에 집에 가면 부모님을 봉양할 밑천이 얼마라도 있어야 하네. 그래야 학업에 힘쓸 틈을 얻을 수 있어. 내가 은자 열 냥을 줄 테니, 집에 가거든 장사라도 좀 시작하게. 의원을 불러 아버님의 병도 보여 보고."

마정은 즉시 상자를 열어 은자 열 냥이 든 봉지 하나를 꺼내고, 또 낡은 솜저고리와 신발을 찾아 모두 그에게 건네주었다.

"이 돈은 집으로 가져가게. 이 신과 옷은 가는 길에 추울지도 모르니 아침저녁으로 걸치도록 하게."

광형은 옷과 은자를 받아들고 눈물을 흘리며 말했다.

"선생님께서 이렇게 아껴 주시는데 제가 어떻게 보답하겠습니까? 결의형제의 예를 갖춰 형님으로 모시고 싶사오니, 이후에도 만사에 보살핌을 베풀어 주십시오. 무례한 부탁이라 형님께서 허락해 주실지 모르겠습니다."

마정은 아주 기뻐하며 당장에 그에게 절을 두 번 받고, 또 그에게 두 번 절하여 의형제를 맺었다. 그리고 문한루에서 음식을 마련해 전별연을 해 주었다. 음식을 먹다가 광형에게 물었다.

"아우님, 내 말 좀 들어 보시게. 이제 집에 돌아가면 부모님을 봉양하면서 과거 준비에만 전념하시게. 세상에 태어나 과거 급제

304

가 아니면 입신양명할 길이 달리 없다네. 사주를 보거나 글자 점을 치는 거야 두말할 필요 없이 저급한 일이고, 학교 선생이나 막객 노릇도 오래할 게 못 되네. 오로지 재주를 발휘해 수재가 되어서 학교에 들어가고, 거인, 진사 시험에 급제하면 그날로 조상의 이름을 빛낼 수 있지. 이게 바로 『효경(孝經)』에서 말한 '부모를 빛내고 이름을 드날리는(顯親揚名)' 일이니, 그래야 비로소 진정한 효도를 했다 할 수 있고 본인도 고생을 하지 않는다네. 옛말에 '책 속에 황금으로 된 집이 있고, 책 속에 천 종(鍾)의 곡식이 있으며, 책 속에 옥 같은 미인이 있다'*고 하지 않던가? 참으로 맞는 말일세. 그렇다면 그 책이란 게 요새는 무엇이겠는가? 바로 과거 시험에 필요한 팔고문 선집일세. 여보게, 아우님, 집에 돌아가거든 부모님을 봉양하면서 모쪼록 과거 준비에 전념해야 하네. 형편이 어려워도, 봉양이 좀 소홀해도, 크게 마음 쓸 필요 없네. 오로지 팔고문 공부에만 신경을 쓰시게. 병환이신 아버님께서 침상에 누워 먹을 음식이 없어도 자네의 글 읽는 소리를 들으시면 마음이 절로 즐거워지실 걸세. 괴로움도 잘 넘기고 아픈 것도 씻은 듯이 나으실 게 분명하네. 이게 바로 증자(曾子)께서 말씀하신 '뜻에 맞춰 봉양한다(養志)'는 것이지. 만약 운이 따르지 않아 평생 급제를 못하거든, 늠생 학위를 하나 얻어 두었다 나중에 학교 선생이라도 하면 부모님을 위해 봉고(封誥)라도 청할 수 있지 않겠나? 나야 무능하기 짝이 없고 나이도 많지만, 자네는 젊고 영민하니 이 어리석은 형의 말을 잘 새겨들었다가 훗날 벼슬길에서 만나기를 기약해 보세."

마정은 말을 마치고 서가에서 팔고문 몇 권을 찬찬히 골라 그의 솜저고리 속에 둘둘 말아 찔러 넣어 주면서 말했다.

"모두 다 좋은 책일세. 가져가 읽으시게."

광형은 헤어지기 아쉬웠지만 아버지를 뵈러 갈 일이 급했기 때문에 눈물을 뿌리며 작별을 고하는 수밖에 없었다. 마정은 그의 손을 잡고 광형이 전에 머물렀던 성황산 거처까지 함께 가서 이불을 챙긴 뒤, 다시 청파문까지 전송하러 갔다가 결국 나루터까지 따라갔다. 마정은 그가 배에 오르는 것을 보고 작별 인사를 한 뒤 성안으로 들어왔다.

광형은 전당강을 지나서 다시 온주로 가는 배로 갈아타야 했다. 마침 배가 한 척이 지나가는지라 이렇게 물었다.

"탈 수 있나요?"

선장이 대답했다.

"여긴 무원(撫院)* 나리의 차인인 정 나리의 배요. 사람을 안 태웁니다."

광형이 짐을 지고 걸어가려는데, 선창의 창가에서 흰 수염을 기른 노인이 말했다.

"선장, 손님 한 사람 정도는 태워도 괜찮네. 자네 술값에 보태 쓰게나."

"나리께서도 허락하셨으니 이리 올라오시오."

선장은 배를 강변에 대고, 그를 배에 오르도록 해 주었다. 광형은 짐을 내려놓고 노인에게 감사의 절을 올렸다. 선창에는 세 사람이 있었다. 가운데 정 나리가 앉았고, 그 옆에 그의 아들이 앉아 있었으며, 가까운 쪽에는 외지의 손님이 앉아 있었다. 정 나리가 답례를 하며 그더러 앉으라고 했다. 광형은 눈치 있고 영리한 사람이라 배에 있으면서 함부로 뭘 만지지도 않고 함부로 돌아다니지도 않으며, 말끝마다 "나리", "나리" 하고 응대했다. 정 노인은 그런 그를 무척이나 맘에 들어 하며, 식사 때면 같이 먹자고 불렀다. 식사 후 배 안에서 달리 할 일이 없자 정 노인이 이야기를 시작했다.

"요즘 사람들은 인심이 야박해서 배운 사람들도 하나같이 부모를 공경하지 않는단 말이야. 여기 온주에 장씨 집안이 있는데, 형제 셋이 모두 수재라네. 그런데 두 형이 아비가 막내에게 재산을 더 준 게 아닐까 의심해서 싸움이 붙었네. 그걸 보고 아비가 다급한 마음에 관아에 가서 고발을 했더란 말이지. 헌데 형제가 부와 현에 모두 돈을 써서 아비가 아들들을 선처해 달라고 호소하는 문서를 쓴 것처럼 꾸미고, 처음에 했던 고발을 취소시켜 버렸다네. 다행이 학교의 어떤 선생이 아들들의 도리에 맞지 않는 소행을 좌시하지 않고 우리 나리의 관아에 고발장을 올렸다네. 나리께서 고발을 받아들이시어 날더러 온주에 가서 그 일당들을 소환해 조사하라고 하셨네."

그러자 그 손님이 말했다.

"그럼 이번에 소환하여 심문하게 되면 부와 현의 나리들께서도 모두 곤란해지지 않겠습니까?"

"진상이 밝혀지면 관련자는 모두 탄핵을 받아야 되겠지!"

광형은 이 말을 듣고 절로 탄식이 나왔다.

'돈 있는 자는 불효하고 나 같은 가난뱅이는 효도하고 싶어도 할 수 없으니 이 얼마나 불공평한 일인가!'

이틀이 지난 뒤 강가에 도착하자 광형은 정 노인에게 감사의 인사를 했다. 정 노인이 그에게 밥값도 받지 않으려 하자 그는 다시 한 번 감사했다. 새벽같이 길을 나서서 밤 이슥해서야 잠자리에 들면서 쉬지 않고 길을 갔다. 고향 마을에 도착하니, 저 멀리 자기 집 대문이 보였다. 그런데 이 일로 인해 다음과 같은 새로운 이야기가 생겨난다.

인륜을 도탑게 하고 덕을 쌓으니
마침내 힘 있는 고관이 알아주고,
노력한 만큼 명예를 얻었으나
그것이 도리어 평생의 흠이 되는구나.
敦倫修行, 終受當事之知.
實至名歸, 反作終身之玷.

이후의 일은 어떻게 되었을까? 이에 대해서는 다음 회를 들어
보시라.

와평

마정 선생은 평생 곤궁하게 지내면서도 의기 넘치는 대장부로
행동할 수 있었기에 오히려 사기꾼 홍감선에게 보상을 받았다. 작
자가 여기에서 세상 사람들을 일깨운 바가 적지 않다.

제16회
대류장의 효자 광형은 부모님을 봉양하고,
낙청현의 어진 지현 이본영은 선비를 아끼다

광형은 저 멀리 자기 집이 눈에 들어오자 기쁨에 차 한달음에 달려가 문을 두드렸다. 그의 어머니는 아들의 목소리가 들리자 대문을 열고 맞이하며 말했다.

"둘째야, 네가 돌아왔구나!"

"어머님, 소자 돌아왔습니다."

그는 짐을 내려놓고 옷매무새를 가다듬고 땅에 머리를 조아려 어머니에게 절을 올렸다. 어머니는 그의 몸을 어루만지다가 그가 두꺼운 솜저고리를 입고 있는 것을 보고, 그제야 안심하며 이렇게 말했다.

"네가 그 상인을 따라 집을 나서고 나서 1년 내내 늘 불안했단다. 한번은 네가 물에 빠지는 꿈을 꾸고 울며 잠에서 깨어나기도 했단다. 네가 다리가 부러지는 꿈을 꾸기도 했지. 또 네 얼굴에 큰 종기가 났는데 날더러 보라고 하기에, 손으로 쥐어짜 주려 했지만 끝내 그러지 못하는 꿈을 꾸기도 했단다. 또 네가 집으로 돌아와 나를 보며 울기에 나도 울면서 잠에서 깨기도 했지. 하루는 또 네가 머리에 사모를 쓰고 나타나 벼슬아치가 되었다고 말하더구나. 그래서 내가 웃으며 말했지.

'우린 일개 농사꾼 집안인데 어떻게 벼슬살이를 한다는 말이냐?'

그러자 옆에서 누가 그러더구나.

'이분은 당신 아들이 아니라오. 당신 아들도 벼슬아치가 되기는 했지만, 이번 생에는 다시는 당신 앞에 나타나지 않을 거요.'

내가 또 울면서 말했지.

'벼슬아치가 되어 만날 수가 없다면, 그런 벼슬이야 안 하는 게 낫소!'

이렇게 말하며 울다가 소리를 지르며 깨어났고, 네 아버지도 놀라 깨어났지. 네 아버지가 물어보시기에 그 꿈을 하나에서 열까지 빠짐없이 말씀드렸더니, 날더러 지나치게 걱정을 해서 그런 꿈을 꾸었다고 하시더구나. 그런데 어찌 된 일인지 바로 그날 밤 네 아버지가 병을 얻어 반신불수가 되셨다. 지금 방 안에 누워 계신단다."

밖에서 나누는 이야기를 듣고 광 태공은 아들이 돌아왔음을 알았다. 그러자 곧 그의 병세가 약간 호전되어 기운이 좀 나는 것 같았다. 광형이 부친 앞에 다가가 이렇게 말했다.

"아버님, 소자가 돌아왔습니다!"

그리고 다가가 머리를 조아렸다. 광 태공은 광형을 침상 맡에 앉히고 자신이 이 병을 얻게 된 연유를 상세히 이야기해 주었다.

"네가 떠나고 난 뒤 셋째 삼촌이 우리 집을 탐내더구나. 난 집을 셋째에게 팔고 나서 따로 살 집을 구하고, 돈을 좀 남겨 네가 돌아오면 조그만 장사라도 해야겠다 싶었지. 그런데 주위 사람들이 그러더구나.

'당신네 집은 그 양반 집 옆에 바로 붙어 있으니, 사고 싶다면 돈을 좀 더 내놓으라고 하시오.'

하지만 돈이 있는 사람들은 그저 깎으려 들기만 하리라는 걸 어떻게 알았겠나? 그는 돈을 더 내놓으려 하지 않을 뿐 아니라 시가(時價)보다 한두 냥 더 깎으려고 하더구나. 우리 형편이 어렵다는 걸 알고 가격을 후려치려던 게 분명해. 내가 고집을 부리며 팔지 않으니까 그는 악랄한 수를 썼지. 이전 집주인을 내세워 그가 원래 팔았던 가격으로 사겠다는 거야. 이전 주인은 너도 잘 알다시피 내게 삼촌뻘 되는 양반이란다. 그는 자기가 윗사람이랍시고 대뜸 이렇게 말하더구나.

'집안 재산을 팔아치우는 게 아니었어.'

내가 말했지.

'그렇다 해도 요 몇 년 동안 제가 수리해 온 것은 인정해 주셔야 합니다.'

그 양반은 한 푼도 인정하지 않고 그저 원래 가격에 되사려 했지. 그날 사당 안에서 서로 말다툼을 벌이다가 결국 그 양반이 나에게 손찌검까지 했단다. 친척들 가운데 돈 있는 사람들은 셋째 삼촌의 청탁을 받고 모두 그 양반 편만 들면서 오히려 나더러 조상님 얼굴 볼 생각을 말라고 하더구나. 네 형은 또 아무짝에도 쓸모가 없어서, 모자란 소리만 몇 마디 하고 말더구나. 이 일로 내가 화병이 생겨 몸져누웠고, 집안 형편은 갈수록 더 어려워졌지. 네 형은 다른 사람 말만 듣고 원래 가격을 받고는 원가에 파는 데 동의한다는 내용의 계약서를 써 주고 말았지. 그러고는 그 대가로 받은 몇 푼 모두 써 버리고 말았단다. 네 형은 안 되겠다 싶었는지 형수와 의논하더니, 이제 먹고 쓰는 것은 우리와 따로 하기로 했단다. 내 보기에도 네 형에게 줄 재산 하나 없으니, 제가 벌어서 제가 쓰겠다는 걸 내버려 둘 수밖에 없었어. 네 형은 이제 아침마다 어깨에 멜대를 지고 여기저기 시장에 나가 돈을 벌지만 두 식구 먹고살기도 빠듯하고, 나는 또 여기 집 안에 누워 있느라 종일 쓰기만 하고 벌지는 못하니 말이다. 네 삼촌은 또 집을 개축해야 한다면서 남이야 죽든 말든 며칠 간격으로 한 번씩 찾아와 재촉하며 얼마나 싫은 소리를 해 대는지. 게다가 너는 집을 나가서 행방도 모르고, 네 어머니는 네가 보고 싶어 걸핏하면 울곤 하지!"

"아버지, 이런 일들은 신경 쓰지 마시고 조용히 몸조리에만 신경 쓰세요. 제가 항주에 있을 때 운 좋게 어떤 분을 만났는데, 그분이 제게 은자 열 냥을 주셨어요. 내일부터 조그만 장사라도 시작하면 땔감과 쌀 정도는 구할 수 있을 겁니다. 셋째 삼촌 댁에서 재촉하는 것쯤 걱정할 게 뭐 있습니까! 제가 상대하지요."

어머니가 들어와 밥을 차려 놓았다고 불렀다. 그는 어머니를 따라 부엌으로 들어가 형수에게 인사를 올렸다. 형수는 그에게 차를 따라 주었다. 그는 차를 마시고 나서 식사를 하고는 서둘러 시장으로 갔다. 남은 여비로 돼지 족발을 사 와서 저녁에 아버지에게 삶아 드리고자 했던 것이다. 그가 돼지 족발을 사서 돌아오는데 마침 형이 멜대를 메고 대문으로 들어왔다. 그가 형에게 인사를 하고 무릎을 꿇자, 형은 그를 부축하여 일으키곤 함께 대청마루[堂屋]*에 앉아 집안의 어려움을 이야기해 주었다. 그의 형이 얼굴을 찡그리며 말했다.

"아버님은 이제 상태가 좀 안 좋아지셨어. 하시는 말씀이라곤 말도 안 되는 소리뿐이니. 사람들이 집을 나가라고 재촉하는데도 버티며 꼼짝도 않으셔서 나까지 욕을 먹고 있지. 아버님이 널 가장 아끼시지 않니? 네가 돌아왔으니 조만간 잘 말씀드려 봐라."

말을 마치자 형은 멜대를 메고 방으로 들어갔다. 광형은 음식이 푹 익기를 기다렸다가 밥과 함께 들고 가서 아버지를 부축하여 앉혀 드렸다. 아버지는 아들이 돌아와 몹시 기쁜데다 고기반찬까지 있으니 그날 저녁에는 식사를 상당히 많이 했다. 남은 음식은 어머니와 형더러 들어오라 하여 아버지 앞에 차려 놓고 저녁으로 먹게 했다. 아버지는 그것을 보면서 즐거워하였고, 밤늦게까지 앉아 있다가 비로소 부축을 받아 잠자리에 들었다. 광형은 이불을 가져다가 아버지 발치에서 잠을 잤다. 다음 날 새벽에 일어나 돈을 가지고 시장에 가서 돼지 몇 마리를 사다가 우리 안에서 기르기 시작했고, 콩도 한 말 정도 샀다. 먼저 돼지 한 마리를 메고 나와 잡고, 뜨거운 물에 깨끗이 씻어 부위별로 잘라 내어 아침나절 동안 팔았다. 또 콩은 갈아서 두부 한 판을 만들어 모두 팔았다. 그는 그렇게 벌어 온 돈을 아버지 침상 밑에 놓아두고 아버지 곁을 지켰다. 아버지가 답답해하면 서호의 여러 풍경과 그곳에서 팔던 갖가지 먹을거리들, 또 곳곳에서 들었던 재미난 이야기들을 생각해 내서 구구절절 상세히 들려주곤 했다. 아버지 역시 그걸 듣고 즐거워했다.

얼마 뒤 아버지가 말했다.

"뒷일을 보고 싶으니 어서 네 어머니를 들어오시라고 해라."

어머니가 서둘러 들어와 막 아버지를 위해 천을 깔려고 하는데, 광형이 말했다.

"아버님이 뒷일을 보실 때는 이렇게 하지 마십시오. 이렇게 이불 안에 천을 깔면 일보시기도 불편하지요. 게다가 날마다 이 천을 빠시려면 어머님도 냄새 때문에 비위가 상하실 겁니다."

아버지가 말했다.

"서서 일을 본다면 좋겠지만 그것조차 마음대로 할 수가 없다!"

"일어서실 필요 없습니다. 제게 좋은 수가 있습니다."

그는 서둘러 부엌으로 가서 동이를 하나 찾아 그 안에 재를 가득 채워서 침상 앞에 갖다놓았다. 또 등받이 없는 의자를 하나 가져다 동이 바깥쪽에 놓았다. 그리고 침상 위로 올라가 부친을 부축하여 옆으로 움직여서 두 다리를 의자 위에 걸치고 엉덩이를 동이의 재 쪽으로 향하도록 하였다. 그 자신은 사이로 들어가서 무릎을 꿇고 앉아 아버지의 두 다리를 자기 어깨 위에 올려놓아 아버지가 편안한 상태로 마음 놓고 일을 볼 수 있도록 했다. 그리고 아버지의 두 다리를 들어 다시 침상 위로 올려놓아 예전처럼 바로 눕혀 드렸다. 이렇게 하니 시원하게 일도 보고 이불 안에 냄새도 전혀 배지 않게 되었다. 그는 의자를 치우고 동이를 들고 나가 비운 후, 다시 들어와 아버지 옆을 지켰다.

저녁이 되자 그는 아버지를 부축하여 일으켜 앉히고 식사를 했다. 잠시 앉아 있다가 잠자리를 봐드리고 이불을 잘 덮어드렸다. 그러고는 바로 항주에서 들고 온 큰 무쇠 등잔에 기름을 가득 채우고, 아버지 옆에 앉아 팔고문 선집을 꺼내 읽기 시작했다. 광태공은 깊은 잠을 이루지 못해 새벽 3시를 알리는 북소리가 울릴 때까지 가래를 뱉기도 하고 차를 마시기도 했기 때문에, 광형은 자지 않고 책을 읽으면서 아버지가 부르면 바로 가서 살펴드렸다. 예전에 아버지는 밤에 뒷일을 보려 해도 옆에서 시중 들어줄 사람이 없어 날이 밝을 때까지 참아야만 했으나, 이제는 아들이 옆에서 보살펴 주기 때문에 밤에라도 뒷일이 보고 싶으면 바로 볼 수 있었기에 저녁식사도 안심하고 더 많이 먹을 수 있었다. 광형은 날마다 새벽 3시가 되어서야 잠자리에 들었고, 겨우 두 시간만 자고 나서 바로 일어나 돼지를 잡고 두부를 만들어야 했다.

4, 5일이 지난 뒤 그의 형이 시장에서 조금 일찍 집으로 돌아왔다. 그는 시장에서 닭을 한 마리 들고 와서 자기네 방 안에서 삶고, 술 한 병을 사다가 형제가 환영회를 열었다.

"이 일은 아버님께 말씀드릴 필요 없어."

그러나 광형은 그럴 수가 없어서 닭고기를 먼저 부모님께 한 그릇 갖다드리고, 나머지를 형과 함께 방 안에서 먹었다. 마침 셋째 숙부가 집을 내놓으라고 재촉하러 왔다. 광형은 술잔을 내려놓고 삼촌에게 절을 올리고 무릎을 꿇었다. 삼촌이 말했다.

"그래, 그래! 둘째가 돌아왔구나. 이렇게 두꺼운 솜저고리도 입고, 밖에서 예의범절도 익혀서 이렇게 절도 할 줄 아는구먼."

"집에 돌아온 지 며칠 되었으나 일이 바빠 한번 찾아뵙지도 못했습니다. 자리에 앉아 박주라도 한 잔 드시지요."

삼촌은 자리에 앉아 술을 몇 잔 마시고는 바로 집을 비우는 문제를 꺼냈다. 광형이 말했다.

"숙부님, 너무 서두르지 마십시오. 저희 두 형제가 여기 있는데 어찌 감히 숙부님의 집에 공짜로 얹혀살겠습니까? 집을 빌릴 돈은 없을지라도 방 한두 칸이라도 세를 얻고 이 집은 숙부님께 넘겨 드릴 수 있습니다. 다만 지금 아버님이 병환을 앓고 계시고, 사람들 말로는 환자가 병상을 옮기면 빨리 낫지 않는다고 하더군요. 저희 두 형제가 서둘러 의사 선생님을 모셔다가 아버님을 치료하고, 아버님이 좋아지시면 빠른 시일 내에 집을 넘겨 드리겠습니다. 아버님께서 중병이어서 금방 좋아질 수 없다고 해도, 집을 구해 이사를 나가야겠지요. 숙부님의 집을 차지하고만 있으면 숙부님께서도 재촉하실 것이고, 연로하신 저희 부모님께서도 지내시기 불안하실 테니까요."

삼촌은 그가 이처럼 듣기 좋고 예의 바르게, 또한 시원시원하게 말하는 것을 보고 할 말도 없어져 이렇게 대답할 뿐이었다.

"나도 한 집안 사람인데 재촉하러 온 것만은 아니야. 그저 집을 전부 헐고 수리해야 하기 때문에 그런 거지. 자네가 이렇게 말하니, 날짜를 좀 더 늦추도록 하겠네."

"감사합니다, 숙부님! 안심하십시오. 너무 오래 끌진 않을 겁니다."

삼촌이 그러마 하고 돌아가려 하는데, 광형의 형이 말했다.

"숙부님, 한 잔 더 드시죠."

"그만 하겠네."

그리고 삼촌은 곧바로 인사를 하고 돌아갔다.

이날 이후, 광형이 만든 고기와 두부는 불티나게 잘 팔렸다. 그는 정오가 되기도 전에 가지고 나간 것을 다 팔아 버리고 번 돈을 집으로 가져와 아버지를 돌보곤 했다. 그날 번 돈이 많다 싶으면 시장에서 닭과 오리 또는 생선을 사 와서 아버님 상에 올려드렸다. 광 태공은 담증(痰症)이 있어 기름진 고기는 잘 맞지 않아 이런 것들을 샀지만, 돼지 콩팥과 곱창은 빼지 않고 상에 놓아드렸으며, 약은 더 말할 것도 없었다. 부친은 만족스럽게 지냈으며, 매일 밤과 낮 대소변을 보는 일은 아들이 보살펴 주었다. 뒷일을 볼때는 반드시 광형이 앞에서 무릎을 꿇고 두 다리를 어깨 위에 올려놓곤 했다. 부친은 병이 조금씩 호전되자 두 아들과 방을 구해 이사할 일을 의논하였는데, 광형은 이렇게 말했다.

"아버님의 병환이 이제 다소 좋아지셨으니, 아예 좀 더 나아져서 부축해 걸을 수 있는 정도가 되면 그때 이사를 해도 늦지 않을 겁니다."

그리고 삼촌네 쪽에서 와서 재촉할 때마다 광형이 설득해 돌려보내곤 했다.

광형은 참으로 기운이 넘쳤다. 아침 한나절 동안 장사를 하고 밤에는 부친과 함께 있어 드리고 글까지 읽으니 충분히 힘들 터인데도, 점심 때 짬이 나면 그는 대문 앞으로 나가 이웃들과 장기를 두곤 했다.

하루는 그가 막 아침을 먹고 부친의 식사를 봐드리고 나서 밖으로 나왔다. 마땅히 할 일도 없던 터라 소를 치는 친척과 타작마당에 광주리[籮]를 뒤집어 탁자를 만들고 놓고 거기에 장기판을 펴놓고 마주 앉았다. 그런데 수염이 허연 사람 하나가 뒷짐을 지고 와서 한참 구경하다가 옆에서 말했다.

"저런! 형씨가 이 판은 졌구면!"

광형이 머리를 들어 바라보니, 이 고을 대류장(大柳莊)의 보정(保正)*인 '반(潘) 나리'였는지라, 얼른 일어나 '나리!' 하고 인사를 올렸다. 반 보정이 말했다.

"난 또 누구시라고, 방금은 몰라봤네. 광 태공의 둘째구만. 재작년 객지로 나갔다더니 언제 돌아온 건가? 부친께서는 병으로 집안에 계신다지?"

"사실 제가 돌아온 지는 한참 되었습니다만, 별일도 없는데 번거롭게 찾아뵙기가 죄송해서요. 제 아버님 병환은 근래 들어 다소 호전되었습니다. 신경 써 주셔서 감사합니다. 저희 집에 오셔서 차라도 한 잔 드시지요."

"그럴 것까진 없네."

그러고는 광형에게 다가가 모자를 한번 들어 올려 보고, 또 그의 손을 자세히 살펴보더니 이렇게 말했다.

"둘째, 듣기 좋으라고 하는 말이 아니라, 내 젊어서부터 관상 보는 법을 좀 배웠다네. 보아하니 자네 얼굴상은 귀인의 상인지라 27, 8세가 되면 좋은 운을 만나 아내, 재물, 자식, 벼슬을 모두 얻게 될 걸세. 지금 미간의 색이 다소 노란 빛을 띠고 있으니 며칠 안 되어 귀인성(貴人星)이 자네 운명을 비춰 줄 걸세."

그리고 또다시 광형의 귓바퀴를 눌러 보고 나서 말했다.

"그런데 괜히 놀랄 일이 생길 것이나 그렇게 큰일은 아닐세. 그리고 이후로는 해마다 운이 좋아질 걸세."

"나리, 저야 이 보잘것없는 장사를 하며 그저 손해 보지 않고 날마다 몇 푼 벌어 부모님을 모실 수만 있다면 천지신명께 감사드릴 뿐입니다. 어찌 부귀가 절 찾아주길 바라겠습니까?"

반 보정이 손을 저으며 말했다.

"그렇지 않네, 이런 장사일이 어디 자네가 할 일이던가?"

이렇게 말을 마치고는 각자 헤어졌다.

방을 빼라는 셋째 삼촌의 재촉이 하루하루 심해지고, 광형도 더이상은 둘러댈 수도 없어 그들과 몇 마디 말로 실랑이를 하며 버티는 수밖에 없었다. 저쪽에서는 사정이 다급해지자 화를 냈다.

"사흘 후에도 나가지 않으면 사람을 시켜 집의 문짝을 떼고 지붕을 헐어 버릴 테다!"

광형은 초조하고 걱정이 됐으나 부친에게는 알리려 하지 않았다. 사흘 뒤 저녁 광형이 아버지의 뒷일 수발을 마치고 아버지가 잠이 들었을 때였다. 그가 아버지 옆에서 무쇠 등잔에 불을 붙여 글을 읽고 있는데, 갑자기 문밖에서 큰 소리가 나더니 수십 명이 일제히 소리를 지르기 시작했다. 그는 속으로 셋째 숙부 네에서 사람들을 시켜 집을 부수는 게 아닌가 싶었다. 그런데 잠깐 사이 수백 명이 일제히 고함을 지르기 시작했고, 붉은 빛이 창호지를 온통 붉게 물들였다. 그가 소리를 질렀다.

"큰일 났다!"

서둘러 문을 열고 나가 보니, 마을에 불이 난 것이었다. 온 집안 사람들이 일제히 밖으로 나오며 소리쳤다.

"큰일이다! 빨리 옮겨야 해!"

그의 형은 자다가 비몽사몽간에 일어나, 그저 자신이 시장에 들고 나가는 멜대 하나만 챙길 뿐이었다. 멜대 안에 든 물건들은 깨강정, 말린 두부〔豆腐干〕, 두부피, 흙으로 만든 인형〔泥人〕, 아이들이 부는 피리, 아이들이 갖고 노는 장난감 악기, 여자들이 쓰는 주석으로 된 비녀 따위의 보잘것없는 것들이었다. 그는 하나라도 더 들고 나오려 했지만, 이걸 집자니 저걸 떨어뜨리는 꼴이었다. 강정이나 흙 인형은 잘릴 대로 잘리고 부스러질 대로 부스러져서, 그는 온 몸이 땀으로 범벅이 되도록 애쓴 끝에 겨우 한 아름 챙겨 들고 뛰쳐나올 수 있었다.

불길은 순식간에 한 길 남짓 치솟아 불덩이들이 하나씩 뜰로 몰려들고 있었다. 형수는 이불과 옷, 신발을 한 보따리 챙겨 끌어안고 울부짖으면서 밖이 아닌 집 안쪽으로 달려갔다. 어머니는 너무 놀라 다리가 풀려 한 걸음도 옮기지 못했다. 불빛은 사방을 온통 붉게 비췄고, 양쪽에서는 고함 소리가 진동을 했다. 광형은 다른 것은 제쳐 두고 서둘러 방 안으로 들어갔다. 그리고 이불을 벗겨 내 손에 들고, 아버지를 침상에서 부축해 등에 업고 두 손으로 단단히 붙잡았다. 일단 어머니는 그대로 놓아둔 채 아버지를 등에 업고 문밖으로 나와 공터에 앉혀 드렸다. 그리고 다시 나는 듯이 달려 들어가 형수의 손을 잡아끌어 문밖으로 나가게 하고, 다시 어머니를 부축하여 등에 업었다. 간신히 문을 빠져나왔을 때 불은 이미 대문 앞까지 타 들어와 있던 터라, 하마터면 빠져나오지 못할 뻔했다. 광형이 말했다.

"다행이다! 부모님을 모두 구했어!"

그리고 공터에 아버님을 눕혀 드리고 이불을 덮어 드렸다. 어머니와 형수는 그 앞에 앉아 있었다. 다시 형을 찾아보았으나, 어디로 피신했는지 알 수가 없었다.

불길은 번쩍번쩍 큰 소리를 내며 맹렬하게 타오르는데 그 빛이 어지러이 춤추는 황금용 같았다. 시골에 불이 난데다 끄는 방법도 제대로 모르고 물은 또 멀리 떨어져 있어서, 불길은 밤새 신나게 타고 나서야 조금씩 잦아들었다. 탈곡장은 온통 연기와 재로 덮인 채 여전히 뜨거운 열기를 내뿜고 있었다. 온 마을의 집이 불에 타서 잿더미가 되고 말았다. 광형은 몸을 둘 곳도 없어 어쩔 줄 몰라 하다가 마을 남쪽 큰길가의 암자 하나가 눈에 띄자, 부친을 등에 업고 그곳으로 갔다. 그리고 형수에게 어머니를 부축하게 하여 한 걸음씩 걷다 쉬다 하면서 겨우 암자 입구에 도착하였다. 승려가 나와 사정을 묻더니 그곳에서 묵게 해 줄 수 없다며 이렇게 말했다.

"마을에 불이 났으니 살 집이 없어진 사람들이 한둘이 아니오. 그 사람들이 모두 이곳으로 옮겨 오게 되면 건물 두 채를 더 지어도 수용할 수 없을 거요. 게다가 당신들은 병자까지 있으니, 어디 쉬운 일이겠소?"

그때 암자 안에서 한 노인이 나왔는데, 누군가 하고 보니 바로 반 보정이었다. 광형이 다가가 그에게 인사를 올리고 이러저러해서 화재를 당했다는 이야기를 했다.

"광 상공, 어젯밤 그 불이 당신 집에도 덮쳤구려! 참으로 안됐네!"

광형은 또 암자의 주지 스님에게 사정해 보았으나 스님이 들어주지 않더라는 이야기를 한바탕 들려주었다. 반 보정이 말했다.

"스님은 잘 모르시나 본데, 광 태공은 우리 마을에서 이름난 충직한 분이오. 게다가 이 젊은 둘째 상공은 훌륭한 관상으로 보아 장래 반드시 크게 출세할 것이오. 스님 같은 출가자는 다른 이에게 베풀어 주는 게 자신을 위하는 것일 테니, 잠시 방을 한 칸 빌려 주어 며칠 머물 수 있도록 해 주시구려. 때가 되면 알아서 옮길 것이오. 향 값은 내가 보내 드리리다."

승려는 보정 나리의 분부를 거역하지 못하고, 그제야 그들 일가를 들어오라고 하고 방 한 칸을 내주었다. 광형은 부친을 암자 안으로 모셔 주무실 수 있게 했다. 반 보정이 들어와 부친의 문안을 묻자, 부친은 보정에게 사례하였다. 승려가 차 한 주전자를 끓여 내와 모두 함께 마셨다. 반 보정은 집으로 돌아가고, 잠시 후 밥과 반찬을 보내 그들을 위로하였다.

오후가 되어서야 그의 형이 찾아왔으나, 그는 도리어 물건 빼내는 것을 돕지 않았다고 동생을 탓했다. 광형은 암자에 오래 머무를 수 없다고 판단하고, 반 보정에게 암자 옆 큰길 입구에 한 칸 반짜리 집을 세내 달라고 부탁하여 그곳으로 이사했다. 다행히 그날 저녁 그는 잠을 자고 있지 않았기에 수중에 돈을 좀 가지고 있어서, 예전처럼 돼지를 잡고 두부를 갈아 생활하면서 밤에는 글을 읽을 수가 있었다. 부친은 이번 일로 크게 놀라 병환이 더 위중해졌다. 광형은 걱정되기는 했지만 공부를 멈추지는 않았다. 그날 저녁 그가 자정이 훨씬 넘도록 한참 책을 읽고 있는데, 문득 창 밖에서 징 소리가 나더니 수많은 횃불에 둘러싸여 관청의 가마가 한 채 지나가고 그 뒤에 말발굽 소리가 들렸다. 분명 지현이 지나가는 것이지만, 광형은 지현이 지나가건 말건 신경 쓰지 않고 계속 소리 높여 책을 읽었다.

지현은 이날 밤을 마을 공관(公館)에 묵게 되었는데, 속으로 이렇게 감탄을 했다.

'이런 시골구석에 밤이 야심한데도 열심히 글을 읽는 이가 있다니, 참으로 존경할 만하도다! 그런데 그 사람이 수재인지 동생인지 모르겠구나. 보정을 불러 물어봐야겠다.'

지현은 즉시 반 보정을 불러오게 하여 물어보았다.

"마을 남쪽 사당 옆에 있는 집에서 한밤에 글을 읽는 이가 누구요?"

반 보정은 광형에 대한 얘기인 줄 알아채고, 그의 사정을 모두 이야기해 주었다.

"화재로 집이 다 타 버려 그곳을 세내어 살고 있습니다. 글 읽는 이는 그 집 둘째 아들 광형입니다. 그는 날마다 3, 4경까지 글을 읽습니다. 하지만 그는 수재도 동생도 아니고 그저 조그만 장사를 하는 사람일 뿐입니다."

지현을 다 듣고는 애처로운 마음이 들어 이렇게 분부했다.

"내 명첩을 줄 테니 내일 광형에게 내 뜻을 전하시오. 지금 그를 이곳으로 불러 만나긴 힘들지만 이제 곧 시험이 있을 테니 그더러 등록하고 응시하라고 하시오. 만약 팔고문을 제대로 지을 수만 있다면 내가 그를 뽑도록 해 보겠소."

반 보정은 명을 받아 물러갔다.

다음 날 아침, 지현은 성의 아문으로 들어갔다. 반 보정은 그를 전송하고 나서 날아갈 듯 광형의 집으로 달려가 문을 두드리고는 이렇게 말했다.

"축하하네!"

광형이 물었다.

"무슨 일이신지요?"

반 보정은 모자 속에서 명첩을 꺼내 그에게 건네주었는데, 거기에는 이렇게 씌어 있었다.

시생 이본영 인사드립니다.

侍生李本瑛拜.

광형은 지현의 명첩을 보자, 놀라 펄쩍 뛰며 급히 물었다.

"나리, 이 명첩은 누구에게 전하는 것인가요?"

반 보정은 그렇게 된 사정을 모두 이야기 해주었다.

"지현 나리께서 이곳을 지나시다가 자네가 글 읽는 소리를 들으시고 내게 가서 알아보라고 하셨네. 내가 자네가 이렇게 고생하면서 효도를 다하는 사정을 나리께 모두 자세히 말씀드렸지. 그러자 나리께서 이 명첩을 자네에게 주라시며, 며칠 안으로 시험이 있을 테니 가서 응시하라고 말씀하셨네. 이건 바로 자네를 추천해 주겠다는 뜻일세. 내가 일전에 자네 얼굴빛이 좋아 귀인성이 운명을 비추는 상이라고 말했는데, 오늘 보니 어떤가?"

광형은 하늘에서 내려온 듯 기분이 좋아, 명첩을 받아들고 아버지께 가서 사정을 말씀드렸다. 그의 아버지 역시 기뻐했다. 저녁이 되어 그의 형이 돌아와 명첩을 보게 되자 다시 이번 일에 대해 들려주었지만 형은 믿으려 하지 않았다.

며칠이 지난 뒤, 현에서는 과연 동생(童生)을 뽑는다는 고시(告示)가 나붙었다. 광형은 두루마리 답안지(卷子)를 사서 시험에 응시하였다. 시험이 끝나고 단안(團案)*이 발표되었는데, 광형은 합격하였다. 복시(復試)를 치르는 날, 광형은 시험지를 사서 기다리고 있었다. 이본영이 청사에 앉아서 첫 번째로 그의 이름을 호명하였다. 이본영은 그를 불러 세우고 말했다.

"자네는 올해 나이가 몇인가?"

"스물두 살이옵니다."

"그대가 쓴 문장은 훌륭했네. 이번 복시에도 더 신경 써 주게나. 나도 힘닿는 대로 도와주겠네."

광형은 머리를 조아리며 사례한 후, 시험지를 받아들고 현청을 내려갔다. 복시가 두 차례 끝나고 합격자 명단이 내걸렸는데, 광형이 1등으로 합격하였다. 이 소식은 마을로 전해졌다. 광형은 수

본(手本)을 들고 찾아가 사례했다. 이본영은 그를 안으로 불러들여 그의 고생스러운 상황에 대해 이것저것 물어본 후, 은자 두 냥을 싸서 주며 말했다.

"이것은 내 봉록을 쪼개 주는 것이니, 가져다가 부모님을 봉양하게나. 집으로 돌아가 더욱 열심히 분발하고 노력하시게. 부시(府試), 원시(院試) 때에도 다시 찾아오게, 여비를 보태주겠네."

광형은 사례하고 청사를 나와 집으로 돌아가 은자를 아버지께 드리고, 이본영의 말을 다시 들려드렸다. 광 태공은 몹시 감격하여 은자를 들고 침상 위에서 허공을 향해 머리를 조아리며 지현 나리에게 감사드렸다. 그제야 그의 형도 믿기 시작했다. 시골 사람들의 식견이란 얕은 것이라 광형이 1등으로 시험에 합격했고, 현의 지현 나리께서도 그를 대문 안으로 들여 친히 만나 보았으며, 또한 그가 이 마을 사람이라는 사실 때문에 사람들은 약속이나 한 듯 차례로 그의 집으로 축하 선물을 보내왔다. 광 태공은 암자를 하루 빌려 사람들에게 술을 대접하게 했다.

늦겨울도 다 지나가 새해 업무를 시작한 학정이 온주(溫州)에 도착했다. 광형이 이본영을 찾아가 출발 인사를 드리자, 그는 또 은자 두 냥을 주었다. 그는 부의 관청에 도착하여 부시를 치르고 이어서 원시를 치렀다. 그가 시험을 보고 나온 뒤, 이본영은 관소로 학정을 찾아가 무릎을 꿇고 이렇게 말했다.

"소인이 이번 시험에서 1등으로 뽑은 광형은 가난 속에서도 열심히 공부하는 선비이자 효자입니다."

그리고 그의 효행에 대해 상세히 여쭈었다. 학정이 말했다.

"'선비는 성품과 견식이 우선이고, 문장은 그 다음(士先器識而後辭章)'이라고 했소. 참으로 내면의 수행이 중요하고, 문사는 자잘한 기예인 법이지요. 광형의 문장을 읽어 보면 이법이 비록 약간

324

불분명한 부분이 있긴 하지만 재기는 참으로 훌륭하오. 지현께서는 염려 말고 돌아가 일을 보시오."

그런데 이번 일 때문에 다음과 같은 새로운 이야기가 생겨난다.

혼인을 하게 되면
양친에 대한 효도가 줄고,
과거에 급제하면
마음은 향시(鄕試), 회시(會試)에만 얽매이게 되지.
婚姻締就, 孝便衰于二親.
科第取來, 心只繫乎兩榜.

광형이 이번 시험에 붙을 수 있을까? 이에 대해서는 다음 회를 들어 보시라.

와평

광형은 타고난 착한 성품으로 부모를 극진히 공경하지만, 벼슬길에 오르자마자 아내를 버려둔 채 다시 장가를 드는 이야기가 앞으로 펼쳐지게 된다. 추세[勢]가 그렇게 만드는 것일까, 아니면 벼슬의 길과 짐승의 길이 본래 이렇게 똑같이 윤회하는 것이기 때문일까?

제17회
수재 광형은 다시 항주로 가고,
의원 조씨는 시단에서 높은 명성을 날리다

광 태공은 아들이 시험을 치러 간 뒤 예전처럼 침상에 누워 대소변을 보았다. 그는 아들이 떠나 있는 20여 일이 마치 2년이나 된 듯, 날마다 눈물을 펑펑 흘리며 대문 밖만 바라보았다. 하루는 그가 부인에게 말했다.

"둘째가 간 지 이렇게 오래되었는데 여태 돌아오지 않는구려. 복이 있어 시험에 급제했는지 못했는지 모르겠소. 조만간 내가 죽게 될 것 같은데, 그 애가 내 곁에서 지켜봐 주지 못할 것 같구려!"

말을 마치고 다시 통곡하자 부인이 위로해 주었다. 그때 갑자기 문밖에서 시끄러운 소리가 들렸다. 알고 보니 흉악하게 생긴 한 남자가 광 태공의 큰아들과 싸우는 소리였다. 마을 장터에서 광 태공의 큰아들이 그 남자의 노점상 자리를 차지해 버렸다는 것이었다. 큰아들도 지지 않고 눈이 벌겋게 된 채 그 사람을 향해 고래고래 소리를 질러 댔다. 그러자 그 사람이 큰아들의 짐을 잡아채 끌어내리니, 자질구레한 물건들이 땅바닥에 어지러이 쏟아져 버렸다. 그자는 광주리까지 발로 차 버렸다. 큰아들은 그자를 관아로 끌고 가려 하면서 뇌까렸다.

"지현 나리가 우리 집 둘째와 잘 아는 사이인데, 내가 당신을 겹

낼 줄 알아? 같이 나리에게 가자고. 다 고해 버릴 테다!"

광 태공이 그 소리를 듣고 급히 큰아들을 불러들여 분부했다.

"당장 그만둬라! 나는 선량한 사람이라, 여태 남들하고 다툼이 생겨 관청에 가 본 적이 없느니라. 게다가 그자의 노점상 자리를 차지한 것은 원래 네가 잘못한 것이다. 사람을 보내 그자에게 잘 얘기할 일이지, 싸움을 일으켜 나를 불안하게 만들지 마라!"

그러나 큰아들은 전혀 그 말을 들으려 하지 않고 기세등등하게 다시 나가 싸웠다. 그 소란 통에 이웃들이 모두 와서 둘러싸고 구경하면서 말리기도 하고 달래기도 했다. 그렇게 한창 다투고 있는데 반 보정이 달려와 그 사람에게 몇 마디 하니, 그제야 그 사람의 말투가 누그러졌다. 반 보정이 또 말했다.

"이보게, 물건을 주워 담아서 집으로 돌아가게."

큰아들은 욕을 퍼부으며 물건을 주워 담았다.

그때 큰길에서 두 사람이 손에 붉은 첩자를 들고 걸어와서 물었다.

"여기 광씨 성을 가진 분이 계십니까?"

반 보정은 그들이 문두(門斗)임을 알아보고 말했다.

"옳거니! 광씨 댁 둘째 도련님이 급제하셨구나. 이보게, 얼른 두 분을 모시고 부친께 가서 말씀드리시게."

큰아들은 물건을 모두 광주리에 담고 멜대를 메더니, 두 문두를 데리고 집으로 갔다. 그와 싸우던 사람도 반 보정의 말을 듣고 돌아갔다. 문두들이 방으로 들어가니 광 태공은 침상에 누워 있었다. 그들은 축하 인사를 하고 공손히 통지서를 바쳤다. 거기에는 이렇게 적혀 있었다.

귀 댁의 아드님 광형이 제학어사학대 나리에 의해 낙청현 제1

등으로 선발되어 생원(生員)으로 급제하셨기에, 본 학교에서 공식적으로 알려드립니다.

광 태공은 무척 기뻐하며 부인더러 차를 끓이라 하고, 큰아들의 광주리에서 사탕과 말린 두부를 꺼내 접시 두 개에 담고, 달걀 10여 개를 삶아 문두들에게 대접했다. 반 보정도 달걀 10여 개를 가져와 축하했다. 광 태공은 이것도 같이 삶아 내놓고 반 보정에게 문두들과 함께 먹으라고 했다. 밥을 먹고 나자 광 태공이 문두들에게 심부름 값으로 2백 문을 내놓았다. 문두들이 적다고 하자 광 태공이 말했다.

"나는 가난한 사람인데다가 화재까지 당했소. 아들의 일 때문에 두 분께서 수고롭게 와 주셨는데 이까짓 몇 푼이 가당키나 하겠소만 찻값으로 그냥 받아주시오."

반 보정이 또 사정을 이야기하고 백 문을 더 얹어 주어 문두들을 달래서 보냈다.

4, 5일 후에 광형은 학정을 전송하고 집으로 돌아와 남색 상의와 방건을 갖춘 수재 옷을 차려입고 부모에게 인사했다. 그의 형수는 화재 후 친정에 머물고 있었기 때문에 형은 혼자 인사를 받았다. 그의 형은 동생이 수재에 합격하자 이전보다 더 친숙하게 대했다. 반 보정은 축의금을 모으고 잔치를 벌일 날을 잡았으며, 암자까지 빌려 술자리를 마련했다. 이번에는 전과 달리 모두 20여 조전(弔錢)을 모아 돼지 두 마리와 닭, 오리 등을 잡아서 2, 3일 동안 술을 마셨다. 승려들도 와서 축하하며 광형의 눈에 들려고 했다.

광형은 부친과 상의해서 군소리 없이 남은 10여 조전을 그의 형에게 주고, 또 두 칸짜리 건물을 세내어 조그마한 잡화점(雜貨店)을 열게 해 주었다. 형수도 다시 불러들여 한 집에서 살게 하면서,

두 집 살림을 하지 않고 매일 번 돈으로 한 살림을 하도록 했다. 그렇게 바쁜 며칠이 지나자 광형은 또 성안으로 들어가 이본영에게 인사를 했다. 이본영은 이번에는 서로 대등한 지위로 인사를 나누고, 그에게 술과 밥을 대접하면서 그에게 입문(入門)의 예를 올리게 했다. 일을 마치고 집에 돌아가자 학교에서 또 그 두 명의 문두가 찾아왔다. 그는 반 보정을 불러 자리를 함께하게 했다. 문두가 말했다.

"학교의 나리께서 수재님을 뵙고 인사를 와야 하지 않겠느냐는 말씀을 전해 달라고 하셨습니다."

광형이 버럭 화를 냈다.

"난 내 스승님만 알 뿐이오! 그런 학교 관리 따위를 무엇 하러 만난단 말이오? 인사는 무슨!"

그러자 반 보정이 말했다.

"여보시게, 그렇게 말씀하시면 안 되네. 우리 지현 나리는 자네가 입문의 예를 갖춘 스승이긴 하지만, 이건 사적인 것이야. 그런데 학교의 스승은 조정에서 임명하여 전문적으로 수재들을 관리하시는 분일세. 자네가 장원으로 급제하셨으니 이분도 아셔야 하네. 왜 안 가겠다는 것인가? 자네는 가난한 선비이니 인사도 거창하게 할 것 없이 한 분에게 은자 두 전씩 봉투에 넣어 가면 될 걸세."

그 자리에서 날짜를 잡고 먼저 문두들을 돌려보냈다. 그날이 되자 인사 예물을 봉투에 담아 학교의 스승들에게 인사를 했다. 그가 집으로 돌아오니, 부친이 또 술과 안주를 준비해서 조상님의 무덤에 올리고 오라고 분부했다.

성묘를 하고 돌아온 날 광 태공은 몸이 별로 좋지 않았는데, 이후로 병세가 나날이 나빠졌다. 약을 먹어도 효험이 없고, 식사량도 점점 줄어들어 결국 전혀 먹지 못하게 되었다. 광형이 여기저기서 점을 쳐 보았으나 대부분 불길한 점괘가 나왔다. 그는 형과 상의해서 예전에 자신이 장사 밑천으로 준 돈으로 부친의 장례를 미리 준비하게 하고, 가게 일은 예전처럼 하도록 했다. 당장에 관을 사고 베옷을 여러 벌 준비했으며, 부친의 머리 크기에 맞게 방건을 만들어 장례를 준비했다. 광 태공은 침상에 누워 죽을 날을 기다리며 어떤 날은 의식이 흐려져 보고 듣는 것조차 제대로 하지 못하다가, 어떤 날은 또 정신이 조금 또렷해지기도 했다.

하루는 광 태공이 스스로 가망이 없음을 알고, 두 아들을 모두 불러놓고 분부했다.

"내 이 병은 낫기 틀렸구나. 하늘을 볼 날은 까마득하고 땅속에 들어갈 날은 가까워졌다. 나는 평생 쓸모없는 인간이어서 땅 한 덩어리도 너희에게 물려주지 못하고, 두 칸짜리 집마저도 없어져 버렸구나. 둘째가 다행히 수재가 되었으니 장차 열심히 공부하면 더 높은 자리에 오를 수도 있겠구나. 하지만 공명은 결국 자기 몸 밖의 물건일 뿐이고 덕행을 쌓는 일이 중요하다. 보아하니 네가 부모에게 효도하고 윗사람을 공경하는 마음 씀씀이가 보기 드물게 무척 훌륭하다. 그래도 나중에 일이 조금 순탄하게 풀린다고 대단한 권세와 이익을 얻으려는 생각으로 젊은 시절의 마음을 바꿔서는 안 되느니라. 내 죽거든 너는 상을 마치자마자 얼른 혼처를 찾아보아라. 하지만 반드시 가난한 집의 딸을 데려와야지, 부귀를 탐내 신분 높은 집안과 혼인해서는 절대 안 된다. 네 형은 염치없는 못된 놈이지만 그래도 끝까지 공경하고 존중해 줘라. 나를 섬기던 것과 같이 해야 할 것이야!"

두 형제가 곡을 하며 말씀대로 따르겠노라고 하자, 광 태공은 눈을 감고 세상을 떠났다. 온 집안에서 곡성이 일어났다. 광형은 비통하게 통곡하면서 장례를 준비했다. 집 안이 너무 좁은지라, 부친의 시신을 처음 7일 동안만 집에 두었다가 선영(先塋)으로 옮겨 안장하기로 했다. 모든 마을 사람들이 찾아와 조문했고, 형제는 조문객들에게 감사했다. 큰아들은 예전처럼 가게를 열었고, 광형은 7일과 14일, 21일째 날에 무덤으로 가서 곡을 하고 재를 올렸다.

하루는 마침 성묘하고 돌아오는데 날이 저물었다. 집에 막 도착하니 반 보정이 찾아와 말했다.

"광 상공, 지현 나리가 잘못된 일은 알고 계시겠지? 오늘 온주부의 둘째 큰 나리〔二太爺〕께서* 와서 직인을 떼어 가 버렸다네. 그분은 자네 스승이시니 자네도 성안에 한번 찾아가 뵙게."

광형은 이튿날 상복을 갈아입고 성안으로 찾아갔다. 막 성안으로 들어가는데 뜻밖에도 백성들이 이본영을 보내지 말라면서 징을 치고 파업을 하고 있었다. 그들은 직인을 떼어 가는 관리를 에워싼 채 직인을 다시 빼앗으려 했다. 대낮인데도 성문은 닫혀 있었고, 한바탕 소동이 일어나고 있었다. 광형은 성안으로 들어갈 수가 없어서 다시 돌아와 소식을 기다릴 수밖에 없었다.

사흘째 되는 날, 성(省)에서 백성들의 소요를 진정시킬 안민관(安民官)을 파견하여 주동자를 잡아 가려 했다. 다시 사나흘이 지나서 광형이 부친의 무덤에서 돌아오는데, 반 보정이 그를 맞으며 말했다.

"야단났네. 재앙이 닥쳤어!"

"무슨 말씀이시오?"

"집에 가서 얘기하세."

즉시 집으로 가서 자리에 앉자, 반 보정이 말했다.

"어제 안민관이 내려와 백성들을 해산시켰는데, 상부에서 은밀하게 주동자를 찾아내라 해서 벌써 몇 명이 잡혀 갔다네. 그런데 아문의 양심 없는 차인 몇 명이 자네를 밀고했다네. 지현 나리가 자네에게 아주 잘해 주었으니까 분명히 자네가 뒤에서 일을 주동하여 지현의 자리를 보전하게 하려 했다는 것일세. 이 얼마나 억울한 일인가! 지금 위에서 또 은밀히 조사하려고 하는데, 이 일이 어찌 되겠는가? 만약 조사 결과 사실이라고 한다면 아마 누군가 자네를 잡으러 올 텐데, 내 생각에는 밖으로 잠시 몸을 피하는 게 좋겠네. 관청에 엮일 일이 없다면 그만이지만, 만약 무슨 일이 생긴다면 내가 도와드림세."

광형은 너무 놀라 어쩔 줄 몰라 하며 말했다.

"이게 웬 날벼락이랍니까! 어르신께서 저를 아껴 주셔서 소식을 전해 주셨는데, 제가 지금 어디로 가면 좋겠습니까?"

"생각해 보고, 잘 아는 곳이 있다면 그곳으로 가시게."

"그저 항주 땅만 알고 있을 뿐이지만, 친한 사람은 없습니다."

"항주로 가실 생각이라면 내가 편지를 한 통 써 드리겠네. 나한테 사촌동생이 하나 있는데, 항렬이 세 번째라 사람들이 반씨 댁 셋째 나리[潘三爺]*라고 부른다네. 지금 포정사(布政司)의 아전으로 있는데, 그 집이 바로 포정사 정문 앞의 산 위에 있다네. 그 사람을 찾아가서 모든 일은 그 사람이 시키는 대로 하시게. 그 사람은 기개가 있는 사람이니, 일을 그르치지 않을 걸세."

"그렇다면 번거롭더라도 어르신께서 편지를 써 주십시오. 저는 오늘 밤에 당장 떠나야겠습니다."

반 보정은 즉시 편지를 한 통 썼다. 광형은 형수에게 집안일을 당부하고 눈물을 흘리며 모친께 작별한 후, 행장을 꾸리고 편지를 품에 간수한 채 대문을 나섰다. 반 보정은 큰길까지 전송하고 돌아갔다.

광형은 봇짐을 메고 며칠 동안 육로를 걷다가 온주에 이르러 배를 탔다. 그날은 배가 없어서 여관에 묵을 수밖에 없었다. 그가 여관으로 들어가자 안에 등불이 켜져 있고, 먼저 온 손님 하나가 탁자에 앉아 책을 한 권 펼쳐 놓고 조용히 읽고 있었다. 그 사람은 얼굴이 수척하고 누렇게 떠 있으며, 드문드문 몇 가닥 수염을 기르고 있었다. 그 사람은 독서에 몰두해 있던 데다가 조금 근시였기 때문에 사람이 들어온 것을 모르고 있었다. 광형은 다가가서 "손님!" 하며 두 손을 모아 인사했다. 그 사람은 그제야 일어나 답례를 하는데, 푸른 비단옷을 입고 와룡모를 쓴 것이 상인 같았다. 둘이 인사를 나누고 자리에 앉자 광형이 물었다.

"손님께선 고향이 어디시고 성은 어떻게 되시는지요?"

"저는 경(景)가이고, 집은 여기서 50리 떨어진 곳에 있습니다. 성성(省城)에 작은 가게를 열고 있어서 지금 가게로 가는 참인데, 배편이 없어서 여기서 하룻밤 묵어가려 합니다."

그는 광형이 쓴 방건을 보고 그가 수재임을 알아차리고 말했다.

"선생께서는 어디 분이십니까? 성함은 어떻게 되시는지요?"

"저는 광가이고 자는 초인이며, 낙청현에 살고 있습니다. 저도 성성으로 가려고 하는데 배편이 없군요."

"그럼 잘 됐군요. 내일 함께 배를 타십시다."

그리고 둘은 각기 잠자리에 들었다.

이튿날 아침 일찍 배에 올라 두 사람은 같은 선실을 잡았다. 배에 올라 행장을 내려놓고 나자 경씨는 곧 책을 한 권 꺼내 읽기 시작했다. 광형이 물어보기 곤란하여 슬쩍 훔쳐보니, 책 위에 울긋불긋 권점(圈點)이 찍혀 있는 것이 무슨 시사집(詩詞集)인 것 같았다. 점심때가 되어 함께 밥을 먹고 나자, 경씨는 다시 책을 꺼내 읽었다. 책을 좀 읽고 나서 한가로이 차를 마시기 시작하자 광형이 물었다.

"어젯밤에 말씀하시기로는 성성에 가게가 있다고 하시던데, 무슨 가게를 열고 계십니까?"

"두건 가게입니다."

"가게를 열고 계시면서 이런 책은 뭐 하러 보십니까?"

경씨가 웃으며 말했다.

"이런 책은 수재들만 볼 수 있다는 말씀이십니까? 우리 항주의 많은 명사들은 팔고문을 중시하지 않습니다. 솔직히 말씀드리자면 제 호는 난강(蘭江)*인데, 여러 지역에서 나온 시선집(詩選集)에 모두 제 시가 들어 있습니다. 벌써 20년이 넘었지요. 과거에 급제하신 선생들도 일단 항주에 오면 우리와 더불어 시를 창화(唱和)하려고 합니다."

그리고 그는 선실 안에서 상자 하나를 열더니 수십 개의 얄팍한 두방(斗方)들을 꺼내 건네주며 말했다.

"이게 바로 제 시집들입니다. 보시고 가르침을 주십시오."

광형은 자신이 실언을 했음을 깨닫고 속으로 부끄러웠다. 그는 시를 받아서 이해는 못하지만 다 읽어 보는 척하며 입에 발린 칭찬을 늘어놓았다. 그러자 경본혜(景本蕙)가 또 물었다.

"수재로 뽑히실 때 학대로 계셨던 분은 어떤 분이십니까?"

"지금 새로 부임하신 종사이십니다."

"새로 오신 학대께서는 호주(湖州)의 노(魯) 선생님과 같은 해에 급제하신 분인데, 노 선생님이 바로 제 시우(詩友)입니다. 당시 제가 시를 지었던 시회에는 양집중 선생과 권물용 선생, 가흥 땅 거태수의 손자이신 거신부, 그리고 누씨 집안의 셋째 공자와 넷째 공자가 참여했습니다. 모두들 저희들의 친한 문우(文友)들입니다. 애석하게도 벼슬에 뜻이 없는 우 선생이라는 분은 그저 마음으로만 교유할 뿐, 아직 만나 뵌 적이 없습니다."

광형은 그가 이런 사람들을 언급하는 것을 보고 이렇게 물었다.

"항주 문한루에서 문장을 선정하시는 마 선생이라는 분이 계시는데, 존함이 정(靜)자를 쓰십니다. 선생께서도 아마 잘 아시는 사이겠군요?"

"그분은 팔고문을 쓰는 분이라 알기는 하지만 친한 사이라고는 할 수 없습니다. 사실 우리 항주의 명사들 가운데 그런 부류의 사람들은 포함되어 있지 않습니다. 하지만 저희와 취향이 같은 사람들이 몇 명 있으니, 성성에 도착하면 선생과 함께 만나 볼 수도 있을 것입니다."

광형은 그 말을 듣고 놀라움을 금치 못했다. 단하두(斷河頭)에 도착해 배를 물에 대고 짐을 옮기려 하고 있었다. 경본혜는 뱃머리에 서 있었는데, 그때 강변에 가마 하나에서 누군가 나왔다. 그는 방건을 쓰고 화려한 남색의 도포를 걸친 채 하얀 종이에 시를 적은 쥘부채를 들고 있는데, 부채 손잡이에는 사각형의 상아 도장이 묶여 있었다. 그의 뒤편에는 한 사람이 약상자를 메고 따르고 있었다. 그 사람이 가마에서 내려서 막 어떤 집으로 들어가려 하던 차였는데, 경본혜가 소리쳐 불렀다.

"조설(趙雪)* 형, 오랜만입니다! 어디 가십니까?"

조결(趙潔)이 고개를 돌리며 소리쳤다.

"아이고! 누군가 했더니 동생이셨구먼! 언제 오셨는가?"

"지금 막 도착했습니다. 행장도 아직 배 안에 있습니다."

그리고 선실을 돌아보며 말했다.

"광 선생, 잠깐 나와 보십시오. 이분은 저와 제일 친한 조설재(趙雪齋) 선생이십니다. 잠깐 오셔서 만나 보시지요."

광형은 선실에서 나와 그와 함께 뭍으로 올라갔다.

경본혜는 선장에게 분부하여 행장을 잠시 찻집 안으로 옮겨 놓게 했다. 세 사람은 곧 인사를 나누고 함께 찻집으로 들어갔다. 조걸이 물었다.

"이분 성함은 어떻게 되시는가?"

경본혜가 대답했다.

"이분은 낙청현의 광 선생이시신데, 저와 함께 배를 타고 오셨습니다."

서로 잠시 겸손하게 예를 차리고 자리에 앉자, 차가 석 잔 나왔다. 조결이 말했다.

"동생, 요즘 무슨 일로 여길 떠나 있었는가? 내 한참 기다렸지 뭔가."

"속된 일에 좀 엮여서 그랬습니다. 요즘 시회가 있었습니까?"

"없었을 리가 있는가! 지난달에 중서(中書)* 벼슬을 지낸 고(顧) 선생이 천축사(天竺寺)에 참배하러 오셨는데, 우리와 함께 천축사에 가서 하루 종일 시를 읊었다네. 그리고 통정사를 지낸 범(范) 어르신이 휴가를 내서 성묘하러 가시다가 이곳에 배를 대고 하루를 묵으셨네. 그분도 우리를 배로 불러 시를 짓게 하시는지라, 꼬박 하루 동안 폐를 끼쳤다네. 또 어사를 지내신 순(荀) 선생님께서 순무(巡撫) 일을 수행하는 데에 필요한 돈을 추렴하러 오셨다가, 수금은 팽개치고 날마다 우리를 당신 계신 곳으로 불러 시를 짓게 하셨네. 이분들이 모두 자네 안부를 물으시더군. 지금 호씨 댁 셋째 공자가 호주의 노 선생님을 대신해서 시를 모으고 있는데, 나한테도 원고지 10여 장을 보내셨네. 내가 다 처리하지 못하고 있었는데 마침 자네가 와서 잘 됐네. 자네도 두 장 정도 나눠 가시게."

그렇게 말하고 그는 차를 마시며 물었다.

"이분 광 선생은 아마 수재이신 것 같은데, 어느 학대께서 뽑아 주셨는지?"

그러자 경본혜가 대신 대답했다.

"바로 지금 학대로 계신 분이시랍니다."

조결이 슬며시 웃으며 말했다.

"내 큰아들과 함께 합격했군."

차를 다 마시자 조결은 작별하고 환자를 살피러 떠났다. 경본혜가 물었다.

"광 선생, 지금 행장을 어디로 보내실 참입니까?"

"잠시 문한루에 둘 생각입니다."

"알겠습니다. 선생께선 그리 가시고, 저는 가게로 가겠습니다. 제 가게는 두부교대가(豆腐橋大街)의 금강사(金剛寺) 앞에 있으니, 담소나 나누게 한가하실 때 찾아오십시오."

그렇게 말하고 그는 사람을 불러 행장을 메고 떠났다.

광형이 행장을 메고 문한루로 걸어가 마정을 찾았으나 그는 이미 처주로 돌아간 상태였다. 문한루 주인은 그를 알아보고 위층에 머물게 해 주었다. 이튿날 그는 편지를 들고 통정사 앞에 있다는 반자업의 집을 찾아갔다. 대문을 들어서자 하인이 알려 왔다.

"나리께선 집에 계시지 않습니다. 며칠 전에 명을 받고 대주(臺州)의 학대아문(學道衙門)으로 공무를 보러 가셨습니다."

"언제 돌아오신다 하던가?"

"금방 가셨으니, 아마 3, 40일은 걸릴 겁니다."

광형은 어쩔 수 없이 돌아와 두부교대가에 있는 경씨의 방건 가게를 찾아갔는데, 경본혜는 가게 안에 없었다. 이웃 가게에 물어보니 이렇게 대답했다.

"경 선생 말씀이십니까? 이렇게 날이 좋으니 그 양반은 육교(六橋)에 봄놀이 가서 꽃이며 버들을 구경하며 서호 가에서 시를 짓고 있을 겁니다. 이렇게 좋은 시 소재가 있는데 그 양반이 가게 안에 앉아 있으려 하겠습니까?"

광형은 더 이상 물어볼 게 없어서 어쩔 수 없이 걸음을 돌려야
했다.

광형이 걸어 길 두 개를 지났을 때, 멀리 경본혜가 방건을 쓴 사
람 두 명과 함께 걸어가고 있는 모습이 보였다. 그가 다가가 인사
하자, 경본혜가 얼굴에 곰보 자국이 있는 사람을 가리키며 말했다.

"이분은 지검봉(支劍峰)* 선생이십니다."

그리고 수염을 기른 다른 한 사람을 가리키며 말했다.

"이분은 포묵경(浦墨卿)* 선생이십니다. 두 분 모두 우리 시회를
이끄는 분들이십니다."

그러자 두 사람이 물었다.

"이분은 누구시오?"

경본혜가 대답했다.

"이분은 낙청현에서 오신 광초인 선생이십니다."

광형이 말했다.

"방금 선생의 가게로 찾아갔더니 마침 외출 중이시더군요. 지금
어디 가시는 길입니까?"

"그냥 일없이 여기저기 돌아다니는 중입니다."

그러더니 경본혜가 다시 말했다.

"좋은 벗들이 만났으니 여기서 헤어질 수 없지요. 어디 술집에
가서 술이라도 한잔하는 게 어떻습니까?"

그러자 두 사람이 "그거 좋지요!" 하고 말했다. 그리고 즉시 광
형을 이끌고 함께 술집으로 들어가 자리를 골라 앉았다. 종업원이
와서 무슨 요리를 시킬 거냐고 묻자 경본혜가 한 접시에 은자 1전
2푼짜리 잡회(雜膾)와 군것질거리〔小喫〕 두 접시를 주문했다. 그
군것질거리 가운데 하나는 돼지고기 껍질을 볶은 것이고, 다른 하

나는 콩나물이었다. 술이 나오자 지악(支鍔)이 물었다.

"오늘은 어째서 조설 형에게 찾아가지 않는 것입니까?"

그러자 포옥방(浦玉方)이 말했다.

"그 사람 집에서 오늘 특별한 손님 한 분을 대접한다 하더이다."

지악이 말했다.

"손님이 다 같은 손님이지, 무슨 특별한 손님이 있단 말이오?"

"대단히 특별하답니다! 한 잔 죽 마시면 제가 자세히 알려드리지요."

지악이 즉시 술을 따르자, 나머지 두 사람도 함께 마셨다. 포옥방이 말했다.

"이 손님은 성이 황(黃)씨이고 무진년(戊辰年)에 진사에 급제했답니다. 지금은 우리 절강 영파부(寧波府) 은현(鄞縣)의 지현이 되셨지요. 몇 년 전에 경사에서 양집중 선생과 친하게 지냈답니다. 그런데 양집중은 조 나리와 친한 사이라, 황 나리는 절강 땅에 오자마자 편지 한 통을 써 가지고 조 나리를 만나러 오셨답니다. 그런데 그날 조 나리가 댁에 계시지 않아서 만나지 못했지요."

경본혜가 말했다.

"조 나리께는 관청에서도 인사 오는 이들이 많으니, 그분을 만나지 못한 것쯤이야 흔한 일이지요."

포옥방이 말했다.

"그날은 정말 댁에 계시지 않았습니다. 이튿날 조 나리가 답례로 그분 댁을 찾아가서 만나게 되어 서로 인사를 나누었지요. 어때요, 특별하지 않습니까?"

그러자 나머지 두 사람이 입을 모아 말했다.

"그게 뭐가 특별하다는 말씀이오?"

"그 황 나리가 조 나리와 같은 해, 같은 달, 같은 날, 같은 시간에 태어난 분이라 이겁니다!"

"그건 정말 특별하군요!"

"그것 말고도 특별한 게 또 있습니다. 조 나리는 올해 쉰아홉 살에 아들 둘, 손자 넷을 두고 있고, 부부가 서로 공경하고 사랑합니다. 다만 벼슬살이를 하지 않고 있을 뿐입니다. 그에 비해 황 나리는 진사에 급제하여 지현이 되셨지만, 서른 살 되던 해에 부인을 여의셔서 지금까지 아들딸이 하나도 없습니다."

지악이 말했다.

"이거 정말 특별하군! 같은 해, 같은 달, 같은 날, 같은 시간에 태어났는데, 한 사람은 이런 처지이고 다른 한 사람은 저런 처지로구먼. 둘이 완전히 다르니 운명과 팔자를 따지는 '오성(五星)'이니 '자평(子平)'이니 하는 것과는 전혀 상관이 없구려."

그렇게 이야기를 나누며 또 많은 술을 마셨다.

그러다가 포옥방이 말했다.

"여러분, 제가 쉽지 않은 문제를 내드릴 테니 같이 좀 생각해 주십시오. 황 나리와 조 나리처럼 같은 해, 같은 달, 같은 날, 같은 시간에 태어난 이들 가운데 한쪽은 과거에 급제하여 진사가 되었지만 사고무친 홀몸이고, 다른 한쪽은 자손 많고 화목한 가정을 이루었지만 과거에는 급제하지 못했습니다. 이 둘 가운데 어느 쪽이 낫습니까? 우리는 어느 쪽과 같이 되기를 바랄까요?"

세 사람이 대답하지 못하자 포옥방이 말했다.

"먼저 광 선생 얘기를 들어봅시다. 선생, 한 말씀 해 주시지요."

"두 가지를 다 이룰 수는 없다면, 제 생각에는 그래도 조 선생처럼 되는 게 좋아 보입니다."

그러자 모두들 박수를 치면서 말했다.

"일리 있는 말씀입니다!"

포옥방이 말했다.

"공부를 하면 결국 진사에 급제해야 끝나는 법인데, 조 나리는 다 좋지만 결국 진사는 되지 못했습니다. 우리뿐만 아니라 그분 자신도 마음이 편치 않은 것은 그저 진사가 되지 못했다는 그 한 가지 때문입니다. 그런데 이제 또 진사에도 급제하고 조 나리 같은 가정의 행복을 누리려 한다면 하늘도 허락하지 않을 것입니다! 세상에 비록 이런 사람이 있긴 하지만, 우리가 지금 어려운 문제라고 설정해 둔 마당에 두 사람 것을 다 이루고 싶다고 말한다면 어려운 문제가 아니게 되겠지요. 지금 제 생각에는 진사에 급제한다면 가정의 행복이 필요 없고, 그저 황 나리처럼 살기만 하면 되지 조 나리처럼 살 필요는 없다고 봅니다. 어떻습니까?"

지악이 말했다.

"그렇게 말할 수는 없지요. 조 나리가 비록 진사는 되지 못했지만, 지금 그분 큰아드님이 이미 학교에 들어가셨지요. 그 아드님이 장차 좋은 성적으로 진사에 급제하면 조 나리도 봉고(封誥)의 품호를 받으시겠지요. 아들이 진사가 되었으면 본인이 진사가 된 거나 마찬가지가 아니겠습니까?"

포옥방이 웃으며 말했다.

"그건 또 그렇지 않소이다. 예전에 어떤 이는 아들이 이미 높은 지위에 올랐는데, 본인은 여전히 과거 시험을 보려 했다 하더이다. 그래서 나중에 응시를 하려 하자 감독관이 받아 주려 하지 않았답니다. 그러자 그분은 답안지를 땅바닥에 내던지며, '이 못된 아들놈 때문에 내가 가짜 사모(紗帽)를 쓰게 되는구나!' 하고 탄식했다지요. 이렇게 보면 아들의 출세는 결국 자신의 출세와 같을 수 없습니다!"

경본혜가 말했다.

"여러분께서 이러니저러니 하셔도 다 잘 모르고 하시는 말씀입니다. 모두들 잔을 채워 석 잔을 마신 다음, 제 얘기를 들어 보십시오."

지악이 말했다.

"그 얘기가 별로라면 어쩔 거요?"

"별로라면 벌주 석 잔을 마시지요."

그러자 모두들 "그야 두말하면 잔소리!" 하고 즉시 술을 따라 마셨다. 그러자 경본혜가 말했다.

"여러분이 진사 급제를 추구하는 것은 명예를 위해서입니까, 아니면 이익을 위해서입니까?"

"명예를 위해서지요."

"조 나리가 비록 진사에는 급제하지 못하셨지만, 외지에서 펴낸 시선집 수십 권에 그분의 시가 포함되어 온 세상에 알려져 있다는 것은 아시지요? 조설재 선생을 모르는 사람이 어디 있겠습니까? 아마 진사보다 명성이 훨씬 높을 겁니다!"

그가 말을 마치고 껄껄 웃자, 세 사람이 일제히 "과연 말 한번 시원하게 하셨습니다!" 하고 함께 술잔을 비웠다. 광형은 그 말을 듣고 세상에 이런 도리도 있다는 것을 알게 되었다.

경본혜가 말했다.

"오늘 우리가 모였으니 '누(樓)' 자를 운(韻)으로 뽑아, 집에 돌아가면 모두들 시를 한 편씩 지어 종이에 적어서 광 선생께 보내 가르침을 받도록 합시다."

그리고 술집을 나와 각자 헤어졌다. 그런데 이 일로 인해 다음과 같은 새로운 이야기가 생겨난다.

사귐에 면식이 넓어지니

또 혼인의 인연 맺게 되고
글이 빛을 발하니
장차 벼슬길에 오르리라.
交遊添氣色, 又結婚姻.
文字發光芒, 更將選取.

이후의 일이 어떻게 되었을까? 이에 대해서는 다음 회를 들어
보시라.

와평

이 책의 문장에는 수많은 변화가 있어서 한 부분만 들어 그 오
묘함을 말할 수 없다. 여자와 소인, 미천한 이들을 묘사할 때도 그
모습을 극히 공교롭게 묘사해 내는데, 중심으로 다뤄지는 제재인
유명한 시인들을 어찌 자세히 묘사하지 않을 수 있겠는가? 앞서
양윤이나 권물용 등의 인물은 그 목소리가 들리고 그림자가 보일
듯이 생동감 있게 묘사하여 독자들로 하여금 책상을 치며 감탄하
게 했으니, 사물을 묘사해 냄이 이런 지경에 이르면 진정 더할 나
위가 없다고 할 만하다. 그런데 누가 알았으랴? 조결과 경본혜 등
을 묘사할 때에는 또 필치를 바꿔서 양윤이나 권물용과는 전혀 달
라질 줄을! 건장궁(建章宮)*에 문과 창문이 수천만 개라고 하였는
데, 글의 기궤(奇詭)함도 어찌 그와 다르겠는가!
사마광(司馬光 : 1019~1086)은 "소식(蘇軾) 때문에 착실한 종
복 버릇만 나빠졌다"고 했다. 광형의 사람됨은 학문도 깊지 않고
성품도 안정되지 않았지만, 평생 마정 같은 사람들만 만났더라면

돌연 권세와 이익을 좇는 쪽으로 변하지 않았을지도 모른다. 공교롭게도 집을 나서자마자 경본혜나 조결 같은 사람들을 만났으니, 권세와 이익을 추구하지 않으려 해도 어찌 가능했겠는가! 삼밭에서 자란 쑥은 세우지 않아도 곧게 자라고, 아무리 하얀 명주실도 다른 색으로 물들지 않을 수는 없다. 나는 젊은 자제들 가운데 조금이라도 총명한 이들이 되는 대로 칠언율시 몇 구절을 지껄이며 이름난 시인들과 사귐으로써 명성을 얻으려 하는 경우를 본 적이 있다. 그러나 그런 이들은 평생토록 결코 성공할 수 없다는 것을 안다. 왜냐? 이름난 시인들이란 자신은 부귀해지지 못하면서 남의 부귀를 흠모하고, 자신은 결코 공명을 이루지 못하면서 선망하는 이들이기 때문이다. 크게는 '계명구도(鷄鳴狗盜)'의 잔재주나 부리는 무리가 될 뿐이고, 작게는 남이 먹다 남은 술잔이나 식은 안주나 주워 먹는 괴로움에 시달린다. 인간 세상의 생지옥을 바로 이런 이들이 겪고 있으면서도 더욱 기꺼워하며 스스로 명사라고 여기니 어찌 슬프지 않은가!

제18회
경본혜는 명사들의 시회에 광형을 데려가고,
광형은 마정을 찾아갔던 서점에서 반자업을 만나다

그날 밤 광형은 술을 마시고 돌아와 잠을 잤다. 다음 날 새벽 문한루 서방의 주인이 올라와 이렇게 말했다.

"선생, 상의할 일이 있습니다."

광형이 무슨 일인가 물으니 주인이 이렇게 이야기했다.

"친구와 합자해서 시험 답안지를 책으로 간행하여 팔려고 하는데, 선생께서 문장을 선정하고 평을 좀 써 주셨으면 합니다. 내용도 훌륭해야 하지만 또 빨리 해 주셔야 합니다. 글이 모두 3백여 편인데 시간이 얼마나 걸릴까요? 산동과 하남의 상인들에게 주어 팔게 할 생각인데 시간이 촉박합니다. 만약 출간이 늦어 그들이 떠나 버리기라도 한다면 때를 놓치게 됩니다. 책을 출간할 때 표지에 선생의 성함을 넣을 것이고, 선집료 약간과 견본 몇 십 권을 드리겠습니다. 시간 내에 해 주실 수 있을까요?"

"대략 며칠 내에 끝내야 차질이 없을까요?"

"보름 내에 된다면 좀 여유가 있고요, 그게 어렵다면 20일 내에는 끝내야 합니다."

광형이 속으로 계산을 해 보니 보름이면 그럭저럭할 수 있을 것 같아 그 자리에서 제안을 받아들였다. 주인은 즉시 산더미 같은 시험 답안들을 위층으로 옮겨 왔고, 점심때는 요리를 네 접시 준비해서 변변치 않지만 먹어 보라고 하면서 말했다.

"견본용 책이 나오면 다시 한 턱 내고, 정식으로 책이 나오면 또 한 턱 내겠습니다. 평소에는 간단한 찬을 내겠지만, 초이튿날과 열엿새에는 목구멍 때를 벗길 고기〔牙祭肉〕를 준비할 것입니다. 차와 등유는 모두 저희 가게에서 대 드리겠습니다."

광형은 아주 좋아하면서 그날 저녁부터 불을 밝히고 부지런히 평점을 달았다. 50편이나 손보고 났는데 그제야 망루〔樵樓〕*에서 새벽 3시를 알리는 북소리가 들려왔다. 그는 흡족해하며 '이런 식이라면 보름도 안 걸리겠는걸!' 하고는 불을 끄고 자리에 누웠다. 다음 날은 아침 일찍부터 평점을 달았다. 한밤중이 되자 7, 80편의 글에 평점을 다 달았다.

나흘째 되는 날도 위층에서 평점을 달고 있는데, 문득 아래층에서 "광 선생 계십니까?" 하는 소리가 들려왔다. 광형이 "누구십니까?" 하면서 황급히 아래로 내려와 보니 경본혜였다. 그는 원고 두루마리를 쥔 채 인사를 했다.

"늦어서 미안합니다."

광형은 그를 위층으로 안내하였다. 경본혜는 그 종이를 탁자 위에 펼치며 말했다.

"이것이 지난번 모임에서 '누(樓)' 자 운(韻)으로 짓기로 했던 시입니다. 우리들은 벌써 원고지에 다 썼고, 설재 형은 그걸 보더니 전에 함께하지 못한 것을 무척 안타까워하면서 운에 맞추어 한 수를 지었습니다. 우리는 그의 시를 맨 앞머리에 놓고, 각자의 것을 다시 옮겨 적느라 오늘에서야 이렇게 가르침을 청하러 왔습니다."

광형이 보니 '누' 자 운으로 지은 '모춘기정소집(暮春旗亭小集)'이라는 제목이 있고, 각자 시를 한 수씩 적은 후 밑에는 그 네 명의 이름, 즉 '설재 조결 씀', '난강 경본혜 씀', '검봉 지악 씀', '옥방 포묵경 씀'이라고 나란히 적혀 있었다. 하얗고 반지르르한 종이에 선명한 붉은 도장이 찍힌 것이 정말 보기 좋았다. 광형은 그것을 들어 벽에 붙인 후 앉아 말했다.

"그날은 제가 취해서 실례가 많았습니다. 너무 늦게까지 폐를 끼쳤어요."

"요 며칠 문밖출입을 안 하셨지요?"

"문장을 좀 선정해 달라는 서방 주인의 부탁이 있었는데, 서둘러 출간해야 한다고 합니다. 그래서 찾아가 뵙지도 못했습니다."

"문장을 선정하는 것도 좋은 일이지요. 오늘은 저와 함께 누굴 좀 만나러 가십시다."

"어떤 분입니까?"

"그런 것 따지지 말고 빨리 옷이나 갈아입으시지요. 함께 가 보면 압니다."

광형은 옷을 갈아입고 문을 잠그고 함께 내려와 거리로 나왔다.

"지금 어디 가는 겁니까?"

"이부상서[冢宰]*를 지낸 호 선생의 아드님인 호삼(胡三) 선생에게 갑니다. 오늘이 생일이라 동인(同人)들이 모두 거기서 만나기로 했습니다. 저도 축하하러 가는 차에 함께 모셔가려고 온 것입니다. 거기 가면 많은 분들을 만날 수 있을 것이며, 방금 보신 시를 쓴 분들도 다 거기 있을 겁니다."

"저는 그분에게 인사를 드린 적이 없으니 명첩을 가지고 가야 하지 않을까요?"

"그렇겠군요."

두 사람은 향초 가게로 가서 명첩을 사고, 붓을 빌려 '후배 광형 올림[眷晩生匡迥拜]'이라고 썼다. 다 쓴 후 옷소매에 넣고 다시 길을 재촉했다. 경본혜가 걸으면서 말했다.

"호삼 선생은 문객을 좋아하긴 하지만 소심한 사람입니다. 아버님인 이부상서께서 작고하신 후 문을 걸어 잠그고 누구도 만나려 하지 않았습니다. 걸핏하면 사기를 당하면서도 어디 호소할 데도 없었습니다. 그 후 요 몇 년간 다행히 우리를 사귀어 왕래하면서 좀 도와주고 그랬더니, 그제야 북적거리면서 감히 그를 등쳐먹으려는 사람들도 없어졌답니다."

"이부상서의 아드님을 어떻게 누가 감히 등쳐먹는단 말입니까?"

"이부상서요? 그거야 옛날이야기지요! 지금은 조정에 있는 집안사람도 없고 자신도 제생(諸生)에 불과합니다. 속담에도 '죽어버린 지부보다는 살아 있는 쥐새끼가 낫다(死知府不如一箇活老鼠)'고 하지 않습니까? 누가 그를 거들떠보기나 한답니까? 요즘 사람들이란 이익을 좇을 뿐이지요! 여기 조설재 선생은 시로 이름이 높다 보니 부(府), 사(司), 원(院), 도(道)의 현직 관리들이 줄줄이 찾아오지 않습니까? 그 집 대문에 오늘은 누런 일산*을 받친 가마가 들어오고, 내일은 또 붉고 검은 모자를 쓴 사람들이 예닐곱 명씩 '여봐라!' 소리를 지르며 들어옵니다. 푸른 일산을 받친 하급 관리들이야 안중에도 없으니, 그를 두려워하지 않을 수 없지요. 사람들이 보아하니 요즘 조 선생의 가마가 2, 3일이 멀다 하고 호삼 선생 댁으로 가니까, 호 선생에게도 꽤 힘이 있나 보다 추측하겠지요. 그러다 보니 호 선생 집 곁에서 세 들어 사는 사람들도 선선히 방세를 냅니다. 호 선생도 고마워하고요."

한참 신나게 얘기를 하는 중에 길에서 두 사람을 만났는데, 그들은 방건을 쓰고 헐렁한 도포를 입고 있었다. 경본혜가 다가가 말했다.

"두 분께서도 호삼 공자 댁에 생신 축하하러 가는 길이십니까?

아니면 다른 누구를 만나러 가시는 중 입니까?"

"경 형을 만나러 가는 길이었는데, 이렇게 만났으니 같이 가면
되겠습니다. 그런데 이분은 누구신지?"

경본혜가 두 사람을 가리키며 광형에게 말했다.

"이분은 김동애 선생이고, 이분은 엄치중 선생입니다."

그리고 다시 광형을 가리키며 "이분은 광초인 선생입니다"라고
말했다. 네 사람은 서로 인사를 나누고 함께 갔다. 마침내 으리으
리한 문루(門樓)에 이르렀는데 거기가 전 이부상서의 집이었다.
명첩을 문지기에게 주자 문지기는 대청에서 좀 기다리라고 했다.
광형이 둘러보니 중간에 황제의 친필로 쓴 '중조주석(中朝柱石)'
이라는 편액이 걸려 있고, 양쪽에는 녹나무로 만든 의자가 있었
다. 네 사람은 자리를 잡고 앉았다.

잠시 후 호진(胡縝)이 나왔다. 그는 방건을 쓰고, 적갈색 비단
도포를 입고, 바닥이 흰 검은 장화를 신고 있었다. 수염은 세 갈래
로 길렀는데 마흔이 좀 넘어 보였다. 그는 짐짓 겸손하게 인사를
했다. 일행이 축하 인사를 하자 그는 공손히 답례하고 자리를 권
하였다. 상석에는 김동애가, 그 다음에는 엄대위가, 그 다음에는
광형이 앉았고, 그 지역 사람인 경본혜는 호진과 함께 주인 자리
에 앉았다. 김동애가 며칠 전 신세 많이 졌다며 인사를 하자 호진
이 엄대위에게 말했다.

"여태 경사에 가 계신 줄 알고 있었는데, 언제 오셨습니까?"

"그저께야 왔습니다. 국자감사업으로 경사에 계신 사돈 주 선생
댁에 머물렀기에, 통정(通政)으로 계신 범공(范公)과 매일 뵈었습
니다. 범공이 휴가를 내고 성묘 가는 길에 동행을 청하시기에, 저
도 겸사겸사 집에 돌아온 것입니다."

"범공은 어디 계십니까?"

"배에 계십니다. 성안에는 들어오지 않고 사나흘 안에 다시 떠나실 겁니다. 저는 그저께 성에 왔다가 조 형을 만나, 오늘이 형님 생일이라는 얘기를 들었습니다. 해서 축하도 하고 그간의 회포라도 풀려고 왔습니다."

"광 선생께서는 언제 여기 오셨습니까? 고향은 어디고 지금은 어느 곳에 머무시는지요?"

경본혜가 대신 대답을 하였다.

"이분 고향은 낙청현이고 여기 온 지는 얼마 안 됩니다. 저와 같은 배를 탔습니다. 지금은 문한루에 기거하면서 팔고문을 선집 하고 있습니다."

"말씀 많이 들었습니다."

호진이 이렇게 말을 하고 있자니 하인이 차를 내왔다. 차를 마시고 나자 호진이 일어나 서재로 자리를 옮기자고 했다. 네 사람이 서재로 들어갔더니, 상좌에 두 사람이 벌써 자리를 잡고 있었다. 그들은 방건을 쓰고 흰 수염을 기른 채 거만하게 앉아 있다가, 네 사람이 들어서자 천천히 일어났다. 엄대위가 아는 척을 하며 나섰다.

"위(衛) 선생님과 수(隨) 선생님이 모두 여기 계셨군요. 인사 올립니다."

그렇게 인사를 나누고 앉기를 청했다. 위 선생과 수 선생은 사양도 하지 않고 아까처럼 상좌에 앉았다. 하인이 와서 또 손님이 오셨다고 아뢰자, 호진이 밖으로 나갔다.

서재에서는 경본혜가 두 선생의 고향을 물었고, 엄대위가 대신 대답을 했다.

"이분은 건덕(建德)의 위체선(衛體善) 선생님으로 건덕의 향방(鄕榜)*이시고, 이분은 석문(石門)의 수잠암(隨岑庵) 선생님으로 명경(明經)*이십니다. 두 분은 절강에서 20여 년 동안 팔고문을 선집을 하셨는데, 그 글들은 전국 방방곡곡의 사람들에게 큰 도움을 주고 있습니다."

경본혜가 정중히 몸을 숙여 절을 하며 존경을 표했다. 그러나 위체선과 수잠암은 어느 누구의 이름도 묻지 않았다. 수잠암은 어느 해인가 공생(貢生)으로 경사에 갔을 때 국자감에서 김동애를 만난 적이 있었기에 그와 안면이 있었다. 그래서 김동애에게 말을 걸었다.

"김 선생, 경사에서 헤어진 뒤로 몇 년이 흘렀습니다. 무슨 일 때문에 고향으로 돌아와 계십니까? 감생으로 기한을 다 채우셨으니 벼슬을 받으셨을 테지요? 아마 좋은 벼슬을 받으셨을 겁니다."

"아닙니다. 요즘은 부서에 별별 사람들이 다 발령을 받습니다. 사관(司官)* 왕혜가 지방관으로 나가 영왕에게 투항한 후, 조정에서는 또 유(劉) 태감을 잡아들였어요. 그러더니 걸핏하면 부서로 와서 관련 문서들을 뒤져 대곤 합니다. 거기 있다간 말썽이 나기 십상이겠기에 얼른 휴가를 내고 빠져나왔습니다."

이렇게 얘기를 하고 있는데, 국수를 내왔다.

다 먹고 나더니 위체선과 수잠암은 한가하게 앉아서 팔고문을 화제 삼아 얘기를 나누었다. 위체선이 말했다.

"요즘 팔고문 선집이 갈수록 엉망이야!"

"그렇지. 지난 과거 시험 답안지를 우리 둘이 선집 해서 분위기를 일신했어야 하는 건데 말이야."

위체선이 끔뻑끔뻑 눈짓을 하며 말했다.

"지난번 시험에는 문장이 없었어!"

광형이 더 참을 수 없어 끼어들었다.

"선생님, 지난번 과거 시험을 통과한 답안지가 도처에서 간행되었는데 왜 문장이 없다고 하십니까?"

"이 사람은 누구신가?"

위체선의 물음에 경본혜가 "낙청현의 광 선생입니다"라고 대답했다. 그러자 위체선이 다시 말을 이었다.

"내가 문장이 없다고 한 것은 문장에 법도가 없다는 뜻일세."

"이미 문장이 합격했다면 바로 법도가 있다는 것입니다. 과거에 합격하는 것 외에 다른 법도라도 있다는 말씀인가요?"

"이보시게, 잘 모르는 소리! 글이란 성인을 대신해서 훌륭한 논의를 세우는 것인지라 일정한 법도가 있네. 붓 가는 대로 아무렇게나 써내는 잡람(雜覽)*에 댈 게 아니지. 그러므로 글을 통해서 본인의 부귀와 복록 같은 운명을 볼 수 있을 뿐 아니라 국운의 성쇠까지 함께 볼 수 있다네. 홍무, 영락 연간에는 당시에 맞는 법도가 있었고 성화, 홍치 연간에는 또 그 당시에 맞는 법도가 있었네. 모두 면면히 흘러 전해지면서 하나의 모범〔元燈〕*이 있게 되는 법일세. 예를 들어 시험 감독관이 합격자들을 선발했을 때, 그 중에는 법도에 맞는 글을 쓴 자도 있고, 요행히 붙은 자들도 있겠지. 그러니까 반드시 우리 선집가들의 비평을 거친 글만이 전해질 만한 글이야. 예를 들어 이번 시험 답안 중 선집 할 만한 게 없다면 문장이 없다고 할 수 있지!"

위체선의 말에 수잠암도 한 수 거들었다.

"이보시게, 그래서 우리는 합격 못 하는 걸 겁내지 않아. 다만 합격했을 때, 그 세 편의 답안지가 다른 사람이 보아도 부끄럽지 않아야 할 뿐이야. 그렇지 않다면 요행으로 붙은 셈일 뿐이니 평생 부끄러운 일이지."

이렇게 말하면서 위체선에게 말했다.

"그런데 요즘 그 마정이 선집 한 『삼과정묵』을 본 적이 있나?"

"바로 그자가 선집을 망쳐 놓았어! 그자는 가흥의 거 태수 집을 들락거리며 종일 한다는 소리가 잡학 나부랭이라지. 듣자 하니 그자는 잡다하게 읽은 것은 그런대로 많은 모양이지만, 문장의 이법에 관해서는 전혀 아는 게 없이 그저 소란을 떠는 모양이야. 그러니 좋은 답안도 그자의 평점에서는 나쁜 글이 되어 버린다네! 그래서 나는 그가 선집 한 책을 보고 학생들에게 그의 평어는 지워 버리고 읽으라고 했어."

이런 이야기를 나누고 있는데 호진이 지악, 포옥방과 함께 들어왔고, 저녁상이 차려졌다. 하지만 날이 저물도록 잔칫상에 가서 앉지 못하고 조결을 기다려야 했다. 어둠이 짙어질 무렵 조결이 가마를 타고 앞뒤로 횃불 네 개를 밝힌 채, 가마꾼 둘을 거느리고 쏜살같이 들어왔다. 그는 가마에서 내려 여러 사람들과 인사를 나누며 말했다.

"미안합니다, 여러분. 너무 오래 기다리시게 했습니다."

이날 본가와 외가 친척들도 많이 와서, 두 상의 음식을 세 개의 상에 나눠 담아 차리고 모두 둘러앉았다. 이윽고 잔치가 끝나자 각자 집으로 돌아갔다.

광형은 거처로 돌아와서도 문장에 평점을 좀 단 뒤에야 잠자리에 들었다. 엿새 만에 3백여 편의 문장에 모두 평점을 마치고, 호진 집에서 들었던 그 이야기들을 부연해서 서문을 붙였다. 또 짬을 내어 같이 술자리를 했던 친구들을 방문하기도 했다. 선정 작업이 끝나자 서방에서 가져다 보고 나서 이렇게 말했다.

"일전에 제 집안 형님이 운영하시는 문해루에서 마 선생은 3백 편의 문장을 평점 하는데 두 달이나 걸렸고, 기일을 재촉하면 역정을 내었습니다. 그런데 선생께서 이렇게 빨리 끝낼 줄은 몰랐습니다! 제가 다른 사람에게 보였더니 선생의 평점은 통쾌하고도 자세하다고 합니다. 정말 훌륭하십니다! 선생께서 여기 계시면 조만간 여러 서방에서 모셔 가려 할 터이니, 벌이도 늘어날 겁니다!"

그러고는 원고료 두 냥을 봉투에 담아 주면서, "책이 나오면 책 50권도 드리겠습니다"라고 했다. 이어서 술상을 준비해서 위층으로 올라와 먹었다. 한참 먹고 있는데 하인 하나가 밖에서 전단(傳單)*을 가지고 왔다. 광형이 받아서 열어 보니 송강(松江)에서 난 고급 종이[箋]에 쓴 전첩(全帖)이었는데, 그 안에는 이렇게 쓰여 있었다.

삼가 이번 달 보름을 택하여 서호에서 모임을 갖고 각자 운을 골라 시를 짓고자 합니다. 여러분께서는 술값[杖頭資]*으로 각자 은자 2성(星)*을 내주십시오. 초대하는 선생님 여러분의 이름은 다음과 같습니다. 위체선 선생, 수잠암 선생, 조설재 선생, 엄치중 선생, 포묵경 선생, 지검봉 선생, 광초인 선생, 호밀지 선생, 경난강 선생, 이렇게 모두 아홉 분입니다.

그리고 밑에는 "동인(同人)은 서명해 주십시오"라고 적혀 있고, 그 다음 줄에는 "여러분의 참가비는 어서당(御書堂) 호삼 대감께 보내시면 됩니다"라고 적혀 있었다. 각자의 이름 밑에 "확인[知]" 이라는 글자가 적혀 있는 것을 보고 광형도 그렇게 적고, 선집료 중 은자 2전을 달아 전단과 함께 심부름 온 하인에게 주며 가져가라고 했다. 날이 저물고 별 다른 일이 없자 이런 생각이 들었다.

'며칠 있으면 서호에 가서 시를 지어야 할 텐데, 나만 못 짓는다면 꼴이 말이 아닐 거야.'

그래서 서점에서 『시법입문(詩法入門)』이라는 책을 들고 와 불을 밝히고 읽었다. 그는 아주 총명하였기에 하룻밤 읽어 보고 금방 이해했다. 다음 날 하루 밤낮을 더 보고 나더니 붓을 들어 바로 시를 지어 냈는데, 스스로 생각하기에도 벽에 붙여진 것들보다 더 나은 듯 했다. 그날 책을 다시 보면서, 이미 뛰어난 솜씨를 더 갈고 닦으려 했다.

15일 아침 그가 의관을 갖추어 입고 막 문을 나서려는데, 경본혜와 지악이 그를 데리러 왔다. 세 사람이 청파문을 지나자 사람들이 작은 배에 앉아 기다리고 있었다. 배에 올라 보니 조결이 아직 오지 않았고, 엄대위도 보이지 않았다. 광형이 호진에게 물었다.

"엄 선생은 왜 보이지 않습니까?"

"어제 범 통정이 떠나게 되어, 그분도 자기 몫의 술값만 보내고 벌써 광동(廣東)으로 돌아갔습니다."

그러고는 서호에 배를 띄우고 노를 저었다. 포옥방이 호진에게 물었다.

"듣자 하니 엄 선생은 집안에 후사를 세우는 문제로 무슨 골치 아픈 송사가 걸려 있어 이리저리 뛰어다닌다는데, 어찌 되었답니까?"

"어제 물어보았더니 잘 마무리되었다고 합디다. 후사는 예전처럼 엄 선생의 둘째 아들이 잇고, 재산은 3 대 7로 나누어 아우의 첩이 3할의 재산을 받아 생활하고 있다니 잘 된 거지요."

얼마 안 가 화항(花港)에 도착했다. 일행은 주최자인 호진이 가서 술자리를 벌일 화원(花園)*을 빌리려니 하고 생각했지만, 그곳에서는 문을 닫아걸고 빌려 주려 하지 않았다. 호진이 다그쳐도 그 사람은 상대하려 하지 않았다. 경본혜가 그를 다른 데로 데려가 이유를 물었더니 이렇게 대답했다.

"호삼 나리는 유명한 구두쇠입니다! 저 나리가 1년에 몇 차례나 술판을 벌여 절 도와준다고 제가 비위를 맞춥니까? 게다가 작년에는 이곳을 빌려 술자리를 두 차례 가졌습니다만, 땡전 한 푼 떨어진 게 없었어요! 떠날 때는 청소조차 하지 않고, 밥 짓고 남은 쌀 두 되마저 하인을 시켜 짊어지고 가 버렸습니다. 저런 대단한 향신 나리의 시중은 들지 않을 거요!"

모두 모여 이야기를 해 봐도 뾰족한 방법이 없었다. 그들은 다시 걷다가 우공 사당(于公祠)* 에 이르러, 한 승려의 거처에 자리를 잡고 앉았다. 승려가 차를 내왔다.

술값은 모두 호진이 가지고 있었기에, 그는 경본혜와 함께 물건을 사러 가려 했다. 광형은 "저도 구경삼아 가겠습니다" 하고 함께 거리로 나가 우선 오리 고기 집으로 갔다. 호진은 비척 마른 오리인가 싶어 귀이개를 꺼내 가슴팍에 살이 두툼한지 쿡쿡 찔러 보고서야 경본혜에게 가격을 흥정해 사도록 했다. 시회 참석 인원이 많았으므로 고기를 몇 근 더 사고 닭 두 마리, 생선 한 마리와 채소를 약간 사서 하인에게 먼저 가지고 가게 했다. 그리고는 점심으로 먹을 고기만두를 사러 만두집에 갔더니, 만두 서른 개가 남아 있었다. 만두는 한 개에 3전이었는데, 호진은 2전씩만 주려고 해 한바탕 말다툼이 일어났다. 경본혜가 옆에서 한참 말린 끝에 만두는 사지 않고 국수만 조금 샀고, 그 국수는 경본혜가 들었다. 그리고 또 말린 죽순, 삶은 달걀, 볶은 밤과 볶은 씨 등 술안주 거리를 샀다. 광형도 산 물건들을 들었다. 사당으로 와 승려에게 주어 준비를 시켰다. 지악이 물었다.

"호 나리, 요리사를 한 명 부르지 그러셨어요? 왜 나리께서 번거롭게 그러십니까?"

호진이 깜짝 놀라며 "요리사를 부르면 돈이 들지요!"라고 하고, 은을 한 덩이 달아 하인에게 주며 쌀을 사 오라고 했다.

정신없이 오후가 되었을 때, 조결이 가마를 타고 왔다. 그는 가

356

마에서 내리자마자 상자를 가져오라고 했다. 가마꾼이 상자를 갖다 바치자 그는 약봉(藥封)*을 꺼내 2전 4푼을 호진에게 주었다. 음식이 이미 다 준비되어 있었기에 차려 내어 먹었다. 식사를 마치고 나자 술을 내왔다. 조결이 말했다.

"오늘같이 이렇게 좋은 모임에서 우리가 시를 안 지을 수 없지요."

그러고는 제비를 뽑아 운을 정하였는데, 조결은 '사지(四支)'를 위체선은 '팔제(八齊)'를, 포옥방은 '일동(一東)'을, 호 공자는 '이동(二冬)'을, 경본혜는 '십사한(十四寒)'을, 수잠암은 '오미(五微)'를, 광형은 '십오산(十五刪)'을, 지악은 '삼강(三江)'을 뽑았다.* 운이 정해지자 다시 몇 차례 술잔이 돌았고, 각자 흩어져 성으로 돌아가려 했다. 호진은 하인에게 찬합을 가져와 뼈랑 고기 부스러기며 간식들을 모두 쓸어 담게 했다. 그리고 절에 승려에게 남은 쌀이 얼마나 되건 간에 닥닥 긁어모으라고 해서 챙겼다. 승려에게는 향 값으로 5푼을 주고, 하인들에게 짐을 지워 성으로 돌아갔다.

광형과 지악, 포옥방, 경본혜는 함께 돌아왔다. 네 사람 모두 흥이 나서 이야기 하다 웃다 하면서 쉬다가 놀다가 했더니 시간이 지체되어 이미 날이 캄캄했다. 경본혜가 말했다.

"날이 이미 어두워졌으니 어서 갑시다!"

그러자 몹시 취한 지악이 헛소리를 해 댔다.

"뭐 어떻습니까? 서호의 시회에 참석한 우리 명사들을 누가 모르겠소! 하물며 이태백은 궁금포(宮錦袍)를 입고 야밤까지 돌아다녔는데, 우리는 이제 겨우 어두워졌지 않습니까? 천천히 갑시다! 감히 누가 뭐라겠소!"

그러면서 덩실 덩실 춤을 추며 기분을 내는데 갑자기 앞쪽에 커

다란 등 두 개를 높이 달고 또 길잡이들이 큰 등 두 개를 든 행렬
이 나타났다. 등에는 '염포분부(鹽捕分府)'*라고 쓰여 있었다. 분
부 나타났다 앉아 있다 한 눈에 지악이라는 걸 알아보고, 사람을
시켜 끌고 와 물었다.

"지악! 너는 분부 염무의 순상(巡商)*이면서 어찌하여 늦은 밤
에 대취하여 길에서 행패를 부리느냐?"

지악은 술에 취해 몸을 가누지도 못한 채 넘어지고 부딪치면서
이렇게 말했다.

"이백은 궁금포를 입고 야행했다네."

분부는 지악이 방건을 쓰고 있는 것을 보고 말했다.

"여태껏 생원이나 감생이 아문의 순상 노릇 한 적이 없거늘, 어
째서 그런 걸 쓰고 있는 게냐! 여봐라! 이놈을 붙잡아라! 그리고
사슬로 꽁꽁 묶어라!"

포옥방이 앞으로 나서며 몇 마디 거들자 분부가 호통을 쳤다.

"생원씩이나 된 놈이 어디 한밤중에 술 먹고 행패냐? 저놈도 같
이 묶어 학교로 보내라!"

경본혜는 보통 일이 아니다 싶어 살금살금 어둠에 몸을 숨긴 채
광형을 잡아끌고 작은 골목으로 들어가 줄행랑을 쳤다. 광형은 숙
소로 돌아가 문을 열고 위층으로 올라가 잠자리에 들었다. 다음
날 찾아갔더니 두 사람은 큰 탈이 없었고, 지난번처럼 각자의 운
에 맞추어 시를 지었다.

광형도 시를 지었다. 위체선과 수잠암의 시를 보니 '차부(且
夫)', '상위(常謂)'와 같이 팔고문에 쓰는 말들이 들어 있었으며,
그 나머지도 팔고문의 평점으로부터 자안(字眼)을 몇 개 가져다
쓴 데 불과했다. 광형 자신이 쓴 시와 비교해 보니 그들보다 못한
것 같지 않았다. 모두의 시를 종이 한 장에 옮겨 적은 것을 7, 8장

만들었고, 광형도 그 종이를 벽에 붙여 놓았다. 다시 보름쯤 지나자 답안집이 책으로 나왔다며 서점에서 광형에게 한턱을 내서, 그 날 밤은 진탕 마셨다. 다음 날 아침 일어나 보니 아래층에서 "광 선생님, 손님이 찾아오셨습니다"라는 소리가 들렸다.

그런데 이 사람을 만나게 되어 다음과 같은 새로운 이야기가 생겨난다.

혼인이 이루어지는 곳에선
전생의 인연이었음을 알겠고,
명예가 높아갈 때는
시류 따르는 무리들과 견줄 바 아니네.
婚姻就處, 知爲夙世之因.
名譽隆時, 不比時流之輩.

이 사람이 대체 누구일까? 이에 대해서는 다음 회를 들어보시라.

와평

경본혜는 조걸 한 사람만을 떠받들 줄 한다. 그러나 대개 공자의 제자들[七十子]이 공자에게 마음으로 복종한* 것과는 다르니, 그 식견이 그처럼 비루하다.

내친김에 김동애와 엄대위 두 사람 얘기까지 꺼내, 앞에서 아직 끝내지 않았던 얘기를 여기서 매듭지었다. 이 얼마나 대단한 필력인가!

위체선과 수잠암은 뻔뻔스럽게 팔고문을 얘기하지만 척 보기에도 제대로 알지 못한다는 것을 알겠다. 그런데 도리어 부처라도 난 것처럼 스스로 으스대니 정말 가소롭구나! 마정은 평소에 잡람(雜覽)을 가장 싫어했으나, 위체선과 수잠암은 그가 잡람을 옹호한다고 비난하고 있다. 글이 앞뒤가 맞물려 그물처럼 촘촘히 엮어 가는 솜씨가 아주 절묘하다.

호진은 본디 돈에 집착하는 성벽이 있는데, 다행히 홍감선에게 사기를 당하지는 않았으나 풍류가인 척하는 문인들과는 기꺼이 교유했다. 서호에서의 모임은 너무 궁상맞아서 지금 읽어도 당장 신물이 올라올 지경이다.

제19회
광형은 다행히 좋은 친구 반자업을 얻고,
반자업은 뜻밖의 재난을 당하다

광형이 위층에서 자고 있다가 손님이 찾아왔다는 말을 듣고, 허둥지둥 옷을 걸치고 아래층으로 내려갔다. 한 사람이 아래층에 앉아 있었는데, 관모를 쓰고 검은 단자 도포를 입었으며, 두꺼비 모양 장식이 달린 장화를 신고 있었다. 얼굴 모습은 희끗희끗한 수염에 광대뼈가 툭 튀어나왔으며, 거무스름한 얼굴에 눈은 부리부리했다. 그는 광형이 내려오는 것을 보자 이렇게 물었다.

"어르신이 광 상공이십니까?"

"제가 광형입니다만, 손님의 존함은 어찌 되시는지요?"

"제 성은 반(潘)가입니다. 저희 형님께서 며칠 전 편지를 보내셔서 광 상공께서 이리로 오신다고 하시더군요."

"누구신가 했더니 반삼(潘三) 형님이시군요."

광형은 이렇게 말하며 공손히 인사를 하며 위층으로 모셨다. 반자업이 말했다.

"상공께서 찾아주셨던 날 제가 집에 없었지요. 며칠 전 집에 돌아왔더니 형님의 편지가 와 있는데, 상공께서 총명하시고 또 덕행도 뛰어나 정말 존경할 만하다고 얼마나 칭찬을 하시던지요."

"저는 반삼 형께 몸을 의탁하려고 이곳으로 왔는데, 공무로 외출하셔서 안 계시더군요. 오늘 이렇게 만나 뵈니 정말 기쁘기 그지없습니다."

광형은 이렇게 말하고 직접 내려가서 차를 내왔다. 또 서점 쪽에 간식거리 두 접시를 사다가 위층으로 가져다달라고 부탁했다. 반자업은 벽에 붙인 종이를 보고 있다가 간식이 나오자 이렇게 말했다.

"아이고, 이건 또 뭡니까?"

그리고 찻잔을 건네받으면서 벽을 가리키며 물었다.

"광 상공, 여기까지 와서 왜 이런 사람들이랑 어울리십니까?"

광형은 무슨 말인지 물었다.

"이 사람들은 소문난 얼간이들입니다. 이 경씨라는 작자는 두건 가게를 하는데, 은자 2천 냥이나 되는 밑천을 시를 짓는답시고 몽땅 다 써 버렸지요. 그는 매일 가게에서 손에는 솔을 들고 두건을 손질하면서 입으로는 '때는 청명절 비 부슬부슬 내리니(淸明時節 雨紛紛)'* 어쩌고 하며 중얼대니, 두건 사러 온 손님들이나 옆의 가게 사람들이 모두 그 모습을 보고는 배꼽을 잡지요. 이제 밑천은 다 까먹고 무슨 시를 짓는다고 만나는 사람마다 돈을 빌려달라고 하니, 사람들이 그 사람 목소리만 들어도 지레 겁을 먹는답니다. 이 지씨라는 작자는 염무의 순상인데, 제가 집에 돌아온 후 아문에서 들은 얘기로는 며칠 전 그가 술에 취해 길거리에서 시를 읊다가 분부(分府) 나리의 쇠사슬에 묶여 끌려갔답니다. 결국 순상 자리마저 박탈당했다고 하니 이제 가랑이가 찢어지도록 가난하게 살 수밖에 더 있나요! 광 상공, 객지에 나왔으니 그래도 좀 도움이 되는 일을 하셔야지요. 이런 사람들과 얽혀서 뭐 하시려고요."

반자업은 간식거리를 한두 개 집어먹고는 접시를 밀어 놓으며 말했다.

"이런 주전부리야 먹어서 뭐 하겠습니까? 같이 나가서 식사나 합시다."

그리고 광형에게 문을 잠그고 같이 아문 근처 거리의 식당으로 가자고 했다. 반자업은 오리 한 마리를 통째로 잘라 오게 하고 해삼 잡채도 한 접시 주문했으며, 거기에다 돼지 수육도 큰 접시로 하나 시켰다. 식당에서는 반자업 나리가 오신 걸 보고는 절절매면서 오리와 돼지고기는 살이 잘 오른 상등품으로 잘라 오고, 해삼 잡채는 양념을 아끼지 않고 요리했다. 두 사람은 우선 술을 두 병 시켰다. 그들은 그 술을 다 마신 다음 밥을 먹었는데, 남은 음식은 식당 사람들에게 주었다. 반자업은 나오면서 계산도 하지 않고 그저 "내 앞으로 달아 두게" 하고 한마디할 뿐이었다. 식당 주인은 얼른 두 손을 모아 인사했다.

"아무럼요, 나리. 제가 알아서 하지요."

가게 문을 나오면서 반자업이 말했다.

"광 상공, 이제 어디로 가시렵니까?"

"원래 반삼 형님 댁에 찾아가 뵐 생각이었습니다."

"그럼 잠깐 저희 집에 들렀다 가시지요."

둘이 함께 걷다가 한 골목으로 들어서자 집이 나왔다. 푸른 담에 난 두 쪽 나무 대문을 지나자, 또 양쪽으로 열리는 중문이 나타났다. 대청 위로 올라가 보니, 한 무리의 사람들이 탁자를 둘러싸고 노름을 하고 있었다. 반자업이 호통을 쳤다.

"이 못난 놈들, 틈만 나면 내 집에서 이 짓들이냐!"

"나리께서 돌아오신 지 며칠 됐다는 소식을 듣고, 개평이라도 모아서 나리 환영 인사를 드리려고 한 거지요."

"내가 언제 네놈들 개평으로 인사 받자고 했더냐!"

그러더니 이렇게 말을 이었다.

"그래, 여기 친구 분이 와 계시니 너희들이 돈 몇 푼 내어서 대접을 해 보아라."

광형이 반자업에게 예를 올리려 하자, 반자업은 만류하며 이렇게 말했다.

"아까 만나 인사를 했지 않습니까? 됐습니다. 또 무슨 절입니까. 좀 앉아 계십시오."

그리고 곧장 안으로 들어가 동전 2천 전을 가지고 나와 사람들에게 말했다.

"이보게들, 이건 광 상공의 돈 2천 전이네. 이걸 자네들한테 풀 터이니 오늘 나온 개평은 모두 광 상공께 드리게."

그리고 광형에게도 말했다.

"광 상공, 여기에 앉아서 이 대나무 통을 보고 계십시오. 이 통이 차면 쏟아서 챙겨 넣으시고, 다시 채우라고 하십시오."

그러면서 의자 하나를 가져다가 광형에게 앉으라고 하고 자기도 옆에서 지켜보았다.

한동안 구경하고 있는데, 밖에서 한 사람이 반삼 나리께 여쭐 게 있다며 들어왔다. 반자업이 나가 보니 다름 아닌 도박장을 하는 왕노육(王老六)이었다. 반자업이 말했다.

"왕씨, 오랜만일세! 무슨 일인가?"

"나리, 밖에서 말씀드리지요."

반자업은 그와 함께 밖으로 나와 조용한 찻집으로 가서 앉았다.

"돈을 좀 벌 일이 하나 있어서 곧장 나리께 상의 드리러 온 것입니다."

반자업이 무슨 일이냐고 묻자, 왕노육이 대답했다.

"어제 전당현(錢塘縣) 아문의 포졸이 모씨네 가게〔茅家鋪〕에서 어떤 여자를 윤간하던 건달들을 잡았는데, 그 여자는 낙청현의 대갓집에서 도망 나온 시녀로 이름은 하화(荷花)라고 합니다. 이 건달 놈들은 막 일을 벌이고 있던 차에 붙잡혔고, 바로 상부에 보고도 올라갔습니다. 지현인 왕 나리께서는 곤장 몇 십 대씩 때리고 건달들을 풀어주게 하시고, 차인을 시켜 이 하화란 여자를 낙청현으로 돌려보내도록 했습니다. 우리 마을에 호(胡)씨라는 부자가 있는데, 이 시녀가 마음에 들어서 만약 이 계집을 빼내 올 수 있다면 은자 수백 냥을 내고라도 사겠다고 합니다. 좋은 생각이 없으십니까?"

"차인은 누군가?"

"황구(黃球)입니다."

"황구가 직접 갔는가?"

"아니요. 부차인(副差人) 둘을 보냈습니다."

"언제 갔나?"

"간 지 하루 됐습니다."

"황구도 호씨 일을 알고 있나?"

"모를 리 있겠습니까? 황구도 이틈에 돈 몇 푼 챙기고 싶은 마음이지만, 방법이 없을 뿐이지요."

"어려울 거 없네. 황구를 데려와서 직접 상의하세."

그 사람은 그리 하겠다고 대답하고 갔다.

반자업이 혼자 앉아서 차를 마시고 있는데 또 한 사람이 허둥지둥 들어와서 말했다.

"나리! 아무리 찾아도 안 보이시더니, 여기서 혼자 차를 드시고 계셨군요!"

"무슨 일로 찾았나?"

"성에서 40리 떨어진 시골 마을의 시미경(施美卿)이란 자가 자기 제수씨를 황상보(黃祥甫)에게 팔았습니다. 돈도 다 받았는데,

제수씨는 수절을 하겠다며 시집을 안 가겠다고 버텼지요. 시미경과 중매쟁이는 납치를 해서 데려가기로 했습니다. 중매쟁이는 '나는 자네 제수 얼굴을 모르니 어떻게 하면 알아볼 수 있는지 알려 주게' 하고 말하자, 시미경은 '매일 새벽 제수씨는 집 뒤편으로 나와서 장작을 가지고 들어가니까, 내일 아침 사람들을 거기에 매복시켜 놓았다가 제수씨가 나오면 바로 업어 가면 되네' 하고 알려 주었답니다. 계획대로 진행되어 이튿날 보쌈해서 황씨 집으로 데려갔지요.

그런데 그날따라 제수씨가 아니라 시미경의 처가 장작을 가지러 나왔는데, 사람들이 그 사람을 업어가 버린 겁니다. 3, 40리나 떨어져 있는 곳이니 벌써 하룻밤을 보냈지요. 시미경이 찾아가 자기 부인을 돌려달라고 했는데 이쪽에서는 내놓으려 하질 않자, 시미경은 관가에 알렸지요. 정식으로 소송을 하려고 하였는데, 결혼할 때 혼서(婚書)를 쓰지 않아서 증거 자료가 없다고 합니다. 지금 쓰려고 해도 그 마을에는 어떻게 쓰는지 아는 사람이 없어 나리께 상의를 드리려고 하는 것입니다. 또 아문의 일은 모두 나리께 부탁드리면서, 경비로 쓰시라고 은 몇 냥을 드리겠답니다."

"그게 뭐 대수로운 일이라고 이렇게 호들갑을 떠는 겐가! 좀 앉아 있게. 난 황씨랑 할 말이 있으니까."

잠시 후 왕노육이 황구와 함께 왔다. 황구는 그 사람을 보고 인사했다.

"학노이(郝老二)도 있었군요."

"이 일과는 상관없네. 다른 일로 온 거니까."

반자업은 이렇게 말하며 황구와 함께 다른 탁자에 앉았다. 왕노육은 학노이와 또 다른 탁자에 자리를 잡고 앉았다. 황구가 말했다.

"아까 말씀드린 일 얘깁니다만, 어떻게 처리하시렵니까?"

"그쪽에선 돈을 얼마나 내놓겠다던가?"

"호씨 집에선 이 하화라는 계집을 손에 넣을 수만 있다면, 경비까지 합해서 은자 2백 냥을 내겠다고 합니다."

"자네는 얼마나 챙길 생각인가?"

"나리께서 이 일을 잘 처리해 주기만 바랄 뿐입니다. 저야 운이 좋아 몇 냥 얻으면 그만이지, 어디 나리와 돈을 놓고 다투겠습니까?"

"그렇다면 됐네. 우리 집에 낙청현의 수재가 한 사람 와 있는데, 낙청현 지현 나리와 아주 잘 아는 사이라네. 내 그이한테 안면을 이용해서 회답 문서[回批] 한 장을 받아 달라고 부탁하겠네. 내용은 그저 하화를 이미 인수 받아서 본래 주인에게 넘겨주었다는 것이면 되겠지. 또 이쪽 관아에서는 다시 다른 사람을 통해 긴급 문서[硃簽]*을 받아 내고, 압송되어 가고 있는 하화를 중간에 빼내어 호씨 집에 넘겨주는 거지. 이 방법이 어떤가?"

"기가 막힙니다. 다만 일이 급하니 나리께서도 빨리 처리해 주십시오."

"오늘 당장 긴급 문서를 받아 올 테니, 자네는 은자나 빨리 가져오라고 하게."

황구가 그러겠노라 대답하고 왕노육과 함께 나가자, 반자업은 학노이에게 이렇게 말했다.

"우리 집으로 같이 가지."

두 사람이 갈 때까지 노름꾼들은 아직 돌아가지 않고 있었다. 반자업은 대충 도박판이 끝나자 사람들을 보내고 광형은 남게 한 후 이렇게 말했다.

"광 상공, 여기서 주무시지요. 제가 드릴 말씀이 있습니다."

그리고 뒤편 건물로 데려가 혼서 양식을 광형에게 주고 그 내용을 쓰라고 했다. 그것을 학노이에게 보여 준 후, 다음 날 은자를 가지고 오면 주겠다며 그를 돌려보냈다. 저녁을 먹은 후, 그는 등불을 켜 놓고 회답 문서의 내용을 불러주며 광형에게 받아 적게 했다. 집 안에는 말린 두부에 새긴 가짜 인장들이 산더미처럼 쌓여 있었다. 반자업은 그것을 가져다 찍고, 또 주필(硃筆)을 광형에게 주어 하화를 잘 받았다는 내용의 긴급 회신문서를 쓰게 했다. 일이 끝나자 술을 내와 마주 앉아 마시면서 광형에게 이렇게 말했다.

"이런 게 다 도움이 되는 일이지요. 공연한 수고를 하신 게 아닙니다. 저 염병할 것들과 어울려 다녀 뭐 합니까?"

이날 밤은 광형을 자기 집에서 묵게 했다. 다음 날 아침 양쪽에서 모두 은자를 보내왔다. 반자업은 그 자리에서 스무 냥을 광형에게 떼어 주며 숙소로 가지고 돌아가 용돈에 보태 쓰라고 했다. 광형은 기뻐하며 은자를 받았고, 그 중 얼마를 고향으로 가는 사람 편에 부탁하여 장사 밑천에 보태도록 형에게 보내 주었다. 여러 서방들에서도 팔고문을 선정해 달라고 부탁해 왔고, 반자업은 일이 있을 때마다 그에게 들고 와서 은자를 몇 냥씩 나누어 주니, 광형의 차림새도 점차 말끔해졌다. 그리고 반자업의 말에 따라 그 지역 명사들과는 왕래를 끊다시피 하였다.

어느덧 항주에 머문 지도 2년이 되어 가고 있었다. 하루는 반자업이 와서 말했다.

"광 상공, 며칠 동안 못 만났으니 함께 나가 술이라도 한잔하시지요."

광형은 문을 잠그고 함께 거리로 나갔다. 몇 걸음 가지 않아 반자업의 하인이 쫓아와서 이렇게 아뢰었다.

"나리께 드릴 말씀이 있다며 집에서 손님이 기다리고 계십니다."

"광 상공, 함께 가십시다."

반자업은 광형과 함께 집으로 갔다. 그리고 광형더러 안채의 작은 응접실에서 잠시 앉아 있으라고 하고, 자신은 손님과 바깥채에 자리를 잡았다.

"이사(李四) 형, 오랜만이오. 그 동안 어디에 있었소?"

"저는 줄곧 학도아문(學道衙門)에 있었습니다. 이번에 상의드릴 일이 있어 돌아왔는데, 안 계실까 봐 걱정했습니다. 이렇게 나리를 뵙게 되었으니 이 일은 걱정하지 않아도 되겠습니다."

"또 무슨 일을 꾸미기에 그러시오? 같이 일을 해도 당신은 '감기 고뿔도 남 안 주는'* 사람이라, 도대체 돈을 내놓으려 하지 않으니 말이오."

"이 일은 돈이 되는 일입니다."

"그럼 무슨 일인지 말씀이나 해 보시게."

"지금 종사께서 시험을 감독하러 소흥에 와 계십니다. 김동애라는 자는 관아에서 몇 년 동안 일하면서 돈을 좀 벌었는데 지금 아들을 수재로 만들려 하고 있지요. 그런데 그 아들인 김약(金躍)은 일자무식이라서 시험을 앞에 두고 대리 시험 칠 사람을 구하고 있습니다. 다만 종사께서는 감독도 굉장히 엄하게 하셔서 뭔가 새로운 방법을 생각해 내야 합니다. 그렇기 때문에 이 일을 나리와 상의하려는 거지요."

"그자는 얼마를 내겠다고 하던가?"

"소흥의 수재라면 천 냥 값어치는 나가는 자리입니다. 지금 그가 편법으로 들어가려고 하니, 반만 낸다고 쳐도 5백 냥은 달라고 해야지요. 다만 당장 대리로 시험 볼 사람을 구하기도 힘들거니와 또 대체 어떤 사람을 어떻게 그럴듯하게 꾸며서 들여보내야 좋겠습니까? 시험 보는 사람에겐 수고비를 얼마나 줘야 하고, 관아에 쓸 경비는 또 얼마나 들까요? 그리고 남은 돈은 우리 둘이 또 어떻게 나누면 좋을까요?"

"다 합해 봐야 5백 냥인데, 거기에서 또 자네 몫을 챙기겠다면 이 일은 더 이상 얘기할 것도 없네. 자네는 그쪽에서 사례금을 받고, 5백 냥은 넘볼 생각도 하지 마시게."

"그래도 저는 상관없습니다만, 도대체 무슨 방법이 있습니까?"

"글쎄, 자네는 상관할 필요 없네. 대리 시험 볼 사람도 내가 구하고, 관아에 돈을 쓰는 것도 내가 알아서 할 테니까. 자네는 그저 그 사람에게 은자 5백 냥을 가져다 전당포에 맡겨놓고, 또 내 여비로 30냥을 따로 내라고 하시게. 그러면 내가 그자를 틀림없이 수재로 만들어 줄 테니까. 만약 수재가 되지 못하면 5백 냥은 한 푼도 건드리지 않겠네. 이러면 되겠는가?"

"두말할 필요 있겠습니까!"

그리하여 당장 그렇게 하기로 정하고, 은자를 맡길 날짜를 약속했다.

반자업은 이사를 배웅하고 돌아와 광형에게 말했다.

"광 상공, 이 일은 당신의 도움이 필요하겠군요."

"저도 방금 들었습니다만, 제 도움이라면 대리 시험을 보는 정도겠지요. 그런데 제가 밖에서 문장을 써서 건네줘야 하나요, 아니면 시험장 안으로 들어가서 대신 시험을 봐야 하나요? 만약 들어가서 대신 시험을 봐야 하는 거라면, 저는 그런 담력은 없습니다."

"걱정할 것 없습니다. 제가 있지 않습니까! 제가 어찌 상공께 해가 되는 일을 시키겠습니까! 그가 은자를 맡기면 제가 상공과 함께 소흥에 가겠습니다."

그날 밤은 헤어져 숙소로 돌아갔다.

며칠 후 반자업은 자기 말대로 짐을 챙겨 광형과 함께 전당강을 건너 곧장 소흥부로 가서, 학정의 관아 근처 조용한 골목에 거처를 구했다. 다음 날 이사는 김약을 데리고 와서 인사를 시켰다. 반자업은 학정이 공시한 시험 일자가 다가왔다는 소식을 듣고, 3경 무렵 광형을 데리고 몰래 하급 관리의 대기실(班房) 앞으로 갔다. 그는 키가 큰 검은 모자와 푸른색 옷, 붉은색의 넓은 허리띠를 꺼내어, 광형에게 입고 있던 옷과 방건을 벗고 그것들로 갈아입게 했다. 그리고 이러저러하게 하되, 절대 실수가 있어서는 안 된다고 귓속말을 하며 광형을 대기실 안으로 들여보냈다. 그리고 반자업은 옷과 모자를 가지고 그곳을 떠났다.

5경이 되어 날이 밝자 학정이 세 번의 포성 소리와 함께 등청(登廳)했다. 광형은 수화곤(水火棍)*을 손에 들고 위병과 순라꾼들 뒤를 따라 '물렀거라!' 하고 소리치며 시험장으로 들어가 두 번째 문 앞에 줄을 맞춰 섰다. 학정이 앞으로 나와 출석을 부르는데, '동생 김약'이라고 부르자 광형은 그 동생에게 눈짓을 했다. 그러자 김약은 미리 약속한 대로 시험 보는 자리로 돌아가지 않고 슬그머니 구석으로 숨었다. 광형은 몇 걸음 뒷걸음질 쳐 김약 앞으로 갔다. 그리고 다른 사람 뒤에 숨어서 모자를 벗어 김약에게 쓰게 하고, 옷도 서로 바꿔 입었다. 이제 김약이 수화곤을 쥐고 광형이 섰던 자리에 섰다. 광형은 시험지를 들고 김약의 자리로 가서 팔고문을 지어 놓았다가 일고여덟 시간이 지난 뒤에야 답안지를 제출하고 숙소로 돌아왔으니, 귀신도 모르게 일을 처리한 것이다. 발표 결과, 김약은 아주 높은 성적으로 합격했다.

반자업은 광형과 함께 집으로 돌아와 은자 2백 냥을 수고비로 주면서 말했다.

"광 상공, 이번에 운 좋게 벌어들인 이 돈은 낭비하지 말고 제대로 된 일에 쓰십시오."

"제대로 된 일이라니요?"

"상공께선 이제 복상 기간도 끝났는데, 아직 혼사를 치르지 않으셨지요. 저한테 정(鄭) 아무개라는 친구가 있는데, 순무 대인 아래에서 일하고 있습니다. 이 정 영감은 정말 성실한 사람으로, 부자가 모두 아문에서 일하고 있습니다. 그가 저한테 셋째 딸의 중매를 부탁했는데, 저는 줄곧 상공을 생각하고 있었습니다. 나이도 용모도 잘 어울리니까요. 그 동안 상공께선 돈이 없었기 때문에 제가 진지하게 말씀드리지 않았던 거지요. 이제 상공께서 마음만 있으시다면 제가 바로 나서서 성사시키겠습니다. 그러면 상공은 그 집 데릴사위가 되는 겁니다. 납채를 보내는 등의 비용은 제가 따로 좀 도와드리지요."

"형님께서 절 아끼셔서 하시는 말씀인데 제가 마다할 리가 있겠습니까? 다만 지금은 제게도 이 돈이 있는데 왜 또 형님더러 돈을 쓰게 하겠습니까?"

"그건 사정을 몰라서 하시는 말씀이지요. 그 장인 댁은 집이 비좁아서 사위로 들어간다 해도 오래 있을 수 없을 테니, 방 한 칸 빌릴 돈을 남겨 두어야 합니다. 이제 한 사람 입이 늘어나고 또 아들딸도 낳아 길러야 하니까, 혼자 객지 생활하는 것과는 다릅니다. 저와 상공은 남이 아닌데 그깟 은자 몇 냥 가지고 누구 돈인지 따질 필요 있겠습니까? 나중에 출세하시면 그때 제 사정을 봐주시면 되지 않습니까?"

광형은 정말 감격했다. 반자업은 자신의 말대로 정 영감에게 말해서 사주단자를 받아 왔다. 그리고 광형에게 은자 열두 냥을 달라고 해서 장신구 몇 개와 옷 네 벌을 사 와서 납채를 보내고, 10월 보름날에 사위로 들어가기로 했다.

그날이 되자 반자업은 음식 몇 접시를 준비해 놓고 광형을 청해 같이 아침을 먹었다. 밥을 먹으면서 반자업이 말했다.

"광 상공, 제가 중매인이니 오늘 모시고 가지요. 이 자리는 상공께서 중매인에게 대접한 걸로 칩시다."

광형도 이 말을 듣고 웃었다. 밥을 다 먹고 나서 반자업은 광형에게 목욕을 하게 하고, 속옷부터 겉옷까지 모두 새 옷으로 갈아입게 했다. 방건도 새 것으로 갈아 쓰고, 가죽 장화도 새 것을 신게 했다. 반자업은 또 남색 비단으로 만든 새 도포를 한 벌 꺼내 입혀 주었다. 혼례를 올릴 시간이 되자 가마를 두 대 불러 두 사람은 각기 가마에 올랐다. 가마 앞에 등불을 한 쌍 앞세우고 신부 집으로 향했다. 정 영감은 순무 아문 옆 조그만 골목 안에 살고 있었다. 집은 세 칸짜리였는데, 그 중 한 칸은 길가 쪽으로 나 있었다. 이날 신랑이 도착하자 신부 집에서는 문을 닫아걸었고, 반자업이 2백 냥을 개문전(開門錢)으로 주고 나서야 문을 열었다. 정 영감이 맞으러 나왔는데, 사위와 장인은 서로 얼굴을 보고 나서야 비로소 전에 같은 배에 탔던 사람임을 알아보고, 이번 혼사가 정말 오랜 인연의 결과임을 깨달았다. 광형은 그 자리에서 장인에게 절하고, 집 안에 들어가서 장모에게 절을 했다. 처남들과는 맞절을 했다. 정 영감 집에서 상을 차려놓고 반자업에게 대접을 했고, 반자업은 음식을 먹은 후 인사를 하고 돌아갔다. 정 영감네에서는 광형을 신방으로 들게 했는데, 광형은 신부가 몸가짐도 단정하고 용모도 예뻐서 무척 기뻤다. 합환주를 마시고 부부가 된 일은 자세히 말할 필요가 없겠다. 다음 날 아침 반자업은 또 처가 어른들께 올리도록 광형에게 술과 음식을 보내 주었다. 정 영감 집에서는 반자업도 함께 청해서 하루 종일 먹고 마셨다.

어느덧 한 달이 지났는데, 정 영감 집은 좁아서 같이 살기가 불편했다. 반자업이 서점 주변에 네 칸짜리 집을 구해 주었다. 집값이 은자 마흔 냥이었고, 탁자와 의자 등의 가구도 사서 들여놓았

다. 이웃들을 불러 대접하고 쌀 두 섬을 샀더니 가지고 있던 은자
는 이미 텅텅 바닥이 나 버렸다. 그래도 다행스럽게 반자엽이 무
슨 일이 있을 때마다 도와주고 편의를 봐주었고, 서점에서도 팔고
문을 선정해 달라고 부탁하면서 준 사례금 몇 냥과 또 사례로 받
은 책들을 판 돈으로 그럭저럭 생활할 수 있었다. 1년 남짓 지나
자 딸도 하나 낳았고 부부는 서로 사이좋게 지냈다.

하루는 광형이 할 일 없이 문 앞에 서 있는데, 관청의 아전인 듯
푸른 옷에 커다란 모자를 쓴 사람이 이 사람 저 사람에게 뭔가를
물으면서 이쪽으로 오는 것이 보였다. 그는 광형 앞에까지 와서
이렇게 물었다.

"여기가 낙청현의 광 상공 댁입니까?"

"그렇습니다. 당신은 어디서 오셨습니까?"

"저는 급사중(給事中)* 이 나리께서 절강으로 파견한 차인인데,
광 상공께 전해 드리라는 편지를 가져왔습니다."

광형은 이 말을 듣고 급히 그 사람을 응접실로 모셨다. 편지를
꺼내 보니 그의 스승인 이본영이 탄핵을 당하고 조사를 받았지만,
조사 결과 탄핵 조항이 모두 거짓임이 밝혀져 다시 복직되었다는
것이었다. 그리고 몇 달 지나지 않아 추천을 받아 경사로 가서 급
사중 벼슬을 제수 받았다고 했다. 이번에 편지를 보낸 것은 제자
에게 앞길을 봐줄 테니 경사로 올라오라고 권하려는 것이었다. 광
형은 심부름꾼에게 술과 밥을 대접하고, 이렇게 답신을 썼다.

스승님이 불러주시니, 며칠 안에 행장을 꾸려서 가르침을 받
으러 달려가겠습니다.

이 답신을 심부름꾼에게 주어 보냈다.

곧이어 광형은 형의 편지를 받았는데, 학정께서 온주에 시험을 주관하러 오셔서 학생들은 모두 모이라는 지시가 이미 내려왔으니 어서 와서 응시하라는 것이었다. 광형은 감히 지체할 수 없어서 아내에게 사정을 이야기하고, 또 장모를 모셔 와 아내 곁에 있어 달라고 했다. 그리고 곧 행장을 꾸려 세고(歲考)*를 치르러 갔다. 시험이 끝나자 학정은 매우 칭찬하며 그를 일갑(一甲)의 1등으로 뽑고, 또 학업과 품행 뛰어난 학생인 우행생(優行生)으로 삼아 태학(太學)에 들어가 수업할 수 있게 해 주었다. 광형은 기뻐하며 학정에게 감사드렸다. 광형은 떠나는 학정을 전송하고 다시 항주로 돌아왔다. 그리고 반자업과 상의해서 낙청현으로 돌아가 편액을 걸고 깃대를 세우기로 했다. 포목점에 가서는 보복(補服)*을 세 벌 만들었다. 자기 것 한 벌과, 어머니와 아내의 것도 한 벌씩 만든 것이다. 준비가 다 되자 서점들에서 자리를 마련해 각각 얼마씩 축하금을 주었고, 별도로 축하 선물도 보내왔다.

길일을 택해 집으로 돌아가려는 참에 경본혜가 인사하러 와서 주점으로 데려가 술을 대접했다. 술을 마시는 중에 광형이 이번 일을 이야기해 주자 경본혜는 부러워해 마지않았다. 그러다가 반자업 이야기가 나오자 경본혜가 말했다.

"모르고 계셨습니까?"

"무슨 일인데요? 전 모릅니다만."

"반삼은 어제 저녁 잡혀 가서 지금 감옥에 있습니다."

광형은 깜짝 놀랐다.

"그럴 리가요! 제가 어제 오후에도 만났는데 그새 잡혀 갔다니요?"

"정말 틀림없는 사실입니다. 그렇지 않다면 제가 어떻게 알겠습니까. 제 친척 중에 현청에서 형방(刑房) 일을 하는 사람이 있습니다. 오늘 아침 그 친척의 생일이라 제가 축하하러 갔더니, 자리에 있던 사람들이 모두 이 이야기를 하고 있었습니다. 그래서 제가 들은 거지요. 순무 나리의 체포장이 내려왔는지라 지현 나리께서도 감히 지체할 수 없어 한밤중에 포졸을 보내 잡아들이게 하신 겁니다. 또 그가 도망갈까 봐 앞뒷문을 단단히 에워싸고 즉시 잡아들였지요. 지현 나리께선 심문도 안 하시고 그저 죄목을 적은 문서를 쫙 펼쳐서 그에게 보여 주었다고 합니다. 반자업은 그것을 보고 한마디 변명도 못 하고 그저 머리를 땅에 박고 절을 몇 차례 올릴 뿐이었고, 바로 감옥으로 보내지게 됐습니다. 겨우 몇 걸음 걸어서 청사 입구에 이르렀는데, 지현 나리께선 포졸을 다시 부르시더니 그를 중죄를 저지른 죄인들이 수감된 내호(內號) 감옥으로 보내어 흉악범들과 함께 지내도록 하셨답니다. 그러니 이 양반 앞으로 고생 좀 하게 생겼습니다. 못 믿으시겠거든 저와 함께 우리 친척 집으로 가십시다. 그 죄목을 적은 문서를 보여 드리지요."

"그게 좋겠습니다. 수고스러우시겠지만 저랑 같이 가서 무슨 일로 체포됐는지 좀 보여 주십시오."

두 사람은 당장 계산을 하고 주점을 나와 형방의 집으로 갔다.

그 형방은 성이 장(蔣)씨로, 집에 손님 몇이 더 와 있었다. 장씨는 두 사람을 보자 서재로 모시고는 무슨 일로 왔는지 물었다. 경본혜가 대답했다.

"제 친구가 어젯밤 현청에서 체포된 반삼이라는 이의 죄목을 보고 싶다고 합니다."

형방은 문서를 꺼내 보여 주었는데, 그것은 방패(訪牌)* 위에 붙어 있었다.

조사 결과 반자업(곧 반삼)은 본래 시정잡배인데, 포정사 아문에 몸을 숨긴 채 관부를 손아귀에 넣고 송사를 제멋대로 주무르고, 사채놀이를 크게 벌여서 양민에게 해악을 끼치면서 못 하는 짓이 없다. 이러한 못된 놈을 어찌 광명천하 아래 한시라도 놓아둘 수 있겠는가! 이런 이유로 해당 현에 이 문서를 보내니, 당장 이 죄인을 잡아들여 엄격히 심문하고 끝까지 조사하여 법에 따라 죄를 다스릴 수 있도록 하라. 어김없이 시행하라! 속히 시행하라!

그 서류에는 10여 개의 조항이 있었다.

一. 전량(錢糧) 약간 냥을 편취하여 은닉함
一. 인명이 걸린 사건을 사사로이 처리한 일 몇 건
一. 본 현의 직인을 제멋대로 쓰고 사사로이 긴급 문서를 위조한 일 한 건
一. 관인 몇 개를 위조한 일
一. 유괴 사건 몇 건
一. 고리채로 양민을 착취하고 죄 없는 사람을 핍박하여 죽게 한 일 몇 건
一. 학대아문과 결탁해 대리 응시자를 매수해 대리 시험 치르게 한 일 몇 건 등등

죄상은 일일이 거론할 수 없을 정도였다. 광형이 안 봤으면 그만이겠지만, 이 문서를 보자 자기도 모르게 머릿속에서 '횡'하는 소리와 함께 혼이 정수리로 빠져나가는 것 같았다. 그런데 이 일로 인해 다음과 같은 새로운 이야기가 생겨난다.

스승과 제자는 정이 있어
다시 혼인의 연을 맺고
친구는 각기 갈라지니
그 선악을 말하기 어렵네.
師生有情意, 再締絲蘿.
朋友各分張, 難言蘭臭.

결국 이후의 일이 어떻게 되었을까? 이에 대해서는 다음 회를 들어보시라.

와평

이번 회는 오로지 반자업을 묘사하기 위한 것이다. 반자업은 시정잡배에 불과하니 그의 행실을 본래 심하게 질책할 필요는 없다. 하지만 나는 그의 호쾌함과 분명함, 과감한 행동력이 대단하다고 생각한다. 말끝마다 공자 왈 운운하면서 비루하고 자질구레한 데에 집착하는 무리에 견주어 보면, 그 차이는 하늘과 땅의 차이보다 더하다. 읽으면서 나도 모르게 그 때문에 이렇게 여러 번 탄식하였다. 아아! 작자가 안배한 함의(含意)가 지극히 심오하구나! 무릇 조물주는 사람을 태어나게 하면서 각자에게 눈과 귀, 손과 발을 주었다. 그러니 만약 미련하고 우둔한 이가 아니라면 누가 뻣뻣이 손발이 묶인 채 추위와 배고픔을 달게 견디며 전전하다가 도랑과 골짜기에서 죽어가려 하겠는가! 그러므로 선왕께서 사람을 쓰실 때, 위로는 경대부로부터 아래로는 하급 관리에 이르기까지 한 가지 재주나 기술만 가지고 있다 해도 모두 힘껏 능력을 다할 수 있게 하고, 차마 그들을 세상 밖에 버림받게 하지 않았다. 하지만 과거 제도가 행해지면서부터 삼장(三場)*의 실력자나 양방(兩榜)* 출신 자가 아닌 사람은 모두 '탁류이도(濁流異途)'라고 하고, 그 사람 스스로도 역시 '청류정도(淸流正途)'인 자와는 동등할 수 없다고 생각하게 되었다. 그 중에 몇몇 교활한 이들은 스스로 그 총명함과 재능을 가지고도 남들보다 뛰어날 수 없다고 여기고, 마침내 당시 의 법률을 어기고 세상의 재부를 교묘하게 취하지 않을 수 없게 되 는 것이다. 법령이 점점 널리 미치는데도 간사한 짓과 도적질은 끊 이지 않으니, 이것은 모두 사람들 스스로 하늘로부터 받은 천성을 잃어버렸기 때문인가? 아니면 위에 있는 사람들이 그들을 그렇게 만든 것인가? 아아! 정말 탄식할 만하도다!

제20회
광형은 신이 나서 경사로 길을 나서고,
우포의는 무호관*에서 객사하다

광형은 반자업의 죄목을 적은 문서를 읽자 순식간에 얼굴이 흙빛으로 변하며 그야말로 '정수리를 갈라 찬물을 들이붓는 듯(分開兩扇頂門骨, 無數凉冰澆下來)' 오싹했다. 그는 입 밖으로 소리도 내지 못하고 혼자 속으로 이렇게 생각했다.

'이 일들 가운데 두 가지는 나도 같이 한 것인데. 만약 심문을 해서 모든 사실이 다 밝혀지면 이 일을 어쩐다?'

그는 즉시 경본혜와 함께 형방의 집을 나와 시내로 돌아왔고, 경본혜도 인사를 하고 떠났다. 광형이 집에 돌아가 밤새 서성거리며 잠을 이루지 못하자, 부인이 어찌 된 일이냐고 물었다. 광형은 그대로 말하기가 거북하여 그저 이렇게만 대답했다.

"내 이제 추천을 받아 경사에 가서 벼슬살이를 하려 하오. 그런데 당신 혼자 여기에 살면 불편할 테니, 낙청현 우리 집으로 가는 수밖에 없을 것 같소. 당신이 우리 어머님 곁에 있으면 내가 경사로 가서 일을 하다가, 일이 잘 풀리면 임지로 갈 때 당신을 데리러 오겠소."

"당신은 벼슬살이하러 가기나 하세요. 전 그냥 여기에서 우리 어머니를 모셔다가 같이 지내면 됩니다. 살아 본 적도 없는 시골에 가라니요? 그건 못 합니다!"

"당신이 모르는 게 있소. 내가 여기에 있을 땐 일정하진 않아도 매일 몇 푼쯤 생기곤 했지만, 내가 가고 나면 당신 끼니는 어떻게 해결한단 말이오? 장인어른께서도 생활이 어려우신데, 딸까지 먹여 살릴 여윳돈이 어디 있겠소? 당신을 장모님께 데려다 준다 해도 거긴 집도 좁지 않소! 내가 곧 관리가 되면 당신은 작위를 받는 고명부인(誥命夫人)이 될 텐데, 그런 곳에 살면 내 체면이 서질 않는단 말이오. 차라리 우리 집에 가는 게 낫지. 이제 이 집을 돌려주고 전세금 은자 마흔 냥을 받으면 내가 몇 냥만 경사로 가지고 가고, 남은 것은 당신이 가지고 가서 우리 형님 가게에 맡겨 두고 조금씩 생활비로 받아쓰면 될 게요. 거기 시골은 물건 값도 싸고 닭이며 생선, 고기며 오리를 매일 먹을 수 있을 텐데, 나쁠 게 뭐 있다고 그러시오?"

부인은 죽어도 시골로는 가지 않겠다고 했지만, 광형은 하루 종일 들들 볶아 댔다. 그가 너무 심하게 다그치는 바람에 둘은 몇 번이나 울고불고 고함치며 싸웠다. 광형은 부인이 뭐라고 하거나 말거나 결국 서점 주인에게 집을 내놔 달라고 부탁하고 전세금을 받아 왔다. 부인이 끝까지 가지 않겠다고 고집하자 그는 장인, 장모에게 좀 설득해 달라고 청했다. 하지만 장모 역시 보내고 싶어 하지 않았다. 장인인 정 영감은 사위가 관리가 될 것이란 걸 알고, 딸에게 사리 분별을 못 한다고 나무라며 한바탕 훈계를 늘어놓았다. 딸은 아버지의 뜻을 거스를 수 없어 그제야 겨우 그러겠다고 했다. 광형은 배를 한 척 불러 가재도구를 전부 실었다. 그리고 처남에게 누이를 집으로 데려다 달라고 부탁하고, 자기 형에게 편지를 써서 가져간 돈을 가게에 보태 아내의 생활비로 쓰라고 했다. 떠날 날이 되자 아내는 하염없이 훌쩍거리며 부모님께 작별 인사를 올리고 배에 올랐다.

광형도 짐을 꾸려 경사로 가서 급간(給諫)이 된 이본영을 만났다. 그는 대단히 반가워했고, 광형이 늠생 후보에서 우행생(優行生)으로 추천받아 태학에 들어갔다는 말에 더욱 기뻐하며 물었다.

"이보게, 지금 조정에서는 관학의 교사를 선발하려 하는데, 그 일을 내가 맡고 있네. 자네는 분명 뽑힐 수 있네. 우선 짐을 내 거처에 갖다 놓고 며칠 쉬도록 하게."

광형은 "예" 하고 짐을 옮겨 놓았다. 그리고 얼마 후 이본영이 광형에게 결혼은 했는지 물었다. 광형은 속으로 생각하길, 스승은 직위가 저리 높은데 그 앞에서 장인이 무원(撫院)의 차인이라 하면 비웃음을 사겠다 싶어 이렇게 대답했다.

"아직 하지 않았습니다."

"나이가 이렇게 되었는데 아직도 장가를 가지 않았다니, 자네도 '혼기가 꽉 찬(摽梅之候)'* 사내일세 그려. 됐네, 이 일은 나에게 맡겨 두게나."

다음 날 저녁 나이 지긋한 집사가 서재로 광형을 찾아와 말했다.

"저희 나리께서 안부 여쭈십니다. 어제 광 나리께서 아직 미혼이라고 하셨다지요. 저희 나리께 외질녀가 하나 있는데, 나리와 마님께서 어릴 때부터 애지중지 길러 올해 열아홉 살이 되셨지요. 재주와 용모 모두 출중하고 지금 여기에 함께 살고 계십니다. 나리께서는 광 나리를 조카사위로 삼고자 하십니다. 혼사 비용 일체는 저희 나리께서 준비하실 것이니 광 나리께서는 신경 쓰실 필요 없습니다. 그래서 저더러 나리께 경사스런 소식을 전하라고 하셨습니다."

광형은 이 말을 듣고 소스라치게 놀랐다. 그는 자신에게 이미 부인이 있다고 대답하자니 지난번에 아직 결혼하지 않았다고 말한 게 있고, 그렇다고 수락하자니 도의적으로 문제가 있을 것 같았다. 그러다 또 마음을 바꿔 이렇게 생각했다.

'희문(戲文)에서도 채(蔡) 장원이 우(牛) 재상의 데릴사위가 되는 얘기*가 미담으로 회자되는데, 이것도 안 될 거 없지!'

그는 곧 청혼을 받아들였다. 이본영은 크게 기뻐하며 안으로 들어가 부인에게 알렸다. 길일을 잡아 등롱과 비단 끈을 매달아 아름답게 장식하고, 수백 금이 나가는 혼수까지 딸려서 외질녀를 광형에게 시집보냈다. 혼사 당일 날 피리 소리 북 소리가 진동하는 가운데 광형은 오사모에 깃이 둥근 예복을 입고, 금빛 허리띠에 검은 가죽 장화를 신었다. 그는 먼저 이본영 부부에게 절을 올린 뒤, 음악 소리가 울리는 가운데 신방으로 들어갔다. 방건을 벗고 신부 신(辛)씨를 보니 그야말로 물고기와 기러기도 놀라 숨고, 달과 꽃도 부끄러워할 만큼 아름다운 얼굴이었다. 인물이 뛰어난데다 혼수까지 많이 가져온 신부이니 그 순간 광형은 선궁(仙宮)의 선녀를 본 듯, 달나라 항아를 만난 듯 황홀해서 마치 몸이 하늘을 떠다니는 듯했다. 그날 이후로 광형은 아름다운 여인과 함께 몇 개월 동안 달콤한 신혼 생활에 빠져 지냈다.

그런데 관학의 교사로 선발되려면 원적지로 돌아가 그 지방 관아의 증명서를 받아 와야만 했다. 광형은 어쩔 수 없이 눈물을 뿌리며 신씨와 작별하고 절강성으로 돌아갔다. 항주에 도착하자마자 그는 먼저 예전 장인 정 영감의 집을 찾았다. 정씨의 집 대문을 들어서자 깜짝 놀랄 만한 광경이 펼쳐졌다. 정 영감은 울어서 눈이 시뻘겋게 되어 있었고, 맞은편 손님 자리에는 바로 자기의 형인 광대가 앉아 있었으며, 그 안쪽에는 장모가 대성통곡을 하고 있었다. 광형은 너무 놀라 한동안 멍해 있다가 장인에게 인사를 하고 물었다.

"형님, 언제 오셨습니까? 장인어른 댁에 무슨 일이 있기에 이렇게 곡을 합니까?"

광대가 대답했다.

"일단 짐부터 갖고 들어오시게. 씻고 차를 마신 뒤 천천히 얘기해 주겠네."

광형이 씻고 들어와 장모를 뵙자, 장모는 탁자와 의자를 쾅쾅치고 울며불며 원망을 퍼부었다.

"이게 다 너 때문이다, 이 천벌 받을 놈아! 멀쩡한 우리 딸을 어쩌자고 송장으로 만들었느냐!"

광형은 이 말을 듣고 비로소 정씨가 죽었다는 것을 알고, 얼른 달려 나가 형에게 사정을 물었다. 광대가 대답했다.

"자네가 떠나고 제수씨가 집에 도착했는데, 사람이 참 좋아서 어머니께서도 무척 기뻐하셨네. 그런데 제수씨가 도회지 사람이라 시골 생활을 영 견뎌 내지 못하더군. 더구나 자네 형수가 집에서 하는 일을 제수씨는 하나도 못 하고, 그렇다고 또 멍하니 손발을 놓고 앉아 외려 어머니와 형수더러 자기 시중을 들게 할 수도 없는 노릇이었지. 그래서 답답한 마음에 병이 생겼는지 피를 토하기 시작했네. 어머니께서 그래도 건강하셔서 제수씨를 돌봐 주시니까 제수씨는 더 몸 둘 바를 몰라 했지. 그렇게 하루가 가고 이틀이 갔네. 하지만 시골에 또 무슨 좋은 의사가 있는 것도 아니라, 병이 난 지 백 일이 안 되어 세상을 뜨고 말았어. 나도 방금 도착해서 이제야 그 소식을 전해 드리니, 사돈어른 내외께서 통곡하고 계셨던 거라네."

광형은 이 말을 듣고 저도 모르게 눈물을 몇 방울 떨어뜨리는가 싶더니 곧 물었다.

"그래, 뒷일은 어떻게 수습하셨소?"

"제수씨가 죽었지만 집에 돈이라곤 한 푼 없고, 우리 가게에서도 나오는 게 없었네. 얼마간 낼 수 있다 해도 뒷수습을 할 정도는 못 되었지. 그래서 하는 수 없이 어머님 것으로 마련해 뒀던 수의와 침구, 관을 몽땅 썼다네."

"그럼 됐습니다."

"입관하고 나니 또 집에 어디 둘 데가 있어야지. 할 수 없이 사당 뒤에 가묘를 썼네. 자네가 돌아오면 제대로 묻으려고 말이야. 이제 마침 자네가 왔으니 얼른 짐을 꾸려 함께 돌아가세."

"그게 대충 끝낼 일이 아닙니다. 지금 제게 은자 몇 냥이 있으니, 형님께서 가지고 가셔서 안사람의 가묘에다 두꺼운 벽돌을 2층 정도 쌓아 좀 튼튼하게 만들어 두세요. 그러면 그래도 몇 년은 갈 겁니다. 방금 장인어른께서 말씀하신 것처럼 안사람은 고명부인이니, 집으로 화공을 불러 생전의 모습을 알려 주고 초상화를 그리게 하십시오. 봉황 모양의 장식을 한 봉관(鳳冠)에 보복(補服)을 입은 것으로 그리도록 하세요. 명절 때마다 집에 모셔 놓고 딸아이더러 향을 피게 하면 그 사람 혼령도 좋아할 겁니다. 제가 지난번 집에 갈 때 만들어다 어머니께 드렸던 그 보복 말입니다. 어머니도 친척 집에 초대받아 갈 때 확실히 남들과는 다르게 보이도록 그 옷을 입으라고 하세요. 형님도 집에 계실 때 다른 사람들더러 '나리'라고 부르게 하세요. 만사에 법도를 바로잡아 세우고 스스로 체통을 무너뜨리지 말아야 합니다. 장차 제가 어디 지방이라도 하나 다스리게 되면, 형님과 형수님을 모두 모셔다 함께 영화를 누리겠습니다."

광대는 이 말을 듣고 눈앞이 다 어질어질할고 온 몸의 힘이 쑥 빠지는 듯하여 무조건 그의 말에 따르기로 했다. 저녁이 되자 정영감 집에서 술상을 준비했고, 그걸 먹은 뒤 그 집에서 함께 묵었다. 다음 날 거리에 나가 필요한 물건을 좀 샀다. 광형은 은자 수십 냥을 그의 형에게 건네주었다.

그로부터 사나흘이 지난 후 경본혜가 장 형방(刑房)과 함께 광형을 찾아왔다. 경본혜는 집이 좁은 걸 보고 찻집으로 가자고 했다. 광형은 최근에 사람이 달라져서 대놓고 말은 안 했지만 찻집으로 가는 걸 꺼려 하는 눈치였다. 경본혜가 그의 의중을 헤아리고 이렇게 말했다.

"광 선생께서 이곳에 취임을 위한 증명 문서를 가지러 오신 것이라, 아무래도 찻집에 가는 건 좀 불편하시겠지요. 제가 오늘 선생을 위해 환영회를 열고자 하던 참이니까 이 길로 바로 요릿집으로 가시지요. 그러는 편이 낫겠습니다."

경본혜는 두 사람을 요릿집으로 데려가 술을 따르고 나서 광형에게 물었다.

"광 선생, 이번 교관 자리 말입니다, 정말 선발되시는 거겠죠?"

"안 될 이유가 있겠소? 나처럼 정도(正途)를 밟아 온 인재는 당연히 궁정 교관으로 배속되는 법이고, 가르치는 학생도 거의 대대로 내려오는 공신 가문이나 황가(皇家)의 자제들이라오."

"그것도 가르치는 거야 매한가지겠지요?"

"아닙니다! 그런 게 아니지요! 우리가 일하는 그곳은 관아와 똑같아서 공무를 보는 공좌(公座)와 붉은 먹, 붓, 벼루가 가지런히 정렬되어 있고, 내가 아침에 들어가 공좌에 오르면 학생들이 글을 가지고 옵니다. 제가 거기에다 붉은색으로 권점만 표시해 주면 가지고 물러가지요. 학생들은 모두 조상의 음덕으로 3품 이상에 오른 왕공 귀족이요, 출사하면 바로 총독(總督)이나 순무, 제독(提督),* 총병(總兵)으로 나갈 이들인데, 그런 학생들이 모두 제 앞에 와서 머리를 조아린답니다. 지금 국자감의 좨주로 계신 분은 제 스승님이신데, 그분은 현임 중당(中堂)의 아드님이시므로 중당께선 바로 저의 큰 스승님[太老師]이 되시는 거죠. 지난번 중당께서 편찮으실 때, 병문안을 갔던 조정 관리들 아무도 만나지 않으시고 저만 안으로 부르셨습니다. 그래서 저는 그분 침상 곁에 앉아 한참을 얘기하다 나왔습니다."

장 형방이 그의 이야기가 끝나기를 기다렸다 넌지시 반자업 얘기를 꺼냈다.

"감옥에 있는 반삼 형이 며칠 전 나리가 돌아오셨다는 소식을 들었다고 몇 번이나 말씀하시더군요. 보아하니 한번 뵙고 힘든 사정을 좀 말씀드렸으면 하는 눈치였습니다. 나리 생각은 어떠신지요?"

"반삼 형이야말로 영웅호걸이지요. 일을 당하기 전만 해도 우리를 만나면 주점에 데려갔지요. 오리를 시켜도 꼭 두 마리를 시키고, 거기에다 양고기며 돼지고기, 닭, 생선 할 것 없이 많이도 시켜 줬지요. 여기에서처럼 한두 푼을 따져 가며 시키는 음식은 거들떠보지도 않았죠. 그런데 안타깝게도 요즘 그렇게 고생을 한다그려. 원래는 감옥에 가서 한번 만나 봐야 마땅하겠지만, 지금 제 위치가 예전 수재였을 때와는 영 달라서 말입니다. 조정을 위해 일하고 있으니 조정의 상벌 법도에 따라야 하거늘, 제가 그런 데에 가서 그 사람을 만나면 조정의 법도를 흐리게 되는 것이지요."

그러자 장 형방이 말했다.

"이 지역 관리로 계신 것도 아니고 그저 친구를 한번 만나 보는 건데, 상벌 법도를 흐릴 게 뭐가 있답니까?"

"두 분께 군이 이런 말씀까지 드리기는 그렇지만 그래도 지기(知己) 사이니 괜찮겠지요. 반삼 형이 저지른 일을 보면 제가 이곳 지현이었어도 잡아넣었을 것입니다. 그런데도 지금 감옥으로 그 사람을 찾아간다면 조정의 처분을 그르다고 하는 셈이 되지 않겠소? 이건 신하로서 할 도리가 아니란 말씀이오. 더구나 제가 여기에 증명 문서를 받으러 온 것은 관청이며 기관에서 다 알고 있는데, 거기에 갔다가 상부에 알려지기라도 한다면 제 벼슬길에 평생 흠이 될 것입니다. 그런 일을 어떻게 할 수 있겠습니까! 수고스러우시겠지만 장 선생이 반삼 형에게 내가 잊지 않고 있겠다고 말씀을 좀 잘 전해 주십시오. 제가 이번에 돌아가 운 좋게 어디 풍족한 지방에라도 부임하면, 그 다음 해라도 반삼 형에게 은자 몇 백 냥쯤 보태 주는 거야 뭐가 어렵겠소."

두 사람은 그가 이렇게 말하는 것을 보자 더 이상 왈가왈부하지 못하고, 술잔을 다 비운 뒤 각자 흩어졌다. 장 형방은 감옥으로 가서 반자업에게 광형을 만났던 일에 대해 이야기해 주었다.

광형은 증명 문서를 받는 일이 끝나자 곧장 짐을 꾸려 배에 올랐다. 이번 여행길에는 창판선(淌板船)*의 상등 선실을 양주까지 미리 세내 놓고 단하두에서 배를 탔다. 배에 오르자 가운데 선창에는 벌써 두 사람이 타고 있었다. 한 사람은 나이가 지긋한데, 명주 도포에 비단 허리띠를 매고 주홍빛 신을 신고 있었다. 중년쯤 되어 보이는 또 한 사람은 선명한 남색 도포에 밑창이 흰 검은 장화를 신고 있었고, 두 사람 모두 방건을 쓰고 있었다. 광형은 그들의 옷차림과 용모를 보고 정중히 인사를 한 뒤 앉아서 이름을 물었다. 그러자 나이 지긋한 쪽이 대답했다.

"저는 우포의(牛布衣)라고 합니다."

광형은 경본혜를 통해 그에 대해 들었던지라, 곧 "전부터 뵙고 싶었습니다!"라며 인사를 했다. 또 한 사람에게 이름을 묻자 우포의가 대신 대답했다.

"여기는 풍(馮) 선생으로 자를 탁암(琢庵)이라고 합니다.* 이번 과거 시험에 합격하여 경사로 회시를 보러 가시는 중이죠."

광형이 물었다.

"우 선생님께서도 경사로 가십니까?"

"아닙니다. 저는 장강변(長江邊)의 무호현(蕪湖縣)으로 친구들을 보러 가는 길입니다. 풍 선생과는 원래 가까운 사이인데, 마침 배를 같이 타게 되었습니다. 양주에 도착하면 저는 이 사람과 작별하고 남경으로 가는 배편을 이용해 장강을 따라 갈 겁니다. 그런데 선생은 고향과 존함이 어떻게 되시는지요? 지금 어디로 가시는 길입니까?"

광형이 자신의 이름을 말하자 풍요가 말했다.

"선생님은 절강의 문장 선집가가 아니신가요? 선집 하신 책들을 모두 보았습니다."

"제 문명(文名)도 이젠 알려질 만큼 알려졌나 봅니다. 항주에 오던 해부터 지금까지 5, 6년 동안 시험 답안지며 방서(房書), 행서(行書)*와 유명 인사들의 문장을 선집 했고, 거기에 또『사서강서(四書講書)』,『오경강서(五經講書)』,『고문선본(古文選本)』까지, 제가 기록한 바로는 모두 95권이나 됩니다. 제가 선집 한 문장은 한 번 나올 때마다 서점에서 1만 부씩은 꼭 팔려 나갑니다. 산동, 산서(山西), 하남, 섬서(陝西), 북직예(北直隸)의 객상들이 너나없이 다투어 사 가며 혹시라도 손에 넣지 못할까 안달이었지요. 또 재작년에 나온 졸고는 지금 벌써 3쇄를 더 찍었습니다. 솔직히 말씀드리면, 이 다섯 개 성(省)의 선비들은 모두 저를 우러러 존경하여, 집집마다 책상에 향과 초를 올리고 '선유 광 선생님의 신위(先儒匡子之神位)'를 모시고 있답니다."

우포의가 웃으며 말했다.

"선생, 그 말씀은 좀 이상하구려! '선유' 란 이미 세상을 뜬 유생을 가리키는 말이잖소. 선생께선 지금 살아 계시는데 어떻게 그리 부른단 말이오?"

광형이 얼굴을 붉히며 대답했다.

"아니죠! '선유'란 선생을 일컫는 말이지요!"

우포의는 그가 이렇게 말하는 걸 보자 더 이상은 이러니저러니 따지지 않았다. 풍요가 다시 물었다.

"문장을 선집 하는 사람 가운데 또 마순상이란 분이 있던데, 그분 선집 솜씨는 어떠신가요?"

"그 사람도 저의 친한 친구지요. 마순상 형님은 이법에는 밝지만 재기가 부족해서 그분이 선집 한 책은 별로 인기가 없답니다. 그런 책은 어쨌거나 잘 팔리는 게 중요한데, 인기가 없으면 서점에서 손해를 보게 돼요. 외국에까지 나가 있는 건 오로지 제 책뿐이랍니다!"

서로 이런 이야기를 나누며 며칠을 지냈고, 그 사이 배는 양주에 도착했다. 풍요와 광형은 회안선(淮安船)으로 바꿔 타고 왕가영(王家營)까지 간 뒤, 육로로 경사로 향했다.

한편 우포의는 혼자 배를 타고 남경을 지나 무호에 도착해서 부교(浮橋) 입구의 작은 암자에 묵을 곳을 마련했다. 이 암자는 감로암(甘露庵)이라고 하는, 앞면이 세 칸짜리인 건물이었다. 가운데 칸에는 위타(韋駄) 보살이 모셔져 있었고, 왼쪽 칸은 잠가 놓고 땔나무를 쌓아 두었으며, 오른쪽 칸은 통로로 쓰고 있었다. 안으로 들어가면 널찍한 뜰에 세 칸짜리 대웅전이 서 있고, 그 뒤로 방이 두 칸 있는데 하나는 감로암의 노스님이 거처하고, 나머지 하나가 바로 우포의가 머무는 방이었다. 우포의는 낮에는 친구들을 만나러 외출했다가 밤에는 등불을 밝히고 시사(詩詞) 같은 것들을 읊조리며 지냈다. 스님은 우포의가 외로운 처지인 걸 알고 종종 차를 끓여 그의 방에 가져가 밤늦도록 이야기를 나누곤 했다. 바람 좋고 달 밝은 날이면 그와 함께 뜰에 나가 고금(古今)의 일을 논하곤 했는데 서로 마음이 잘 맞았다.

그러던 어느 날 갑자기 우포의가 앓아눕게 되었다. 의원을 청해 약 수십 첩을 먹었지만 전혀 차도가 보이지 않았다. 어느 날 우포의가 스님을 방으로 청하여 침상 곁에 앉으라 하고 이렇게 말했다.

"제가 천 리 타향에서 나그네로 떠돌며 스님의 보살핌을 많이 받았습니다. 그런데 뜻지 않게 이런 병에 걸렸으니, 아무래도 다시 일어나긴 틀린 것 같습니다. 저는 집안에 자식도 없고 아직 마흔이 안 된 안사람밖에 없습니다. 그리고 지난번 저와 함께 왔던 친구도 경사에 회시를 보러 갔으니, 지금 제겐 스님이 혈육이나 다름없습니다. 여기 침상 머리의 상자에 은자 여섯 냥이 들었으니, 제가 죽으면 힘드시더라도 관을 좀 마련해 주십시오. 또 보잘것없는 옷 몇 벌도 내다 팔아서 그 돈으로 스님 몇 분 모셔다 저의 극락왕생을 빌어 주십시오. 관은 어디 빈 땅을 찾아 잠시 놓아두고 '대명 포의 우 선생의 영구〔大明布衣牛先生之靈柩〕'라고 써 주세요. 화장을 하지 말았으면 합니다. 어떻게 고향 친지라도 만나서 고향으로 돌아갈 수만 있다면 저 구천에서도 스님의 은혜에 깊이 감사할 것입니다!"

노스님은 이 말을 듣고 뚝뚝 떨어지는 눈물을 주체하지 못하며 대답했다.

"거사님, 안심하십시오. 흉한 일을 입에 담으면 길한 일이 생기는 법이지요. 만에 하나 정말로 뜻하지 않은 변이 생기더라도 그 후의 일은 제가 알아서 다 하겠습니다."

그러자 우포의는 다시 힘겹게 일어나 침상 안쪽에 깔린 자리 밑에서 책을 두 권 꺼내 스님에게 건네주었다.

"이 책은 제가 평생 써 온 시를 모은 것입니다. 볼 만한 것은 없으나 그간 친하게 지냈던 사람들과의 추억이 모두 여기에 있으니, 그냥 묻어 두기엔 서운해서 이것도 스님께 드립니다. 훗날 운좋게 재주 있는 후인을 만나 세상에 전해진다면 죽어도 여한이 없을 것 같습니다!"

노스님은 두 손으로 그 책을 받았다. 곧 숨이 넘어갈 듯 헐떡이는 우포의를 보자 노스님은 안타까운 마음에 얼른 자기 방으로 가서 용안련자탕(龍眼蓮子湯)을 달여 와 우포의를 부축해 일으켜서 먹였다. 그러나 이미 그는 받아 넘기지를 못했다. 우포의는 억지로 몇 모금 삼키더니 다시 얼굴을 벽 쪽으로 향한 채 침상 위에 털썩 누웠다. 그는 그렇게 저녁까지 견디다 담이 끓는 소리를 내며 한번 숨을 헐떡이더니, 오호! 애재라! 그만 저세상으로 떠나고 말았다. 노스님은 한바탕 대성통곡을 했다.

이때는 가정(嘉靖) 9년(1530) 8월 초사흘로 날씨가 아직 더웠다. 노스님은 서둘러 은자를 가지고 가서 관을 사 오고 수의로 갈아입힌 뒤, 이웃 사람 몇을 불러 함께 방에서 입관을 했다. 정신없는 와중에도 노스님은 또 자기 방에 가서 가사를 걸치고 작은 종(手擊子)*을 들고 와서는 우포의의 영구 앞에서 극락왕생을 기원하는 '왕생주(往生咒)'를 염송해 주었다. 입관이 잘 마무리되자 노스님은 이렇게 생각했다.

'어디 가서 빈터를 찾을꼬? 차라리 여기 땔나무 쌓아 둔 방을 비워서 영구를 두는 게 낫겠다.'

노스님은 이웃들에게 이런 생각을 말한 뒤, 가사를 벗고 사람들과 함께 땔나무를 큰 마당으로 옮겨다 다시 쌓고, 그 방에 영구를 안치했다. 그리고 탁자를 가져와 그 위에 향로며 촛대, 망자의 혼을 부르는 깃발을 모셔 놓았다. 상례에 필요한 것이 다 갖추어지자 노스님은 제상〔靈桌〕 앞에 엎드려 또 한바탕 곡을 한 뒤, 도와주러 온 사람들을 큰 마당에 앉히고 차를 몇 주전자 끓여 대접했다. 그리고 죽을 끓이고, 술을 반 말 정도 받고, 전분을 빼고 튀긴 밀가루 완자〔麵筋〕와 말린 두부, 야채 등을 사다가 이웃 사람 하나에게 부탁해 요리해 달라고 했다. 노스님은 제를 올릴 준비가 다 끝나자 먼저 우포의의 영구 앞에 술을 올리고 몇 번 절을 한 뒤, 음식을 뒤쪽으로 가지고 가서 사람들에게 나눠 주었다. 노스님이 말했다.

"우 선생께선 타향 분이신데 여기서 돌아가시는 바람에 남긴 게 아무것도 없어서 소승 혼자선 다 감당할 수가 없었습니다. 아미타불! 그래서 하루 종일 여러분을 힘들게 했습니다. 출가한 사람이라 좋은 음식을 준비할 수도 없고, 그저 박주 한 잔과 채소 요리밖에 대접할 게 없습니다. 좋은 일했다 생각하시고, 너무 접대가 소홀하다 나무라지 마십시오."

"이웃 간에 이런 큰일을 치르면서 힘을 보태는 게 당연한데, 스님께서 저희 때문에 돈을 많이 쓰셔서 외려 저희가 죄송스럽습니다. 그래서 다들 마음이 편치 않은 마당에 스님께서 그런 말씀을 하시다니요!"

자리에 모인 사람들은 술과 음식, 죽을 먹고 각자 흩어졌다. 며칠 지나 노스님은 우포의의 유언대로 길상사의 승려 여덟 명을 청해 하루 동안 그의 혼령을 위해 '양황참(梁皇懺)' 천도 의식을 치러 주었다. 그날 이후로 노스님은 아침저녁으로 예불을 올리거나 절문을 열고 닫을 때마다 잊지 않고 우포의의 영구 앞에 향을 사르며 눈물을 흘리곤 했다.

어느 날 밤이 막 깊어갈 무렵 노스님이 저녁 예불을 끝내고 막 문을 닫으려는데 열일고여덟 살쯤 되는 젊은이가 하나 들어왔다.

그는 오른손에는 장부책, 왼손에는 책을 한 권 들고서 절 안으로 들어오더니, 위타 보살 밑에 앉아 유리등 불빛에 의지해 책을 읽기 시작했다. 노스님은 뭐라고 말을 걸기도 뭣해서 그대로 두었는데, 그는 밤 11시가 지나도록 책을 읽다가 돌아갔다. 노스님은 문을 닫고 잠자리에 들었다. 다음 날 같은 시간에 그가 또 찾아와 책을 읽었다. 그러기를 4, 5일 동안 계속했다. 노스님은 더 이상 궁금증을 참지 못하고 그가 들어오자 앞으로 다가가 물었다.

"시주님께선 어느 댁 자제이신가? 어찌 하여 밤마다 여기 와서 책을 읽으시는가? 무슨 특별한 이유라도 있는가?"

그러자 그 젊은이는 절을 하고 "스님!" 하고 부르면서 공손히 가슴 앞에 두 손을 모으고 자기 이름을 말했다. 그런데 이 일로 인해 다음과 같은 새로운 이야기가 생겨난다.

명사가 되고자 결심하니,
뜻이 있는 자 마침내 그 뜻을 이루네.
가업을 꾸릴 뜻이 없으니
일을 시작한 자 이룬 것을 지키기가 어렵구나.
立心做名士, 有志者事竟成.
無意整家園, 創業者成難守.

이 젊은이는 대체 누구일까? 이에 대해서는 다음 회를 들어 보시라.

와평

이 회는 광형이 우공생(優貢生)*이 되자마자 처음 품었던 마음이 변하고 금방 자만하여 갖가지 추악한 일을 저지르는 모습을 그리고 있다. 그는 부친이 임종할 때 남긴 유언과 하나같이 반대로만 행동한다.

반자업은 죽어 마땅한 죄를 지었으니 조정도 그를 벌할 수 있고 형부의 관리도 그를 벌할 수 있으나, 광형은 그를 벌할 수 없다. 그를 벌할 수 없을 뿐만 아니라, 이때의 광형으로서는 필히 반자업에게 밥을 넣어 주고 구멍이 되도록 도와주며 석방되도록 돈을 내서 지금까지 그가 자신에게 베풀어 준 두터운 은혜를 갚는 것이 마땅하다 하겠다. 그런데도 어이없게 이런저런 핑계를 대어 양심을 속이면서 조정을 대신해 상벌을 행한다고 하질 않나, 거기에 한 술 더 떠 자신이 지현이었어도 그를 잡아 가뒀을 것이라고 하니 실로 이리처럼 음흉하며 독을 품은 뱀과 지네처럼 악독하기가 이보다 더한 경우는 없을 것이다. 예전에 채옹(蔡邕)*이 동탁(董卓)의 시신에 엎드려 통곡한 것을 두고 군자들이 그르다 하지 않은 것은 친구 간엔 친구로서의 정이 있기 때문이다. 세상 사람들이 하나같이 광형 같은 위인이라면 친구의 도리란 것은 존재하기 힘들 것이다!

제21회
남의 이름을 사칭하여 우포는 명성을 구하고,
사돈을 그리워하던 복 노인은 병석에 눕다

　　우포(牛浦)는 감로암에서 공부를 하고 있다가 노스님이 그의 이름을 묻자, 앞으로 나와 절을 올리고는 이렇게 대답했다.

　　"스님, 저는 성이 우(牛)씨이고, 저희 집은 바로 이 절의 앞길에 있습니다. 본래 포구(浦口)에 있던 외가에서 자라서 아명을 포랑(浦郎)이라고 합니다. 불행히도 부모님께서는 모두 돌아가시고 조부님 한 분만 살아 계신데, 연세가 일흔이 넘으셨고 조그만 향초 가게를 하면서 근근이 살아가고 계십니다. 날마다 저더러 이 장부를 들고 가서 외상값을 받아 오라고 하시지요. 저는 학당 문 앞을 지나가다 들리는 책 읽는 소리가 너무 듣기 좋았습니다. 그래서 할아버지 가게에서 돈을 훔쳐 이 책을 사서 이곳에서 읽고 있었는데, 스님께 방해가 되었나 봅니다."

　　"내가 방금 물어본 것은 자네를 탓하려 한 것이 아닐세. 사람들은 큰돈을 들여 선생님을 모셔다가 자제들을 가르치지만, 자식들은 공부를 하려 들지 않지. 시주님처럼 돈을 훔쳐서라도 책을 사서 읽는 것은 참 훌륭한 일일세. 하지만 이곳은 바닥이 차고, 게다가 유리등도 그다지 밝지 않지. 우리 불당 안에는 책상도 있고 벽에 등도 있다네. 자네 그곳으로 가서 책을 읽지 그러나? 그럼 좀 더 편안할 걸세."

우포는 노스님에게 감사의 인사를 하고 스님을 좇아 불당 안으로 들어갔다. 과연 거기에는 네모난 책상이 하나 놓여 있고, 그 위로 기름등잔이 하나 걸려 있었으며, 퍽 조용하였다. 우포가 이쪽 방에서 글을 읽으면 노스님은 저쪽 방에서 참선을 했는데, 매일 밤 자정이 넘도록 이렇게 보냈다.

하루는 노스님이 그가 글 읽는 소리를 듣다가 건너와 이렇게 물었다.

"시주님, 나는 시주님께서 과거 시험에 응시하여 출세 길에 오를 생각으로 이런 책을 사다 읽는 줄 알았소. 그런데 들어보니 시주님께서 읽고 있는 건 시 같은데, 그런 시들은 왜 읽으시는지?"

"저희는 장사치 집안이니 무슨 과거 시험에 응시하고 벼슬할 생각을 하겠습니까? 그저 시 몇 편을 읽고 속됨이나 면해 보자는 게지요."

노스님은 그가 내뱉는 말들이 범상치 않은 것을 보고 이렇게 말했다.

"이 시들이 잘 이해가 되시는가?"

"잘 이해 안 되는 것도 많지요. 하지만 한두 구절이라도 이해가 되면 저도 모르게 즐거워집니다."

"자네가 즐겁다고 하니, 좀 더 읽고 나면 내가 시집 두 권을 보여 줌세. 분명히 더 마음에 들 것이네."

"무슨 시집인가요? 좀 보여 주시죠."

"기다려 보게. 자네가 좀 더 공부한 뒤에 보여 주지."

얼마 후 노스님이 마을로 독경하러 가서 며칠 동안 절을 비우게 되자, 자기 방문을 걸어 잠그고 우포에게 불당을 봐달라고 부탁하였다. 우포는 속으로 이렇게 의심하고 있었다.

'스님께 무슨 시가 있다고 보여 주지도 않으면서 날 궁금하게 만드는 걸까?'

그는 '달라고 조르느니 훔치고 말지(三討不如一偸)' 하는 생각이 들었다. 그래서 노스님이 절을 비운 틈을 타, 늦은 밤 스님 방의 문을 따고 안으로 들어갔다. 책상 위에는 향로 하나와 등잔 하나, 염주 하나가 놓여 있었다. 또 그 위에 낡아빠진 경전들이 놓여 있어 한번 뒤적여 보았지만, 어디에도 시집 같은 건 없었다. 우포는 이런 의심이 들었다.

'스님께서 날 놀리신 건가?'

다시 침상을 뒤지다 베개 상자 하나를 찾아냈는데, 자물쇠로 잠겨 있었다. 그가 자물쇠를 따고 열어 보자, 겉면에 『우포의시고(牛布衣詩稿)』라고 적힌 비단 표지의 선장본(線裝本) 두 권이 겹겹이 잘 싸여져 있었다. 우포는 기뻐 소리쳤다.

"바로 이거로구나!"

그는 서둘러 그 책들을 꺼냈다. 그리고 상자의 자물쇠를 잠그고 방을 빠져나와 다시 방문을 잠가 두었다. 그 책들을 등불 아래에서 자세히 살펴보고 나서 우포는 자기도 모르게 얼굴 가득 미소가 번지고 어깨춤이 절로 나왔다.

왜 그랬을까? 그가 평소 읽던 시는 당나라 때의 시였는데, 글의 이치가 깊고 오묘하여 거의 이해할 수가 없었다. 그런데 이 작품들은 요즘 사람이 쓴 시였으므로 처음 읽어도 절반 이상은 알 수가 있어서 이처럼 기뻐한 것이다. 또 그 제목은 「상국 아무개 대인께 바침(呈相國某大人)」, 「독학 주 대인을 그리며(懷督學周大人)」, 「누 공자와 함께 앵두호에 놀러가 짓고, 아울러 그분의 형님이신 통정사께 바침(婁公子偕遊鶯脰湖分韻, 兼呈令兄通政)」, 「노 태사*에게 이별을 고하며(與魯太史話別)」, 「왕 관찰어사를 생각하며(寄懷

王觀察)」와 같은 것들이었으며, 그 나머지도 태수 누구, 사마(司馬) 누구, 명부(明府) 누구, 소윤(少尹) 누구 등등으로 다양하였다. 우포는 생각했다.

'이들 상국, 독학, 태사, 통정사, 태수, 사마, 명부는 모두 지금 현직에 있는 고관나리들의 호칭일 테지. 보아하니 시를 좀 지을 줄 알기만 하면 학교에 진학하고 과거에 합격하지 않아도 이런 고관 나리들과 왕래할 수 있나 보군. 그럼 얼마나 자랑스러울까!'

이어서 이렇게 생각했다.

'이 양반 성이 우가이니, 나와 같구나. 게다가 시에는 그저 '우포'라고 써 놓았을 뿐 이름은 한 글자도 적혀 있지 않아. 그러니 내 이름과 그의 호를 합쳐 도장을 한 벌 새겨 그것을 책의 겉면에 찍게 되면, 이 두 권의 시집은 바로 내 것이 되는 게 아니겠어? 이제부터는 내 호가 우포의라고!'

그날 밤 집으로 돌아와 이런저런 생각에 밤새 즐거워하였다.

이튿날, 우포는 다시 가게에서 돈 몇 십 전을 훔쳐 길상사 입구에 있는 도장 가게를 하는 곽철필(郭鐵筆)*을 찾아갔다. 그는 곽철필과 인사를 나누고는 자리에 앉아 말했다.

"번거롭겠지만, 도장 한 벌 새겨 주시오."

곽철필은 종이를 한 장 건네주며 말했다.

"존함을 적어 주시오."

우포는 자신의 이름에서 '랑(郎)' 자를 빼고 "한쪽은 음각한 글자로 '우포지인(牛浦之印)'이라고 새기고, 한쪽은 양각한 글자로 '포의(布衣)'라고 새길 것"이라고 썼다. 곽철필은 그 종이를 손에 받아들고 우포를 위아래로 한번 훑어보더니, 이렇게 말했다.

"선생이 바로 우포의십니까?"

"포의는 저의 자이지요."

곽철필은 얼른 판매대에서 나오더니, 다시 한 번 절을 하고는 우포에게 자리를 권하였다. 그리고 차를 내오며 말했다.

"우포의 선생이란 분이 감로암에 계시는데, 사람을 잘 만나진 않지만 사귀는 이들은 모두 고관대작이란 이야기는 오래전부터 들었습니다. 제가 몰라 뵙고 실례를 범했습니다! 부탁하신 도장은 부끄러운 솜씨지만 바로 새겨 드리겠습니다. 하지만 돈은 받을 수 없습니다. 이곳에도 선생을 흠모하는 사람들이 몇 명 있으니, 다음에 함께 찾아뵙겠습니다."

우포는 그가 암자로 찾아오면 자신의 본색이 드러날까 싶어 입에서 나오는 대로 둘러댔다.

"이렇게 절 생각해 주시다니! 하지만 지금은 이웃 고을의 높은 양반께서 시를 짓자고 초대하여 한동안 그곳에 머물러야 하는데, 내일 아침 바로 떠날 것입니다. 그러니 선생께서는 헛걸음하실 것 없이, 제가 돌아오면 뵙기로 하지요. 도장도 내일 아침 제가 찾으러 오겠습니다."

곽철필은 그렇게 하기로 했다. 우포는 다음 날 도장을 찾아 책 표지에 찍고 나서 잘 간수해 두었다. 그는 예전처럼 저녁마다 암자에서 시를 읽었다.

우포의 조부 우 노인이 가게를 지키고 있던 어느 날 오후, 손님도 별로 없던 차에 이웃한 쌀가게의 복(卜) 노인이 건너와 함께 담소를 나누었다. 우 노인은 가게에서 팔려고 준비해 둔 백익주(白益酒)를 한 병 데우고 삭힌 두부〔豆腐乳〕 두 조각과 말린 죽순, 갓 등을 집어다가 판매대 위에 늘어놓고 함께 술을 마셨다. 복 노인이 말했다.

"자네도 이젠 좀 살 만하네. 요 몇 년 동안 장사도 그런대로 잘 되고 있고, 손자 녀석은 다 장성한데다 제법 영리하지 않나. 이런 든든한 자손이 있으니 이제는 복을 누릴 일만 남은 게지."

"이보게, 자네에게 털어놓네만, 내가 늘그막에 복이 없어 아들 며느리는 모두 먼저 보내고 이런 애물단지만 남았지 뭔가! 게다가 아직 손자며느리도 못 보았는데, 그놈 나이가 올해로 벌써 열여덟 살이나 되지 않았겠나? 날마다 그 녀석을 불러다 외상값 받아 오라고 시키면 한밤중이 되도록 집에 들어오지 않네. 자넨 못 믿겠지만, 이런 일이 하루 이틀이 아니라네. 아마도 녀석이 머리가 좀 굵어졌다고 밖에서 함부로 오입질을 하는 모양이네. 그러다가 몸이라도 망가지면 머잖아 이 늙은 몸뚱이가 죽었을 때 누구더러 장사를 치러 달라고 해야 하겠나?"

이렇게 말을 하다 보니 자기도 모르게 처량한 심정이 되었다. 복 노인이 말했다.

"이런 일이야 해결하는 게 그다지 어렵지도 않지. 손자 녀석에게 마누라가 없는 게 걱정된다면, 그 녀석에게 각시를 얻어 주어 가정을 꾸리게 해 주면 어떻겠나? 이 또한 조만간 꼭 해야 할 일이기도 하고 말이지."

"이보게, 나야 이렇게 조그만 가게로 하루하루 입에 풀칠하기도 힘든데, 혼사를 치를 돈이 어디에서 나온단 말인가?"

복 노인이 한참 생각하더니 말했다.

"지금 혼처가 한 군데 있긴 한데, 자네 마음에 들지 모르겠네. 자네가 원하기만 한다면 돈은 한 푼도 들지 않을 걸세."

"도대체 어디 그런 혼처가 있단 말인가?"

"내게는 일찍이 조운(漕運) 일을 하고 있는 가(賈)씨네로 시집간 딸이 하나 있네. 그런데 불행히도 우리 딸아이는 병으로 죽고, 사위도 외지에 나가 장사를 하고 있지. 외손녀 하나가 있어 그 아이를 우리 집에 데려와 키우고 있는데, 자네 손자보다 한 살이 많아

올해로 열아홉 살이 되었다네. 자네만 괜찮다면 자네 손자며느리로 주겠네. 자네와 내가 피차 아는 처지이니, 사돈을 맺는다 해도 나는 자네 집의 납채를 따지지 않고, 자네도 우리 집의 혼수를 따지지 않고 그저 변변한 옷 몇 벌만 갖추면 될 걸세. 게다가 우리는 벽 하나를 사이에 둔 처지라 문만 열면 바로 데려올 수도 있으니, 비용도 아낄 수 있지 않겠나."

우 노인은 이 말을 듣고 몹시 기뻐하며 말했다.

"그렇게까지 생각해 주다니 고맙구먼. 내일 당장 매파를 자네 집으로 보내 청혼하도록 하겠네."

"그것도 필요 없네. 그 아이는 내 친손녀도 아니고, 나와 자네 사이에 그런 격식을 갖출 필요가 있겠나. 혼주도 나요 중매쟁이도 나인 셈이니 자네는 그저 첩자(帖子)만 두 개 준비하게. 우리가 사주단자를 보내고 나서 자네가 점쟁이에게 부탁하여 길일을 고르기만 하면 이 일은 끝나는 걸세."

우 노인은 이 말을 듣자마자 서둘러 술을 한 잔 따라 준 다음, 자리에서 일어나 정중히 인사했다. 그 자리에서 혼사가 결정되자 복 노인은 집으로 돌아갔다. 저녁이 되어 우포가 집으로 돌아오자, 우 노인은 복 노인이 이런 좋은 제안을 하더라는 사실을 모두 말해 주었다. 우포는 감히 거역할 수가 없어, 다음 날 아침 붉은 전첩(全帖)을 두 장 썼다. 한 장은 복 노인을 중매쟁이로 모시는 것이고, 또 한 장은 가씨 집안에 딸을 달라고 부탁하는 내용이었다. 복 노인네에서는 전첩을 받고 사주단자를 보냈다. 우 노인은 음양사 서(徐) 선생에게 부탁하여 10월 27일로 혼례일을 정하였다. 우 노인은 집에 있던 쌀 몇 섬을 팔아 그 돈으로 녹색의 솜을 댄 무명저고리, 붉은색 무명치마, 푸른색 두루마기, 자주색 바지 등 모두 네 벌의 예복을 짓고, 네 가지 장신구를 마련하여 혼례일

사흘 전에 복 노인의 집으로 보냈다.

　27일이 되자, 우 노인은 아침 일찍 일어나 자기 이불을 판매대 옆으로 옮기고 그곳을 잠자리로 정하였다. 그의 집은 한 칸 반밖에 안 되었다. 그 중 반 칸의 공간에 판매대를 놓아두고, 한 칸은 손님 접대용으로 사용하였다. 손님을 맞는 이 방을 반으로 나누어 뒤편을 신방으로 삼았다. 그날 우 노인은 자기 침상을 내주고, 우포와 함께 새로 만든 휘장을 치고 이불을 정리해 놓았다. 또 깨끗이 닦은 작은 탁자를 하나 들고 들어와 뒤쪽 처마 밑 천창(天窓)이 있는 곳에 놓아 두어, 햇볕이 잘 들 때 거울을 보거나 빗질을 할 수 있게 해 주었다. 방 안 정리가 끝나자, 뒷마당에 자리를 두르고 임시로 부엌을 만들었다. 이런 일로 아침 내내 분주하였다. 우 노인은 우포에게 돈을 주어 물건을 사 오도록 했다. 복 노인 집에서는 벌써 거울, 등, 찻주전자, 요강, 베개 두 개 등을 마련하여 큰아들 복성(卜誠)더러 메고 가도록 했다. 복성은 짐을 지고 대문 안으로 들어와 그것들을 내려놓고 우 노인에게 인사를 올렸다. 우 노인은 안절부절못하면서 복성에게 자리를 권하고, 서둘러 가게 안쪽으로 들어가 귤병(橘餠) 두 개와 꿀에 잰 연 줄기 몇 개를 통에서 꺼내고, 차 한 잔을 따라서 두 손으로 복성에게 건네주며 이렇게 말했다.

　"이토록 애를 써 주니 이 늙은이가 몸 둘 바를 모르겠네."

　"어르신, 별말씀을 다 하십니다. 저희 집 일인데요 뭘."

　이렇게 말하고 복성은 앉아서 차를 마셨다. 이때 우포는 새로 산 와룽모를 쓰고 푸른 베로 만든 새 도포를 입고, 새 신과 깨끗한 양말을 신고서 밖에서 걸어 들어왔다. 그 뒤편에는 한 사람이 큰 고깃덩이 몇 개와 닭 두 마리, 생선 한 마리, 그리고 복건성 특산의 죽순(園筍), 미나리 따위를 손에 들고 뒤따르고 있었다. 우포

자신은 기름, 소금 등 양념을 손에 받쳐 들고 들어왔다. 우 노인이
말했다.

"이분은 네 처삼촌이시다. 어서 예를 올려라."

우포는 손에 든 것들을 내려놓고 복성에게 절하며 무릎을 꿇었
다. 그리고 자리에서 일어나 물건을 들고 온 사람에게 돈을 지불
하고, 자신이 들고 있던 양념거리들을 부엌 안으로 날랐다. 뒤이
어 복 노인의 둘째아들 복신(卜信)이 상자를 들고 왔는데, 상자 안
에는 온통 신부가 쓸 바느질 도구와 신을 만드는 재료 따위가 들
어 있었다. 또한 고과자(高果子)*를 담은 찻잔 열 개를 큰 쟁반에
담아 내왔는데, 그것들은 다음 날 아침 배당(拜堂)* 의식 때 쓸 것
이었다. 우 노인이 붙잡아 차를 권하자 우포도 복신에게 인사를
했다. 복씨 형제는 잠시 자리에 앉아 있다가 인사를 하고 돌아갔
다. 우 노인은 직접 부엌으로 가서 술자리에 쓸 음식을 준비하느
라 하루 종일 몹시 분주하였다.

저녁이 되자 가게에서 긴 붉은 초를 한 쌍 가져와 신방에 켜 놓
고, 통초화(通草花)*를 초에 꽂았다. 이웃의 두 아낙이 신부를 부
축해 들어와 신방의 화촉 앞에서 절을 하도록 하였다. 우 노인은
신랑 신부와 신부를 거들어 주는 아낙들을 위해 신방에 술과 음식
을 차려 주었다. 그리고 자신은 손님을 접대하는 곳에 탁자를 하
나 마련하여 촛불을 켜고 잔과 젓가락을 올려놓고, 복 노인네 세
부자를 모셨다. 우 노인이 먼저 술 한 잔을 따라 천지신명에게 바
"이번 혼례는 형님 댁의 배려로 성사된 것이니 이 아우는 고맙기
그지없습니다! 가난한 집안인지라 좋은 자리도 만들 수 없어서
박주 한 잔뿐이니, 두 분 숙부님들께 면목이 없습니다. 모든 사정
을 잘 헤아려 주십시오."

말을 마치고 큰절을 하니, 복 노인도 답례 인사를 하였다. 우 노

인은 또 복성, 복신에게 술을 올리고 감사 인사를 하려 했다. 그러나 두 사람은 거듭 사양하며, 우 노인에게 인사를 올리고 자리에 앉았다. 우노인이 말했다.

"참으로 보잘것없는 술과 안주이오나 사돈이 된 제 얼굴을 봐서라도 너무 비웃지 말아 주십시오. 그저 한 말씀만 드리자면, 저희 집에는 따로 대접할 만한 것은 없고 약간의 차와 숯은 있으니, 이제 좋은 차 한 주전자 끓여 놓고 친척끼리 둘러앉아 말씀이나 나누고 싶군요. 날이 밝으면 두 아이더러 나와 절을 올리게 하는 것으로 보잘것없지만 제 성의를 다할까 합니다."

복 노인이 말했다.

"사돈, 제 외손녀는 어려서 예법을 잘 모릅니다. 그 아이의 아버지도 가까이 없고, 혼수도 없어서 부끄럽기 짝이 없습니다. 밤새 앉아 얘기를 나누자고 하신다면 저도 마다하지 않고 기꺼이 그렇게 하겠습니다."

그 자리에서 복성, 복신은 술을 마시고 먼저 집으로 돌아가고, 복 노인만이 날이 새도록 자리에 앉아 있었다. 신랑신부 두 사람이 단정한 차림으로 방에서 나오더니 먼저 우 노인을 향해 큰절을 올렸다. 우 노인이 말했다.

"애야, 내가 지금까지 너를 키우며 고생도 많았다만, 네 처외조부께서 혼사를 이뤄 주신 덕분에 이제 네게도 가정이 생겼구나. 나는 오늘부터 가게의 일은 모두 네게 넘기고자 한다. 모든 영업이나 외상 거래, 재고 관리는 모두 네가 알아서 해라. 나는 늙어서 일이 힘에 부치는구나. 그냥 가게 안에 앉아 널 도울 테니 그저 늙은 점원 하나 둔 셈 치거라. 새아기는 참하니, 그저 너희 부부가 백년해로하고 자손이 번창하기만을 바랄 뿐이다."

신랑 신부가 우 노인에게 큰절을 올렸다. 그리고 자리에서 일어나 복 노인을 윗자리로 모셔 큰절을 올렸다. 그러자 복 노인이 말했다.

"우리 외손녀가 불민하더라도 사돈께서 잘 좀 가르쳐 주십시오. 너는 윗사람을 공경하고 남편 말을 거슬러서는 안 된다. 집안에 식구도 많지 않으니 매사에 신중히 행동하여 시어른께 걱정을 끼쳐서는 안 될 것이야."

복 노인은 절을 받고 나서 두 사람을 붙들어 일으켜 주었다. 우 노인이 또 아침을 들고 가라고 사돈을 붙들었지만, 복 노인은 이를 마다하고 인사를 하고 돌아갔다. 이날 이후 우씨네는 세 식구가 함께 생활하게 되었다.

우포는 결혼한 뒤로 한동안 암자에 가지 않았다. 어느 날 외상값을 받으러 나섰다가 그 참에 암자에 한번 들러 보았다. 부교(浮橋) 입구에 당도하니 암자의 문밖에 대여섯 필의 말이 매여 있는 게 보였다. 말 등에는 모두 짐이 실려 있고, 관아 소속의 마부가 함께 서 있었다. 가까이 가 보니, 위타 보살을 모신 불당 서쪽에 서너 사람이 등받이 없는 의자에 앉아 있었다. 그들은 큰 펠트 모자를 쓰고 명주옷을 입었으며, 왼손에는 채찍을 들고 오른손으로는 수염을 쓰다듬고 있었다. 또한 그들은 앞이 뾰족하고 바닥이 흰 검은 가죽 장화를 신은 채 누군가를 기다리고 있었다. 우포가 감히 안으로 들어가지 못하고 있는데, 노스님이 안에서 그를 보자마자 황급히 손짓을 하며 말했다.

"시주님, 어찌 요즘 발길이 뜸하셨소? 마침 시주님께 할 말이 있어 기다리던 참이니 얼른 들어오시오!"

우포는 노스님이 자기를 부르자 용기를 내서 안으로 걸어 들어갔다. 그는 스님이 벌써 짐을 다 꾸려 놓고 금방이라도 출발하려는 듯한 모습을 보고 놀라 물었다.

"스님, 짐을 다 싸 놓으시고, 어디 가시는 겁니까?"

"밖에 있는 사람들은 모두 경사의 구문제독(九門提督)*인 제(齊) 나리께서 보낸 이들일세. 제 나리는 내가 경사에 있을 때 잠깐 내 밑에 있었던 적이 있지.* 이제 고관으로 승진하게 되자 특별히 사람을 보내 나더러 경사로 와서 보국사(報國寺)의 방장(方丈)을 맡아 달라고 부탁하는군. 나는 본래 가고 싶지 않았으나, 전에 이곳에서 죽은 벗의 친구 하나가 회시를 치르러 지금 경사에 가 있네. 그래서 이참에 경사로 가서 그 친구를 찾아 이 벗의 상여를 고향으로 돌려보냈으면 하네. 그렇게 되면 마음의 빚을 좀 갚을 수 있겠지. 요전에 내가 자네에게 보여 주겠다던 시집 두 권이 바로 그 양반 것일세. 내 베개 상자 안에 있는데, 지금은 겨를이 없으니 자네가 직접 상자를 열고 꺼내 보게나. 또 가져갈 수 없는 이불이나 몇 가지 자잘한 물건들은 모두 시주님께 맡겨 놓을 테니, 내가 돌아올 때까지 대신 이곳을 잘 돌봐 주시게나."

우포가 막 뭐라 물어보려 하는데, 밖에 있던 사람들이 안으로 들어와 말했다.

"아직 시간이 이르니 수십 리는 갈 수 있겠습니다. 스님, 어서 말에 오르시지요. 이러다 늦어지겠습니다."

이렇게 말하며 그들은 짐을 밖으로 내 가고 우르르 스님에게 몰려가 말에 태웠다. 그리고 그들도 모두 말에 올랐다. 우포는 전송하러 따라 나왔지만, '몸조심 하십시오'라는 인사 한 마디만 겨우 할 수 있었다.

말들은 나는 듯이 순식간에 사라졌다. 우포는 스님이 모습이 눈에서 사라지자마자 암자로 돌아왔다. 그는 잠시 물건들을 점검하고 나서 스님 방의 방문을 열고 상자를 꺼냈다. 그리고 암자를 나와 그 열쇠로 암자의 문을 잠그고 집으로 돌아와 쉬었다. 다음 날 다시 암자로 가면서 속으로 생각했다.

'스님께서도 떠나시고 사실을 아는 사람도 없으니, 내가 우포의 노릇을 해도 될 테지?'

그리하여 종이 한 장을 꺼내 '우포의 처소[牛布衣寓內]'라고 적었다. 그날 이후로 그는 날마다 절에 갔다.

한 달 후, 우포의 조부 우 노인은 가게에 한가로이 앉아 있다가 장부를 살펴보았다. 그런데 외상 장부에 남아 있는 사람이 얼마 안 되고, 하루 매출도 몇 푼 되지 않았으며, 그 돈마저 모두 땔감 값과 식비로 지출된 것을 발견했다. 모두 합산해 보니 본전을 이미 7할이나 까먹은 상태였다. 가게가 점점 망해 간다는 것을 알고, 우 노인은 화가 치밀어 눈만 부릅뜬 채 말도 제대로 하지 못했다. 저녁이 되어 우포가 집으로 돌아오자 사정을 물어보았으나, 그는 하나도 제대로 해명하지 못하고 그저 공자 왈 맹자 왈 하면서 말도 안 되는 소리만 주워섬길 뿐이었다. 우 노인은 그만 화병이 나고 말았는데, 일흔 살 노인인지라 원기도 쇠약하고 복용할 약마저 없어서 병이 난 지 열흘도 못 되어 세상을 뜨고 말았다. 우포 부부는 목 놓아 통곡하기 시작했다. 복 노인이 울음소리를 듣고 황급히 달려와서는 시신이 놓인 것을 보고 소리쳤다.

"형님!"

그리고 눈물을 비 오듯 흘리며 한바탕 크게 통곡하였다. 곡이 끝나자 복 노인은 우포가 옆에서 울며 말도 못 하는 것을 보고 이렇게 말했다.

"지금은 자네가 곡을 하고 있을 때가 아닐세. 자네 안사람더러 조부님을 잘 돌보도록 하고, 자네는 나와 함께 관과 시신을 덮을 이불을 마련하러 가세나."

우포는 눈물을 닦으며 복 노인에게 감사 인사를 올렸다. 그들은 즉시 복 노인이 잘 아는 가게로 가서 관을 외상으로 구입하고, 베를 충분히 끊어다가 바느질쟁이에게 서둘러 수의를 짓게 하여 그날 밤으로 염을 하였다. 다음 날 아침, 인부 여덟 명을 고용하여 영구를 선산으로 지고 갔다. 복 노인은 또 음양사 서 선생을 불러 와 함께 나귀를 타고 묘 자리를 고르러 갔다. 우 노인의 관이 땅속으로 들어가는 것을 보자 복 노인은 다시 한바탕 통곡을 하고, 서 선생과 함께 집으로 돌아왔다. 그리고 우포에게는 무덤가에서 사흘을 지내고 오라고 했다.

　복 노인이 집으로 돌아오자 장례에 동원된 모든 사람들이 찾아 와 돈을 요구하였고, 복 노인은 주겠다고 약속했다. 우포는 집으로 돌아오자 가게에 남은 본전을 정산하여 관을 사 온 장의사에게 은자 다섯 냥을 주었다. 그러고 나니 포목점과 바느질쟁이, 그리고 일꾼들에게 지불할 돈은 전혀 나올 데가 없었다. 우포는 할 수 없이 자신이 살고 있던 반 칸짜리 방을 부교의 갑문지기에게 세주고 열다섯 냥을 방세로 받았다. 그 돈으로 남은 빚을 갚고 나니 넉냥 남짓한 은자가 남았다. 복 노인은 우포더러 그 가운데 일부를 남겨 두었다가 이듬해 청명절이 되면 조부님을 위해 봉분을 만들어 주라고 하였다. 우포 부부가 살 곳이 없어지자 복 노인은 방 한 칸을 내어 두 사람더러 옮겨와 지내도록 하고, 그들이 살던 방은 갑문지기에게 넘겨주었다. 이삿날이 되자 복 노인은 또 음식 몇 가지를 마련하여 이사를 환영해 주었고, 자신도 함께 그 자리에 앉아 있었다. 하지만 죽은 사돈 생각이 나 그만 목이 메어 울고 말았다.

　어느새 섣달 그믐날이 되어 복 노인 집안도 설을 쇠느라 아들 부부가 사는 방에는 모두 술상을 차리고 화로를 피워 놓았다. 복 노인은 숯 몇 근을 보내 주며 우포더러 방 안에 불을 피우도록 했다. 그리고 술과 안주를 보내어 그믐날 밤 방 안에 위패를 세우고 돌아가신 조부님께 차례를 지내도록 했다. 새해 첫날에는 우포더러 무덤에 가서 지전(紙錢)을 사르도록 하고, 이렇게 말했다.

"무덤에 가거들랑 할아버님께 이렇게 전해 드리게. 이 몸은 너무 늙어서 이런 추운 날씨에는 직접 새해 인사를 못 드린다고."

이렇게 말하며 또 통곡하였다. 우포는 그러겠다고 대답하고는 집을 나섰다. 복 노인은 초사흘이 되어서야 설 인사를 다니러 나왔다. 그는 이웃집에서 술 몇 잔과 음식을 먹고 나서 부교를 지나오다가 갑문지기가 봄맞이 대련(對聯)을 새로 붙여 놓은 것을 보았다. 형형색색 곱게 붙여 놓은 것을 보니 자기도 모르게 마음이 쓰라려 눈물을 흘렸다. 집에 가는 길에 우연히 조카사위를 만나자 붙들려서 그의 집으로 갔다. 조카딸이 단장하고 나와 세배를 올렸다. 세배가 끝나자 방 안에 남아 술을 마시는데, 찹쌀 경단을 들고 와서 두 개를 먹고 나니 더 이상은 넘어가지 않았다. 조카딸이 간곡히 권하자 다시 두 개를 더 먹었다. 돌아오는 내내 바람을 맞고 왔더니 몸이 안 좋은 것 같더니, 저녁이 되자 머리가 아프고 온 몸에 열이 나기 시작하더니 몸져누워 버렸다. 의원을 불러다 진찰해 보니 어떤 의원은 화병에다 천식이 있다고 하고, 어떤 의원은 땀을 빼야 한다고 하기도 하고, 어떤 이는 몸을 따뜻하게 해 주어야 한다고 하기도 했다. 또 노인네인지라 보약을 먹어야 한다고 하는 등 제각기 말들이 달랐다. 복성과 복신은 마음을 졸이며 종일 부친을 돌보았다. 우포는 아침저녁으로 들어와 문안 인사를 올렸다.

어느 날 저녁, 복 노인이 침상 위에 누워 있는데 창틀 사이로 두 사람이 들어오는 것이 보였다. 그들은 침상 앞으로 다가와 손에 쥐고 있던 종이 한 장을 복 노인에게 전해 주었다. 그런데 옆에 있던 사람들에게 물어보아도 누가 들어오는 걸 봤다는 사람이 아무도 없었다. 복 노인이 종이를 손에 받아들고 살펴보니 그것은 꽃무늬 테가 둘러진 문서였다. 거기에는 수많은 사람들의 이름이 적혀 있고 모두 주필로 점을 찍어 놓았는데, 명단에 오른 사람은 모두 34, 35명쯤 되었다. 그 첫 번째 사람은 우상(牛相)이었는데, 복 노인이 알기로 그것은 사돈의 이름이었다. 마지막에 적힌 것이 바로 복 노인 자신의 이름인 복숭례(卜崇禮)였다. 그가 다시 그들에게 물어보려 했지만, 눈 깜짝할 사이에 사람과 문서가 모두 사라져버렸다. 그런데 이 일로 인해 다음과 같은 새로운 이야기가 생겨난다.

관리들과 사귀니
친척도 의지하기 어렵게 되고
멀리 벼슬길에 나섰다가
운 좋게 믿을 만한 일가를 만나다
結交官府, 致令親戚難依
邀遊仕途, 幸遇宗誼可靠

복 노인의 목숨은 어찌 될까? 이에 대해서는 다음 회를 들어 보시라.

와평

우포가 시를 배우고자 한 것은 고관대작들과 알고 지내고 싶다는 마음에서였으니, 그는 세상에서 가장 비루한 인물이다. 참으로 자신에게 부귀공명이 없으면서 다른 사람의 부귀공명을 선망하는 자이기 때문이다. 우리 선유(先儒)들께서 말씀하셨듯이 "교언영색으로 남에게 아부하기는 여름날 밭에서 일하기보다 힘든(巧言令色, 病於夏畦)"* 것이요, 옥림국사(玉琳國師)의 말씀처럼 "남의 똥이나 받아먹는 개는 훌륭한 개가 아닌(咬人矢橛, 不是好狗)"* 것이다.

우 노인과 복 노인은 배우지 못하고 가난한 사람들이지만, 사람됨이 진실하고 친구를 사귐에 성실함이 오히려 식자들이나 가진자들보다 훨씬 낫다. 작자는 이런 점을 공들여 묘사하였고, 거기에 담은 의미도 깊다.

남의 재물을 훔치는 자가 도적이라면, 남의 명성을 훔치는 자도 도적이다. 우포는 우포의가 지은 시를 훔치고 노스님이 준 바라[鏡]며 경쇠[磬] 따위까지 훔쳤으니, 도적임이 분명하다. 그러므로 그의 말은 도적의 말이요 그의 행동은 도적질이다. 그러니 그는 이 책의 등장인물 가운데서도 제일 하급의 인물로서, 작자가 지독히 미워한 자이다.

제22회
우요는 우포를 만나 친척 관계를 맺고,
교유를 좋아하는 만설재는 손님을 대접하다

복 노인은 침상에 누워서 직접 저승의 구패(勾牌)*를 보고, 자신이 곧 죽을 것임을 알았다. 그는 즉시 두 아들과 며느리들을 불러 몇 마디 유언을 남기고, 방금 자신이 본 구패에 대해 들려주며 말했다.

"어서 수의를 입혀 다오. 내 당장 떠나야겠다!"

두 아들이 통곡하며 얼른 수의를 가져다 입혀 드렸다. 수의를 입으며 그가 혼잣말로 중얼거렸다.

"그래도 사돈과 같은 문서에 올라 있으니 다행이구나. 사돈은 첫머리에 있었으니 벌써 멀리 가 버리셨을 게야. 얼른 뒤쫓아 가야 되겠구나."

그렇게 말하면서 그는 몸을 한번 부르르 떨더니 그대로 베갯맡에 머리를 떨어뜨렸다. 두 아들이 미처 붙잡지 못하고 다급히 살펴보니 그는 이미 숨이 끊어져 있었다. 장례 준비는 다 되어 있었고, 우포는 49재를 올리고 상을 알리며 조문을 받을 때 손님 접대를 맡아했다.

우포 역시 공부하는 사람들을 몇 명 알고 지냈는데, 그들은 초상을 치르느라 어지러운 틈을 타 정신 사납게 들락거렸다. 처음에는 복씨 집안에서도 신기해하는 기색이었다. 그러나 나중에 찾아오는 회수가 많아지자 장사하는 사람의 입장에서 이렇게 공자 왈 맹자 왈 따위나 읊조리는 사람들이 찾아와 허튼소리를 해 대는 걸 보니 짜증이 나기 시작했다. 그런 일이 하루 이틀이 아니었다.

하루는 우포가 암자로 찾아갔는데 대문이 잠겨 있었다. 그가 문을 열고 보니 땅바닥에 명첩이 한 장 떨어져 있었는데, 거기에는 뭐라 뭐라 글자가 많이 적혀 있었다. 그 명첩은 문틈으로 밀어 넣은 것이었다. 그가 주워들고 읽어 보니 이렇게 적혀 있었다.

아우 동영(董瑛)이 회시를 보러 경사에 갔다가 풍탁암(馮琢庵) 형의 거처에서 그대의 훌륭한 글을 읽고, 만나서 얼굴이라도 한번 뵙기를 갈망했습니다. 하지만 귀 댁을 방문했는데 계시지 않아서 안타깝기 그지없습니다! 내일 아침에는 잠시 댁에 계셔서 제게 가르침을 주시기 바랍니다. 부디 제 바람을 저버리지 마시길!

다 읽고 보니 누군가 죽은 우포의를 찾아왔었음을 알 수 있었다. 그러나 명첩에 "만나서 얼굴이라도 한 번 뵙기를 갈망한다"고 했으니, 그들이 전에 만난 적이 없는 사이인 게 분명했다.

'그럼 내가 우포의인 척하고 만나 봐도 되잖아?'

그리고 그는 또 이렇게 생각했다.

'경사에서 회시를 치렀다고 했으니 틀림없이 무슨 벼슬을 할 사람일 거야. 이 사람더러 복씨 집으로 나를 만나러 오라고 해서 복씨 형제들을 깜짝 놀라게 해 줘야지. 안 될 게 뭐가 있겠어?'

계획이 서자 그는 즉시 암자에서 종이와 붓을 가져다가 다음과 같은 내용의 명첩을 썼다.

우포의는 요즘 친척 복씨 댁에서 지내고 있습니다. 방문객이 있으면 부교(浮橋) 남쪽 큰길에 있는 복씨네 쌀집[卜家米店]으로 오시면 됩니다.

그는 명첩을 다 쓰자 들고 나와 대문을 잘 잠근 뒤 그 위에다 붙여 놓았다.

그리고 집으로 돌아가 복성과 복신에게 이렇게 말했다.

"내일 동 나리라는 분이 찾아오실 겁니다. 그분은 곧 벼슬을 하실 분이니 소홀히 대접해서는 안 될 것입니다. 두 분께 도움을 청하겠습니다. 큰 어른께선 내일 아침 일찍 응접실을 깨끗이 치워 주시고, 둘째 어른께선 차를 두 잔 내주십시오. 이게 다 우리에게 영광이 되는 일이니 좀 도와주셔야겠습니다."

복씨 형제는 벼슬아치가 찾아온다는 말을 듣고 무척 기뻐하며 모두 그러마 했다.

이튿날 아침, 복성이 일어나 응접실을 치우고, 통가리[摺子]*를 창 밖 복도의 처마 밑으로 옮겨 놓고, 의자 여섯 개를 마주 보게 놓아두었다. 그리고 아내에게 숯 화로에 불을 피워 찻주전자를 데우게 하고 쟁반과 찻잔 두 개, 차 숟가락 두 개를 준비한 다음, 껍질을 간 용안(龍眼) 네 개를 찻잔 하나에 두 개씩 넣어 놓아 대접할 준비를 갖추었다.

아침 먹을 때가 되자 하인 하나가 붉은 명첩을 들고 찾아와서 물었다.

"여기 우 상공이라는 분이 계십니까? 동 나리께서 뵈러 오셨습니다."

복성이 대답했다.

"예, 여기 삽니다."

그는 명첩을 받아 들고 나는 듯이 달려 들어가 말했다. 우포가 맞으러 나가 보니, 벌써 가마가 대문 앞에 도착해 있었다. 동영이 가마에서 내려 들어오는데, 그는 사모를 쓰고 연한 남색 비단에 옷깃이 둥근 원령 도포를 입고, 바닥이 흰 검은 가죽 장화를 신고 있었다. 세 갈래 수염을 기른 얼굴은 피부가 희고 깨끗했으며, 나이는 서른 살 남짓 돼 보였다. 안으로 들어오자 그들은 정중하게 인사를 나누고 자리를 나누어 앉았다. 동영이 먼저 입을 열었다.

"오래전부터 높으신 명성을 들었고 또 훌륭한 작품을 읽었는지라 무척 존경해 왔습니다. 다만 선생께서 연세가 지긋하신 학자가 아닐까 생각했는데, 알고 보니 이렇게 젊은 분이셨군요. 그래서 더욱 존경스럽습니다!"

"초야에 묻혀 사는 못난 사람이 멋대로 붓을 놀렸는데, 선생님과 풍탁암 어른께서 과분하게 칭찬해 주시니 정말 부끄럽습니다."

"그런 말씀 마십시오!"

그때 복신이 차 두 잔을 받쳐 들고 윗자리 쪽에서 걸어와 동영에게 올렸다. 동영이 잔을 받자 우포도 잔을 받았다. 그러고 나서 복신이 응접실 중간에 뻣뻣하게 서 있자, 우포가 동영에게 허리 굽혀 절하며 말했다.

"제 하인이 촌놈이라 예의를 모르니 비웃지 마시기 바랍니다!"

"선생께선 세상 밖에 노니는 은자이신데 이렇게 예절을 따질 필요가 있습니까?"

복신은 이 말을 듣고 목덜미까지 빨개져서 차 쟁반을 받아 들고 입을 삐죽 내민 채 안으로 들어갔다. 우포가 또 물었다.

"선생님께선 이번에 어디로 가시던 차입니까?"

"저는 현령 직책을 제수 받고, 지금 임명을 기다리기 위해 응천부〔應天府, 남경(南京)〕로 가는 중입니다. 짐도 아직 배에 있는데,

선생을 한번 만나 뵈려고 이렇게 두 차례 방문한 것입니다. 이제 가르침을 받았으니, 오늘 밤에 바로 배를 출발시켜서 소주(蘇州)로 가야겠지요."

"저를 이렇게 잘 봐주셔서 찾아오셨는데, 하루 동안이나마 이곳 사람으로서 대접도 제대로 하지 못했습니다. 그런데 어찌 이리 금방 떠나시려 하십니까?"

"선생, 우리는 문장을 통해 우의를 맺은 사이인데 굳이 이런 세속의 도리에 얽매일 필요 있겠습니까? 제가 이번에 가서 빨리 한 지방의 현령 자리를 얻게 되면, 선생을 모셔서 아침저녁으로 가르침을 청하겠습니다."

이렇게 말하고 일어서서 떠나려 하자, 우포가 더 이상 붙잡지 못하고 이렇게 말했다.

"제가 바로 배로 가서 전송해 드리겠습니다."

"수고스럽게 그러실 필요 없습니다. 제가 가면 배가 바로 출발할 것이니, 송별연을 받을 틈이 없을 것입니다."

그들은 곧 허리 굽혀 작별 인사를 했고, 우포는 대문 밖까지 나와 전송했다. 동영은 가마를 타고 떠났다.

우포가 전송을 마치고 돌아오자 복신이 화가 나서 얼굴이 벌게진 채 그를 막아서며 이렇게 따졌다.

"여보게, 내가 못나긴 했어도 자네 처외삼촌이니 집안어른이 아닌가! 날더러 차를 내오라고 시킨 것이야 어쩔 수 없었으니 그렇다 치세. 그렇지만 어떻게 동 나리 앞에서 그렇게 내게 모욕을 줄수가 있는가! 이게 대체 어디서 배워먹은 짓인가!"

"관청에서 찾아오면 차를 세 번 내오는 것이 규칙인데, 어른께선 한 번만 내오고 나선 코빼기도 보이지 않으셨지요? 제가 그걸 가지고 뭐라고 하지 않았으면 그만이지, 오히려 제게 이렇게 따지다니요. 정말 기가 막힙니다!"

그러자 복성이 말했다.

"여보게, 그렇게 말하면 안 되지. 설령 아우님이 차를 내갈 때 윗자리 쪽에서 내려가서는 안 되는 일이었다 하더라도, 자네도 동 나리 면전에서 그렇게 내질러서는 안 되는 법이야. 동 나리께서 얼마나 비웃으셨겠는가?"

"동 나리께서는 두 분의 이런 촌스러운 모습만 보시고서도 충분히 비웃으셨을 거요. 굳이 엉뚱한 방향으로 차를 내온 것 때문에 비웃으셨겠소!"

복신이 말했다.

"우리 같은 장사치는 이런 나리들이 찾아오는 게 달갑지도 않아! 덕 보는 것도 없이 오히려 비웃음거리만 되었잖아!"

"말이야 바른 말이지, 만약 내가 이 집에 없다면 백 년이 지나건 2백 년이 지나건 이런 나리들이 이 집에 들어올 일이 어디 있겠소?"

복성이 말했다.

"헛소리 마시게! 자네가 나리들하고 어울린다고 해서 자네가 나리가 되는 것은 아니지 않은가!"

"아무나 붙잡고 물어보시오! 자리에 앉아 나리와 정중하게 인사를 나누는 게 낫겠소, 아니면 나리께 차를 내오면서 엉뚱한 방향으로 나와서 나리의 비웃음을 사는 게 낫겠소?"

복신이 말했다.

"밉살맞은 소리 그만 해! 우리도 이런 나리 따위는 아쉽지 않아!"

"그래요? 내일 동 나리에게 말씀드리면 무호현 현령께 명첩을 보내 일단 곤장부터 치게 하실 거요!"

그러자 두 형제가 일제히 소리쳤다.

"저런 고약한 놈! 조카사위가 처외삼촌 형제에게 곤장을 안기려 하다니! 1년도 넘게 널 먹여 살린 게 잘못이었구나! 당장 현청에 가서 따져 보자. 누가 곤장을 맞게 되는지 보자고!"

"누가 겁낼까 봐? 당장 가 봅시다!"

복씨 형제는 즉시 우포를 붙들고 현청으로 갔는데, 지현은 아직 등청하기 전이었다. 세 사람이 영벽(影壁)* 앞에 서 있노라니 마침 그곳을 지나던 곽철필이 다가와 사연을 물었다. 그러자 복성이 말했다.

"곽 선생, 옛말에 '쌀 한 말이면 은인이 생기고, 한 섬이면 원수가 생긴다(一斗米養個恩人, 一石米養個仇人)'고 했는데, 아무래도 우리가 저놈을 먹여 살린 게 잘못인 모양이오!"

곽철필도 확실히 우포가 잘못했다면서 이렇게 말했다.

"장유유서(長幼有序)는 하늘이 정한 도리이니, 이래서는 안 되오! 하지만 친척 간에 소송을 벌이는 것도 모양새가 좋지 않소이다."

그리고 그들을 찻집으로 데려가, 우포에게 차를 따르고 자리에 앉게 했다. 복성이 말했다.

"이보게, 사위, 꼭 이런 말까지 하려는 것은 아니지만 좀 들어보시게! 아버지는 돌아가셨고 집안에 식구는 많아서 우리 두 형제가 모두 보살필 수 없었네. 마침 곽 선생도 이 자리에 계시고 하니까 한번 얘기해 보세. 조카딸이야 우리가 먹여 살려야 하겠지만, 자네도 나름대로 뭔가 생각을 해야지. 이도 저도 아니게 마냥 눌러앉아 있는 것도 옳은 일이 아닐세."

"겨우 그런 말씀이세요? 그거야 쉬운 일이지요. 오늘 당장 짐 싸서 나와 제 스스로 살아가면서 두 분께 빌붙지 않으면 되지 않습니까?"

그 자리에서 차를 다 마시고 이번 다툼이 무마되자, 세 사람은 곽철필에게 감사했다. 곽철필이 작별하고 떠나자, 복성과 복신도 집으로 돌아갔다.

우포는 울컥 화가 치밀어, 집에 와서는 이불 하나만 집어 들고 암자로 옮겨 가 지냈다. 그는 먹을 것도 없어서 스님의 바라〔鐃鈸〕며 방울〔叮噹〕까지 모조리 전당포에 맡겼다. 그리고 일도 없어 심심한지라 곽철필을 찾아갔다. 그러나 곽철필은 가게에 없고, 계산대에는 누군가 팔아 달라고 맡긴 새로 나온 『진신(縉紳)』*이라는 책이 한 권 놓여 있었다. 우포가 펼쳐 보니, 회안부(淮安府) 안동현(安東縣)에 새로 부임한 지현 동영(董瑛)은 자가 언방(彥芳)이고 절강(浙江) 인화(仁和) 사람이라고 적혀 있었다. 그걸 보고 그가 중얼거렸다.

'그래! 이 사람을 찾아가 보자.'

그는 얼른 암자로 달려가 이불을 말아 싸고, 승려가 쓰던 향로와 경쇠〔磬〕를 들고 나가 은자 두 냥 남짓을 받고 전당포에 맡겼다. 그리고 복씨 집안에 알리지도 않고 장강을 다니는 배를 탔다. 마침 순풍을 만나 꼭 하루 만에 남경 연자기(燕子磯)에 도착했다. 그는 양주로 가는 배를 타려고 어느 여관으로 찾아갔다. 그런데 여관 주인이 이렇게 말했다.

"오늘 배는 모두 떠나 버려서 배가 없습니다. 하룻밤 주무시고 내일 오후에 배를 타는 수밖에 없습니다."

우포가 봇짐을 내려놓고 여관을 나오는데, 강가에 커다란 배가 한 척 대어져 있는 것이 보였다. 그가 여관 주인에게 물었다.

"이 배를 띄울 순 없겠소?"

여관 주인이 웃으며 말했다.

"이 배를 당신 같은 사람이 어떻게 띄운단 말이오? 어디 지체 높은 벼슬아치라도 와서 전세를 낸다면야 띄울 수 있겠지요!"

우포는 다시 여관 안으로 들어갔다. 점원이 젓가락 한 쌍과 밑반찬 두 접시, 돼지 머리 고기 한 접시, 말린 두부와 어린 제비쑥 줄기를 섞어 볶은 것, 국 한 그릇, 밥 한 공기를 한꺼번에 날라 왔다. 우포가 물었다.

"이 요리와 밥은 얼마씩인가?"

"밥은 한 공기에 2리(釐)*이고 고기 요리는 한 푼, 채소 요리는 그 절반입죠."

우포는 이 요리와 밥을 다 먹고 다시 여관 문을 나왔다. 마침 강가에 가마가 한 대 서 있는 것이 보였는데, 봇짐이 세 꾸러미에 따라 다니며 시중드는 장수(長隨)가 네 명이었다. 그 가마에서 한 사람이 나오는데, 그는 방건을 쓰고 황갈색 비단 도포를 입었으며, 바닥이 흰 검은 가죽 장화를 신고 있었다. 그 사람은 하얀 종이부채를 손에 들고 있었고, 수염이 희끗희끗한 것이 쉰 살 남짓해 보였는데, 두 눈은 고슴도치 같았고 광대뼈가 툭 튀어나와 있었다. 그가 가마에서 나와 선원들에게 분부했다.

"나는 양주 염원(鹽院)*의 나리께 드릴 말씀이 있어서 가는 몸이니, 시중을 잘 들어라. 양주에 도착하면 따로 상을 내리겠다. 만약 조금이라도 게으름을 피우면 강도현청(江都縣廳)에 글을 보내 엄히 처벌하라고 할 게야!"

선원들은 연신 "예 예" 하며 보조 손잡이를 설치하여 그를 배에 오르게 하고, 봇짐을 날랐다.

그들이 한참 봇짐을 나르고 있는데, 여관 주인이 우포에게 말했다.

"얼른 가서 타시구려!"

우포는 봇짐을 짊어지고 뱃고물로 걸어갔다. 선원이 그의 손을 잡고 단숨에 배에 태우더니, 손을 내저으며 그에게 아무 소리도 내지 말라 하고 그를 연봉(烟篷)* 아래에 앉혔다. 우포는 그들이 봇짐을 배에 싣고, 장수들이 선창에서 '양회공무(兩淮公務)'*라고 적힌 등롱을 꺼내 와 선실 입구에 내거는 것을 지켜보았다. 장수들은 선원들에게 탕관[爐銚]*을 내오라 하더니, 뱃머리에서 불을 피워 차를 한 주전자 우려 내 선실 안으로 들여보냈다. 그러다가 날이 어두워지자 등롱을 밝혔다. 네 명의 장수들은 모두 배 뒷전으로 와서 안주를 장만하고 화로에 술을 데웠다. 요리가 준비되자 선실 안으로 나르고, 붉은 촛불을 하나 밝혔다.

우포는 판자 틈으로 몰래 그 사람을 살펴보았다. 앞에는 촛불이 밝혀져 있고 탁자에는 요리 네 접시가 차려져 있었는데, 그 사람은 왼손에는 술잔을 들고 오른손에는 책을 한 권 펼친 채 고개를 끄덕이며 읽고 있었다. 그는 한참 책을 보다가 밥을 들여오게 해서 먹더니, 잠시 후 불을 끄고 잠들었다. 우포도 조용히 잠을 청했다.

이날 밤은 동북풍이 세게 불더니 자정 무렵이 되자 빗줄기까지 쏟아지기 시작했다. 부들로 엮은 연봉의 지붕에 비가 새기 시작하자, 우포는 이리저리 뒤척거리며 잠을 이루지 못했다. 새벽이 되자 선실 안에서 호통 소리가 들려왔다.

"선장, 왜 배를 출발시키지 않는 게야!"

"맞바람이 이렇게 지독한데다가 앞쪽은 물길 험한 황천탕(黃天蕩)*입니다요. 어젯밤부터 수십 척의 배들이 모두 이 만(灣)에 대피해 있는데, 아무도 감히 배를 띄우지 못하고 있습니다요."

잠시 후 하늘이 환해지자 선원들은 세숫물을 데워 선실 안으로 들여보냈다. 장수들도 모두 뒤쪽 선실로 와서 세수를 했다. 그들이 다 씻고 나자 우포에게도 물을 한 대야 주어 씻게 했다. 그때 장수 두 명이 우산을 펴고 뭍으로 올라갔고, 한 명은 금화특산 햄〔金華火腿〕* 하나를 꺼내 뱃전에서 항구 쪽을 향해 앉아 씻었다.

잠시 그걸 씻고 있는데, 뭍에 올랐던 두 사람이 준치[鰣魚] 한 마리와 통째로 구운 오리 한 마리, 돼지고기 한 덩이와 죽순, 미나리 등을 사서 모두 배로 가져왔다. 선부들이 쌀을 덜어 밥을 짓자, 심부름꾼 몇 명이 와서 이것들을 요리했다. 음식이 다 준비되자 네 개의 큰 접시에 담고, 또 술을 한 주전자 데워서 선실 안에 있는 그 사람의 아침식사로 들여보냈다. 그가 먹고 남은 것들은 네 명의 심부름꾼들이 배 뒷전으로 가져와 함께 갑판에 앉아 먹었다. 그들이 다 먹고 갑판을 깨끗이 청소하고 나자, 선부들이 연봉 아래에서 무말랭이 한 접시와 밥 한 공기를 꺼내 우포에게 주었다. 그제야 그도 아침을 먹을 수 있었다.

빗줄기는 조금 가늘어졌지만 바람은 아직 멈추지 않았다. 점심 무렵 선실 안의 그 손님이 선실 뒤편의 판자문을 열었다가 우포를 발견하고 이렇게 물었다.

"이 사람은 누구냐?"

선장이 얼굴에 웃음을 지으며 대답했다.

"저희들이 술값이나 챙기려고 데려온 자입니다."

"젊은이, 선창 안으로 잠시 들어와 보지 않겠나?"

우포는 이 말을 간절히 기다렸던 터라, 황급히 뒤쪽에서 선실 안으로 들어가 그 사람을 향해 절을 올리고 무릎을 꿇었다. 그 사람이 일어나라고 손짓하며 말했다.

"좁은 선실 안이니 이렇게 예를 차릴 필요 없네. 잠시 앉게나!"

"아닙니다. 어르신의 성함은 어찌 되시는지요?"

"나는 말일세, 성은 우(牛)이고 이름은 요(瑤)이며, 자는 옥포(玉圃)라 하네. 본래 휘주(徽州) 사람이지. 자네는 성씨가 어떻게 되는가?"

"저도 성이 우씨이고, 선조 대의 관적[祖籍]도 신안(新安)*입

니다."

그의 말이 채 끝나기도 전에 우요가 말했다.

"자네 성이 우씨라면 5백 년 전에는 우리 일가였겠구면. 나와 자네는 할아비와 손자 사이인 걸로 치세. 우리 휘주에서는 할아비 항렬의 사람을 숙공(叔公)이라고 부르니, 자네도 이제부터 나를 숙공이라 부르면 되겠구면."

우포는 이 말을 듣고 깜짝 놀랐지만, 그가 이처럼 점잖게 말하자 감히 거스를 수 없었다.

"숙공께서는 이번에 무슨 공무가 있어 양주로 가시는 중이신지요?"

"사실 내가 알고 지내는 높은 벼슬아치들이 얼마나 많은지 몰라! 모두들 나를 자기 관서에 부르려고 안달이지만, 내가 워낙 문밖출입을 싫어해서 말이네. 그런데 이번 일을 맡긴 만설재(萬雪齋)라는 이는 그다지 내세울 만한 인물은 아니야. 내가 알고 지내는 관청의 벼슬아치가 많고 명성도 조금 있다는 걸 알고, 매년 나를 양주로 초청해서 은자 몇 백 냥을 주면서 대필(代筆)을 해 달라고 하지. 대필이라는 것도 명분일 뿐이고 나도 그 사람 집처럼 속된 곳에 머물러 있고 싶지 않아서 그냥 자오궁(子午宮)이라는 도관(道觀)에 묵지. 이제 내 손자뻘이 되었으니, 자네가 할 만한 일을 찾아보지."

그리고 그는 즉시 선장에게 말했다.

"이 사람 봇짐을 선실로 들여오너라. 뱃삯은 내가 계산하겠다."
선장이 대답했다.

"나리께서 집안사람도 만나셨으니, 소인네들 술값도 더 두둑하게 주시겠군요!"

우포는 이날 저녁밥을 선실 안에서 우요와 함께 먹었다.

밤바람이 그치자 날씨도 개었다. 그리고 새벽 무렵에는 벌써 의징(儀徵)에 도착했다. 황니탄(黃泥灘)을 들어서자 우요는 일어나 세수를 하고, 우포를 데리고 뭍에 올랐다. 그리고 물가를 걸으며 우포에게 물었다.

"배에서 식사 준비하는 것도 번거로운 일이야. 여기 대관루(大觀樓)라는 식당이 하나 있는데, 채소 요리를 아주 잘 하니까 나랑 같이 가서 그걸 먹도록 하자."

그리고 그는 배에 있는 이들을 향해 분부했다.

"너희들은 알아서 아침밥을 차려 먹도록 해라! 우리는 대관루에 가서 밥을 먹고 오겠다. 아무도 따라올 필요 없다."

그들이 이야기를 주고받는 사이에 대관루에 도착했다. 계단을 오르자 위층에 방건을 쓴 한 사람이 먼저 와서 앉아 있는 것이 보였다. 그 사람은 우요를 보더니 깜짝 놀라며 이렇게 말했다.

"아니, 아우님 아니신가!"

"아이고, 형님!"

둘이 가볍게 인사를 하고 나자, 그 사람이 물었다.

"이분은 누구신가?"

"제 손자뻘 되는 아이입니다."

그리고 우요는 우포에게 말했다.

"어서 인사 올려라. 이분은 나와 20년 동안 의형제로 지낸 분으로, 관아에서 같이 일한 적이 있는 왕의안(王義安) 선생이시다. 어서 인사 올려라!"

우포가 절을 올리고 나자 각자 주인과 손님의 자리에 앉고 우포는 옆자리에 앉았다. 점원이 요리를 날라 왔는데, 밀가루 완자 볶음 한 접시와 말린 두부채 요리 한 접시였다. 셋이 먹고 있는 도중에 우요가 말했다.

"형님은 그때 제(齊) 나리의 관서에서 작별한 뒤로 지금에야 뵙는군요."

"어느 제 나리 말씀인가?"

"구문제독(九門提督)을 지내신 양반 말씀입니다."

"그 양반이 우리 둘한테 잘 대해 주신 거야 두말할 것도 없지!"

막 자세한 이야기를 하고 있던 차에 갑자기 계단으로 방건을 쓴 두 명의 수재들이 올라왔다. 앞에 있는 이는 비단 도포를 입었는데 가슴께에 기름때가 절어 있었고, 뒤쪽에 있는 이는 검은색 도포를 입었는데 두 소매가 너덜너덜 닳아빠져 있었다. 두 수재는 한 눈에 왕의안을 알아보았다. 비단 도포를 입은 이가 말했다.

"이자는 우리 풍가항(豊家巷)에 있는 창부 집 포주인 왕의안이라는 놈이 아닌가?"

그러자 검은 도포를 입은 이가 말했다.

"왜 아니겠나! 저자가 어찌 감히 방건을 쓰고 여기서 허튼 짓을 하고 있는 게지?"

그리곤 다짜고짜 다가가 왕의안의 방건을 잡아채 팽개치더니, 철썩 싸대기를 올렸다. 왕의안은 꿇어앉아 마치 절구질하듯 머리를 바닥에 찧으며 용서를 빌었다. 두 수재가 점점 더 위세를 부리자, 우요가 다가가 말렸다. 하지만 그 역시 두 수재에게서 욕만 얻어먹고 말았다.

"지체 있는 양반이 이런 포주 놈과 같은 탁자에서 밥을 먹다니요! 모르셨다면 그만이겠지만, 이미 아시고도 역성을 드시려는 게요? 그렇다면 당신도 뜨거운 맛을 보게 될 거요! 얼른 가시오, 여기 있어 봐야 체면만 구길 테니!"

우요는 사태가 심상치 않게 돌아가자 조용히 우포를 잡아끌고 계단을 내려가 계산을 마치고 서둘러 돌아갔다. 두 수재는 왕의안을 거의 죽도록 두들겨 팼다. 가게 주인은 이리 달래고 저리 으르면서 왕의안더러 잘못했다고 용서를 빌라 했다. 그러나 두 수재는 끝내 놔주지 않고 왕의안을 관아로 끌고 가려 했다. 잠시 후 매를 참지 못한 왕의안이 허리춤에서 석 냥 일곱 전의 은자 부스러기를 더듬어 꺼내더니, 두 수재에게 봐달라는 뜻으로 건네주었다. 두 수재는 그제야 매질을 그만두고 그를 보내 주었다.

우요는 우포와 함께 배에 올라 양주에 도착하자 곧장 자오궁으로 가서 숙소를 잡았다. 도사가 나와 이들을 맞이했고, 짐을 옮겨 놓은 뒤 날이 저물자 그들은 잠자리에 들었다. 이튿날 아침 일찍 우요는 낡은 방건과 푸른 비단 도포를 꺼내 우포에게 주면서 이렇게 말했다.

"오늘은 함께 나를 부른 만설재 선생 댁에 갈 테니, 이 옷을 입고 이 모자를 써라."

그리고 바로 가마 두 대를 불러 탔다. 장수도 두 명이 따라왔는데, 그 가운데 한 명은 짐 꾸러미[氈包]를 안고 있었다. 그 길로 곧장 강 하류로 가니 커다란 문루가 하나 보였다. 그곳에는 예닐곱 명의 조봉(朝奉)*들이 걸상에 앉아 있었는데, 중간에 아낙 하나가 끼여서 함께 한담을 나누고 있었다. 가마가 문 앞에 이르자 우요와 우포는 가마에서 내려 대문 안으로 들어갔다. 그곳에 있던 조봉들은 모두 우요를 아는 사이였는지, 이렇게 말했다.

"우 어른, 돌아오셨군요! 서재에서 기다리십시오."

그들은 곧 호랑이 석상이 세워진 문루로 들어가 벽돌 깔린 마당을 지나 대청에 이르렀다. 고개를 들어 보니 중간에 커다란 편액이 하나 걸려 있는데 거기에는 금색 글씨로 '신사당(愼思堂)'이라고 적혀 있고, 그 옆에는 한 줄로 "양회염운사사 염운사 순매 씀(兩淮鹽運使司鹽運使荀玫書)"이라고 적혀 있었다. 방 안에는 양쪽

에 금전지(金箋紙)에 쓴 대련이 걸려 있었는데, 그 내용은 다음과
같았다.

> 공부도 좋고
> 농사도 좋지만
> 무엇이건 잘 배워야 좋은 것이라네.
> 가업을 열기도 어렵고
> 성공을 지키기도 어렵지만
> 어렵다는 걸 알면 어렵지 않다네.
> 讀書好, 耕田好, 學好便好.
> 創業難, 守成難, 知難不難.

  안쪽 벽에는 예찬(倪瓚)*의 그림이 걸려 있었고, 책상 위에는 다
듬지 않은 큰 옥돌[璞] 하나가 놓여 있었다. 그 둘레에는 자단목
(紫檀木) 의자 열두 개가 놓여 있었다. 책상 왼쪽에는 온 몸을 비
춰 볼 수 있는 여섯 자 높이의 거울[體鏡]이 세워져 있었다. 그 거
울 뒤쪽으로 들어가니 두 짝 여닫이문이 활짝 열려 있고 자갈이
깔린 땅이 연못을 따라 이어지는데, 그곳에는 모두 붉은 난간이
둘러져 있었다. 그 안으로 걸어 들어가자 세 칸짜리 화청(花廳)*이
보였는데, 문틀에는 반죽(斑竹)으로 만든 주렴이 걸려 있었다. 그
곳에서 시중을 드는 어린 하인 둘이 두 사람이 걸어오는 것을 발
견하고 주렴을 걷어 들어오게 해 주었다. 그 안쪽에 벌여 놓은 것
은 모두 반질반질 다듬은 녹나무 탁자와 의자였고, 벽 가운데에는
하얀 종이에 먹으로 "꽃을 다듬고 시구(詩句)를 따다[課花摘句]"*
라고 쓴 작은 편액이 걸려 있었다.
  둘이 앉아 차를 마시고 있노라니, 주인인 만설재가 안쪽에서 걸

어 나왔다. 그는 머리에 방건을 쓰고 손에는 금박 부채를 흔들고 있었는데, 연한 노란색의 비단 도포를 입고 붉은 신을 신고 있었다. 그가 나와서 우요와 정중하게 인사를 나누자, 우요가 우포를 불러 인사를 시켰다.

"여기는 제 손자뻘 되는 아이입니다. 선생님께 인사 올려라!"

세 사람이 손님과 주인의 자리를 나누어 앉았는데, 우포는 아랫자리에 앉았다. 다시 차가 나와서 차를 마시는데, 만설재가 말했다.

"남경에서는 왜 그리 오래 머물러 계셨습니까?"

우요가 대답했다.

"제 이름이 너무 알려졌기 때문이지요. 남경에 가서 승은사(承恩寺)에 묵었는데, 너무 많은 사람들이 찾아왔습니다. 원고지를 보낸 이도 있었고 부채를 보낸 이, 공책을 보낸 이도 있었습니다. 모두 저더러 글씨를 쓰거나 시를 지어 달라고 하더군요. 어떤 이들은 제목을 정해 놓거나 운을 정해 놓고 시를 지어 달라고 하기도 했습니다. 그러니 밤낮으로 매달려도 끝낼 수가 없었습니다. 간신히 끝내 놓고 나니까, 제가 온 줄을 어떻게 아셨는지 국공부(國公府)*의 둘째 자제 분인 서(徐) 공자께서 여러 차례 집사들을 보내 초청하시더군요. 그 집사들은 모두 금의위(錦衣衛)의 지휘(指揮)*들로서 5품의 관리입니다. 그렇게 제 숙소까지 몇 차례 찾아오니, 저도 어쩔 수 없이 그분 댁에서 며칠을 보낼 수밖에 없었습니다. 돌아오려는 때에도 재삼 보내 주려 하지 않으시기에, 제가 그대와 긴한 일이 있다고 말씀드리고서야 겨우 작별하고 왔습니다. 둘째 공자께서도 그대를 존경하시는지라 그대의 시집에 몸소 평점(評點)*을 해 주셨습니다."

그러면서 소매에서 시집 두 권을 꺼내 만설재에게 건네주었다.

만설재가 시집을 받아 들고 물었다.

"이 손자 분은 전에 만나 뵌 적이 없는데, 연세가 어찌 되십니까? 또 외호(外號)는 무엇인지요?"

우포가 대답하지 못하고 있자, 우요가 말했다.

"제 손자는 이제 갓 스무 살이 되었습니다. 나이가 어리다 보니 아직 외호도 없습니다."

만설재가 막 시집을 펼쳐 보려 하는데, 하인 하나가 나는 듯이 달려와 아뢰었다.

"송(宋) 나리를 모셔 왔습니다."

만설재가 일어서며 말했다.

"제가 모셔야 하는 건데…… 제 일곱째 첩이 병이 나서 의사 송인로(宋仁老) 선생을 모셔오게 했습니다. 제가 가서 같이 의논해 봐야 할 테니, 잠시 실례하겠습니다. 여기서 편히 쉬시다가 식사도 하시고 저녁에 돌아가십시오."

그렇게 말하고 그가 나갔다.

집사들이 간단한 밑반찬 네 접시와 밥 두 공기, 젓가락 두 벌을 날라 오더니 탁자를 가져와 그 위에 늘어놓았다. 우요가 우포에게 말했다.

"음식을 다 차리려면 아직 시간이 좀 걸릴 테니 우리는 잠시 저기서 산책이나 하자. 저쪽에도 보기 좋은 건물들이 많아."

그리고 우포를 데리고 작은 다리를 건너 못가를 거닐면서 멀리 높고 낮은 많은 누각들을 바라보았다. 못가의 길은 조금 좁았는데, 길가를 따라 10여 그루의 버드나무가 심겨 있었다. 우요가 걸으면서 고개를 돌리고 말했다.

"방금 만설재의 물음에 왜 대답하지 않았느냐?"

우포는 눈을 멀뚱히 뜬 채 우요의 얼굴을 쳐다보며 뭔가 말을 하려다가, 얼떨결에 발을 헛디뎌 연못에 빠지고 말았다. 우요가 황급히 붙들어 주었는데, 다행히 지탱할 버드나무가 있어서 그를 끌어올릴 수 있었다. 우포의 신이며 양말은 모두 젖었고, 허리 아래로는 옷에서 물이 줄줄 흘렀다. 우요는 화가 나서 못마땅한 얼굴로 말했다.

"알고 보니 출세하긴 틀린 놈이로구나!"

그리고 급히 하인에게 짐 꾸러미에서 옷을 한 벌 꺼내게 해 갈아입히고, 그를 먼저 숙소로 돌려보냈다. 그런데 이 일로 인해 다음과 같은 새로운 이야기가 생겨난다.

> 옆 사람의 쓸 데 없는 말에
> 돈 많은 주인의 행적 드러나고
> 양심 없는 젊은 놈이
> 나이 많은 선배의 흥을 깨다.
> 旁人閑話, 說破財主行踪,
> 小子無良, 弄得老生掃興.

이후의 일이 어떻게 되었을까? 이에 대해서는 다음 회를 들어 보시라.

와평

복씨 형제가 비록 장사나 하는 무지렁이들이지만 우포를 그다지 박정하게 대하지는 않았는데 왜 굳이 일을 만들어 그들에게 모욕을 주었는가? 우포가 처음에 명첩을 훔쳐보고 '동(董) 나리'를 알게 되었지만, 그럴듯하게 그를 맞이할 곳이 없는지라 어쩔 수 없이 복씨 형제를 생각해 낸 것이다. 세상에는 정말 이런 못된 놈이 있다. 일단 그런 놈을 집안에 들이면 온갖 악랄한 짓을 저지르게 되는데, 정말 어떻게 대처할 수가 없다.

'나리'라는 말은 그다지 특별할 게 없는 말이지만, 복신이 차를 내온 일로 세 사람이 말다툼을 하면서 무수히 많은 '나리'라는 단어를 맹렬히 쏟아 내니 그 단어의 맛이 점점 특별해진다. 마치 『사기』「평원군열전(平原君列傳)」의 모수(毛遂) 이야기에 등장하는 수많은 '선생'이라는 단어 가운데 한두 개라도 없애 버리면 문장의 법도가 어그러지고 글의 맛이 크게 줄어드는 것과 같다.

우포는 권세와 이익에 마음이 흔들리는 비천하기 짝이 없는 인간이다. 그런 그가 문을 나서자마자 우요를 만나 수많은 하인들과 풍성한 음식, 드높은 위세를 보았으니 속으로 부러워해 마지않으며, 마치 기름에 튀긴 뜨거운 음식을 훔친 개가 삼키지도 못하고 뱉지도 못하는 것처럼 부러워하면서도 두려워한다. '숙공(叔公)'으로 모시게 되었으니 정말 그의 소원을 이룬 셈이다. 판자 틈으로 훔쳐볼 때부터 이미 정신없이 빠져들어 있었던 것이다.

우요가 비록 보잘것없는 비천한 무리이긴 하지만, 어떻게 포주 왕의안과 의형제를 맺는 지경에까지 이르렀을까? 여기엔 분명히 어떤 이유가 있을 것이다. 세상사는 끝없이 변하기 마련인지라, 지금은 옛날과 다를 수밖에 없다. 20년 전에 의형제를 맺었다고 했으니, 20년 전의 왕의안은 아직 포주 노릇을 하지 않고 있었음을 알 수 있다. 어쩌면 왕의안 역시 분수를 모르는 사람이라 강호를 떠돌던 때에 우요와 의형제를 맺어 서로 형 아우로 칭했을 수도 있는데 그건 이미 오래된 일일 터이다. 이제 갑자기 만나게 되었으니, 깊은 얘기를 나누기 전에 서로 인사하고 옛이야기를 하게 되는 것은 인지상정이다. 우요가 둘이 같이 제 나리의 관아에 있을 때를 언급하자 왕의안이 깜짝 놀란 것을 보면, 우요가 단지 허풍을 쳐서 우포를 놀라게 해 주려던 것이었지 정말 헤어질 무렵의 일은 기억하지는 못한다는 것을 알 수 있다.

자신의 명망에 대해 우요가 떠벌이는 내용이 바로 그의 생애 최고의 작품으로, 그는 가는 곳마다 그걸 가지고 사람들을 속여 왔다. 하지만 뜻밖에도 우포는 이미 이것을 간파하고 있었으니, 뒤에 도사에게 들은 이야기가 없었더라도 분명 충분히 우요를 요리할 수 있었을 것이다. 왜냐? 세상에서 오직 가장 부드러운 것만이 가장 견강한 것을 제압할 수 있는데, 늙은 우씨는 견강하고 젊은 우씨는 부드럽다는 차이가 있기 때문이다.

혹자는 왕의안이 쓸데없이 방건을 쓰고 식당에 간 것은 무슨 까닭인지 묻는다. 그러나 이것은 이상하게 여길 까닭이 없다. 양주 풍속에서 기원(妓院)을 관장하는 이는 처첩(즉, 기생)을 이용해서 장사하는 사람이 아니라, 그 일을 총괄하는 사람일 뿐이다. 이런 사람들이 종종 화려한 집에 살면서 다양한 사람들과 사귀고 지체 있는 선비들과도 어울리는 것은 흔한 일이었다. 그 속사정을 모르는 이들이 멋모르고 비난하는 것이다. 두 수재는 분명 먹물 냄새를 풍기며 사기와 공갈을 일삼는 협잡꾼들이어서, 왕의안도 평소 두려워하던 인물들이었을 것이다. 그렇기 때문에 그는 얻어맞으면서도 감히 변명하지 못했으리라.

제23회
숨겨온 비밀을 발설한 우포는 몰매를 맞고,
늘그막 처지를 한탄한 우 부인은 남편을 찾아 떠나다

우요는 우포가 물에 빠져 꼴이 말이 아닌 것을 보고 하인에게 가마를 불러 숙소로 먼저 돌려보내라고 했다. 우포는 자오궁으로 돌아왔으나, 화가 잔뜩 나서 입을 한 발이나 내민 채 앉아 있었다. 그렇게 한참을 앉아 있다 마른 버선과 신발을 찾아 갈아 신었다. 도사가 와서 밥을 먹었냐고 묻는데, 우포는 안 먹었다고 하기가 무엇해 먹었다고 해 놓고는 족히 한나절을 쫄쫄 굶었다. 우요는 만설재의 집에서 술을 마시다 한참 뒤에야 돌아왔다. 그는 위층으로 올라와 한바탕 우포를 꾸짖었는데, 우포는 감히 대꾸 한마디하지 못했다. 그리고 각자 잠자리에 들었다.

그 다음 날은 온 종일 아무 일도 없었다. 셋째 날 만설재 집에서 또 사람을 보내 초대했는데, 우요는 우포에게 숙소에 있으라 하고 혼자 가마를 타고 가 버렸다. 우포는 도사와 함께 아침을 먹는데, 도사가 이렇게 말했다.

"저는 구성(舊城)의 목란원(木蘭院)에 있는 사형에게 다녀오려고 합니다만, 우 상공은 여기서 쉬고 계시지요."

"여기서 달리 할 일도 없으니 따라가서 놀다 오는 게 낫겠습니다."

그러고는 문을 걸어 잠그고 도사와 함께 구성으로 가서 어느 찻집에 들어가 앉았다. 찻집에서는 대충 말려 만든 싸구려 차[乾烘茶] 한 주전자와 얼음사탕, 삶은 콩[梅豆]*을 한 접시 내왔다. 그걸 먹으면서 도사가 물었다.

"여보게, 우옥포 나리가 댁의 일가신가? 나리는 전부터 우리 집에서 머물렀다 가곤 했지만, 자네는 본 적이 없어서."

"오는 길에 우연히 알게 되어 친척 관계를 맺은 겁니다. 저는 그전에는 안동현 동(董) 나리의 아문에 있었습니다. 동 나리께서 얼마나 대접을 잘 해 주셨는지 몰라요! 제가 처음 거기 도착해서 명첩을 들여보내자마자 차인을 내보내 가마를 탄 채로 들어오라고 했습니다. 그런데 저는 가마를 타지 않고 나귀를 탔거든요. 제가 나귀에서 내리려고 하자, 차인은 안 된다고 하면서 두 사람이 나귀의 고삐를 잡고 걸었습니다. 난각(暖閣)*까지 타고 들어갔더니 바닥에서 덜컹덜컹 소리가 났습니다. 동 나리는 사택의 문을 열어 놓고 몸소 마중을 나와 제 손을 잡은 채 들어갔고, 20여 일이나 머물게 했어요. 제가 돌아간다고 작별 인사를 올리자 질 좋은 은자로 열일곱 냥 네 전 다섯 푼을 주시면서 현청까지 배웅을 나왔지요. 그리고 나귀에 오르는 저를 보며, '이렇게 가서 뜻을 이룬다면 그걸로 됐네만, 만일 일이 잘 안 풀리면 다시 나를 찾아오게'라고 했습니다. 그런 나리는 정말 보기 드물지요. 전 이제 다시 그 나리에게 갈 생각입니다."

"그런 나리는 정말 만나기 힘들지요!"

"그런데 저 만설재 나리는 뭘 하시던 분인가요? 언제 벼슬길에 나가나요?"

도사가 흥하고 코웃음을 치며 말했다.

"만씨 말이오? 그자는 댁의 할아버지뻘 되는 그 어른만이 떠받들 뿐이오! 벼슬이라면 온 천지에 널린 사모가 그자에게 굴러 떨어질 일이 생긴다 해도, 남들이 가만 놔두지 않을걸요!"

"그거 참 이상합니다! 그 양반이 광대나 노예도 아닌데 굴러 떨어진 사모를 사람들이 왜 가만 놔두지 않는답니까?"

"그 사람의 출신을 모른단 말이오? 그럼 내가 알려드리지요. 그렇지만 입 밖에 내면 안 되오. 만씨 그 사람은 소싯적에 여기 하하(河下) 땅 염상 만유기(萬有旗) 정(程)씨 댁의 서동(書童)이었지요. 어려서부터 서재에서 글동무를 했는데, 주인 정명경(程明卿)이 그의 총명함을 알아보고 그가 열여덟 살 남짓 되자 소사객(小司客)을 시켰지요."

"소사객이라는 게 뭔가요?"

"이곳 염상가(鹽商家)에서는 사상(司上)*에 일을 처리할 경우, 좀 배운 사람에게 관리를 만나고 손님을 접대하는 일을 맡깁니다. 이런 일을 도맡아 하는 자에게는 매년 은자 수백 냥을 지급하는데, 이것을 '대사객(大司客)'이라고 합니다. 만일 사상에 사소한 일들이 생기면 하인을 보내 해결하게 하는데 그걸 '소사객(小司客)'이라고 합니다. 만설재는 소사객을 맡고는 일을 아주 잘 처리하면서 매년 몇 냥의 은자를 모았지요. 그리고 처음에는 나라에서 전매하는 소금을 몰래 조금씩 빼돌려 팔더니, 나중에는 아예 소금 전매권(窩子)을 뒷거래로 취급합디다.* 그런데 시운을 잘 만나서 그 후 몇 년 동안 전매권이 폭등해서, 그는 은자 4, 5만 냥을 벌어들였지요. 그러자 그자는 속량(贖良)을 하고 지금 사는 그 집을 사들이더니, 자신이 직접 염상이 되었지요. 그런데 장사가 또 잘 되어서 은자를 10만 냥이 넘게 벌어들였겠지요. 염상 정씨 댁은 일찌감치 본전도 다 까먹고 휘주로 돌아가 버렸기 때문에, 그의 출신 얘기는 어느 누구도 하지 않습니다. 작년에 만씨 집에서 며느리를 봤는데, 그 며느리가 한림학사의 딸인지라 은자 수천 냥을 들여가며 데려왔습니다. 그날 나발 불고 북 치고 의장 행렬과 등롱이 거리를 가득 메워서 얼마나 떠들썩했던지! 사흘째 되는 날은 신부 집에서 인사를 하러[做朝]* 온다고 극단을 부른다 술상을 차린다 법석을 떨고 있는데, 그만 주인이었던 정명경이 새벽같이 가마를 타고 와서 대청에 떡 버티고 앉는 겁니다. 만가는 그 앞으로 나가 저도 모르게 무릎을 꿇고 몇 번이나 머리를 조아리며 그 자리에서 은자 1만 냥을 내줬지요. 정명경이 그제야 아무런 말없이 떠나서 겨우 체면은 건졌다고 합디다."

애기를 나누고 있는 차에 목란원에서 도사 두 사람이 나와 약속대로 재를 올리러 가자고 했고, 자오궁 도사는 우포에게 인사를 하고 그들을 따라갔다.

우포는 혼자 차를 몇 잔 마시고 숙소로 돌아왔다. 자오궁에 들어갔더니 우요가 벌써 돌아와 아래층에 앉아 있었다. 탁자에는 큼직한 은자가 몇 봉지가 놓여 있었으며, 위층으로 올라가는 문은 잠긴 채였다. 우요는 우포가 들어오는 것을 보고 서둘러 문을 열고 은자를 위층으로 갖다 놓게 한 뒤, 이렇게 타박을 했다.

"아까 숙소에 있으라고 했건만, 어째서 거리를 쏘다니는 게냐!"

"좀 전에 문 앞에 서 있는데 저희 현의 동지(同知) 나리가 지나가시더군요. 저를 보고 가마에서 내려 '오랜만이네'라고 인사를 건네고, 배로 가서 얘기 좀 나누자고 해서 잠시 다녀오는 길입니다."

우요는 관원을 만났다는 말을 듣고 더 뭐라고 하지 않고 물었다.

"그 동지 나리는 성이 어떻게 되시냐?"

"이(李)씨이고 북직예 사람입니다. 그런데 그분도 숙공을 아시던데요."

"관직에 있다 보면 당연히 내 이름을 들었겠지."

"만설재 선생하고도 잘 아는 사이라고 하였습니다."

"그 양반도 교제 범위가 넓은 사람이니까."

우요는 그렇게 말하고 탁자 위의 은자를 가리키며 말했다.

"이건 그 집에서 가져온 것이다. 일곱째 첩이 병이 났는데 의원 말이 한증(寒症)이라 눈 두꺼비〔雪蝦蟆〕*를 약에 넣어야 한단다. 그런데 양주에서는 은자 수백 냥을 들여도 구할 데가 없다더구나. 듣자 하니 소주에서는 구할 수 있다면서, 은자 3백 냥을 주며 나더러 사다 달라고 하는구나. 나는 시간이 없고 해서 당장 너를 추천했지. 그러니까 지금 좀 다녀오너라. 그럼 은자 몇 냥도 벌 수 있을 테니 말이야."

우포는 감히 따르지 않을 수 없었다.

그날 밤 우요는 닭 한 마리와 술을 좀 사서 위층에서 전별연을 벌여 주고 함께 먹고 마셨다. 우포가 이렇게 말했다.

"숙공께 드릴 말씀이 하나 있습니다. 이건 저희 고을의 이 동지 나리가 해 주신 얘긴데요."

"무슨 말이냐?"

"만설재 선생님과 숙공께서는 아주 각별한 사이라고 할 수 있습니다만, 글 친구일 뿐 만 선생이 큰돈이 오가는 일은 아직 맡기려 하지 않습니다. 이 동지 나리 얘기가 만 선생에게는 한평생 흉금을 터놓고 지내는 친구가 하나 있는데, 숙공께서 그 사람과 잘 안다고 말만 해 놓으시면 만 선생은 완전히 믿고 모든 걸 숙공께 맡길 거라고 했습니다. 그렇게 되면 숙공께서 돈을 벌 수 있을 뿐 아니라 손자뻘이 되는 저에게도 좋은 날이 오는 거지요."

"그 특별한 친구가 누구라더냐?"

"휘주의 정명경 선생이랍니다."

그러자 우요가 웃으며 말했다.

"나와 20년간 의형제를 맺어 온 친구인데 왜 모르겠느냐? 잘 알겠다."

술을 다 마시고는 각자 잠자리에 들었다. 다음 날 우포는 은자를 가지고 우요에게 작별하고 소주로 가는 배에 올랐다.

다음 날, 만설재가 또 술자리에 초대해서 우요가 가마를 타고 갔다. 거기 도착해 보니 염상 두 사람이 와 있었는데, 한 사람은 고(顧)씨였고 또 한 사람은 왕(汪)씨였다. 서로 인사를 나눈 후, 두 염상은 자기들은 친척이라며 상좌를 한사코 양보해 우요를 상좌에 앉혔다. 차를 마시고 나서 우선 소금 전매권의 등락에 대해 좀 이야기를 하는데, 두 사람씩 겸상을 할 수 있게 술상이 올라왔다. 술을 한잔하고 나자 동충하초(冬蟲夏草)가 한 접시 올라왔고, 만설재가 손님들에게 먹어 보라고 권하면서 말했다.

"이런 건 외지에서 나는 것이지만 의외로 여기 양주성에서도 얼마든지 구할 수 있습니다. 그런데 그 눈 두꺼비는 어찌 된 게 한 마리도 구할 수가 없네요!"

염상 고씨가 물었다.

"아직 못 구하셨나요?"

"그렇다니까요. 양주에서 구할 방법이 없어서 어제 옥포 선생에게 부탁해 조카를 소주로 보내 구해 달라고 했지요."

만설재가 이렇게 대답하자 염상 왕씨가 말했다.

"그렇게 희귀한 물건은 소주에도 꼭 있으란 법이 없습니다. 우리 휘주의 친척들에게 구해 달라고 하면 혹 구할 수 있을지도 모르지요."

"맞는 말씀입니다. 뭐든지 우리 휘주에서 나는 것이 좋지요."

만설재의 말에 염상 고씨가 맞장구를 쳤다.

"어디 물건뿐이겠습니까? 인물도 우리 휘주에서 나옵니다."

우요가 불현듯 생각이 나서 물었다.

"설재 선생, 휘주의 정명경 선생하고 교분이 두텁다고요?"

이 말을 듣고 만설재가 얼굴이 시뻘겋게 되어 한마디도 하지 못했지만, 우요는 계속 이렇게 말했다.

"그 양반은 나랑 의형제를 맺은 사이랍니다. 저번에 내게 보낸 편지에서 조만간 양주에 온다고 하면서, 설재 선생을 만나 꼭 회포를 풀어야겠다고 합디다."

만설재는 두 손이 얼음장처럼 차가워질 정도로 화가 났지만 한마디도 할 수 없었다. 염상 고씨가 말했다.

"옥포 선생, 자고로 '온 천하 사람과 사귄다 해도 마음을 알아주는 이 몇이나 될까?(相交滿天下, 知心能幾人)'라는 말이 있지요! 오늘은 술이나 마십시다, 그런 옛날얘기는 접어두고요."

그날 밤은 그렇게 저렇게 간신히 술자리가 끝내고 다들 돌아갔다.

우요가 숙소로 돌아온 후, 며칠 동안 만설재 집에서 초대를 하지 않았다. 어느 날 위층에서 낮잠을 자다 막 깨어났더니 장수가 편지를 들고 올라와 말했다.

"하하(河下)의 만 어르신이 보내신 것인데, 회신도 받지 않고 그냥 가 버렸습니다."

우요가 뜯어보니 이렇게 적혀 있었다.

목하 의정의 제 친척 왕한책(王漢策)의 자당께서 고희를 맞으셨기에, 선생께 축사를 한 편 써주시길 부탁드립니다. 아울러 축사를 쓰시면 곧 그곳으로 행차해 주십시오. 재삼 부탁드립니다!

우요는 편지를 보고 나서 곧 장수에게 작은 쾌속선(草上飛)을

부르라 해서 의징으로 떠났다. 그날 밤 배에 올라 다음 날 아침 축
패(丑爌)에서 내렸다. 쌀집에 들어가서 왕한책 나리의 집을 물었
더니 그 사람이 말했다.

"수상 운수업[做埠頭]을 하는 왕한책의 집 말인가요? 법운가(法
雲街)에 동향으로 새로 난 문루가 하나 있는데 그 안쪽에 삽니다."

우요가 왕씨의 집을 찾아 들어갔더니 세 칸짜리 대청마루가 있
고, 한가운데 의자에는 붉은 종이에 금색으로 쓴 축사가 쌓여 있
었다. 왼편 창가의 긴 탁자에서는 수재 한 사람이 고개를 숙이고
무언가를 쓰고 있다가, 우요가 들어오는 것을 보더니 붓을 놓고
다가왔다. 우요는 그 수재가 가슴 부분에 큼직하게 기름얼룩이 진
비단 도포를 입고 있는 것을 보고 깜짝 놀랐다. 그 수재도 우요를
알아보고 말했다.

"대관루에서 포주하고 같이 밥을 먹던 양반이군. 오늘은 무슨
일로 여기 오셨나?"

우요도 물러서지 않아 티격태격 시비가 벌어졌는데, 왕한책이
안쪽에서 나오더니 수재에게 말했다.

"선생, 가서 앉으시오, 선생께서 상관하실 일이 아닙니다."

그러자 수재는 있던 자리로 가 앉았다.

왕한책은 우요에게 두 손을 모아 쥐고 가볍게 인사를 할 뿐, 고
개를 숙여 정식으로 인사를 하지 않았다. 자리를 잡고 앉아 왕한
책이 물었다.

"어른께서 옥포라는 분이십니까?"

"그렇습니다."

"이곳은 만씨 댁의 지점입니다. 설재 어르신이 어제 편지를 보
내서 선생의 몸가짐이 방정하지 못하고 또 무뢰배들과 어울리기
를 좋아하니, 차후로는 번거롭게 해 드릴 일은 없을 거라고 하셨

습니다."

그러고는 장방(帳房) 안에서 은자 한 냥을 달아다가 건네주며
말했다.

"더 붙잡지 않겠으니 편할 대로 하십시오!"

우요가 벌컥 화를 내었다.

"이깟 은자 한 냥 필요 없소! 내가 직접 만설재에게 가서 이야
기를 하겠소!"

그러면서 은자를 의자 위에 내동댕이쳤다.

"마다하면 나도 억지로 권하지는 않겠습니다만, 만설재 댁에는
가지 않는 게 좋을 겁니다. 그분도 만나 주지 않을 거구요!"

우요는 화가 나 씩씩대며 문을 나왔다. 왕한책이 말했다.

"멀리 안 나갑니다, 이해하십시오."

그러고는 손을 모아 인사를 한 후 들어가 버렸다.

우요는 그저 장수를 데리고 축패에 있는 여관에 머무는 수밖에
없었고, 입만 열었다 하면 "만설재 이놈의 새끼, 죽일 놈!" 하고
되뇌었다. 사환이 웃으며 말했다.

"만설재 나리는 누구하고나 잘 지내는 분이라, 정가라는 말만
입에 올리지 않는다면 껄끄러울 일이 없을 텐데."

사환은 이렇게 말하고는 지나가 버렸다. 이 말이 우요의 귀에
박혔고, 그는 서둘러 장수를 불러 사환에게 가 물어보라고 했다.
사환은 그제야 이러저러하다고 설명을 해 주었다.

"만 나리는 정명경 집의 집사로 있었기 때문에 다른 사람이 그
일을 끄집어내는 걸 가장 싫어합니다. 분명 당신 주인이 그 일을
입 밖에 내서 만 나리가 화를 내신 게지요."

하인은 돌아와 들은 대로 우요에게 고했고, 그는 그제야 어찌
된 영문인지 알아차렸다.

"그렇구나! 내가 그 쥐새끼 같은 놈에게 당했구나!"

그날 밤은 거기서 묵고, 다음 날 배를 불러 타고 우포를 찾으러 소주로 갔다. 배에 오른 후 그는 여비가 부족해 장수 둘은 내보내고, 덩치 좋은 하인 둘만을 데리고 소주에 닿아 호구(虎邱)에 있는 약재상을 뒤졌다. 마침 우포가 그곳에 앉아 있다가 우요를 보고 나와 맞았다.

"숙공이 오셨군요."

"눈 두꺼비가 있긴 하더냐!"

"아직 못 구했습니다."

"최근에 진강(鎭江) 어떤 집에 들어왔다고 하더라. 얼른 은자를 챙겨서 함께 사러 가자구나. 배는 창문(閶門) 밖에 있다."

우요는 당장 우포를 다그쳐 은자를 가져오게 하고 함께 배에 올랐는데, 가는 동안 내내 한마디도 하지 않았다. 며칠이 지나 배가 용포주(龍袍洲)에 닿았는데, 그곳은 사람의 그림자라곤 보이지 않는 곳이었다. 그날 아침밥을 먹고 나서 우요는 두 눈을 부라리며 몹시 화를 냈다.

"맞아죽을 짓을 했다는 걸 알고 있겠지?"

깜짝 놀란 우포가 말했다.

"손자 된 몸으로서 저는 숙공께 죄가 될 일을 한 적이 없습니다. 왜 저를 때리려 하십니까?"

"헛소리 작작해! 못된 농간을 부려 놓고!"

그러더니 다짜고짜 덩치 좋은 하인들에게 모자와 신, 버선조차 남기지 않고 우포의 옷을 몽땅 벗기게 했다. 그리고 밧줄에 꽁꽁 묶어 흠씬 두들겨 패 준 다음, 강 언덕에 번쩍 들어다 팽개친 후 돛을 올리고 배를 타고 가 버렸다.

우포는 내동댕이쳐져서 어지러운데다 하필이면 똥구덩이 코앞인지라 조금만 움직여도 그 안으로 굴러 떨어지게 생겨서 그저 분을 삭이며 아무 소리 없이 꼼짝 못하고 있을 수밖에 없었다. 그렇게 한나절이 지나서야 강에 배 한 척이 보였다. 그 배는 강 언덕에 멈추어 섰고, 승객 하나가 용변을 보러 똥구덩이로 왔다. 우포는 살려달라고 소리를 질렀다. 그 사람이 말했다.

"뭐 하는 양반이오? 누가 옷을 홀랑 벗겨 묶어서 이런 데 던져 놓았소?"

"어르신, 저는 무호현의 수재입니다. 안동현의 동 지현의 부름을 받아 가던 길에 강도를 만나 옷이며 짐을 몽땅 빼앗기고, 여기서 목숨만 겨우 부지하였습니다. 어르신, 제발 이 봉변당한 사람을 좀 구해 주십시오!"

그 사람이 깜짝 놀라며 말했다.

"정말 안동현의 동 지현에게 가는 길이었습니까? 나도 안동현 사람입니다. 당장 줄을 풀어 드리지요."

그리고 그는 발가벗은 우포의 모양새가 말이 아닌지라, 이렇게 말했다.

"여기 좀 계십시오, 배에 가서 옷이랑 모자, 신발과 양말을 좀 챙겨 올 테니, 그걸 입고 배에 오르시지요."

그리고 배로 가서 옷 한 벌과 신, 와룡모를 가져다 우포에게 주고 말했다.

"이 모자는 수재인 선생이 쓸 건 아니지만 잠시 쓰고 계시지요. 이 앞 장터에 도착하면 방건을 사도록 하지요."

우포가 옷을 입고 무릎을 꿇고 감사를 올렸다. 그 사람은 우포를 잡아 일으켜 배로 데리고 갔다. 배 안에 있던 사람들은 전후 사정을 듣고 하나같이 놀라움을 금치 못하며 이렇게 물었다.

"상공께서는 성함이 어떻게 되십니까?"

"우가입니다."

우포는 이렇게 인사를 하면서 물었다.

"은인의 성함은 어떻게 되십니까?"

"저는 황(黃)가로 안동현 사람입니다. 작은 가게를 하나 가지고 있는데, 연극에 쓰는 무대 의상이나 소도구를 팔아 입에 풀칠을 하지요. 극단에서 전에 부탁한 의상과 소도구를 사러 남경에 다녀오는 길에 이곳을 지나다가 뜻밖에 상공을 구하게 된 것입니다. 상공께서는 동 지현 나리에게 가는 길이었으니, 함께 안동으로 가서 저희 집에 잠시 머물면서 의관을 수습한 후 아문으로 가면 되겠네요."

우포는 진심으로 감사했고, 그날부터 황씨의 신세를 지게 되었다.

날은 한참 더운 때였는데 발가벗긴 채 햇볕 아래 한나절이나 묶여 있었던 데다 똥구덩이에서 후끈후끈 올라오는 열기를 쐬었던 탓에 우포는 배에 오르자마자 이질을 앓기 시작했다. 그런데 이 이질이 아무거나 먹어서도 안 되고, 급하다 싶어 뒷간에 앉으면 변이 잘 나오지 않고, 나오더라도 시원치가 않았다. 그래서 그는 하루 온종일 변을 시원히 쏟아 낼 수가 없어서 그저 배 고물에 앉아 양손으로 갑판을 붙잡고 계속 끙끙거릴 수밖에 없었다. 그렇게 사나흘이 지나자 산송장이 되어 버렸다. 매 맞은 자리도 아프고, 배 가장자리에 걸터앉았던 넓적다리에는 움푹 파인 자국이 생겼다. 배 안에 탄 사람들은 수군수군 상의를 했다.

"저 사람 보아하니 좋아질 것 같지가 않소. 차라리 지금 숨이 붙어 있을 때 뭍에 내려 줍시다. 만일 여기서 죽기라도 한다면 골치 아파집니다."

그러나 황씨는 그렇게 하려 하지 않았다. 이질로 고생한 지 닷

새째, 우포는 코끝에 문득 녹두 냄새가 확 풍기는 듯해서 사람들에게 이렇게 말했다.

"녹두탕을 먹고 싶소."

배에 탄 사람들은 모두 안 된다고 했지만 우포가 고집을 부렸다.

"내가 정말 먹고 싶어서 그런 거라오. 먹고 죽더라도 원망하지 않겠소!"

사람들은 할 수 없이 배를 강기슭에 대고 녹두를 사서 탕을 끓여 주었다. 우포가 그것을 먹고 나자 뱃속에서 한바탕 요란한 소리가 났고, 똥을 한 무더기 싸더니 그 즉시 말짱해졌다. 그는 선창으로 기어 들어와서 사람들에게 고맙다고 인사하고 누워서 쉬었다. 그렇게 이틀을 조리하고 나자 조금씩 기력을 회복했다.

우포는 안동현에 이르러 우선 황씨 집에 묵었다. 황씨가 방건에다 옷과 신까지 마련해 주자, 우포는 그걸 갖춰 입고 동영을 만나러 갔다. 동영은 진심으로 기뻐하면서 즉시 술과 밥을 대접하고 아문 안에서 머물라고 했다.

"소생의 친척이 귀현에서 살고 있으니 아무래도 거기 있는 게 편할 것 같습니다."

"그렇게 하십시오. 친척집에 있더라도 아침저녁으로 자주 들락거리며 가르침을 주십시오."

우포가 인사를 하고 물러나오자, 황씨는 우포가 정말 지현과 안면이 있는 사이라는 걸 알고 아주 깍듯이 대했다. 우포는 사흘이 멀다 하고 아문을 들락거렸는데, 시를 논한다는 명목으로 드나들며 농간을 부려 돈을 뜯어냈다. 게다가 황씨는 넷째 딸을 주고 우포를 사위로 삼았고, 우포는 안동현에서 즐거운 나날을 보냈다.

그런데 동영이 승진하여 떠나게 되었고, 후임으로 상정(向鼎)*이 지현으로 부임하게 되었는데 그 역시 절강 사람이었다. 상정이 업무를 인계받으면서 부탁할 일이 없냐고 묻자, 동영은 이렇게 말했다.

"뭐 다른 일은 없습니다만 시를 쓰는 친구 하나가 여기 와 있습니다. 우포의라고 하는데, 지현께서 잘 보살펴 주시면 정말 감사하겠습니다."

상정은 그러겠다고 했다. 동영이 북경으로 가는 날 우포는 백리 밖까지 전송하고 사흘 만에 집으로 돌아왔다. 우포의 부인이 말했다.

"어제 어떤 사람이 다녀갔는데, 무호의 큰댁 외숙이라고 했습니다. 지나는 길에 당신을 보러 왔다기에 제가 한 끼 대접해서 보냈지요. 철 바뀔 무렵 지나는 길에 다시 들르겠다고 했습니다."

우포는 이상한 생각이 들었다.

'그런 외삼촌이 없는데, 대체 누구지? 철 바뀔 무렵 다시 온다니, 그때 보지 뭐.'

동영은 북경으로 가서 이부에 보고하고, 다음 날 이부의 본청에서 임지를 추첨하게 되었다. 이때 풍요도 이미 진사에 합격하여 주사(主事)로 배속되었고, 거처도 이부에서 멀지 않은 곳이었다. 동영이 인사차 숙소로 그를 찾아가니, 풍요는 그를 맞이해 자리를 잡고 앉아 서로 안부를 물었다.

"친구 분 가운데 무호 감로암의 우포의라는 분이……"

동영이 이렇게 말을 꺼냈지만, 우포의와 사귀게 된 일이며 안동현에서 함께 지냈던 일 등을 다 이야기하기도 전에 하인이 들어와 무릎을 꿇고 아뢰었다.

"이부 대인께서 등청하셨습니다."

동영은 황급히 인사를 하고 나와 이부로 갔다. 그곳에서 그는 귀주(貴州) 지주(知州)로 뽑혀 총총히 행장을 꾸려 임지로 떠나느라 다시 풍요를 만나지 못했다.

얼마 후 풍요는 집사를 통해 집에 편지를 보냈는데, 은자 열 냥을 내주며 말했다.

"우포의 선생 댁을 알고 있겠지?"

"예, 압니다."

"이 은자 열 냥을 우 선생 댁 마님에게 전해 드리고, 지금 우 선생이 무호의 감로암에 있다고 말씀드려라. 소식을 잘 전해야 한다. 이 은자는 내가 우 마님에게 드리는 여비라고 알려 드리고."

집사는 풍요의 명령대로 고향에 돌아가 주인마님을 뵙고 집안일을 다 본 후, 후미진 골목을 찾아갔다. 그런데 나뭇가지로 얼기설기 엮은 대문은 닫혀 있었다. 집사가 문 앞에 갔을 때 마침 아이 하나가 문을 열고 나왔는데, 손에는 키처럼 생긴 큰 대소쿠리를 들고 쌀을 사러 가는 길이었다. 집사가 북경의 풍 나리가 보낸 사람이라고 하자, 아이는 그를 데리고 들어가 거실에서 기다리게 했다. 그리고 다시 나와 물었다.

"무슨 전할 말이라도 있나요?"

"우 마님과는 어떤 사입니까!"

"큰 고모님이신데요."

하인은 은자 열 냥을 손에 쥐어 주며 말했다.

"이건 우리 나리가 여비로 쓰시라고 우 마님께 드리는 걸세. 우 선생님께서 지금 무호의 감로암에 계신다고 잘 여쭈게. 걱정하지 마시라고 소식을 전하는 걸세."

아이는 앉아서 기다리라고 하고, 은자를 받아 들고 안으로 들어갔다. 하인이 둘러보니 중간에 너덜너덜해진 고화(古畵)가 한 폭 걸려 있고, 양쪽에는 시가 적힌 두방(斗方)이 무수히 붙어 있으며, 금방 주저앉을 것 같은 대나무 의자 여섯 개가 놓여 있었다. 마당에는 흙으로 화단을 쌓아 올렸고, 그 위에 시렁을 따라 등나무가 자라고 있었으며, 그 옆에 바로 대문이 있었다. 잠시 앉아 있자니 그 아이가 차 한 잔을 받쳐 들고 나왔는데, 손에는 은자 2전을 싼 봉투를 들고 있었다. 아이는 그걸 건네며 말했다.

"큰 고모님께서 애썼다면서, 이건 차 값이랍니다. 돌아가면 마님께 인사 여쭙고, 북경에 계신 나리께도 감사하다고 인사 전해 달랍니다. 나리의 얘기는 잘 알았다고도 하셨습니다."

집사는 고맙다고 하고 떠났다.

우 부인은 은자를 받아들고 서글픈 생각이 들었다.

'그 나이가 될 때까지 밖으로만 떠돌고, 게다가 슬하엔 자식이라고는 하나 없으니 어쩌면 좋을까? 이참에 이 돈을 가지고 무호로 가서 그 사람을 찾아 돌아오는 것도 한 가지 방법이겠어!'

우 부인은 이렇게 작정하고 무너져 가는 두 칸짜리 집을 걸어 잠그고 이웃에게 잘 봐달라고 부탁했다. 그리고 조카와 함께 배를 타고 무호로 갔다. 부교 입구에 있는 감로암을 찾아갔더니, 두 쪽 문이 닫혀 있었다. 문을 밀고 안으로 들어가자 위타 보살 앞에는 향로도 촛대도 남아 있지 않았다. 더 안으로 걸어 들어갔더니 대웅전의 격자문이 다 떨어져 여기저기 널브러져 있었고, 뜰에는 불목하니 하나가 앉아 옷을 깁고 있었다. 불목하니에게 가서 물어보았으나, 귀머거리에 벙어리였던 그는 손짓만 할 뿐이었다. 우 부인이 이곳에 우포의라는 사람이 있냐고 물었더니, 그는 손을 들어 앞에 있는 방 한 칸을 가리켰다. 우 부인이 조카를 데리고 나와 보니, 위타 보살 옆에 방이 하나 있었지만 문도 없었다. 그 안으로 들어갔더니 방 안에 큰 관 하나 놓여 있고, 그 앞에는 다리가 셋만 남은 탁자가 한쪽으로 기울어져 있었다. 관머리에는 영혼을 부르는 기(魂幡)*도 보이지 않고 깃대만 덩그마니 남아 있었다. 관

위에 글자가 있긴 했지만 지붕에 기와가 없어 빗물이 새는 바람에 글자는 거의 씻겨 버리고, '대명(大明)'이라는 두 글자와 세 번째 글자의 가로획만 남아 있을 뿐이었다. 우 부인은 그곳에 들어서자 왠지 가슴이 두근거리고 살이 떨리며 모골이 송연해지는 것 같았다. 우 부인이 다시 밖으로 나와서 불목하니에게 물었다.

"우포의가 설마 죽은 건 아니겠지요?"

불목하니가 손을 홰홰 내저으며 문밖을 가리켰다. 조카가 말했다.

"고모부가 죽지 않고 다른 데로 갔다고 말하나 봐요."

우 부인은 다시 암자 밖으로 나와 거리를 따라가며 자세히 물어보았으나, 사람들은 하나같이 우포의가 죽었다는 말은 듣지 못했다고 했다. 그렇게 묻다가 길상사의 곽철필의 가게까지 왔다. 곽철필이 말했다.

"그 사람이요? 안동현에 부임해 있는 동 나리께 가 있습니다."

우 부인은 이 말은 믿을 만하다 싶어 안동현으로 찾으러 가기로 마음을 굳혔다. 그런데 이 일로 인해 다음과 같은 이야기가 생겨난다.

착오가 착오를 낳으니
까닭 없이 새로운 파란 다시 일어난다.
사람 밖에서 사람을 구하며
일부러 교분을 맺는다.
錯中有錯, 無端更起波瀾.
人外求人, 有意做成交結.

우 부인은 정말 안동현에 가게 될까? 이에 대해서는 다음 회를 들어 보시라.

와평

우포는 안동현의 지현 동영과 아는 사이였고, 나중에 그가 안동현에 갔을 때 동영이 격식을 갖추어 잘 대접한 것이 사실이다. 그러나 자오궁에서 도사를 만났을 때만 해도 아직 안동현에 가서 동영을 만난 적이 없었다. 우포는 막힘없이 술술 이야기를 풀어내지만 대부분은 모두 꾸며 낸 말이다. 책 속의 도사는 그가 거짓을 말한다는 걸 몰라도 책 밖의 독자는 그것이 거짓임을 잘 알고 있다. 글의 오묘함이 실로 이공린(李公麟)*이 백묘화(白描畫)를 그려 내던 솜씨 같다.

시주도 별로 하지 않는 만설재를 우요는 시시때때로 떠받드니, 도사가 그 소리에 진력이 난 지 하루 이틀이 아닐 것이다. 찻집에서 나누는 이야기는 쓸데없는 소리이긴 하지만, 이 역시 그 동안 쌓였던 불만이 터져 나온 것이다.

우포의 재주가 우요보다 열 배는 낫다. 예를 들어 우포가 자기 현의 동지를 만났다고 둘러대는 장면은 상황을 가늠하는 탁월한 능력을 보여 준다고 하겠다. 만일 지현을 만났다고 했다면 우요는 분명 믿지 않았을 것이니, 우포가 절대 그런 인물은 못 된다는 것을 알고 있기 때문이다. 오직 동지만이 너무 높지도 낮지도 않은 적당한 위치에 있는 자인 것이다. 실로 혀 위에서 연꽃을 피워 내는 필세이다.

우포를 때리는 장면에서는 그저 "못된 농간을 부려 놓고!"라는 한마디만 던졌을 뿐 다른 말을 할 필요가 없었다. 이는 또 우요가 잘 대처한 부분이다. 만일 세세하게 따져 댔다면 분명 우포는 분명 다음과 같이 대답할 말이 있었을 것이다.

"숙공 입으로 직접 그러셨잖아요, 정명경 선생과는 20년 된 의형제 사이라고."

그렇게 되었다면 우요가 도리어 변명할 말이 없게 됐을 것이다.

제24회
우포는 송사에 말려들고,
포문경은 극단 생활을 다시 시작하다

우포는 안동현의 황씨 집에 사위로 들어가게 되었고, 황씨네에서는 길가 쪽의 방 서너 칸을 내주어 살게 해 주었다. 그는 문 앞에 이렇게 써 붙였다.

우포의가 시문을 대신 써 드립니다.

어느 날 아침, 그가 별일 없이 집에 있는데 누군가 문을 두드렸다. 문을 열어 안으로 모셨는데, 알고 보니 그 사람은 바로 무호현에서 한 동네 살던 사람이었다. 이 사람은 석노서(石老鼠)라는 악명 높은 무뢰배인데, 이젠 그도 꽤 나이가 들어 있었다. 우포는 그를 보고 깜짝 놀랐지만 할 수 없이 그에게 인사를 하고 앉게 한 뒤, 직접 안으로 차를 가지러 갔다. 부인은 병풍 뒤에서 보고 있다가, 그에게 말했다.

"저분이 바로 작년에 큰댁 외숙이라며 왔던 사람이에요. 오늘 또 왔네요."

"저 사람이 무슨 내 외삼촌이란 거야!"

그리고 우포는 차를 받아들고 나와서 석노서에게 주었다. 석노서가 말했다.

"여보게, 내 자네의 경사스러운 소식은 들었네. 여기서 또 결혼해서 아주 잘살고 있다면서!"

"오랫동안 어르신을 뵙지 못했습니다만, 지금은 어디서 돈벌이를 하시는지요?"

"나도 그저 회북(淮北)이며 산동으로 각지를 돌아다니고 있지. 오늘 자네가 사는 이곳을 지나는데 하필 여비가 다 떨어졌지 뭔가. 그래 은자 몇 냥 빌리러 찾아온 걸세. 꼭 좀 도와줘야겠네!"

"제가 어르신과 이웃지간이긴 했지만 서로 돈을 변통한 일은 없었습니다. 게다가 저도 지금 타지에 떠도는 신세라 처갓집을 빌려 살고 있는데, 어르신께 드릴 은자 몇 냥이 어디 있겠습니까?"

그러자 석노서가 씩 웃으며 말했다.

"너 이 자식, 양심이 없는 놈이로구나! 내가 물 쓰듯 돈을 쓸 적에 네가 내 돈을 얼마나 갖다 썼더냐? 네가 지금 남의 집에서 데릴사위 노릇을 하기에 네놈의 체면을 생각해서 대놓고 말을 안 했건만, 이런 식으로 나와?"

우포는 속이 타 들어갔다.

"그게 무슨 말씀입니까! 당신이 물 쓰듯 돈을 쓴 건 맞지만, 난 당신의 돈이고 물이고 구경도 못해 봤소! 나이도 드실 만큼 드신 분이 좋은 일 할 생각은 안 하고 '스님 행세하는 대머리처럼 사기만 치려(在光水頭上鑽眼)' 하는군요!"

"우포랑, 입을 함부로 놀리지 마라! 네놈이 소싯적에 저지르고 다녔던 못된 짓들을 생각해 봐. 다른 사람은 몰라도 내 눈은 피해 갈 수 없지. 게다가 본부인을 버리고 새 장가를 들다니 말이야. 고향에서 복씨 집 외손녀를 속여먹고 여기서 또 황씨 집 딸을 꾀다니, 이게 무슨 죄에 해당되더라? 얌전히 은자 몇 냥을 내놓지 않겠다면 함께 안동 현청으로 가서 따질 수밖에!"

우포가 벌떡 일어나며 소리쳤다.

"내가 네깟 놈을 겁낼 줄 알고! 그래 같이 현청으로 가자고!"

두 사람은 그 자리에서 서로 멱살을 잡고 황씨 집 문을 나와 곧장 현청 문 앞까지 갔는데, 거기서 두 명의 포졸 우두머리〔頭役〕를 만났다. 그들은 우포를 알아보고 황급히 달려와 말리면서 무슨 일인지 물었다. 석노서는 복씨 집 외손녀와 결혼했으면서 여기에 와서 또 황씨 집 딸과 결혼했고, 남의 이름을 사칭하고 몹쓸 짓을 했다는 것 등 젊은 시절 우포의 돼먹지 못한 짓들을 늘어놓았다. 우포가 말했다.

"이 작자는 석노서라고 하는데, 우리 고향 마을에서 악명 높은 건달일세. 이제 나이를 먹더니 더 뻔뻔스러워져서, 작년에 우리 집에 왔다가 내가 없으니까 외삼촌이랍시고 밥을 얻어먹고 갔다더군. 올해엔 또 난데없이 나한테 돈을 내놓으라니, 이런 억지가 또 어디 있겠는가!"

포졸들이 달랬다.

"우 상공, 그만 하십시오. 이 사람은 나이도 있고, 친척은 아니더라도 옛 이웃이 아닙니까? 보아하니 정말 여비가 떨어진 모양입니다. 옛말에도 '집 안에서 겪는 곤궁함이야 가난이라 할 것도 없지만, 집 나가 어려우면 사람이 죽어 나간다(家貧不是貧, 路貧貧殺人)'라고 하지 않았습니까? 우 상공은 지금 돈이 있어도 저 사람한테 내주고 싶지 않을 테니, 저희가 대신 몇 백 문 모아서 주는 걸로 하지요."

석노서가 그래도 물러서려 하지 않자, 포졸들이 을러댔다.

"여기는 자네가 행패 부릴 데가 아니네! 우 상공은 우리 나리와 아주 가까우신 분이라고. 자네 나이도 있으니, 고초를 치르고 망신살 뻗칠 일은 만들지 않는 게 좋을 걸세."

석노서는 이 말을 듣고 감히 더 말을 하지 못하고, 돈 몇 백 문을 받아 들고 포졸들에게 감사 인사를 하고 떠나갔다.

우포도 그들에게 인사를 하고 집으로 돌아왔다. 몇 걸음 가기도 전에 그의 집 앞에서 이웃 사람 하나가 그를 보고 달려 나오며 말했다.

"우 상공, 할 말이 있으니 이리 좀 와 보시오!"

그리고 그를 구석진 골목으로 데리고 가더니 이렇게 알려주었다.

"자네 처가 지금 집에서 어떤 사람하고 말다툼을 하고 있네!"

"누구랑 싸운다는 겁니까?"

"자네가 나가자마자 가마를 탄 어느 부인이 짐 보따리를 싣고 와서, 자네 처가 안으로 모셨지. 그런데 그 부인 말이 자기가 본부인이라면서 자네를 만나야겠다는 게야. 그래 그 자리에서 자네 처 황씨와 대판 싸움이 붙은 거지. 자네 처가 나더러 자네에게 빨리 돌아오라고 말을 전해 달라고 하더군."

우포는 이 말을 듣고 냉수를 뒤집어쓴 듯했고, 마음속에 이런 생각이 떠올랐다.

'이건 분명 석노서 놈의 수작일 거야. 그놈이 복씨 집 외손녀인 가씨를 부추겨서 이런 소란이 생긴 모양이군!'

하지만 별 뾰족한 수도 없어, 그는 마음을 단단히 먹고 집으로 갔다. 집 앞에 와서 잠깐 멈추고 안에서 나는 소리를 들어 보았더니, 부인 가씨의 목소리가 아니고 절강 사람의 말씨였다. 문을 두드리고 안으로 들어가서 얼굴을 마주하고 보니 서로 모르는 사이였다. 황씨가 말했다.

"이이가 바로 우리 남편인데, 어디 당신 남편이 맞나 잘 보구려!"

우 부인이 말했다.

"그런데 당신이 어떻게 우포의란 겁니까?"

우포가 대답했다.

"어째서 내가 우포의가 아니란 거요? 내 댁은 누군지 모르겠소 만……"

"내가 바로 우포의의 아내이다. 내 남편의 이름을 도용해서 여 기에 간판까지 걸어 놓았으니, 네놈이 내 남편을 죽인 것이 분명 하구나! 내가 그냥 물러설 줄 아느냐?"

"천하에 동명이인이 한둘이 아닌데 어찌 내가 당신 남편을 죽였 다는 거요? 정말 해괴한 말을 다 듣겠군!"

"아니긴 뭐가 아니야! 내가 무호현 감로암까지 찾아가 사방에 물어보았더니, 안동에 있다고들 했지. 내 남편의 이름을 훔쳐 썼 으니 이제 내 남편을 도로 내놓아라!"

우 부인은 그렇게 말하고 소리치며 울기 시작하더니, 따라온 조 카에게 우포를 단단히 붙잡으라고 했다. 우 부인이 가마에 올라 계속 울부짖으며 현청 앞까지 가는 도중에 마침 현청 문을 나서는 지현 상정과 마주쳤다. 우 부인이 억울한 사정을 고하자 상정은 송사를 쓰라고 했다. 그 자리에서 송사를 쓰자 포졸이 당사자들을 소환했고, 이틀 후 점심때에 재판한다는 내용의 방이 내걸렸다.

그날 상정이 현청에서 심사해야 할 사건은 세 가지였다. 첫 번 째 사건은 '다시 살아난 아버지를 죽인 사건'으로, 어떤 승려가 고발한 것이다. 이 승려는 산속에서 장작을 줍다가 누군가 풀어 놓은 소 떼를 보았는데, 그 중 한 마리가 이 승려를 물끄러미 바라 보고 있었다. 승려가 이상한 기분이 들어서 그 소 앞으로 다가갔 더니, 소는 뚝뚝 눈물을 흘렸다. 승려가 급히 소 앞으로 가서 무릎 을 꿇자 소는 혀를 내밀어 그의 머리를 핥았는데, 그렇게 핥으면 서 눈물을 더 많이 흘렸다. 승려는 그제야 그의 아버지가 소로 환생한 것임을 깨닫고, 소 주인에게 울며 간청해서 그 소를 시주 받아 절에서 모시고 있었다. 그런데 그 절 이웃에 사는 사람이 소를 끌고 가 도살해 버린 것이다. 이런 연유로 고소장을 내고 소를 시주한 사람을 증인으로 세웠다. 상정은 승려의 진술을 듣고 그 이웃을 불러내어 심문했다. 이웃 사람이 말했다.

"사나흘 전, 이 중이 소를 끌고 와서 소인에게 팔았습니다. 소인은 소를 산 후 바로 도살해 버렸지요. 그런데 중이 어제 또 와서 소인에게 이렇게 말했습니다. 그 소는 자기 아버지가 변한 것이라 은자 몇 냥을 더 받아야 하는데, 전날 싼 값에 팔았으니 값을 더 올려 달라고요. 소인이 거절하자, 이 중은 난리를 치기 시작했습니다. 그런데 누가 소인에게 이러더군요.

'그 소는 그의 아버지가 변한 게 아니야. 저 중은 몇 년 동안이나 이런 짓을 해왔네. 머리를 밀고 소금을 그 위에 바르고는, 소를 풀어 놓은 곳에 간다네. 포동포동 살찐 소를 발견하면 그 앞에 가서 무릎을 꿇어서 소가 혀를 내밀어 머리를 핥게 하는 거지. 소는 소금을 핥기만 하면 바로 눈물을 흘리거든. 그러면 저 중은 그 소가 자기 아버지라며 소 주인에게 가서 시주를 해 달라고 울며 부탁하는 거지. 시주를 받으면 바로 돈을 받고 팔아 버리는데, 그게 한두 번이 아니라네.'

이번엔 또 일을 꾸며서 소인을 고발했으니, 나리께서 판단해 주십시오!"

상정은 소를 시주한 사람을 불러 물었다.

"이 소를 정말 저 승려에게 시주하고 돈을 받지 않았느냐?"

"소인은 그냥 주었습니다. 동전 한 푼도 안 받았습니다."

"윤회란 본래 알기 어려운 일이니 어찌 이런 일이 있겠느냐? 게다가 부친이 윤회해 태어난 것이라고 했으면 돈을 받고 팔지 말았어야지. 이 중놈은 정말 괘씸하도다!"

상정은 그 자리에서 고소를 기각하고, 승려를 곤장 스무 대로 엄히 다스린 후 쫓아내었다.

두 번째 사건은 '형을 독살한 사건'이다. 고소한 사람은 호뢰(胡賴)란 사람이고, 피고인은 의원인 진안(陳安)이었다. 상정이 원고를 불러내 물었다.

"그가 네 형을 어떻게 독살했느냐?"

"소인의 형이 병에 걸려 의원 진안을 불러 진찰을 하게 했습니다. 그가 약을 한 제 썼는데, 소인의 형은 다음 날 바로 발광하더니 물에 뛰어들어 빠져 죽었습니다. 이건 분명 저자가 독살한 것입니다!"

"평소에 원한이 있었느냐?"

"없었습니다."

상정이 진안을 불러서 물었다.

"네가 호뢰의 형의 병을 고치기 위해 쓴 약이 무엇이냐?"

"그가 본래 한증(寒症)이라 소인은 형방발산약(荊防發散藥)*을 썼고, 약 안에 세신(細辛) 여덟 푼을 넣었습니다. 그때 그 집에는 얼굴이 동그랗고 땅딸막한 친척이 한 명 와 있었는데, 옆에서 세신을 세 푼만 써도 사람을 죽일 수 있다며 참견을 하더군요. 『본초강목(本草綱目)』 어디에 그런 구절이 있답니까? 이자의 형은 약을 먹고 사나흘이 지난 후 물에 뛰어들어 죽었는데 그게 소인과 무슨 상관이랍니까? 공정하신 나리, 4백 가지 약재의 성질을 모두 찾아보아도 먹고서 강에 뛰어들게 하는 약은 본 적이 없는데, 이게 도대체 어디서 나온 소립니까? 의원으로서 제 할 일을 다 하고도 저 작자에게 이런 모함을 받다니요! 나리께서 판단해 주십시오!"

"이건 정말 말도 안 되는 헛소리로다! 의원은 병자를 위해 온갖 정성을 다하는 자이다. 게다가 집에 환자가 있으면 잘 지켜봐야 하는 법이거늘, 어째서 환자가 밖으로 나가 강에 뛰어들도록 만들었느냐? 그게 의원과 무슨 관계가 있단 말이냐? 이런 일로 고소를 하다니!"

상정은 이렇게 말하고 이들을 모두 내보냈다.

세 번째 사건은 우 부인이 고발한 것으로, '남편이 살해당한 사건'이다. 상정은 우 부인을 불러다가 물었다. 우 부인은 이리저리하여 절강에서 무호까지, 또 무호에서 안동까지 오게 되었다고 낱낱이 고했다.

"저자가 지금 제 남편의 이름을 쓰고 있으니, 제가 남편 일을 저자에게 묻지 않으면 또 누구에게 묻겠습니까!"

"이건 또 무슨 일인가?"

상정은 다시 우포에게 물었다.

"우 생원, 이 부인을 전부터 알고 있었나?"

"이 부인뿐 아니라 그 남편도 모르는 사람입니다. 갑자기 저희 집에 와서 자기 남편을 내놓으라니 정말 마른하늘에 날벼락도 유분수지. 이런 억울한 일이 어디 있겠습니까!"

상정은 우 부인에게 말했다.

"이 우 생원도 우포의고 자네 남편도 우포의인 것은 확실하네. 하지만 천하에 이름이 같은 사람이 한둘이 아니니 우 생원이 자네 남편의 종적을 모르는 것은 당연하네. 다른 데 가서 남편을 찾아보게나."

우 부인은 현청 위에서 훌쩍훌쩍 울면서 지현께서 자기 남편의 억울함을 풀어 주어야 한다고 호소했다. 이렇게 붙잡고 늘어지자 상정도 견디다 못해 말했다.

"할 수 없군. 우리 포졸 둘을 보내 부인을 소흥(紹興)까지 데려다 드리겠소. 부인, 그쪽에 가서 고발하시오. 내가 이런 밑도 끝도 없는 송사를 어찌 처리하겠소? 우 생원, 자네도 돌아가게."

상정은 이렇게 말하고 퇴청했다. 두 포졸이 우 부인을 소홍으로 데리고 갔다.

그런데 이 일이 상급 기관의 귀에 들어갔다. 거기서는 상정이 같이 시문(詩文)을 즐기는 친구라고 하여 인명이 걸린 큰 사건인데도 죄를 묻지 않았다며, 조사를 받고 탄핵을 받아야 한다는 말이 나왔다. 안찰사가 그 탄핵 문서를 작성해 올리게 되었다. 이 안찰사는 성이 최(崔)씨인데, 태감의 조카로 음덕으로 벼슬길에 나와 안찰사에까지 올랐다. 그는 막객에게 탄핵 문서를 쓰게 하고, 등불 밑에서 자세히 읽어 보았다.

우둔하여 직책을 다하지 못한 현령을 탄핵하여 관리들의 법도를 바로잡으려 한다……

爲特參昏庸不職之縣令以肅官方事……

이렇게 시작하여 그 뒤에는 안동현 지현 상정의 수많은 실정(失政)을 나열하고 있었다. 안찰사가 이 탄핵 문서를 소리 내어 읽기도 하며 되풀이해 보고 있는데, 등불 그림자 아래 누군가 무릎을 꿇고 앉아 있는 것이었다. 안찰사가 고개를 들어 살펴보았더니, 바로 자신이 데리고 있던 포문경(鮑文卿)이라는 배우였다. 안찰사가 말했다.

"무슨 할 말이 있는 모양인데, 일어나서 해 보아라!"

포문경이 말했다.

"나리 마님께서 탄핵하시려는 분이 안동현의 상 나리란 걸 방금 들었습니다. 저는 이 나리 분과 전혀 면식이 없습니다. 하지만 제가 예닐곱 살에 기예를 배우기 시작할 때, 사부님께서 가르쳐 주신 것이 바로 그분이 지으신 곡이었습니다. 이 나리는 참으로 대단한 재자요 명사이십니다. 그런 분이 20여 년 만에 겨우 지현 자리를 하나 얻으셨으니, 참으로 안타까운 일이지요! 그런데 이제 또 이번 일로 탄핵을 당하게 되셨습니다. 하물며 이 일도 문인을 공경하려는 뜻에서 비롯된 것이니, 나리 마님께 그분의 탄핵을 취하해 주십사 부탁드려도 될는지요?"

"너에게 재사를 아끼는 마음이 있을 줄은 몰랐구나. 너도 그런 기특한 마음이 있는데, 나라고 그렇게 해 주지 못하겠느냐? 다만 그의 파직을 지금 면해 준다면 그는 네가 구해 줬다는 것을 모를 것이다. 내 여기 이 일의 전후사정을 편지로 써 줄 테니, 가지고 그의 아문으로 가거라. 은자 몇 백 냥을 너에게 사례로 주라고 할 테니, 고향에 돌아가 장사 밑천으로 쓰려무나."

포문경은 머리를 땅바닥에 조아리며 감사를 드렸다. 안찰사는 서재에 두고 부리는 하인을 불러 막객에게 이렇게 전하도록 하였다.

"이 안동현 건은 탄핵하지 마라."

며칠 후 안찰사는 포졸에게 편지를 주고, 포문경을 안동현으로 데려다 주게 했다. 상정은 편지를 뜯어보고 소스라치게 놀라, 얼른 대문을 열고 이 포문경이라는 분을 모시라고 했다. 그리고 자신이 직접 맞으러 나갔다. 포문경은 푸른색 윗도리에 소모(小帽)*를 쓰고 저택 문 안으로 들어와 무릎을 꿇고 '나리' 하며 머리가 땅에 닿도록 절을 하며 문안을 드렸다. 상정 역시 그를 두 손으로 부축해 일으키면서 예를 갖춰 답례 인사를 하려고 했다. 그러자 포문경이 사양하며 말했다.

"감히 소인 같은 놈이 나리의 인사를 받다니요!"

"자네는 상부 아문 사람이고 게다가 나의 은인이기도 하니 그런 자잘한 예절에 구애될 것 없네. 어서 일어나 내 절을 받으시게!"

하지만 포문경은 끝까지 마다했다. 상정이 끌어다 앉혀도 절대 앉으려 하지 않았다. 상정은 속이 타서 이렇게 말했다.

"최 나리께서 자네를 보내셨는데, 자네를 이렇게 대접했단 걸 아시면 내가 곤란해지네."

"나리께서 소인을 특별히 아껴 주시지만, 이건 조정의 법도에 관계된 일이니 단연코 그렇게 할 수 없습니다."

포문경은 공손히 서서 몇 마디 대답을 하고는 복도 쪽으로 물러 나왔다. 상정은 친척에게 접대를 하게 했지만, 포문경은 그것도 극구 사양했다. 결국 집사에게 대접하라고 했더니, 포문경은 그제 야 기뻐하며 집사의 방에서 흥겹게 이야기를 나누었다.

다음 날 상정이 음식을 마련해 서재에 차려 놓고 직접 대접을 하며 술을 따라 주었다. 하지만 포문경은 땅바닥에 꿇어앉은 채 기어코 술잔을 받지 않으려 했고, 앉으라고 해도 앉지 않았다. 상 정도 어쩔 도리가 없어 술상을 내려 보내 집사에게 대접하게 했 다. 그러자 포문경은 자리에서 일어나 상정에게 감사 인사를 올렸 다. 상정은 안찰사에게 감사드린다는 상신서(上申書)를 쓰고, 은 자 5백 냥을 달아서 포문경에게 주었다. 하지만 그는 한 푼도 받 으려 하지 않았다.

"이 돈은 조정에서 나리님들께 내리신 것인데, 저 같은 천한 놈 이 어찌 감히 조정의 은자를 쓸 수 있겠습니까? 만약 소인이 이 은자를 받아 식구들을 먹여 살린다면 천벌을 받아 죽을 겁니다. 나리, 은혜를 베푸시어 소인의 비천한 목숨을 살려주십시오."

상정은 그가 이렇게까지 말하자 억지로 받으라고 할 수도 없어, 다시 이런 사정을 글로 써서 안찰사에게 보고했다. 그리고 며칠 더 그를 머무르게 했다가, 사람을 시켜 남경까지 전송해 주었다. 안찰사는 이런 사정 이야기를 듣고, 별 바보 같은 녀석을 다 봤다며 더 이상은 관여치 않았다. 그리고 또 얼마 후, 안찰사는 경당(京堂)*으로 승진이 되어 그를 데리고 경사로 갔다. 그런데 뜻밖에도 안찰사는 경사에 가자마자 병이 나서 세상을 뜨고 말았다. 포문경은 경사에서 달리 기댈 곳도 없고, 본래 남경 사람이었던지라 할 수 없이 짐을 꾸려서 남경으로 돌아왔다.

남경이란 곳은 바로 태조 황제께서 도읍을 세우신 곳으로, 내성[裏城]의 문이 열세 개이고, 외성의 문이 열여덟 개이며, 성의 직경은 40리에다 성의 둘레는 족히 120리가 넘는다. 성안에는 큰 거리가 수십 개요 작은 골목은 수백 개나 되었는데, 그 거리와 골목마다 사람들이 북적대고 화려한 건물들이 즐비하다. 성안에는 강이 하나 있는데, 동수관(東水關)에서 서수관(西水關)에 이르기까지 10리를 흐른다. 이것이 바로 진회하(秦淮河)이다. 물이 불어날 때면 놀잇배에서 음악 소리가 밤낮으로 끊이지 않고 흘러나온다. 성 안팎으로 화려한 색의 도관과 절들이 가득하니, 육조 시대에는 480곳이 있었지만 지금은 4천8백 곳도 넘는다. 큰 거리와 작은 골목의 술집들은 합쳐서 7천 개 정도 되고 찻집은 천 개가 넘는다. 아무리 외진 골목에 가더라도 등불을 걸어 두고 차를 파는 집이 있어서 싱싱한 꽃을 꽂아 두고 깨끗한 빗물을 끓이고 있다. 그리고 그 안에는 차 마시는 사람들이 가득 들어차 있다. 저녁이 되면 길 양쪽 술집에서 내건 명각등(明角燈)이 길거리마다 수천 개씩 밝혀져 있어 마치 대낮처럼 환하게 길을 비추니, 지나다니는 사람들은 등을 가지고 다니지 않아도 된다.

이 진회하라는 곳은 달이 뜰 때면 밤이 깊을수록 배들이 많이 나오는데, 그 배에서는 악기 소리와 노랫소리가 가늘게 흘러나와 부드럽고도 쓸쓸한 소리가 사람들의 마음을 적신다. 강 양쪽의 하방에 사는 젊은 여인들은 얇은 비단옷을 입고 머리에 재스민 꽃〔茉莉花〕을 꽂고서 모두들 대나무 주렴〔湘簾〕을 걷어 올리고 난간에 기대어 음악 소리를 듣는다. 그리하여 등불을 밝힌 놀잇배에서 북 소리가 한번 울리면 강 양쪽의 주렴이 걷히고 창이 열리며, 하방 안에서 피운 용연향, 침향, 속향*의 향 연기가 일제히 뿜어져 나온다. 그 향 연기는 강 위의 달빛에 싸인 안개와 하나로 합쳐져 마치 낭원(閬苑)의 신선이나 요궁(瑤宮)의 선녀를 보고 있는 것 같다. 그리고 유명한 십육루(十六樓)*의 관기들은 화장을 곱게 하고 눈부시게 화려한 옷을 입고 사방의 나들이객들을 맞는다. 정말 "아침마다 한식(寒食)이고, 저녁마다 원소절(元宵節)"이라고 할 만한 풍경이다.

포문경의 집은 수서문(水西門)에 있는데, 수서문은 취보문(聚寶門)과 가깝다. 이 취보문은 왕년에는 매일 소 백 마리, 돼지 천 마리, 곡식 자루 1만 개가 들어오곤 했다고 하지만, 지금은 소 천 마리, 돼지 1만 마리가 넘게 유입되며, 곡식은 그 양을 셀 수 없을 정도로 들어온다. 포문경은 수서문으로 들어오자 집에 가서 가족을 만났다. 그의 집은 본래 몇 대에 걸쳐 연극에 종사해 왔으며 지금도 여전히 이 일을 하고 있다. 이 극단 조합〔戲行〕은 회청교(淮淸橋)에 총우(總寓) 세 곳과 노랑암(老郞庵)*을 하나 두고 있고, 또 수서문에도 총우 하나와 노랑암이 하나 있다. 총우 안에는 각 극단〔戲班〕의 이름이 적힌 패를 걸어 두었는데, 극단을 부르려면 며칠 전에 그 패 위에 날짜를 적어 두어야 한다. 포문경은 수서문 총우에 등록되어 있었다.

이곳의 규범은 매우 엄격해서 조합 안에서 문제가 생기면 모두 노랑암으로 가서 향을 사르고, 총우에 모여 앉아서 무엇이 잘못인지를 가려낸다. 그리고 매를 맞건 다른 벌을 받건, 그 결정은 어떤 예외도 없이 따라야 했다. 또 홍무 연간부터 활동한 극단들도 있었다. 당시 한 극단에는 10여 명이 소속되어 있었는데 그 이름들을 노랑암 안에 비석을 세우고 새겨두었다. 만약 조상의 이름이 그 비석 위에 새겨져 있으면 그 자손은 일을 배우기 시작하자마자 '세가자제(世家子弟)'로 대우받으며, 나이가 좀 어려도 '노도장(老道長)'이 되었다. 조합의 공적인 업무는 무엇이건 노도장에게 보고한 후에야 처리할 수 있었다. 포문경 할아버지의 이름은 첫 번째 비석 위에 새겨져 있었다.

그는 집에 돌아와 땔감과 식량을 마련해 놓고 집에 있던 생황, 퉁소 등의 크고 작은 피리와 삼현금, 비파 등을 꺼내어 하나하나 점검했다. 개중에는 줄이 끊어진 것도 있고, 겉의 가죽이 손상된 것도 있었으며, 모두 먼지가 잔뜩 쌓여 있었다. 그는 악기들을 그냥 내놓은 채 총우 옆의 찻집으로 동료들을 만나러 갔다. 찻집에 들어가 보니 높은 모자에 남색 비단 도포를 입고, 바닥이 하얀 검은 가죽신을 신고서 혼자서 차를 마시고 있는 사람이 보였다. 포문경이 가까이 가서 보니, 다름 아닌 같은 극단에서 노생(老生)* 역을 하던 곰보 전씨(錢麻子)였다. 그는 포문경이 오는 걸 보고 이렇게 말했다.

"문경, 자네 언제 돌아왔나? 앉아서 차나 들게나."

"내 방금 멀리서 자네를 보고 어느 한림원이나 과도아문(科道衙門)*의 나리가 여기로 잘못 와서 차를 드시고 있는 줄 알았네. 이제 보니 바로 곰보딱지 자네였구먼!"

포문경은 이렇게 말하고 털썩 자리에 앉아 차를 마셨다. 곰보전씨가 또 이렇게 말했다.

"문경, 경사에 한번 가더니 벼슬아치들을 좀 만나 봤나 보지?

돌아오자마자 한림원이니 과도아문이니 하며 거들먹거리다니 말이야!"

"이봐, 그런 게 아니라 그 옷이며 장화는 우리 같은 사람들이 걸칠 수 있는 게 아니라는 거지. 자네가 이런 옷을 입으면 저 책 읽는 나리들은 뭘 입으시란 건가?"

"요즘은 상관없어. 그런 건 20년 전에나 따지던 거라고! 여기 남경의 향신 집에 생일 잔치나 다른 경사가 있을 때, 초나 하나 들고 가면 그분들은 한 상에서 같이 밥을 먹고 가라고 우리를 붙잡지. 아무리 높은 벼슬아치라도 아랫자리에 앉는단 말씀이야. 같은 자리에 만약 궁상맞은 선비가 앉아 있으면 나는 본 척도 안 한다네!"

"이봐, 그렇게 분수를 벗어난 말을 하면, 다음 생에 다시 배우 노릇이나 하게 될 걸세. 아니, 나귀나 말로 태어나도 싸지!"

곰보 전씨는 웃으며 포문경을 한 대 쥐어박았다. 그리고 다과가 나와서 함께 먹었다.

둘이 먹고 있는데 밖에서 한 사람이 들어왔다. 그는 호연건(浩然巾)＊에 짙은 자주색 비단 도포를 입고 발에는 바닥이 하얀 가죽 검은 장화를 신은 채, 손에는 용머리가 조각된 지팡이를 짚고 걸어 들어왔다. 곰보 전씨가 말했다.

"황 영감님, 여기 와서 차나 드시지요."

"나는 또 누구라고, 자네들이었구먼! 이 앞까지 와서야 알아보겠군. 하긴 나도 올해 벌써 여든두 살이라 눈이 잘 안 보인다니까. 문경, 자네는 언제 왔나?"

"온 지 며칠 안 돼서, 찾아뵙지 못했습니다. 마지막 뵌 게 벌써 14년 전이라니, 세월이 참 빨리 가네요. 제가 여길 떠나던 날도 국 공부의 서 나리 댁에서 영감님께서 '찻집 점원〔茶博士〕' 연기를 하시는 걸 다 보고서 길을 나섰지요. 영감님은 지금도 극단에 계십니까?"

황 영감은 손을 휘휘 내저으며 대답했다.

"배우 노릇 안 한 지 벌써 오래됐지."

그리고 옆에 앉아 다과를 더 가져오라고 해서 먹으며, 곰보 전씨에게 물었다.

"며칠 전 남문 밖 장(張) 거인께서 바둑 두러 오라고 자네와 날 청하셨을 때, 자네는 왜 안 왔나?"

"그날은 저희 극단에 일이 들어와서요. 내일은 고루(鼓樓) 밖 설(薛) 나리의 생일인데, 저희를 지명하셨습니다. 영감님, 내일 저하고 같이 축하드리러 가시지요."

포문경이 물었다.

"설 나리라니 그게 누군가?"

"복건(福建)의 정주(汀州)에서 지부를 지내신 분인데, 나와 동갑으로 올해 여든두 살이지. 조정에서는 향음대빈(鄕飮大賓)*으로 그분을 모시기도 했네."

황영감이 이렇게 대답하자, 포문경이 말했다.

"영감님께서 지팡이를 짚고 느긋하게 양반처럼 걸으시는 모습을 보면, '향음대빈' 자리는 영감님이 차지하셔야 되는 건데요!"

그리고 또 곰보 전씨에게 말했다.

"여보게, 이 영감님의 위엄이 어디 은퇴하고 돌아온 지부 같기만 하겠나. 상서나 시랑 나리가 돌아와도 이 영감님 풍채보다 더 번듯하진 못하실 걸!"

그 뻔뻔스런 노인네는 그 말이 자신을 비웃는 소리라는 것도 모르고 희희낙락 의기양양이었다. 차를 다 마시고는 각자 흩어졌다.

포문경은 이들의 행세가 못마땅했지만, 자기 자신도 아이들 몇 명을 구해 작은 극단을 하나 꾸려야 했기 때문에 더 신경 쓰지 않고 성안 여기저기에서 사람을 구하고 다녔다. 하루는 고루(鼓樓)가 있는 언덕에서 한 사람을 만났다. 그런데 이 일로 인해 다음과 같은 새로운 이야기가 생겨난다.

우연히 옛 지인 만나니
교분은 더욱 돈독해지고
연분이 있어 혼인을 하니
자손들도 그 은덕을 입도다.
邂逅相逢, 舊交更添氣色.
婚姻有分, 子弟亦被恩光.

포문경이 대체 누구를 만났을까? 이에 대해서는 다음 회를 들어 보시라.

와평

이 회의 전반부에서 우포 이야기를 매듭짓고, 다음으로 포문경 이야기로 넘어간다. 인명에 관련된 세 건의 사건은 그 내용이 어처구니가 없다는 점에서는 같다. 하지만 앞의 두 사건은 황당무계한 고발이고 우 부인의 고소는 실체가 있는 것이었으니, 그 서술의 대비 효과가 정말 교묘하다. 상정의 뛰어난 재주를 구구한 설명 없이 한두 마디로 짚어 냈고 또 포문경의 말을 빌려 서술했으니, 대상을 직접 그리지 않고도 그 특징을 잘 드러낸 오묘한 솜씨가 돋보인다.

포문경이 배우 노릇을 하는 것은 조부로부터 이어받은 가업이기 때문이다. 그런데 그는 배우 무리에 섞여 있으면서도 초연히 자신의 본분을 지키니 실로 정직하고 바른 선비라고 불리기에 손색이 없다. 그가 비록 배우 노릇을 하고 있지만 그게 무슨 흠이 되겠는가? 세상에 사대부이면서도 배우 노릇을 하고 다니는 자가 어찌 없겠는가? 선비란 이름을 내걸고 실제 하는 짓은 배우 놀음인 것이다. 포문경은 분명 배우이지만 실로 사대부들의 반열에 들기에 부끄럽지 않으니, 이름은 배우이지만 그 실제는 진정한 선비라 하겠다. 『장자(莊子)』에서는 "내가 이름 노릇을 할 것인가? 이름이란 실제의 껍데기이나니, 내가 껍데기 노릇을 할 것인가?(吾將爲名乎? 名者, 實之賓也, 吾將爲賓乎)"라고 했다.

　이 글에 나오는 양주, 서호, 남경 같은 곳은 모두 최고의 명승지이므로 자세하게 묘사해 놓았다. 작자는 고심하여 『형초세시기(荊楚歲時記)』, 『동경몽화록(東京夢華錄)』 같은 책의 필법을 망라하였기에, 읽는 독자들은 어느새 자기도 모르게 그 정경에 빠져 버리게 된다.

　배우는 천한 무리라 감히 사대부와 같을 수 없으니 구분이 있어야 마땅하다. 하지만 요즘 사대부들은 종종 노래를 들으며 술 마시는 자리에서 툭하면 이런 무리들을 잡아끌어 같은 자리에서 어울리는 것을 고상한 취미이며 탈속함이라고 여긴다. 그래서 배우들도 점차 익숙해져서 결국 자기 분수에 맞는 일이라고 여기고, 그렇게 하지 못하는 이들은 변변치 못하다고 여기게 되었다. 그리고 자리에 궁색한 선비 한두 명이 있으면 갖가지 방법으로 그들을 조롱한다. 저 부귀한 사람들도 그것을 태연히 두고 보면서 웃으며 나무라지도 않는다. 아아! 그들의 식견은 참으로 포문경보다 못하구나!

제25회
포문경은 남경에서 지인을 만나고
예정새는 안경에서 혼인하다

포문경은 성 북쪽으로 가서 사람을 찾아다니며 연극을 배울 아이를 물색했다. 고루로 가는 언덕을 거의 다 올라갔을 때, 그는 언덕 아래로 내려오던 사람 하나와 마주쳤다. 포문경은 그 사람을 유심히 살펴보았다. 그는 낡아빠진 펠트 모자에 역시 낡아빠진 검은 비단 도포를 입고, 너덜너덜한 붉은 신을 신었으며, 귀밑머리가 희끗희끗한 것이 얼핏 봐도 예순 살은 넘어 보였다. 그는 손에 낡은 거문고를 들고 있었는데, 거문고에는 흰 종이가 붙어 있고 그 위엔 '악기 수선함'이라고 쓰여 있었다. 포문경은 그 사람 앞으로 몇 걸음 다가가 절을 하고 말했다.

"어르신, 악기를 수선할 줄 아십니까?"

"그렇소이다."

"그러시군요. 괜찮으시다면 저랑 잠깐 찻집에 가지 않으시겠습니까?"

두 사람은 그 길로 찻집에 가서 자리를 잡고 앉아 차를 시켜 마셨다. 포문경이 물었다.

"존함이 어떻게 되십니까?"

"전 예(倪)가입니다."

"댁은 어디신지요?"

"예서 멀지요! 삼패루(三牌樓)에 있습니다."

"어르신께서 악기를 고치신다고 했는데, 삼현금과 비파도 수리할 수 있으십니까?"

"뭐든 다 합니다."

"저는 성이 포가이고 수서문에 삽니다. 제가 사실은 극단을 꾸리고 있어서 집에 고장 난 악기가 몇 개 있는데, 어르신께서 한번 손을 봐주셨으면 합니다. 저희 집에 오셔서 고치시는 게 낫겠습니까? 아니면 댁으로 보내 드리는 게 나을까요?"

"모두 몇 개나 됩니까?"

"아마 일고여덟 개는 될 겁니다."

"그 정도면 운반하기도 힘들겠습니다. 차라리 내가 선생 댁에 가서 고치는 게 낫겠습니다. 하루나 이틀이면 너끈할 테니, 아침밥 한 끼만 선생께 신세를 지고 저녁엔 집에 돌아가면 될 것 같습니다만."

"그렇게만 해 주시면 좋고말고요! 대접이 소홀해도 너그러이 이해해 주십시오."

그리고 포문경이 다시 물었다.

"언제 오실 수 있으십니까?"

"내일은 짬이 나질 않고, 모레면 되겠습니다."

두 사람이 그렇게 약속을 정하고 있는데, 찻집 입구에 복령고(茯苓糕)*를 파는 장사치가 멜대를 메고 왔다. 포문경은 복령고 반근을 사서 예 노인과 함께 먹은 뒤, 작별 인사를 하고 헤어졌다. 포문경이 말했다.

"그럼 모레 아침에 어르신을 기다리고 있겠습니다."

예 노인은 그러마 하고 자리를 떴다. 포문경은 돌아와 아내에게

472

예 노인을 만났던 일을 얘기하고, 악기들을 모두 깨끗하게 손질해서 밖으로 꺼내 객실에 늘어놓았다.

약속한 날 아침 예 노인이 도착했다. 예 노인은 차와 간식을 먹은 뒤 악기들을 수리하기 시작했다. 한참 일을 하고 나자 연극을 배우는 아이 둘이 간소하게 차린 밥을 내왔고, 포문경은 예 노인을 모시고 함께 먹었다. 오후가 되자 포문경이 밖에 나갔다 돌아와 예 노인에게 이렇게 말했다.

"아무래도 너무 대접이 소홀한 것 같습니다. 집에 먹을 만한 것도 없고, 죄송스럽습니다. 그래서 지금 어르신을 음식점으로 모시고 싶은데, 그 악기들일랑 잠깐 두었다가 내일 다시 손을 보시지요."

"뭘 그리 번거롭게 신경을 쓰십니까?"

두 사람은 밖으로 나가 어떤 음식점에 들어가 구석의 조용한 자리를 골라 앉았다. 종업원이 와서 물었다.

"다른 손님이 또 오십니까?"

예 노인이 대답했다.

"아닐세. 여긴 무슨 음식이 있나?"

점원이 손가락을 꼽아가며 자기 집 요리를 읊어댔다.

"돼지 넓적다리, 오리, 생선조림〔黃悶魚〕, 술에 절인 살치〔醉白魚〕, 잡채〔雜膾〕, 닭〔單鷄〕, 돼지고기 편육〔白切肚子〕, 살짝 익힌 돼지고기 볶음〔生爔肉〕, 북경식 돼지고기 볶음〔京爔肉〕, 얇게 저민 돼지고기 볶음〔爔肉片〕, 고기완자 지짐〔煎肉圓〕, 민물 청어 찜〔悶青魚〕, 삶은 연어 머리〔煮鰱頭〕에 또 가정식 편육〔便碟白切肉〕도 있습니다."

예 노인이 말했다.

"선생, 우리 사이에 체면 차릴 게 뭐 있겠습니까? 간단히 편육이나 한 접시 먹고 가십시다."

"그건 너무 약소하지요."

포문경은 종업원을 불러 먼저 술안주로 오리 한 접시를 가져오라 하고, 또 얇게 저민 돼지고기 볶음과 밥도 함께 주문했다. 종업원은 알겠노라며 가더니 금방 오리 한 접시와 술 두 주전자를 날라 왔다. 포문경은 일어나 예 노인에게 한 잔을 따르고, 자리에 앉아 술을 마시며 그에게 물었다.

"제가 뵙기에 어르신은 공부도 많이 하신 분 같은데 왜 이런 악기 수리 같은 일을 하십니까?"

그러자 예 노인이 한숨을 푹 내쉬며 대답했다.

"선생, 내 사정 얘길 하자면 끝이 없다오! 나이 스물에 학교에 들어가 지금까지 장장 37년간 수재 노릇만 하고 있답니다. '죽은 글귀(死書)' 몇 구절 읽는데 코가 빠져 뭐 하나 뾰족하게 하지 못하는 처지가 되고 말았지요. 하루하루 입에 풀칠하기도 어렵고 애들은 또 좀 많은 줄 아십니까? 그저 이 기술로라도 먹고 살아야지, 어쩔 수 없는 일이지요."

포문경이 깜짝 놀라 말했다.

"학교에 계시던 분이셨군요! 어쩐지…… 제가 몰라 뵙고 너무 무례하게 굴었습니다! 실례지만, 자제 분들이 몇이나 되십니까? 부인께선 아직 옆에 계신가요?"

"안사람은 괜찮습니다. 아이들은 전에 여섯이 있었지만 지금 와선 그렇게 말할 수도 없답니다."

"그게 무슨 말씀이십니까?"

예 노인은 그렇게 말하고 자기도 모르게 눈물을 주르륵 흘렸다.

포문경이 다시 술을 한 잔 따라 예 노인에게 건네며 물었다.

"어르신, 무슨 근심이 있으시면 제게 말씀하셔도 괜찮습니다.

제가 혹시 도울 수 있을지도 모르고요."

"이 얘긴 그만 하십시다. 말해 봤자 괜히 선생에게 웃음거리만 될 성싶습니다."

"저 같은 사람이 감히 어르신을 비웃다니요! 편히 말씀해 보십시오."

"그럼 솔직히 털어놓으리다. 나한테 아들 녀석이 여섯이 있었는데, 하나는 죽고, 지금은 막내만 집에 있습니다. 나머지 넷은……"

여기까지 말한 예 노인은 다시 입을 다물고 더 말하려 하지 않았다. 포문경이 말했다.

"넷은 어떻게 되었는데요?"

예 노인은 포문경이 다음 얘기를 재촉하자 하는 수 없이 이렇게 대답했다.

"선생, 선생이야 생판 남은 아니니 비웃지는 않겠지요. 솔직히 말씀드리자면, 먹고 살 길이 막막해 그만 내가 네 녀석을 모두 멀리 다른 고장으로 팔아 버렸답니다."

포문경은 이 말을 듣자 왈칵 눈물이 쏟아졌다.

"아드님들이 정말 불쌍하게 되었습니다!"

예 노인이 눈물을 흘리며 말했다.

"그놈들만 팔아먹겠습니까? 하나 남은 막내도 데리고 있기가 정 힘들어지면 또 팔아야 할 테지요!"

"두 분께서 어찌 차마 떼 놓으시겠습니까?"

"먹일 것도 입힐 것도 아무것도 없는데, 집에 데리고 있다 부모 따라 굶어죽느니 차라리 제 살길이라도 찾게 보내 주는 게 낫지 않겠습니까!"

포문경은 안쓰러운 사정에 마음 아파하다가, 한참 만에 입을 열었다.

"막내 아드님 일은 제게 생각이 하나 있긴 한데, 어르신께 말씀 드리기가 좀 뭣합니다."

"할 말이 있거든 그냥 다 하시구려. 뭐 어떻습니까?"

포문경이 무슨 말인가 꺼내려다 다시 주춤 말을 삼키며 이렇게 얘기했다.

"아닙니다. 괜히 이런 말씀드렸다 어르신께 노여움을 살까 두렵습니다."

"그럴 리가 있습니까! 선생이 뭐라 하시든 내가 어찌 탓할 수 있겠습니까?"

"그럼 외람되지만, 말씀드리겠습니다."

"어서 말씀해 보시구려, 어서."

"어르신, 이를테면 어르신께서 막내 아드님을 다른 사람에게 파는데, 만약 외지 사람에게 팔면 다른 아드님들처럼 만날 수가 없게 됩니다. 제 나이가 마흔이 넘었는데 지금껏 딸 하나만 두고 아들이 없습니다. 어르신께서 천한 놈이라고 내치지만 않으신다면, 아드님을 제게 양자로 주십시오. 그럼 제가 관례대로 은자 스무 냥을 드리고 성인이 될 때까지 잘 키우겠습니다. 명절이나 기념일 때는 어르신 댁에 가서 지낼 수 있게 하고, 훗날 어르신 일이 잘 풀리시면 다시 슬하로 돌려보내 드리겠습니다. 이렇게 하면 어떠시겠습니까?"

"그렇게만 해 준다면 내 아들 녀석에겐 생명의 은인이 나타나신 건데, 내가 안 된다고 할 리가 있습니까? 그놈 먹여 살려 달라고 양자로 보내는 마당에 돈까지 어떻게 받을 수 있단 말입니까? 그건 안 될 말이지요."

"그게 무슨 말씀이십니까? 은자 스무 냥을 꼭 보내 드리겠습

니다."

이렇게 얘기가 된 뒤, 둘은 한참 동안 더 술을 먹다 계산을 하고 음식점 밖으로 나왔는데, 아직 해가 남아 있었다. 예 노인은 집으로 돌아갔다. 포문경이 돌아와 예 노인과 나누었던 이야기를 아내에게 들려주자 아내 역시 반겨했다.

다음 날 예 노인은 아침 일찍 와서 악기를 수선하고, 포문경을 만나 말했다.

"어제 우리끼리 상의한 얘기를 안사람에게 했더니, 안사람도 선생에게 고마워 어쩔 줄 몰라 하더군요. 이제 이렇게 약속이 정해졌으니 길일을 골라 아들 녀석을 데려가 양자로 삼으면 되겠습니다."

이 말을 듣자 포문경은 몹시 기뻐했다. 이후로 두 사람은 친척 간의 호칭으로 서로를 부르며 가깝게 지냈다.

며칠 후 포문경 집에서 술상을 준비하고 예 노인을 청했다. 예 노인은 아이를 양자로 준다는 문서를 쓰기 위해 아들을 데리고 함께 왔다. 그리고 포문경 집 왼쪽에 실 가게를 열고 있는 장국중(張國重)과 오른쪽 향초 가게의 왕우추(王羽秋)를 증인으로 불러 그 두 이웃이 모두 도착했다. 양자 입양 문서는 다음과 같이 작성되었다.

〈양자 입양 문서〉
예상봉(倪霜峰)은 이제 열여섯 살 된 자신의 여섯 째 아들 예정새를 집에서 거둘 수가 없어, 부부의 상의 하에 포문경 슬하의 양아들로 주고 이름을 포정새(鮑廷璽)로 바꾸고자 한다. 오늘 이후로 성인이 될 때까지 혼인을 포함한 양육의 일체를 포문경이 책임지며, 예정새는 포문경 집안의 대를 잇고 제사를 모시기로 하는 데에 양측 모두 어떤 이의도 없다. 아이가 예기치 못한 일로 죽을 경우, 쌍방은 천명으로 여기고 그대로 따른다. 이제 증거로 삼기 위해 입양 문서를 만드니, 이 문서는 증거로서 영구히 보존해야 한다.

　가정 16년 10월 1일

　문서 작성자 : 예상봉

　입회 증인 : 장국중, 왕우추

　문서를 다 작성하고 모두 서명을 했다. 포문경은 은자 스무 냥을 가져와 예상봉에게 주고 또 모인 사람들에게 감사의 인사를 했다. 이후로 두 집안은 계속 친하게 왕래했다.

　포정새로 이름을 바꾸게 된 예정새는 무척이나 총명하고 영리했다. 포문경은 그가 글 읽는 집안의 아들이란 걸 생각해 연극을 가르치지 않고 2년 동안 글공부를 시켰으며, 자신의 극단을 관리하는 일을 돕게 했다. 포정새가 열여덟 살이 되었을 때 친아버지 예상봉이 세상을 떠났다. 포문경은 장례를 치를 수 있게 은자 몇십 냥을 내놓았고, 자기도 직접 상가에 가서 곡을 하며 애도했다. 또 예전에 약속한 대로 포정새에게 상복을 입혀 예상봉을 장사 지내게 했다. 이후로 포정새는 더욱 열심히 포문경의 일을 도왔다.

　포문경의 아내는 그를 밖에서 데려온 자식이라며 박대하고, 자기 딸과 사위만을 귀히 여겼다. 하지만 포문경은 글 읽는 집안 자식이라며 친자식보다 더 아껴 주었다. 술이나 차를 마실 일이 생기면 언제나 그를 데려갔고, 밖에서 일할 때도 항상 옆에 두어 그가 푼돈이나마 벌어서 모자며 양말 같은 자잘한 옷가지를 마련할 수 있게 해 주었다. 그리고 곧 장가를 보내 줘야겠다는 생각도 하고 있었다.

그러던 어느 날 아침 포문경이 포정새를 데리고 외출을 하려는데, 어떤 사람이 노새를 타고 집 앞까지 찾아왔다. 그는 대문 앞에 이르러 노새에서 내리더니 안으로 들어왔다. 포문경은 그가 천장현(天長縣) 두(杜) 나리 댁의 집사 소씨(邵氏)임을 알아보고 말했다.

"소 나리, 언제 강을 건너 예까지 오셨습니까?"

"포 선생을 만나 보러 온 걸세."

포문경이 그에게 예를 갖춰 절을 하고 아들에게도 인사를 하게 했다. 그리고 그에게 자리를 권한 뒤 세숫물을 가져다주고 또 차를 대접했다. 차를 마시면서 포문경이 그에게 물었다.

"두 나리 댁 노마님께서 올해 꼭 일흔이 되시는 걸로 아는데, 혹시 그 일로 극단을 부르러 오셨습니까? 참, 나리께선 편안하신지요?"

그러자 소 집사가 웃으며 대답했다.

"바로 맞혔네. 나리께서 연극 스무 편을 주문하라 분부하셨네. 포 선생 집에 극단이 있던가? 있으면 바로 자네 극단을 데리고 가세나."

"작은 극단이 하나 있으니, 당연히 가서 즐겁게 해 드려야지요. 언제쯤 출발해야 할까요?"

"내달에 바로 출발하시게나."

이야기가 끝나자 소 집사는 노새를 몰고 온 사람을 시켜 짐을 안으로 들여놓게 하고, 노새는 돌려보냈다. 소 집사는 짐 꾸러미 안에서 은자 한 봉지를 꺼내 포문경에게 주며 말했다.

"은자 쉰 냥일세, 포 선생. 받아 두시게. 나머지는 극단을 데리고 나리 댁에 왔을 때 주겠네."

포문경은 은자를 받았다. 그날 밤 술상을 크게 차려 놓고 밤늦

도록 소 집사를 대접했다. 다음 날 소 집사는 장을 보러 시내에 나
갔다. 그는 네댓새 동안 이것저것 물건을 사서 짐꾼을 구해 먼저
천장현으로 돌아갔다. 포문경 역시 곧장 짐을 꾸려 포정새와 함께
극단을 이끌고 천장현 두씨 댁으로 가서 공연을 했다. 40여 일간
의 공연을 끝내자 벌어들인 은자가 족히 백 수십 냥은 되었다. 포
씨 부자는 두씨 댁이 베풀어 준 은혜에 감사해 마지않았다. 그리
고 10여 명의 극단 배우들은 모두 별도로 두씨 댁 노마님이 내리
신 솜저고리 한 벌과 신발 및 양말 한 켤레를 상으로 받았다. 배우
의 부모들은 이 사실을 알고 두씨 댁의 후한 인심에 고마워했고,
포문경에게도 찾아와 감사의 인사를 했다. 포문경은 극단을 데리
고 전처럼 남경에서 공연을 하며 지냈다.

어느 날 포문경은 상하(上河)에서 밤 공연을 하게 되었다. 새벽
이 되어서 공연이 끝나자 배우와 분장 도구들을 먼저 성안으로 들
여보냈다. 그리고 그들 부자는 상하에 있는 목욕탕에서 목욕을 하
고 차와 간단한 식사를 한 후 천천히 돌아왔다. 집 앞에 도착하자
포문경이 말했다.

"지금 집에 들어갈 필요는 없을 것 같구나. 내교(內橋)에 있는
어떤 집에서 내일 공연을 부탁했으니, 일찌감치 거기 가서 은자나
받아 오자꾸나."

포정새는 아버지를 따라나섰다. 두 사람이 동네 어귀까지 걸어
갔을 때, 맞은편에서 관리가 쓰는 황색 일산과 두 줄로 늘어선 붉
은색과 검은색 모자를 쓴 포졸들, 햇빛 가리개, 그리고 큰 가마가
나타났다. 보아하니 어디 외지의 관리가 길을 지나는 것 같았다.
포문경 부자는 길가 집 처마 밑으로 비켜 나 지켜보며 그 행렬이
지나가길 기다렸다. 햇빛 가리개가 앞을 지나가는데 보니 거기엔
'안경부정당(安慶府正堂)'이라고 쓰여 있었다. 포문경이 햇빛 가

리개를 쳐다보고 있자니 가마가 바로 앞까지 다가왔다. 가마에 타고 있던 관리는 포문경을 보고는 깜짝 놀랐다. 포문경이 고개를 돌려 관리를 보니 바로 안동현에 있던 상 나리였다. 상정이 승진을 했던 것이다. 가마가 그 앞을 지나자마자 관리는 가마 뒤를 따르던 하인 하나를 가마 앞으로 불러 몇 마디 지시를 했다. 그러자 하인이 나는 듯이 달려 포문경 앞에 오더니 이렇게 말했다.

"포 선생이 아니시냐고 나리께서 물으십니다."

"그렇습니다만. 나리께선 혹시 안동현에서 승진해 가신 분이 아니신지요?"

"맞습니다. 나리의 공관이 과거 시험장〔貢院〕 정문 입구에 있는 장씨(張氏) 하방에 있으니, 그곳으로 오셔서 만나자고 청하십니다."

포문경은 아들을 데리고 시험장 앞 향초 가게에서 명첩을 하나 사서 "문하생 포문경이 인사드립니다(門下鮑文卿叩)"라고 썼다. 그리고 장씨 하방에 가니, 상정이 이미 숙소에 돌아와 있었다. 포문경은 명첩을 문지기에게 주며 말했다.

"죄송하지만 나리께 고해 주십시오. 저는 포문경이란 사람인데 나리를 뵈러 왔습니다."

문지기는 명첩을 받아들고 말했다.

"잠시 여기서 기다리게."

포문경은 아들과 함께 걸상에 앉아 있었다. 한참을 앉아 있자니 안에서 보낸 하인이 나와 이렇게 묻는 소리가 들렸다.

"문지기 양반, 나리께서 포문경이란 분이 도착하셨는지 물으시는데요?"

"왔네. 명첩이 여기 있네."

문지기는 황급히 명첩을 하인에게 건네주었다. 그러자 안에서

"어서 모시게"라고 하는 소리가 들려왔다. 포문경은 아들에게 밖에서 기다리라 이르고, 혼자 문지기를 따라 안으로 들어갔다. 하방으로 들어가자 상정이 이미 사모에 평상복으로 갈아입고 그를 맞이하러 나와서는 웃으며 이렇게 말했다.

"옛 친구가 오셨구려!"

포문경이 꿇어앉아 머리를 조아리며 문안 인사를 올렸다. 상정은 두 손으로 부축해 일으키며 말했다.

"이보게, 친구, 계속 그렇게 예의를 따지면 서로 불편하지 않은가!"

상정은 두세 차례 끌어다 자리에 앉혔지만 그럴 때마다 그는 다시 꿇어앉으며 자리를 사양했다. 그러다가 결국 바닥에 있는 걸상에 가서 엉덩이를 붙였다. 상정이 자리에 앉아 말했다.

"문경, 자네하고 헤어진 지 벌써 10년이 넘었네그려. 그새 난 이렇게 늙은이가 되었고, 자네 수염도 반백이 되었구면."

포문경이 일어나 말했다.

"나리께서 승진하신 걸 까맣게 모르고 있어, 축하를 드리지도 못했습니다."

"앉게나. 그간의 일을 들려줌세. 안동현에서 2년을 지내고, 사천(四川)에서 지주를 하다가 다시 부(府)의 동지를 거쳐 올해 겨우 이리로 승진해 온 걸세. 최 나리께서 돌아가신 후로 자네는 고향에 돌아와서 무슨 일을 했는가?"

"이 몸이야 본래 배우 출신이니 고향에서 뭐 달리 할 일이 있겠습니까? 하던 대로 작은 극단을 하나 꾸려 살고 있습니다."

"아까 같이 있던 젊은이는 누군가?"

"제 아들놈입니다. 문 입구까지 같이 왔습니다만 감히 들어오진 못하고 있습니다."

"왜 못 들어온단 말인가? 누가 밖에 얼른 나가 포 도령을 모셔 오너라!"

당장에 하인 하나가 나가 포정새를 데리고 들어오자, 포문경이 상 지부에게 머리를 조아려 절을 올리라고 했다. 그러자 상 지부가 친히 일으켜 세우며 물었다.

"올해 몇인가?"

"열일곱 살입니다."

"참 점잖게 잘생겼구나. 글 읽는 집안 자제 같구먼."

그리고 포정새를 부친 옆에 앉게 했다.

"문경, 자네 아들도 극단 일을 배웠는가?"

"이 녀석에겐 연극을 가르치지 않았습죠. 2년간 글공부를 하고, 지금은 극단에서 사무를 보고 있습니다."

"그것도 좋지. 그런데 내가 지금 또 상급 아문들에 좀 다녀와야 하네. 자네는 돌아가지 말고 아들과 함께 여기서 밥을 먹고 있게 나. 내 돌아와 자네에게 할 말이 있으니까 말일세."

이렇게 말하고 상정은 옷을 갈아입고 가마를 타고 떠났다. 포문 경은 아들과 함께 집사들이 거처하는 방으로 갔다. 출입을 관리하는 왕 집사는 전부터 알던 사이라 서로 인사를 나누었고, 아들도 불러 인사를 시켰다. 왕 집사의 아들 소왕(小王)은 이미 장성하여 서른 살이 넘었고, 입 주변에 수염을 잔뜩 기르고 있었다. 왕 집사는 포정새를 보고 무척 마음에 들어 하며, 진홍색 비단에 금실로 장식한 전대(錢袋)에다 은자를 조금 넣어 선물로 주었다. 포정새는 감사의 인사를 올렸고, 다들 앉아서 이런저런 한담을 나누다 밥을 먹었다.

상정은 오후가 되어서야 돌아왔다. 그는 손님을 만날 때 입는 긴 도포를 갈아입고, 아까처럼 하방에 앉아 포문경 부자를 들어오게 했다. 상정이 말했다.

"내일 아문에 돌아가야 돼서 자네와 긴 얘기를 할 수가 없겠네."

상정은 하인을 불러 방에서 은자 한 봉지를 가져오게 하여 포문경에게 주며 다시 말했다.

"은자 스무 냥일세. 받아 두게나. 내가 떠나면 자네는 집안일을 좀 정리해서 극단은 다른 이에게 맡긴 다음, 보름 안으로 아들과 함께 우리 아문으로 오게. 자네에게 할 얘기가 있네."

포문경은 은자를 받아 들고 지부 상정의 후의에 감사를 드린 후 말했다.

"보름 내로 아들 녀석과 함께 나리 아문으로 찾아뵙고 꼭 인사 여쭙겠습니다."

상정은 또 술을 마시고 가라고 포문경을 붙잡았다. 술을 마신 뒤 포문경은 아들과 함께 집으로 돌아와 쉬었고, 다음 날 아침 다시 상정의 공관으로 가서 그를 전송했다. 포문경은 집에 돌아와 아내와 상의한 끝에 극단을 잠시 사위인 귀(歸)씨와 극단 교사인 김차복(金次福)에게 맡기기로 했다. 그리고 자신은 옷가지며 길 떠날 짐을 꾸리고, 또 아문의 집사들에게 선물할 요량으로 머리끈이나 비누 같은 남경의 유명한 물건들 몇 가지를 준비했다.

며칠 후 포문경 부자는 수서문에서 배를 탔다. 배가 지구(池口)에 도착하자 다시 다른 두 손님이 배에 올라 선실로 들어왔다. 새로 탄 손님들과 이야기를 나누다 포문경이 상정의 아문에 가는 길이라는 얘기를 하게 되었다. 그런데 알고 보니 그 두 사람은 바로 안경부에서 문서를 다루는 서판(書辦)이었던지라, 가는 내내 포문경 부자를 떠받들면서 술과 고기를 사서 대접했다. 밤이 되자 그 둘은 다른 손님들이 잠들길 기다렸다가 포문경에게 다가가 조용히 말했다.

"탄원 건이 하나 있는데 말입니다, 어르신께서 나리께 비준한다는 '준(准)' 자 하나만 받아주시면 저희가 2백 냥을 드리겠습니다. 그것 말고 현에서 올라온 소송 사건이 또 하나 있는데, 나리께 말씀드려 그걸 기각하게만 만들어 주신다면 그 일은 3백 냥을 드리겠습니다. 포 어르신께서 저희 나리께 잘 좀 부탁해 주십시오."

"사실 전 늙어빠진 배우로, 천하기 짝이 없는 몸입니다. 나리께서 큰 은혜를 베풀어 아문으로 불러 주셔서 가긴 갑니다만, 저 같은 사람이 어떻게 감히 나리 앞에서 그런 부탁을 할 수 있겠습니까?"

"어르신, 저희 말을 믿지 못하셔서 그러십니까? 사정 얘기만 좀 해 주신다면 도착하자마자 은자 5백 냥을 미리 드리겠습니다."

그러자 포문경이 웃으며 말했다.

"제가 돈을 좋아했다면 예전 안동현에서 나리께서 상으로 5백 냥을 내리셨을 때 왜 받지 않았겠습니까? 전 박복한 제 팔자를 잘 알고 있습니다. 그리고 모름지기 돈이란 제 손으로 피땀 흘려 벌어야 온전히 자기 것인 법, 어찌 나리를 속이고 그 돈을 받겠습니까? 더구나 그걸 부탁한 사람이 떳떳하다면 절대 몇 백 냥씩이나 내서 뒷거래를 할 리가 없습니다. 게다가 이쪽 사정을 봐주면 상대방이 억울하게 될 테니, 그게 음덕을 해치는 일이 아니고 뭐겠습니까? 제가 보기엔 말입니다, 그 일은 제가 감히 상관할 게 아닐 뿐더러 두 분 나리도 신경 쓰실 필요가 없는 것이올시다. 자고로 '관청에선 덕행을 쌓기에 좋다(公門裏好修行)'고 했으니, 두 분께선 상 나리를 잘 보필하시어 만사에 청렴한 나리의 명성을 더럽히지 않도록 해야 합니다. 또 그래야 자기 가족의 목숨과 재산을 잃는 일도 없을 것입니다."

포문경이 이렇게 몇 마디하자 두 서판은 모골이 송연해지면서 머쓱해져 엉뚱한 얘기를 횡설수설하다 가 버렸다. 다음 날 새벽 안경에 도착해서 포문경은 지부인 상정 댁에 명첩을 전했다. 상정은 그들 부자의 짐을 서재에 옮겨놓고 거기서 지내게 했다. 그리고 매일 자기 친지와 함께 한 상에서 밥을 먹게 하고, 비단과 무명을 넉넉히 내주며 머리끝에서 발끝까지 옷가지 일습을 새로 다 해주었다.

그러던 어느 날 상정이 서재로 들어와 앉더니 포문경에게 물었다.

"문경, 자네 아들은 혼인을 했는가?"

"가난한 살림 탓에 아직 그 일은 엄두도 내지 못하고 있습니다."

"그래서 말인데, 자네에게 하고 싶은 얘기가 있긴 하나 말을 꺼냈다가 허물이라도 잡힐까 봐서 말일세. 자네가 기꺼이 응해만 준다면 내 소원 하나가 성취되는 거네."

"나리께서 무슨 분부를 내리시든 제가 어찌 감히 따르지 않겠습니까?"

"우리 집 집사장 왕씨에게 딸이 하나 있네. 그 딸아이가 아주 귀엽고 총명해서 내 안사람이 어쩌나 아끼는지, 늘 곁에 두고 손수 머리도 빗겨주고 전족도 싸매 주고 한다네. 올해 열일곱 살이니 자네 아들과 동갑일세. 왕씨는 우리 집에서 벌써 3대째 일을 하고 있는 사람이네. 내가 고용 문서까지 벌써 그에게 돌려주었으니 더 이상 우리 집 하인도 아닌 셈이야. 또 그 사람에게 소왕(小王)이란 아들이 하나 있는데, 내가 아문의 서판 자리를 하나 사 주었네. 5년 만기가 차면 작지만 전사(典史) 같은 잡직(雜織)에라도 임명될 수 있을 걸세. 자네만 싫지 않으면 자네 아들을 왕씨의 사위로 주었으면 싶네. 장차 벼슬살이할 소왕이 자네 아들의 처남이 되는 게지. 어떤가, 이 혼담이 마음에 있는가?"

"나리의 크나큰 은혜에 몸 둘 바를 모르겠습니다! 어떻게 감사드려야 할는지! 그런데 통 세상 물정을 모르는 제 아들놈을 왕 집사장께서 사위로 삼고 싶어 하실지 모르겠습니다."

"내 벌써 얘길 했는데, 왕씨가 자네 아들을 무척이나 마음에 들어 하더군. 그리고 이 혼사는 자네가 한 푼도 쓸 필요 없네. 자넨 그저 내일 명첩만 한 장 들고 가서 왕씨와 상견례나 나누게. 침상휘장, 이부자리, 의복, 장신구, 그리고 결혼식 연회비용까지 모두 내가 다 알아서 준비해서 두 아이 짝을 지어 줄 테니 자네는 그저 시아버지 노릇만 잘하면 되네."

포문경은 꿇어 엎드려 상정에게 감사의 절을 올렸다. 상정은 두 손으로 그를 일으켜 세우며 말했다.

"이게 뭐 대단한 일이라고 이러나? 아직도 자네에게 갚아야 할 빚이 한참은 남았는걸."

다음 날 포문경은 명첩을 들고 왕 집사를 찾아가 인사했고, 왕 집사도 답례로 포문경을 방문했다. 그런데 그날 밤 한밤중에 갑자기 순무아문에서 나온 수행아전 하나가 말을 타고 나타났고, 그와 함께 동지 한 명이 가마를 타고 들이닥쳤다. 동지는 곧장 청당으로 올라가더니 상정을 모셔 오라고 했다. 아문 사람들 모두 당황해서 어쩔 줄 모르며 이렇게 수군거렸다.

"큰일 났다! 관인(官印)을 몰수하러 왔다!"

그런데 이 일로 인해 다음과 같은 새로운 이야기가 생겨난다.

부귀영화는
누려봤자 한순간일 뿐,
꺾이고 좌절당하며
풍파는 또 얼마나 생겨날는지?

榮華富貴, 享受不過片時.

潦倒摧頹, 波瀾又興多少.

이날 들이닥친 관리가 정말 관인을 몰수할까? 이에 대해서는
다음 회를 들어보시라.

와평

과거 제도가 시행된 이후로 천하에 급제의 영예를 얻기 위해 사
력을 다하지 않는 이가 없다. 사실 수천 수백 명이 그 명성을 구하
지만 손에 넣는 자는 한둘에 불과하다. 이렇게 과거에 실패한 이
들은 아무짝에도 쓸모가 없다. 밭도 일굴 줄 모를 뿐더러 장사도
할 줄 모르고 그저 있는 재산을 까먹을 줄만 아니, 자식을 팔아먹
는 지경에 이르지 않는 이가 얼마나 되겠는가! 예상봉은 "예전에
죽은 글 나부랭이나 잘못 공부했던 게 한스럽다(可恨當年誤讀了幾
句死書)"고 했다. '죽은 글[死書]'이란 이 표현이야말로 일찍이 유
례가 없는 절묘한 통찰로서, 시대를 구할 명약일 뿐 아니라 세상
을 일깨우는 새벽 종 소리가 될 만하다 하겠다.

상정의 겸허함과 포문경의 한없는 겸손은 실로 현명한 주인에
훌륭한 손님처럼 잘 어울린다고 할 수 있다. 상정이 포문경 부자
를 아끼는 행동이 그야말로 진심에서 우러나온 것임을 잘 그려 냈
고, 포문경 부자가 그 은혜에 감격하여 아무런 보답을 바라지 않
는 마음 또한 손에 잡힐 듯 역력히 보여 준다. 『시경』에 "마음속
깊이 품고 있거늘, 한시라도 그를 잊을 날 있으랴?(中心藏之, 何日
忘之)"*라는 구절이 있는데, 상정이 바로 그러했다. 『주역』에 이르

488

길 "겸손한 군자는 스스로 몸을 낮추어 처신한다(謙謙君子, 卑以自牧)"*고 했는데, 포문경이 바로 그러했다.

제26회
상정은 친구 포문경의 죽음을 슬퍼하고,
포정새는 부친을 잃고 아내를 얻다

상정은 관인을 몰수하러 관리가 왔다는 소리를 듣고, 황급히 형사(刑事)와 전곡(錢穀)을 담당하는 막료를 불러다가 말했다.

"여러분은 관내의 모든 관련 서류를 점검해 주시오. 꼼꼼히 잘 살펴서 하나라도 빼놓지 않도록 해야 하오."

이렇게 지시한 뒤 서둘러 대문을 열고 나갔다. 상정이 파견 나온 동지를 맞으러 나오자, 동지는 공무집행명령서[牌票]*를 한 장 보여 주면서 귓속말로 몇 마디를 건넨 뒤 가마를 타고 떠났다. 심부름 온 수행아전[差官]은 밖에서 계속 기다리고 있었다. 상정이 들어오자, 포문경과 친척들이 일제히 달려 나와 무슨 일인지 물었다. 상정이 대답했다.

"별일 아니네. 나와는 상관없는 일일세. 영국부(寧國府)의 지부가 문제를 일으켰으니, 나더러 가서 관인을 몰수해 오라는 것일세."

상정은 곧 마부에게 준비를 시켜, 그날 밤 당장 수행아전과 함께 영국부로 향했다.

아문 안에서는 장신구를 구입하고 옷을 맞추고, 침상 휘장과 이불을 만들고 도배를 하는 등 집사장 왕씨 딸의 혼례를 준비했다.

이렇게 분주하게 며칠이 지나갔다. 상정이 돌아오자 길일을 골라 10월 13일로 혼례일을 정했다. 아문 밖에서 고수들과 혼례를 도와주는 빈상(賓相) 두 사람을 불러왔다. 포정새는 머리에 꽃을 꽂고 붉은 비단을 둘렀으며, 비단 예복을 입고 바닥이 흰 검은 가죽신을 신었다. 그는 먼저 부친께 절을 올렸다. 그리고 풍악 소리가 울리는 가운데 신부 집으로 가서 장인, 장모에게 절을 올렸다. 소왕이 보복(補服) 차림으로 나와 매제를 맞아들였다. 포정새가 차를 세 번 마시고 나자 사람들이 그를 신방에 들게 한 뒤, 신부와 맞절하고 합환주를 마시게 한 일은 자세히 말할 필요가 없겠다.

다음 날 아침, 두 사람은 방에서 나와 상정 내외를 뵙고 인사를 올렸는데, 상정의 부인은 따로 장신구 여덟 점과 옷 두 벌을 선물로 주었다. 아문에서는 사흘 동안 잔치가 벌어져 아문 사람들은 모두 축하주를 마시며 즐겼다. 한 달 후, 소왕은 다시 관리 임명을 받고자 남경으로 들어가게 되었다. 포문경이 작은 사돈을 위해 전별연을 열어 주었고, 포정새는 함께 배를 타고 하루 동안 처남을 배웅한 뒤에야 돌아왔다. 그 후로 포정새는 아문에서 지내면서 구름 속에서 노니는 듯 행복한 나날을 보냈다.

새해를 맞아 새로 관청의 업무가 시작되자* 각 현에서 부시(府試)를 보기 위해 동생(童生)들이 올라왔다. 상정이 찰원(察院)에 가서 이 시험을 감독하게 되었는데, 포문경 부자를 불러 이렇게 말했다.

"내가 이번에 찰원으로 가서 부시를 주관해야 하는데, 내 밑의 녀석들을 데려가서 감독을 시키면 허튼수작을 부릴 게 뻔하네. 자네들은 내가 믿을 수 있는 사람이니 나랑 같이 며칠만 수고해주게."

그 명에 따라 포문경 부자는 찰원에서 시험장을 돌며 호방을 점검하였다. 안경부 부학과 그 아래 6현의 현학의 동생들이 세 차례에 걸쳐 시험을 치렀다. 동생들의 작태를 보면 대필해 주는 이도 있고, 남에게 답안을 건네주는 이도 있었으며, 종이를 뭉쳐 건네고, 돌멩이를 던지며, 곁눈질을 하는 등 못하는 짓이 없었다. 또 분탕(粉湯)이나 만두가 나오면 다들 우르르 몰려드는 통에 무더기로 넘어져 나뒹굴었다. 포정새는 이런 한심한 꼴에 속이 뒤집혔다. 그런데 동생 하나가 대변이 마렵다며 찰원의 담장 앞까지 가더니, 담에 구멍을 내고 손을 넣어 밖에서 들여보낸 답안을 받으려다 포정새에게 발각되고 말았다. 포정새가 그를 상정에게 끌고 가려 하자, 포문경이 이를 제지하며 말했다.

"저희 집 아이가 세상일을 잘 몰라서 그렇습니다. 상공께선 훌륭하신 선비시니 어서 호방으로 돌아가 답안을 쓰시지요. 지부 나리께서 아시게 되면 좋지 않을 테니까요."

포문경은 서둘러 흙을 가져다 구멍을 메우고 그 동생을 호방으로 돌려보냈다.

시험이 끝나고 결과가 발표되었는데, 장원은 회녕현(懷寧縣)의 계추(季萑)라는 사람이었다. 그의 부친은 무과의 양방(兩榜)이자 상정과 같은 해 과거에 합격한 인물로, 집에서 수비(守備)로 임명되기를 기다리고 있었다. 발표가 끝나고 며칠 후, 계추의 부친 계수비가 감사 인사를 하러 찾아오자 상정은 술자리를 마련하여 대접하였다. 술자리는 서재 안에 마련되었는데, 상정은 포문경도 동석하게 했다. 그 자리에서 계 수비는 상석에 앉고, 상정이 주인 자리에 앉았으며, 포문경이 그 옆자리에 앉았다. 계수비가 말했다.

"나리께서 주관하신 이번 시험은 대단히 공정하여 우리 부 사람치고 탄복하지 않는 자가 없습니다."

상정이 대답했다.

"선생, 문장을 보는 일은 저도 서툴답니다. 지난 시험에서는 여기 계신 포 형이 시험장을 잘 감독해 준 덕분에 아무런 문제도 없었던 게지요."

그제야 계 수비는 옆에 있는 사람의 성이 포씨라는 것을 알았다. 잠시 후 이야기를 나누는 가운데 포문경이 배우라는 사실을 알게 되자, 계 수비의 얼굴에는 어느새 못마땅하다는 표정이 어리기 시작했다. 상정이 말했다.

"그런데 지금 사람들은 점점 잘못되어 가고 있습니다. 진사에 합격하고 한림원에서 일하는 자들에게 성현의 도나 경전에 대해 이야기할라 치면 저더러 세상물정 모른다고 핀잔을 줍니다. 또 고금의 사적을 이야기하면 제 말이 자질구레하고 깊이가 없다고 하지요. 도대체가 군주를 옳게 섬기고 벗을 제대로 사귀는 이들은 전혀 찾아볼 수가 없습니다! 차라리 우리 포문경 같은 양반이 훨씬 낫다고 하겠습니다. 이 사람이 비록 하는 일은 천해도 그 행동은 자못 군자다운 풍모가 있답니다."

그러고는 포문경의 지난날의 훌륭한 행적을 죽 이야기하자, 계 수비도 포문경에게 존경심을 품게 되었다. 술자리가 끝나자 다들 작별 인사를 하고 헤어졌다. 사나흘 후, 이번에는 계 수비가 포문경을 자기 집으로 초대하여 술을 마셨는데, 시험에서 장원을 한 아들 계추도 나와서 자리를 함께하였다. 포문경은 그가 아주 잘생긴 것을 보고 이렇게 물었다.

"도련님은 호가 어찌 되십니까?"

그 물음에 계 수비가 대답해주었다.

"이 아이는 호를 위소(葦蕭)라고 합니다."

술을 다 마시고 포문경은 작별 인사를 하고 돌아왔고, 상정에게 계추가 용모도 뛰어나고 장래가 대단히 촉망된다고 입에 침이 마르게 칭찬하였다.

다시 몇 달 후 임신 중이었던 포정새의 아내 왕씨가 아이를 낳다가 그만 죽고 말았다. 포문경 부자가 눈물을 흘리며 슬퍼하자, 상정이 위로하며 말했다.

"어쩌겠나, 이게 그 사람의 운명인 것을. 너무 상심하지 말게나. 자네는 아직 젊으니 내가 꼭 새 사람을 구해 주겠네. 자네들이 자꾸 울면 우리 안사람 마음도 더 힘들어지지 않겠나."

포문경도 아들에게 그만 울라고 당부하였다. 그런데 그 자신도 천식이 생겨 자주 발작을 하고, 걸핏하면 밤새 기침을 쏟아 내곤 했다. 마음 같아서야 상정에게 작별을 고하고 집으로 돌아가고 싶었으나 감히 말을 꺼내지도 못했다.

때마침 상정이 복건성(福建省) 정장도(汀漳道)의 도대(道臺)로 승진하게 되자, 포문경은 상정에게 이렇게 말했다.

"나리의 승진을 다시금 경하합니다. 소인이 본래 나리를 따라가야 마땅하나, 이미 늙은 데다 병까지 있으니 어쩌겠습니까? 소인은 이제 나리께 인사를 올리고 남경으로 돌아갈까 합니다. 제 아들을 남겨 나리를 모시도록 하겠습니다."

"이번에는 길도 멀고 험해서 나도 나이 든 자네를 데려갈 생각은 없었네. 자네 아들이야 자네 곁에 두고 자네 시중을 들게 해야지, 내가 왜 데려가겠는가! 지금 내가 경사로 올라가 황제 폐하를 알현해야 하니, 그전에 자네를 남경으로 보내 주겠네. 내가 다 알아서 하지."

이튿날, 상정은 하인더러 은자 천 냥을 꺼내 서재로 들고 오라고 했다. 그리고 포문경에게 말했다.

"문경, 자네가 이곳에 있은 지 한 해가 넘도록 무슨 부탁을 한마디도 한 적 없었지. 내 자네에게 며느리를 구해 주었으나, 또한 박복하여 죽고 말았네. 참 자네를 볼 낯이 없네. 오늘 이 천 냥을 줄 테니 집으로 가지고 돌아가 땅이라도 좀 사고, 새 며느리도 얻어 편히 여생을 보내시게나. 내가 벼슬길에 다시 남경에 가게 되거들 랑 또 만나세."

포문경이 그 돈을 받으려하지 않자, 상정이 말했다.

"지금은 지난번과는 사정이 다르다네. 그래도 이만한 관직에 오른 내가 이런 돈 천 냥이 아쉽겠는가? 자네가 안 받는다면 나를 몹쓸 사람으로 만드는 것일세!"

포문경은 그 말을 거스를 수가 없어 돈을 받고는 머리를 조아리며 감사 인사를 올렸다. 상정은 큰 배 한 척을 마련하라 이르고, 술자리를 마련하여 송별연을 베풀어 준 뒤, 몸소 문밖까지 전송해 주었다. 포문경은 포정새와 함께 바닥에 꿇어 앉아 절을 하고, 눈물을 흘리며 작별 인사를 드렸다. 상정 역시 눈물을 흘리며 그들을 떠나보냈다.

포문경 부자는 은자를 들고 곧장 남경으로 돌아갔다. 포문경이 아내에게 상정의 은덕에 대해 이야기해 주자 온 가족이 감사해하였다. 포문경은 병든 몸을 이끌고 사람들을 찾아다니며 상정이 준 돈으로 집 하나를 구하고, 무대 의상과 소도구를 두 벌 사다가 두 극단의 배우들에게 대여해 주었으며, 남은 돈은 집에서 생활비로 썼다. 그렇게 또 몇 달을 지나는 동안 포문경의 병은 점점 깊어져 갔고, 마침내 자리에 누워 일어나지 못하였다. 그는 자신이 곧 죽을 것을 알았다. 어느 날 그는 아내와 아들, 딸, 사위를 모두 불러 모아 이렇게 부탁하였다.

"서로 한마음 한뜻으로 잘 지내야 한다. 내가 죽거든 탈상을 기다릴 것 없이 새 며느리 구하는 일에 더 신경 쓰도록 해라."

말이 끝나자 눈을 감고 세상을 떠났다. 온 가족이 한바탕 곡을 하고는 장례를 치렀다. 관을 방 한가운데 놓아두고 며칠 동안 문상을 받았다. 네 총우의 배우들이 모두 조문을 하러 왔다. 포정새는 음양사를 불러 묏자리를 구하였고 날을 잡아 출상하게 되었는데, 명정(銘旌)을 써 줄 사람이 없었다. 한참 난감해하고 있는데, 하인 하나가 나는 듯 뛰어오더니 이렇게 물었다.

"여기가 포 나리 댁입니까?

포정새가 대답했다.

"그렇소만. 어디서 오셨는지?"

"복건성 정장도의 도대이신 상 나리께서 오셨는데, 가마가 벌써 문 앞에 당도했습니다."

포정새가 황급히 상복을 갈아입고 겉에 청의(靑衣)를 걸치고 대문 밖으로 나가 무릎을 꿇고 상정을 맞았다. 상정은 가마에서 내리다가 대문 위에 흰 천이 드리워진 것을 보고 이렇게 물었다.

"자네 부친께서 벌써 돌아가셨는가?"

포정새가 울면서 대답하였다.

"예, 그렇습니다."

"돌아가신 지 얼마나 되었는가?"

"내일이면 사칠일(四七日)입니다."

"폐하를 알현하고 돌아오다 이곳을 지나게 되어 자네 부친을 만나러 왔는데, 뜻밖에도 벌써 고인이 되었다니. 날 영구 앞까지 안내해 주게."

포정새가 곡을 하면서 무릎을 꿇고 사양하였으나, 상정은 그런 말에는 아랑곳없이 곧장 관 앞으로 가더니 이렇게 소리쳤다.

"내 친구 문경이!"

그는 한바탕 곡을 하고 나서, 향을 한 대 사르고 네 번 절하였다. 포정새의 모친도 밖으로 나와 감사 인사를 올렸다.

상정은 대청으로 나오더니 이렇게 물었다.

"언제 출상하는가?"

포정새가 대답하였다.

"내달 초여드레로 잡았습니다."

"누가 명정을 써 주었는가?"

"소인이 사람들과 상의해 보았으나, 쓰기 어렵다고들 합니다."

"그게 뭐 어려운 일이라고! 종이와 붓을 가져오게."

곧 포정새가 붓과 종이를 올렸다. 상정은 붓을 손에 쥐더니 다음과 같이 적었다.

이 나라의 의로운 백성 포문경이 향년 59세에 세상을 떴도다.

진사 출신의 중헌대부 복건성 정장도 도대이자, 오랜 벗 상정삼가 적음.

皇命義民鮑文卿享年五十有九之柩.

賜進士出身中憲大夫福建汀漳道老友向鼎頓首拜題.

글을 다 쓰고 나서 포정새에게 건네주며 말했다.

"자네는 이것을 장의 용품점에 보내 명정을 만들도록 하게."

또 이렇게 말했다.

"나는 내일 아침 배로 출발할 걸세. 오늘 저녁에 부의금을 좀 보내도록 하지."

그는 이렇게 말하고 차 한 잔을 마신 다음, 가마를 타고 떠났다. 포정새는 배까지 따라가 머리를 조아리며 감사 인사를 올리고 집으로 돌아왔다. 그날 저녁 상정이 또 집사 한 사람을 시켜 은자 백냥을 보내왔다. 그 집사는 차도 한 잔 마시지 않고 서둘러 배로 돌아갔다.

이제 달이 바뀌어 초여드레가 되었고, 명정도 만들어졌다. 악사, 정채(亭彩),* 승려, 도사, 노래꾼들이 포문경의 출관을 함께 해 주었다. 일행이 곧장 남문 밖까지 가자 극단조합의 동료들이 모두 영구를 전송하러 나와 있었고, 남문 밖 술집에 수십 개의 상을 차려 놓고 재를 올렸다. 장례는 이렇게 끝이 났다.

반년이 더 지난 뒤 어느 날, 김차복이 이야기를 나누러 포문경의 부인을 찾아왔다. 포정새가 그를 집 안으로 맞아들이고 어머니에게 그가 왔다고 말씀드렸다. 포문경의 부인이 밖으로 나오더니 이렇게 말했다.

"김 선생, 오랜만이군요. 오늘은 무슨 바람이 불어 여기까지 오셨소?"

"그러게요. 한참 동안 마님을 못 뵈었는데, 잘 지내시는 것 같군요. 그런데, 무대 의상이나 소도구를 이제 다른 극단에 빌려 주신다면서요?"

"성안에서 공연하는 극단은 장사가 잘 안 되지요. 그래서 이제는 '문원반(文元班)'에게 빌려 주고 있는데, 문원반 배우 가운데 태반이 우리 극단 사람들이지요. 우이(肝眙)와 천장 일대에서 공연을 하고 있답니다. 그곳에는 후원해 주는 향신들이 많아서 돈푼이나 만질 수 있지요."

"그러시면 곧 더 큰 부자가 되시겠군요."

김차복은 차 한 잔을 마시고는 이렇게 말했다.

"오늘은 아드님 포정새의 혼담 때문에 왔습니다. 이 며느리가 들어오면 또 살림이 불어날 겁니다."

"뉘 댁 따님인데요?"

"이 사람은 내교(內橋)에 사는 호(胡)씨 집안의 여식입니다. 호씨는 포정사의 아문에서 일하고 있는데, 원래 딸을 안풍(安豊) 전

498

당포를 운영하던 뚱보 왕씨[王三胖]에게 시집보냈지요. 하지만 1
년도 못 되어 뚱보 왕씨가 죽고 말았답니다. 이 아가씨는 이제 겨
우 스물한 살로, 빼어난 외모는 필설로도 이루 표현할 수 없을 정
도이지요. 아직 젊은데다 자식도 없어, 친정에서는 어떻게든 재가
시키려 합니다. 뚱보 왕씨가 그녀에게 엄청난 재산을 남겼습니다.
큰 침상 하나, 여름용 침상 하나, 상자 네 개와 궤짝 네 개를 남겼
는데, 상자에는 옷들이 가득하여 손가락 하나 들어가지 않을 정도
랍니다. 금팔찌가 두세 벌에 황금 족두리가 두 개, 그 밖에도 진주
와 보석들은 다 셀 수도 없을 정도지요. 또 하화(荷花)와 채련(采
蓮)이라는 하녀 두 명도 같이 따라 오게 됩니다. 호씨 딸과 포정새
를 혼인시킨다면 나이로 보나 외모로 보나 꼭 어울릴 테니 이보다
좋은 혼처가 어디 있겠습니까?"

이 한바탕 장광설에 포문경의 부인은 몹시 기분이 좋아져서 이
렇게 말했다.

"김 선생, 애쓰셨어요! 사위한테 한번 알아보라고 이르지요. 그
래서 틀림이 없으면 당신께 중매를 부탁드리겠어요."

"이 일은 알아보고 자시고 할 것도 없습니다. 어쨌든 한번 알아
보는 것도 괜찮겠지요. 제가 다시 대답을 들으러 오겠습니다."

김차복은 말을 마치고 돌아갔다. 포정새가 그를 배웅해 주었다.
그날 저녁, 사위 귀(歸)씨가 돌아오자 포문경의 부인은 낮에 있었
던 일을 시시콜콜 다 들려주면서 좀 알아보라고 했다. 그러자 귀
씨는 찻값으로 몇 십 전을 달라고 했다.

다음 날 귀씨는 중매쟁이 심천부(沈天孚)의 집으로 찾아갔다.
심천부의 안사람 역시 중매쟁이로, 바로 그 유명한 왕발 심씨[沈
大脚]였다. 귀씨는 심천부의 집으로 가서는 그를 데리고 나와 찻
집에서 차를 마시며 이번 혼사에 대해 물어보았다. 그러자 심천부

가 대답하였다.

"저런! 호씨 집안의 그 망나니 말이오? 그 망나니 이야기야 할라 치면 한참 걸리지요. 호떡이나 몇 개 사 오시오. 든든히 먹고 나면 말씀해 드리지."

귀씨가 바로 옆 가게로 가서 호떡 여덟 개를 사 들고 와서 함께 먹으며 말했다.

"그 얘기 좀 들어봅시다."

"잠깐만, 다 먹고 나서 합시다."

그리고 곧 호떡을 다 먹고 나더니 이렇게 말했다.

"그 망나니는 왜 묻소? 혹시 뉘 댁에서 그 여자를 데려가겠답디까? 그 여자는 절대 들여서는 안 되지. 집에 들였다가는 그날로 그 집안은 끝장나는 게지요!"

"그게 무슨 소리요?"

"그 여자는 본래 포정사 아문의 아전인 삐딱 머리 호씨[胡偏頭]의 여식이지. 호씨가 죽은 뒤에는 오빠들과 살았다오. 그 돼먹지 않은 오빠들은 노름타령 술타령에 부친이 물려준 아전 자리까지 팔아먹었다오. 여동생이 외모가 제법 반반하다 싶으니까, 열일곱 살 때 바로 북문교(北門橋) 내씨(來氏) 집에 팔아먹은 게지. 하지만 호씨 집 딸은 소실 주제에 분수도 모르고 사람들이 '작은 아씨' 하고 부르면, 바로 욕을 해 대면서 '마님'이라고 부르도록 했다오. 이 일을 본부인이 알게 되어 그녀는 뺨을 얻어맞고 쫓겨났다오. 그러고는 다시 뚱보 왕씨에게 시집을 갔죠. 뚱보 왕씨는 주동지(州同知) 후보였으니, 이번에는 진짜 마님이 된 셈이지요. 그런데 이번에는 마님 노릇을 너무 심하게 했지. 전처 소생의 멍청한 아들과 며느리를 하루에 세 번은 닦아세웠고, 하인과 하녀들을 이틀에 여덟 번 꼴로 매질을 해 댔기 때문에 모두들 원성이 자자

했지. 그런데 뜻밖에 1년도 못 되어 뚱보 왕씨가 죽고 말았소. 왕씨의 아들은 부친의 재산이 모두 호씨의 손아귀에 있다고 의심하여 어느 날 방 안에 들어가 방을 뒤졌고, 하인과 하녀들도 분풀이를 하려고 이를 도왔다오. 그런데 이 여자가 머리가 잘 돌아가서 미리 금은 장신구 한 상자를 요강 안에 넣어두었지. 그래서 사람들이 방을 샅샅이 뒤졌어도 아무것도 못 찾아냈고, 호씨의 몸까지 뒤졌지만 땡전 한 푼 못 건졌다오. 그녀는 이때다 싶어 대성통곡을 하면서 상원현(上元縣)의 청사까지 가서 그 아들을 고발했지요. 상원현에서는 아들을 소환하여 한바탕 훈계한 뒤, 호씨를 이렇게 타일렀지요.

'너도 두 번이나 시집을 간 마당에 또 무슨 절개를 지키겠느냐? 보아하니 왕씨의 아들도 너와 함께 살기는 틀렸으니 차라리 그에게 재산을 나눠 달라고 하여 따로 사는 게 좋겠다. 그런 뒤에 수절을 하건 개가를 하건 네 마음대로 하여라.'

이렇게 판결이 내려지자, 그녀는 연지항(臙脂巷)에 있는 몇 칸짜리 집을 나눠 받아 따로 살게 되었다오. 망나니라는 명성이 뜨르르해서 누구도 그녀를 함부로 건드리지 못하지요. 벌써 그 일이 7, 8년 전 일이니 못해도 스물대여섯 살은 되었을 텐데, 사람들에게는 스물한 살이라고 떠들고 다닌다오."

"수중에 은자 천 냥을 지니고 있다던데, 그 말이 진짜일까요?"

"그 돈은 아마도 요 몇 년 동안 다 써 버렸을 거요. 하지만 남아 있는 금은 장신구나 비단옷이 5, 6백 냥 정도는 족히 나갈 거요."

귀씨는 속으로 이렇게 생각했다.

'정말 5, 6백 냥을 갖고 있다면 우리 장모님도 기뻐하시겠지. 여자가 성깔을 부려 예가 놈이 죽을 고생을 한다 한들 내가 무슨 상관이랴!'

그러고는 심천부에게 말했다.

"이보시오, 그 여자를 맞아들일 사람이 바로 우리 장인께서 양자로 들인 녀석이라오. 이 혼담은 처가의 극단 교사였던 김차복이 꺼낸 것이오. 당신은 그 여자가 망나니건 뭐건 간에 이 혼담만 성사시켜 주시구려. 그러면 그쪽에서 소개비를 두둑이 챙겨 주지 않겠소? 할 만하지 않소?"

"그야 어려울 게 뭐 있겠소? 내가 집에 가서 마누라더러 호씨를 한번 구워삶으라고 하지요. 그럼 이 혼사는 따 놓은 당상입니다. 하지만 소개비는 당신이 책임져야 하오."

"그야 물론이지요. 갔다가 다시 와서 이야기를 들어보지요."

바로 찻값을 치르고 찻집을 나와 헤어졌다.

심천부가 집으로 돌아와 아내인 왕발 심씨에게 이야기하자, 그녀는 고개를 가로저으며 말했다.

"아이고 맙소사! 그 여자가 얼마나 까다롭다고요! 벼슬아치여야지, 돈도 많아야지, 인물도 훤해야지, 게다가 위로는 시부모도 있으면 안 되고 밑으로는 시동생과 시누이도 있어서는 안 된답니다. 날마다 해가 중천에 뜬 뒤에야 자리에서 일어나고, 손가락 하나 까딱 안 하고, 매일 은자 여덟 푼짜리 약을 먹습니다. 또 돼지고기 요리는 안 먹고, 하루는 오리 고기, 이튿날은 물고기, 사흘째는 교아채(茭兒菜)*와 신선한 죽순으로 만든 탕을 내오게 합니다. 심심하면 꿀에 절인 귤병(橘餠), 용안〔圓眼〕, 연밥으로 주전부리를 삼습니다. 주량도 대단해서 저녁마다 참새구이와 새우절임에 백화주(百花酒)를 세 근이나 마십니다. 잠자러 침상에 올라가면 하녀 둘이 돌아가며 다리를 주무르는데, 새벽 2시나 되어야 겨우 끝내고 쉴 수 있다네요. 방금 들으니 당신이 말한 혼처가 배우 집안 자식인 것 같던데, 얼마나 재산이 많다고 이런 여자를 데려가려

한답니까?"

심천부가 말했다.

"당신이 그럴싸하게 둘러대면 되지 뭘 그래."

"그럼 지금은 신랑 될 사람이 배우라는 말도 하지 말고, 그 집안이 공연 도구를 빌려 주는 일을 한다는 말도 할 필요가 없겠네요. 그저 신랑 될 사람이 거인이고 조만간 벼슬을 할 거라고 해두지요. 그 집은 번듯한 가게를 갖고 있고, 땅도 많다고 하고요. 어때요?"

"훌륭해, 훌륭해! 가서 그렇게만 말하게."

왕발 심씨는 바로 식사를 하고는 곧장 연지항으로 가서 문을 두드렸다. 그러자 하녀 하화가 나와 맞으며 물었다.

"어디서 오셨나요?"

"이곳이 왕 부인 댁이 맞느냐?"

"그렇습니다. 무슨 하실 말씀이라도?"

"부인의 혼사 일로 좀 말씀드릴 게 있네."

"잠시 응접실에 앉아 계시지요. 마님께서는 막 일어나셔서 준비가 안 되셨거든요."

"내가 응접실에서 무얼 하겠나? 바로 안으로 들어가 마님을 뵙겠네."

곧장 문의 휘장을 열고 방 안으로 들어갔을 때, 호씨는 침상 곁에서 전족을 싸고 있었다. 채련은 그 옆에서 조그만 백반 상자를 들고 있었다. 왕발 심씨가 들어가자 호씨는 그가 매파라는 것을 알고, 자리를 권하고 차를 내오게 했다. 두 발에 전족을 하는 일은 밥을 세 번은 족히 먹고 남았을 시간이 걸려서야 끝났다. 그리고는 천천히 머리를 빗고 세수를 하고 옷을 입는 등, 해가 서쪽으로 저물녘이 되어서야 단장을 마쳤다.

그러고는 호씨가 이렇게 물었다.

"성함이 어찌 되는지? 무슨 일이신가요?"

"저는 심(沈)가입니다. 좋은 혼처가 하나 있어서 마님께 축하주 한잔 얻어먹어 볼까 하구요."

"어떤 사람인데요?"

"바로 이곳 수서문(水西門) 큰길에 있는 포씨 댁이랍니다. 사람들은 모두 포 거인 댁이라고 부르지요. 전답도 많고 번듯한 가게도 열고 있지요. 재산이 천만 관은 족히 될 겁니다. 본인은 나이가 스물세 살에, 위로는 부모님이 안 계시고 밑으로는 형제나 자식도 없답니다. 어질고 똑똑한 부인을 맞아 살림을 맡기겠다고 벌써부터 제게 이야기했었지요. 우리 마님 말고는 어울릴 사람이 없을 것 같아, 큰맘 먹고 말씀드리러 온 것입니다."

"그 집안의 누가 거인이지요?"

"바로 이번에 결혼하려는 나리시지요. 그분 말고 또 누가 있겠어요?"

"그럼 문과 거인이십니까, 무과 거인이십니까?"

"무과 거인이시지요. 열 명이 당겨야 움직이는 활도 가볍게 다루고, 3백 근짜리 역기도 거뜬히 들 정도이니 힘이 대단하지요!"

"심씨, 제가 대갓집에 있던 몸이라 보통 사람과는 다르다는 걸 자네도 알겠지? 처음 왕씨 집안에 들어간 지 한 달쯤 됐을 때, 그 집 큰딸을 향신(鄕紳)인 손(孫)씨 집안에 시집보냈지. 그날 손씨 댁 세 칸짜리 큰 대청엔 백여 자루의 촛불이 휘황찬란했고, 고급 사탕과자[糖頭]와 신선 모양 사탕과자[糖仙]가 차려져 있었으며, 상에는 화려하고 진귀한 음식들이 즐비했어. 흥겨운 피리 소리 북소리가 울리는 가운데 나를 모셔 들어갔지. 봉황 장식이 달린 관[鳳冠]을 쓰고, 화려한 예복[霞帔]*을 입은 손씨 댁 노마님께선 모두를 굽어보는 상석 한가운데에 나를 앉게 하셨어. 나는 콩알만큼 큰 진주로 엮은 베일을 얼굴을 다 덮을 만큼 길게 늘어뜨리고 있었지. 양쪽에서 하녀 둘이 베일을 걷어 주어야 겨우 입이 드러나 밀전차(蜜錢茶)*를 마실 수 있었다니까! 그렇게 밤새도록 공연을 보면서 축하연을 벌였어. 이튿날 집에 돌아와서 보니까, 따라갔던 하인과 하녀 네 명이 금색 실로 수놓은 내 하얀 비단치마에 얼룩을 만들어 놨기에 몽땅 요절을 내리라 별렀어. 그것들 넷이 몰려 들어와 무릎을 꿇고 바닥에 쿵쿵 소리를 내며 머리를 조아렸지만 나는 절대 봐주지 않았어. 심씨, 자네가 하는 이 얘기에 조금이라도 거짓이 있어선 안 될 게야. 조금이라도 말이 다르면 내가 가만 놔두지 않을 테니까!"

"그야 두말하면 잔소리지요. 저는 입은 비뚤어졌어도 말은 바로 하는 사람입니다. 번지르르한 말만 일삼는 다른 매파들과는 다릅니다. 나중에 마님께서 알아보시고, 한마디라도 거짓이 있다면 마님 분 풀리실 때까지 제 뺨을 때리십시오."

"정말 그렇다면 좋네. 자네가 그 집에 가서 말을 해 보고 다시 내게 알려 주시게."

그리고 몇 십 전을 주고 집의 아이에게 갖다 주라며 검은 대추와 쑥떡 같은 것을 좀 싸 주었다. 그런데 이 일로 인해 다음과 같은 새로운 이야기가 생겨난다.

충직한 젊은이
지독한 혼인을 맺게 되고
헤어졌던 형제들이
다시 만나네.
忠厚子弟, 成就了惡姻緣

骨肉分張, 又遇着親兄弟.

이 혼담이 과연 성사될까? 이에 대해서는 다음 회를 들어 보시라.

와평

　전반부에서는 상정이 친구 포문경의 죽음을 애도하는 장면을 그렸다. 그 모습이 위엄이 있으면서도 절절하고 눈물이 날 만큼 감동적이니, 안진경(顏眞卿)의 글씨처럼 종이를 뚫고 나올 듯 힘이 넘치는 필력을 보여 준다.

　김차복이 처음 혼담을 얘기하러 왔을 때는 호씨에 대해 대략만 알고 있었기 때문에, 혼수가 얼마나 되고 재산이 얼마나 많은지에 대해서만 말할 수 있었다. 호씨가 재산이 많다는 것은 벌써 7, 8년 전 이야기인데, 김차복은 얼마 전에야 호씨에 대해 알게 되었다. 그러니 그가 혼인을 성사시키려는 것은 술과 음식이나 얻어먹으려던 것이지 다른 의도는 없었던 것이다. 심천부는 호씨의 내력을 잘 알고 있어서 낱낱이 얘기해 줄 수 있었지만, 그래도 여전히 표면적인 이야기일 뿐이었다. 왕발 심씨에 이르러서야 호씨의 성품과 행동거지를 제대로 알아 진면목을 남김없이 말해 주고 있다. 이처럼 세 단계에 걸친 묘사가 전후 순서에 따라 상세함과 간략함의 차이를 조절하고 있으니, 그 착상의 신선함과 문장의 빼어남은 소설[稗官]에서 유례를 찾아볼 수 없을 뿐만 아니라, 옛 명인들이 남긴 글을 다 뒤져도 만날 수 없다.

　왕발 심씨의 기막힌 말솜씨에 호씨는 자기도 모르게 속아 넘어가지 않을 수 없었다. 뒤에 두천(杜倩)이 남경에서 첩을 들이는 장면이 나오는데, 여기에서도 왕발 심씨가 또 말솜씨를 한번 부려 두천이 그 말에 넘어가지 않을 수 없게 만드니 마치 종횡가의 글을 읽을 때처럼 책상을 치며 감탄하지 않을 수 없다.

호씨가 아직 제대로 등장하지 않았지만 이미 그녀의 성품과 행동거지가 충분히 묘사되어 있으니, 포정새가 이런 여자를 처로 맞이하여 과연 어떻게 감당할지 궁금해진다. 독자들이 잠시 책을 덮고 이 뒤를 어떻게 써야 할지 상상하다 보면 얼마 안 가서 곧 생각이 막히게 될 것이다. 그리고 뒤이어 호씨가 시집와서 일으키는 수많은 분란들을 읽고 나면, 대단한 글재주가 아니면 도저히 써낼 수 없는 이야기임을 절실히 느끼고, 작자의 필력이 얼마나 뛰어난지 탄복하게 될 것이다.

제27회
호씨는 남편 포정새와 사이가 틀어지고,
포정새는 형 예정주와 상봉하다

왕발 심씨는 호씨의 의향을 확인한 후, 집에 돌아가 남편에게 알려 주었다. 이튿날 귀씨가 사정을 알아보러 오자, 심천부가 이리저리 되었다고 이야기해 주었다.

"우리 안사람이 가서 한참 얘기한 끝에, 그쪽에서 혼인을 하기로 마음을 굳혔답디다. 하지만 남자 쪽에 시부모가 없다고 말해 놨으니, 포 마님께서 직접 예물을 가지고 가게 해서는 안 됩니다. 내일 장신구 네 가지를 갖다 주시면 다시 안사람더러 그쪽에 전해 주게 하지요. 그런 다음 택일을 해서 신부를 데려가면 그만이 아니겠소."

귀씨가 그 말을 듣고 집에 돌아가 장모에게 말했다.

"그 여자가 은자 수백 냥을 가지고 있다는 말은 사실이더군요. 그런데 성질이 좀 고약해서 남편을 업신여길지도 모르겠습니다. 하지만 그거야 그들 두 사람 일이니 우리야 상관할 바 아니지요!"

포문경의 부인이 말했다.

"그럼, 우리가 무슨 상관이람! 요새 저 녀석이 고집이 생겨 말을 안 들으니, 표독스러운 여자를 들여 기를 꺾어 주는 것도 좋겠지."

포문경의 부인은 호씨를 들이기로 마음을 정하고 즉시 포정새를 불러서 심천부와 김차복을 중매인으로 청하라고 했다. 그러자 포정새가 말했다.

"우리처럼 별 볼일 없는 집안에선 그냥 가난한 집 딸을 며느리로 삼는 게 좋습니다. 그런 여자가 집에 들어오면 말썽을 일으킬 겁니다."

하지만 그는 당장 계모에게 호된 꾸지람을 들어야 했다.

"제 복도 걷어차는 멍청이 녀석 같으니! 천상 가난뱅이의 종자라서 별 수 없다니까. 입만 열면 가난한 게 좋다니, 네놈은 평생 궁상맞게 살다 죽을 게다! 그 여자는 옷과 패물 상자가 넘쳐난다고 하니, 그런 여자가 들어와 물건들을 늘어놓기만 해도 얼마나 보기 좋겠냐? 너 같은 놈이 뭘 안다고!"

포정새는 아무 대꾸도 못 하고 할 수 없이 귀씨에게 함께 중매를 청하러 가자고 부탁했다. 귀씨가 말했다.

"장모님께서 이렇게 신경을 써 주시고도 좋은 소리 한번 못 들으셨군요. 이렇게 트집만 잡는다면 저도 처남 때문에 고생할 필요가 없지요."

포문경의 부인이 사위를 달랬다.

"저놈은 뭐가 좋고 나쁜지를 모르니, 저놈 말에 일일이 신경 쓸 것 없네."

귀씨는 그제야 함께 두 중매인에게 찾아가 보겠다고 했다.

이튿날 술자리를 마련해 중매인들을 대접했다. 포정새는 공연이 있어서 극단을 이끌고 나가야 했기 때문에 손님 접대는 귀씨의 몫이 되었다. 포문경의 부인은 금으로 된 장신구와 은으로 된 장신구를 네 가지씩 가져왔다. 그것들은 원래 포정새의 죽은 부인 왕씨의 것이었다. 그녀는 그것들을 심천부에게 건네주며 납채 예물로 쓰라고 했다. 심천부는 또 그 가운데 네 개는 자기가 챙기고 나머지 네 개만 왕발 심씨더러 예물로 갖다 주라고 했다. 호씨 쪽에서는 그 예물을 받고 10월 13일을 혼례일로 정했다.

12일이 되자, 옷상자 네 개와 옷장 네 개, 요강과 주석 그릇, 큰 침상 두 개를 먼저 날라 왔다. 하녀 두 명도 가마를 타고 따라왔다. 하녀들은 포씨 집에 도착하여 포문경의 부인을 보았지만 그녀가 누구인지도 모르겠고 또 물어보기도 뭣해서, 그저 방 안을 잘 정돈해 놓은 뒤 그 방에 앉아 있었다.

이튿날 아침, 시누이 되는 귀씨의 부인이 가마를 타고 왔다. 포씨 집에서는 신부를 도와줄 사람으로 김차복의 아내와 곰보 전씨의 아내를 불러놓았다. 밤이 되자 네 쌍의 등롱과 횃불로 둘러싸인 가마가 신부를 태우고 들어왔다. 신혼부부가 침상 옆에 앉자 부녀자들이 돈과 갖가지 과일을 던지며 축복해 주는 살장(撒帳) 의식이 치러지고,* 화촉을 밝혀 놓고 신혼부부가 맞절을 한 다음, 합환주를 나눠 마신 일은 자세히 설명할 필요가 없겠다.

날이 밝을 무렵에 집안 어른께 인사를 올리는 배당(拜堂) 의식을 치르려고 나와서야 시어머니가 있다는 얘기를 들은 신부는 화가 잔뜩 났다. 그녀는 신경질을 내며 대충 절을 하고, 시어머니께 다과도 새 신도 드리지 않고,* 절이 끝나자마자 바로 방 안으로 들어가 버렸다. 잠시 후 하녀가 나와 마님께 차를 끓여드려야 한다며 빗물 받아 둔 것을 찾더니, 또 잠시 후 나와서는 마님께 향을 피워 드려야 한다며 숯을 대령하라고 했다. 그리고 조금 있다가 다시 나와 주방으로 가더니 마님께 드릴 간식과 국을 끓여 오라고 했다. 두 하녀는 쉴 새 없이 집안 여기저기를 돌아다니며 연방 '우리 마님', '우리 마님' 타령이었다. 포문경의 부인이 그 소리를 듣고 말했다.

"내가 여기 있는데 무슨 '마님'이란 말이냐! '부인[奶奶]'이란 칭호도 과분하니 그냥 '새 아씨〔相公娘〕'라고 해라!"

하녀가 방에 들어가 이 말을 호씨에게 전하자, 호씨는 화가 나서 실성할 지경이었다.

사흘째 되던 날, 포씨 집에서는 여러 배우의 부인들을 청해 놓고 신부더러 나와서 인사를 하게 했다. 남경 풍속에 따르면, 신부가 시집온 지 사흘째가 되면 행운을 기원하기 위해 부엌에 들어가 요리를 한 가지 해야 했다. 이 요리는 반드시 생선 요리여야 했는데, 그것은 '부귀가 넘친다(富貴有餘)'*는 의미를 담고 있다. 그날 포씨 집에서는 생선을 한 마리 사다가 솥에 불을 지펴 놓고 '새 아씨'에게 요리를 해 달라고 청했다. 그러나 호씨는 거들떠보지도 않고 자리에 앉아 꼼짝하지 않았다. 그러자 곰보 전씨의 부인이 들어와 말했다.

"이러는 게 아닐세. 자네가 이제 이 집 며느리가 되었으니 이런 예법 정도는 지켜 줘야지."

호씨는 화를 꾹 참고 비단옷을 벗고 앞치마를 두른 뒤 부엌으로 갔다. 생선을 들고 서너 번 비늘을 긁는 둥 마는 둥 하더니, 꼬리를 들어 펄펄 끓는 솥 안으로 내던졌다. 곰보 전씨의 부인은 마침 아궁이 옆에 서서 그녀가 생선 다듬는 걸 구경하고 있다가 호씨가 생선을 집어던지는 바람에 끓는 물을 얼굴에 뒤집어썼고, 금실로 무늬를 넣은 윗도리마저 흠뻑 젖고 말았다. 그녀는 깜짝 놀라 달려들며 소리쳤다.

"이게 무슨 짓이야!"

그리고 얼른 손수건을 꺼내 얼굴을 훔쳤다. 호씨는 칼을 내던지고, 입을 삐죽이 내민 채 방으로 들어가 버렸다. 그날 저녁 손님들이 모두 자리에 앉아 있었지만 그녀는 나와 보지도 않았다.

넷째 날, 포정새는 극단을 데리고 야간 공연을 나가기 위해 방으로 돌아와 옷을 갈아입었다. 호씨는 요 며칠 동안 남편이 와릉모만 쓰고 오사모(烏紗帽)는 보이지 않는지라 이상한 생각이 들었다.

'도무지 거인 같지가 않아.'

그러다가 이날 그가 모자를 쓰고 나가는 걸 보고 물었다.

"이 밤중에 어딜 가세요?"

"일하러 가오."

포정새가 이렇게 말하고 바로 나가자, 호씨는 더욱 의심스러워졌다.

'도대체 무슨 일을 하는 걸까?'

또 이런 생각도 들었다.

'가게에서 장부를 보는 모양이지?'

포정새가 날을 밝아 올 무렵이 되어서야 돌아오자, 그때까지 줄곧 기다리던 호씨가 물었다.

"무슨 놈의 가게가 장부 정리를 밤새 해요?"

"가게라니, 그게 무슨 소리요? 나는 극단을 운영한다오. 배우들을 데리고 가서 야간 공연을 하고 돌아오는 길이오."

호씨가 이 말을 못 들었다면 그만이겠지만, 막상 이 말을 듣자 화가 치밀어 소리를 빽 지르고 뒤로 자빠져 버렸다. 그러더니 이를 악문 채 인사불성이 되어 버렸다. 당황한 포정새가 급히 하녀들을 불러 생강탕을 가져오게 해서 호씨의 입에 한참을 흘려 넣었다. 그녀는 정신을 차리자 이번에는 머리가 산발이 되도록 온 방 안을 굴러다니며 울부짖었다. 그러다가 또 침상 지붕으로 올라가 대성통곡하며 노래를 불러 대기 시작했다. 너무 화가 난 나머지 호씨는 미쳐 버린 것이었다. 깜짝 놀라 달려온 포문경의 부인과 딸은 호씨의 이런 모습을 보고 부아가 치밀기도 하고 우습기도 했다.

한창 그렇게 소란이 벌어지고 있는데, 왕발 심씨가 축하 인사를 한답시고 간식 두 꾸러미를 들고 방 안으로 들어왔다. 심씨가 들어오는 걸 보자마자, 호씨는 곧장 심씨에게 달려들어 멱살을 틀어 쥐고 요강 앞으로 끌고 가더니, 요강 뚜껑을 열고 똥오줌을 한 줌 퍼내 심씨의 얼굴과 입에 마구 발라 댔다. 왕발 심씨는 그 지독한 냄새에 숨을 못 쉴 지경이었다. 사람들이 달려들어 호씨를 간신히 떼어 냈다. 왕발 심씨는 밖으로 나갔지만, 이번에는 포문경의 부인에게 한바탕 욕을 얻어먹었다. 심씨는 무안해서 물을 얻어다가 얼굴을 씻고 슬그머니 대문을 나와 자기 집으로 돌아갔다.

포씨 집에서는 의사를 모셔 왔다. 의사가 말했다.

"담(痰)이 가득 찬데다 정기(正氣) 또한 허해져 있으니, 인삼과 호박(琥珀)을 써야 합니다."

약은 한 제에 은자 5전이었다. 이 뒤로 그녀의 병은 2년이나 지속되어 옷이며 장신구까지 모두 팔아 약값을 대고, 두 하녀마저 팔아 버려야 했다. 그러자 귀씨 내외가 포문경의 부인과 이렇게 상의했다.

"처남은 본래 밖에서 데려온 자식인데다 아무 쓸모도 없습니다. 이제 또 이런 미친년을 아내로 들여 집안을 이 지경으로 만들어 놓았습니다. 이렇게 가다가는 이 집과 극단 밑천을 다 털어도 그 년이 먹어치우는 인삼과 호박 값을 대기 부족할 판이니, 이 일을 어쩌면 좋단 말입니까? 차라리 이참에 저들을 내쫓아 아예 의절해 버리고 홀가분하게 우리끼리만 사는 게 나을 겁니다."

포문경의 부인은 딸과 사위의 말을 듣고 포정새 부부를 내쫓으려 했다. 다급해진 포정새는 이웃에 사는 왕우추와 장국중에게 도움을 청했다. 그러자 두 사람이 찾아와 말했다.

"마님, 이래서는 안 됩니다. 이 사람은 돌아가신 어르신께서 살아생전에 입양해 키우셨고, 게다가 몇 년 동안 어르신을 도와 극단을 운영해 왔는데 어떻게 내쫓을 수가 있단 말입니까?"

포문경의 부인은 그가 얼마나 불효자이고 며느리가 얼마나 못
됐는지 한참을 주워섬긴 뒤 이렇게 말했다.

"나는 절대 저놈을 데리고 있을 수 없네! 저놈이 여기 계속 눌
러 있겠다면, 내가 이 집을 내주고 딸과 사위를 데리고 나가 살 수
밖에!"

두 사람은 도저히 그 고집을 꺾을 수 없어 하는 수 없이 이렇게
말했다.

"마님께서 이 사람을 내보내시더라도 장사할 밑천은 조금 나눠
주셔야지요. 빈털터리로 내보내면 저 두 사람더러 어떻게 살란 말
씀입니까?"

"저놈이 처음 이 집에 들어왔을 때는 머리에 머리카락 몇 가닥
말고는 하나 가진 것 없는 맨몸이었네. 그런 애를 이제 내가 이만
큼 키워 주었고, 장가도 두 번이나 보내 주었지. 그뿐인가? 저놈
의 죽은 친 애비까지 우리를 얼마나 귀찮게 했다고. 저놈이 나한
테 은혜를 갚을 주제가 못 되는 거야 그렇다 치지만, 나한테 뭘 더
내놓으라고요?"

"아무리 그래도 윗사람이 아량을 베푸는 법이니, 어른 되시는
분께서 조금만 신경을 써 주십시오."

두 사람이 계속 간곡하게 말한 끝에, 포문경의 부인은 마음을
좀 돌려 포정새에게 은자 스무 냥을 내주고 따로 나가서 살라고
했다.

포정새는 은자를 받아들고 훌쩍거리더니, 며칠 뒤 왕우추의 가
게 뒤편에 방을 한 칸 얻어 이사를 나갔다. 은자 스무 냥으로는 극
단을 꾸리고 도구를 갖추기에 어림도 없었다. 다른 작은 장사라도
해 보려 해도 그쪽으로는 문외한이라 그저 앉아서 그 돈을 까먹는

수밖에 없었다. 은자 스무 냥이 다 바닥날 무렵이 되자 호씨에게도 인삼과 호박으로 만든 약을 더 이상 먹일 수 없게 되었다. 하지만 그녀의 병도 더 크게 나빠지지는 않았다. 그녀는 그저 집 안에 앉아 울며 욕만 하면서 매일 매일을 보냈다.

어느 날 포정새가 시내를 돌아다니다 돌아오는데, 왕우추가 맞이하며 물었다.

"전에 자네 형 하나가 소주에 있었나?"

"아버님 아들은 저 하나뿐입니다. 형 같은 건 없어요."

"포씨 집안 말고, 저 삼패루의 예씨 집안 말일세."

"거기에 형이 몇 명 있긴 한데, 아버님이 모두 어렸을 때 팔아버렸다고 하던데요. 그 후 소식은 전혀 모르고, 그 중에 누가 소주에 있다는 얘기도 들은 적이 없습니다."

"좀 전에 어떤 사람이 물어물어 저쪽 포 마님 댁까지 찾아와서, '예씨 집안 큰 나리께서 여섯째 나리를 찾고 계십니다'라고 했다지 뭔가. 포 마님이 들은 척도 않으니까 그 사람이 나한테 와서 묻더군. 그 순간 퍼뜩 자네 생각이 나더라고. 옛날 예씨 집안에 있을 때 자네 항렬이 여섯째였지?"

"맞아요."

"그 사람이 여기서 못 찾고 또 다른 곳으로 찾으러 갔네. 틀림없이 다시 돌아올 테니, 우리 가게에서 기다리게."

잠시 후 그 사람이 다시 와서 묻자 왕우추가 말했다.

"이분이 바로 예씨 댁 여섯째 나리이신데, 무슨 일로 찾으시는 게요?"

포정새도 물었다.

"어디서 오신 분이오? 누가 나를 찾는단 말이오?"

그 사람은 허리춤에서 붉은 명첩을 꺼내 포정새에게 주었다. 포정새가 받아 보니, 거기에는 다음과 같이 적혀 있었다.

　수서문 포문경 어른에게 양자로 간 포정새는 본명이 예정새이니, 바로 부친이신 예상봉 님의 여섯째 자제이자, 내 친형제이다. 내 이름은 예정주(倪廷珠)이다. 내 동생을 찾으면 즉시 그를 공관(公館)으로 데려오도록 하라. 시급히 시행하라!

"맞아요! 틀림이 없습니다! 그런데 당신은 누구시죠?"
"저는 큰 나리의 하인인 아삼(阿三)입니다."
"그분은 어디 계신가요?"
"지금 소주 무원아문(撫院衙門)에서 공무를 보고 계십니다. 매년 녹봉이 은자 천 냥입지요. 지금 이곳 순무 공관에 계십니다. 여섯째 나리가 맞으시면 저와 함께 공관으로 가셔서 큰 나리를 만나 주십시오."
　포정새는 뛸 듯이 기뻐하며 즉시 아삼과 함께 회청교(淮淸橋)에 있는 무원공관(撫院公館)으로 갔다. 아삼이 말했다.
"여섯째 나리, 강변의 찻집에서 잠시 앉아 계십시오. 제가 가서 큰 나리를 모셔 오겠습니다."
　아삼이 가 버린 뒤, 포정새는 혼자 찻집에 앉아 있었다. 잠시 후 아삼이 한 사람을 모시고 들어왔다. 그 사람은 방건을 쓰고 진한 적갈색 도포에 바닥이 흰 검은 가죽 장화를 신고 있었으며, 세 갈래로 수염을 기른 쉰 살쯤 되어 보이는 이였다. 그 사람이 찻집으로 들어오자, 아삼이 포정새를 가리키며 말했다.
"저분이 바로 여섯째 나리이십니다."
　포정새가 급히 그 앞으로 다가가자 그 사람이 덥석 손을 잡으며 말했다.

"네가 바로 여섯째로구나!"

"큰형님이시군요!"

두 사람은 얼싸안고 한바탕 통곡을 했다. 한참 울고 난 뒤 자리에 앉아 예정주가 말했다.

"동생, 네가 포 어른 댁의 양자로 갔을 때, 나는 경사에 있어서그 사실을 전혀 몰랐다. 나는 스무 살 남짓 때부터 이런 막료(幕僚) 일을 배워서 여러 관청에서 일했단다. 각 지역을 돌아다니며다른 동생들을 수소문해 보았지만 하나도 찾지 못했어. 그러다가5년 전에 광동으로 부임하는 어느 지현과 함께 가던 차에, 삼패루에서 옛날 이웃 하나를 찾아 사정을 물어보았지. 그러고 나서야너는 포 어른 댁의 양자로 갔고, 부모님은 모두 돌아가셨다는 걸알았지!"

그렇게 말하면서 예정주는 또 울음을 터뜨렸다. 포정새가 말했다.

"저는 지금 포씨 가문과는……"

"애야, 우선 내 말을 마저 들어 보아라. 몇 년 전에 운 좋게도 지금의 이 희(姬) 대인을 만났는데, 서로 뜻이 잘 맞아서 지금까지매년 내게 급료로 은자를 천 냥씩 주고 계시지. 그분은 요 몇 년동안 산동에 계시다가 지금은 소주의 순무로 와 계신다. 고향 쪽으로 온 김에 만사 뒤로 하고 널 찾으러 달려온 거야. 널 찾으면몇 년 동안 아껴 모아 온 은자 몇 냥으로 집을 한 채 살 생각이었다. 나중에 경사에 있는 네 형수도 남경으로 데려올 테니, 형제가한 집에서 함께 살자꾸나. 너도 물론 결혼했겠지?"

"예, 형님……"

포정새는 포씨 집안의 양자로 들어간 일부터 포문경이 살뜰히보살펴 준 일, 상정의 아문에서 결혼한 일, 전처 왕씨가 죽은 일,그리고 호씨와 결혼한 일, 그리고 포문경의 부인에게 내쫓기게 된 일들을 빠짐없이 들려주었다. 그러자 예정주가 말했다.

"그런 건 이제 상관없다. 지금 제수씨는 어디 계시지?"

"지금 포씨 댁 옆집에 세를 내어 살고 있습니다."

"일단 네 집에 같이 한번 가 보자. 그런 다음 내 다시 어떻게 할지 생각해 보마."

그들은 즉시 찻값을 계산하고 함께 왕우추의 가게로 갔다. 왕우추도 인사를 올렸고, 포정새는 형을 뒤편으로 안내했다. 호씨가 시숙께 인사를 올리는데, 이때는 마땅한 예복이나 머리 장식이 하나도 남아 있지 않아 그저 집 안에서 입는 평상복 차림을 하고 있었다. 예정주는 작은 주머니에서 은자 넉 냥을 꺼내 제수에게 상견례 예물로 주었다. 호씨는 이렇게 번듯한 시숙이 생기자 자기도 모르게 답답했던 마음이 거지반 풀어져, 몸소 차를 따라 올렸다. 포정새가 받아 큰형님께 전해 주었다. 예정주가 차 한 잔을 마시고 말했다.

"정새야, 내 잠시 공관으로 돌아갔다가 바로 돌아오마. 할 얘기가 있으니 집에서 기다려라."

예정주가 떠나자 포정새는 아내와 상의했다.

"잠시 후면 큰 형님이 오실 테니, 술상을 준비해 둡시다. 절인 오리[板鴨]* 한 마리와 돼지고기 몇 근, 그리고 생선 한 마리를 사와서 왕우추 어른께 요리를 해 달라고 합시다. 네 가지 정도면 되겠지."

"쳇, 이런 답답한 양반을 봤나! 무원아문에 계시는 분이 절인 오리나 돼지고기를 잡숴 보지 못하셨을까 봐! 아주버님은 분명 밥을 잡숫고 오실 텐데, 어디 당신이 말한 그 음식들을 퍽이나 좋아하시겠수! 어서 은자 세 전 여섯 푼을 챙겨서 과자점에 가서 각종 고급 안주를 보기 좋게 열여섯 개의 접시에 담아 오고, 좋은 백

화주나 몇 근 사 오세요. 이렇게 대접해 드려야 된다니까요!"

"당신 말이 맞소."

그는 즉시 은자를 챙겨 가서 술과 안주를 모두 장만해서 돌아왔다.

저녁이 되자 과연 가마 한 대가 도착했는데, '순무부원(巡撫部院)'이라고 적힌 등롱 한 쌍을 앞세우고 뒤에는 아삼을 따르게 한 채 형이 온 것이었다. 예정주는 가마에서 내려 안으로 들어와 이렇게 말했다.

"지금 내 처소에 아무것도 없어 되는대로 은자 일흔 냥만 가져왔다."

그리고 아삼에게 가마의 상자에서 은자를 꺼내 오라 하더니, 은자 봉지를 하나하나 건네며 이렇게 말했다.

"우선 이거라도 받아 두렴. 나는 내일 희 대인을 모시고 소주에 가 봐야 해. 너는 얼른 집을 알아보아라. 2백 냥이든 3백 냥이든 비용은 상관 말고, 구해지는 대로 제수씨하고 들어가 살도록 해라. 그리고 너는 곧장 소주의 아문으로 날 찾아오너라. 내가 희 대인에게 말씀드려서 올해 치 급료 천 냥은 모두 네게 주겠다. 그걸 가지고 남경으로 돌아와서 사업을 하거나 전답이나 집을 사서 세라도 놓던지 하렴."

포정새는 은자를 받아 놓고 형에게 술을 대접했다. 술을 마시면서 그들은 부모 형제와 생이별하고 얼마나 고초를 겪었는지 이야기를 나누었다. 이야기를 하다가 울고, 울면서 또 이야기를 나누었다. 그렇게 자정이 넘을 때까지 술자리를 하다가 예정주는 처소로 돌아갔다.

이튿날 포정새는 왕우추와 상의해서 거간꾼을 불러 집을 구해 달라고 했다. 이후로 이웃 사람들은 모두 예씨 댁 큰 나리가 동생을 찾았고, 지금 무원아문에서 일하고 있다는 것을 알게 되었다. 이때부터 그들은 모두 포정새를 예씨 댁 여섯째 나리라고 불렀으며, 두말할 것 없이 호씨도 마님이라 불리게 되었다.

보름 후에 거간꾼이 집을 구했다. 하부교(下浮橋) 시가항(施家巷)에 있는 그 집은 길가 쪽의 세 칸짜리 건물과 안뜰 네 개로 이루어진 대저택으로, 어사를 지낸 시(施) 아무개의 집이었다. 시 어사가 집을 비우게 되어 전세로 내놓았는데, 가격은 은자 220냥이었다. 계약을 하고 계약금으로 은자 스무 냥을 낸 다음, 택일을 해서 이사를 한 뒤에 나머지 은자를 지불하기로 했다. 이사하던 날, 이웃들이 모두 선물을 보내왔으며, 귀씨도 얼마간 돈을 내서 인사치레를 했다. 포정새는 이틀 동안 잔치를 열어 사람들에게 술을 대접하고, 또 전당 잡혔던 아내의 머리 장식과 옷들을 찾아왔다. 그런데 호씨의 병이 다시 도지기 시작해 사흘 걸이로 의사를 불러댔고, 한 제에 은자 여덟 푼어치의 약을 먹어야 했다. 그러다 보니 몇 십 냥의 은자도 점점 바닥을 드러내기 시작했다.

포정새는 큰형을 만나기 위해 행장을 꾸려 소주로 가는 배를 탔다. 그런데 역풍을 만나 배가 강 북안에서 나아가지 못하고 있다가 밤새 달려 겨우 의징에 도착했다. 황니탄에 잠시 배를 댔으나 바람이 더욱 거세져서 강을 건널 수 없었다. 포정새는 차와 간식을 사 먹으려고 뭍에 올랐다가 한 청년을 만나게 되었다. 그 청년은 방건을 쓰고, 옥색 비단 도포를 입었으며, 붉은 신을 신고 있었다. 청년이 포정새를 자세히 살펴보더니 이렇게 물었다.

"포 고모부님 아니세요?"

포정새가 깜짝 놀라며 말했다.

"제 성이 포가입니다만. 선생께서는 존함이 어떻게 되시는지요? 어째서 절 고모부라고 부르십니까?"

"안경부 상 나리의 아문에 계시던 왕 어른의 사위 되시지요?"

"예, 그렇습니다만, 선생께서 어찌 그걸 아시는지요?"

"제가 바로 왕 어른의 손녀사위입니다. 그러니까 어르신께선 제 처고모부가 되시지요."

"허허, 세상에 이런 일도 있군요. 잠시 찻집으로 가시지요."

둘이 찻집으로 들어가자 종업원이 차를 날라 왔다. 의징에는 고기만두가 유명해서, 그것도 한 접시 시켜서 함께 먹었다. 먹으면서 포정새가 물었다.

"선생께선 존함이 어찌 되시는지?"

"저는 계(季)가입니다. 고모부님, 저를 못 알아보시겠어요? 제가 안경부에서 동생 시험을 볼 때 고모부님께서 시험장 감독하시는 걸 본 적이 있어서, 저는 바로 알아봤습니다. 나중에 고모부의 부친께서는 저희 집에 오셔서 술을 드시기도 했지요. 설마 이런 일들을 다 잊으셨나요?"

"바로 계 수비 나리 댁 도련님이셨구려! 그런데 어떻게 왕 어른의 손녀사위가 되셨는가?"

계추(季崔)가 대답했다.

"상 나리께서 승진해서 떠나신 후, 왕 어른께선 따라가지 않으시고 안경에 남으셨습니다. 나중에 제 장인께서 전사(典史)가 되셨는데, 왕 어른의 인품이 워낙 훌륭하셨던지라 안경의 향신들이 장인과 교유하게 되었고, 저희 집안에서도 왕씨 집안과 혼사를 맺게 되었지요."

"정말 잘됐네! 춘부장께선 평안하신가?"

"아버지께서 별세하신 지 벌써 3년이 되었습니다."

"자네는 무슨 일로 여기에 오셨는가?"

"염운사(鹽運司)의 순(荀) 나리께서 제 선친께서 무과에 급제하신 그 해에 진사에 급제하신 분인지라 인사를 드리려고 왔습니다. 고모부님은 어디 가시는 길이신지요?"

"친척을 만나러 소주에 가는 길일세."

"언제 돌아오시는지요?"

"아마 20일은 걸릴 걸세."

"돌아오신 후 한가할 때 양주에 한번 놀러 오십시오. 양주에 오셔서 염운사 아문 입구에 있는 등기부[門簿]를 찾아보시면 바로 제 거처를 아실 수 있을 겁니다. 그땐 제가 고모부님을 한번 모시겠습니다."

"아, 그럼 꼭 찾아뵙겠네."

이야기가 끝나자 둘은 작별하고 헤어졌다.

포정새는 배를 타고 곧장 소주로 갔다. 소주성(蘇州城)의 창문(閶門)에 도착하여 배에서 내리자마자 그는 형님의 하인 아삼과 맞닥뜨렸다. 그런데 이 일로 인해 다음과 같은 새로운 이야기가 생겨난다.

부귀와 영화는
또 하루아침에 물거품이 되고
바삐 돌아다니노라니
다시 뜻밖의 모임이 이뤄지네.
榮華富貴, 依然一旦成空.
奔走道途, 又得無端聚會.

과연 아삼이 무슨 말을 하게 될까? 이에 대해서는 다음 회를 들어보시라.

와평

  호씨가 포씨 집안으로 시집을 오는데 분란 없이 조용히 넘어갈 리가 없다. 하지만 도대체 이 분란을 어디서부터 묘사해 나가야 할 것인가. 그것이 가장 쓰기 어려운 부분이다. 그런데 신부가 혼례 법도를 지키지 않은 데서부터 소동이 일어나도록 했으니 참으로 실제 상황에서 일어날 법한 현실적인 이야기요, 그 서술 또한 번잡스럽지 않다. 호씨가 한창 소란을 피우고 있다가 왕발 심씨가 들어오는 걸 보자마자 그 얼굴에 똥오줌을 바른 일은 독자를 포복절도하게 만든다. 만약 글 솜씨가 서툰 이가 이 장면을 묘사했다면 결코 이처럼 생동감 있게 표현하지 못했을 것이다. 옛사람들이 "눈앞에 풍경이 있어도 말로 표현하지 못한다(眼前有景道不出)"고 했으니, 바로 이런 상황을 두고 한 말이다.

  호씨는 가난해지자 몸이 건강해져서 병세도 그다지 나빠지지 않았다. 그러다가 번듯한 시숙을 만나 은자 일흔 냥을 얻게 되자 "조금씩 병이 다시 도져" 매일 "한 제에 은자 여덟 푼어치의 약을 먹어야 했다." 세상의 아낙들이란 대개 이렇다.

  포부인과 귀씨가 포정새의 고통을 조금도 걱정하지 않는다는 것이 한 마디 한 마디 핵심을 찔러 잘 묘사되어 있다.

  예정주가 갑자기 하늘에서 떨어진 것처럼 나타나 구구절절 부모 형제 생이별의 아픔을 토로하는 장면은 무척 진실하고 절절하여 사람을 마음 깊이 감동하게 만드니, 실로 세상에 큰 깨우침을 주는 문장이다. 이후로 포정새 이야기는 더 이상 나오지 않고 방향을 바꾸어 두천(杜倩)과 두의(杜儀)를 묘사하게 되는데, 이 이야기의 전환 과정에서 연결의 끈이 되는 것이 바로 계추이다. 이제 포정새와 계추를 우연히 강가에서 만나게 했으니, 마치 토끼가 굴에서 머리를 내밀자마자 송골매가 번개처럼 낚아채는 것과 같은 솜씨이다. 이미 작자의 흉중에는 이야기의 전체 그림이 그려져 있는 것이다.

제28회
계추는 양주에서 데릴사위로 들어가고, 소정은 백하*에서 문장을 선집 하다

포정새는 창문에 도착해서 형의 하인 아삼을 만났다. 한 사내가 아삼의 뒤를 따르고 있었는데, 그는 제물로 쓸 고기와 지전, 지마(紙馬)가 들어 있는 보따리를 멜대에 메고 있었다. 포정새가 말했다.

"아삼, 나리께선 아문에 계시지? 그런데 자넨 그 물건들을 가지고 어디로 가는 중인가?"

"여섯째 나리께서 오셨군요! 큰 나리께선 남경에서 여기 아문으로 돌아오신 후, 마님을 모셔 오려고 경사로 사람을 보내셨지요. 그런데 심부름 갔던 사람이 돌아와 전하길, 마님께서 이미 지난달에 돌아가셨다는 겁니다. 큰 나리께선 그 소식을 듣고 상심한 나머지 중병에 걸리시더니, 며칠 만에 세상을 뜨시고 말았습니다. 큰 나리의 영구는 성 밖 가묘(假墓)에 안치해 두었고, 지금 저는 여관에서 묵고 있습니다. 오늘은 큰 나리께서 돌아가신 지 7일째 되는 날이라 제물과 지마를 가지고 분향하러 가는 길입니다."

포정새는 이 말을 듣고 놀라 눈만 둥그렇게 뜬 채 아무 말도 하지 못하다가 겨우 이렇게 물었다.

"그게 무슨 말인가? 큰 나리께서 돌아가셨다고?"

"네, 큰 나리께선 세상을 뜨셨습니다."

포정새가 통곡하며 쓰러지자 아삼이 부축해 일으켰다. 포정새는 성안으로 들어가지 않고 곧장 아삼을 따라 형의 가묘가 있는 곳으로 가서 제물을 차려 놓고 술을 올리고, 지전을 사르며 곡을 했다.

"형님, 혼이 아직 멀리 가시진 않았겠지요! 이 동생이 한 발 늦어 형님을 다시 뵙지 못했습니다!"

그리고 또 한바탕 통곡했다. 아삼이 그를 달래 여관으로 데려가 하룻밤을 쉬었다.

다음 날, 포정새는 자기의 여비로 제물과 지전을 사서 형의 무덤에 다녀왔다. 그렇게 며칠 동안 여관에 묵다 보니 여비도 바닥이 났고, 아삼도 작별 인사를 하고 다른 곳으로 떠나버렸다. 아무리 생각해 봐도 다른 방도가 없어, 포정새는 무원아문에 갈 때 입으려고 새로 맞춘 비단 도포를 전당포에 맡기고 은자 두 냥을 마련해 일단 양주에 가서 계추를 찾아보기로 했다.

바로 배를 타고 곧장 양주로 간 포정새는 염운사 아문으로 가 계추의 거처를 알아보았다. 등기부에는 "홍교사(興敎寺)에 머물고 있음"이라고 적혀 있었다. 얼른 홍교사로 찾아갔더니, 그곳 승려가 이렇게 알려 주었다.

"계위소 선생 말씀입니까? 그분은 오늘 오성항(五城巷) 인행공점(引行公店)* 옆집 우(尤)씨 집으로 장가를 드니, 그쪽으로 가 보시지요."

포정새가 곧장 우씨 집으로 찾아갔더니, 그 집 앞은 비단을 늘어뜨려 화려하게 장식되어 있었고, 세 칸 대청에는 손님들이 가득 들어차 있었다. 대청 한가운데 책상에는 붉은색 초가 두 자루 밝혀져 있고, 그 사이에는 백자도(百子圖)*가 걸려 있었으며, 양편에는 붉은 종이에 다음과 같이 적은 대련이 붙어 있었다.

청풍과 명월이 항상 같이 하듯
재자에게는 가인이 짝하게 마련이네.
淸風明月常如此, 才子佳人信有之.

계추는 새 방건을 쓰고 주홍색 비단 도포를 입고 대청에서 손님을 접대하고 있다가, 포정새가 들어오는 것을 보고 소스라치게 놀랐다. 그는 포정새에게 인사를 하고 자리를 청했다.

"고모부님, 소주에서 오시는 길이십니까?"

"그렇다네. 마침 자네 혼사 날이라기에 축하주 한잔 하러 왔네."

그 자리에 있던 다른 손님이 물었다.

"이분은 성함이 어떻게 되십니까?"

"이분은 성은 포씨이시고, 제 안사람의 고모부로 저한테는 처고모부가 되십니다."

계추의 대답에 좌중의 사람들이 이렇게 말했다.

"알고 보니 고모부님이셨군요. 아이고, 실례했습니다!"

그러자 포정새가 물었다.

"여러 어르신들은 성함이 어찌 되시는지요?"

계추는 상석에 앉은 두 사람을 가리키며 대답해 주었다.

"이분은 신동지(辛東之) 선생이시고, 이분은 김우류(金寓劉) 선생이십니다. 이 두 분은 양주의 이름난 명사이십니다. 고금을 통틀어 이분들의 시만큼 좋은 시도 없고, 글씨에도 뛰어나 다른 사람들은 이 두 분 발밑에도 미치지 못한답니다."

계추의 말이 끝나자 상이 차려졌다. 신동지와 김우류 두 사람이 상석에, 포정새가 세 번째 자리에 앉았고, 우씨네 친척들 몇 명까지 모두 한 상에 앉았다. 밥을 다 먹고 나자 친척들과 계추는 나머지 혼례 일을 치르러 안으로 들어갔다. 포정새는 그대로 자리에 앉아서 두 선생과 한담을 나누었다. 신동지가 말했다.

"돈깨나 있는 양주 소금 장수 놈들은 정말 가증스럽습니다! 하하(下河) 흥성기(興盛旗)의 풍(馮)가 놈은 재산이 10만 냥이 넘는데, 휘주에 있던 나를 청하기에 내가 그 집에 가서 반년이나 머물렀지요. 그때 제가 '저에게 사례를 하시려면 2, 3천 냥쯤 주시면 됩니다'라고 했지만, 그놈은 한 푼도 안 내놓더군요. 이후로 저는 다른 사람한테 이렇게 말하곤 합니다. '풍가가 그 정도 돈은 나한테 줘야지. 죽으면 10만 냥이 넘는 재산이 있어 봤자 동전 한 닢 못 가져가니, 저승에서는 가난뱅이 귀신이 될 텐데 말야. 염라대왕이 삼라보전(森羅寶殿)을 지으면서 현판을 쓰려고 하면 나 말고 부탁할 사람이 없으니, 아무리 적어도 은자 만 냥은 줄 거요. 그때 가서 제가 풍가 놈한테 몇 천 냥 떼어 줄지도 모르는 일 아니오? 그런데 어찌 그렇게 쩨쩨하게 구는지!'"

그는 이렇게 말하고 껄껄 웃었다. 김우류도 맞장구를 치며 말했다.

"그럼요, 맞는 말씀이십니다! 요 며칠 전 하하의 방(方)씨 집에서 제게 대련을 한 폭 써 달라고 부탁했는데, 모두 스물두 자였지요. 그런데 방씨가 하인을 통해 사례금으로 은자 여든 냥을 보낸 겁니다. 그래 제가 그 하인을 앞에다 불러놓고 이렇게 일렀지요.

'너희 나리께 이렇게 말씀드려라. 이 김우류 나리의 글씨는 경사의 왕부(王爺府)에서 평가하기를 작은 글자는 하나에 한 냥, 큰 글자는 하나에 열 냥이라고 하셨다. 그렇게 치면 이 스물두 자는 은자 220냥은 나가니, 220냥에서 한 푼이라도 모자라면 대련을

가져갈 생각은 마시라고 말이다.'

그 하인이 돌아가서 그대로 아뢰자, 방가 그 막돼먹은 놈이 돈 자랑할 작정을 하고 가마를 타고 제 처소에 와서 은자 220냥을 주더군요. 그래서 제가 대련을 내쳤더니, 아니 글쎄 그놈이 그 대련을 쫙쫙 찢어 버리는 겁니다. 저도 순간 화가 머리끝까지 치밀어 올라 은자 봉지를 찢어 몽땅 길거리에 던져 버렸지요. 소금 짐꾼과 똥 지게꾼들이나 집어 가라고요! 여러분, 이런 짓거리를 하는 소인배가 정말 가증스럽지 않습니까!"

이런 말을 하고 있는데, 계추가 나와서 웃으며 말했다.

"소금 장수 놈들 얘기를 하고 계셨습니까? 제가 최근에 들은 얘기가 있는데요, 양주에는 '여섯 귀신〔六精〕'이 있다고 합니다."

그러자 신동지가 말했다.

"'오정(五精)'이라면 모를까, 무슨 '육정'이 있다는 건가?"

"있고말고요! 대단한 '여섯 귀신'이 있지요! 다들 들어보세요. 가마에 앉아 있는 '빚쟁이귀신〔債精〕,' 가마를 메고 가는 '소귀신〔牛精〕,' 가마 뒤를 따라가는 '꽁무니귀신〔屁精〕,' 문을 지키는 '거짓말귀신〔謊精〕,' 집안에 들어앉은 '요망한 계집귀신〔妖精〕,' 이게 '오정'이지요. 요즘 염상들은 죄다 머리에 방건을 쓰고 또 그 중간에 수정 매듭을 달고 다니는데, 그 '수정〔水晶〕'*까지 합해서 '육정'이 되는 겁니다."

이 얘기를 듣자 모두 웃음을 터뜨렸다. 이어 국수가 나와서 네 사람은 함께 먹었다. 포정새가 물었다.

"제가 듣자니 염무를 보는 돈 많은 상인들은 국수집에 가서 한 그릇에 여덟 푼짜리 국수를 시켜선 국물 한 모금만 마시고 바로 가마꾼에게 다 줘 버린다던데, 정말 그렇습니까?"

신동지가 대답했다.

"그럼요."

김우류도 한마디했다.

"어디 그놈들이 진짜 다 먹을 수 없어서 그런 거겠소? 사실은 집에서 누룽지 한 그릇 끓여 먹고 나서 국수집으로 온 거겠지요."

이렇게 우스갯소리를 하는 사이에 해가 저물었다. 집 안쪽에서는 음악 소리가 울려 퍼지는 가운데 계추가 신방으로 인도되었다. 여러 손님들은 잔칫상에 앉아 술을 마셨고, 축하연이 끝나자 모두 돌아갔다. 포정새는 관세를 징수하는 초관(鈔關) 옆의 여관으로 가서 하룻밤을 묵었다. 다음 날 포정새는 다시 계추에게 축하 인사를 하러 갔다. 그는 신부를 보고 나와 대청에 앉아 나직이 계추에게 물었다.

"계 서방, 먼젓번 부인 왕씨에게 무슨 일이 생겼다는 얘기는 못 들었는데 어찌 또 새장가를 들었나?"

계추는 대련을 가리키며 이렇게 대답했다.

"저 대련에도 '재자에게는 가인이 짝하기 마련(才子佳人信有之)'이라지 않습니까? 저희 같은 풍류객은 재자와 가인의 만남을 구할 뿐이니, 부인이 하나든 둘이든 그런 건 개의치 않습니다!"

"그건 그렇다 치고, 혼례 비용은 어디서 난 건가?"

"제가 양주에 오자, 염운사 순 나리께서 은자 120냥을 주셨습니다. 또 제게 과주(瓜洲)의 관세 업무를 맡기신지라, 아무래도 여기서 몇 년을 지내야 할 것 같아 부인을 새로 얻게 된 겁니다. 고모 부님께선 언제 남경으로 돌아가십니까?"

"사실은 말일세, 내가 소주의 친척에게 몸을 의지할 요량으로 갔다가 여의치 않아 여기로 온 터라, 지금은 남경으로 돌아갈 여비도 없다네."

"그거야 걱정할 것 없습니다. 제가 지금 바로 고모부님 여비로

530

은자 몇 전을 드리지요. 그리고 남경 가시는 길에 편지 한 통만 전해 주십시오."

이렇게 이야기를 나누고 있는데, 신동지와 김우류가 도사 한 명과 또 한 사람을 데리고 신랑 신부를 놀려 주러 왔다. 계추는 사람들을 안으로 맞아들였고, 그들은 신방에서 한참 떠들썩하게 놀다가 나와서 자리에 앉았다. 신동지가 두 사람을 계추에게 소개했다.

"이 도사 분은 성이 내(來)이고 호는 하사(霞士)이시며, 역시 우리 양주의 시인이십니다. 그리고 이분은 무호(蕪湖)의 곽철필 선생으로, 인장을 새기는 솜씨가 기가 막힙니다. 오늘 계 선생의 혼인을 기회 삼아 인사드리러 왔습니다."

계추는 두 사람의 거처를 묻고 이렇게 말했다.

"저도 곧 한번 찾아뵙겠습니다."

신동지와 김우류가 말했다.

"친척 분이신 포 선생께서는 댁이 남경이라고 하셨는데, 언제 집으로 돌아가십니까?"

계추가 대답했다.

"하루 이틀 안에 떠나실 겁니다."

"그러면 저희들과 함께 가실 순 없겠군요. 여기는 속된 곳이라 우리 같은 사람을 제대로 존중해 주지 않으니, 저희도 남경으로 가 보려고 합니다."

이렇게 한참 이야기를 나누다 네 사람은 인사를 하고 떠났다. 포정새가 계추에게 물었다.

"그런데 자네가 말한 편지는 남경의 어느 친구에게 갖다 주면 되겠나?"

"그 사람도 저와 같은 안경 사람이고, 또 성도 저와 같은 계씨로, 이름은 계염일(季恬逸)이라고 합니다. 성은 같지만 종친은 아니지요. 남경으로 올 때 함께 나왔는데, 제가 지금은 남경으로 돌아갈 수 없는 처지이고 그 친구는 변변치 못한 인사인지라, 편지를 써서 집으로 돌아가라고 하려고요."

"그래, 편지는 써 두었나?"

"아직입니다. 오늘 밤에 써 둘 테니, 고모부님께서는 내일 여비와 함께 가져가셨다가 모레 출발하시지요."

포정새는 그러마고 대답하고 돌아갔다. 그날 밤 계추는 편지를 쓰고, 포정새가 다음 날 가져가도록 은자 5전을 봉투에 담아 놓았다.

다음 날 아침 어떤 사람이 가마를 타고 계추를 찾아왔다. 들여보낸 명첩에는 "같은 해에 급제한 후배 종희(宗姬)가 삼가 인사드립니다"라고 쓰여 있었다. 계추가 맞으러 나가 보니 그는 방건에 헐렁한 도포[闊服]를 입고 있었고, 점잖고 예스런 풍모가 느껴졌다. 안으로 들어가 자리에 앉은 뒤 계추가 말문을 열었다.

"선생은 고향이 어디시며, 함자는 어찌 되시는지요?"

"저는 자가 목암(穆庵)이며, 호광(湖廣) 출신입니다. 지금까지 계속 경사에서 사무진(謝茂秦) 선생과 함께 조왕부(趙王府)에서 가정교사를 지냈습니다. 고향으로 돌아가는 길에 이곳을 지나다 선생님의 크나큰 명성을 듣고 인사드리러 찾아뵌 것입니다. 제가 작은 초상화를 하나 가지고 왔는데, 여기에 제사(題詞)를 한 말씀 적어주십시오. 이걸 또 남경으로 가지고 가서 다른 여러 명사들께도 제사를 부탁드리려고 합니다."

"선생의 우레와 같은 명성은 익히 들었습니다. 하잘것없는 재주를 보이라 하시니 정말 노반(魯班) 앞에서 도끼 솜씨 자랑을 하라는 격*이로군요."

이런 얘기를 하고 차를 마시고 난 후, 종희는 공손히 인사를 하고 가마를 타고 떠나갔다. 이때 마침 포정새가 와서 편지와 여비를 받고 계추에게 고맙다는 인사를 했다. 계추가 포정새에게 말했다.

"고모부님, 남경에 가시면 잊지 말고 장원경(壯元境)*으로 찾아가셔서 제 친구 계염일에게 고향으로 돌아가라고 꼭 좀 말씀해 주십시오. 남경이란 곳은 사람을 굶겨 죽이는 곳이니, 절대 오래 있을 곳이 못 된다고요!"

그는 말을 마치고 포정새를 배웅해 주었다.

포정새는 계추가 준 돈을 받아 들고 배를 타고 남경으로 돌아갔다. 집에 도착해 그 동안 어떤 고초를 겪었는지 부인에게 들려주었지만, 이번에도 역시 구박만 실컷 당했다. 시 어사가 또 와서 집값을 재촉했지만, 그는 그럴 돈이 없어 할 수 없이 집을 도로 내주었고, 계약금 스무 냥은 위약금으로 물어주었다. 살 곳이 없어지자 별 수 없이 호씨가 내교의 친정집에 얘기해 방 한 칸을 빌렸고, 부부는 그리로 옮겨가 살았다. 며칠 뒤 포정새는 편지를 가지고 장원경으로 가서 계염일을 찾았다. 계염일은 편지를 받아 본 뒤 포정새에게 차를 권하며 이렇게 말했다.

"저 때문에 고생하셨습니다. 편지에서 말한 뜻은 잘 알았습니다."

포정새는 그와 작별하고 자리를 떴다.

이 계염일은 여비가 모자라 묵을 곳을 구하지 못해 매일 8전으로 큰 호떡 네 개를 사서 두 끼를 때우고, 저녁에는 인쇄소의 작업대에서 잠을 자며 지내고 있었다. 그런데 이날 편지를 보고 계추가 오지 않는다는 것을 알게 되자 눈앞이 캄캄해졌다. 그렇다고 안경으로 돌아갈 여비는 없어서, 호떡을 사 먹고 나면 하루 종일 인쇄소에 앉아 멍하니 시간을 보냈다. 어느 날 아침 계염일이 호떡도 사 먹지 못하고 앉아 있는데, 방건을 쓰고 검은 도포를 입은 사람 하나가 들어와 그에게 인사를 했다. 계염일은 그에게 걸상 위에 앉으라고 권했다. 그 사람이 물었다.

"선생은 성함이 어떻게 되십니까?"

"저는 계가입니다."

"여기에 문장 선집을 하시는 명사 분이 계십니까?"

"많이 계시지요! 위체선, 수잠암, 마순상, 거신부, 광초인 같은 분들이 계신데 모두 제가 잘 아는 분들입니다. 또 저랑 여기에서 같이 지냈던 계위소도 있지요. 이분들이 전부 대단한 명사들이십니다. 어떤 분이 좋으시겠습니까?"

"어떤 분이든 상관없습니다. 제가 지금 은자 2, 3백 냥을 가지고 있는데, 이 돈으로 문장을 한 권 선집 할까 합니다. 번거로우시겠지만 제가 함께 선집 할 수 있도록 선생께서 한 분을 소개해 주십시오."

"선생의 존함과 관적이 어떻게 되시는지요? 말씀해 주시면 제가 사람을 찾기도 좋을 것 같습니다."

"제 성은 제갈(諸葛)이고, 우이현 사람입니다. 제 이름을 대면 아는 사람도 있을 겁니다. 선생께서 그냥 한 분 모셔 와 주십시오."

계염일은 그에게 좀 기다리라고 하고, 혼자 거리로 나가면서 이렇게 생각했다.

"그 사람들은 노상 이곳에 오긴 하지만, 산지사방에 흩어져 있으니 지금 당장 어디 가서 찾아온담? 계위소라도 있었으면 좋았을걸."

"에라, 모르겠다. 수서문 큰길 쪽으로 가다가 누구든 만나면 데리고 가지 뭐. 일단 뭐라도 좀 얻어먹은 후에 다시 생각하지."

그는 이렇게 마음을 고쳐먹고 곧장 수서문 입구로 향했다. 그곳에서 짐을 가지고 성으로 들어오는 사람을 만났는데, 자세히 보니 바로 안경의 소정(蕭鼎)*이었다. 그는 '옳거니!' 싶어 기뻐하며 그에게 다가가 덥석 붙잡고 이렇게 말했다.

"여보게, 자네 언제 왔나?"

"누군가 했더니 계 형이구려. 자네는 계위소와 함께 있지?"

"계위소는 양주에 간 지 한참 되었고, 난 아직 여기에 있네. 그건 그렇고 자네 마침 잘 왔네. 괜찮은 돈벌이 하나 하게 해 줄 테니, 잘되면 날 모른 척하지 말게!"

"괜찮은 돈벌이라니 그게 뭔가?"

"따지지 말고 그냥 날 따라오게. 내 말대로만 하면 얼마간 신나게 지낼 수 있다니까.!"

소정은 이 말을 듣고 그와 함께 장원경의 인쇄소로 갔다.

제갈씨가 목을 길게 빼고 기다리고 있는 것을 보고 계염일이 큰 소리로 말했다.

"제갈 선생, 제가 명사 한 분을 모시고 왔습니다!"

제갈씨는 얼른 나와서 소정을 인쇄소로 모시고 들어가 인사를 했다. 그리고 소정의 짐을 인쇄소에 맡겨 놓고 세 사람은 함께 찻집으로 갔다. 처음 만난 두 사람은 정식으로 예를 갖춰 인사하고 자리에 앉아 각자 성명을 말했다. 제갈씨가 말했다.

"저는 성이 제갈이고 이름은 우(佑)이며, 자는 천신(天申)입니다."

소정도 말했다.

"제 성은 소이고, 이름은 정이며, 자는 금현이라고 합니다."

계염일이 제갈우가 은자 몇 백 냥으로 문장을 선집 하려고 한다는 이야기를 해 주었다. 제갈우가 말했다.

"문장 선집 하는 일을 저도 전혀 모르는 건 아닙니다만, 대처에 나왔으니 명망 있는 분을 청해 그 명성에 기대야 할 것 같아서요. 이제 소 선생을 만났으니 마치 고기가 물을 만난 셈이군요!"

소정이 말했다.

"제 재주가 미천해 그 소임을 감당할 수 있을지 모르겠습니다."

그러자 계염일이 끼어들었다.

"두 분 모두 이제 겸사는 그만 하시지요. 오늘 초면이지만 두 분 다 마치 오랜 친구 같습니다. 제갈 선생께서 소 선생에게 환영의 뜻으로 식사를 대접하며 자세한 얘기를 나누시면 어떨까요?"

제갈우가 대답했다.

"좋은 말씀이오. 제가 지금 객지에 있는 형편이니, 음식점으로 갑시다."

세 사람은 그 자리에서 찻값을 치르고 나와 함께 삼산가(三山街)에 있는 큰 술집으로 갔다. 소정이 상석에 앉고, 계염일이 그 맞은편에, 제갈우가 주인 자리에 앉았다. 점원이 주문 받으러 오자 계염일이 돼지 넓적다리, 절인 오리 고기, 술에 절인 뱅어〔醉白魚〕를 시켰다. 먼저 술안주로 먹게 뱅어와 오리를 가져오라고 하고, 돼지고기는 나중에 흰 목이버섯 국〔銀子湯〕* 3인분과 밥을 내올 때 같이 가져오라고 했다. 점원이 술을 가져오자 함께 술을 마셨다. 계염일이 말했다.

"이번 일을 하려면 먼저 좀 조용하고 널찍한 장소를 찾아봐야겠습니다. 그래야 문장 선정이 다 끝나고 나서 각자장(刻字匠)을 불러다 놓고 일하게 할 수 있으니, 감독하기도 편하지요."

소정이 말했다.

"조용한 곳이라면 남문 밖 보은사(報恩寺)만 한 데가 없습니다. 시끄럽지도 않고, 넓은 데다 방값도 별로 비싸지 않지요. 밥을 다 먹으면 당장 그쪽으로 가서 있을 만한 데를 찾아봅시다."

술 몇 주전자를 비우고 나자 점원이 국과 밥, 그리고 돼지고기를 내왔다. 계염일은 먹을 수 있을 때까지 열심히 배를 채웠다. 아래층에서 계산을 하고 인쇄소로 가서 짐을 맡아 달라고 하고, 세 사람은 곧장 남문 밖으로 갔다. 이 남문은 시끌벅적 번화한 곳으로, 거대한 용이 꿈틀거리는 듯, 끝없는 강줄기가 흘러가듯 수레와 말이 쉴 새 없이 오가고 있었다. 세 사람은 그 인파에 끼어 한참을 쩔쩔매다 겨우 빠져나와 보은사를 향해 걸어갔다. 절 안으로 들어서며 계염일이 말했다.

"여기 문어귀에 방을 하나 얻읍시다."

그러자 소정이 말했다.

"아니오. 더 안쪽으로 들어가야 조용하지요."

한참을 더 걸어 들어가 은퇴한 방장의 처소를 지나자 승방이 하나 나왔다. 승방의 문을 두드리자, 동자승이 문을 열고 무슨 일인지 물었다. 묵을 곳을 찾는다고 하자 동자승은 그들을 안으로 안내했다. 그러자 절의 살림을 맡아 보는 늙은 승려가 검은 비단 승모에 명주 장삼을 걸치고, 손에 염주를 든 채 거드름을 피우며 걸어 나왔다. 늙은 승려가 합장하며 인사를 하고 세 사람에게 자리를 권한 뒤, 이름과 고향을 물었다. 세 사람이 거처를 찾고 있다고 하자, 늙은 승려가 말했다.

"여기는 작은 방이 아주 많습니다. 현직 나리님들께서 자주 묵으시는 곳이지요. 세 분 시주님들께서 직접 돌아보시고 마음대로 고르십시오."

세 사람은 안쪽으로 들어가 세 칸 자리 방 하나를 봐놓고 다시 나와, 늙은 승려와 마주 앉아 한 달 방값이 얼마인지 물었다. 늙은 승려는 망설이지도 않고 무조건 한 달에 석 냥을 내라고 했다. 아무리 이야기해도 동전 한 푼 깎아 주지 않았다. 제갈우가 두 냥 네 푼까지 주겠다고 했지만, 늙은 승려는 들은 척도 않고 있다가 난데없이 동자승을 닦아세우기 시작했다.

"청소 안 하고 뭐 하느냐! 내일 하부교(下浮橋)의 시 어사 나리께서 이곳에서 연회를 연다고 하셨는데, 이게 무슨 꼴이냐!"

소정은 그가 이렇게 밉살맞게 굴자, 계염일 쪽을 보며 말했다.

"방은 좋은데, 물건 사러 다니기엔 좀 멀겠네."

그러자 늙은 승려가 멍한 표정으로 말했다.

"저희 승방에 머무시는 분 중에 시장 보는 것과 주방 일을 하인 하나에게 맡기는 경우는 없습니다. 그렇게 해서는 배겨 날 수가 없지요. 주방에 하인을 한 명 두어 밥 짓는 일을 도맡게 하고, 시장 보는 데 또 한 명을 써서 주인에게 필요한 물건을 사들이게 해야 여기에 머물 수 있습니다."

그러자 소정이 웃었다.

"우리가 여기에 머물게 된다면 시장 보고 주방일 하는 데에 하인 둘만 쓰다 뿐이겠습니까? 대머리 나귀* 한 마리도 끌고 와 시장 보는 하인에게 타고 다니게 할 겁니다. 그러면 훨씬 빨리 다니겠지요!"

늙은 승려가 놀림을 받고 눈만 멀뚱멀뚱 뜨고 있는 사이, 세 사람은 자리에서 일어나며 이렇게 말했다.

"저희들은 이만 가 보겠습니다. 나중에 다시 의논드리지요."

늙은 승려는 그들을 배웅했다.

그 절에서 나온 세 사람은 2리를 더 걸어가 한 승관(僧官)의 집 문을 두드렸다. 승관이 만면에 웃음을 띠고 맞이하러 나와서 세 사람을 대청으로 안내해 자리를 권했다. 그리고 다구를 잘 갖추어 놓고 새로 차를 끓여 내왔고, 오렌지로 만든 다과와 호두과자를 가져와 권했다. 세 사람이 방을 빌리고 싶다고 말하자, 승관이 웃으며 말했다.

"그게 뭐 어려운 일이겠습니까! 나리님들이 맘에 드시는 방 아무 곳에나 짐만 갖다 놓으시면 되지요."

방값에 대해 묻자 승관이 대답했다.

"뭐 그런 걸 따지십니까? 세 분 나리님들이야 저희가 모시고 싶어도 감히 청하지 못하는 분들 아니십니까? 그냥 향 값이나 좀 보태 주시면 됩니다. 돈 얘기는 불제자가 입에 담을 일도 아니고요."

소정은 그의 말이 속되지 않음을 보고 이렇게 말했다.

"그러면 이곳에서 스님 신세를 지겠습니다. 너무 적어서 죄송하지만, 매달 은자 두 냥을 드리지요."

승관은 두말없이 그렇게 하자고 했다. 두 사람은 승관 집에 남아 있고, 계염일은 짐을 챙기러 성안으로 갔다. 승관은 불목하니를 시켜 방을 청소하고 침상이며 책상, 의자 등 가구를 들여놓게 했다. 그리고 차를 새로 끓여 대접하며 두 사람과 이야기를 나누었다. 저녁이 되어 짐이 도착하자, 승관은 편히 쉬시라며 안으로 들어갔다. 소정이 제갈우에게 말해서 은자 두 냥을 달아 봉투에 넣어 봉하고, 그 위에 이름을 적은 기다란 종이쪽지를 붙여 승관에게 보냈다. 그러자 승관이 다시 건너와서 고맙다는 인사를 했다. 세 사람은 불을 켜고 밤참 먹을 준비를 했다. 제갈우가 은자 몇 닢을 달아 계염일에게 주며 술과 음식을 사 오게 했다. 계염일은 얼마 뒤 음식점 점원 하나를 데리고 돌아왔는데, 그 점원이 술 네 병과 소시지〔香腸〕,* 소금에 절인 새우, 개구리 다리, 해파리 등 요리 네 접시를 가져왔다. 상 위에 요리를 차려 놓자, 제갈우는 시골 사람인지라 소시지를 보고 무엇인지 몰라 어리둥절해했다.

"이게 뭡니까? 꼭 돼지 불알처럼 생겼군요."

소정이 대답했다.

"그렇게 물을 것 없이 일단 잡숴 보시지요."

제갈우는 한 입 먹더니 이렇게 말했다.

"아, 납육(臘肉)*이었군요!"

그러자 소정이 말했다.

"또 잘못 짚었네요! 이렇게 겉을 껍질로 한 겹 싸 놓은 납육이 어디 있답니까? 이건 돼지 배 속에 들어 있는 창자로 만든 거요!"

제갈우는 또 해파리도 뭔지 몰라서 이렇게 물었다.

"이 오독오독 씹히는 건 또 뭔가요? 그것 참 맛이 좋네요. 이걸 좀 더 사다 먹읍시다."

소정과 계염일도 음식을 먹었다. 그날 밤 술을 다 마시고 나서 각자 잠잘 채비를 했다. 계염일은 이부자리가 없었기 때문에 소정이 이불 한쪽을 내어주어 자기 발치 쪽에서 덮고 잘 수 있도록 해 주었다.

다음 날 아침, 승관이 건너와 이렇게 말했다.

"어제 나리들께서 와 주셨으니 오늘 제가 세 분께 변변찮은 음식이나마 대접하려고 합니다. 그리고 저희 절도 한번 쭉 둘러보시지요."

세 사람이 대답했다.

"그렇게까지 신경 써 주시다니요."

승관은 자신이 있는 건물 아래층에 자리를 마련하고, 아침 식사로 요리 네 가지를 큰 접시에 담아 대접했다. 식사가 끝나자 승관은 세 사람과 함께 밖으로 나와 천천히 거닐었다.

"삼장선림(三藏禪林)으로 가 보시지요."

승관이 이렇게 말하며 곧장 삼장선림으로 향했다. 제일 처음 보이는 건물은 매우 높고 웅장한 전각으로, 금빛으로 '천하제일조정(天下第一祖庭)'*이라고 쓴 편액이 걸려 있었다. 전각을 가로질러 방을 두 개 지나자 난간이 설치된 계단이 구불구불 이어졌다.

그 계단을 오르자 건물이 하나 나왔는데, 그 이상 뭐가 더 있을 것 같진 않았다. 그런데 승관이 그 건물 뒤에 있는 문을 활짝 밀어 젖히더니, 세 사람에게 들어가 보라고 했다. 뜻밖에도 그곳에는 평지가 펼쳐져 있었는데, 매우 높은 곳에 위치해 있어 사방이 한눈에 내려다보였다. 그곳에는 하늘까지 치솟은 큰 나무들과 수만 그루의 대나무가 자라고 있어서, 바람이 불면 쏴아 나뭇잎 스치는 소리가 곳곳에서 들려왔다. 가운데에는 당나라 현장법사(玄奘法師)*의 의발탑(衣鉢塔)이 세워져 있었다. 한참을 구경하고 나서 승관은 다시 자기 거처로 세 사람을 초대했다. 저녁 식사로 요리를 아홉 접시나 차려 놓고 술과 함께 먹었다. 술을 마시는 도중 승관이 말했다.

"제가 승관이 된 뒤, 아직 손님 접대를 하지 못했습니다. 이틀 뒤 술자리를 마련하고 극단을 불러 세 분을 초대할 터이니 와서 즐겨 주십시오. 비용 걱정은 마시고요."

"꼭 가서 축하 인사를 올리겠습니다."

세 사람은 이렇게 대답했고, 그날 밤 내온 술을 다 마셨다.

이틀 뒤 승관은 자신의 처소로 응천부윤(應天府尹)의 관리들에서부터 현(縣) 아문의 관리들까지 약 5, 60명을 초대했다. 손님들이 오기 전 요리사와 차 끓이는 사람은 꼭두새벽부터 와 있었고, 도구 상자를 앞세우고 배우들도 이미 와 있었다. 승관이 세 사람의 방에서 한담을 나누고 있는데, 불목하니가 들어와 이렇게 말했다.

"스님, 그 녀석이 또 왔습니다!"

그런데 이 일로 인해 다음과 같은 새로운 이야기가 생겨난다.

평지풍파를 일으키며
선녀가 유마거사의 방장으로 내려오고,

넓은 대청에 잔치 열리니

뭇 닭들이 고고한 백학에게 몰려드네.

平地風波, 天女下維摩之室.

空堂宴集, 鷄群來皎鶴之翔

　

이후의 일이 어떻게 되었을까? 이에 대해서는 다음 회를 들어
보시라.

와평

염상들이 "한 그릇에 여덟 푼짜리 국수를 시켜서 국물 한 모금
만 마시고, 바로 가마꾼에게 다 줘 버리는데," "사실은 집에서 누
룽지 한 그릇 끓여 먹고 와서" 그런 거라는 얘기는 허세 부리는 장
사치들의 비루한 실상을 속속들이 보여 준다. 「양주악부(揚州樂
府)」에 보면 "2월 동풍에 누런 먼지 날리는데, 다자가(多子街)에
가마 한 대 나는 듯 지나가네(東風二月吹黃埃, 多子街上飛轎來)"라
는 구절 뒤에 "길가에 선 늙은이 하나, 부러워하며 얘기를 떠벌이
는 저 노인네. 저 노인네 왕년에 튼튼한 어깨로, 동문에서 물을 져
다 서문에서 팔았었네(道旁一老翁, 嘖嘖誇而翁, 而翁當日好肩背, 東
門擔水西門賣)"라는 구절이 나오는데, 이 노래 역시 앞의 얘기와
같은 맥락에 있다.

늙은 승려의 밉살맞은 행태에 대한 묘사를 읽다 보면 독자들은
머리끝까지 화가 치밀어 오르게 된다. 늙은 승려가 애꿎은 동자
승을 닦아세운 것은 분명 자기 위신을 높이고자 하는 것이고, 물
건 사들이는 일을 거론하는 것은 세 사람을 얕잡아 보는 것이다.

그 뒤에 또 원만하고 융통성 있는 승관을 등장시킴으로써 늙은 승려의 악덕을 부각시키니, 그 필치가 생동감이 넘쳐 살아 움직인다.

제29회
제갈우는 암자에서 친구를 만나고,
두천은 남경에서 첩을 들이려고 하다

승관이 소정 등이 있는 방에서 한담을 나누며 앉아 있는데, 불목하니가 헐레벌떡 달려 들어왔다.

"그 녀석이 또 왔습니다."

승관은 그 말을 듣고 세 사람에게 인사를 하고, 불목하니를 데리고 나가서 이렇게 물었다.

"또 용삼(龍三)이 그 녀석이냐?"

"왜 아니겠습니까? 이번 짓거리는 더 희한합니다. 나리, 직접 가서 보시죠."

승관이 건물 아래로 갔더니, 차 끓이는 사람이 문가에서 화로에 부채질을 하고 있었다. 안으로 들어가니 누군가가 의자에 앉아 있었다. 그 사람은 시꺼먼 얼굴에 눈동자는 싯누렇고 입가에 수염이 덥수룩했으며, 종이로 만든 봉관을 쓰고, 부인용 남색 베 마고자와 흰 홑치마를 입고, 커다란 꽃신을 신고 있었다. 그리고 가마꾼 두 사람이 돈을 받으려고 마당에 서서 기다리고 있었다.

그 사람은 승관을 보자 벌쭉이 웃으며 말했다.

"나리, 나리께서 오늘 잔치를 벌인다기에 제가 일을 맡아 하려고 새벽같이 왔지요. 어서 저 사람들한테 제가 타고 온 가마 삯이나 줘 보내세요."

"용삼, 여긴 또 뭐 하러 왔나? 꼴은 그게 뭐고!"

승관은 눈살을 찌푸리며 이렇게 말하고, 가마 삯을 주어 가마꾼들을 보냈다.

"자네, 어서 그 옷을 벗어 버리지 않고 뭐 하나! 사람들에게 그런 망측한 꼴을 그대로 보일 셈인가!"

"양심도 없는 양반 같으니! 나리께서 승관이 되셨으면서 저한테 금봉관을 만들어 씌워 주시지도 않고, 붉은 예복을 맞춰 입혀 주시지 않는 건 그렇다 쳐요. 제가 그래도 나리 부인인 만큼 직접 종이 봉관을 만들어 쓴 거라고요. 남들이 비웃는 건 몰라도 당신까지 벗어 버리라고 하시다니, 정말 너무하시네요!"

"이봐, 장난할 게 따로 있지. 내가 오늘 자네를 청하지 않았다고 탓하러 온 모양인데, 그렇더라도 얌전히 하고 올 것이지 어째서 이런 꼴을 한 겐가?"

"나리, 탓을 하다니요. 당치않은 말씀이세요. '부부 싸움은 칼로 물 베기(夫妻無隔宿之仇)'라는데, 제가 탓을 할 리가 있나요?"

"그래, 내가 잘못했다고 치세. 자넬 부르지 않았으니 내가 미안하게 됐네. 어서 그 옷은 벗고 앉아서 술이나 먹게나. 그런 바보 같은 꼴로 웃음거리가 되지 말고!"

"생각해 보니 제 잘못이에요. 부인 된 사람이 방에서 보기 좋게 상을 차리고 과일을 깎으면서 안살림을 도맡아 해야지, 어디 대청에 떡하니 앉아 있으면 되겠어요? 내외 구별도 없는 집안이라고 사람들이 비웃을 거예요."

용삼은 이렇게 말하며 성큼성큼 방 안쪽으로 향했다. 승관이 못 들어가게 붙잡으려 했지만 용삼은 기어이 방 안으로 들어갔다. 방으로 따라 들어간 승관이 말했다.

"용삼, 오늘은 이런 망나니짓을 절대 해선 안 되는 거네. 상부에서 알게 되면 모두 다 곤란하게 된다고!"

"나리, 안심하세요. 자고로 '제 아무리 훌륭한 관리도 남의 집 안일은 판단하기 힘든 법(淸官難斷家務事)'이라고 하니까요."

승관은 화가 나서 펄펄 뛰었지만, 용삼은 방 안에 편안하게 앉아서 동자승에게 이렇게 분부했다.

"마님께 차를 올리라고 해라."

승관은 애가 타서 방 안을 들락날락하며 어쩔 줄 몰라 했다. 승관이 막 방문을 나서는데 마침 그곳으로 오고 있는 소정 등 세 사람과 딱 마주쳤다. 승관이 미처 붙잡을 틈도 없이 세 사람은 방으로 들어갔다. 계염일이 물었다.

"아이고! 웬 부인이 여기 계시네요?"

그 부인이 일어서서 그들에게 말했다.

"세 분 나리 앉으시지요."

승관은 당황해서 아무 말도 못했고, 세 사람은 참지 못하고 웃음을 터뜨렸다. 불목하니가 날듯이 달려 들어와 아뢰었다.

"응천부의 우(尤) 나리께서 오셨습니다."

이 말을 듣고 승관은 하는 수 없이 방 안의 소동은 내버려 둔 채 나가서 손님을 맞았다. 서판(書辦) 우(尤)씨와 곽(郭)씨 두 사람은 들어와 인사를 하고 앉아서 차를 마시다가, 옆방에서 사람들 소리가 들리자 자신들도 그 방으로 건너가려고 했다. 승관은 이번에도 그들을 막지 못했다. 두 사람은 방 안으로 들어가 이 용삼의 모습을 보고는 화들짝 놀랐다.

"에구, 이게 웬 일이야!"

이렇게 외치고는 웃음을 터뜨렸다. 그러자 그 자리에 있던 네댓 사람이 일제히 웃어 댔고, 승관은 어찌할 바를 모르고 쩔쩔 매다가 이렇게 둘러댔다.

"나리님들, 저 건달 녀석이 이렇게 저를 괴롭힌 게 한두 번이 아닙니다."

승관이 이렇게 말하자 우 서판이 웃으며 물었다.

"저자는 이름이 뭡니까?"

"용삼이라고 합니다."

그러자 곽 서판이 나섰다.

"용삼, 오늘은 승관 나리의 경사스런 날인데 어찌 여기 와서 소란을 피우느냐? 어서 그 옷을 벗고 물러가 있게!"

용삼이 대꾸했다.

"이건 저희 두 내외간의 일이니 나리께선 상관 마셔요."

우 서판이 호통을 쳤다.

"이놈이 또 헛소리를 하는구나! 승관을 괴롭혀서 돈을 뜯어내려는 모양인데, 어림없는 짓거리다."

결국 소정이 나섰다.

"우리들이 다 같이 은자 얼마씩을 내어 이 돼먹지 못한 놈한테 줘 버리고 맙시다! 계속 이렇게 소란을 피우게 놔두면 아주 꼴사납게 되겠어요."

하지만 용삼이 어디 순순히 물러나겠는가.

모두 이렇게 떠들고 있는데, 불목하니가 또 들어와 알렸다.

"관아[司]의 동(董) 나리께서 김(金) 나리란 어른과 함께 와 계십니다."

그 말이 끝나기도 전에 동 서판이 김동애와 나란히 방 안으로 들어왔다. 김동애는 용삼이 누군지 알고 있었기에, 보자마자 이렇게 호통을 쳤다.

"너 용삼이 놈이 맞지? 이 버러지 같은 놈! 경사에선 내 돈 몇 십 냥을 뜯어먹더니, 오늘은 또 여기서 이런 꼬락서니를 하고 있군! 가증스러운 놈 같으니, 보나마나 누굴 등쳐먹으려는 수작이겠지!"

그리고 따라온 하인에게 분부했다.

"당장 저 봉관과 옷을 벗기고 내쫓아라!"

용삼은 김동애가 온 걸 보고서야 당황해서 제 손으로 봉관과 옷을 벗고 이렇게 말했다.

"소인이 나리 시중을 들겠습니다."

그러자 김동애가 쏘아붙였다.

"누가 너 같은 놈 시중을 받는다 하더냐! 네놈이 여기 나리한테 돈푼이나 뜯어내려는 것이겠지. 나중에 내가 장사 밑천으로 쓰게 돈 몇 푼 쥐어 주시라고 말씀드려 주마. 하지만 만약 이런 식으로 계속 소란을 피운다면 내 당장 현청으로 끌고 가 혼쭐을 낼 줄 알아라!"

용삼은 이런 얘기까지 나오자 감히 더 소란을 피우지 못하고, 김동애에게 인사를 드리고 밖으로 나갔다. 승관은 그제야 손님들을 아래층으로 모시고 다시 정식으로 인사를 나눈 뒤 자리를 권했다. 그리고 김동애에게는 몇 번씩이나 감사 인사를 했다.

차 끓이는 사람이 차를 내와 모두 마셨다. 곽 서판이 김동애에게 물었다.

"나리, 그 동안 쭉 댁에 계시더니 언제 강남으로 오셨습니까?"

"최근 들어 말도 안 되게 손해 보는 일만 생겨서 집으로 돌아오기로 결심했지요. 집에 돌아와서는 다행히 아들 녀석이 부학에 들어갔나 싶었더니, 생각지도 않게 그 일로 한바탕 시비가 일었지 뭡니까? 그런다고 진짜가 가짜가 될 리는 없지만, 그 덕에 또 은자가 몇 냥 날아갔지요. 집에 있자니 무료하던 차에 마침 경사에

548

서 교분이 있던 염운사의 순 어르신을 양주로 가서 찾아뵈었습니다. 그런데 감사하게도 갑상(匣上)*에 저를 추천해 주셔서 은자 몇백 냥을 받게 되었지요."

동 서판이 물었다.

"나리, 순 어르신 얘기를 들으셨나요?"

"모릅니다만, 순 어르신께 무슨 일이 있나요?"

"순 대인께선 수뢰 혐의로 체포돼 심문을 받고 있습니다. 바로 사나흘 전의 일이지요."

"그랬군요. '사람 일은 한치 앞도 모른다(旦夕禍福)' 더니!"

곽 서판이 물었다.

"지금 어디에 묵고 계신가요?"

동 서판이 대신 대답했다.

"나리께선 벌써 집을 사셨는데, 이섭교(利涉橋)에 있는 하방(河房)입니다."

그러자 여럿이 모두 이렇게 말했다.

"그럼 나중에 찾아뵙겠습니다."

김동애가 소정 등 세 사람의 이름을 묻자, 그들은 각기 자기소개를 했다.

김동애가 말했다.

"모두 명망 높은 분들이시군요. 저도 경서에 주를 달아본 것이 있으니 언제 가르침을 청하겠습니다."

잠시 후 손님 수십 명이 들이닥쳤고, 마지막으로 방건을 쓴 사람 셋과 도사 하나가 걸어 들어왔는데, 자리에 있던 사람들 누구도 그들을 알지 못했다. 방건을 쓴 사람 중 하나가 물었다.

"어느 분이 계염일 선생이십니까?"

계염일이 대답했다.

"바로 접니다. 무슨 일이신지요?"

그 사람은 소매에서 편지를 한 통 꺼내더니 이렇게 전했다.

"계위소 선생께서 안부를 전하라 하셨습니다."

계염일은 편지를 받아 꺼내서 소정과 제갈우와 함께 읽어 보고 난 후에야 이들이 신동지, 김우류, 곽철필, 내하사라는 걸 알았다.

"앉으시지요."

계염일이 이렇게 권했다. 네 사람은 이곳에서 큰 모임이 열리는 것 같아 인사하고 자리를 뜨려 했지만, 승관이 그들을 붙잡았다.

"일부러 청하려 해도 모시기 어려운 분들이 이렇게 멀리서 오셨으니, 차린 건 변변찮지만 함께 하시지요."

승관이 이렇게 말하며 놓아주지 않자 네 사람은 할 수 없이 자리에 앉았다. 김동애는 그들에게 순 어르신에게 정말 무슨 일이 생긴 건지 물었다. 곽철필이 대답했다.

"저희가 양주를 떠나던 바로 그날 잡혀 들어갔지요."

이어 연극판이 벌어졌고, 손님들은 술을 마셨다.

해가 떨어질 때까지 마시다가 신동지와 김우류는 성안으로 들어가 동화원(東花園) 암자에 있는 숙소에서 잠을 잤다. 다른 손님들도 모두 돌아갔고, 곽철필과 내하사는 제갈우의 처소에서 하룻밤 묵었다. 다음 날 내하사는 사형(師兄)을 찾아 신락관(神樂觀)으로 갔고, 곽철필은 보은사(報恩寺) 앞에 방을 한 칸 빌려서 도장 가게를 열었다.

계염일 등 세 사람은 절문 앞 취승루(聚升樓)와 거래를 터 장부를 만들고, 매일 외상으로 밥을 사 오고 요리와 술을 은자 4, 5전 어치씩 먹었다. 문장 선정이 끝나자, 각자장(刻字匠) 일고여덟 명을 불러 판각하게 하고, 또 외상으로 종이 백여 통(桶)을 사서 인쇄할 준비를 했다. 이렇게 네댓 달이 지나자 제갈우가 가져온 2백 냥 남짓한 돈이 바닥이 날 때가 되었지만, 그들은 여전히 가게에서 음식을 외상으로 가져다 먹었다.

하루는 계엄일이 소정과 함께 절 안을 한가로이 걸어 다니다가 이렇게 말했다.

"제갈 선생이 가져온 돈도 다 떨어져 갈 테고, 거기다 이렇게 빚까지 쌓였구먼. 하지만 이 책이 잘 팔릴지 어떨지도 알 수 없으니 이 일을 어쩌면 좋지?"

소정이 말했다.

"이게 다 그 사람이 원해서 한 일이지 누가 억지로 시킨 건가? 자기 돈이 바닥나면 다시 집에 가서 구해오겠지. 우리가 신경 쓸 거 뭐 있나?

이런 말을 하던 중에 제갈우가 다가오자, 두 사람은 이야기를 뚝 그쳤다.

세 사람이 잠깐 걷다가 함께 방으로 돌아가는데, 맞은편에서 커다란 짐 꾸러미 둘과 함께 가마가 한 대 오고 있었다. 세 사람은 그 가마 뒤를 따라 절로 들어갔다. 그 가마는 주렴을 걷어 놓아 안에 방건을 쓴 청년이 앉아 있는 게 보였는데, 제갈우는 어렴풋이 그가 누구인지 알 것 같았다. 그 가마는 매우 빨라서 나는 듯이 그들 옆을 지나가 버렸다. 제갈우가 말했다.

"저 가마 안에 탄 사람, 제가 좀 아는 사람입니다."

그러더니 급히 쫓아가 가마 뒤를 따르는 사람을 붙잡고 이렇게 물었다.

"어디서 온 분들이오?"

"천장현의 열일곱째 나리십니다."

제갈우는 두 사람 쪽으로 와서 함께 가마와 짐들이 은퇴한 방장의 처소 옆에 있는 승방으로 들어가는 것을 지켜보았다. 제갈우가 두 사람에게 말했다.

"지금 들어간 사람은 천장현 출신 예부상서 두 나리의 손자이십니다. 저도 안면이 있습니다만, 우리 고장의 명사이시지요. 여기엔 어쩐 일로 왔을까요? 내일 가서 만나 봐야겠습니다."

다음 날, 제갈우가 인사를 하러 갔지만, 출타 중이라고 했다. 사흘째 되는 날에야 두 상서의 손자 두천(杜倩)이 답례 인사를 왔다. 세 사람이 나가서 맞았는데, 이때는 바야흐로 늦봄에서 초여름으로 넘어가는 계절이라 날이 점차 더워지고 있었다. 두천은 연둣빛이 도는 담황색 비단 겹두루마기를 입고, 손으로는 시가 적힌 부채를 가볍게 부치면서 비단신을 신고 걸어 들어왔다. 가까이에서 본 그는 분을 바른 듯 하얀 얼굴에 새까만 눈동자가 빛났으며, 온화하고 우아한 풍모에 초탈한 신선의 기품까지 느껴졌다. 이 사람은 자건(子建)의 재주에 반안(潘安)의 용모*를 지닌 강남에서도 첫손가락에 꼽히는 재자(才子)였다. 그는 세 사람과 인사를 나누고 자리에 앉았다. 두 사람의 이름과 관적을 물은 뒤, 자신을 이렇게 소개했다.

"제 이름은 천(倩)이고, 자는 신경(愼卿)이라고 합니다."

그리고 제갈우에게 말했다.

"제갈 형, 작년 시험 때 뵈었으니 만나 뵌 지 벌써 반년이 넘었군요."

제갈우가 두 사람에게 설명했다.

"작년 신(申) 학대께서 우리 부 안의 주와 현 27곳의 시부(詩賦) 시험을 주재하셨는데, 두 선생께서 단연 1등을 하셨지요."

그러자 두천이 웃으며 말했다.

"그건 할 수 없이 대충 지은 글이니, 말씀하실 게 못 됩니다! 게다가 그날 몸이 좀 안 좋아서 시험장에 약까지 가지고 들어갔으니, 글자만 채워 넣고 나왔지요."

소정이 말했다.

"두 선생 댁은 강남에서 제일가는 명문가이시라 우러러보지 않는 이가 없습니다. 선생의 걸출하신 재능은 또한 귀 가문의 뛰어나신 여러 자제분들 가운데서도 으뜸이라고 할 수 있지요. 오늘 이렇게 만나 뵙게 되었으니, 많은 가르침을 내려주십시오."

"여러분들께서는 모두 당대의 이름난 학자이시니, 안 그래도 제가 가르침을 청하려던 참입니다. 어찌 그런 말씀을 하십니까?"

자리에 앉아 차를 한 잔 마시고 모두 방 안으로 들어갔다. 방 안의 탁자에는 빨간색으로 얼룩덜룩 교정을 해 놓은 팔고문 선집 원고가 가득 쌓여 있었다. 두천은 그것들을 흘깃 보더니 한쪽으로 밀쳐놓았다. 그러다가 시가 한 수 눈에 띄어 집어 들었는데, 요전에 소정이 오룡담(烏龍潭)에서 봄놀이할 때 지은 것이었다. 두천은 그 시를 보고 고개를 끄덕이며 말했다.

"구절이 맑고 신선하군요."

그리고 뒤이어 물었다.

"이 시는 소 선생의 작품입니까?"

"저의 졸작입니다. 선생의 가르침을 바랍니다."

"허물치 않으신다면 제가 무지하나마 한 말씀 드리겠습니다. 시는 기(氣)와 체(體)를 위주로 해야 하는데, 선생님 작품 가운데 '복숭아꽃 어찌 이리 붉은가? 버드나무 홀연 시리도록 푸른 잎 틔우네(桃花何苦紅如此. 楊柳忽然靑可憐)' 같은 구절은 아주 고심해서 지으신 것 같습니다. 앞 구절에 '문(問)' 자 하나만 더하면 '묻노니, 복숭아꽃 어찌 이리 붉은가?(問桃花何苦紅如此)'가 되니, 저 유명한 사(詞)인 「하신량(賀新涼)」의 한 대목과 똑같아집니다. 지금 선생께선 그걸 가져다 시로 만드시고 그 뒤에다 억지로 대구를 갖다 붙이셨으니 아무런 멋이 느껴지지 않습니다."

이 말 몇 마디에 소정은 온몸이 얼어붙는 듯했다. 계염일이 말했다.

"선생께서 시를 논하시는 걸 들어보니, 우리 집안의 계위소와 만나신다면 곧 의기투합하시겠습니다."

"계위소 선생이 같은 집안이십니까? 저도 그분의 시를 본 적이 있는데 시재(詩才)가 있으시더군요."

두천은 잠깐 더 앉아 있다가 작별 인사를 하고 돌아갔다.

다음 날 두천이 이런 쪽지를 보내왔다.

저희 집에 모란이 활짝 피어서, 약소하나마 차를 한 잔 준비했습니다. 세 분이 오셔서 함께 담소를 나누었으면 합니다.

세 사람은 급히 옷을 갈아입고 두천의 처소로 갔다. 그곳에는 한 사람이 먼저 와서 앉아 있었는데, 세 사람은 들어와서 그 사람과 인사를 나누고 자리를 권했다. 그러자 두천이 말했다.

"이 포(鮑) 선생은 일가처럼 허물없이 지내는 사이이니 그렇게 자리를 신경 쓰시지 않아도 됩니다."

계염일은 그제야 그가 바로 전에 편지를 전해 주었던 포정새란 사실을 깨닫고, 같이 온 두 사람에게 말했다.

"이분이 바로 계위소의 처고모부시라네."

뒤이어 포정새에게 물었다.

"아저씨는 어떻게 여기에 계십니까?"

포정새가 하하 웃으며 대답했다.

"계 선생께선 모르셨나보군요. 저는 대대로 두씨 댁 큰 나리 문하에 있던 사람입니다. 저희 아버님과 제가 큰 나리의 은혜를 얼마나 입었는지 모릅니다. 두천 나리가 오셨다는데 제가 문안을 드리러 오지 않을 수가 있겠습니까?"

두천이 말했다.

"그런 쓸데없는 소린 말고 술상이나 내오라고 하게."

그러자 포정새는 하인과 함께 탁자를 들고 왔다. 두천이 말했다.

"오늘은 속된 음식들은 모두 빼고 강남의 전어[鱮魚]와 앵두, 죽순만 준비했습니다. 이것들을 안주 삼아 여러분과 마음껏 청담(淸談)을 나누려고 합니다."

상이 차려졌는데, 과연 접시 몇 개만이 깔끔하게 놓여 있었고, 영녕방(永寧坊)에서 사 온 고급 귤주(橘酒)가 잔에 채워졌다. 두천은 주량은 대단했지만 음식은 별로 먹지 않았다. 젓가락을 들고 손님들에게 음식을 들라고 권했지만, 자신은 안주로 죽순 몇 조각과 앵두 몇 개만 집어 먹었다. 주거니 받거니 오후까지 마시다가 두천이 간식을 가져오라고 하자 돼지비계 만두[猪油餃餌]와 오리고기 만두[鴨子肉包], 거위기름 과자[鵝油酥],* 연향고(軟香糕)*가 한 접시씩 나왔다. 손님들이 간식을 먹자 또 빗물에 끓인 육안모첨차[六安毛尖茶]*를 한 잔씩 내왔다. 두천은 연향고 한 쪽과 차 한 잔만 마시고 상을 치우게 한 뒤, 다시 술을 따랐다. 소정이 말했다.

"오늘 훌륭한 꽃이 있고 좋은 친구들이 모였으니 시가 빠질 수 없지요. 우리 이 자리에서 바로 운자를 몇 개 정해서 시를 짓는 게 어떻습니까?"

두천이 웃으며 말했다.

"선생, 그게 요즘 시사(詩社)의 습속입니다만, 제가 보기에 그런 고상함이란 사실 속된 것에 불과하지요. 저희는 청담이나 나눕시다."

이렇게 말하면서 포정새에게 눈짓을 하자, 포정새가 웃으며 말했다.

"그러면 제가 못난 재주나마 한번 보여 드리겠습니다."

포정새는 방으로 들어가서 피리 하나를 가지고 나오더니, 비단으로 된 피리 집을 벗기고 자리에 앉아 구성지게 피리를 불었다. 그러자 어린 하인 하나가 포정새 옆에 서서 손으로 박자를 맞추며 이백(李白)의 「청평조(清平調)」를 부르기 시작했다. 그야말로 구름을 뚫고 바위를 쪼갤 듯한 강렬한 소리였으며, 음 하나하나가 깊은 울림을 주는 훌륭한 연주였다. 세 사람이 술잔을 멈추고 음악 소리에 빠져든 사이, 두천은 또 홀로 몇 잔을 마고 . 술을 마시다 보니 어느덧 달이 떠올랐다. 달빛을 받은 모란은 더욱 선명한 색으로 빛났고, 또 커다란 수국 나무에는 꽃들이 가득 피어 눈이 소복이 쌓인 것 같았다. 세 사람은 흥이 나서 절로 몸이 들썩였고, 두천도 흠뻑 취했다.

그런데 그때 노스님 한 분이 느릿느릿 걸어 들어왔다. 그는 손에 든 비단 상자를 열어 기문(祁門)에서 생산된 소형 폭죽을 꺼내면서 이렇게 말했다.

"제가 나리님 술을 깨게 해 드리지요."

노스님이 바로 그 자리에서 불을 붙이자, 폭죽이 터지며 파팍 큰 소리를 내기 시작했다. 두천은 의자에 앉아서 껄껄 웃음을 터뜨렸다. 노스님이 돌아간 뒤에도 유황 연기가 술자리 주위를 맴돌고 있었다. 세 사람도 너무 취해서, 자리에서 일어났지만 비틀비틀 제대로 서 있지도 못했다. 돌아가겠노라 인사를 하자 두천이 웃으며 말했다.

"제가 취해서 배웅해 드리지 못하는 걸 용서하십시오. 포 사부, 저 대신 세 분을 배웅해 주시고, 돌아와 여기서 주무시지요."

포정새는 촛대를 들고 세 손님을 배웅한 뒤, 문을 잠그고 집 안으로 들어갔다.

세 사람은 숙소에 돌아와서도 마치 꿈을 꾸는 듯 황홀했다. 다음 날 종이 장수가 찾아와 외상값을 달라고 했지만, 이들은 줄 돈이 없었기 때문에 한바탕 실랑이가 벌어졌다. 뒤이어 취승루에서도 술값을 받으러 왔다. 제갈우는 나머지는 나중에 계산하기로 하고 우선 은을 한 냥 정도 달아 주었다. 세 사람은 답례로 두천을 청할 일을 의논하였는데, 숙소에는 자리를 마련하기가 곤란했으므로 그를 취승루로 데려갈 수밖에 없을 듯했다.

그리고 하루 이틀이 지나 날씨가 매우 좋은 어느 날, 세 사람은 숙소에서 일치감치 요기를 하고 두천을 찾아갔다. 문 안으로 들어서자 전족을 하지 않은 아낙 하나가 그 집의 나이 지긋한 하인과 걸상에 앉아 이야기를 하고 있었다. 하인은 세 사람을 보자마자 얼른 일어났다. 계염일이 그를 한쪽으로 불러 물었다.

"저 아낙은 누군가?"

"중매쟁이 왕발 심씨입니다."

"여긴 웬 일로 왔나?"

"그냥 일이 좀 있어서요."

세 사람은 두천이 첩을 들이려 한다는 걸 눈치 채고는 더 이상 묻지 않았다. 안쪽으로 들어갔더니, 두천은 낭하에서 한가로이 걷고 있었다. 두천은 세 사람을 보자 안으로 모셔 자리를 권했고, 어린 하인이 차를 들여왔다. 제갈우가 말했다.

"오늘 날씨가 무척 좋아서 선생을 절 밖으로 모셔 구경이나 할까 하고 이렇게 왔습니다."

두천은 어린 하인을 데리고 이 세 사람과 함께 걸어 나왔는데, 세 사람은 그를 취승루로 끌고 갔다. 두천은 거절할 수가 없어 할 수 없이 자리에 앉았다. 계염일은 그가 돼지고기를 먹지 않는다는 걸 알고는 절인 오리(板鴨), 생선, 돼지 위, 잡채를 한 접시씩 시키고, 술을 내오게 했다. 술 몇 잔을 마시고 나서 모두들 두천에게 음식을 권했다. 그는 마지못해 오리 한 점을 먹다가 곧바로 토하고 말았다. 모두들 머쓱해졌다. 아직 시간이 일러서 술을 많이 마시지는 않고, 식사를 내오게 했다. 두천은 밥에 찻물을 부어 한 술 먹는 둥 마는 둥하더니 바로 어린 하인에게 먹으라고 줘 버렸다.

세 사람은 술과 밥을 남김없이 먹어치우고 아래로 내려와 계산을 했다. 소정이 말했다.

"두 형, 우화대(雨花臺) 언덕에 가서 산책이나 하십시다."

"거 참 좋은 생각이십니다."

두천이 이렇게 대답하자, 일행은 언덕에 올랐다. 여러 사당(廟宇)들 중에서도 방효유(方孝孺)와 경청(景淸)*의 사당(祠)이 특히 웅장했다. 또 언덕 꼭대기에 올라 아래를 굽어보니 성안 수만 채의 집에서 밥 짓는 연기가 피어오르고, 장강 줄기가 흰 비단처럼 흘러가며, 유리탑(琉璃塔)*은 오색찬란하게 빛나고 있었다. 두천은 정자 옆 햇볕이 내리쬐는 곳에서 자기의 그림자를 보며 한참을 거닐었다. 모두들 풀을 자리 삼아 땅바닥에 앉았다. 제갈우는 멀리 조그만 비석이 있는 것을 발견하고, 달려가 무언지 보고 돌아와 자리에 앉으며 이렇게 말했다.

"저 비석에는 '10족(十族)을 멸한 곳'이라고 쓰여 있더군요."

그러자 두천이 말했다.

"여러분, 이 '10족을 멸한다'는 건 있을 수 없는 말입니다. 법 집행이 가장 엄중했던 한(漢)나라 때도 '3족(三族)을 멸'했는데, 이때 3족이란 친가, 외가, 처가를 말합니다. 여기 방효유 선생이 말한 9족*이란 고조, 증조, 조부, 부친, 아들, 손자, 증손, 현손을

558

가리킵니다. 이들은 모두 일가 친족들일 뿐 외가와 처가에는 화가 미치지 않았는데 어찌 제자들까지 죽였겠습니까? 게다가 영락 황제께서도 그렇게 잔혹하신 분은 아닙니다. 우리 명나라는 영락 황제께서 나서서 기풍을 진작시키지 않고 그저 유약한 건문 황제가 하는 대로 내버려 뒀다면, 벌써 오래전에 육조의 제(齊)나라와 양(梁)나라처럼 쇠약해졌을 것입니다!"

그러자 소정이 말했다.

"두 선생, 그런 생각이시라면 방효유 선생에 대해선 어떻게 생각하십니까?"

"그는 고루해서 현실 판단을 그르친 사람입니다. 천하에 중요한 일들이 무수히 많은데, 황위의 정통성만 따져서 어쩌겠다는 겁니까? 관복을 입은 채 그대로 끌려 나가 저자에서 참수당해도 억울할 게 없는 자이지요."

이렇게 한참 앉아 있다 보니 어느덧 해가 기울어 갔다. 그때 똥통쟁이 둘이 빈 똥지게를 메고 올라왔다. 둘은 언덕 위에 앉아 한숨 돌리고 난 후, 한 사람이 다른 한 사람의 어깨를 툭 치면서 이렇게 말했다.

"이봐, 오늘 물건은 다 팔았으니까, 우리 영녕천(永寧泉)에 가서 물 한 바가지 마시고 다시 우화대로 돌아와 낙조를 보는 게 어떻겠나!"

그 모습을 보고 두천이 웃으며 말했다.

"식당과 술집의 점원에게도 육조 시대의 풍류가 있다고 하더니 정말 조금도 틀림이 없는 말이었군요!"

언덕을 내려와 절 안으로 들어가며 제갈우가 말했다.

"저희 방에서 좀 앉았다 가시지요."

두천이 대답했다.

"그것도 좋지요."

모두 숙소로 돌아가 방 안으로 들어갔더니, 계추가 앉아 있는 것이었다. 계염일은 그를 보고 뛸 듯이 기뻐했다.

"위소 형, 오셨구려!"

"염일 형, 각자점(刻字店)에 물어봤더니 자네가 여기로 옮겨 왔다고 알려 주더군. 그런데 이 세 분은 존함이 어떻게 되시는가?"

"이분은 우이 분이신 제갈우 선생이시네. 그리고 이분은 우리와 동향인 소금현 선생이신데, 자네도 알지 않나?"

"혹시 북문(北門)에 사시나요?"

계추가 이렇게 묻자 소정이 대답했다.

"그렇습니다."

"그러면 이분은 누구신지?"

계추의 물음에 계염일이 대답했다.

"이분이 누군지 알게 되면 자네가 정말 기뻐할 걸세. 이분은 천장현 예부상서 두 나리의 손자로 항렬은 열일곱째요, 이름은 천이고 자는 신경이라네. 자네도 얘기를 들어본 적이 있겠지?"

계추는 깜짝 놀랐다.

"그럼 작년 학대 어른께서 귀 부의 주와 현 27곳을 통틀어 본 시부 시험에서 장원을 하신 바로 그 두 선생이십니까? 그 동안 너무나 만나 뵙고 싶었는데 오늘에서야 뵙게 되는군요!"

그가 엎드려 절을 하자, 두천도 땅바닥에 머리가 닿도록 깊이 절을 했다. 모두들 인사를 하고 자리에 앉으려는데 누군가 호탕하게 웃으며 들어와 이렇게 말했다.

"여러 나리님들께서 오늘 밤새워 술을 드실 모양이군요!"

계추가 누군가 보았더니 다름 아닌 처고모부 포정새였기에, 얼른 이렇게 물었다.

"고모부님께서 여기 어쩐 일이십니까?"

포정새가 말했다.

"여기 우리 열일곱째 나리가 계시지 않나? 그 댁 문하인 내가 여기 없으면 되겠나? 자네도 나리와 잘 아는 사이인가?"

소정이 끼어들었다.

"이거야말로 '마주 보며 웃음 지으면 모두 백년지기이니, 더 이상 남남이 아니라네(眼前一笑皆知己, 不是區區陌路人)'라는 경우군요."

모두 자리에 앉은 뒤, 계추가 말했다.

"제가 나이는 어려도 강호를 떠돌아다니며 여러 사람을 만나 보았습니다. 하지만 선생처럼 주옥같이 빛나는 분은 처음 뵙습니다. 정말 하늘에서 내려온 신선이 따로 없군요. 지금 이렇게 선생을 마주 보고 있으니 저까지 신선이 된 것 같습니다."

두천도 말했다.

"오늘 선생을 만나 뵈니 성련(成連) 선생이 바다로 배를 저어 나가 백아(伯牙)를 깨우쳤듯* 제게 큰 깨달음을 주시는군요."

그런데 이 일로 인해 다음과 같은 새로운 이야기가 생겨난다.

> 성대한 모임 멋들어지게 벌이니
> 강남땅에 또 기이한 사적 남겼고,
> 탁월한 재주들을 뽐냈으니
> 천하에 미담으로 전해진다네.
> 風流高會, 江南又見奇踪
> 卓犖英姿, 海內都傳雅韻.

이후의 일이 어떻게 되었을까? 이에 대해서는 다음 회를 들어

보시라.

와평

이 회에서는 두천의 풍류 넘치는 모습을 통해 세 사람의 비속함을 형상화하고 있다. 주점에서 다시 만났던 날, 두천은 스스로 어떤 사람으로 자처했던가? 그런데도 계염일은 입만 열면 "예부상서 두 나리의 손자" 타령이니, 그의 눈에는 이 '상서 댁 손자'란 것밖에 보이지 않는 것이다. 두천에게 있어 연일 이런 부류의 인간들을 상대하는 것은 정말 참기 힘든 고역이었을 것이다. 그러다가 계추를 만나 몇 마디 말을 나누자 자기도 모르게 반색을 하며 친근하게 대했던 것이다.

우화대 장면은 바로 두천을 보여 주기 위한 것이다. 이 같은 모습은 고루한 선비의 흉중에서는 나올 수 없는 것이다. 두천은 평소 유별난 성벽을 지니고 있는데, 방효유에 대한 의론에서 이미 그런 일면이 드러나고 있다.

제30회
두천이 미남자를 좋아하여 신락관으로 찾아가고, 막수호에서 풍류를 뽐내는 연회를 열다

두천과 계추는 처음 만났지만 더할 나위 없이 죽이 잘 맞았다. 계추는 숙소가 성안에 있는 승은사(承恩寺)에 있었기 때문에 그날 밤 날이 어두워지자 서둘러 성안으로 들어갔다. 포정세는 두천을 따라갔다. 숙소에 도착하자 두천은 그에게 술을 사 주면서 물었다.

"오늘 만난 계위소는 어떤 사람이오?"

포정세는 그가 어려서 상정이 주관한 시험에서 수석으로 뽑혔고, 그 후에 상정 댁 왕 집사의 손녀를 처로 맞았으니 계추의 처가 바로 자신의 질녀가 되며, 올해 들어 염운사 순 나리가 은자 몇 백 냥을 도와주었고, 또 양주 우(尤)씨 댁에서 사위로 삼았다는 등의 이야기를 자세히 들려주었다. 두천은 이 이야기를 듣고 가볍게 웃어넘기는 듯했으나 마음에 잘 새겨 두었다. 그는 포정세를 붙들어 자기 처소에서 자고 가게 했다. 밤이 되자 포정세는 또 상정이 자기 집안에게 얼마나 큰 은혜를 베풀어 주었는지 이야기했고, 두천은 그 얘기에 감탄을 금치 못했다. 또 포정세 자신이 호씨를 부인으로 맞으면서 겪은 갖가지 꼴사나운 일들을 얘기하자, 두천은 껄껄 웃었다. 그날 밤은 이렇게 지나갔다.

다음 날 아침 계추가 왕부(王府)의 종(宗) 선생이란 사람과 함께 두천을 찾아왔다. 두 사람이 들어와 인사를 하고 자리에 앉자, 종 선생은 자신이 경사의 조왕부(趙王府)에 있을 때 왕세정(王世貞), 이반룡(李攀龍) 등의 후칠자(後七子)들과 시를 주고받았다는 얘기를 꺼냈다. 그러자 두천이 말했다.

"봉주(鳳洲) 왕세정 선생과 우린(于鱗) 이반룡 선생은 두 분 다 저의 세숙(世叔)이십니다."

다시 화제가 종신(宗臣)*에게 이르자 두천이 말했다.

"고공랑(考功郎)*을 지내신 종 선생님은 바로 선친과 같은 해에 급제하셨지요."

그러자 종 선생이란 이는 자신이 종신과 일가친척으로 형제간이 된다며 아는 척했다. 두천은 아무런 대꾸도 하지 않았다. 하인이 차를 들고 나와 다들 마시고 나자 종 선생이 인사를 하고 떠났다. 계추는 두천이 붙잡아서 계속 남아 함께 이야기를 나누었다. 두천이 말했다.

"계 형, 제가 제일 싫어하는 인간이 입만 열었다 하면 관리 얘기하는 치들입니다. 아까 그 종 선생이란 양반이 저의 선친과 같은 해에 급제하신 종 어르신을 들먹이며 자기와 형제라고 했는데, 종 어르신은 아마 저렇게 칠칠치 못한 형제는 필요 없다고 하실 걸요?"

이런 이야기를 나누고 있는데 밥상이 들어왔다. 둘이 한창 식사를 하고 있는데, 하인이 와서 아뢰었다.

"매파 심씨가 나리께 드릴 말씀이 있다며 지금 밖에 와 있습니다."

"들어오라고 해라."

하인이 나가서 왕발 심씨를 데리고 들어왔다. 두천은 등받이 없는 걸상을 가져오라 해서 심씨더러 앉으라고 했다. 왕발 심씨가 물었다.

"이 나리는 누구십니까?"

"안경현에서 오신 계 나리일세."

두천은 그 말끝에 물었다.

"부탁한 일은 어떻게 되었나?"

"그러게 말씀입니다. 나리께서 제게 일을 맡기셔서 제가 남경 시내를 이 잡듯이 한 바퀴 돌았습니다. 하지만 나리께서 워낙 준수하고 단정하신지라, 암만해도 나리께 어울릴 만한 아가씨가 없어 감히 입도 벙긋 못 하고 있었습니다. 그런데 그 동안 제가 열심히 물색한 보람이 있어 드디어 눈에 차는 아가씨를 하나 찾았습니다. 알아보니까 화패루(花牌樓)에 살고 있고, 비단 짜는 공장을 운영하는 집안의 여식으로 왕씨라고 합디다. 아가씨가 이만저만한 인물이 아닙니다. 내로라하는 미인들도 그 앞에선 울고 갈 정도지요. 올해 열일곱 살인데, 그 아가씨만 잘난 게 아니라 한 살 어린 남동생도 대단한 인물이랍니다! 곱게 단장만 시켜 놓으면 회청교(淮淸橋)의 극단 열 개를 뒤져도 그만한 미모의 소단(小旦)*을 찾을 수 없을 겁니다. 왕 아가씨 동생은 노래도 잘하는데다 연기까지 할 줄 알지요. 이 아가씨야 더 말할 것도 없는 처자이니, 나리께서 직접 한번 보시지요."

"그렇다면, 좋네. 여자한테 준비를 하라고 하게. 내일 가 봄세."

왕발 심씨는 알겠노라며 자리를 떴다. 그러자 계추가 말했다.

"미인을 새로 얻으신 걸 축하드립니다."

두천이 눈살을 찌푸리며 대답했다.

"선생, 이게 다 후사를 잇기 위해 어쩔 수 없이 하는 짓이오. 후사 때문이 아니라면 내가 왜 이런 짓을 하겠소?"

"재자와 가인은 때를 놓치지 말고 즐겨야 하는 법이거늘 왜 그런 식으로 말씀하십니까?"

"계 형, 그건 절 모르고 하는 말씀이오. 우리 태조 황제께서 말씀하시길, '내가 여자 몸에서 태어난 게 아니었다면, 천하 여자들을 다 죽여 버렸을 것이다(我若不是婦人生, 天下婦人都殺盡)'라고 하셨소. 여자들 중에 제대로 된 인간이 어디 하나라도 있던가요? 전 체질상 여자와 방 세 칸을 떨어져 있어도 그 고약한 냄새에 아주 괴롭답니다."

계추가 더 얘기를 하려는데, 하인이 명첩 하나를 들고 들어왔다.

"무호현의 곽씨라는 분이 찾아오셨습니다."

"난 그런 사람은 모르겠는데?"

계추가 명첩을 받아 들고 보더니 이렇게 말했다.

"이 사람은 절 입구에서 도장 가게를 하는 그 곽철필입니다. 선생의 도장 한 쌍을 만들어 인사드리러 온 모양입니다. 들어오라고 하시지요."

두천이 하인에게 그를 데리고 들어오라 했다. 곽철필이 들어와 절을 하고 그간 흠모하고 존경해 왔다는 등의 인사치레를 늘어놓았다.

"나리 댁은 한 문중에서 자그마치 장원을 셋이나 배출하셨고, 4대에 걸쳐 상서가 여섯 분이나 나오셨으며, 문하생과 그 아래에 있던 관리들이 이 나라 방방곡곡에 퍼져 있습니다. 총독, 순무, 삼사(三司)* 관료, 도대가 되어 지방 외직에서 일하시는 분들이 이루 헤아릴 수 없이 많지요. 심지어 집사들조차 밖에 나가면 9품 잡직 정도 얻기는 식은 죽 먹기입니다. 계 선생님, 우리가 어릴 적부터 들어온 말이 있지 않았습니까. 천장현 두 나리 댁의 이 두신경 나리야말로 천하제일의 재사요, 머잖아 곧 장원이 되실 거라고 했었지요."

곽철필은 말을 마치고 소매에서 비단 상자를 꺼냈다. 그 안엔 인장이 한 쌍 담겨 있었고, 그 위에 '대인(臺印)'이라는 글자가 쓰여 있었다. 곽철필은 두 손으로 공손히 두천에게 인장을 건넸다. 두천은 인장을 받아 들고 인사치레 몇 마디를 건넨 뒤 그를 돌려보냈다. 두천은 곽철필을 배웅하고 돌아와 계추에게 말했다.

"저치는 어떻게 된 게 나를 보자마자 저런 악담을 해 대는지. 어찌 됐거나 알기는 참 정확히도 알고 있구먼."

"나리 댁 내력을 모르는 사람이 어디 있겠습니까!"

두천은 술상을 준비하게 하고 계추를 붙들어 함께 술을 마시며 마음에 품은 얘기를 나누었다. 계추가 물었다.

"평소 산수 유람은 즐기는 편이십니까?"

"난 산을 오를 만한 체력이 못됩니다. 산이나 물가에 가는 건 어쩔 수 없을 경우에나 한 번씩 가는 거지요."

"음악은 좋아하시는지요?"

"어쩌다 한 번씩 듣는 건 괜찮습니다만, 오래 들으면 시끄럽기만 한 게 귀만 아픕니다."

술을 몇 잔 더 기울이고 나자 약간 취기가 오른 두천이 자기도 모르게 한숨을 길게 내쉬었다.

"계 형, 예로부터 지금까지 사람들은 모두 이 '정(情)'이란 것에서 못 벗어나지 않습니까?"

"사람의 '정'이라 하면 뭐니 뭐니 해도 남녀의 정이 제일 큰 법이지요. 헌데 방금 두 형께서 그런 건 좋아하지 않는다고 하지 않으셨습니까?"

두천이 웃으며 대답했다.

"계 형, 어디 남녀의 정만 정이겠소? 친구간의 정이 남녀의 정보다 더한 법이오! 다른 거 볼 것 없이 악군의 비단이불[鄂君繡

被]*의 이야기만 생각해도 알 수 있을 것이오. 내가 보기에 예로부터 지금까지 진정한 '정'이라 할 만한 것은 오직 한나라 애제(哀帝)가 동현(董賢)*에게 천하를 선양하려 했던 일뿐이오. 요임금이 순임금에게 선양한 것도 거기엔 미치지 못하지요. 안타깝게도 이런 걸 알아주는 이가 아무도 없구려."

"옳으신 말씀입니다. 그런데 지금까지 살면서 그런 두 형의 진심을 알아주는 정인이 있었습니까?"

"천하에 그런 친구가 딱 하나라도 있어 나와 생사를 함께해 주었다면 나도 이렇게 상심하지 않았을 거요. 인연이 없어선지 아직 그런 지기를 만나지 못하고 그저 달에 대고 한숨짓고 바람결에 눈물을 뿌리며 이 모양으로 지낸다오."

"그런 지기가 필요하시면 배우들 사이에서 찾아보시지요."

"계 형, 정말 뭘 모르시는 말씀을 하시는구려. 예컨대 그런 지기를 배우들 중에서 구하는 것은 바로 여색을 좋아하는 자가 기생집에서 진정한 연인을 구하는 것과 다름없으니, 어찌 큰 잘못이 아니겠소? 진정한 지기를 얻는다는 것은 서로 마음이 잘 맞아야 하고, 육신을 초월하여 서로 감정이 통해야 하는 일입니다. 그래야 천하에 제일 진정지기라 할 수 있지요."

이렇게 말한 두천은 또 한 번 무릎을 치며 탄식했다.

"천하 어디에도 이런 이가 없으니, 하늘은 애타는 마음으로 오로지 진정한 지기만을 기다리는 이 두신경을 정녕 버리시려 한단 말인가?"

두천은 이렇게 말하며 눈물을 주르르 흘렸다. 이 모습을 본 계추는 속으로 '뭐에 홀려도 단단히 홀렸군. 골탕이나 좀 먹여 볼까!' 하고 생각하며 이렇게 말했다.

"선생, 천하에 그런 사람이 없다는 말씀은 마십시오. 제가 어떤 젊은이 하나를 만난 적이 있는데, 배우도 아니고 저희 같은 서생도 아닌 바로 도사였습니다. 신선 같은 기품에 풍류가 넘치는데다 확실히 미남은 미남이면서도 여자 같진 않았지요. 나는 사람들이 미남자를 칭찬하면서 걸핏하면 여자 같다고들 하는 게 제일 거슬립니다. 정말 웃기는 얘기지요. 여자 같은 게 좋다면 차라리 여자를 만나는 게 낫지 않겠습니까? 세상엔 원래 여자처럼 고운 것과는 다른 남자의 아름다움이란 게 있는 법인데, 사람들이 그걸 모르고 있습니다."

그러자 두천이 탁자를 치며 말했다.

"참으로 정곡을 찌르는 말씀이구려. 그런데 계 형이 말씀하신 그 젊은이는 어떤 사람입니까? 더 말씀해보시지요."

"그렇게 뛰어난 인물이고 보니 그를 찾는 사람들도 숱하게 많았지만, 그는 그렇게 다른 이들과 쉽게 웃고 떠드는 사람이 아니랍니다. 그래도 또 그가 재사는 얼마나 아끼는지 모른답니다. 제가 그보다 몇 살이 많은데다 그 사람 앞에서는 제 외모가 추하게 느껴져, 사귀어 보고 싶다는 마음조차 품어 보질 못했습니다. 두 형께서 그 사람을 한번 만나 보시는 게 어떻겠습니까?"

"언제 데리고 오실 수 있겠소?"

"제가 부른다고 올 사람이라면 뭐 특별할 게 있겠습니까? 두 형께서 몸소 찾아가 보셔야 합니다."

"어디 삽니까?"

"신락관(神樂觀)에 있습니다."

"이름은 뭡니까?"

"지금은 이름을 알려드릴 수 없습니다. 우리 얘기가 흘러나가 그의 귀에 들어가면 그는 몸을 숨길 것이고, 선생도 그를 만날 길이 없게 될 것입니다. 제가 지금 그의 이름을 써서 종이봉투에 넣

고 봉해서 드리겠습니다. 신락관 문 앞에 도착하시면 그때 가서
열어 보십시오. 이름을 읽어 보고 들어가서 찾으면 바로 만나실
수 있을 겁니다."

두천이 웃으며 말했다.

"그것도 좋겠군요."

당장에 계추는 방으로 들어가 방문을 걸어 잠그고 한참이나 뭔
가를 쓰더니, 겉면에 '칙령(勅令)'이라고 쓰고 아주 단단히 봉한
봉투를 갖고 나와 두천에게 건네주었다.

"저는 이만 물러가겠습니다. 내일 풍류재자를 만나시고 나면,
그때 가서 다시 축하를 드리러 오겠습니다."

계추는 이렇게 말하고 돌아갔다.

두천은 그를 전송하고 돌아와 하인을 불러 분부했다.

"내일 아침 일찍 왕발 심씨에게 전해라. 내일은 화패루의 그 아
가씨를 보러 갈 시간이 없으니 모레 가겠노라고 말이다. 그리고
신락관에 친구를 만나러 갈 것이니, 내일 아침 가마꾼을 불러놓
아라."

두천은 이렇게 지시를 했고, 그날 밤은 별다른 일 없이 지나갔다.

다음 날 그는 아침 일찍 일어나 비누칠까지 해서 세수를 하고
새 옷으로 갈아입은 뒤 향을 진하게 피워 온 몸에 배게 했다. 그리
고 계추가 써준 종이봉투를 소매에 넣고, 가마에 올라 곧장 신락
관으로 향했다. 신락관 입구에 도착하자 가마는 그 앞에 세워 두
고 혼자 산문 안으로 걸어 들어가 소매에서 종이봉투를 꺼내 열어
보니 이렇게 쓰여 있었다.

북쪽 회랑 끝나는 곳에 계화도원(桂花道院)이 있는데, 그곳에
서 얼마 전 양주에서 온 도사인 내하사(來霞士)를 찾으십시오.

두천은 가마꾼더러 기다리라 이르고, 자신은 구불구불 이어진 길을 따라 안으로 걸어 들어갔다. 걷다 보니 안쪽에서 음악 소리가 들려왔는데, 바로 앞에 있는 두모각(斗姆閣)에서 나는 소리였다. 두모각의 문은 활짝 열려 있었고 안쪽으로 세 칸의 넓은 대청이 보였다. 대청 한가운데 황릉을 지키는 태감이 망포를 입고 앉아 있었고, 왼쪽으로는 극에서 젊은 남녀 역을 맡는 배우 열 몇 명이 긴 걸상에 앉아 있었고, 오른쪽 긴 걸상에는 일고여덟 명의 젊은 도사들이 앉아 있었다. 그들은 음악을 연주하고 노래를 부르며 흥을 돋우고 있었다. 두천은 그 모습을 보고 '내하사도 저 안에 있으려나?' 하는 생각이 들어 젊은 도사들을 하나씩 찬찬이 살펴보았지만 특별히 인물이 빼어난 자가 없었다. 그래서 이번엔 고개를 돌려 배우들을 살펴보았으나 역시 평범한 얼굴들뿐이었다. 두천은 다시 이런 생각이 들었다.

　'내하사란 이가 스스로를 아낀다고 했으니 분명 저런 사람들과 같이 이런 자리에 있진 않을 거야. 아무래도 계화원에 가서 찾아봐야겠다.'

　계화도원에 도착한 두천이 문을 두드리자, 잡무를 보는 도사가 나와 아래층으로 안내하며 자리를 권했다. 두천이 물었다.

　"얼마 전 양주에서 오신 내 도사 나리를 뵈러 왔습니다."

　"내 도사님께선 위층에 계십니다. 앉아 계시면 제가 가서 모셔 오겠습니다."

　그가 나간 지 얼마 안 되어 위층에서 뚱뚱한 도사 하나가 내려왔다. 그는 도관을 쓰고 갈색 도포를 입고 있었으며, 기름기 번들번들하고 거무튀튀한 얼굴에 굵은 눈썹과 커다란 코를 하고, 온 얼굴이 수염으로 뒤덮인 쉰 살 남짓 되어 보이는 사내였다. 도사는 내려와 절을 하고 상석을 권하더니 물었다.

"존함과 고향이 어떻게 되십니까?"

"저는 천장현 사람이고, 성은 두가입니다."

"저희 양주 염상상회 도원기(桃源旗)에 천장현 두씨 댁에서 금전 지원을 해 주셨는데 혹시 나리 댁이 아니신지요?"

"그렇습니다."

그러자 도사는 만면에 가득 웃음을 띠며 곧 더할 나위 없이 공손하게 예를 갖추어 물었다.

"나리께서 이곳에 오신 줄 몰랐습니다. 제가 먼저 인사를 드렸어야 하는데 이렇게 나리께서 먼저 찾아오시다니, 정말 죄송스럽습니다."

그는 얼른 아까 그 도사를 불러 새로 내린 차와 다과를 가져오게 했다. 두천은 속으로 '분명 내하사의 스승일 게야'라고 생각하고 이렇게 물었다.

"내하사란 분이 도사님의 제자 분이신가요? 아니면 그 아래 제자 분이신가요?"

"제가 바로 내하사입니다."

두천은 깜짝 놀랐다.

"아! 그렇군요! 당신께서 바로 내하사이시군요!"

두천은 터져 나오는 웃음을 참을 수가 없어 소매로 입을 가리고 쿡쿡 웃었다. 도사는 무슨 영문인지 알지 못한 채 다과 접시를 차려 놓고 공손히 차를 권했다. 또 소매에서 시집을 한 권 꺼내 가르침을 청하기도 했다. 두천은 하는 수 없이 그냥저냥 한번 봐주고, 차를 몇 모금 마신 뒤 자리에서 일어나 작별 인사를 했다. 도사는 그의 손을 잡고 굳이 대문까지 전송을 나와 이렇게 얘기했다.

"나리께서 보은사에 계신다니 내일 꼭 찾아뵙고 며칠 있으면서 나리를 제대로 뫼시겠습니다."

그리고 문밖까지 따라 나와 두천이 가마에 오르는 것을 보고서야 안으로 들어갔다. 두천은 가마를 타고 숙소로 돌아오는 길 내내 웃음을 참을 수가 없었다.

'계위소, 이 몹쓸 녀석, 그런 허튼 짓으로 사람을 놀리다니!

숙소로 돌아오니 하인 아이가 아뢰었다.

"안에 손님 몇 분이 기다리고 계십니다."

두천이 들어가 보니 소정이 신동지와 김우류, 김동애를 데리고 인사를 하러 와 있었다. 신동지는 큰 글씨 한 점, 김우류는 대련 한 폭을 선물로 가져왔고, 김동애는 자신이 편찬한 『사서강장(四書講章)』을 바치며 가르침을 청했다. 그들은 인사를 하고 자리에 앉아 각자 자기소개를 한 뒤 차를 좀 마시다가 돌아갔다. 그들이 떠나자 두천은 "흥!" 하고 비웃으며 하인들을 향해 말했다.

"문서 수발하는 일개 서판조차 집에 돌아가서 '사서'를 연구한답시고 난리로군! 성현의 말씀을 저따위 인간들이 왈가왈부하다니! 쯧쯧."

이렇게 얘기하고 있는데 종희(宗姬)네 하인 하나가 편지와 함께 작은 초상화를 한 폭 보내와 제사(題詞)를 써 달라고 청했다. 두천은 울컥 짜증이 났지만 하는 수 없이 받고 답신을 써 보냈다. 다음 날 첩으로 삼을 여자의 선을 보러 가서 혼담을 확정짓고 약혼 예물을 보낸 뒤, 사흘 내로 맞아들이기로 했다. 그래서 서둘러 하방에 집을 구해 이사를 하고, 첩을 들였다.

다음 날 계추가 축하 인사를 하러 왔다. 두천이 맞이하러 나오자 계추가 이렇게 말했다.

"어젯밤에 새 부인을 맞으셨는데 제가 축하도 제대로 못 해 드리고, 다 늦게 오늘에야 찾아뵈어 정말 죄송스럽습니다."

"어젯밤엔 잔치 같은 것은 열지도 않았고 누굴 초대하지도 않았다네."

그러자 계추가 빙긋 웃으며 말했다.

"지난번에 말씀드린 풍류재자는 만나 보셨습니까?"

"이런 못된 친구 같으니! 나한테 단단히 혼이 나야겠어! 그래도 자네가 벌인 일이 속되진 않았으니 이번 한번은 용서해 주지."

"제가 혼나야 되다니요? 그게 무슨 말씀이십니까? 전 처음부터 분명히 미남자라고 했지 여자 같다고는 하지 않았습니다. 만나 보니 제 말이 틀림없지 않던가요?"

"예끼, 이 사람! 그러니까 자네가 혼나야 된다는 거야!"

이렇게 얘기하며 웃고 있는데 마침 내하사가 포정새와 함께 축하 인사를 하러 찾아왔다. 내하사를 보자 두 사람은 와하하 더 큰 웃음이 터져 나왔지만, 두천이 계추에게 그만 웃으라고 손을 내저었다. 네 사람이 인사를 나누고 자리에 앉은 뒤 두천은 식사를 대접했다.

밥을 먹고 난 뒤 두천이 그날 신락관에 갔던 얘기를 꺼내면서 두모각에서 태감 하나가 왼쪽엔 배우들, 오른쪽엔 도사들을 앉혀 놓고 음악을 연주하고 노래를 부르게 하며 즐기고 있더란 말을 했다. 그러자 계추가 말했다.

"그렇게 재미난 일을 하필이면 그런 인간이 즐기다니 정말 안타깝네요."

두천이 말했다.

"계 선생, 그래서 말인데, 내가 별난 일을 하나 벌일까 싶어서 선생과 상의를 좀 해야겠네."

"별난 일이라니요?"

그러자 두천이 포정새에게 물었다.

"수서문과 회청교에 극단이 몇 개나 있소?"

"130개 남짓 됩니다."

"내가 대회를 하나 열었으면 싶어서 말이오. 길일을 잡고 넓은 장소를 하나 택해서 그 백 수십 개 극단의 소단 배우들을 모두 불러 모아, 한 사람씩 극의 한 대목을 공연하게 하는 겁니다. 그때 나와 계위소 선생은 옆에서 참가자들의 몸놀림이며 용모를 잘 기억해 표시를 해 두었다가, 며칠 뒤 누가 뛰어났는지 평가해서 방을 내거는 거지요. 용모와 기예가 모두 출중한 자부터 방의 맨 앞에 써서 큰길에 갖다 붙이자 이겁니다. 배우들을 그냥 부르긴 미안하니, 참가자 모두에게 은자 다섯 전과 작은 주머니 한 쌍, 시를 적은 부채를 한 자루씩 주고요. 이렇게 한번 놀아보면 어떻겠소?"

계추가 반색을 하며 벌떡 일어나 말했다.

"그렇게 좋은 생각을 왜 이제 말씀하십니까? 너무 재미있겠습니다! 정말 좋은 생각이에요!"

포정새도 웃으며 말했다.

"배우들을 부르는 일은 제가 맡겠습니다. 한 사람 앞에 은자 다섯 전씩 받게 되는데다 나리들의 인정을 받아 방에 이름이라도 오르게 되면 명성까지 얻을 수 있지요. 제가 함부로 할 얘기는 아닙니다만, 이름이 앞자리에 있기만 해 보십시오. 돈 많고 힘 있는 나리들과 어울리면서 돈도 몇 푼 더 받을 수 있지 않겠습니까? 이 소식을 들으면 누구라도 당장 노래하러 달려올 겁니다!"

내하사가 손뼉을 치며 말했다.

"훌륭한 생각이십니다! 저 같은 도사도 좋은 구경 한번 제대로 할 수 있겠군요! 그런데 그날 나리들께서 제게도 구경을 허락하실는지 모르겠습니다."

두천이 대답했다.

"허락이라니요! 당연히 와서 보셔야죠! 알고 지내는 친구들은 모두 초대할 겁니다."

그러자 계추가 말했다.

"그럼 이제 장소부터 상의해 봅시다."

포정새가 대답했다.

"제가 수서문에 살아서 그 근방은 아주 잘 압니다. 막수호(莫愁湖)에 있는 정자를 빌려 보지요. 거기가 아주 널찍하면서도 시원하거든요."

계추가 다시 말했다.

"배우들 전갈은 당연히 고모부님이 알아서 하시겠지만, 저희도 초대장을 써야지 않겠습니까? 날짜는 언제로 정할까요?"

내하사가 말했다.

"오늘이 4월 20일인데, 포 선생이 전갈을 하러 다니자면 며칠 걸릴 테고, 참석자들에게 빠짐없이 전해지려면 아무래도 열흘 정도는 필요할겁니다. 그럼 5월 3일경은 돼야겠는걸요?"

그러자 두천이 말했다.

"계 형, 붉은 전첩을 하나 가져다 내가 부르는 대로 받아 적으시게."

계추가 전첩을 가져다 놓고 붓을 들자, 두천이 다음과 같이 부르기 시작했다.

안경현 계위소와 천장현 두신경이 5월 3일에 막수호 정자에서 모임을 열고자 합니다. 남경에 있는 모든 극단의 배우들 가운데 참여를 원하시는 분들은 서명과 함께 참여 여부를 밝혀 주시고, 약속한 날에 정자로 오셔서 극을 공연해 주십시오. 참여하시는 모든 분께 거마비로 은자 다섯 전과 작은 주머니, 시가 적힌 부채, 그리고 손수건을 증정합니다. 자색과 기예가 모두 출중한 분은 따로 치하하고 포상할 것입니다. 날씨에 상관없이 모임은 예정대로 개최될 것입니다.

　이상과 같이 알립니다.

　계추가 전첩을 다 쓰자 포정새에게 건네주었다. 또 하인을 가게에 보내 부채 백여 자루를 사 오게 해서 계추와 두천, 내하사 셋이 몇 십 자루씩 나누어서 글씨를 썼다. 그리고 누구를 초청할 것인지 의논한 끝에, 계추가 붉은 종이를 펼쳐놓고 손님 명단을 적어 내려갔다. 초대할 손님은 종희, 신동지, 김동애, 김우류, 소정, 제갈우, 계염일, 곽철필, 승관(僧官), 내하사, 포정새 등이었다. 이렇게 해서 참석자는 주인인 두천과 계추까지 합해서 모두 열세 명이었다. 두천과 계추의 이름으로 초청장 열한 통을 작성하는 등 한참 동안 이런저런 준비를 하고 있는데, 새로 들인 첩의 동생인 왕유가(王留歌)가 사람 하나를 시켜 멜대에 물건을 잔뜩 들려 들어왔다. 오리 두 마리, 닭 두 마리, 거위 한 마리, 돼지고기 한 덩어리, 알록달록 화려한 과자들과 술 한 병을 챙겨 가지고 누나를 만나러 온 것이었다. 그를 보자 두천이 말했다.

　"마침 잘 왔네!"

　왕유가가 두천에게 절을 하자, 두천은 그를 잡아 일으키며 유심히 살펴보았다. 듣던 대로 수려한 이목구비가 자기 누나보다 나으면 나았지 결코 못하지 않았다. 두천은 누나를 만나고 나오라 이른 뒤, 하인을 시켜 방금 그가 가져온 닭과 오리로 술상을 차리게 했다. 왕유가가 누나를 보고 나오자 두천은 막수호 모임에 대해 이야기해 주었다. 그러자 왕유가가 말했다.

　"재미있겠는데요! 그날 저도 참가해야겠습니다."

　계추가 말했다.

"그거야 당연한 얘기이고, 이왕 오셨으니 오늘 이 자리에서 한 대목 들려주시게."

그러자 왕유가가 빙긋 웃었다. 밤이 되자 술상이 차려졌고 한참 술잔이 오가자, 포정새가 피리를 불고 내하사가 박판을 치는 가운데 왕유가가 「장정전별(長亭餞別)」 중 〈벽운천(碧雲天)〉*을 불렀다. 구성진 노랫가락은 유장하게 이어져 밥을 세 그릇 정도 먹을 만큼 돼서야 끝이 났다. 모인 사람들은 술에 흠뻑 취해 헤어졌다.

모임을 열기로 한 5월 3일이 되자 극단 두 곳에서 막수호로 도구 상자를 보내왔다. 모임의 주인인 계추와 두천이 먼저 도착했고, 다른 손님들도 하나둘씩 모여들었다. 포정새가 소단 배우 6, 70명을 데리고 왔는데, 모두 전첩을 받고 오겠다는 서명을 했던 사람들이었다. 이들이 두 나리를 찾아 절을 하자, 두천은 그들에게 우선 밥부터 먹고 나서 분장을 하고 한 명씩 정자 앞을 걸어 지나가 용모를 자세히 볼 수 있도록 한 다음, 무대에 올라가 공연을 하라고 일렀다. 배우들은 모두 그렇게 하겠노라고 했다.

손님으로 온 여러 명사들은 막수호 정자를 둘러보았다. 정자는 사방으로 창이 나 있고 사면이 호수에 둘러싸여 있었으며, 호수엔 살랑살랑 따스한 바람 따라 잔잔한 물결이 일고 있었다. 정자 밖으로 널다리가 하나 놓여 있어서 배우들이 분장을 하고 들어올 땐 모두 그 다리를 건너게 되어 있었다. 두천은 정자의 중문(中門)을 닫으라고 지시했다. 중문을 닫으면 배우들이 널다리를 건너서 바로 회랑 안쪽을 빙 돌아 동쪽의 격자문을 통해 들어가, 거기서 정자 한가운데를 가로질러 다시 서쪽의 격자문을 통해 나오게 되므로, 배우들의 용모며 자태를 자세히 살펴보기에 좋았던 것이다. 식사를 마친 배우들은 모두 분장을 하기 시작했다. 최신 유행의 새 두건에 새 두루마기를 차려 입은 배우들은 한 명씩 정자 가운데로 걸어 들어왔다. 두천과 계추는 손바닥에 종이와 붓을 감춰두고 가만히 평을 적어 넣었다.

잠시 후 술상이 차려지고 징과 북이 울리자, 배우 하나가 올라와 극의 한 대목을 공연했다. 그리고 한 사람씩 공연이 이어졌는데, 극의 제목은 『남서상기(南西廂記)』 가운데 「청연(請宴)」, 『홍리기(紅梨記)』 가운데 「규취(窺醉)」, 『수호기(水滸記)』 가운데 「차다(借茶)」, 『철관도(鐵冠圖)』 가운데 「자호(刺虎)」 등 각양각색으로 다채로웠다. 그리고 마지막으로 왕유가는 『얼해기(孽海記)』 가운데 「사범(思凡)」 한 막을 공연했다. 밤이 되자 곳곳에 양각등(羊角燈) 수백 개를 밝혀 호수는 대낮처럼 환했고, 아름다운 노랫소리가 하늘 높이 울려 퍼졌다. 막수호 대회에 대한 소문이 퍼지자 성안의 아전들이며 점포나 큰 상점을 경영하는 사람들 중 돈 있는 이들이 고기잡이배를 세내어 천막을 치고 등불을 밝히고 나와선 호수 이곳저곳에서 구경을 했다. 그들도 흥겨운 장면에 이르면 일제히 갈채를 보내며 환호성을 질러 댔다. 이렇게 모두가 날이 밝을 때까지 신명나게 즐겼다. 구경하던 사람들이 흩어질 무렵엔 이미 성문이 열려 있어서 다들 성안으로 들어갔다.

하루가 지난 뒤 수서문 어귀에 다음과 같은 방이 붙었다.

1등 방림반(芳林班)의 소단 정괴관(鄭魁官)
2등 영화반(靈和班)의 소단 갈내관(葛來官)
3등 왕유가

이 외 도합 60여 명의 이름이 차례로 올라 있었다. 포정새가 정괴관을 두천의 처소로 데리고 가 인사를 시키자, 정괴관은 머리를 조아려 감사를 드렸다. 두천은 또 금 두 냥을 달아 포정새에게 주면서 은방(銀房)에 가서 금잔을 만들고, 그 위에 '앵두보다 어여뻐라(艷奪櫻桃)'라는 글귀를 새기게 하여 특별히 정괴관에게 상으로 내려주었다. 다른 배우들은 모두 작은 주머니와 은자, 손수건 그리고 시가 적힌 부채를 받고 돌아갔다.

10등 안에 든 소단 배우들과 평소 가깝게 어울리던 나리들은 그 방을 보고 다들 신이 나서 그 배우들을 집에 데려가 술을 대접하는가 하면, 음식점에 가서 축하연을 베풀어 주기도 했다. 이 사람 저 사람이 서로 술을 사겠다고 하는 통에 배우들은 사나흘은 족히 축하주를 마시느라 정신이 없었다. 이런 소문이 수서문 일대에 퍼지고 회청교를 떠들썩하게 하자, 두천의 명성이 강남 천지를 진동시켰다. 그런데 이 일로 인해 다음과 같은 새로운 이야기가 생겨난다.

> 풍류재자 위에
> 그보다 더한 기인(奇人)이 있고
> 꽃과 술에 취하는 즐거움 말고도
> 운치 넘치는 일 많다네.
> 風流才子之外, 更有奇人.
> 花酒陶情之餘, 復多韻事.

이후의 일이 어떻게 되었을까? 이에 대해서는 다음 회를 들어보시라.

와평

  "남자가 뒤로 아이를 낳을 수 있게 했다면 천하에 여자는 필요 없을 것이다(使男子後庭生人, 天下可無婦人)"라는 얘기가 있는데, 바로 두천에게 딱 들어맞는 말이다. 그런 그가 명 홍무제의 말을 들먹인 것은 얼토당토않다.

  앞 회에선 소정 등 세 사람을 묘사하고, 이 회에선 그에 이어 종신*과 곽철필을 묘사했다. 타고나길 귀인 만나는 것도 싫어하고, 이젠 여자를 가까이하기도 싫은 두천에게 이른바 남의 마음을 헤아릴 줄 모르는 자들이란 바로 위와 같은 인간들이다. 두천이 속으로 그들을 얼마나 혐오했을지 훤히 보인다.

  명말 기녀들을 품평한 책으로는 『판교잡기(板橋雜記)』*가 있으며, 막수호 모임은 또 한 권의 『연란소보(燕蘭小譜)』*라 할 만하다.

12 왕면(王冕 : 1287~1350)은 자가 원장(元章)이고, 호는 자석산농(煮
石山農), 매화옥주(梅花屋主) 등이 있다. 회계〔會稽, 오늘날 저장성
(浙江省) 사오싱시(紹興市)〕 사람인 그는 시와 그림에 뛰어났으며,
특히 묵매(墨梅) 그림으로 유명하였다. 본래 집안이 가난하여 부친
이 소를 돌보는 일을 시키자, 그는 늘 학관 안에 들어가 학생들이 글
을 암송하는 것을 들어가며 공부를 했다고 한다. 『좌전(左傳)』 및 고
대 병법에 해박하였고, 구리산(九里山)에 은거하였다. 전하는 말에
따르면 오왕(吳王) 주원장(朱元璋, 즉 명태조)이 무주(婺州)를 공격
할 때 휘하의 막료로 초빙되었고 자의참군(諮議參軍) 벼슬을 제수 받
았으나, 오래지 않아 병으로 죽었다고 한다. 저서로는 『매보(梅譜)』
가 전한다.

12 청나라 때 절강(浙江) 소흥부(紹興府) 관내의 8개 현의 하나로, 오늘
날의 저장성 주지시(諸暨市) 지역이다.

14 위소(危素 : 1303~1372)는 원 대(元代) 말기에서 명 대(明代) 초기
의 문장가로, 금계〔金溪 : 지금은 장시성(江西省)에 속함〕 사람이다.
그는 젊은 나이에 과거에 장원으로 급제하여 한림학사(翰林學士)가
되었으며, 명 대에 들어와서는 한림시강학사(翰林侍講學士)가 되어
홍문관학사(弘文館學士)를 겸하였다. 만년에는 화주(和州)로 귀양 가
서 여궐(余闕 : 1303~1358)의 묘를 지키면서 울분에 차서 지내다가

죽었다.

14 원문에서는 '경사(京師)'라고 되어 있는데, 여기서는 지금의 난징시(南京市)를 가리킨다. 본문 중에 '경사'가 여러 번 나오는데 경우에 따라 남경을 지칭하기도 하고, 수도였던 북경을 지칭하기 한다. 남경을 지칭하는 경우에는 '경사'라고 하지 않고 '남경'으로 옮겼음을 밝혀 둔다.

16 중국화 가운데 윤곽선을 쓰지 않고 직접 채색하거나 수묵으로 그리는 꽃 그림이다.

16 『초사(楚辭)』의 작자로 알려진 인물. 전국 시대 초나라에서 대부 벼슬을 지내다 간신의 모함을 받아 조정에서 쫓겨나자, 강에 투신자살하였다. 중국에서는 애국 충신의 상징으로 역대로 널리 칭송되었다.

17 명대에 평민들이 쓰던 모자이다. 기왓고랑과 같은 홈이 세로로 나 있는데, 모자 윗부분의 모양이 죽 늘어선 기왓등과 기왓고랑을 닮은 데서 붙여진 이름이다. 사대부가 쓰던 방건(方巾)과 구별된다.

17 아전에서 물건을 구매하거나 잡무를 맡아보던 일꾼이다.

20 단간목은 전국 시기 위(魏)나라의 현사(賢士)로, 위나라 문후(文侯)가 친히 그를 찾아가 관직을 주려 했지만, 그는 담장을 넘어 몸을 숨겼다. 설류는 춘추 시기 노(魯)나라의 어진 선비로, 노나라 목공(穆公)이 몸소 찾아가 관직을 주려 했지만, 그는 문을 닫아걸고 맞아들이지 않았다.

21 전부의장(全副儀仗)을 말한다. 지현이 외출할 때 가마 앞에 늘어서서 길을 선도한다. 전부의장은, 규정에 따르면, 길을 여는 징〔鑼〕하나, 남색 일산〔藍傘〕하나(나중에는 붉은색 일산을 썼다), 곤장 둘, 창 둘, 숙정패(肅靜牌) 둘, 푸른색 깃발〔靑旗〕넷, 부채 하나〔차양(遮陽)이라고도 한다〕로 구성되는데, 비교적 큰 행사에 참석하는 경우가 아니면 대개 전부의장은 쓰지 않고 징과 일산만으로 길을 선도하였다.

26 제4회에 나오는 "삼재거려(三載居廬)"와 함께 모두 아들이 양친의 상을 지내는 3년 동안 예법을 준수한다는 뜻을 비유적으로 나타낸다. "침점침괴(寢苫枕塊)", 즉 풀로 만든 자리 위에서 지내는 것과 흙

덩이를 베개로 삼아 베고 자는 것은 주(周)나라 때의 상례(喪禮)이
다. 또한, 무덤 곁에 움막을 짓고 지내는 것은 공자가 죽고 나서 제자
인 자공(子貢)이 스승에게 공경을 표시했던 고사에서 비롯된 것으
로, 옛사람들은 부모에 대해서도 이렇게 했던 것이다.

26 방국진(方國珍 : 1319~1374)은 원나라 말기 절동(浙東) 지역에서 활
동했던 무장 세력의 우두머리이다. 태주(台州) 황암〔黃巖 : 지금의 저
장성 황옌(黃巖)〕사람인 그는 바다를 오가며 소금 판매업에 종사하
다가 지정(至正) 8년(1348)에 사람 수천을 모아 해상에서 운반 중인
식량을 강탈하였다. 원 정부가 강절행성(江浙行省)에 토벌을 명령하
자 방국진은 원 정부에 투항했다가, 지정 13년(1353)에 경사(京師 :
지금의 난징)의 고위 관료에게 뇌물을 바치고 휘주(徽州) 지역의 도
로 관할권을 얻었다. 지정 17년(1357)에는 강절행성참정(江浙行省參
政)으로 승진하고, 장사성(張士誠)을 토벌하라는 명령을 받아 곤산
(崑山)에서 장사성의 군대를 패배시켰다. 장사성이 원 정부에 항복하
자 방국진은 세력을 과시하면서 경원〔慶元 : 지금의 저장성 닝보(寧
波) 지역〕, 온주(溫州), 태주(台州) 등을 차지하게 된다. 지정 18년
(1358) 말에는 주원장에게 투항하여 복건행성평장(福建行省平章)으
로 임명되었는데, 다른 한편에서는 또 원 왕조에게서 강절행성평장
(江浙行省平章)이라는 벼슬을 받았다. 이렇게 그는 두 나라 사이에서
줄타기를 하며 자신의 이익을 챙기다가, 결국 지정 27년(1367)에 주
원장에게 항복했다. 홍무(洪武) 2년(1369)에는 광서행성좌승(廣西行
省左丞)으로 임명되어 경사에서 살았다.

26 장사성(張士誠 : 1321~1367)은 아명이 구사(九四)이고, 염판(鹽販)
출신이다. 원나라 말기에 태주(泰州) 백구장〔白駒場 : 지금의 장쑤성
(江蘇省) 다펑(大豊)〕에서 태어나 지정 13년(1353)에 휘하의 염정(鹽
丁)들을 이끌고 난을 일으켜 고우(高郵) 등의 지역을 점령하였다. 다
음 해에는 스스로 성왕(誠王)이라고 칭하고, 국호를 주(周), 연호를
천우(天佑)라고 했다. 강을 건너 상숙(常熟), 호주(湖州), 송강(松江),
상주(常州) 등지를 공격해 지정 16년(1356)에는 평강〔平江 : 지금의

장쑤성 쑤저우(蘇州)]을 도읍으로 정했다. 지정 17년(1357)에 원나라에 투항하여 방국진과 함께 해로로 군량을 북경까지 운송하기도 했다. 지정 23년(1363)에는 오왕(吳王)이라고 칭하기도 했으나, 지정 27년(1367) 주원장에게 패해 평강을 빼앗기고 금릉(金陵 : 지금의 난징)으로 잡혀가 목을 매 자살했다.

26 진우량(陳友諒 : 1320~1363)은 본성은 사씨(謝氏)인데, 선조가 데릴사위로 진(陳) 땅으로 이주하면서 진씨 성을 따르게 되었다. 그는 호북(湖北) 면양(沔陽) 사람으로, 평생 어부로 생활하다가 원나라 순제(順帝 : 1333~1368 재위) 때 서수휘(徐壽輝)가 군대를 일으키자, 진우량은 예문준(倪文俊)의 휘하에 들어갔다. 그러나 지정 17년(1357)에 예문준을 살해하고 강서(江西), 안휘(安徽), 복건(福建) 등의 지역을 공격하였다. 지정 19년(1359)에는 강주[江州 : 지금의 장시성 지우장(九江) 지역]로 자리를 옮기고, 스스로 왕위에 올라 한왕(漢王)이 되었다. 그 이듬해에는 채석(采石)에서 서수휘를 죽이고 강주에 등극하여, 국호를 대한(大漢), 연호는 대의(大義)라고 칭하였다. 대한 정권은 한편으로는 원에 항쟁하고, 다른 한편으로는 주원장과 전투를 벌였다. 지정 20년(1360)에 양측은 남경성(南京城) 서북쪽의 용만(龍灣)에서 격렬한 전투를 벌였고 진우량은 전투에서 크게 패하고 강주로 달아난다. 지정 23년(1363) 8월에는 주원장과 파양호(鄱陽湖)에서 전투를 벌이다가 전사했다. 그가 죽은 후 장정변(張定邊) 등이 무창(武昌)에서 진우량의 차남 진리(陳理)를 황제로 내세우고 연호를 덕수(德壽)라고 고쳤으나, 이듬해 진리는 주원장과 무창성에서 전투를 벌이다가 스스로 항복하고 만다.

26 '제왕이 될 만한 자질을 갖춘 사람'이라는 뜻이다.

28 지금의 난징을 가리킨다.

28 지금의 안후이성(安徽省) 한산현(含山縣) 일대의 지역이다.

28 '저보(邸報)'라고도 한다. 지방 장관이 경사에 저(邸)를 설치하고 조령(詔令)이나 주장(奏章) 등 정부 공고문이나 문건, 그리고 관원을 임명·해직하는 명령 따위나 소식들을 베껴 여러 지방 관아로 내려

보냈는데 이를 관보라고 한다.

28 여궐(余闕 : 1303~1358)은 원 대에 안경(安慶)을 지키던 장수로, 진우량과 싸우다 전사하였는데, 사람들은 그를 충신이라고 일컬었다. 위소는 원나라에서 벼슬하다가 명나라에 투항한 인물이므로, 그를 여궐의 묘지기로 보낸 것은 그에 대한 일종의 풍자적 성격의 처벌이라 할 수 있다.

29 관색(貫索)과 문창(文昌)은 중국 고대 별자리인 스물여덟 개의 별자리 중 하나이다. 관색은 아홉 번째 별자리로 옥형(獄刑)을 상징하고, 문창은 문단을 주관하는 별자리이다. 그러므로 '관색성(貫索星)이 문창성(文昌星)을 침범한다'는 것은 문인들에게 재앙이 닥친다는 것을 의미한다고 볼 수 있다.

29 명 대 초기에 전국을 열세 개의 '승선포정사사(承宣布政使司)'로 나누고 이를 주관하는 관리를 '포정사(布政使)'라고 불렀는데, 그들은 각 성의 행정을 책임졌으니, 대개 성장(省長)과 같은 역할이었다. 나중에 와서 관제를 바꾸면서 순무(巡撫)가 성 전체를 주관하고, 포정사는 순무 밑에서 민정(民政)과 재정(財政)을 전담하는 관원이 되었는데, 보통 '번사(藩司)', '번대(藩臺)'라고 불렀다. 본서 제1회에서 가리키는 것은 앞의 경우이고, 제1회 이후에서 가리키는 것은 뒤의 경우이다.

29 지금의 저장성 사오싱시 지역이다.

30 '참군(參軍)'과 '전첨사자의관(典籤司咨議官)'은 모두 명 대 초기에 설치한 왕부(王府)의 관원을 가리키는 이름이다. 여기에서 말하는 '자의참군'은 마땅히 이 두 관직 가운데 한 종류를 가리킬 것이다.

30 정식 명칭은 '와한초당본평어(臥閑草堂本評語)'이다.

34 대나무 따위로 만든 바구니에 종이를 바르고, 그 위에 오동나무 기름[桐油]을 바른 것이다. 주로 기름이나 술을 담는 데에 쓰인다.

34 명·청 대에 향진(鄕鎭)의 일을 관리하는 작은 벼슬아치이다. 청나라 때에는 향진에 백호(百戶)마다 한 명의 총갑을 임명하여 관부의 공적인 일을 전달하거나 세금 걷는 일, 노역에 동원될 인력을 뽑는 일 등

을 맡게 했다.

35 명·청 대 주(州)와 현(縣)의 아문(衙門)에서 일하는 아전[吏役]을 총칭하는 말. 삼반은 쾌반(快班), 장반(壯班), 조반(皂班)을 가리키는데, 거기에 소속된 이들은 일종의 심부름꾼[差役]에 해당하는 하급 관리들이다. 육방은 이방(吏房), 호방(戶房), 예방(禮房), 병방(兵房), 형방(刑房), 공방(工房)을 가리키는데, 여기에 소속된 이들은 서리(胥吏)에 해당한다.

35 무관(武官)을 가리키는 말이다.

36 원래 '공덕'은 경전을 외고, 염불하고, 보시(布施)하는 일 등을 가리키는 말인데, 여기서는 암자에 시주하는 것을 가리킨다.

36 수박, 오이, 해바라기, 호박 등의 씨앗을 소금 등의 양념과 함께 볶은 것으로 주로 차와 함께 먹는다.

37 현(縣) 아문의 호방 서판(書辦)을 높여 부르는 호칭이다. '제공'은 아전[吏]을 가리키는 옛 명칭이다.

37 동시에 합격하여 동생(童生)이 된 후 수재 시험에 합격하면 각 지방의 관학[官學 : 현학(縣學), 주학(州學), 부학(府學)]에 이름을 올리게 되는데, 이것을 '진학(進學)'이라 했다. 본문에서는 이것을 '중학(中學)'이라고 표현했는데, 이를 통해 작자는 아는 것도 없으면서 잘난 체하는 하 총갑을 풍자하고 있다.

37 관료나 부귀한 집안의 자제에 대한 공손한 호칭이다. 원래 '사인'은 옛날 벼슬 이름 가운데 하나이다.

37 매구(梅玖)를 가리킨다. '매 삼상(梅三相)'은 '매씨 댁 셋째 나리[梅三相公]'을 줄여서 표현한 것이다. 명·청 대에는 수재를 높여 상공이라 불렀으며, 또 일반 문인을 높여 부를 때도 상공이라 하기도 했다.

37 현학의 교관(敎官)을 가리킨다. 대개 교관에 대한 존칭은 '학사(學師)' 또는 '학리로사(學里老師)'라 하며, '사야'는 관부의 막료(幕僚)에 대한 호칭이다. 이 역시 하 총갑의 무식을 보여 주는 표현이다.

37 오대(五代) 시기의 양호는 젊은 날 장원 급제를 하지 않으면 사람 노릇을 않겠다고 맹세한 일이 있다. 그 뒤로 그는 진(晋)나라 천복(天

福 : 936~943) 3년에 과거에 응시하기 시작하여 후한(後漢), 후주(後周)를 비롯한 몇 개 왕조를 거쳐 송(宋)나라 태종(太宗) 옹희(雍熙 : 984~987) 2년, 여든두 살이 되어서야 비로소 소원을 이루었다. 이 일을 두고 그는 자조적인 시를 한 편 지었는데, 그 내용은 이러하다.

천복 3년에 과거에 응시하여
옹희 2년에야 명성을 이루었네.
머리에는 흰머리 가득한데
발아래 청운 피어난다 기뻐하네.
주변을 둘러봐도 나이 비슷한 친구도 없고
집으로 돌아오니 자손들만 반기는구나.
젊어서 급제하는 게 좋은 줄은 알지만
어찌하랴? 용머리는 늘그막에야 이루어지는 것을!

天福三年來應試, 雍熙二年始成名.

饒他白髮頭中滿, 且喜足下青雲生.

觀旁更無朋齊輩, 到家唯有子孫迎.

也知少年登科好, 怎奈龍頭屬老成.

마지막 구절의 '용머리'는 가장 높은 명성을 의미하면서 동시에 늙은이들이 짚은 지팡이, 즉 손잡이에 용머리가 조각된 '용두괴장(龍頭枴杖)'을 암시한다.

40 현시(縣試)나 원시(院試)에서 급제자 명단을 '안(案)'이라고 하고, 같은 해에 급제한 수재들이 서로를 부를 때 '동안(同案)' 또는 '동년'이라고 했다. 또 수재들이 동년의 부친을 부를 때 '안백'이라고 했다.

41 옛날에는 주인이 손님을 대할 때 서쪽을 높은 자리로 여겨서, 손님 자리를 서쪽에 마련하고 주인은 동쪽에 앉았다. 나중에는 집안에 초빙한 글 선생이나 관부의 막료(幕僚)를 '서석'이라고 불렀다.

41 공자에게 올리는 제사 가운데 하나를 가리킨다. 옛날에는 매년 음력 2월 중춘(仲春)과 8월 중추(仲秋) 상순(上旬)의 첫 번째 정일(丁日 :

즉, 상정(上丁)]에 공자에게 제사를 지냈는데, 이것을 일컬어 '정제' 혹은 '제정(祭丁)'이라고 했다. 또한 수재의 자격을 가진 사람은 제사 후에 제사에 바쳐진 고기를 나눠 가질 수 있었다.

45 왕 거인의 이름은 왕혜(王惠)인데 이 사람은 제7회부터 본격적으로 등장한다. 본 번역에서는 서술문에서 본명을 쓰며, 왕혜의 경우 혼란을 피하기 위해 여기서부터 그의 본명을 쓴다.

45 원래는 조정의 임명장을 가리키는 말이지만, 여기서는 현의 아문에서 세리(稅吏)로서 문서를 관장하는 벼슬아치를 가리키는 별칭으로 사용되었다.

45 청나라 때의 향시(鄕試)와 회시(會試)에서 채점의 공정성을 기하기 위해, 수험자의 필적과 성명을 알아볼 수 없도록 성명을 빼고 답안 내용만 붉은 먹으로 다시 쓴 것을 가리킨다. 또 급제한 사람이 자신의 답안지를 인쇄하여 다른 사람에게 선물한 것도 '주권'이라고 불렀는데, 본문에서 말한 것이 바로 이것이다. 한편 수험자의 원래 답안은 '묵권(墨卷)'이라고 부른다.

45 향시의 첫 번째 시험을 가리킨다. 향시와 회시는 모두 세 차례에 걸쳐 치르도록 규정되어 있었는데, 각각 이틀에서 사흘 정도 걸렸다.

46 명·청 대에는 향시와 회시를 치르는 시험장을 모두 공원(貢院)이라고 불렀는데, 그 안에는 수험생 한 사람이 들어가 답안을 작성할 수 있는 작은 방이 여러 개 들어서 있었다. 그리고 그 방들은 『천자문(千字文)』의 순서에 따라 번호가 붙어 있어서 '호사(號舍)'라고 불렸다. 호판은 호사 안에 설치된 나무판자로서, 위아래로 움직일 수가 있었다. 수험생들은 낮에는 그걸 탁자나 걸상으로 사용하고, 밤이면 침상으로 사용했다.

46 거인이나 진사(進士)에 급제한 이가 당시 시험을 주관한 관리나 감독관을 부르던 호칭이다. 시험을 주관하는 관리는 몇 명의 관리를 초빙하여 각기 다른 방에서 답안지를 심사했는데, 이런 채점관들을 급제한 이들은 '방사(房師)'라고도 불렸다.

46 명·청 시대의 진사는 삼갑[三甲 : 즉, 삼등(三等)]으로 나누어 선출

했는데, 일갑(一甲)은 세 명으로 한정되어 있었다. 이들은 각기 장원 (壯元), 방안(榜眼), 탐화(探花)라고 나누어 불렀으며, 한꺼번에 삼정 갑(三鼎甲)이라고도 칭했다. 또한 장원은 정갑(鼎甲)들 가운데 첫머 리에 있기 때문에, '정원'이라는 별칭이 생겼다.

47 정확히 말하자면 구슬 옥(玉) 변이라고 해야 한다.

47 여기서는 과거 급제자라는 뜻이다.

48 옛날에는 자손이 출세하여 높은 자리에 오르면 부친이나 조부에게 의례적으로 조정에서 직위를 내려 주었기 때문에, 그런 이들을 봉군 (封君) 또는 봉옹(封翁)이라고 불렀다.

49 무슨 일을 해도 마찬가지이니 어쩔 수 없다는 뜻이다.

50 과거 시험장[貢院]의 세 번째 문을 가리킨다. 옛날에 잉어가 황하의 용문을 뛰어오르면 용이 된다는 전설이 있으니, 이 명칭은 응시생의 급제를 미리 축하한다는 의미를 담고 있는 셈이다.

50 『천자문』의 첫 번째 구절이 "천지현황(天地玄黃)"이니, 천자호(天字 號)는 첫 번째 호사(號舍)이다.

50 후한(後漢) 시대 여남(汝南) 땅의 저명 인사인 허소(許劭)와 그의 형 허정(許靖)은 당시 인물들의 재능과 인덕에 대해 품평을 잘하기로 유명했는데, 그들은 매월 초하루[月旦]에 평론의 내용을 바꿨기 때 문에, 세상 사람들은 그것을 '월단평(月旦評)'이라고 불렀다고 한다. 본문의 이 구절은 주진이 훗날 벼슬이 학정(學政)에 올라 과거 시험 을 주관하게 된다는 것을 예시하고 있다.

53 학정(學政)은 명·청 시대 부현(府縣)의 동생(童生)에게 치르는 시 험을 주관하도록 조정에서 파견한 관리를 말하며, 학도(學道), 학대 (學臺)라고도 했다. 명 대(明代)에는 제학도(提學道), 청 대(淸代)에 는 제독학정(提督學政) 등으로 칭해지기도 했다. 사람들이 이들을 부를 때는 종사(宗師) 혹은 대종사(大宗師)라고 했다. 원문에서 '종 사', '학대', '제학도' 등으로 되어 있는 관직은 서술문에서는 '학정' 으로 통일하여 번역하고, 대화에서는 원문 그대로 번역하였음을 밝 혀 둔다.

55 명·청 시대에는 전국 최고의 교육기관에 해당하는 국자감(國子監)을 북경과 남경에 설치했고, 국자감에서 공부하는 학생들을 통칭하여 감생(監生)이라고 했다. 처음에는 각 성의 학정(學政)이 수재 중에서 선발을 하거나 황제의 윤허를 받아야 국자감에 입학할 수 있었다. 하지만 나중에는 돈을 주고 감생이 될 수 있었으며, 감생이 되면 수재가 아니더라도 향시(鄕試)에 응시할 자격을 얻었다.

55 『논어(論語)』「안연(顏淵)」: "君子成人之美."

55 원문은 "見義不爲, 是爲無勇"인데, 『논어』「위정(爲政)」에 "見義不爲, 無勇也"라는 말이 있다.

56 녹유(錄遺)는 향시에 응시할 수 있는 대상자를 뽑는 일종의 추가 시험이다. 향시를 치르기 전에 각 부와 현의 수재(생원)를 대상으로 과고(科考)—과시(科試)라고도 함—를 치르고 1, 2, 3등 안에 든 열 명이 향시에 응시할 수 있었다. 과고의 시험 성적이 낮은 자와 과고에 불참한 자 및 감생, 음생(蔭生), 공생(貢生) 중 과거를 보지 않은 자는 학정이 주관하는 녹과(錄科)에 참가해 이를 통과하면 향시를 볼 수 있었다. 녹유는 이후에 치르는 추가 시험으로 수재 중 과고와 녹과에 합격하지 못한 자와 과고와 녹과를 보지 못한 자들을 대상으로 했다.

56 지현(知縣) 밑에 소속되어 감찰(監察)과 소송(訴訟), 옥사(獄事) 등을 다루는 속관(屬官)으로서, '소윤(少尹)'이라고도 부른다.

56 볶아 익힌 찹쌀과 설탕을 섞어서 완자 모양으로 만든 음식으로, 환희단(歡喜團)이라고도 한다.

56 육부(六部) 안의 각 부서에 배치된 관리를 말한다.

56 명·청 시대에는 조정에 도찰원(都察院)을 설치하고 그 밑에 감찰어사(監察御史)를 두어 규찰과 탄핵 등의 임무를 맡아보게 했는데, 어사(御史)란 이 감찰어사의 줄임말이다.

57 명·청 시대에 지방 관서나 군(軍)에서 관직 없이 업무를 보좌하던 고문을 부르던 말로, 막우(幕友) 또는 비장(裨將)이라고도 했다.

59 '문장(文章)'은 과거 시험 문체인 팔고문(八股文)을 말한다. 한나라

때에는 부(賦)가 유행했고, 당나라 때에는 시가 기세를 떨쳤으므로, '한·당'은 위호고가 말한 '시(詩), 사(詞), 가(歌), 부(賦)'를 빗댄 말이다.

59 권(圈)과 점(點)을 이르는 것으로, 글 가운데 중요한 부분이나 잘된 부분의 오른쪽 옆에다 표기했다.

63 과거 시험의 합격이나 승진 소식을 당사자에게 전하는 것을 직업으로 삼은 사람을 말하며, 보자(報子), 보희인(報喜人)이라고도 한다.

64 "경사(京師)에서 열리는 회시에도 꼭 합격하시길 기원합니다(京報連 登黃甲)"라는 말은 합격을 알리러 온 자들이 합격 통지서에 적는 상 투적인 축하 인사이다. 수도에서 열리는 회시나 전시에 합격하면 '금방(金榜)'이 걸리고, 진사가 되었다는 방문(榜文)은 황색 종이에 썼기 때문에 '황갑(黃甲)'이라고 했다.

67 사묘(寺廟)에서 향불을 지키고 잡무를 맡아하는 사람을 말한다.

68 양주(揚州) 사투리로 "뛰는 낙타〔跳駝子〕"란 사람들을 속이는 사기꾼 을 말한다. 여기서는 병을 볼 줄도 모르면서 말로 사람들을 속이는 돌팔이 의사를 가리킨다.

70 명첩(名帖)은 첩자(帖子), 혹은 첩(帖)이라고도 하는데, 남의 집을 방 문할 때나 서로 인사를 전할 때 건네는 의례적인 명함 같은 것으로 보통 붉은 종이를 썼다. 명첩에는 단첩(單帖)과 전첩(全帖)이 있는 데, 단첩은 단폭(單幅)의 붉은 종이를 사용했고, 전첩은 단첩의 열 배 넓이의 붉은 종이를 접어 10쪽이 되도록 만든 것으로 각별한 존경의 뜻을 나타냈다. 번역문에서는 명함으로 사용된 '첩자(帖子)'를 명첩 으로 번역하고, 그 밖의 경우는 맥락에 맞게 번역하고 원문을 밝혀 두었다.

70 장씨의 이름은 장사륙(張師陸)이고, 별호가 정재(靜齋)이다. 앞에서 범진의 장인 호씨가 말했던 '성안의 장 나리'가 바로 이 사람인데, 제4회 이야기의 주요 인물이다. 본 번역에서는 혼란을 피하기 위해 여기서부터 서술문에서는 그의 본명으로 쓴다.

70 원령(圓領)은 명 대에 관원이 평상시에 입던 예복으로, 가슴 앞뒤에

다른 도안의 보자(補子 : 繡章)를 덧대어 관원의 대례복(大禮服 : 補服이라고도 한다)과 구별을 하였다.

71 선조 간의 교분이 있었던 사람에 대한 존칭이다. 범진의 스승이 장사류의 조부의 문생(門生)이므로 범진과 장사륙은 세교(世交)를 맺게 되고 '세형제(世兄弟)'가 된다.

71 원·명 이후 진사가 되면 그 이름을 석비에 새겨 국자감에 세워 놓았다. 또한 향시와 회시의 합격자를 발표하고 나면, 그 이름과 나이, 본적 및 시험관의 이름을 정리하여 책으로 만들어 팔았는데 그것을 '제명록'이라고 하였다. 제명록은 붉은 종이로 만드는 경우가 많았기 때문에 '홍록(紅錄)'이라고도 하였다.

71 탕공의 이름은 탕봉(湯奉)이다. 본문에서는 '탕 지현(知縣)'으로 되어 있고 이름은 본 회의 뒷부분에 가서 밝혀지지만, 본 번역에서는 혼란을 피하기 위해 아래부터는 그의 이름으로 표기하기로 한다.

74 이런저런 구실을 만들어 돈과 권세 있는 집에 들락거리며 잘 보여서, 돈을 뜯어내거나 그 덕을 보려는 것을 '추풍(秋風)'이라고 한다.

74 완적(阮籍 : 210~263)은 자가 사종(嗣宗)이고 진류(陳留) 위씨(尉氏 : 지금의 허난성(河南省)에 속함) 사람이다. 그는 '건안칠자(建安七子)'로 명성이 자자한 완우(阮瑀 : 165?~212)의 아들로서 보병교위(步兵校尉)를 역임했다. 노장(老莊) 사상에 심취했던 그는 혜강(嵇康 : 223~264) 등과 더불어 '죽림칠현(竹林七賢)'으로 꼽히며, 82수에 이르는「영회시(詠懷詩)」를 남긴 뛰어난 시인이기도 했다.

74 심형(沈炯 : 503~561)은 자가 초명(初明) 또는 예명(禮明)이고, 남조(南朝) 양(梁)나라 무강(武康 : 지금의 저장성 더칭현(德淸縣)) 사람이다. 그는 양나라에서 상서좌호시랑(尙書左戶侍郞)을 지내다가 오(吳) 지방을 다스리게 되었는데, 후경(候景)의 반란군에게 성이 함락당한 후, 후경의 부하 장수인 송자선(宋子仙) 밑에서 서기(書記) 노릇을 했다. 반란이 평정된 뒤에도 글 솜씨를 인정받아 양나라 원제(元帝)가 그를 원경현후(原卿縣候)에 봉해 주었고, 훗날 급사황문시랑(給事黃門侍郞)을 거쳐 상서좌승(尙書左丞)까지 지냈다. 또 서위

(西魏)가 형주(荊州)를 점령하고 그를 포로로 붙잡은 뒤에도 무척 우대하여 의동삼사(儀同三司)의 벼슬을 주었다. 556년에는 어사중승(御史中丞)을 지냈고, 진(陳)나라 무제(武帝)와 문제(文帝) 때에도 중용(重用)되었다. 죽은 후에는 시중(侍中) 벼슬이 추증(追贈)되었고, 시호는 공자(恭子)이다. 그는 문집 20권을 남겼다고 하나 지금은 남아 있지 않고, 현재는 『한위육조삼백가집(漢魏六朝百三家集)』에 그의 시가 모아져서 『심형집(沈炯集)』이라는 제목으로 전해지고 있다.

77 칠단은 죽은 사람의 입관 시간과 피해야 할 금지 조항, 칠칠일, 즉 49일째 되는 날짜를 적어 놓은 종이를 말한다.

78 스님을 모셔 죽은 사람에게 올리는 불경을 읽으며 드리는 추도식을 배참(拜懺)이라고 한다. 남북조(南北朝) 시대부터 전해 내려온 『양황참(梁皇懺)』은 이 배참의 일종이며, 양황(梁皇)은 남조(南朝)의 양(梁)나라 무제(武帝) 소연(蕭衍)을 가리킨다.

78 명나라 때 승도(僧道)를 관리하는 기관으로 현(縣)마다 승회사(僧會司)를 설치했는데, 이 승회사 소속으로 절의 운영과 승려의 관리를 맡아보는 승려를 승관이라고 한다.

79 신상이 그려져 있는 종이로, 제사 때 태운다.

79 도사가 기도할 때 불사르는 기도문을 말한다.

79 남의 땅을 빌려 농사를 짓는 농민을 가리킨다.

82 중이 불사를 올릴 때 쓰는 타악기의 일종으로, 징〔銅鑼〕과 같은 모양에 나무 손잡이가 있으며, 정(丁)자 모양의 가는 나무로 된 채로 친다.

82 북경에서 벼슬하던 관리를 수행하던 하인이나, 북경의 각 회관(會館)에서 일을 보던 사람들을 장반(長班) 혹은 장수(長隨)라고 했는데, 매매 관계가 아닌 고용 관계를 맺고 있었다. 『유림외사』에서는 주로 관리와 향신들이 고용하던 하인을 가리킨다.

83 아난(阿難)이 조용한 방에서 명상하며 선정에 들었는데, 아귀(餓鬼)인 염구귀(焰口鬼)가 아난에게 이렇게 말했다. "너는 3일 후에 명이 다해 아귀 사이에서 살게 된다. 이 고통을 면하려면 내일 귀신들에게

보시를 해야 하는데, 각각 마갈타국(摩竭陀國)에서의 한 휘(斛 : 열 말)만큼의 음식을 주어야 한다." 아난이 부처에게 이것에 대해 묻자, 부처는 이것은 시식(施食)의 방법이라고 말씀해 주셨다. 뒤에는 이 시식이 재난을 없애고 장수하기 위해서 아귀에게 시식하는 일종의 의식으로써 행해졌고, 방염구(放焰口), 혹은 유가염구(瑜伽焰口)라고 도 한다.

83   몇 사람이 귀신 역을 맡아 분장을 하고, 쇠스랑을 들고 사방으로 뛰 어다니는 의식을 포오방(跑五方)이라고 하는데, 귀신을 몰아낸다는 의미가 있다.

84   명정은 상제(喪祭)에서 쓰이는 깃발〔長旛〕의 일종이다. 일정한 순서 에 따라 명망과 지위가 있는 사람이 서명하고 제사(題寫) 하는데, 죽 은 이의 봉증(封贈), 시호(諡號), 직위(職位), 성명(姓名) 등을 모두 깃발 위에 써서 죽은 이의 영예로움을 과시했다.

84   죽은 사람의 생애와 행적을 서술한 문장으로, 네모난 돌 위에 새겨서 무덤 안에 매장한다.

84   매장을 위해 첫 삽을 뜨는 것을 파토라고 한다.

84   아버지의 친구 가운데 자기 아버지보다 나이가 적은 사람을 부를 때 쓰는 호칭이다.

85   중국 행정 구역 단위의 하나로, 현(縣) 아래에 있다.

85   청 대에 주현(州縣)에서 중앙의 관제인 육부(六部)의 직(職)을 모방 해서 설치한 육방(六房) 중의 하나이다. 공방은 건물의 축조와 수리 공 정의 관장, 군수 물자의 처리 등의 일을 맡았다.

85   이 사람의 이름은 엄대위(嚴大位)이고, 자는 치중(致中)이다. 제5회 이야기의 주인공인 엄대육〔嚴大育 : 자는 치화(致和)이고 감생(監生) 이다〕의 형이다. 엄대위에 관한 이야기는 제6회에 본격적으로 나온 다. 본 번역에서는 혼란을 피하기 위해 서술문에서는 '엄 공생(嚴貢 生)'이라는 원문의 표기 대신에 본명을 쓴다.

85   1년에 한 번씩 천거하는 것을 가리킨다.

87   지현이 부임한 이튿날에는 현학(縣學)으로 가서 공자의 위패에 절을

올리고, 수재들을 모아 놓고 강학을 하는 의식을 치렀다. 여기서 현학에서 돌아왔다는 것은 이 의식을 거행하고 온 것을 말한다.

88 세금을 걷어 수송할 때, 수송하는 과정에서 손실이 있을 것에 대비해서 정액보다 약간 더 걷었는데, 그것을 호선(耗羨)이라고 했다. 뒤에 징세 제도가 바뀐 뒤에도 이 호선은 여전히 걷었다.

89 스승의 아들 혹은 아버지의 제자에 대한 호칭이다.

91 『예기(禮記)』에는 "군자는 말로써 남에게 정성을 다하지 않으니, 천하에 도가 있으면 행동이 세밀해지고, 천하에 도가 없으면 말이 세밀해지는 것이다(君子不以辭盡人, 故天下有道則行有枝葉, 天下無道則辭有枝葉)"라는 공자의 말이 실려 있는데, '천하유도(天下有道)'의 세 구절이란 이를 가리키는 듯하다.

91 유기(劉基)는 원나라 때의 진사로, 명나라에 들어서도 요직을 맡았다. 하지만 진사에 급제하여 한림원에 들어가고, 지현으로 폄적되는 등의 일은 없었다. 이 단락은 작자가 장사류, 범진, 탕봉 모두 상식이 부족하고 입에서 나오는 대로 떠들어 대는 모습을 풍자적으로 그려낸 것이다.

91 명·청 대의 한림원은 도서와 저작을 장관하는 기관이었다. 한림원 안에는 장원학사(掌院學士), 시독(侍讀), 시강(侍講), 수찬(修撰), 편수(編修), 검토(檢討), 서길사(庶吉士) 등의 관원들이 있는데, 이들을 모두 한림(翰林)이라고 칭했다. 조고(朝考)에서 상위 급제한 진사(進士)들을 한림으로 뽑는 것이 관례였다.

91 송나라 태조(太祖) 조광윤(趙光胤)이 눈 오는 날 밤에 대신인 조보(趙普)를 찾아가 국사를 상의했던 일을 가리키는 것이다.

91 장사성(張士誠)을 말한다. 장사성에 대해서는 제1회의 주를 참고할 것.

92 이것도 장사류이 조보와 조광윤의 일을 유기와 주원장의 일로 엉뚱하게 갖다 붙인 것이다. 원래 이야기는 다음과 같다. 조광윤이 또 조보의 집에 갔는데, 그때 마침 오월왕(吳越王) 전숙(錢俶)이 사람을 보내 조보에게 해산물을 보냈다. 병을 열어 보자 모두 작은 금덩이였다. 조보가 깜짝 놀라 두려워하며 사죄하자 조광윤이 이렇게 말했다.

"자네는 마음 놓고 받게. 그자는 국가의 일을 자네들 서생이 주무른 다고 착각하고 있는 것뿐이니까!"

97 명·청 대에 각 성에서 사법과 형벌, 그리고 관원들의 시험과 고과를 주관하던 관리를 안찰사라고 부르는데, 얼사(臬司), 얼대(臬臺)라고 도 했다.

100 관청에서 심부름하는 하급 관리를 말한다.

100 수재(秀才)라는 총칭 밑에 자격에 따라 세 가지 이름으로 나뉘니, 가 장 우수한 것이 '늠선생원'[간단히 '늠생(廩生)'이라 부른다]이고, 다음은 '증광생원(增廣生員)'[간단히 '증생(增生)'이라 부른다]으 로, 모두 정해진 보수[定額]가 있었다. 또 그 다음으로 '부학생원(府 學生員)'[간단히 '부생(府生)'이라 부른다]이 있는데, 정해진 보수가 없었다. 늠생은 달마다 유학(儒學)으로부터 쌀 여섯 말[斗](수량은 시기마다 달랐다)을 받아 '식름(食廩)'으로 불렸다. 유학의 명부에 는 자격 면에서 늠생의 이름이 앞자리에 있고, 또 우선 '세공(歲貢)' 으로 뽑힐 수 있었다.

100 형 왕덕은 자가 우거(于據)이고, 동생 왕인은 자가 우의(于依)이다.

103 품계가 없는 하급 관리 출신으로 과거 시험에 합격해서 정식으로 수 재가 된 사람이 아님을 이른다.

103 청 대와 중화민국 초기에 실시된 지방 자치 제도에서 마을 치안을 담 당하는 사람으로, 지보(地保), 지갑(地甲) 또는 보장(保長), 지방(地 防)이라고도 한다.

104 익힌 돼지 머리 고기, 돼지 혀, 돼지 위, 육포 등을 파는 가게이다.

104 놀음 도구. 뼈로 만들어진 작은 크기의 정육면체로, 여섯 개 면에 각 기 1에서 6까지의 점수를 새겨 넣는데, 숫자 4에는 붉은색을 칠하고 나머지 숫자에는 검은색을 칠한다.

104 주령(酒令)의 일종. 놀이 방법은 다음과 같다. 여섯 개의 술잔을 늘어 놓는다. 큰 잔 하나가 4점을 대표하고, 작은 잔 다섯 개는 각기 1, 2, 3, 5, 6점을 대표한다. 한 번 주사위를 던져 어떤 점수가 나오면 해당 점수의 잔에 든 술을 마시고, 4점이 나오면 큰 잔의 술을 마시는데,

이를 '장원 급제[中壯元]'라고 부른다.

108 부계, 모계, 처계의 친척을 말한다.

108 본문에서는 이 부분에서만 이들을 이름이 아니라 자(字)인 '우거(于據)', '우의(于依)'라고 불렀는데, '거(據)'와 '의(倚)'는 '의지가 된다'는 의미이다. 그런데 여동생 왕씨의 입장에서는 이들이 전혀 의지가 되지 않는 상황이기에 풍자적으로 썼다고 볼 수 있다.

110 『논어』「자로(子路)」: "名不正則言不順."

111 죽은 이를 위해 가설(假設)해 놓은 침상이다.

115 공자가 진(陳)나라에서 곤란에 처했을 때 우연히 구곡주(九曲珠)에 실을 꿰게 되었다. 뽕나무밭 사이에서 여자가 비결을 가르쳐 주어 방법을 알게 되니, 바로 개미에 실을 묶어 꿀로 유인해 구슬을 통과시키는 것이었다. 이에 대한 이야기는 『조정사원(祖庭事苑)』에 실려 있다.

118 안휘성과 강소성 북부 일대 방언에서는 막내아들을 '노한(老漢)', '소노한(小老漢)'이라 부르기도 했다.

120 앞의 제2~3회에 나왔던 주진을 말한다.

122 천연두에 걸리면 고름집이 생기고, 열흘 정도 지나 거기에 딱지가 앉아야 나을 희망이 있었다.

126 관리의 신분을 나타내기 위해 행차할 때 세우는 의장용 목창(木槍)이다.

133 향진(鄕鎭)의 한 구역을 '도(都)'라고 한다. 향약(鄕約)은 관부의 명을 받들어 한 구역의 사소한 사건들을 처리하고 권선(勸善)하는 일종의 의무직을 가리킨다.

135 여기에서 '오랫동안 공부한 학자'는 범진을 가리키고, '총명하고 준수한 젊은이'는 순매를 가리키는 것으로, 제7회에 나오는 내용을 미리 제시하고 있다.

139 국자감의 장관(長官)인 '좨주(祭酒)' 아래의 직위이다. 이들 밑에서 학생들을 가르치던 교수관(敎授官)을 일컬어 '박사(博士)'라고 했다.

139 명·청 대에 문하생이 스승을 만나거나 부하가 상사를 만날 때 사용하던 자기소개장으로, 자신의 성명과 직위 따위를 쓴 일종의 명

함이다.

139 옛날 자기 제자나 친구의 아들 혹은 조카 등을 지칭하는 정중한 표현이다.

140 회시(會試)에서 진사에 급제할 것이라는 뜻이다. 남궁은 원래 상서성(尙書省)을 가리키는 말이었지만, 나중에 예부(禮部)를 가리키는 말이 되었다. 명·청 대에는 예부에서 회시를 주관했다.

142 하경명(何景明 : 1483~1521)은 자가 중묵(仲默)이고, 호는 백파(白坡) 또는 대복산인(大復山人)이다. 신양(信陽 : 오늘날 허난성에 속하는 지역) 사람인 그는 홍치 15년(1502)에 진사가 되어 중서사인(中書舍人)을 제수 받았으나, 정덕 초년 환관 유근(劉瑾)이 전횡을 일삼자 병을 핑계대고 벼슬을 사직했다. 유근이 주살되고 나서 다시 원직을 회복하였고, 나중에 섬서제학부사(陝西提學副使)에 이르렀다. 그는 이른바 '전칠자'의 한 사람으로, 이몽양과 함께 당시 문단의 영수였다. 저서로는 『대복집(大復集)』이 있다.

142 소식(蘇軾 : 1037~1101) : 자는 자첨(子瞻) 또는 중화(仲和), 호는 동파거사(東坡居士)이며, 미산[眉山 : 지금의 쓰촨성(四川省)에 속함] 사람이다. 1057년에 동생 소철(蘇轍)과 함께 진사에 급제하여 벼슬길에 들어선 후 왕안석(王安石)의 신법(新法)에 반대하고, 사마광(司馬光)을 영수로 한 구당파(舊黨派)에 대해서도 비판을 서슴지 않은 결과, 유배와 복권을 되풀이했다. 유가와 불가, 도가의 사상에 두루 통달하고, 서예와 그림에도 뛰어났으며, 거침없는 문장력을 바탕으로 시문 혁신(詩文革新)을 주도하여 '당송 팔대가(唐宋八大家)'의 한 사람으로 꼽힌다.

142 학정이 수재(秀才)들의 학업을 검사하기 위해 매년 관할하는 부(府), 주(州), 현(縣)의 생원(生員)과 늠생(廩生)을 대상으로 실시하던 의무적인 시험을 세고(歲考)라고 하는데, 이 시험에서는 성적을 여섯 등급으로 나눈다. 그 가운데 4등 이하는 질책과 처벌을 받는데, 6등은 등급이라고 칭해지긴 하지만 제명 처분을 받았다.

143 포의(布衣)는 원래 관직에 나가지 않은 사람을 가리키는 말이다. 따

라서 '우포의'는 '우 아무개' 정도로 옮길 수 있겠지만 우포의의 이름, 자호 등이 따로 나오지 않으므로 그냥 '우포의'로 옮겼음을 밝혀둔다.

143 계척(戒尺) 또는 계방(戒方)이라고도 부른다. 학관에서 생원이나 동생을 체벌할 때 쓰는 목척(木尺)이다.

143 관학에서 일하는 하인을 가리킨다.

145 관청의 바깥문. 전하여 관청을 가리키기도 한다.

145 현 아문의 육방(六房) 주사(主事) 집을 말하는데 현에서 명예와 위신이 있는 사람을 지칭한다. 본문에서는 호방 서판으로 있던 고(顧) 상공(相公)을 가리킨다. 자세한 내용은 제2회를 참조할 것.

147 동한(東漢)의 경학대사(經學大師) 마융(馬融)은 학문을 가르치던 곳에 붉은 비단으로 장막을 쳤는데, 이 때문에 나중에 '설장(設帳)'은 학관을 열어 제자들을 가르친다는 뜻이 되었다.

148 『상서(尚書)』 「고요모(皋陶謨)」에 나오는 말로서, 함께 조정을 위해 공경스럽고 신중하게 일을 처리한다는 뜻이다. '동인(同寅)'은 동료 또는 동업자를 가리킨다.

150 '산인(山人)'은 속세를 피해 사는 은사(隱士)를 가리키는 말이기도 하고, 점쟁이의 다른 명칭이기도 하다.

150 전설 속의 팔선(八仙) 가운데 하나이자 도교의 조사(祖師) 가운데 한 사람인 순양진인(純陽眞人) 여동빈(呂洞賓)을 가리킨다.

150 왕의 작위에 봉해진 자를 부르는 존칭이다.

151 '부란(扶鸞)' 또는 '부기(扶箕)'라고도 한다. 귀신의 이름을 빌려 점을 치는 방식 가운데 하나다. 나무로 만든 틀에 목필(木筆)을 매달고, 그 밑에 모래를 담은 쟁반을 놓아둔 다음, 두 사람이 틀 양쪽을 잡는다. 신이 내리면 목필이 모래 위에 글씨를 쓰는데, 그 내용을 보고 길흉을 점친다(또는 키[箕]에 작은 나무 막대기를 꽂아 붓으로 삼아 글씨를 쓰기도 한다).

151 이몽양(李夢陽 : 1473~1530)은 자는 천사(天賜) 또는 헌길(獻吉)이고 호는 공동자(空同子)이다. 경양[慶陽 : 오늘날 간쑤성(甘肅省)에

속하는 지역] 사람인 그는 한미한 집안 출신으로, 홍치 7년(1494)에
진사가 되었고, 호부주사(戶部主事)와 강서제학부사(江西提學副使)
등의 관직을 역임했으며, 강직한 성품 탓에 환관 유근(劉瑾)을 탄핵
하는 상소를 올렸다가 옥에 갇히기도 했다. 그는 당시 이른바 천편일
률적인 '대각체(臺閣體)' 시문을 개혁하기 위해 "문장은 반드시 진·
한을 따르고, 시는 반드시 성당을 따라야 한다(文必秦漢, 詩必盛唐)"
는 복고적 문학관을 주창하여, 이른바 '전칠자(前七子)'의 우두머리
가 되었다. 특히 시학 방면에서 위진(魏晉)과 성당(盛唐)의 근체시
(近體詩)의 학습을 주장하여 큰 영향을 끼쳤다. 저서로는 『공동집(空
同集)』 66권이 있다.

151 명나라 혜제(惠帝 : 1399~1402 재위)를 가리킨다.

153 삼국 시대 촉(蜀)나라의 명장 관우(關羽)를 가리킨다. 그는 죽은 후
민간 도교에서 신으로 추앙받았다.

153 벼슬이 지부(知府)에 이를 것임을 암시한다. 옛날 태수(太守)가 공
무를 처리하던 청사를 '황당'이라 불렀는데, 여기서는 '지부'를 가
리킨다.

154 하늘나라[天府]는 조정을 가리키고, 기(夔)와 용(龍)은 순(舜)임금의
신하로서 각각 악관(樂官)과 간관(諫官)의 직책을 맡았다고 전해진
다. 결국 이 구절은 조정의 대신이 될 것임을 암시한다 하겠다.

155 명·청 대에 각종 주장(奏章)과 신소(申訴)를 모아 전달하는 중앙 기
구로, 그 수장을 '통정사(通政使)'라고 불렀다.

155 과(科)와 도(道)는 각기 명·청 대 육과[六科 : 이부(吏部), 호부(戶
部), 예부(禮部), 병부(兵部), 형부(刑部), 공부(工部)]의 급사중(給事
中)과 도찰원(都察院)의 각 도 감찰어사(監察御史)를 합쳐 부르는 명
칭이다. 이들은 직책에 따라 중앙과 지방의 감찰 및 탄핵 업무를 각
기 나누어 맡았다.

156 대신이 부모상을 당했을 때 조정에서 특별히 조정에 남아 일을 처리
할 수 있도록 하거나, 혹은 집안에서 3년상의 기한을 다 채우지 않은
상태에서 특별히 기용하는 것을 가리킨다.

156 명 대에는 육부(六部)의 상서(尙書)와 도찰원 도어사(都御史), 통정 사(通政使), 대리시경(大理寺卿)을 '구경'이라 했다. 청 대에는 도찰 원, 대리시, 태상시(太常寺), 광록시(光祿寺), 홍려시(鴻臚寺), 태복시 (太僕寺), 통정사(通政司), 종인부(宗人府), 난의위(鑾儀衛)의 장관 (長官)을 '구경'이라 했다.

158 명·청 대에 수재(秀才)를 '노우(老友)'라고 불렀는데, 제2회에서 매 구의 말을 통해 설명되고 있다.

158 명·청 대에 해마다 지방에서 우수한 학생을 선발하여 경사의 국자 감(國子監)에 입학시켜 공부하게 한 제도이다.

161 왕수인(1472~1528)은 자(字)가 백안(伯安)이며, 흔히 양명선생(陽 明先生)이라 불렸다. 벼슬은 남경(南京) 병부상서(兵部尙書)까지 지 냈고, 신건백(新建伯)에 봉해졌다. 그는 일찍이 영왕(寧王) 신호(宸 濠)의 반란을 진압한 일이 있다.

162 거 태수의 이름은 거우(蘧祐)이고 자가 거단암(蘧壇庵)이다. 제8회에 서야 이름이 밝혀지는데 본 번역에서는 혼란을 피하기 위해 다음부 터 그의 이름으로 표기하기로 한다.

163 「수초부」는 진(晉)나라 때의 손작(孫綽)이 은거의 즐거움을 노래한 작품인데, 이 때문에 후세에 '수초(遂初)'라는 말은 벼슬을 버리고 은거함을 뜻하게 되었다.

166 청나라 때의 행정 제도에서는 각 성(省)을 몇 개의 도(道)로 나누었 다. '공(贛)'은 강서를 일컫는 별칭이다. 그러므로 '남공도'는 강서 남부 일부를 총괄하는 장관을 가리킨다.

166 '도대'는 청나라 때 성(省) 각 부처의 장관 및 부(府)·현(縣)의 행정 을 감찰했던 관리를 말하는데 '도원(道員)'의 존칭이다.

166 옛날 주로 공문을 보내거나 죄인을 압송하는 데에 이용된 국경 근처 의 역참(驛站)을 가리킨다.

169 뒤에 밝혀진 바에 따르면 이 사람의 이름은 거내순(蘧來旬)이고 자는 신부(駪夫)이다. 본 번역에서는 혼란을 피하기 위해 여기서부터 서술 문에서는 그의 본명을 쓴다.

172 명나라 때의 시인 고계(高啓 : 1336~1374)의 시집이다. 고계는 자
가 계적(季迪)이고 발해(渤海) 수〔蓨 : 지금의 허베이성(河北省) 징현
(景縣)〕땅 사람이다. 원나라 말엽에 오송(吳淞) 땅의 청구(靑邱)에
은거했기 때문에, 스스로 청구자(靑邱子)라고 불렀다. 홍무(洪武) 원
년에 태조(太祖)의 부름을 받고 『원사(元史)』를 편찬하며 한림원(翰
林院) 국사편수(國史編修)가 되었고, 나중에 문자옥(文字獄)이 일어
나 참요형(斬腰刑)을 당했다. 당시 그의 문집은 금서였다.

173 가로 세로 1자의 단폭(單幅) 종이 또는 그런 종이를 엮어 만든 공책
으로서, 그림이나 글씨를 쓸 때 사용한다.

173 원래 '중당'은 당·송 시대에 재상을 높여 부르는 칭호였는데, 명·
청 대에는 내각학사(內閣學士)의 지위가 재상과 같았기 때문에 이 존
칭을 이어받았다.

177 전영(錢泳)의 『이원총화(履園叢話)』 권13에 "子孫有一才人, 不如有一
長者, 與其出一喪元氣的進士, 不如出一能明理的秀才"란 구절이 있다.

177 여기서는 누씨 형제의 조부를 가리킨다. 명·청 대에는 태사(太師),
태부(太傅), 태보(太保) 등이 관직 가운데 가장 높은 등급에 해당했
다. 이들은 비록 실권은 없었지만, 대신(大臣)의 반열에 들었다.

179 전하는 바에 따르면 이것은 소식이 직접 한 말이 아니다. 소식은 중
년 이후 배가 많이 나왔는데, 하루는 여러 기생들을 불러 놓고 자기
배 안에 들어 있는 것이 무엇인지 알아맞히게 했다. 기생들은 제각기
재주와 학식이 들었으니 지혜가 들었느니 하고 말했지만, 소식의 애
첩 조운(朝雲)은 "나리의 거기 안에는 온통 세태에 맞지 않는 것만
들어 있어요(相公那裏面是一肚皮不合時宜)"라고 말했다. 그러자 소식
이 고개를 끄덕이며 맞았다고 칭찬했다고 한다. 이것은 왕안석(王安
石)을 중심으로 한 '신당파(新黨派)'와의 당쟁(黨爭)에서 '구당파(舊
黨派)'의 일원으로 많은 고초를 겪은 소식의 심사를 대변하는 일화
이다.

183 물을 섞어 증류하는 과정을 거치지 않은 술이다.

187 여기서 기(旗)란 소금 산지에서 소금을 거둬 올 때, 운반의 편이를

위해 각자 배 위에 가게 이름을 쓴 깃발을 꽂았는데 그때 꽂은 깃발을 말한다. 후에 이것이 가게의 이름으로 정해져, 가게를 '○○기(旗)'라고 불렀다.

187 여기서 애공(挨貢)은 발공(拔貢)이라고도 볼 수 있다. 발공은 청나라 때 과거 제도의 하나로서 세공(歲貢), 은공(恩貢), 우공(優貢), 부공(副貢)과 함께 오공(五貢) 중의 하나이다. 12년마다 학정이 학생들 중에서 문예가 뛰어난 자를 선발해 경사에 올려 보내면, 조고(朝考)를 치러 뛰어난 자를 뽑아 등급에 따라 관직을 주었다.

188 염상들이 관례에 따라 국세 이외에 지방관에게 지불하는 돈.

189 『사기(史記)』 「관안열전(管晏列傳)」에 월석보 이야기가 나온다. 춘추시대(春秋時代) 제(齊)나라의 월석보는 재주가 뛰어났는데, 어떤 일로 감옥에 갇히게 되었다. 그때 제나라 재상 안영(晏嬰)이 자기 수레의 왼쪽 말을 내어 그의 죗값을 치르고, 수레에 태워 집으로 데려왔다. 안영이 한마디 말도 없이 집으로 들어가 한참 동안 나오지 않자, 월석보는 자기를 무시하는 것이라며 즉시 절교할 것을 요구했다. 안영은 당장 나와 사과하고, 그를 상객(上客)으로 삼았다.

190 원문은 "公子有德于人, 願公子忘之"이다. 『사기(史記)』 「위공자열전(魏公子列傳)」에 따르면, 위나라 공자 신릉군(信陵君)이 군대를 보내 조(趙)나라를 도와 진(秦)나라 군대를 격퇴하자, 조나라 왕은 감사의 표시로 그에게 다섯 개의 성(城)을 내렸다. 그가 공을 세웠다고 득의양양한 표정을 짓자, 그의 문객이 이 말로써 충고하였고, 그는 교만한 태도를 고쳤다고 한다.

192 수부(守部)는 무관(武官)의 관직으로 수비(守備)라고도 하는데, 명·청 대에 그 품급은 문관의 지부(知府)에 해당한다.

192 관원의 직함.

197 이 시는 원(元)나라 때의 여사성(呂思誠)이 지은 칠언율시의 후반부네 구절이다. 그것을 양윤이 베껴 쓴 것인데, 누씨 형제 등이 그것을 알지 못하고 칭찬하고 있으니, 그들의 무식함을 풍자하고 있다고도 볼 수 있다.

200 명·청 시대 한림원에 소속된 사관(史官)으로, 편찬(編撰) 다음가는 직급이다.

200 문이나 기물에 붙여 놓는 종이쪽지로서, 봉인하여 보관하거나 몰수한다는 것을 표시하여 함부로 열거나 사용하지 못하도록 하였다.

201 여기서는 한림원 차사를 가리키며 주시험관, 부시험관 혹은 학정으로 파견된다는 말이다. 시험관의 경우, 성(省)의 향시를 주관하게 되는데, 이때 지방관이 사무 비용과 송별 물품 등을 제공했다. 학정의 경우, 각 지역에 나가 부시(府試)에서 뽑힌 사람들이 참가하는 원시(院試)를 주관했다. 이때 주와 현에서는 학정에게 시험장에서 필요한 비용을 보내 주고, 그 밖에 거인과 수재 학위를 팔 수도 있었다. 그래서 다음 문장에서 '돈 되는 자리'라는 말이 나온 것이다.

202 신릉군은 전국 시대 위(魏)나라 안리왕(安厘王)의 배다른 동생으로 이름은 무기(無忌)인데, 신분이 낮은 선비를 예우하여 식객이 3천 명이었다고 한다. 춘신군은 전국 시대 초나라의 황헐(黃歇)로 고열왕(考烈王) 원년에 재상이 되어 춘신군에 봉해졌다. 춘신군 역시 재상으로 25년간 봉직하며 식객 3천 명을 두었다고 한다.

205 명·청 시대 대신들이 입던 예복으로 황금색 이무기가 수놓인 도포인데 이무기가 많을수록 지위가 높음을 의미한다. 망의(蟒衣)라고도 한다.

207 『주역(周易)』「계사하(繫辭下)」: 幾者, 動之微, 吉之先見.

207 밤 9시에서 11시를 가리킨다.

209 내단과 외단은 도교의 연단(煉丹) 장생술로서, 내단은 자신의 정기(精氣)를 정련한 것이고 외단은 단사 등의 광물을 정련하여 만드는 것이다.

209 한림원, 첨사부(詹事府), 육과(六科) 및 각 도의 감찰어사를 가리킨다. 명 대의 언어 관습에서는 첨사부 대신 이부(吏部)를 사아문으로 꼽았다.

213 혼례에서 여자 집에서 신랑이 타고 온 가마를 집 안으로 들일 때 요구하는 돈을 말한다. 옛 풍속에서는 이렇게 돈을 요구하는 것을 길한

것으로 여겼다.

214 중국 전통 연극의 정식 공연에 앞서 덧붙여진 공연으로서 한 명이 하기도 하고 여러 사람이 하기도 했다. 공연자는 붉은 도포를 입고 '가관검(加官臉)'이라는 웃는 모양의 가면을 썼다. 대사와 노래[唱白] 없이 펄쩍펄쩍 뛰면서 관중들에게 송축사[頌詞]가 적힌 두루마리를 보여 준다. '도가관(跳加官)'이라고도 한다. 주로 명절이나 경사스런 날에 행해진다.

214 장선은 민간 전설에 나오는 신선의 이름으로, 재동신(梓潼神)이라고도 한다. 미산(眉山) 사람 장원소(張遠霄)가 오대(五代) 시기 청성산(青城山)에서 득도했으며 눈을 네 개 가진 노인에게서 병액을 피하는 활을 전승받았다고 한다. 또 오대의 촉(蜀)의 군주인 맹창(孟昶)의 그림이 있었는데 송(宋)이 촉을 멸망시킨 후 맹창의 비인 화예(花蕊) 부인이 그 그림을 송의 궁전에 가지고 들어가 걸어 놓았다. 송 태조가 그것을 보고 무엇이냐고 묻자, 화예 부인이 장선의 초상화인데 그를 섬기면 아들을 얻을 수 있다고 둘러댔다. 민간에서 이 두 가지 이야기가 섞여 장선이 자식을 점지한다는 전설이 만들어진 것으로 보인다.

214 명나라 때의 연극 『금인기(金印記)』의 한 막[齣]으로 소진(蘇秦)이 육국(六國)의 재상에 봉해진 이야기를 다루고 있다.

214 중국의 전통 연극인 송·원 남희(南戲)와 명·청 전기(傳奇)에서 정식 공연 전에 전체 줄거리를 소개하는 배역을 가리키며, 하인·마부 따위의 단역을 맡기도 했다.

214 명나라 때의 연극 「백순기(百順記)」의 다른 이름으로, 송나라 사람 왕증(王曾)이 장원 급제하여 고위 관직에 오르고 아들은 또 무장원(武壯元)에 급제하여 변방에서 공을 세워 3대에 걸쳐 작위에 봉해진다는 이야기이다.

215 중국 전통 연극 중 젊은 여자 배역으로, 규문단(閨門旦)이라고도 한다.

216 전설에 의하면 적제(赤帝)의 딸 요희(姚姬)가 시집을 가지 못한 채 죽어 무산의 남쪽에 묻혔는데 초(楚)나라 회왕(懷王)이 고당(高唐)에

서 노닐다 꿈속에서 그녀를 만나 운우지정을 나누었다고 한다. 송옥(宋玉)의 『고당부(高唐賦)』서(序)에 나온다. 낙포는 '낙신(洛神)'을 가리킨다. '낙신'은 낙수(洛水)의 여신 복비(宓妃)인데, 후대의 시문에서 미녀의 대명사로 사용되고 있다.

219 왕오(王鏊 : 1450~1524)는 자가 제지(濟之), 별호가 수계(守溪)이고, 학자들 사이에서는 '진택선생(震澤先生)'이라고 불렸다. 그는 오현(吳縣 : 지금의 장쑤성 쑤저우) 사람으로, 성화(成化) 11년(1475)에 진사가 되었고, 무종(武宗 : 1506~1521 재위) 때 내각에 들어가 호부상서(戶部尚書), 무영전대학사(武英殿大學士) 등을 지냈다. 시호는 문각(文恪)이다. 문장은 한유(韓愈)와 진(秦)·한(漢)을, 시는 왕유(王維), 잠삼(岑參)의 풍격을 모방하였다.

219 파제는 팔고문 시험 답안을 작성할 때 문제의 제목을 몇 마디 말로 요약하는 것을 말하며, 파승은 파승제(破承題)라고도 하는데 파제와 승제(承題)를 합쳐 부르는 말이다. 승제란 파제의 의미를 더 분명하게 풀어 설명하는 것이다. 기강은 팔고문의 세 번째 단락으로 논술이 시작되는 부분이다. 이후의 부분 역시 팔고문에서 정해진 글쓰기 형식이다.

219 당순지(唐順之 : 1507~1560)는 자가 응덕(應德) 또는 의수(義修)이고, 호는 형천(荊川)이다. 그는 무진〔武進 : 지금의 장쑤성 창저우(常州)〕사람으로, 가정(嘉靖) 8년(1529) 회시(會試)에서 장원 급제한 후 한림원편수(翰林院編修), 병부주사(兵部主事), 우첨도어사(右僉都御史) 등을 지냈다. 시호는 양문(襄文)이며, 저작으로 『형천문집(荊川文集)』이 있다.

219 구경순(瞿景淳 : 1507~1569)은 자가 사도(師道)이고 호는 곤호(昆湖)이며 오거(五渠) 사람이다. 그는 가정(嘉靖) 연간 장원으로 진사에 급제하여 한림원편수(翰林院編修), 이부우시랑(吏部右侍郎), 예부좌시랑(禮部左侍郎) 겸 한림원학사(翰林院學士)를 역임하고, 『영락대전(永樂大典)』의 교감을 총괄하고 『가정실록(嘉靖實錄)』의 편찬에도 참여했다. 죽은 후 예부상서(禮部尚書)에 추증되었으며, 시호는 문의

(文藝)이다.

219 설응기(薛應旂 : ? ~ ?)는 자가 중상(仲常)이고 호는 방산(方山)이
며, 무진(武進) 사람이다. 그는 가정(嘉靖) 14년(1535) 진사에 급제
하여 남경고공랑중(南京考工郎中), 건창통판(建昌通判), 절강제학부
사(浙江提學副使)를 역임했다. 그 후 고향에 돌아가 많은 장서(藏書)
를 수집하며 저술에 전념했다. 주요 저작으로『고정연원록(考亭淵源
錄)』과『사서인물고(四書人物考)』,『방산문록(方山文錄)』,『갑자회기
(甲子會記)』,『헌장록(憲章錄)』,『고사전(高士傳)』,『설방산기술(薛方
山紀述)』등이 있다.

220 겉만 번듯한 문장과 정통에서 어긋나는 이단적인 문장을 가리킨다.

220 『천가시』는 일반적으로 송나라 때 사방득(謝枋得)이 편찬한『중정천
가시(重定千家詩)』(모두 칠언율시로 되어 있음)와 명나라 때 왕상(王
相)이 편찬한『오언천가시(五言千家詩)』를 합쳐 부르는 명칭이다. 여
기에는 당나라 때부터 명나라 때까지 대표적인 시인 122명의 시가
모아져 있다. 이 밖에도 남송 때 유극장(劉克莊)이 편찬한『후촌천가
시(後村千家詩)』(정식 명칭은『분문찬류당송시현천가시선(分門纂類
唐宋時賢千家詩選)』)와 편찬자 미상의『신전오언천가시(新鐫五言千
家詩)』,『중정천가시(重訂千家詩)』등이 있다.

220 해진(解縉 : 1369~1415)의 시집을 가리킨다. 해진은 자가 대신(大
紳) 또는 진신(縉紳)이고, 호는 춘우(春雨)며, 강서(江西) 길수(吉水)
사람이다. 그는 20세에 진사에 급제하여 서길사(庶吉士), 한림학사
(翰林學士) 겸 좌춘방대학사(左春坊大學士)를 역임했고,『영락대전
(永樂大典)』의 편찬을 주관하기도 했으나, 훗날 모함을 받아 감옥에
서 죽었다. 뛰어난 서예가이기도 했던 그는 명나라 말엽 '광초(狂
草)'의 선구자로 불리기도 한다.

220 여기서는『동파시화(東坡詩話)』를 가리킨다.

220 옛날 귀족이나 부호들이 자제들에게 함께 공부하는 벗을 붙여 주었
는데, 그들을 '반독'이라고 불렀다.

223 명·청 시대 제왕이 5품 이상의 관원과 그 선대나 내리는 작위나 명

호이다.

225 원소절(元宵節), 즉 정월 보름 하루 전날 켜는 등불을 말하는데, 여기서는 이틀 전인 13일에 불을 밝혔다.

225 명나라 초기에 지어진 궁전으로, 황제가 일상 업무나 대신을 접견하던 곳이다.

225 수많은 채색등을 쌓아 만든, 큰 바다거북 모양의 등산(燈山)이다.

226 한(漢)나라 때의 관직 이름으로, '집금오(執金吾)'라고도 한다. 도성의 경비 및 사람들의 야간 통행금지를 관장했다. 정월 보름을 전후해서 사흘 동안은 등 구경을 위해 야간 통행금지를 해제했다.

230 『주백려치가격언(朱柏廬治家格言)』을 가리킨다. 청 대 초기에 주용순[朱用純 : 호가 백려(柏廬)]이 지은 가훈으로, 당시에 크게 유행하였고, 어린 학생들의 교재로도 쓰였다.

231 남경을 가리킨다.

231 '정당(正堂)'은 '정인관(正印官),' 즉 청 대 부(府)나 주(州), 현(縣)의 관리를 가리키는 명칭이다.

231 하급 관리가 종묘의 뜰 앞[公庭]에서 장관(長官)을 알현할 때 예를 행하는 것.

234 활이 팽팽히 당겨진 모습처럼 맥이 들뜨고 급박한 상태를 가리킨다.

234 제 마음대로 뛰노는 맥으로, 맥이 순조롭지 못해 나타나는 현상이다.

234 약용 식물의 일종이다.

234 약용 식물의 일종이다.

234 기를 보전하는 작용을 하는 것으로 보양제의 일종이다.

234 거담제의 일종으로, 습기를 없애 담을 제거하는 작용을 한다.

236 광형(匡迥)은 자가 초인(超人)으로 제15회부터 등장하며, 마정(馬靜)은 자가 순상(純上)으로 본문에서는 마이(馬二) 선생으로 불리기도 하는데 제13회부터 등장한다.

236 제18회에 등장하는 인물들로 팔고문 선집가이다.

236 한림원에서 시독(侍讀)을 맡고 있는 인물로 제34회부터 등장한다.

236 육구연(陸九淵 : 1139~1192)은 자가 자정(子靜)이고, 호는 존재(存

齋)이며 상산(象山)에서 강학을 하여 상산(象山) 선생이라고도, 불린다. 무주(撫州) 금계(金溪 : 오늘날의 장시성) 사람으로 "심즉리(心卽理)"라는 육구연의 주장은 주희(朱熹)의 이기론(理氣論)과 대립되는 측면이 있는데, 그의 학설은 명나라 왕수인에게 이어졌다. 저서로는 『육상산전집(陸象山全集)』이 전한다.

236 여기서 육구연의 문인이란 사희맹(謝希孟)을 말한다. 육구연이 사희맹이 임안(臨安)에 기녀를 위해 원앙루(鴛鴦樓)를 지은 것을 비난하자, 그는 「원앙루기(鴛鴦樓記)」란 글에서 이렇게 말했다. "빼어난 기운은 세상의 남자가 아닌 여인들에게 모여 있다(英靈之氣, 不鍾於世之男子, 而鍾於婦人)"

237 '문장이나 그림의 묘사가 생생하다', '문장이 윤색을 거친 후 더욱 훌륭해지다'는 뜻이다. 고개지(顧凱之)가 배해(裵楷)의 초상을 그릴 때 뺨 위에 털 세 가닥을 더 그려 넣었더니, 갑자기 생생한 기운이 돌았다는 데서 나온 말이다.

237 오도자(吳道子 : 686?~760?)는 당나라 때의 유명한 궁정 화가로 하남성(河南省) 사람이다. 현종이 그의 이름을 '도현(道玄)'이라고 고쳐 주었다고 한다.

238 송나라 때 성리학(性理學)의 토대를 마련한 정호(程顥 : 1032~1085)와 정이(程頤 : 1033~1107)를 가리킨다.

238 명·청 시대에 경성(京城)의 도로와 하수구를 관리하던 관청. 또한 해당 관청의 장관(長官)을 가리키기도 한다.

239 옛날 주(州)나 현(縣)의 지사(知事)를 높여 부르는 호칭이다.

243 상(喪)을 치를 때 쓰는 모자이다.

245 군대에서 궁수(弓手)가 입는 옷이다. 소매 윗부분은 길고 아랫부분이 짧아 활을 쏘기 편하게 되어 있어서, '전수(箭袖)'라고도 부른다.

249 송문(松文)은 옛날 명검의 이름으로, 검 표면에 소나무 무늬가 있다고 해서 붙여진 이름이다.

249 밀랍을 가지고 사람 모양으로 만든 촛대를 가리킨다.

251 합주곡(合奏曲)인 「십번고(十番鼓)」를 가리킨다. 일반적으로 10종의

민간 악기로 합주한다. 순수하게 10종의 타악기로만 연주하는 것을 '소십번(素十番)'이라 하고, 관악기와 현악기를 섞어 연주하는 것을 '혼십번(渾十番)'이라 하며, 연주 둘을 한꺼번에 '조세십번'이라고도 부른다.

251 양각등은 양 뿔을 고아서 만든 반투명의 얇은 판을 씌운 등으로, 각 등(角燈), 명각등(明角燈)이라고도 한다.

252 명·청 대에 황제의 유지(諭旨)나 신하들의 주장(奏章) 등을 게재하던 관보(官報)를 가리킨다.

255 유향(劉向)의 『신서(新書)』「잡사(雜事)」에는 섭공자고(葉公子高)가 용을 좋아해서 온 집안에 용 무늬를 장식했는데, 하늘의 용이 그 소문을 듣고 찾아와 보니 섭공자고가 알아보지 못하고 오히려 놀라 도 망쳤다는 이야기가 실려 있다. 이것은 꾸며진 겉모습에만 미혹되어 진정한 인재를 알아보지 못하는 이를 풍자하는 뜻으로 쓰이는 말인데, 여기서는 약간 변형되어 사용했다.

258 동급 기관 상호 간에 주고받는 문서로, 사람을 보내 범인을 체포하는 데에 쓰인다.

261 지금의 저장성 리수이(麗水) 지역을 말한다.

261 향시 및 회시에 합격한 사람들의 명단으로, 시험관과 합격자 명단 외에 글 몇 편을 뽑아 실었기 때문에 팔고문을 편집하는 서방에서도 필요로 했다.

264 『예기(禮記)』「문왕세자(文王世子)」: "凡語于郊者必取賢斂才焉; 或以德進, 或以事擧, 或以言揚." 이것은 덕행과 명성으로 인재를 뽑는다는 뜻으로, 삼대(三代)와 주(周)나라 때 실제로 이에 의거해 인재를 등용하지는 않았다.

264 『논어(論語)』「위정(爲政)」: "言寡尤, 行寡悔, 祿在其中."

264 한나라 때 천거 제도 중의 하나이다. 당시의 천거 제도는 '효렴(孝廉)'과 '현량방정(賢良方正)'의 두 과(科)가 있었는데, 효렴과는 품행(品行)을 중시했고, 현량방정과는 문재(文才)를 중시했다고 한다.

264 공손홍(公孫弘 : B.C. 200~B.C. 121)은 자가 계(季)이고 치천(菑川 :

지금의 산둥성(山東省)에 속함] 사람이다. 서한 시기의 경학가로 승
상으로 임용되기에 이르렀으며, 평진후(平津侯)에 봉해졌다.

264 동중서(董仲舒 : B.C. 197~B.C. 104)는 광천(廣川 : 지금의 허베이
성에 속함) 사람으로, 서한 시기의 철학가이며 금문경학대사(今文經
學大師)이다. 그의 주장이 한무제에게 받아들여짐으로 해서 유학이
독존할 수 있는 바탕이 마련되었다. 저서로는『춘추번로(春秋繁露)』,
『동자문집(董子文集)』이 있다.

273 '자왈(子曰)'은 옛날 가장 보편적인 교재였던『논어』에 상투적으로
보이는 말로, '子曰行'은 가르치는 일로 밥벌이하는 사람을 가리키
며, 비아냥거리는 뉘앙스가 담겨 있다.

274 신묘하고 변신술에 능해 종적을 찾기 어려운 것을 이른다. 여기서 의
미가 파생되어 소매치기, 임기응변에 능한 자, 빈털터리를 뜻하기도
하는데, 여기서는 신출귀몰한 듯하지만 실제로는 별 게 없다는 뜻으
로 쓰였다.

277 원래 '털양말과 발싸개, 신'이란 뜻으로 그만큼 밀접한 관계라는 뜻
이다.

282 기생을 데리고 술을 먹는 곳을 말한다.

282 악단의 연주에 맞춰 기생들이 가무로 흥을 돋워 주는 고급 술집을 말
한다.

282 원문에는 '도빈두(挑鬢頭)'라고 되어 있는데, 이것은 양쪽 귀밑머리
를 올려서 핀을 꽂아 관자놀이 양쪽을 볼록하게 만든 머리 모양이다.

284 명(明)나라 인종(仁宗) 주고치(朱高熾 : 1378~1425)를 말한다. 그
는 성조(成祖)의 장남으로 1년 동안 재위했으며, 연호는 홍희(洪熙)
이다.

284 사찰이나 도관(道觀)의 바깥문.

285 오원(伍員 : ?~B.C. 484)을 가리킨다. '자서(子胥)'는 그의 자(字)
다. 오원은 춘추 시기 초(楚)나라 사람으로, 귀족 집안 출신이다. 기
원전 522년 그의 부친 오사(伍奢)와 형 오상(伍尙)이 초나라 평왕(平
王)에게 피살되자, 그는 오(吳)나라로 망명하여 오나라 왕 합려(闔

闔)의 중신(重臣)이 되었다. 그리고 기원전 506년, 그는 합려의 장수
로서 초나라를 공격하여 도성을 함락하고, 평왕의 무덤을 파헤쳐 시
신에 채찍질을 해서 원수를 갚는다. 그러나 합려의 뒤를 이은 부차
(夫差)가 백희(伯喜)의 참소를 믿고, 기원전 484년 가을에 오원에게
비수를 내리며 자결하게 하고, 그 시신을 가죽에 싸서 강에 버렸다.

286 이청조(李淸照 : 1084~1151?)는 호가 이안거사(易安居士)이고, 지
금의 산둥성 지난시(濟南市) 사람이다. 그녀는 열여덟 살에 태학생
(太學生) 조명성(趙明誠)과 결혼하여 옛 서적을 교감(校勘)하고 시사
(詩詞)를 창화(唱和)하기도 했으나, 1133년에 금(金)나라 군대가 남
하하자 강남 지역으로 피난을 갔다. 나중에 남편이 죽고 홀로 항주
(杭州) 등지를 떠돌며 고독과 가난 속에서 만년을 보냈다. 문집으로
『이청조집(李淸照集)』과 사집인『수옥사(漱玉詞)』가 있으며, 젊은 시
절에 쓴『사론(詞論)』은 두고두고 명저로 꼽힌다.

286 소혜(蘇蕙 : ?~?)를 말하는데, 자가 약란(若蘭)이고 무공〔武功 : 지
금의 산시성(陝西省)에 속함〕 사람이다. 그녀는 전진(前秦 :
351~383) 시대 진주자사(秦州刺史) 두도(竇滔)의 아내로서, 박학하
고 현숙하며, 시와 그림에도 뛰어났다고 한다. 청나라 때 이여진(李
汝珍)의 장편 소설『경화연(鏡花緣)』제41장에 그녀가 그린 「선기도
(璇璣圖)」가 상세히 묘사되어 있다.

286 주숙진(朱淑眞 : ?~?, 약 1131년 전후)은 호가 유서거사(幽栖居士)
이고, 전당〔錢塘 : 지금의 저장성 항저우시(杭州市)〕 사람이다. 관리
의 가정에서 태어났으나 결혼 생활은 불행하여 우울하게 살다 죽은
그녀는 시사(詩詞)에 능하고 음률에도 능통했다. 작품집으로는 후세
사람들이 모은『단장사(斷腸詞)』와『단장집(斷腸集)』이 있다.

288 『중용(中庸)』제26장 : 載華嶽而不重, 振河海而不洩, 萬物載焉. 이것은
땅〔土〕에 대해 설명한 부분이다.

288 원나라 때 전당(錢塘) 사람인 정야학(丁野鶴)은 오산의 자양암(紫陽
庵)에서 출가하여 도사가 되었는데, 전설에 따르면 그는 학을 타고
신선이 되어 날아갔다고 한다. 후세 사람들이 이를 기념하여 오산에

사당을 세웠다.

289 길흉의 점괘가 적힌 점대를 담는 통을 말한다.

291 당나라 때의 시인 고적(高適)의 시「별동대(別董大)」의 한 구절이다.

292 명·청 대에 사람들이 주희(朱熹)의 『통감강목(通鑒綱目)』을 본떠 편찬한 간단한 역사서에 상투적으로 붙는 제목이다. 명나라 때의 왕세정(王世貞)이 편찬한 『강감』과 원황(袁黃)이 편찬한 『원료범강감(袁了凡綱鑒)』, 청나라 때의 오승권(吳乘權)이 편찬한 『강감이지록(綱鑒易知錄)』 등이 이에 해당한다.

296 제17회부터 다시 등장하는데 서술문에서는 본명인 호진으로, 대화에서는 '호삼(胡三)', '호씨 댁 셋째 나리' 등 으로 옮겼다.

298 도가에서 좌선 수련을 하거나 단약을 굽고 금을 만드는 방을 말한다.

300 문자를 편(偏), 방(旁), 관(冠), 각(脚) 따위로 분해하여 그 뜻에 따라 일의 길흉을 점치는 점복의 일종으로, '측자(測字)'라고도 한다.

305 원문은 "書中自有黃金屋, 書中自有千鍾粟, 書中自有顏如玉"으로, 송나라 진종(眞宗 : 968~1022)이 지은 『권학문(勸學文)』에 나오는 말이다.

306 명·청 시기 순무(巡撫) 대우로 도찰원우부도어사(都察院右副都御史)를 겸하거나, 우첨도어사(右僉都御史) 직함을 가진 이를 이렇게 불렀다.

312 안채의 한가운데 방으로, 일종의 응접실이다.

317 청 대의 '보갑법(保甲法)'에 따르면 패두(牌頭), 갑장(甲長), 보정(保正)을 두었는데, 10집을 패(牌)로 묶어 패두를, 10패(牌)를 갑(甲)으로 묶어 갑장을, 10갑을 보(保)로 묶어 보정을 두었다.

323 현(縣) 단위에서 치르는 시험〔縣試〕의 1차 시험〔初試〕에서 합격한 사람을 이름 순서를 가리지 않고 성과 이름을 하나의 둥근 원의 형식으로 공포하는데, 이를 '단안' 이라고 한다. 2차 시험〔復試〕에서는 동생(童生)의 명단을 정식으로 이름 순서에 따라 써서 공포하는데, 이를 '장안(長案)' 이라고 부른다.

331 여기서 '둘째 큰 나리〔二太爺〕'는 지부 아래의 관원인 동지(同知)를

말한다. 동지는 또한 이부(二府), 분부(分府), 사마(司馬)라고도 부른다.

332 뒤에서 밝혀지는 바에 따르면, 이 인물의 본명은 반자업(潘自業)이다. 서술문의 경우, 복잡한 호칭을 피해 본명을 쓰고, 대화문에서는 원문대로 반삼(潘三)으로 쓴다.

334 뒤에서 밝혀지는 바에 따르면, 이 인물의 본명은 경본혜(景本蕙)이다. 본 번역에서는 서술문의 경우, 복잡한 호칭을 피해 본명을 쓴다.

335 이 인물은 자가 설재(雪齋)이고, 본명은 조결(趙潔)이다. 본 번역에서는 역시 서술문에서는 본명을 쓴다.

336 명·청 시기에 내각(內閣)에 설치된 관직 명칭으로 '중한(中翰)'이라고도 한다. 이들은 주로 책을 편찬하거나 기록물을 작성하는 일 따위를 담당했으며, 종7품에 해당한다.

338 뒤에서 밝혀지는 바에 따르면, 이 인물의 본명은 지악(支鍔)이다. 본 번역의 서술문에서는 본명을 쓴다.

338 뒤에서 밝혀지는 바에 따르면, 이 인물의 본명은 포옥방(浦玉方)이다. 본 번역의 서술문에서는 본명을 쓴다.

343 한무제 때 건립한 궁전 이름으로, 미앙궁(未央宮) 서쪽에 있었다고 한다.

346 '礁(초)'는 '譙(초)'가 맞는 것 같다. 망을 보기 위해 고대 성문 위에 세운 누각으로, 나중에는 군대의 신호인 고각(鼓角)과 시간을 알리는 경점(更點)도 울리는 장소가 되었다.

347 이부(吏部)는 육부(六部)의 으뜸이므로, 육부의 우두머리인 상서(尙書)는 주(周)나라의 총재(冢宰)에 해당한다. 이 칭호에는 존경의 뜻이 담겨 있다.

348 아래의 '푸른 일산'과 함께 '마산(馬傘)'이라고 통칭하는데 관원의 의장 중 하나이다. 지부(知府) 이상은 누런 일산[黃傘]을 지현(知縣) 이하는 푸른 일산[藍傘]을 사용한다.

350 향시에 합격한 거인(擧人)을 가리킨다.

351 공생의 별칭이다. 당나라 때는 과거에 명경과(明經科)라는 것이 있었

고, 명경과에 합격한 자는 그 지위가 명·청 대의 진사와 같았다. 명·청 대의 사람들은 '명경'이라는 말로 공생을 존칭했으며, 추켜 세워 주는 뜻이 있다.

351 청 대 각 부에 소속된 관리들의 통칭으로, 부(部)내 각 사(司)의 낭 중, 원외랑, 주사 및 주사 이하 7품 소경관(小京官)의 통칭이다.

352 유가 경전 이외의 다른 저작들을 가리키는 말이다.

352 팔고문가들은 장원 급제자의 글에는 계승할 만한 규범이 있다고 여 겼는데, 바로 이런 규범을 가리킨다.

354 통지 사항을 적어 여러 사람이 볼 수 있도록 한 쪽지를 말한다.

354 진(晉)나라의 완수(阮修)는 놀러 나갈 때마다 지팡이를 짚고 나갔는 데, 그 지팡이 위에 유흥비로 백 전(錢)을 매달아 가지고 다녔다. 이 에 후대 사람들은 술 살 돈을 장두전(杖頭錢)이라고 불렀다.

354 저울자의 눈금을 말하는데 옛날에는 은자 1전을 습관적으로 1성(星) 이라고 했다.

355 꽃과 나무를 심어 정원을 갖추어 놓고 나들이객에게 술과 음식을 제 공하는 곳이다.

356 명나라 때의 충직한 대신 우겸(于謙 : 1398~1457)을 모시는 사당이 다. 우겸은 자가 정익(廷益)이고 호는 절암(節庵)이며, 절강(浙江) 전 당(錢塘 : 지금의 항저우시) 사람이다. 악비(岳飛), 장창수(張蒼水)와 더불어 '서호삼걸(西湖三傑)'로 꼽히는 그는 1421년 진사에 급제하 여 어사, 병부시랑(兵部侍郎), 산서(山西) 및 하남(河南) 순무(巡撫) 등을 역임했다. 영종(英宗)이 몽고군에게 포로로 잡힌 '토목보(土木 堡)의 변'이 일어났을 때 그는 천도에 반대하며 결사항전을 주장했 다. 병부상서(兵部尙書)로 승진해 북경을 방어해 내기도 했으나, 1457년에 모함을 당해 처형당했다. 죽은 후 누명이 벗겨져서 태부 (太傅)에 추증되고 숙민(肅愍)이라는 시호를 받았다가 훗날 다시 충 숙(忠肅)이라는 시호를 받았다. 저작으로는 『우충숙집(于忠肅集)』이 남아 있다.

357 원래는 진찰비를 말하는데, 붉은 봉투에 넣어 돈을 보내어 성의를 표

시하는 것을 말한다.

357   모두 운보(韻譜)에 수록된 목차들이다. 앞의 숫자는 운보에 수록된 순서를, 뒤의 글자는 해당 운을 대표하는 글자이다. 예를 들어서 '일 동(一東)'은 평성(平聲)의 첫 번째에 수록된 동운(東韻)이라는 뜻이고, 이동(二冬)은 두 번째에 수록된 동운(冬韻)이라는 뜻이다. 동운의 경우에는 동(東), 동(同), 동(桐), 동(銅), 동(童), 동(瞳), 충(衷), 충(忠), 충(充), 충(蟲), 숭(崇), 융(戎), 궁(躬), 궁(弓), 웅(熊), 풍(風), 공(公), 공(功), 공(工), 공(攻), 몽(蒙), 농(朧), 농(聾), 홍(洪), 홍(紅), 홍(虹), 옹(翁), 총(葱), 총(聰), 총(聽), 통(通), 봉(蓬) 등등의 글자들이 포함되어 있다.

358   지부(知府) 밑에서 전문적으로 소금에 관한 업무를 처리하는 동지(同知)를 가리킨다.

358   절강성에서 소금에 관한 업무를 맡아보던 직책 중의 하나였으나, 후에는 각 지역을 돌며 사적으로 유통되던 소금을 적발하는 관직으로 바뀌었으며, 초기에 상인이 이 일을 하였기에 순상(巡商)이라고 불렀다.

359   『맹자(孟子)』「공손추상(公孫丑上)」에 다음과 같은 내용이 있다 : "탕임금은 칠십 리의 땅을, 문왕은 백 리의 땅을 기반으로 천하의 주인이 되었다. 힘으로 사람들을 굴복시키면 마음으로 복종하지 않으니, 그가 힘이 부족해서 굴복한 것이기 때문이다. 덕으로 사람들을 굴복시키면 마음으로 기뻐하면서 진심으로 복종하게 되나니, 공자의 제자들이 공자에게 복종한 것과 마찬가지이다(湯以七十里, 文王以百里. 以力服人者, 非心服也, 力不瞻也. 以德服人者, 中心悅而誠服也, 如七十子之服孔子也)."

362   당나라 때 두목(杜牧)의 시 「청명(淸明)」의 한 구절이다. 시 전문은 다음과 같다. "淸明時節雨紛紛, 路上行人欲斷魂, 借問酒家何處有, 牧童遙指杏花村."

367   주첨(硃簽)이란 관부에서 긴요한 사건을 처리하기 위해 차역에게 발급하는 임시 문서인데, 그 중 중요한 자구에 붉은 먹으로 권점을 찍

어 놓기 때문에 주첨이라고 부른다.

369 원문은 "馬蹄刀瓢裏切菜, 滴水不漏"인데, 둥근 칼로 표주박 안쪽에서 칼질을 하니, 물 한 방울 흘리지 않는다는 뜻으로, 제 잇속만 챙기는 인색한 사람이라는 의미이다.

371 지방 아문의 차역(差役)들이 사용하던 나무 몽둥이이다. 위쪽은 둥글고 아래쪽은 약간 평평한데, 위쪽에는 검은색을, 아래쪽에는 붉은색을 바른다.

374 급사중은 관직 이름으로 진(秦) 때부터 생겼다. 명·청 시기에는 이(吏), 호(戶), 예(禮), 병(兵), 형(刑), 공(工) 6과(科)의 급사중이 있었는데, 규간(規諫), 계찰(稽察), 탄핵(彈劾) 등의 일을 관장했다. 감찰어사(監察御使)와 마찬가지로 간관(諫官)이었기 때문에 '급간(給諫)'이라고도 했고, '급사(給事)'라고 칭하기도 했다.

375 명 대의 제학관(提學官)과 청 대의 학정(學政)이 매년 부(府), 주(州), 현(縣)의 생원(生員)과 늠생(廩生)들에게 치르게 했던 시험이며, 그 우열에 따라 상벌을 내렸다.

375 명·청 시대 문무관의 대례복을 말한다. 가슴 부분과 등 부분에 문관은 조류(鳥類), 무관은 수류(獸類)를 수놓아 관급을 나타냈다. 가슴과 등에 '補(보)'자를 붙인 데서 보복이라는 이름이 유래했다.

376 관부에서 발행한 죄인을 체포하라는 공문이 붙어 있는 패인데, 죄인을 체포할 때 증거로 쓰인다.

379 과거의 초장(初場), 중장(中場), 종장(終場)의 3단계 시험을 말한다.

379 향시의 거인과 회시의 진사에 급제한 사람을 말한다.

380 무호관이란 원래 무호에서 배에 선적한 물품에 대한 세금을 징수하는 기관의 명칭이다. 그런데 수로와 육로의 객상들이 모두 무호 일대를 무호관이라 부르는 것이 관습화되었기 때문에 여기에서는 그런 통상의 지명으로 쓰이고 있다.

382 여자가 결혼할 때가 되었다는 뜻으로 『시경(詩經)』 「표유매(摽有梅)」 편에서 유래한 말이다. 이 말은 남자에게는 적당하지 않으므로 원문에서는 앞에 "사내대장부[男子漢]"란 말을 덧붙이고 있다.

383 전기(傳奇) 『비파기(琵琶記)』에 나오는 이야기이다. 여기서 이미 결
혼을 한 상태인 채옹(蔡邕)이 경사에서 진사가 된 뒤 우태사(牛太師)
의 딸을 다시 처로 맞이한다.

386 제독은 명 대에 수도 군정(軍政)의 제 업무를 감독하던 직책으로 대
부분 훈구대신과 태감(太監)이 임명되었다. 청 대에는 중요 성(省)에
제독을 설치하여 군정을 담당하고 여러 진(鎭)을 통괄 관리하는 지
방 무직(武職)의 최고 장관이었다. 총병은 명 대에 장군이 출정할 때
별도로 총병관(總兵官)과 부총병관을 두어 군무(軍務)를 통솔하게
했는데, 나중에 총병관이 한 지역에 주둔하며 군사적 거점을 지키면
서 점차 상주 무관이 되었고, 이를 총병이라고 줄여 부르게 되었다.
청 대에도 이 제도를 이어받아 각 성(省)에 제독을 두고 제독 아래
총병관과 부총병관을 설치하였다. 총병이 관할하는 곳이 진(鎭)이므
로 총진(總鎭)이라고도 한다. 제독과 총병을 '제진(提鎭)'이라 병칭
하기도 한다.

388 당판선(舢板船)이라고도 하며 승객만 싣고 먼 거리를 운행하는 배를
가리킨다.

388 뒤에서 밝혀지는 바에 따르면, 이 인물의 본명은 풍요(馮瑤)이다. 본
번역에서는 서술문의 경우, 복잡한 호칭을 피해 본명을 쓴다.

389 방서와 행서는 모두 인쇄하여 팔던 팔고문 선집을 가리킨다. 방서는
진사의 문장을 모은 것으로 '방고(房稿)'라고도 하며, 행서는 거인의
문장을 모은 것이다.

392 예불할 때 쓰는 작은 타악기로서, 막대기 끝에 구리로 만든 작은 잔
같은 것을 얹고, 가는 막대기로 그것을 쳐서 소리를 낸다. '수경(手
磬)'이라고도 한다.

395 청 대에 3년마다 각 성의 학정(學政)이 부와 주, 현에서 학생 가운데
문장과 행실이 모두 뛰어난 자를 선발하고, 총독과 순무와 시험을 쳐
서 자질을 심사한 후 경사의 국자감으로 보냈는데, 이를 우공생(優貢
生)이라 한다. 조정에서 시험을 치러 거기에 합격하면 관직에 임용되
었다. 세공(歲貢), 은공(恩貢), 발공(拔貢), 부공(副貢)과 합하여 "오

공(五貢)"이라고 부른다.

395 후한(後漢) 사람(133~192)으로 자가 백계(伯喈)이며 효성이 남달랐다. 젊어서부터 박학하고 글을 잘 지었으며 음률에 정통하고 북과 거문고를 잘 다뤘으며 글씨와 그림에 능했다. 영제(靈帝) 때 동탁이 불러 쾌주가 되었고 중랑장(中郎將)까지 역임했다. 나중에 동탁의 편을 들었다 하여 옥사하였다.

398 고대의 사관(史官)을 뜻하는 관직명이며, 명·청 시대에는 '한림(翰林)'의 별칭으로 쓰였다. 노 태사는 제10회부터 등장했던 노 편수를 가리킨다.

399 철필(鐵筆)은 도장을 새길 때 쓰는 칼의 별칭이므로, 곽철필은 도장 새기는 일을 하는 곽씨란 의미이다.

404 옛날 연회에서 연석 위에 건과자(乾果子)를 올려놓는데 위쪽은 뾰족하고 아래쪽은 둥글게 쌓아 이를 '고과자(高果子)'라고 불렀다. 이것을 찻잔에 올려놓은 것이 '고과자차'이다.

404 신랑 신부가 천지신명과 집안의 웃어른께 인사를 올리고, 이어서 맞절하는 의식이다.

404 통탈목(通脫木)의 속껍질을 잘라 만든 꽃 모양의 장식이다.

407 수도인 경사(京師)의 경비와 구문(九門)의 출입을 관장하는 고급 무관. '구문'은 바로 정양(正陽), 숭문(崇文), 순무(宣武), 안정(安定), 덕승(德勝), 동직(東直), 서직(西直), 조양(朝陽), 부성(阜成) 등 아홉 개의 성문을 가리킨다.

407 이 대목의 원문은 "拜在我名下"인데, 이것은 전통 시대의 풍습의 하나를 가리키는 말로, 복을 빌고 재앙을 면하려는 뜻으로 출가는 하지 않은 채 사찰의 승려나 비구니 등을 스승으로 삼는 것을 가리킨다. 따라서 스님의 이 말은 제 나리가 그런 풍습에 따라 절에 이름을 올렸다는 뜻이다.

412 이 말은 『맹자(孟子)』의 한 대목을 변형시킨 것이다. 「등문공하(滕文公下)」에 다음과 같은 구절이 있다. "증자께서 말씀하셨다. '어깨를 수긋이 하고 아첨하며 웃는 것이 여름날 밭에서 일하는 것보다 더 힘

들다.' 자로가 말했다. '뜻이 같지 않은데 억지로 영합하여 말하는 자는 그 얼굴빛을 보면 무안하여 붉어진다. 이는 내 알 바가 아니다.' 이로써 보면 군자가 기르는 바를 알 수 있을 것이다(曾子曰 ; '脅肩諂笑, 病於夏畦.' 子路曰 ; '未同而言, 觀其色赧赧然, 非由之所知也.' 由是觀之, 則君子之所養, 可知已)."

412 청나라 옹정제(雍正帝)가 펴낸 『어선어록(御選語錄)』「옹정십일년계축팔월삭일(雍正十一年癸丑八月朔日)」조목에 들어 있는 〈어선대각보제능인옥림수국사어록(御選大覺普濟能仁玉琳琇國師語錄)〉에서 나온 말이다.

413 이승의 사람을 잡아가기 위해 저승에서 발행한 일종의 집행장[票]을 가리킨다.

415 '혈자(芤子)'라고도 한다. 수숫대나 갈대를 엮어 주위를 두르고 바닥에 풀을 깔아 만든 큰 통으로서, 곡물을 저장할 때 쓴다.

419 대문 안이나 병문(屛門) 안에 설치한 가리개를 가리킨다. 대개 나무로 만들며, 아래쪽에 받침대가 있어서 이동할 수 있게 되어 있다. '조벽(照壁)' 또는 '조장(照牆)'이라고도 부른다.

420 서방(書坊)에서 간행한 전국 관리의 이름과 신상을 적은 명부이다.

421 무게를 재는 단위로서, 1리는 1천분의 1냥(兩), 즉 0.05g이다.

421 염정아문(鹽政衙門)을 가리킨다. 명·청 대에는 소금을 생산하는 각 지역에 염운사사(鹽運使司)를 설치하고, 그 책임자인 염운사(鹽運使)는 순무(巡撫) 또는 총독(總督)에게 감독을 받았다.

422 작은 기선(汽船)의 지붕인데, 평평하게 되어 있어 배의 3등실(三等室)로 쓰인다.

422 양회염운사(兩淮鹽運司)에 공무를 보러 간다는 뜻이다.

422 조자(弔子)라고도 하며, 손잡이와 따르는 주둥이가 달린 용기로서 대개 물을 끓이거나 약을 달일 때 쓴다.

422 남경시 동북쪽 양쯔 강 하류의 한 부분을 가리키는 지명이다. 송(宋)나라 때의 명장 한세충(韓世忠)이 이곳에서 금(金)나라 장군 올술(兀術)의 부대를 격파한 것으로 유명하다.

422 중국 절강성(浙江省) 금화(金華)에서 나는 소금에 절인 돼지 뒷다리 훈제, 즉 햄이다. 겨울에 훈제한 것을 '동퇴(冬腿)'라 하고 초봄에 훈제한 것을 '춘퇴(春腿)'라 하며, 앞다리를 훈제한 것은 '풍퇴(風腿)'라고 한다.

423 진(晉)나라 태강(太康) 1년(280)에 오(吳)나라가 망하면서 신도군(新都郡)의 이름이 신안군(新安郡)으로 바뀌었으며, 안에 속한 신정현(新定縣)은 수안현(遂安縣)으로, 해양현(海陽縣)은 해녕현(海寧縣)으로 이름이 바뀌었다. 신안군은 이현(黟縣)과 흡현(歙縣), 해녕현, 여양현(黎陽縣), 수안현, 시신현(始新縣)의 6현을 관할했다. 당나라 무덕(武德) 4년(621)에 신안군의 명칭은 흡주(歙州)로 바뀌었고, 송나라 선화(宣和) 3년(1121)에 흡주는 다시 휘주(徽州)로 명칭이 바뀌었다. 신안군은 휘주의 이전 명칭인데, 문인들은 흔히 자신의 출신지를 이야기할 때 '신안 땅의 아무개'라고 말하기를 좋아했다. 또한 '신안화파(新安畫派)'처럼 학술류파나 문예학파를 나눌 때에도 '신안'이라는 명칭이 자주 사용되었다.

427 송나라 때의 관직 이름이다. 남송 때에는 지방의 권세가에 대한 존칭으로 쓰이다가, 명·청 대에는 염상(鹽商)이나 은행의 점원을 가리키는 일반적인 칭호가 되었다.

428 예찬(倪瓚 : 1301~1374 또는 1306~1374)은 자가 원진(元鎭) 또는 현영(玄瑛)이고 호는 운림(雲林)이며, 별호로 형만민(荊蠻民), 정명거사(淨名居士), 창랑만사(滄浪漫士), 곡전수(曲全叟), 우양관주(牛陽館主), 소한선경(蕭閑仙卿), 해악거사(海岳居士) 등을 썼다. 또한 동해예찬(東海倪瓚), 나찬(懶瓚) 등의 서명(署名)을 쓰기도 했고, 아예 성명을 바꿔서 해현랑(奚玄郎)이라고 자칭하기도 했다. 그러나 시나 그림에서는 운림이라는 호를 가장 많이 사용했다. 무석(無錫) 매리진[梅里鎭 : 지금의 장쑤성 우시시(無錫市)에 속함] 사람이다. 원나라 때의 저명한 화가이자 서예가이며, 특히 산수화를 잘 그린 것으로 유명하다. 현존하는 작품으로 「강안망산도(江岸望山圖)」, 「계산도(溪山圖)」, 「사자림도(獅子林圖)」, 「수죽도(修竹圖)」, 「오죽수석도(梧竹

秀石圖)」, 「신안제시도(新雁題詩圖)」 등등이 있다.

428 화원 등에 설치된, 비교적 크고 전망이 좋으며 밝고 아름답게 장식된 응접실이다.

428 심사숙고하여 아름다운 시구(詩句)를 만들어 낸다는 뜻이다.

429 남경 중산왕부(中山王府)를 가리킨다. 명나라 초기의 대장군 서달(徐達)이 위국공(魏國公)에 봉해졌는데, 그가 죽은 후 중산왕(中山王)에 추봉(追封)되어 그 자손들에게 왕위가 세습되었다.

429 명나라 초기에 금의친군도지휘사사(錦衣親軍都指揮使司)가 설립되었는데, 그곳의 최고 관리가 지휘사(指揮使)였다. 이것은 원래 황제를 호위하는 친위군으로 만들어졌는데, 나중에 황제의 특명에 따라 범인 체포와 형벌을 함께 담당하게 되었다. 명나라 중엽 이후로는 금의위(錦衣衛)와 태감(太監)이 관장하는 동창(東廠) 및 서창(西廠)이 나란히 특무기구(特務機構)가 되어, 그것들을 아울러 '창위(廠衛)'라고 부르기도 했다.

429 남의 시문(詩文)을 읽으면서 글자 옆이나 행간(行間)에 감상이나 평론을 쓰고 훌륭한 구절에 권점(圈點)을 붙이는 것을 가리킨다.

435 대두에 설탕, 매실, 홍곡(紅曲) 등을 넣고 졸인 것으로 붉은색에 새콤달콤함 맛이 난다.

435 관서의 중앙 집무실 가운데 설치되어 사건을 심리하는 곳으로, 지면보다 높게 만들어져 있다.

436 여기서는 소금 유통을 담당하는 행정 부서인 염운사아문(鹽運使衙門)을 가리킨다.

436 '와단(窩單)'을 암거래로 파는 것을 말한다. '와단'은 염상이 소금을 관리하는 아문에 청탁해 발급받는 문서로 소금 유통에 따른 이익을 독점한다는 증명서이다.

437 혼인 후 사흘째 되는 날 신부가 시가의 일가친척과 가족에게 인사를 하는 것을 말한다. 여기서는 신부 집안사람들이 사돈댁인 만가네를 방문하는 것을 가리킨다.

438 서북 지역 설산에서 사는 두꺼비로 약재로 쓰기도 한다.

446 상정이라는 이름은 제24회부터 등장하며, 여기에서는 아직 '상씨 성을 가진 이'라는 식으로 서술된다. 본 번역에서는 혼란을 피하기 위해 여기서부터 그의 본명으로 표기하기로 한다.

449 장례식 때 영구 앞에 서서 사자의 영혼을 부르는 기를 말한다.

451 이공린(李公麟 : 1049~1106)은 자가 백시(伯時)이고 호는 용면(龍眠)이며, 서주(舒州) 서성(舒城 : 지금의 안후이성에 속함) 사람이다. 그는 희녕(熙寧) 연간에 진사에 급제하여 조봉랑(朝奉郞)까지 지내다가 1100년에 연로함을 이유로 사직하고 용면산(龍眠山)에 은거했다. 뛰어난 화가이자 서예가, 고고학자이기도 했던 그의 그림으로는 「오마도(五馬圖)」와 「임위언목방도(臨韋偃牧放圖)」, 그리고 「용면산장도(龍眠山莊圖)」 등이 남아 있다. 그는 특히 채색을 하지 않고 사물의 윤곽을 그려 내는 '백묘도'에 능했다고 평가된다.

459 형방발산약(荊防發散藥)에서 형(荊)은 형개(荊芥), 방(防)은 방풍(防風)으로, 약에 들어간 약재를 가리키며, 발산(發散)이란 중의학에서 땀을 내는 약물이 체내의 나쁜 열을 발산시켜 병을 치료하는 것을 말한다.

462 '과피모(瓜皮帽)'라고도 하며, 여섯 개의 검은 천 조각을 이어서 만든다. 반쪽으로 가른 수박처럼 차양이 없고 정수리에 둥근 매듭 같은 것이 있다.

464 명·청 대 도찰원(都察院), 통정사(通政司) 등의 장관의 통칭이다. 때로는 3, 4품(品)의 경관(京官 : 경사에서 근무하는 관리)을 두루 지칭하기도 한다.

465 용연은 향유고래 수컷의 창자에서 생기는 분비물로, 향기가 오래가서 매우 귀한 향료로 여겨졌다. 침향은 나무를 벌채하여 땅 속에 묻어서 수지(樹脂)가 없는 부분을 썩힌 다음 수지가 많이 들어 있는 부분만을 얻거나 나무의 상처에서 흘러나온 수지를 수집하여 침향을 만든다. 침향은 의복이나 물건에 향기가 스며들게 하고 또 이것을 태우면 향기를 낸다. 속향은 향목의 하나로, 황숙향(黃熟香)을 말한다.

465 십육루는 명나라 초기 남경에 설치한 십사루(十四樓)와 남시(南市),

북시(北市) 양루의 총칭으로, 관기들이 살던 곳이다.

465 중국 전통 연극의 조사(祖師)인 노랑신(老郎神)을 모신 곳이며, 극단 동업 조직이 활동하는 사무실이기도 하다.

466 중국 전통 연극의 배역 명칭 가운데 하나로서 '수생(鬚生)', '정생(正生)' 또는 '호자생(鬍子生)'이라고도 부른다. '호자'를 경극(京劇)에서는 '염구(髯口)'라고 부른다. '노생'은 주로 중년 이상의 남성이 맡는 배역이다. 노생은 기본적으로 모두 수염을 세 가닥으로 꼬아 단 '흑호자(黑鬍子)'인데, 이들을 전문적으로 '흑삼(黑三)'이라고 부른다. 그 외에도 회백색의 세 가닥 수염을 단 배역은 '창삼(蒼三)', 흰색의 세 가닥 수염을 단 배역은 '백삼(白三)'이라고 부른다. 또 얼굴 가득 수염만 있고 수염을 나눠 꼬지 않은 배역은 '만(滿)'이라고 부른다. 노생은 일반적으로 '문(文)'과 '무(武)'의 두 종류로 나뉘며, 연기의 내용에 따라 동작보다는 노래를 위주로 하는 창공노생[唱工老生 : 안공노생(安工老生)이라고도 함], 몸동작[表演]을 위주로 하는 주공노생(做工老生), 그리고 무노생(武老生) 등으로 나뉜다. 이 가운데 앞의 두 배역은 '문노생'에 해당한다. '무노생'은 다시 '장고[長靠 : 고파노생(靠把老生)이라고도 함]'와 '전의[箭衣 : 단타(短打)라고도 함]'로 나뉘는데, 전자는 갑옷을 입은 배역이고 후자는 갑옷과 무기를 갖춘 채 무술 동작을 주로 연기한다. 그 외에 배역의 신분이나 지위, 복장에 따라 왕모노생(王帽老生), 포대노생(袍帶老生), 습자노생(褶子老生), 고파노생(靠把老生), 전창노생(箭氅老生) 등으로 나누어 부르기도 한다.

466 과도(科道), 혹은 과도아문(科道衙門)이란 명·청 시대에 육과급사중(六科給事中)과 도찰원(都察院) 산하 각 도(道)의 감찰어사(監察御史)의 관서를 합쳐서 부르는 말이다.

467 뒤쪽에 긴 천 조각을 드리운 방한모이다. 당대 시인인 맹호연(孟浩然)이 즐겨 썼다 해서 호연건이라고 한다.

468 지방관이 매년 유학(儒學)에서 개최하는 일종의 경로 의식을 '향음'이라고 하는데, 나이가 제일 많은 자가 제일 윗자리에 자리하며, 그

를 대빈 혹은 기빈(耆賓)이라고 한다.

472 버섯의 일종인 복령(茯笭)을 밀가루와 함께 반죽해 발효시킨 뒤 쪄
서 만드는 떡으로, 민남(閩南) 지역의 전통 식품이다.

488 『시경(詩經)』「소아(小雅)」〈습상(隰桑)〉에 나오는 구절이다.

489 『주역(周易)』「상사(象辭)」〈겸괘(謙卦)〉에 나오는 구절이다.

490 상급 기관에서 하급 기관으로 보내는 공문의 한 종류를 가리킨다.

491 원문은 '개인(開印)'으로, 청 대에 연말 관청에서 관인(官印)을 봉하
고 정월 보름이 지난 후 봉한 것을 뜯고 새롭게 업무를 시작하는 것
을 가리킨다.

498 종이로 만든 누대와 지전(紙錢), 명정, 인마(人馬) 등으로, 관이 나갈
때 불사른다. 또는 이런 물품들을 갖고 가는 사람을 가리키기도 한다.

502 야교백(野茭白)이나 야교과(野茭瓜)라고도 부르는 뿌리 채소이다.

504 봉관(鳳冠)은 봉황 모양 장식이 달린 관이고, 하피(霞帔)는 아름다운
수를 놓고 가장자리는 구름 모양을 한 어깨 덧옷이다. 이 둘은 모두
옛날 황후나 귀족 부인들이 차려입는 예복(禮服)이다.

505 예술차(藝術茶)라고도 하며, 과일을 새나 꽃 모양으로 조각해서 꿀에
절인 뒤 말린 것을 서너 조각 찻잔에 넣고 뜨거운 물을 부어 우려내
는 차를 가리킨다.

510 이 살장 의식 때는 보통 돈과 과일을 던지면서, 4언 8구의 상투적인
말로 축하의 말을 건넨다.

510 옛날 결혼식에서는 신부가 시어머니에게 인사할 때 다과와 새 신을
예물로 바치는 것이 관례였다.

511 중국어에서 '어(魚)'와 '여(餘)'는 모두 발음이 '위[yu]'이다.

518 오리를 소금에 절였다가 납작하게 눌러서 건조시킨 것으로, 남경 특
산물 가운데 하나이다.

525 백하(白下)는 옛 지명으로 지금 남경의 서북쪽이다. 당 대(唐代)에
금릉현(金陵縣)을 이곳으로 옮기고 백하라고 개명했다. 뒤에는 남경
의 별칭으로 쓰였다.

526 인행공점은 염상(鹽商)들의 연합 경영 기구이다.

526 여러 사내아이들이 모여 노는 모습을 그리거나 수놓은 것으로, 자손
    이 번창하기를 바라는 뜻이 담겨 있다.

529 수정의 '정(晶)'과 귀신의 '정(精)'은 중국어 발음이 모두 '징[jing]'
    이니, 이것을 이용해서 말장난을 한 것이다. '수정(水精)'은 물귀신
    이라는 뜻이다.

532 노반(魯班)은 춘추 시대 노(魯)나라의 공수반(公輸班)을 가리키며,
    기술이 뛰어난 장인(匠人)을 대표한다.

533 남경 과거 시험장[貢院]의 서쪽에 인접해 있는 지역명이다.

535 본문에는 소금현(蕭金鉉)이라고 되어 있는데, 뒤에서 밝혀지는 바에
    따르면 금현은 그의 자이고 이름은 정(鼎)이다. 본 번역에서는 서술
    문의 경우, 복잡한 호칭을 피해 본명을 쓴다.

536 은자(銀子)는 흰 목이버섯을 뜻하는 은이(銀耳)의 별칭이다.

538 대머리 나귀[禿驢]는 중을 놀릴 때 쓰는 말이다.

539 잘게 다진 돼지고기와 조미료를 섞어 창자 껍질 안에 넣어 말려서 만
    드는 식품으로, 서양의 소시지와 비슷한 것이다.

540 돼지고기를 절여 말린 음식이다. 겨울에 만들어 한식(寒食) 무렵에
    먹는다.

540 조정이란 불교 종파의 창시자가 불법을 전하고 포교한 곳을 뜻한다.

541 현장(玄奘 : 602~664)은 당나라 때의 승려로, 속성은 진(陳)이며, 법
    상종(法相宗)의 시조이다. 그는 인도에서 산스크리트 어로 된 대량의
    불경을 중국으로 가져와 번역했으며, 인도에 가는 길에 지난 나라들
    에 대해 상세히 기록한『대당서역기(大唐西域記)』라는 책을 남겼다.

549 청 대 양회염상(兩淮鹽商)에서는 공공의 장부를 상자에 넣어 두고,
    몇 사람을 추천해 공동으로 보관하게 했는데, 이것을 공갑(公匣)이
    라고 했고, 이 때문에 염무 기구를 갑상(匣上)이라고 불렀다.

552 자건은 위(魏)나라 조식(曹植 : 192~232)의 자(字)이고, 반안은 반
    악(潘岳 : 247~300)을 가리킨다. 이들은 각기 시 짓는 재능과 용모
    로 유명했다.

555 밀가루에 거위 기름을 반죽해서 만든 과자이다.

555 연향고는 여름에 먹는 간식으로 찹쌀과 멥쌀을 섞어 만들고, 박하잎에 싸서 박하향이 난다.

555 육안은 지금의 안후이성 휘산현(霍山縣)의 대촉산(大蜀山)을 말한다. 여기서 나는 차는 몸의 노폐물과 독소를 씻어 준다고 하며, 중앙에 진상되기도 했다. 또 좋은 환경에서 키운 우수한 품종의 차나무에서 어린잎을 골라 조심스럽게 배전해서 만든 것을 '모첨'이라고 하며 '모봉(毛峰)'이라고도 한다.

558 명초의 방효유(1357~1402)와 경청(?~1402)은 건문제(建文帝)를 지지하고 영락제(永樂帝)에 반대하다가 피살되었다. 방효유의 자는 희직(希直)이고, 정학선생(正學先生)이라고 불렸다. 건문제 때 시강학사(侍講學士)를 지냈는데, 영락제의 등극조서(登極詔書)를 기초하는 것을 거절했다가 10족(族 : 9족과 그 제자)을 멸하는 벌을 받아, 그때 죽은 사람이 847명이 된다고 한다. 경청은 섬서(陝西) 진녕〔眞寧 : 지금의 간쑤성 정닝(正寧)〕 사람으로, 일설에는 본래 성이 경(耿)씨라고도 한다. 홍무(洪武) 연간 진사(進士) 출신으로 건문제 초엽에는 북평참의(北平參議)를 지냈고, 다시 어사대부(御史大夫)로 자리를 옮겼다. 영락제가 즉위한 뒤 원래 관직을 유임했으나, 조례 때 영락제를 찌르려고 칼을 숨겨 들어가다가 발각되어 피살되고 9족이 멸해졌으며, 고향 사람들까지 연루되었다.

558 유리탑은 남경의 대보은사(大報恩寺) 안에 있는 불탑이다. 명 영락 10년(1412), 영락제는 자신의 생모를 기념하기 위해 대보은사와 9층 유리보탑을 세우기로 했는데, 19년이 지나서야 완공됐다고 한다. 문헌에 따르면 이 탑은 높이가 78.02미터이고, 9층의 8면(面) 구조로 불교적인 무늬가 새겨진 오색 유리벽돌로 만들어졌다고 한다. 또 152개의 풍경과 140개의 등을 설치해서 낮에도 오색 금빛이 휘황찬란하고, 밤에는 등불이 환하게 비추었으며, 풍경 소리가 몇 리 밖에서도 들렸다고 한다. 명초부터 청 대 전기까지 남경을 대표하는 건축물이었지만, 1856년 태평천국의 난 때 무너졌다.

558 영락제가 "(조서를) 쓰지 않으면, 9족을 멸하겠다"고 하자 방효유가

"9족이 아니라 10족을 죽여도 안 쓰겠다"고 말했다는 기록이 있다.

561 성련은 춘추 시대의 유명한 거문고 연주자이다. 백아(伯牙)의 스승이기도 한 그는 3년 동안 백아를 가르치고 나서 미묘한 감정을 가르쳐 주기 위해 그의 스승 방자춘(方子春)을 찾아가자며, 동해(東海)의 봉래산(蓬萊山)으로 백아를 데려갔다. 그리고 백아를 봉래산에 남겨두고 자기 혼자 배를 저어 떠나가 열흘 동안 돌아오지 않았다. 혼자버려진 백아는 슬퍼 울다가 파도 소리와 새 소리를 들으며 결국 깨달음을 얻었고, 천하제일의 거문고 연주자가 되었다고 한다. 이 이야기는 학식이 뛰어난 상대방과 사귀며 자신도 계발을 받게 된다는 것을 의미하는 상투적인 비유로 쓰이게 되었다.

564 명 대 '후칠자(後七子)' 가운데 하나로서 자는 자상(子相)이다.

564 이부(吏府)에 속한 관직으로 관리들의 근무 평가, 인사를 담당하는 직책이다.

565 중국 전통 연극의 배역 가운데 하나로 젊은 여자 역할이나 그 역을 하는 배우를 가리킨다.

566 포정사(布政司), 안찰사(按察使), 염운사(鹽運司)를 가리킨다.

568 『설원(說苑)』에 나오는 이야기로 초국(楚國)의 귀족 악군(鄂君)이 배를 타고 여행을 떠났는데 월국(越國) 사람인 뱃사공이 그에게 그를 사모하는 노래를 불렀다. 그러자 악군은 그를 침상으로 데리고 가서 비단 이불을 가져다 덮어 주었다.

568 『한서(漢書)』 「동현전(董賢傳)」에 따르면, 동현은 아름다운 외모로 애제의 총애를 받아, 스물두 살에 관직이 대사마위장군(大司馬衛將軍)에 이르렀다. 애제는 요임금이 순임금에게 선양했던 것을 본떠 제위를 동현에게 내주려고 했었다. 앞의 비단 이불 이야기와 이 동현의 이야기는 훗날 남자끼리의 동성애적 관계를 묘사하는 전고로 주로 사용되었다.

578 「장정전별」은 이일화(李日華)의 『남서상기(南西廂記)』의 한 척(齣)으로서 서정성이 빼어나기로 유명하며, 〈벽운천〉은 그 중에서도 최앵앵(崔鶯鶯)이 장생(張生)과 이별한 뒤 그리움과 고통을 노래한 곡이다.

581 이 회에 등장한 인물은 종희이고, 종신은 그가 형제간이라고 떠벌였던 '후칠자' 가운데 한 명이다. 이 부분에서 말하는 것은 종희인데, 종신으로 혼동하여 쓴 듯하다.

581 여회(余懷 : 1616~?)가 강희 32년(1693)에 쓴 책으로 상·중·하세 권으로 나뉘어 있다. 명조 말년 남경 진회하 남안에 있는 장판교 일대 기원의 명기들에 관한 이야기가 상세한 것으로 유명하다.

581 오장원(吳長元 : 1770 전후)이 건륭 50년(1711)에 쓴 책으로 여성 역할을 전문으로 하는 북경 남자 배우에 관한 기록이 담겨 있다. 당시 북경의 제반 희극(戱劇) 상황을 비롯해 배우와 문인들과의 교류 등 다양한 정보가 담겨 있다.

새롭게 을유세계문학전집을 펴내며

을유문화사는 이미 지난 1959년부터 국내 최초로 세계문학전집을 출간한 바 있습니다. 이번에 을유세계문학전집을 완전히 새롭게 마련하게 된 것은 우리가 직면한 문화적 상황에 적극적으로 대응하기 위해서입니다. 새로운 을유세계문학전집은 세계문학의 역할이 그 어느 때보다 중요해졌다는 인식에서 출발했습니다. 오늘날 세계에서 타자에 대한 이해는 우리의 안전과 행복에 직결되고 있습니다. 세계문학은 지구상의 다양한 문화들이 평등하게 소통하고, 이질적인 구성원들이 평화롭게 공존할 수 있는 문화적인 힘을 길러 줍니다.

을유세계문학전집은 세계문학을 통해 우리가 이런 힘을 길러 나가야 한다는 믿음으로 만들어졌습니다. 지난 5년간 이를 준비하기 위해 많은 노력을 기울였습니다. 세계 각국의 다양한 삶의 방식과 문화적 성취가 살아 있는 작품들, 새로운 번역이 필요한 고전들과 새롭게 소개해야 할 우리 시대의 작품들을 선정했습니다. 우리나라 최고의 역자들이 이들 작품 속 한 문장 한 문장의 숨결을 생생히 전하기 위해 심혈을 기울였습니다. 또한 역자들은 단순히 번역만 한 것이 아니라 다른 작품의 번역을 꼼꼼히 검토해 주었습니다. 을유세계문학전집은 번역된 작품 하나하나가 정본(定本)으로 인정받고 대우받을 수 있도록 최선을 다했습니다. 세계문학이 여러 경계를 넘어 우리 사회 안에서 주어진 소임을 하게 되기를 바라며 을유세계문학전집을 내놓습니다.

을유세계문학전집 편집위원단(가나다 순)
김월회(서울대 중문과 교수)
박종소(서울대 노문과 교수)
손영주(서울대 영문과 교수)
신정환(한국외대 스페인어통번역학과 교수)
정지용(성균관대 프랑스어문학과 교수)
최윤영(서울대 독문과 교수)